Le Sang et l'Or

ou
l'histoire de Marius

ANNE RICE

Le Sang et l'Or

ou
l'histoire de Marius

Les Chroniques des vampires

Roman

Traduit de l'anglais (États-Unis)
par Michelle Charrier

Plon

Titre original
Blood and Gold

Ouvrage publié sous la
direction de Patrice Duvic

© Anne O'Brien Rice, 2001.
© Plon, 2003, pour la traduction française.
ISBN édition originale Alfred A. Knopf Inc. and Alfred A. Knopf
Canada : 0.679.45449.7
ISBN Plon : 2-259-19750-7

Imprimé au Canada

*Je dédie ce livre à mon mari bien-aimé, Stan Rice,
et à ma sœur chérie, Karen O'Brien.*

L'AUDITEUR

I

Il s'appelait Thorne. Dans la langue des runes, depuis longtemps oubliée, son nom avait été plus long – Thornevald – mais en devenant buveur de sang, il était aussi devenu Thorne, et Thorne il restait, des siècles plus tard, rêvant au creux de sa caverne.

Une fois au pays des glaces, il avait espéré dormir à jamais, mais la soif l'éveillait de temps à autre. Il se servait alors du don céleste pour s'élever dans les airs et partir à la recherche du peuple des neiges.

Les chasseurs le nourrissaient. Il opérait avec prudence, ne leur dérobant jamais trop de sang afin que nul ne mourût par sa faute. Lorsqu'il avait besoin de fourrures ou de bottes, il les volait également, avant de regagner sa cachette.

Le peuple des neiges avec ses hommes à la peau sombre, aux yeux bridés, n'était pas le sien. Ils ne parlaient pas la langue des runes, mais Thorne les connaissait depuis des temps immémoriaux, car il avait autrefois voyagé en compagnie de son oncle jusqu'aux contrées orientales pour y commercer. Le commerce ne lui avait apporté aucun plaisir. La guerre l'attirait davantage. Mais ses aventures l'avaient instruit.

Son sommeil nordique était traversé de rêves auxquels il ne pouvait rien. Le don de l'esprit lui transmettait la voix des autres buveurs de sang.

Bien malgré lui, il voyait par leurs yeux, et le monde lui apparaissait de même qu'à eux. Par moments, il n'y trouvait rien à redire ; au contraire, cela lui plaisait. Le monde moderne l'amusait. Il écoutait des musiques électriques lointaines. Le don de l'esprit lui permettait de comprendre des choses telles que le moteur à vapeur et le chemin de fer, voire l'ordinateur et la voiture. Il avait l'impression de connaître les cités lointaines, bien qu'il y eût renoncé depuis des siècles.

La certitude avait fini par s'imposer à lui qu'il ne mourrait pas. La solitude ne pouvait le détruire. Le manque de confort non plus. Aussi dormait-il.

À un moment, quelque chose d'étrange se produisit. Une catastrophe s'abattit sur le monde des buveurs de sang.

Un jeune barde était né, un dénommé Lestat qui clamait dans ses sagas électriques d'antiques secrets que Thorne ignorait.

Alors la reine s'éveilla, créature mauvaise et ambitieuse affirmant qu'en elle reposait le Noyau sacré de tous les buveurs de sang, si bien que sa mort signifierait la destruction de la race entière.

Thorne en fut surpris.

Jamais il n'avait entendu parler des mythes relatifs à son espèce. Il n'était pas certain d'y croire.

Pendant qu'il dormait, cependant, qu'il rêvait, qu'il regardait, la reine commença à détruire les buveurs de sang du monde entier grâce au don du feu. Les malheureux, hurlant, tentaient de fuir ; Thorne les voyait mourir.

Au fil de ses voyages, la tueuse passa très près du dormeur sans lui prêter attention. Il était tellement discret, dissimulé dans sa caverne. Peut-être ne perçut-elle pas sa présence, quoique lui perçût la sienne. Jamais il n'avait eu conscience d'une telle force, d'un aussi grand âge, sauf chez sa propre créatrice.

Il se mit à penser à elle, la sorcière rousse aux yeux sanglants.

La catastrophe qui frappait ses frères ne fit qu'empirer. Nombre d'entre eux furent abattus. Alors, quittant leurs cachettes, apparurent des buveurs de sang aussi vieux que la reine.

La magicienne qui avait créé Thorne se montra enfin. Il la vit comme d'autres la voyaient, mais il eut d'abord peine à croire qu'elle vivait toujours : il l'avait quittée dans le Sud lointain si longtemps auparavant qu'il n'avait osé l'espérer. Les yeux et les oreilles des survivants lui en donnèrent cependant la preuve irréfutable. En la contemplant dans ses rêves, il fut envahi par une immense tendresse mais aussi par une véritable fureur.

Quelle vigueur chez celle qui lui avait donné le Sang ! Quelle haine pour la reine maléfique et quelle volonté de l'arrêter ! Elles se détestaient toutes deux depuis des milliers d'années.

Enfin, ceux qui le désiraient se réunirent – les anciens du Premier Sang et les amis de Lestat, que la reine avait épargnés.

Figé au cœur des glaces, Thorne entendit vaguement l'étrange discussion qu'ils tinrent autour d'une table ronde semblable à celle où s'étaient assis autrefois de puissants chevaliers – mais à ce conseil moderne participaient des femmes, les égales des hommes.

Ils en appelèrent à la raison pour convaincre la reine de suspendre son règne de violence, de renoncer à ses visées maléfiques.

Thorne écoutait sans vraiment comprendre. Il n'avait qu'une certitude : il fallait arrêter la reine.

Elle aimait Lestat, mais lui-même ne pouvait la faire renoncer à ses cruautés tant elle se montrait téméraire et dépravée.

Le Noyau sacré des buveurs de sang reposait-il réellement en elle ? Et si tel était le cas, comment la détruire ?

Thorne eût aimé posséder un don de l'esprit plus puissant ou l'avoir utilisé davantage. Sa force avait certes grandi durant ses longs siècles de sommeil, mais il sentait à présent combien il était faible, isolé.

Pourtant, alors qu'il regardait la scène, les yeux ouverts comme pour mieux la voir, se présenta une autre buveuse de sang rousse, le sosie de celle qui l'avait aimé si longtemps auparavant. Son arrivée le surprit comme seul surprend l'apparition d'un jumeau.

L'exilé finit par comprendre que sa créatrice l'avait perdue des milliers d'années plus tôt.

La reine maléfique avait été l'artisan de ce désastre. Sa haine pour les deux sœurs l'avait poussée à les séparer, et la disparue revenait enfin mettre en œuvre la malédiction lancée à l'époque.

Une seule pensée l'occupait tandis que diminuait la distance la séparant de son ancien bourreau : le détruire. Elle ne s'assiérait pas à la table du conseil. Elle ne connaissait ni raison ni retenue.

« Nous allons mourir, tous tant que nous sommes », murmura Thorne dans sa somnolence au cœur de la neige et de la glace, de la nuit éternelle qui l'enveloppait de sa froideur.

Il n'eut pas un geste pour rejoindre ses frères immortels, mais il continua à regarder, à écouter. Ainsi en serait-il jusqu'au tout dernier instant. Il ne pouvait faire moins.

Enfin, la sœur disparue atteignit son but : elle se jeta aussitôt sur la reine. Les buveurs de sang qui les entouraient contemplèrent la scène, horrifiés. Pendant que les deux femmes luttaient, qu'elles combattaient tels des guerriers sur le champ de bataille, une étrange vision engloutit soudain l'esprit de Thorne – comme si, allongé dans la neige, il avait contemplé le ciel.

Une immense toile d'araignée très compliquée s'étendait au-dessus de lui, piquée de points lumineux palpitants. En son centre exact brûlait une flamme vibrante – la reine, Thorne le savait. Il savait aussi que les points représentaient les autres buveurs de sang. Lui-même était une de ces minuscules lumières. Le mythe du Noyau sacré était vrai, il le voyait de ses yeux. Le moment arrivait pour la race entière de succomber à l'obscurité et au silence. C'était la fin.

La vaste toile se mit à luire, à étinceler ; son cœur explosa, et tout se troubla pour un long moment tandis qu'une douce vibration parcourait les membres de l'exilé, comme souvent pendant son sommeil. Ah, songea-t-il, voilà donc la mort. Ça ne fait même pas mal.

Il lui semblait pourtant vivre le Ragnarok de ses anciens dieux, lorsque le grand Heimdall, Celui qui Éclaire le Monde, sonnait du cor afin d'appeler les Aesir à leur ultime bataille.

« Nous aussi, nous périrons par la guerre », murmura Thorne au fond de sa caverne.

Toutefois, ses pensées ne s'interrompirent pas.

Il estimait que cesser de vivre serait la meilleure des choses, jusqu'à ce qu'il pensât à elle, sa sorcière rousse, sa créatrice. Il avait tellement envie de la revoir...

Pourquoi ne lui avait-elle jamais parlé de sa sœur disparue ? Pourquoi ne lui avait-elle jamais confié les mythes chantés par Lestat ? Elle connaissait sans doute le secret de la reine maléfique et du Noyau sacré.

Le dormeur s'agita, se tortilla. L'immense toile d'araignée s'était effacée, mais il distinguait avec une netteté inhabituelle les jumelles rousses, spectaculaires.

Elles se tenaient côte à côte, superbes créatures, l'une vêtue de loques, l'autre dans toute sa splendeur. Puis, grâce aux perceptions de ceux qui les entouraient, il apprit que la nouvelle venue avait tué la reine et pris en son sein le Noyau sacré.

« Voyez, la reine des damnés », lança la créatrice de Thorne en présentant à ses compagnons sa sœur retrouvée.

Il la comprenait ; sa souffrance lui était visible. Quant aux traits de l'inconnue, de la reine des damnés, ils demeuraient sans expression.

Les survivants de la catastrophe passèrent ensemble les nuits suivantes. Chacun conta son histoire, aussi prenante que les chants entonnés par les bardes du passé dans les salles de banquets. Lestat, renonçant à ses instruments de musique, redevint chroniqueur pour confier au papier le récit de la bataille qu'il transmettrait sans effort au monde des mortels.

Bientôt, les sœurs repartirent pour une cachette où l'œil désincarné de Thorne était incapable de les trouver.

Ne bouge pas, s'ordonna-t-il. Oublie ce que tu viens de voir. Il n'y a pas plus de raison de te lever de ta couche de glace qu'il n'y en a jamais eu. Le sommeil reste ton ami, les rêves sont des visiteurs malvenus.

Tiens-toi tranquille, et tu retrouveras la paix. Imite le dieu Heimdall avant l'appel à la bataille, si calme qu'il entendait la laine pousser sur le dos des moutons et l'herbe croître dans les lointaines contrées où la neige fond parfois.

Mais les visions affluaient.

Lestat suscitait un nouveau tumulte dans le monde des hommes. Porteur d'un merveilleux secret du passé chrétien, il l'avait confié à une jeune mortelle.

Jamais ce Lestat ne connaîtrait la paix. Il évoquait le peuple de Thorne, guerriers d'une époque révolue.

L'exilé regardait toujours. Une fois de plus, sa créatrice lui apparut, sa belle sorcière rousse aux yeux perpétuellement rougis de sang humain, enfin heureuse, investie d'une haute autorité, venant cette fois emprisonner le malheureux Lestat.

Existait-il des liens capables d'entraver créature aussi puissante ?

Thorne médita la question. Quelles chaînes y parviendraient ? Il fallait absolument qu'il le sût. Aussi observa-t-il la magicienne assise, patiente, auprès d'un Lestat ligoté qui se débattait, enrageait mais ne pouvait se libérer.

De quoi étaient faites les cordes apparemment fragiles qui le retenaient prisonnier ? Thorne se le demandait en permanence. Et pourquoi sa créatrice aimait-elle Lestat et le laissait-elle vivre ? Pourquoi demeurait-elle si calme tandis que le jeune buveur de sang se déchaînait ? Quel effet cela faisait-il d'être là, auprès d'elle, totalement en son pouvoir ?

Les souvenirs revenaient au rêveur ; visions troublantes de la sorcière alors que, simple guerrier mortel, il l'avait vue pour la première fois dans une caverne, au cœur des contrées nordiques où il vivait. Il faisait nuit. Elle maniait son fuseau et sa quenouille ; ses yeux saignaient.

De ses longues mèches rousses, elle tirait un à un des cheveux grâce auxquels elle fabriquait un fil, travaillant très vite, en silence, tandis qu'il approchait.

L'hiver était là, glacial ; le feu qui brûlait derrière elle avait quelque chose de magique pour l'homme debout dans la neige qui la regardait filer ainsi qu'il l'avait vu faire à des centaines de mortelles.

« Sorcière », avait-il dit tout haut.

Il chassa le souvenir.

À présent, il la regardait surveiller Lestat, devenu aussi fort qu'elle. Il regardait les étranges liens qui maintenaient Lestat, lequel ne se débattait plus.

Enfin, le prisonnier fut libéré.

Rassemblant ses cordes magiques, l'enchanteresse s'en alla.

Lestat et ses compagnons étaient toujours visibles, mais en quittant leur champ de vision, elle quittait aussi les rêves de Thorne.

Une fois de plus, il se promit de continuer à dormir. Il ouvrit son esprit au sommeil. Mais les nuits s'écoulèrent une à une dans sa caverne glaciale au milieu des bruits du monde, assourdissants, indéchiffrables.

Le temps passait sans qu'il parvînt à oublier celle qu'il avait longtemps crue perdue, aussi belle et vivante qu'autrefois. Des pensées anciennes lui revenaient, d'une amère netteté.

Pourquoi s'étaient-ils querellés ? L'avait-elle jamais réellement abandonné ? Pourquoi avait-il à ce point haï les autres compagnons de sa créatrice ? Pourquoi lui avait-il reproché les buveurs de sang errants qui, sitôt qu'ils la rencontraient, lui racontaient avec adoration leurs voyages dans le Sang ?

Quant aux mythes – sur la reine et le Noyau sacré – auraient-ils signifié quoi que ce fût pour lui ? Il l'ignorait. Il n'avait éprouvé aucun besoin de ce genre de choses, ce qui le surprenait. Dans son esprit subsistait, ineffaçable, l'image de Lestat ligoté par les cordes mystérieuses.

Les souvenirs refusaient de le laisser en paix.

En plein hiver, alors que le soleil ne brillait jamais sur les étendues glacées, il comprit que le sommeil l'avait déserté. La paix lui était refusée.

C'est alors qu'il quitta sa caverne et entama dans la neige une longue marche vers le sud, sans hâte, l'oreille tendue aux voix électriques du monde, ne sachant par où il y pénétrerait.

Le vent soulevait sa longue chevelure rousse fournie ; il remonta devant sa bouche son col bordé de fourrure et essuya la glace accrochée à ses sourcils. Ses bottes ne tardèrent pas à être trempées, aussi leva-t-il les bras, appelant sans un mot le don céleste, puis commença-t-il son ascension afin de voyager au-dessus des terres, à l'écoute de sa race, dans l'espoir de découvrir un ancien tel que lui chez qui il serait le bienvenu.

Le don de l'esprit et ses messages erratiques l'avaient fatigué ; il voulait entendre une véritable voix.

II

Il voyagea plusieurs jours et nuits d'hiver sans soleil, mais il ne lui fallut pas longtemps pour entendre l'appel d'un frère. Un buveur de sang plus âgé que lui, dans une cité qu'il avait connue des siècles auparavant.

Durant son long sommeil, jamais il n'avait totalement oublié cette ville. Ç'avait été un grand centre de commerce doté d'une belle cathédrale, mais pendant son voyage vers le nord, d'innombrables années plus tôt, Thorne l'avait découverte rongée par la peste redoutée et l'avait crue condamnée.

À vrai dire, il lui avait semblé que les peuples du monde entier périraient de l'affreuse maladie tant elle s'avérait terrible, impitoyable.

Des souvenirs d'une parfaite netteté revenaient une fois de plus le torturer.

Il voyait des tas de cadavres, des enfants errant au hasard après avoir perdu leurs parents ; il sentait la puanteur omniprésente de la chair en putréfaction. Comment expliquer à quiconque le chagrin que lui avait inspiré l'humanité, sur laquelle s'abattait un tel fléau ?

Il ne voulait pas voir mourir villes et cités, bien qu'il ne leur appartînt pas. La maladie ne l'atteignait pas, même s'il se nourrissait de malades, seulement il lui était impossible de guérir quiconque. Il avait poursuivi sa route, s'imaginant à demi que les merveilles dues à l'homme seraient englouties par la neige, la vigne vierge ou la terre elle-même dans un oubli définitif.

Pourtant, tout n'avait pas péri, malgré ses craintes de l'époque ; certains habitants de la belle cité avaient survécu, dont les descendants parcouraient toujours les étroites rues pavées médiévales où il s'avançait, plus apaisé par leur propreté qu'il ne l'eût cru possible.

Oui, se trouver en ce lieu d'ordre et de vie lui faisait du bien.

Quelle solidité, quelle beauté dans les vieilles maisons de bois, à l'intérieur desquelles cliquetaient et bourdonnaient les machines modernes ! Il percevait à présent directement les miracles que le don de l'esprit lui avait juste permis d'entrevoir. Les téléviseurs déversaient des rêves colorés ; les gens étaient à l'abri de la neige et de la glace comme il était impossible de l'être à son époque.

Son envie d'en apprendre davantage sur ces merveilles le surprit. Il voulait voir des trains et des navires, des avions et des voitures, des ordinateurs et des téléphones portables.

Peut-être était-ce possible. Peut-être pouvait-il prendre le temps nécessaire. Il n'était pas revenu à la vie dans ce but, mais existait-il rien qui le contraignît à se hâter ? Nul n'était au fait de son existence, sauf peut-être le buveur de sang qui s'adressait à lui, ouvrant si facilement son propre esprit.

Où se trouvait ce frère que Thorne avait entendu quelques heures plus tôt à peine ? L'arrivant lança en silence un appel prolongé, sans révéler son nom mais en offrant son amitié.

Une réponse lui parvint très vite. Le don de l'esprit lui montra un inconnu blond, installé dans l'arrière-salle d'une taverne bien particulière où ceux de sa race se réunissaient souvent.

Viens, je t'attends.

La localisation de l'établissement étant fort claire, Thorne s'empressa de s'y rendre. Au fil du dernier siècle, il avait entendu ses frères parler de tels refuges – tavernes, bars ou clubs pour immortels : le réseau des vampires. Incroyable ! L'idée le fit sourire.

Devant l'œil de son esprit apparut à nouveau la grande toile d'araignée emprisonnant les minuscules lumières palpitantes, angoissante vision des buveurs de sang liés au Noyau sacré de la reine des damnés. Toutefois, le réseau, simple écho de pareille toile, le fascinait.

Les vampires modernes discutaient-ils par ordinateur, totalement indifférents au don de l'esprit ? Thorne se promit de ne pas baisser sa garde, de ne se laisser surprendre par rien.

Pourtant, des frissons le traversaient tout entier au souvenir de ses rêves flous du désastre.

Il espérait et priait que son nouvel ami confirmât ses visions. Qu'il fût réellement âgé plutôt que jeune, tendre et maladroit.

Pourvu qu'il fût capable de faire chanter la langue, aussi ! Car Thorne désirait par-dessus tout entendre parler quelqu'un. Lui-même ne parvenait que rarement à trouver les mots justes. À présent, il souhaitait ardemment écouter.

Il avait presque atteint le bas de la rue pentue, sous la neige qui tombait doucement, quand l'enseigne de la taverne lui apparut : Le Loup-Garou.

Un éclat de rire lui échappa.

Les buveurs de sang modernes pratiquaient donc des jeux imprudents. À son époque, les choses étaient bien différentes. Un seul membre de son peuple doutait-il que certains hommes fussent capables de se changer en loups ? N'étaient-ils pas prêts à tout, jusqu'au dernier, afin d'éviter que pareille malédiction ne s'abattît sur eux ?

Pourtant, le concept s'étalait, simple jouet, sur l'enseigne colorée qui se balançait dans le vent froid au-dessus de fenêtres à barreaux brillamment illuminées.

Tirant la poignée de la lourde porte, Thorne se retrouva aussitôt dans une salle encombrée, emplie d'odeurs de vin, de bière et de sang humain.

La chaleur seule était saisissante. À vrai dire, jamais il n'avait rien senti de tel. Elle était omniprésente, égale, merveilleuse. Aucun des mortels présents ne mesurait sans doute à quel point.

Autrefois, pareille douceur eût été inconcevable. L'hiver cruel était la malédiction commune.

Toutefois, l'arrivant n'avait pas le temps d'y penser. Ne te laisse pas surprendre, se rappela-t-il.

Mais le brouhaha envahissant le paralysait. Le sang omniprésent le paralysait. Un instant, il crut défaillir de soif. Plongé dans la foule bruyante, indifférente, Thorne sentit qu'il allait se déchaîner, s'emparer d'un client, d'un deuxième, être finalement percé à jour, monstre parmi la cohue qui le pourchasserait jusqu'à le détruire.

S'appuyant contre le mur, il ferma les yeux.

Les hommes de son clan parcouraient la montagne à la recherche de l'introuvable sorcière rousse. Lui seul l'avait vue. Elle avait arraché les yeux du guerrier mort pour les placer dans ses propres orbites, regagné à travers la neige la caverne où l'attendait sa quenouille, filé sur son fuseau un cheveu d'or rouge. Le clan voulait la détruire ; et lui, avec sa hache, appartenait au clan.

Cela lui semblait tellement idiot, à présent. Il l'avait vue parce qu'elle l'avait voulu. Elle était venue dans le Nord en quête d'un guerrier tel que lui, et elle l'avait choisi. Elle avait aimé sa jeunesse, sa force, son pur courage.

Thorne rouvrit les yeux.

Les mortels ne lui prêtaient aucune attention, malgré ses vêtements usés. Combien de temps parviendrait-il à ne pas se faire remarquer ? Il n'avait pas un sou vaillant pour s'offrir une place à une table ou une coupe de vin.

La voix du buveur de sang lui parvint à nouveau, enjôleuse, rassurante.

Ne prête pas attention à la foule. Elle ne sait rien de nous ni des raisons pour lesquelles nous avons fondé cette taverne. Ces gens ne sont que des pions. Viens à la porte de derrière. Pousse-la de toutes tes forces. Elle cédera.

Il semblait impossible à Thorne de traverser la salle, de ne pas être reconnu pour ce qu'il était par les mortels.

Mais il devait dominer sa peur. Rejoindre le frère qui l'appelait.

La tête basse, le col remonté devant la bouche, il se fraya un chemin parmi les corps moelleux en s'efforçant d'éviter le regard des gens. À peine eut-il découvert la porte sans poignée qu'il la poussa, comme on le lui avait dit.

Elle ouvrait sur une vaste pièce peu éclairée, dont les tables en bois dispersées supportaient toutes de grosses bougies. La chaleur y était aussi palpable et plaisante que dans la salle voisine.

Son frère vampire était là, seul.

Grand, le teint pâle, les cheveux d'un blond presque blanc, les yeux d'un bleu dur, le visage délicat, couvert d'un film de sang et de cendre pour paraître plus humain au regard des mortels. Il portait une cape rouge vif au capuchon rejeté en arrière ; sa longue chevelure était parfaitement coiffée.

Thorne le trouva très beau, très policé, plus semblable à une créature livresque qu'à un homme d'armes. Ses mains étaient fines quoique grandes, avec de longs doigts.

L'arrivant s'aperçut qu'il l'avait vu grâce au don de l'esprit, à la table du conseil des immortels, avant que la reine maléfique ne fût vaincue.

Oui, il l'avait vu. L'inconnu s'était efforcé avec acharnement de raisonner l'ennemie, malgré la terrifiante colère et la haine déraisonnable tapies au fond de lui.

Ses armes avaient été les mots ; les mots justes.

D'un signe, il invita Thorne à prendre place dans un fauteuil, près du mur.

Le visiteur s'installa sur un grand coussin de cuir. La flamme de la bougie la plus proche dansait devant lui, malicieuse, envoyant une lumière joueuse dans les yeux de son hôte. Ce dernier sentait le sang. Son visage en était chauffé, de même que ses longues mains effilées.

J'ai chassé ce soir, en effet, mais je recommencerai en ta compagnie. Tu en as besoin.

« Oui, admit Thorne. Depuis plus longtemps que tu ne peux l'imaginer. Souffrir dans la neige et la glace n'était pas difficile, mais à présent, les tendres créatures m'entourent de toutes parts. »

C'étaient les premières paroles qu'il eût prononcées à haute voix depuis des années, et il ferma les yeux pour jouir de l'instant. La mémoire était certes une malédiction, mais aussi le don le plus précieux. Qui la perdait avait tout perdu.

« Je comprends, assura son interlocuteur. Je sais. »

Un fragment de son ancienne religion lui revint – pour posséder une mémoire parfaite, Odin avait donné un œil et était resté pendu neuf jours durant à l'arbre sacré. Toutefois, il n'y avait pas seulement gagné la mémoire mais aussi l'hydromel, qui faisait de lui un poète.

Une nuit, des siècles plus tôt, Thorne avait bu le nectar des poètes offert par les prêtres du bosquet sacré, puis il avait entonné dans la maison de son père les vers qu'elle lui inspirait, elle, la sorcière rousse, l'immortelle vue de ses yeux.

Ceux qui l'entouraient avaient ri ; ils s'étaient moqués de lui. Lorsqu'elle avait commencé à tuer les membres du clan, cependant, les moqueries avaient cessé ; lorsqu'on avait découvert les cadavres blêmes, aux orbites vides, il était devenu un héros.

Il se secoua tout entier. La neige tomba de ses cheveux et de ses épaules. Essuyant d'une main indifférente la glace accrochée à ses sourcils, il la regarda fondre sur ses doigts puis frotta avec force le givre qui lui couvrait le visage.

N'y avait-il donc pas de feu, ici ? Il parcourut la pièce des yeux. La chaleur arrivait par magie de petites fenêtres, tellement bonne, tellement dévorante. Une brusque envie le prit d'arracher ses vêtements pour se baigner dans l'air tiède.

Il y a du feu chez moi. Je vais t'y emmener.

Il s'éveilla comme d'une transe pour fixer son hôte, se maudissant d'être resté assis là, maladroit et muet.

« Il fallait s'y attendre, dit l'inconnu à voix haute. Cette langue-ci t'est-elle familière ?

– C'est la langue du don de l'esprit. On la parle de par le monde entier. Moi, je m'appelle Thorne. Thor était mon dieu. » Le visiteur glissa une main hâtive sous son manteau de cuir usé pour tirer de ses fourrures l'amulette en or accrochée à son cou. « La rouille du temps n'a pas de prise sur ce genre de choses. C'est le marteau de Thor, tu vois. »

L'autre hocha la tête.

« Et tes dieux à toi ? reprit Thorne. Qui étaient-ils ? Je ne parle pas de croyances, comprends-moi bien, mais de ce que nous avons perdu, toi et moi. Tu vois ce que je veux dire ?

– Les dieux de la Rome antique, voilà ce que j'ai perdu. Je m'appelle Marius. »

Thorne hocha lui aussi la tête. S'exprimer tout haut et entendre en réponse une autre voix lui semblait merveilleux. Sa soif brûlante oubliée, il ne désirait plus qu'un flot de paroles.

« Continue, Marius, demanda-t-il. Raconte-moi des merveilles. Dis-moi ce que je dois savoir. » Incapable de s'arrêter là, il poursuivit : « Autrefois, j'en appelais au vent, je lui expliquais ce qui m'occupait le cœur et l'esprit. Pourtant, lorsque j'ai gagné les glaces du Nord, je ne savais plus parler. » Il s'interrompit, le regard plongé dans celui de Marius. « Mon âme souffre trop. Je n'ai pas de véritables pensées.

– Je comprends, répéta Marius. Viens, allons chez moi. Je t'offrirai avec plaisir un bain et les vêtements dont tu as besoin. Ensuite, nous irons chasser, tu te remettras, puis viendra l'heure de discuter. Je peux te conter des histoires sans fin, les événements de ma vie que je désire partager. »

Un long soupir échappa à Thorne, qui ne put retenir un sourire reconnaissant, les yeux humides, les mains tremblantes. Son regard explora le visage de son interlocuteur, scrutateur, mais il n'y vit nulle trace de malhonnêteté ou de fourberie. Marius semblait sage et direct.

« Mon ami », dit le visiteur, se penchant en avant pour offrir le baiser de salutation.

Il se mordit profondément la langue, s'emplit la bouche de sang puis ouvrit ses lèvres à celles de son hôte.

Ce dernier n'en fut nullement surpris : de toute évidence, le baiser faisait partie de ses propres coutumes. Il recueillit le sang, qu'il savoura visiblement.

« À présent, il nous est impossible de nous quereller pour des broutilles », ajouta Thorne.

Il se radossa, l'esprit soudain très confus. N'étant plus seul, il craignait de laisser couler ses larmes ; il avait affreusement besoin d'aller chez Marius, mais aurait-il la force de l'accompagner jusque chez lui par ce froid terrible ?

« Viens, dit son nouvel ami. Je vais t'aider. »

Ensemble, ils se levèrent de table.

Traverser la foule des mortels s'avéra une torture pire encore que la fois précédente. Tant d'yeux brillants se fixaient sur Thorne, fût-ce un court instant.

Enfin, son compagnon et lui se retrouvèrent dans l'étroite ruelle, enveloppés d'un doux tourbillon neigeux, le bras de Marius fermement passé sous celui de Thorne.

Ce dernier haletait, le cœur affolé. Il s'aperçut qu'il mordait les flocons s'abattant par bourrasques sur son visage. Il lui fallut s'arrêter un instant, faire signe à son guide de prendre patience.

« J'ai vu tant de choses grâce au don de l'esprit, dit-il enfin. Je ne les ai pas comprises.

– Peux-être puis-je te les expliquer, répondit Marius. Du moins pour ce que j'en sais. Tu feras de ces informations ce que tu voudras. Je n'ai pas trouvé le salut dans la connaissance, puisque la solitude est mon lot.

– Je suis auprès de toi, et je compte bien y rester », affirma Thorne.

La douceur de leur camaraderie lui serrait le cœur.

Ils marchèrent un long moment, Thorne regagnant sa force, oubliant la chaleur de la taverne comme si elle n'avait été qu'illusion.

Enfin, ils atteignirent une belle maison, au toit pointu et aux nombreuses fenêtres. Marius glissa une clé dans la serrure de la porte d'entrée, et ils abandonnèrent la neige pour pénétrer dans un grand vestibule.

Une douce lumière s'échappait des pièces au-delà. Les murs et le plafond étaient couverts de bois ciré, de même que le sol. Toutes les lattes s'emboîtaient à la perfection.

« Cette demeure a été conçue à mon intention par un génie du monde moderne, expliqua Marius. J'ai occupé bien des maisons de bien des genres. Celle-là n'en est qu'un exemple. Viens, suis-moi. »

La salle de séjour s'ornait d'une cheminée rectangulaire en pierre appuyée à un mur lambrissé. Dans le foyer, un tas de bois attendait d'être allumé. Des plaques en verre d'une taille extraordinaire dévoilaient les lumières de la ville. Thorne s'aperçut qu'il se trouvait sur une colline dominant une vallée.

« Viens, reprit Marius. Il faut que je te présente quelqu'un. »

La remarque alarma son invité, qui n'avait eu conscience d'aucune autre présence mais le suivit cependant dans une pièce voisine, où il découvrit un spectacle déconcertant.

La salle était emplie de tables, ou peut-être d'une table, très longue et très large, entièrement couverte d'un paysage miniature de collines et de vallées, de villes et de villages. De petits arbres et même de minuscules buissons s'y dressaient çà et là, des plaques de neige s'y étalaient, comme si certaines régions subissaient le joug de l'hiver alors que d'autres bénéficiaient du printemps ou de l'été.

Dans les innombrables maisons brillait souvent de la lumière ; des lacs scintillaient, composés d'une substance dure aussi miroitante que de l'eau ; des tunnels perçaient les montagnes ; des rails s'incurvaient, portant de petits trains apparemment d'acier, tels ceux du vaste monde moderne.

Sur cet univers en réduction régnait un buveur de sang qui ne daigna pas lever les yeux vers ses visiteurs. Lors de sa création, ç'avait été un grand jeune homme à l'ossature très fine, aux longs doigts délicats. Sa chevelure arborait un blond délavé plus anglais que nordique.

Assis à la table, devant un espace dégagé réservé à ses pinceaux et ses pots de peinture, il peignait l'écorce d'un arbre miniature. Sans doute était-il pressé de l'ajouter au monde qui occupait toute la pièce et dans lequel il était quasi immergé.

Une vague de plaisir traversa Thorne tandis qu'il parcourait du regard le petit univers. La pensée le frappa soudain qu'il eût volontiers passé une heure à scruter les bâtiments en réduction. Ils n'appartenaient pas à l'immensité brutale de l'extérieur, mais à une contrée précieuse, protégée, voire vaguement enchanteresse.

Les nombreux petits trains noirs filant à travers le paysage produisaient le bourdonnement ténu d'une ruche. Derrière leurs minuscules fenêtres brillaient des lumières.

Les détails foisonnants de ce pays des merveilles semblaient corrects jusqu'au dernier.

« J'ai l'impression d'être un géant du froid », murmura Thorne avec respect.

C'était une manière d'offrir son amitié au jeune vampire, lequel continua sans mot dire à appliquer de la peinture brune sur l'écorce de l'arbre qu'il tenait délicatement entre deux doigts de la main gauche.

« Ces petites villes et cités sont emplies d'une magie adorable », reprit le Nordique d'une voix un peu plus timide.

Le buveur de sang assis à sa table paraissait de pas avoir d'oreilles.

« Daniel ? appela gentiment Marius. Ne veux-tu pas saluer Thorne, qui ce soir est notre hôte ?

– Sois le bienvenu, Thorne », lança ledit Daniel sans lever les yeux.

Comme si les deux visiteurs n'avaient pas existé, il arrêta de peindre, plongea un autre pinceau dans un autre pot, marqua d'une tache humide le vaste paysage étendu devant lui puis y posa brutalement l'arbre ; ce dernier demeura si droit qu'on l'eût cru planté.

« La maison se compose essentiellement de pièces de ce genre, expliqua Marius d'un ton égal, fixant Thorne avec douceur. Regarde là-dessous. » Il montrait les piles de boîtes posées par terre sous la table. « Les petits arbres et bâtiments se vendent par milliers. Daniel est très doué pour assembler les constructions. Tu vois comme elles sont compliquées ? En ce moment, il leur consacre tout son temps. »

Il sembla à Thorne que la voix de son hôte trahissait un jugement, indulgent cependant, auquel le jeune vampire ne prêta d'ailleurs aucune attention. Il s'était emparé d'un autre arbre miniature, dont il examinait la portion épaisse représentant les branches feuillues. Bientôt, son petit pinceau s'y attaquait.

« As-tu déjà vu un de nos frères succomber à pareil enchantement ? » ajouta Marius.

Thorne secoua la tête – non, il n'avait jamais rien vu de tel. Mais il comprenait que cela se produisît parfois.

« Il arrive qu'un immortel soit ainsi captivé, poursuivit son compagnon. Je me souviens d'avoir entendu parler voilà des siècles d'une buveuse de sang vivant dans un pays du Sud. Sa seule passion consistait à chercher de beaux coquillages au bord de la mer. Elle y consacrait toutes ses nuits, jusqu'aux prémices de l'aube, chassant, se nourrissant, mais seulement pour retourner à ses coquillages. Quand elle en trouvait un, elle le prenait, elle le regardait, puis elle le rejetait et poursuivait sa quête. Personne ne pouvait l'en distraire.

« Daniel souffre du même genre de fascination. Il fabrique ses petites cités mais refuse de faire quoi que ce soit d'autre. C'est comme si elles avaient pris possession de lui. Disons que je lui sers de protecteur. »

Thorne demeurait bouche bée, empli de respect. Il n'eût su dire si les explications de son hôte affectaient le jeune vampire, qui travaillait toujours à son petit monde. Un instant, il se sentit égaré.

Daniel laissa échapper un rire bas, empreint de bonne humeur.

« Il va rester ici un moment, déclara Marius, puis ses anciennes facultés lui reviendront.

– Tu as de ces idées, Marius », lança son protégé avec un autre petit rire amusé.

Sa voix n'était guère qu'un murmure.

Il plongea derechef un pinceau dans la colle avant de presser l'arbre sur l'herbe verte du paysage avec la force nécessaire. Puis d'en tirer un autre d'une boîte posée à côté de lui.

Pendant ce temps, les petits trains onduleux avançaient bruyamment à travers collines et vallées, dépassant églises couvertes de neige et maisons. Le monde miniature contenait même de minuscules habitants détaillés !

« Puis-je m'agenouiller pour mieux voir ? s'enquit Thorne avec respect.

– Je t'en prie, répondit Marius. Ça lui fera plaisir. »

Thorne s'agenouilla bel et bien, puis se rapprocha d'un village, groupement de petites bâtisses ornées de mots délicatement tracés dont il ignorait le sens.

La situation était tellement extraordinaire qu'il en restait frappé de stupeur : en s'éveillant pour affronter le vaste monde, il était venu droit à cet univers miniature.

Un train des plus réussi, locomotive rugissante et wagons souplement reliés, passa près de lui en bringuebalant. Il lui sembla distinguer à l'intérieur d'infimes silhouettes.

Une seconde, il oublia tout. Il s'imagina contempler la réalité et en comprit le pouvoir ensorcelant, qui cependant l'effraya.

« Magnifique », dit-il en remerciement, avant de se redresser.

Le jeune buveur de sang n'eut ni un geste ni une parole pour montrer qu'il avait eu conscience du compliment.

« Tu as chassé, Daniel ? demanda Marius.

– Pas cette nuit », répondit l'interpellé sans lever le regard. Soudain, pourtant, ses yeux se posèrent sur le visiteur, qui s'étonna de leur teinte violette. « Un Nordique. » Une note de surprise ravie s'était glissée dans sa voix. « Les cheveux roux, comme les jumelles. » Un petit rire un peu fou lui échappa. « Un enfant de Maharet. Très fort. »

Thorne, saisi, eut un mouvement de recul et faillit perdre l'équilibre. Pris de l'envie de frapper l'insouciant vampire, il allait lever le poing, mais Marius lui saisit fermement le bras.

Des images envahirent l'esprit de son invité. Les jumelles – sa créatrice bien-aimée et la sœur perdue. Il les voyait parfaitement. *La reine des damnés.* Une fois de plus, Lestat lui apparut, impuissant, ligoté. Il n'existait pas de matière capable de le retenir. Comment la sorcière rousse avait-elle forgé ses entraves ?

Thorne s'efforça de chasser ces pensées pour s'ancrer dans l'instant présent.

Marius, cramponné à son bras, s'adressait maintenant à Daniel. « Laisse-moi te guider, si tu veux aller chasser.

– Je n'en ai aucun besoin. » Le jeune buveur de sang était retourné à son travail. Tirant de sous la table un gros paquet, il le montra à son interlocuteur. Sur l'emballage était peinte ou imprimée, le visiteur n'eût su le dire, une maison à deux étages dotée de nombreuses fenêtres. « Je veux assembler celle-là. Elle est bien plus compliquée que les autres, mais avec mes dons vampiriques, ce sera un jeu d'enfant.

– Nous allons te laisser, dit Marius. N'essaie pas de sortir sans moi, d'accord ?

– Je ne ferais pas une chose pareille. » Déjà, Daniel déchirait l'emballage diaphane du paquet, révélant de petits morceaux de bois. « Je chasserai avec toi demain soir. Tu seras libre de me traiter comme un enfant, puisque tu aimes tellement ça. »

Sans relâcher son étreinte amicale, Marius entraîna Thorne hors de la pièce, dont il ferma la porte.

« Quand il se promène seul, il a toujours des ennuis, expliqua-t-il. Il se perd, ou il finit par avoir si faim qu'il en devient incapable de chasser. Il faut que je traque ses proies pour lui. Il avait déjà ce genre de problème avant de devenir vampire, et le Sang ne l'a pas changé, sinon très brièvement. Maintenant, il est en plus l'esclave des mondes minuscules qu'il crée de ses mains. Tout ce qu'il lui faut, c'est de la place, et les boîtes de bâtiments, d'arbres et autres qu'il achète sur Internet.

– Ah, tu possèdes un de ces curieux moteurs de l'esprit, commenta Thorne.

– Il y a en effet sous ce toit de très bons ordinateurs, de même que tout ce dont j'ai besoin. Mais tu es fatigué. Tes vêtements sont usés. Tu as besoin de repos. Nous parlerons de cela plus tard. »

Marius entraîna son invité dans un petit escalier de bois sonore puis une grande chambre à coucher, aux portes et lambris entièrement peints de jaunes et de verts. Quant au lit, il occupait un grand placard sculpté ouvert sur un côté. Thorne estima qu'il s'agissait d'un endroit bizarre mais sûr, dont pas un centimètre carré n'avait dû échapper à la main humaine. Jusqu'au plancher qui était poli.

Une porte imposante ouvrait sur un bain immense au sol de pierre, lambrissé de bois brut, éclairé par d'innombrables bougies. Le bois était d'une teinte superbe dans cette clarté subtile. Un vague étourdissement prit le visiteur.

Pourtant, ce fut le bain lui-même qui l'étonna vraiment. Devant une grande plaque de verre attendait une énorme baignoire en forme de futaille emplie d'eau brûlante, plus qu'assez grande pour accueillir plusieurs personnes. Juste à côté, sur un petit tabouret, reposait une pile de ce qui devait être des serviettes. D'autres tabourets supportaient des bols de fleurs et d'herbes séchées, dont Thorne percevait les parfums grâce à ses sens aiguisés de buveur de sang. Il y avait aussi des flacons d'huiles diverses et des pots, sans doute d'onguents.

Qu'il pût se laver en pareil lieu lui paraissait tenir du miracle.

« Ôte ces vêtements souillés, lui conseilla son hôte. Permets-moi de les jeter. Que désires-tu conserver, à part ton collier ?

– Rien. Comment pourrai-je jamais te revaloir cela ?

– C'est déjà fait. »

Marius retira lui aussi son manteau de cuir puis sa tunique de laine. Son torse nu se révéla totalement glabre. Il était pâle, de même que tous les vampires âgés, doté d'un corps puissant, naturellement beau. On l'avait pris dans la fleur de l'âge, cela se voyait, mais quant à deviner combien de temps il avait vécu soit comme mortel, bien longtemps auparavant, soit en termes de vampirisme... Thorne en était incapable.

Marius ôta ses bottes en cuir et son pantalon de laine puis, sans attendre son invité – lui faisant juste signe de l'imiter –, pénétra dans l'énorme baignoire d'eau chaude.

Thorne arracha sa veste fourrée, la déchirant dans sa hâte. Les mains tremblantes, il se débarrassa de son pantalon, quasi en loques. Un instant plus tard, aussi nu que son compagnon, il rassemblait à la hâte ses hardes abîmées en un petit tas puis regardait autour de lui.

« Ne t'en fais pas pour ça, lança Marius, environné de vapeur. Viens donc te réchauffer. »

Thorne le suivit, pénétrant dans le bain puis se laissant sombrer à genoux au sein de l'eau brûlante. Enfin, il s'assit pour en avoir jusqu'au cou. La chaleur lui infligea un choc irrésistible, véritable bénédiction. Il murmura une petite prière de remerciement, quelques mots d'autrefois appris enfant pour célébrer les plus purs bonheurs.

Marius plongea la main dans un des bols de plantes séchées, dont il rassembla une poignée qu'il laissa tomber sur la surface liquide.

Un parfum puissant, délicieux de campagne estivale s'éleva.

Thorne ferma les yeux. Qu'il se fût levé, qu'il fût allé aussi loin, qu'il eût trouvé ce bain parfait, voluptueux, lui semblait presque impossible. Bientôt il s'éveillerait, victime du don de l'esprit, de retour dans sa caverne désolée, prisonnier de son exil volontaire ; rêvant de ses frères, rien de plus.

Lentement, la tête basse, il leva dans ses mains en coupe l'eau purifiante vers son visage. Il répéta le geste encore et encore puis, enfin, comme s'il lui fallait bien du courage, s'immergea complètement.

Lorsqu'il se redressa, il avait aussi chaud que s'il n'avait jamais connu le froid. La vision des lumières derrière le verre le surprit. Malgré la vapeur, la neige qui tombait lui était visible ; il avait délicieusement conscience d'en être tout proche et cependant très loin.

Soudain, il regretta de s'être animé dans un but aussi noir.

Pourquoi ne pouvait-il servir le bien exclusivement ? Pourquoi ne pouvait-il vivre pour le plaisir ? Jamais il n'en avait été ainsi pour lui.

Quoi qu'il en fût, il devait absolument garder le secret en la matière. Pourquoi troubler son ami par ses sombres pensées ? Pourquoi se troubler lui-même par ses confessions coupables ?

Il regarda son compagnon.

Marius s'était adossé à la paroi de la baignoire, les bras étendus sur le rebord. Ses cheveux mouillés lui collaient au cou et aux épaules. Bien qu'il ne fixât pas son compagnon, il était de toute évidence conscient de sa présence.

Thorne plongea de nouveau la tête sous l'eau, s'avança pour s'allonger, se redressa brusquement en pivotant afin de laisser le liquide ruisseler sur sa poitrine. Un petit rire ravi lui échappa. Il passa les doigts dans les poils de son torse, rejeta la tête en arrière jusqu'à ce que l'eau vînt lui lécher le visage, s'y roula longuement pour laver son épaisse chevelure avant de se rasseoir enfin, satisfait.

Marius et lui, dans la même position, s'entre-regardèrent.

« Voilà donc comment tu vis, dit Thorne. Au milieu des mortels, et pourtant à l'abri ?

– Ils ne croient plus en nous. Quoi qu'ils puissent voir, ils ne croient plus. Et puis tout s'achète, de nos jours. » Les yeux bleus demeuraient francs dans un visage calme, comme si Marius n'avait pas dissimulé de secrets maléfiques, comme s'il n'avait détesté personne. « Ce sont des mortels qui nettoient cette maison. Qui me procurent grâce à l'argent que je leur donne tout ce dont j'ai besoin. Comprends-tu assez le monde moderne pour saisir de quelle manière ma demeure est chauffée, rafraîchie ou protégée des intrus ?

– Oui, acquiesça Thorne, mais nous ne sommes jamais aussi protégés que nous rêvons de l'être, tu ne crois pas ? »

Un sourire amer se peignit sur les lèvres de son interlocuteur.

« Aucun mortel ne m'a jamais fait le moindre mal, affirma-t-il.

— Tu veux parler de la reine des damnés et des malheureux qu'elle a tués ?

— De cela et d'autres horreurs, oui. »

Lentement, en silence, Marius se servit du don de l'esprit pour informer son hôte qu'il ne chassait quant à lui que le malfaisant.

« Voilà mon traité de paix avec le monde, expliqua-t-il. Ce qui m'a permis d'exister jusqu'à cette nuit. Grâce à mes pouvoirs, je traque les assassins humains. Il s'en trouve toujours dans les grandes villes.

— Moi, je bois à petites gouttes, répondit Thorne. Ne t'inquiète pas. Je n'ai pas besoin de festins. Je prélève mon dû chez nombre de mortels afin que nul ne meure. Des siècles durant, j'ai vécu parmi le peuple des neiges. Lorsque j'ai été créé, je ne savais pas comment m'y prendre. Je buvais trop vite, avec trop d'insouciance. Ensuite, j'ai appris. L'âme d'autrui ne m'appartient pas. Je butine de fleur en fleur, telle l'abeille. Je me suis accoutumé à passer de taverne en taverne, parmi la foule, pour boire à un être après l'autre.

— C'est une bonne manière de procéder, acquiesça Marius avec un petit sourire. Tu es compatissant, pour un enfant de Thor. » Son sourire s'élargit. « Très compatissant.

— Tu n'aimes pas mon dieu ? demanda poliment Thorne.

— Je ne crois pas en lui. Je t'ai dit que j'avais perdu les divinités romaines, mais en vérité, je ne les avais jamais eues. J'étais d'un tempérament trop froid. N'ayant jamais réellement eu de dieux, j'en parle donc comme de poésie. La poésie de Thor était d'essence guerrière, n'est-ce pas ? De batailles sans répit et de tumulte au cœur des cieux. »

Cette définition enchanta Thorne à tel point qu'il ne put dissimuler son ravissement. Jamais le don de l'esprit n'apportait avec autrui une communication aussi précise ; or le discours de Marius ne faisait pas que l'impressionner, il le plongeait également dans une certaine perplexité qui lui semblait merveilleuse.

« Telle était en effet la poésie de Thor, mais il n'existait rien de plus clair ni de plus évident que le tonnerre résonnant sur la montagne lorsqu'il brandissait son marteau. Quand je quittais la demeure paternelle, seul, la nuit, pour m'enfoncer dans la pluie et le vent, quand j'escaladais la montagne sans la moindre crainte afin d'écouter le tonnerre, je savais que mon dieu était là. Il ne s'agissait pas de poésie. » Thorne s'interrompit. Il revoyait sa mère patrie. Sa jeunesse. « D'autres dieux m'ont frôlé, reprit-il doucement, sans regarder son compagnon. Le plus bruyant était Odin, menant sa meute sauvage à travers les cieux. J'ai vu et entendu passer des esprits. Jamais je ne les ai oubliés.

— Les vois-tu encore à présent ? » interrogea Marius. Il ne s'agissait pas d'un défi. Juste de curiosité, mêlée peut-être d'une nuance de respect. « Je l'espère, s'empressa-t-il d'ajouter, comme s'il craignait que son invité n'interprétât mal la question.

— Je ne sais pas. C'est tellement loin. Je ne croyais pas retrouver tout cela un jour. »

Pourtant, les souvenirs de Thorne étaient à présent très clairs. Plongé dans l'eau chaude, le sang apaisé, le froid cruel chassé de ses membres, il voyait cependant la vallée hivernale. Il entendait la tempête. Il distinguait les fantômes flottant dans le ciel au-dessus de lui, morts perdus qu'Odin entraînait à sa suite.

« Venez, avait lancé Thorne à ses compagnons, des jeunes gens qui avaient quitté le grand hall en rampant, comme lui. Allons au bosquet sacré. Installons-nous sous les arbres mêmes tandis que le tonnerre gronde. »

Ils ne pouvaient montrer la peur que leur inspirait le lieu saint.

« Tu étais un Viking, dit doucement Marius.

— Les Bretons nous appelaient ainsi, oui. Je ne crois pas que nous ayons employé le mot. Nous l'avons appris de nos ennemis. Je me rappelle leurs hurlements lorsque nous escaladions leurs murailles, lorsque nous volions l'or de leurs autels et de leurs églises. » Thorne s'interrompit, ses yeux se posèrent calmement sur son hôte. « Que tu es donc tolérant ! Tu es réellement disposé à écouter.

— De toute mon âme », acquiesça Marius. Poussant un petit soupir, il regarda à l'extérieur par l'immense fenêtre. « Je suis las de la solitude, mon ami. La compagnie de ceux à qui je suis le plus lié m'est insupportable, et vice versa, à cause de mes propres actes. »

Cette confession imprévue surprit Thorne. Il songea à Lestat et à ses chansons, aux buveurs de sang réunis en conseil lors de l'arrivée de la reine maléfique. Aucun n'y avait laissé la vie, il le savait. Tout comme il savait que le blond Marius avait parlé raison avec plus de force que quiconque.

« Continue ton histoire, demandait-il à présent. Je ne voulais pas t'interrompre. Tu allais dire quelque chose d'important.

— Juste que j'ai tué bien des gens avant de devenir un buveur de sang. Je maniais le marteau de Thor aussi bien que l'épée et la hache. Je me suis battu enfant au côté de mon père, puis après l'avoir porté en terre. Il n'est pas mort dans son lit, je peux te l'assurer, mais l'épée à la main, comme il le désirait. » Thorne se tut un instant. « Et toi, mon ami ? Étais-tu un guerrier ? »

Marius secoua la tête.

« J'étais un sénateur. Un législateur vaguement philosophe. J'ai fait la guerre quelque temps, oui, parce que ma famille en avait décidé ainsi. On m'a donc accordé un poste élevé dans une légion, mais je ne l'ai occupé que peu de temps avant de regagner ma demeure et ma bibliothèque. J'aimais les livres. Je les aime toujours. Certaines pièces de cette maison en sont emplies, et je possède d'autres maisons qui le sont également. Jamais je n'ai réellement connu la bataille. »

S'interrompant, il se pencha en avant, porta de l'eau à son visage comme son compagnon un peu plus tôt, puis se la laissa couler sur les paupières.

« Viens, reprit-il. Abandonnons ce plaisir pour un autre. Allons chasser. Je sens que tu as faim. J'ai des vêtements neufs pour toi. Tout ce dont tu as besoin. À moins que tu n'aies envie de profiter davantage de l'eau chaude ?

— Non, je suis prêt », répondit Thorne.

Il ne s'était pas nourri depuis si longtemps qu'il avait honte de l'admettre. Une fois de plus, il se rinça le visage et les cheveux, s'immergea totalement puis se redressa, écartant de son front ses mèches trempées.

Marius, déjà sorti de la baignoire, lui tendait une grande serviette blanche.

Elle s'avéra épaisse, rêche, parfaite pour éponger l'eau sur sa peau de vampire qui n'absorbait rien. La pièce lui sembla un instant froide, tandis qu'il se tenait sur le sol de pierre, mais très vite, il se réchauffa, en se frottant les cheveux avec énergie pour venir à bout des dernières goutelettes.

Son hôte, sec avant lui, s'empara d'une serviette propre sur la pile afin de lui frotter le dos et les épaules. Cette familiarité fit courir des frissons dans les membres de Thorne. Marius lui frictionna le crâne sans douceur puis entreprit de lui démêler les cheveux.

« Pourquoi n'as-tu pas une grande barbe rousse ? s'enquit-il alors qu'ils se faisaient face. Je me rappelle les Nordiques barbus. Je les ai vus arriver à Byzance. Le nom te dit-il quelque chose ?

— Oh, oui, répondit Thorne. J'ai vu cette merveilleuse cité. » Il prit la serviette que lui présentait son compagnon. « Je t'assure que, tout jeune déjà, j'avais une longue barbe fournie, mais elle a été rasée la nuit où je suis devenu buveur de sang. On m'a toiletté pour me préparer au Sang magique. Ainsi en avait décidé ma créatrice. »

Marius hocha la tête, mais il était beaucoup trop poli pour prononcer le nom de la fameuse créatrice, bien que son cadet l'eût fait effrontément.

« Je veux parler de Maharet, tu le sais, poursuivit Thorne. Ton jeune ami ne t'a rien appris, n'est-ce pas ? Tu l'avais lu dans mes pensées. » Il marqua une pause avant de continuer : « C'est la vision de Maharet qui m'a tiré des glaces et des neiges. Elle s'est dressée contre la reine maléfique. Elle a enchaîné Lestat. Mais parler d'elle maintenant me coupe le souffle. En serai-je jamais capable ? Je l'ignore. Allons chasser. Ensuite, nous pourrons réellement discuter. »

L'air solennel, la serviette pressée contre la poitrine, il s'efforçait de rallumer dans le secret de son cœur l'amour de sa créatrice, il cherchait à tirer des siècles écoulés une sagesse qui éteindrait sa colère, mais il n'y parvenait pas. Il réussissait juste à garder le silence avant de partir chasser avec son hôte.

III

Dans une vaste pièce toute de boiseries teintées, emplie de placards et de coffres peints, Marius présenta des vêtements à son invité – de belles vestes de cuir aux petits boutons en os, dont plusieurs doublées de fourrure argentée, et des pantalons ajustés à la laine si douce que Thorne n'en distinguait pas le tissage.

Seules les bottes lui étaient un peu trop petites, mais il pensait pouvoir les supporter. Comment une telle chose aurait-elle pu avoir la moindre importance ? Marius, insatisfait, continua néanmoins à chercher jusqu'à en trouver une paire plus grande, qui s'avéra parfaite.

Quant au costume de l'époque, il n'était guère différent de celui auquel Thorne était habitué, avec sa fine chemise de toile à même la peau, sous les vêtements en cuir ou en laine. Les minuscules boutons de la chemise l'intriguèrent et les coutures l'enchantèrent, quoiqu'il les sût œuvres de machines et fort banales.

Il prenait peu à peu conscience de l'enchantement qui l'attendait. Sa sinistre mission lui semblait moins essentielle.

Son hôte s'habilla cette fois encore d'une veste et d'une cape rouges, ce qui intrigua Thorne, lequel lui avait vu pareils vêtements à la taverne des vampires : la teinte semblait bien vive pour un chasseur.

« J'ai l'habitude de porter du rouge, expliqua Marius devant l'intérêt muet de son compagnon, mais n'hésite pas à choisir ce qu'il te plaît. Lestat, mon ancien élève, aime aussi ma couleur, ce que je trouve très agaçant quoique supportable. Nous avons l'air d'un maître et de son apprenti, lorsque sa nuance un peu plus claire côtoie la mienne.

– Tu l'aimes donc, lui aussi ? »

Sans répondre, il montra les vêtements.

Thorne se contenta de cuir brun sombre – un bon camouflage – véritablement soyeux puis glissa ses pieds nus dans les bottes fourrées. Il n'avait pas besoin de cape. Il lui semblait qu'elle n'eût fait que l'encombrer.

Marius plongea les doigts dans un plateau d'argent empli de cendres posé sur un chiffonnier. Mêlant la poudre grise au sang prélevé dans sa propre bouche, il la transforma en une pâte fluide dont il se couvrit tout le visage. Son teint en fut assombri ; ses anciennes rides réapparurent ; ses yeux semblèrent s'enfoncer dans leurs orbites. Thorne le trouva d'autant plus remarquable, mais sans doute en irait-il différemment des mortels.

Lorsque Marius lui fit signe de l'imiter, quelque chose empêcha son compagnon d'accepter. Peut-être le seul fait que jamais il n'avait eu recours à ce genre de maquillage.

Il refusa également les gants proposés, car il n'aimait pas la manière dont ce genre de choses affectait le toucher. Il était resté si longtemps dans les glaces qu'il avait envie de contact direct.

« J'aime beaucoup porter des gants, dit Marius. Je ne sors jamais sans. Nos mains font peur aux mortels, quand ils prennent le temps de les regarder. De plus, le cuir transmet une sensation de chaleur, contrairement à notre peau. »

Il emplit ses poches de papier monnaie dont il offrit de pleines poignées à Thorne, qui refusa là encore : il eût été avaricieux d'accepter pareil cadeau de son hôte.

« Ne t'inquiète pas, reprit ce dernier. Je prendrai soin de toi. Mais si d'aventure nous étions séparés, reviens ici, tout simplement. Fais le tour de la maison, la porte de derrière sera ouverte. »

Séparés ? Comment serait-ce possible ? Thorne se sentait hébété par tout ce qui arrivait. Le moindre détail de son environnement lui était jouissance.

Alors qu'ils étaient prêts à partir, le jeune Daniel entra et les examina tous les deux.

« Veux-tu te joindre à nous ? » lui demanda Marius.

Il tirait sur ses gants pour les plaquer contre sa peau, de sorte qu'ils dessinaient sa moindre articulation.

L'arrivant ne répondit pas, muet malgré son air attentif. Quoique la jeunesse de son visage fût trompeuse, ses yeux violets étaient réellement extraordinaires.

« Tu peux venir, tu le sais », reprit Marius.

L'autre se détourna et ressortit, sans doute pour regagner son royaume miniature.

Quelques minutes plus tard, ses deux aînés étaient en route sous la neige, Marius étreignant son invité comme si ce dernier avait besoin d'être rassuré.

Je ne vais pas tarder à boire.

Lorsque enfin ils atteignirent une grande auberge, ils en gagnèrent la cave, où se trouvaient des centaines de mortels. La taille de la salle stupéfia Thorne.

Des humains bruyants, rayonnants y mangeaient et y buvaient par dizaines de petits groupes. Ils y dansaient également au son d'un orchestre médiocre, y pratiquaient des jeux de hasard devant d'imposantes tables vertes chargées de roues, avec des cris rauques et des rires insouciants. La musique électrique était tonitruante, les lumières éclatantes difficiles à supporter, l'odeur de nourriture et de sang entêtante.

Les deux arrivants n'attirèrent d'autre attention que celle d'une serveuse, qui les accompagna sans la moindre question jusqu'à une petite table au cœur de l'animation. De là, ils voyaient fort bien les danseurs gigotants, qui s'agitaient apparemment seuls plutôt qu'avec un partenaire et suivaient le rythme de manière primitive, enivrés par le bruit.

La musique choqua Thorne, à qui elle déplut par son côté chaotique. Quant aux lumières syncopées, elles lui parurent affreuses.

« Ces projecteurs sont nos alliés, lui murmura Marius à l'oreille. Il est difficile de voir ce que nous sommes sous pareil éclairage. Essaie de le supporter. »

Il commanda ensuite des boissons chaudes. La petite serveuse fixa Thorne avec des yeux brillants, séducteurs, en faisant une remarque amusée sur ses cheveux roux. Il lui sourit. Pas question de boire à ses veines, même si les mortels du monde entier se desséchaient ou devenaient inaccessibles.

Il parcourut la salle du regard, s'efforçant d'ignorer le vacarme qui lui martelait les tympans et les odeurs puissantes qui le rendaient presque malade.

« Tu vois les femmes près du mur du fond, là-bas ? reprit Marius. Elles aiment danser. C'est pour ça qu'elles viennent ici. Elles attendent qu'on les invite. Tu y arriveras en dansant ?

– Oui », acquiesça Thorne, presque solennel – comme pour dire : Pourquoi me demandes-tu une chose pareille ? « Mais danser ?... » Il regardait les couples serrés sur la piste. Pour la première fois depuis qu'il était parti vers le nord, il se mit à rire. Toutefois, ce fut à peine s'il s'entendit dans le vacarme ambiant. « Je suis capable de boire sans que le moindre mortel ne s'en rende compte, y compris ma victime, mais le suis-je de danser de cette manière ? »

Un large sourire éclaira le visage de Marius. Sa cape jetée sur le dossier de sa chaise, il paraissait parfaitement calme au milieu de l'insupportable combinaison de lumières et de bruit.

« Font-ils vraiment autre chose que s'agiter maladroitement ? reprit Thorne.

— Imite-les. Ne bouge pas trop vite en buvant. Laisse la musique et le sang te parler. »

Il eut un nouvel éclat de rire. Soudain, dans un accès d'impétueuse témérité, il se leva et se fraya un passage autour de la piste de danse encombrée, en direction des esseulées qui, déjà, le fixaient avec avidité. Des trois, il choisit la brune, parce que les femmes aux yeux et aux cheveux sombres l'avaient toujours fasciné. C'était aussi la plus âgée, la moins susceptible de trouver un cavalier, et l'intérêt qu'il lui portait ne ferait aucun mal à l'inconnue.

Elle se leva aussitôt. Tenant dans les siennes ses petites mains abandonnées, il l'entraîna vers le plancher poli. La musique implacable ne suggérait rien hormis un rythme simple, dépourvu de sens, que la partenaire de Thorne prit à l'instant, non sans maladresse, ses chaussures délicates martelant le bois.

« Oh, vous avez les mains froides ! s'exclama-t-elle.

— Excusez-moi ! répondit-il. Je suis vraiment désolé. Je suis resté trop longtemps dans la neige. »

Dieux du ciel, il devait prendre garde à ne pas lui faire de mal. C'était une créature si confiante et dépourvue d'artifice, avec ses yeux et sa bouche maquillés de travers, ses joues rougies de fard, ses seins poussés en avant sous sa robe de soie noire par des courroies serrées.

Elle se plaqua effrontément contre lui. Alors, l'enlaçant aussi tendrement que possible, il se pencha pour lui enfoncer ses petits crocs dans le cou avec la plus grande discrétion. *Rêve, ma douce. Rêve de beauté. Je t'interdis d'avoir peur ou de te rappeler.*

Ah, le sang. Après si longtemps, il arrivait, pompé par le petit cœur ardent de l'inconnue, un cœur sans défense ! Perdant le fil de la pâmoison de sa proie, Thorne sombra dans la sienne propre. Sa créatrice lui apparut ; un gémissement étouffé lui échappa, tandis qu'il s'adressait à la femme serrée contre lui. *Donne-moi tout.* Mais c'était mal, il le savait.

Il s'écarta vivement, pour découvrir que Marius se tenait près de lui, une main sur son épaule.

Lorsqu'il lâcha sa partenaire, elle leva vers lui des yeux brillants quoique endormis. Il la fit virevolter dans un nouvel éclat de rire, indifférent au chemin que suivait le nectar dans ses veines, à la faiblesse avide de sang qui le saisissait. Ils continuèrent à danser, aussi maladroits que les autres couples. Mais il avait encore soif.

Enfin, elle demanda à regagner sa petite table. Elle se sentait fatiguée, elle ne comprenait pas pourquoi. Il ne devait pas lui en vouloir. Il acquiesça, s'inclina et lui baisa la main en toute innocence.

Il ne restait qu'une des trois solitaires, car Marius dansait à présent avec la deuxième. Thorne présenta sa main à l'esseulée en se promettant que, cette fois, il n'aurait pas besoin de gardien.

Plus robuste que son amie, elle avait des yeux soulignés de noir, comme ceux d'une Égyptienne, des lèvres d'un rouge plus profond, des cheveux blonds semés d'argent.

« Êtes-vous l'homme de mes rêves ? » demanda-t-elle, élevant audacieusement la voix pour dominer la musique.

Elle l'eût volontiers entraîné sur l'heure à l'étage, dans l'auberge.

« Peut-être, répondit-il. Si vous me laissez vous embrasser. »

Et, la serrant de près, il lui plongea les crocs dans le cou pour boire vite, goulûment. Lorsqu'il la lâcha, elle rêvait, souriante, tendre quoique comploteuse, inconsciente de ce qui venait de lui arriver.

Impossible de prendre beaucoup de sang à ces trois femmes. Elles étaient trop gentilles. Il fit tourner et virevolter sa partenaire, tenaillé par l'envie désespérée de lui voler encore un peu de son fluide vital mais n'osant la satisfaire.

Le sang qui battait en lui demandait davantage de sang. Ses mains et ses pieds étaient devenus douloureusement froids.

Marius, retourné à leur table, discutait avec un gros mortel chaudement vêtu installé à son côté. Il lui avait posé le bras sur les épaules.

Enfin, Thorne raccompagna la jolie femme à sa place. Avec quelle tendresse elle le regardait.

« Ne partez pas, dit-elle. Vous ne pouvez donc pas rester un peu ?

– Non, ma douce. »

Le monstre était en lui tandis qu'il baissait les yeux sur elle. Il pivota en reculant puis se fraya un chemin jusqu'à son compagnon.

La musique le faisait vaciller, morne et insistante.

Marius buvait au cou de l'homme qui, penché vers lui, paraissait tendre l'oreille à ses secrets. Enfin, l'immortel le lâcha et le redressa sur sa chaise.

« Il me faudra trop de victimes, ici », dit Thorne.

Sa voix avait beau être inaudible dans le vacarme des instruments électriques, il savait que Marius l'entendait.

Ce dernier hocha la tête.

« Alors traquons le malfaisant, mon ami, et festoyons. »

Figé sur sa chaise, il examina la pièce comme pour épier le moindre esprit présent.

Thorne l'imita, sondant avec constance grâce à ses dons vampiriques, sans rien percevoir que le chaos sonore des musiciens et le désir désespéré de la jolie femme qui ne l'avait pas quitté du regard. Il la voulait avec une telle force... mais il ne pouvait prendre une créature aussi innocente. Son ami l'abandonnerait, ce qui lui semblait peut-être plus important encore que la désapprobation de sa propre conscience.

« Allons-nous-en, dit enfin Marius. Ailleurs. »

Ils ressortirent dans la nuit. Quelques pas leur suffirent pour gagner une grande salle de jeux, emplie de tables vertes où on jouait aux dés et sur lesquelles tournaient des roulettes qui indiquaient les essentiels numéros gagnants.

« Là, tu vois ? » Marius montrait du doigt un grand jeune homme brun émacié qui se contentait de regarder les joueurs, un verre de bière fraîche à la main. « Entraîne-le dans un coin. Il y a toute la place qu'il faut le long du mur. »

Thorne se mit aussitôt en branle. Posant la main sur l'épaule de sa victime désignée, il la regarda dans les yeux. À présent, il devait être capable de l'ensorceler, grâce au don particulier qui faisait défaut à bien des buveurs de sang.

« Viens, dit-il. Tu m'attendais. »

Cela lui rappela d'anciennes chasses, d'anciennes batailles.

Les yeux du jeune homme devinrent brumeux ; la conscience s'y évanouit. Il suivit Thorne jusqu'au banc posé contre le mur, où ils s'assirent ensemble. Le vampire massa de ses doigts puissants le cou de l'humain. *Ta vie m'appartient, maintenant*, songea-t-il avec calme. Puis il planta les crocs dans la chair et se mit à boire lentement, régulièrement, aspirant de toutes ses forces.

Le sang se déversa dans son âme. Il vit les images ternes de crimes brutaux, de vies prises par sa victime sans la moindre crainte d'un jugement ou d'une punition quelconques. *Donne-moi juste ton sang.* Le cœur de l'homme explosa dans sa poitrine. Alors Thorne lâcha le cadavre, le laissant aller contre le mur, embrassa les blessures du cou qu'il guérit d'une goutte de son propre sang.

Tiré de son festin rêveur, il parcourut du regard la salle enfumée, mal éclairée, emplie d'inconnus. Les humains lui semblaient tellement étrangers, leur condition tellement désespérée. Lui, tout maudit qu'il était, ne s'éteindrait jamais, alors que la mort soufflait sur eux tous.

Où se trouvait Marius ? Il avait disparu ! Thorne se leva du banc pour s'éloigner le plus vite possible du corps souillé, affreux de sa victime. En s'engageant dans la foule, il heurta de plein fouet un homme au visage dur, aux traits cruels, qui saisit l'occasion de chercher noise à autrui.

« Dis donc, toi, tu m'as poussé ? demanda l'humain, braquant sur Thorne de petits yeux haineux.

– Allons, lui répondit l'interpellé, qui explorait son esprit. Tu ne tuerais quand même pas quelqu'un juste parce qu'il t'a poussé ?

– Ça m'est arrivé, riposta l'individu, la bouche tordue en un sourire cruel. Et je ne vais pas tarder à recommencer, si tu ne te tires pas immédiatement d'ici.

– Laisse-moi d'abord t'embrasser. »

Attrapant l'autre par les épaules, Thorne se pencha pour le mordre tandis que les témoins qui l'entouraient, totalement inconscients de ses crocs, s'amusaient de son geste stupéfiant. Il aspira une copieuse gorgée puis lécha artistiquement la plaie.

Le détestable inconnu, stupéfait et affaibli, tituba. Ses amis riaient toujours.

Thorne s'empressa de quitter les lieux pour regagner la rue glacée. Marius l'attendait. Le vent avait forci, mais il avait cessé de neiger.

« La soif est terriblement forte, prévint l'arrivant. Lorsque je dormais dans la glace, je la tenais enchaînée tel un fauve, mais à présent, elle me domine. Maintenant que j'ai commencé, je ne peux plus m'arrêter. J'en veux davantage en cet instant même.

– Alors tu vas en avoir davantage. Mais tu ne tueras pas. Même dans une cité aussi vaste. Viens, suis-moi. »

Il acquiesça. Il avait déjà tué. Les yeux fixés sur Marius, il lui confessa son crime en silence. Son compagnon haussa les épaules puis le prit par le bras tandis qu'ils s'éloignaient.

« Il y a des tas de bons endroits où aller. »

L'aube approchait lorsqu'ils rentrèrent chez Marius.

Ils gagnèrent une cave lambrissée, où le maître de maison montra à son invité une chambre taillée dans la pierre. Les murs en étaient froids, mais un lit somptueux y attendait, imposant, tendu de draperies en lin colorées, croulant sous les couvertures aux motifs complexes. Le matelas paraissait fort épais, de même que les nombreux oreillers.

Thorne fut stupéfait qu'il n'y eût pas de crypte, pas de véritable cachette. N'importe qui pouvait le trouver. C'était un endroit aussi accessible que sa caverne du Nord, quoique beaucoup plus séduisant, plus luxueux. Une telle lassitude pesait sur lui qu'il avait peine à parler. Pourtant, il s'inquiétait.

« Qui viendrait nous déranger ici ? demanda Marius. Les autres buveurs de sang vont se reposer dans l'obscurité, exactement comme nous, et nul humain ne peut entrer. Mais si tu as peur, je comprends qu'il faille te chercher un autre abri.

– Tu dors vraiment ainsi, sans protection ?

– Pire encore, je repose dans la chambre du haut, tel un mortel, au cœur du confort de mon lit-placard. Les seuls ennemis qui m'aient jamais fait du mal étaient des vampires. Ils sont arrivés alors que j'étais des plus conscient et éveillé, fatalement. Si tu le désires, je te raconterai cette horrible histoire. »

Le visage de Marius s'était assombri, comme si la seule mention de ce désastre lui était terriblement douloureuse.

Soudain, Thorne comprit que son hôte avait envie de tout lui raconter, qu'il avait besoin de libérer un flot ininterrompu de paroles autant que lui, Thorne, avait besoin de l'entendre. Ils s'étaient rencontrés au bon moment.

Toutefois, il leur faudrait attendre le lendemain soir. La nuit s'achevait.

Marius, se dressant de toute sa taille, continua pour rassurer son compagnon :

« La lumière ne parviendra pas jusqu'ici, tu le sais, et nul ne viendra t'ennuyer. Dors. Rêve comme il se doit. Nous discuterons demain. À présent, je vais te laisser. Mon ami Daniel est très jeune. Il s'écroule par terre devant son petit empire, et je dois l'emmener en lieu sûr, bien que je me demande parfois si cela importe le moins du monde.

– Me diras-tu une chose avant de partir ?

– Si j'en suis capable », dit Marius gentiment, quoique d'un air soudain hésitant.

Il semblait détenir de lourds secrets, qu'il brûlait et redoutait tout à la fois de révéler.

« La buveuse de sang qui parcourait le rivage en regardant un par un tous les jolis coquillages... qu'est-elle devenue ? »

Soulagé, il jeta à Thorne un long regard, avant de lui répondre en termes choisis avec soin.

« On dit qu'elle s'est offerte au soleil. Elle n'était pas très âgée. On l'a trouvée un soir au clair de lune. Elle s'était entourée d'un grand cercle de coquillages pour montrer qu'elle était morte de sa propre volonté. Il n'y subsistait que des cendres, et encore certaines avaient-elles déjà été dispersées par le vent. Ceux qui l'aimaient sont restés là, à regarder la brise emporter les dernières. Au matin, tout était terminé.

– C'est terrible, commenta Thorne. Ne prenait-elle donc aucun plaisir à être des nôtres ? »

Ces paroles semblèrent frapper son hôte.

« Y prends-tu réellement quelque plaisir, toi ? demanda-t-il avec douceur.

– Je pense... Je pense que oui, j'en retrouve à présent », répondit Thorne, hésitant.

IV

La bonne odeur du feu de bois le tira du sommeil. Il se retourna dans le lit moelleux, ne sachant d'abord où il se trouvait mais parfaitement serein. Alors qu'il s'attendait à la glace et à la solitude, il découvrait un environnement agréable, où il était attendu. Il lui suffisait de se mettre sur ses pieds puis de monter l'escalier.

Brusquement, il se rappela. Il logeait chez Marius, étrange ami hospitalier, dans une nouvelle ville de promesses et de beauté construite sur les ruines de l'ancienne. Une agréable conversation l'attendait.

Il se leva, s'étira dans la plaisante chaleur de la chambre, puis regarda autour de lui : la lumière émanait de deux lampes à pétrole anciennes en verre. Comme on se sentait en sécurité, ici. Comme les lambris peints étaient beaux.

Une chemise en lin propre l'attendait sur la chaise. Il l'enfila, quoique les minuscules boutons fussent très difficiles à dompter. Son pantalon était aussi parfait que possible. Il mit des chaussettes en laine mais pas de chaussures. Les parquets étaient lisses, polis et tièdes.

En montant l'escalier, Thorne laissa son pas l'annoncer. Cela lui semblait parfaitement approprié dans cette maison, afin que Marius sût qu'il arrivait et ne pût l'accuser d'insolence ou de sournoiserie.

Lorsqu'il atteignit la pièce où Daniel fabriquait ses merveilleuses villes et cités, il s'immobilisa pour jeter à l'intérieur un coup d'œil des plus réticent. Le jeune buveur de sang travaillait comme s'il n'avait pas arrêté de la journée. Il leva les yeux et, à la grande surprise de Thorne, lui adressa en le saluant un franc sourire.

« Voilà donc notre hôte », lança-t-il.

Le ton était très légèrement ironique, mais l'arrivant sentit que peu importait.

« Bonsoir, mon ami », répondit-il, parcourant du regard les minuscules montagnes et vallées, les petits trains rapides aux vitres éclairées, les épaisses forêts dont les arbres constituaient apparemment l'obsession actuelle de Daniel.

Ce dernier retourna à son ouvrage comme s'ils ne s'étaient pas parlé. Il apposait à présent de la peinture verte sur un arbre miniature.

Thorne allait repartir discrètement, quand le jeune vampire reprit :

« D'après Marius, mon travail tient de l'artisanat plutôt que de l'art. » Il leva le petit arbre. Son visiteur ne savait que répondre. « Je fabrique moi-même les montagnes, mais il prétend que je devrais en faire autant des maisons. » Thorne se trouva là encore incapable de répondre. « J'aime bien les maisons qu'on me vend. Elles sont difficiles à assembler, même pour moi. Et puis jamais je n'inventerais tellement de styles différents. Je ne sais pas pourquoi Marius éprouve le besoin de se montrer aussi désobligeant. »

Thorne, perplexe, finit par lâcher simplement :

« Je ne sais que dire. »

Daniel ne reprit pas la parole.

Le Nordique attendit assez longtemps pour ne pas lui manquer de respect puis gagna la grand-salle.

Le feu brûlait dans un foyer noirci entouré d'un rectangle de lourdes pierres. Marius, tassé dans son grand fauteuil en cuir tiré près de la cheminée, présentait une attitude plus enfantine que virile. Il fit signe à l'arrivant de s'installer sur l'imposant canapé en cuir.

« Tu peux t'asseoir là ou là, à ton choix, dit-il gentiment. Si le feu te gêne, je l'éteindrai.

– Pourquoi me gênerait-il, mon ami ? » demanda Thorne en prenant place.

Les coussins étaient épais et doux.

Le visiteur parcourut la pièce des yeux, constatant que les lambris étaient presque entièrement peints de bleu et d'or, et que les poutres du plafond et des encadrements de portes s'ornaient de sculptures, ce qui lui rappela sa propre époque. Pourtant, tout ici était neuf – la maison avait été conçue par un homme moderne, Marius l'avait dit, quoiqu'elle fût fort bien faite, qu'on y eût apporté beaucoup de soin et de réflexion.

« Certains buveurs de sang ont peur du feu, expliqua-t-il, les yeux fixés sur les flammes, un masque d'ombre et de lumière posé sur son pâle visage serein. On ne sait jamais. Quant à moi, je l'ai toujours aimé, bien que j'aie un jour horriblement souffert par lui. Mais tu sais ce qu'il en est.

– Je ne crois pas, répondit Thorne. Non, je n'en ai jamais entendu parler. Si tu acceptes de me raconter ce qui s'est passé, je serai ravi de l'entendre.

– Mais d'abord, tu désires des réponses à certaines questions. Tu aimerais savoir si tout ce que tu as vu grâce au don de l'esprit était bien réel.

– Oui », admit-il.

Il se rappela la toile d'araignée, les points lumineux, le Noyau sacré. La reine maléfique. De quoi était née la vision qu'il avait eue d'elle ? Des pensées de ses sujets rassemblés autour de la table du conseil ?

Thorne s'aperçut qu'il regardait droit dans les yeux de son compagnon, lequel connaissait la moindre de ses pensées.

Marius se retourna vers le feu avant de lancer négligemment :

« Pose donc les pieds sur la table. Une seule chose compte, ici : être à l'aise. »

Lui-même montra l'exemple, et Thorne étendit également les jambes, les croisant au niveau des chevilles.

« Raconte ce que bon te semble, reprit Marius. Dis-moi ce que tu sais, si tu veux ; ce que tu aimerais savoir. » Dans sa voix perçait une certaine colère, nullement dirigée contre son interlocuteur. Il l'examina d'un regard pensif. « Je n'ai pas de secrets. Il en existe d'autres comme nous – ceux que tu as vus à la table du conseil et plus encore, dispersés jusqu'au bout du monde. » Un petit soupir s'échappa de ses lèvres, puis il secoua la tête.

« Il n'empêche que je suis très seul. Je voudrais vivre avec ceux que j'aime, mais c'est impossible. » Il contempla les flammes. « Je les rejoins parfois, puis je repars...

« J'ai installé Daniel sous mon toit parce qu'il a besoin de moi. Parce que je ne supporte pas une totale solitude. J'ai emménagé dans le grand Nord car j'étais las des beautés du Sud, las de l'Italie où je suis né. Je pensais que nul mortel ni buveur de sang ne se lasserait jamais de la luxuriante Italie, mais je me trompais. À présent, je veux poser les yeux sur la blancheur immaculée de la neige.

– Je comprends », dit Thorne. Le silence l'invita à poursuivre. « Après ma transformation, on m'a emmené plus au sud, et j'ai cru arriver au Walhalla. À Rome, je vivais dans un palais, et toutes les nuits, je contemplais les sept collines. C'était un rêve de brises douces et d'arbres fruitiers. Je m'asseyais à une fenêtre, loin au-dessus de la mer, et je la regardais marteler les rochers. Lorsque je descendais jusqu'au rivage, je m'apercevais qu'elle était chaude. »

Marius eut un sourire véritablement empli de douceur et de confiance. Il hocha la tête.

« L'Italie, mon Italie », dit-il très bas.

Thorne trouva son expression merveilleuse. Malheureusement, le sourire disparut vite.

Marius, très calme, contemplait à nouveau les flammes, perdu dans sa tristesse. À la lumière du feu, ses cheveux semblaient presque blancs.

« Parle-moi, Marius, appela Thorne. Mes questions attendront. Je veux entendre le son de ta voix. Le flot de tes paroles. » Il hésita. « Je sais que tu as beaucoup à raconter. »

Son hôte releva les yeux vers lui, saisi et quelque peu rasséréné par la requête, puis il reprit :

« Je suis bien vieux, mon ami. Un véritable enfant des millénaires, devenu buveur de sang à l'époque de César Auguste. Un druide m'a mené à cette mort étrange, un homme du nom de Mael, mortel lorsqu'il m'a menti mais qui est devenu vampire peu après et qui vit toujours, quoiqu'il ait tenté récemment de se sacrifier au nom d'une nouvelle ferveur religieuse. Quelle folie !

« Le temps nous a réunis plus d'une fois. C'est tellement étrange. Je mentirais en prétendant lui être attaché, mais ma vie est emplie de pareils mensonges. Je ne crois pas lui avoir jamais pardonné ce qu'il m'a fait — me capturer, m'arracher à mon existence de mortel pour m'emmener dans une forêt gauloise où un vampire très âgé, affreusement brûlé mais qui se croyait toujours le dieu du bosquet sacré, m'a donné le Sang ténébreux. »

Il s'interrompit.

« Tu vois de quoi je veux parler ?

— Oui, acquiesça Thorne. Je me souviens de ces bosquets et de ce qui se murmurait parmi nous : que des dieux y vivaient. Un buveur de sang habitait le chêne sacré. »

Marius hocha la tête puis reprit :

« " Rends-toi en Égypte, m'a ordonné le dieu blessé, et trouve notre Mère. Trouve les raisons du terrible feu venu d'elle qui nous a tous brûlés de par le monde. "

— Et cette fameuse Mère n'était autre que la reine maléfique porteuse du Noyau sacré, compléta Thorne.

– Oui. » Les calmes yeux bleus de Marius posèrent sur son compagnon un regard indulgent. « C'était une reine maléfique, cela ne fait pas l'ombre d'un doute...

« Mais à l'époque, il y a de cela deux mille ans, elle demeurait figée et muette telle la plus malheureuse des victimes. Ils avaient tous les deux quatre mille ans – elle et son prince consort, Enkil. Elle recelait le Noyau sacré, c'était évident, car le terrible feu était venu à tous les buveurs de sang le matin où l'un d'eux, très âgé, avait abandonné le roi et la reine au brillant soleil du désert.

« Les vampires du monde entier – dieux, créatures de la nuit, lamias, quel que fût leur nom – avaient souffert la torture. Certains avaient été détruits par de grandes flammes, d'autres simplement noircis, un peu endoloris. Les plus âgés avaient peu souffert, alors que les plus jeunes avaient été réduits en cendres.

« Quant aux Parents sacrés – le nom le plus gentil qu'on puisse leur donner, je pense – qu'avaient-ils fait au lever du soleil ? Rien. Leur gardien, gravement brûlé par ses efforts pour les réveiller, leur tirer un mot ou les pousser à chercher un abri les avait trouvés tels qu'il les avait laissés, immuables, indifférents. Alors, craignant d'autres souffrances, il les avait ramenés dans leur salle obscure, leur misérable prison souterraine. »

Marius s'interrompit puis demeura figé, en proie semblait-il à des souvenirs douloureux. Il contemplait comme un humain les flammes qui se livraient à leur danse sans fin.

« Raconte, s'il te plaît, demanda Thorne. Tu as trouvé la reine ? Tu l'as vue de tes yeux, à cette époque reculée ?

– Oui, je l'ai trouvée, dit tout bas Marius, sérieux mais pas amer. Je suis devenu son gardien. " Fais-nous quitter l'Égypte, Marius ", voilà ce qu'elle m'a ordonné de sa voix silencieuse – avec ce que tu appelles le don de l'esprit – sans seulement remuer les lèvres.

« Je les ai donc emmenés, elle et son époux, Enkil, je les ai protégés deux mille ans durant, alors qu'ils restaient aussi figés et muets que des statues.

« Je les avais cachés dans un sanctuaire. Telle était ma vie, ma mission solennelle.

« Je disposais devant eux des fleurs et de l'encens. Je m'occupais de leur vêture. Je chassais la poussière de leur visage immobile. Tel était mon devoir sacré. Je préservais aussi leur secret des vampires errants qui eussent sans doute tenté de boire leur sang inouï ou même de les emprisonner. »

Ses yeux restèrent fixés sur les flammes, mais les muscles de sa gorge se crispèrent; Thorne distingua brièvement les veines contre la blancheur de ses tempes.

« Je l'aimais, poursuivit son compagnon. J'aimais cette apparence de divinité que tu appelles si justement notre reine maléfique; peut-être cet amour est-il le plus grand mensonge que j'aie jamais vécu.

— Comment aurais-tu pu ne pas l'aimer ? Je l'ai vue jusque dans mon sommeil. J'ai senti quel mystère elle représentait. Elle était enchanteresse. Et puis son silence la servait. Lorsqu'elle est revenue à la vie, ce dut être comme si une malédiction était enfin levée, comme si elle en était enfin libérée. »

Ces paroles parurent avoir sur Marius un effet considérable. Ses yeux se posèrent sur son interlocuteur, froidement, avant de revenir au feu de cheminée.

« Si j'ai dit quelque chose de mal, j'en suis vraiment désolé, ajouta Thorne. J'essayais juste de comprendre.

— Oui, c'était une véritable déesse, acquiesça Marius. J'en étais persuadé. Je le rêvais, alors que je racontais le contraire à tout le monde, y compris moi-même. Cela faisait partie de mon complexe mensonge.

— Faut-il dévoiler ses amours à tout un chacun ? interrogea Thorne avec douceur. Est-il vraiment interdit de garder quelques secrets ? »

La souffrance l'engloutit lorsqu'il évoqua sa créatrice, mais il ne fit rien pour dissimuler ses pensées. Il la revoyait assise dans sa caverne, le feu flambant derrière elle. Les yeux emperlés de sang, elle s'arrachait les cheveux pour les filer sur son fuseau et sa quenouille. Enfin, il émergea de ses souvenirs, les repoussa au tréfond de son cœur.

Son regard se reposa sur Marius.

Qui ne lui avait pas répondu.

Le silence angoissa Thorne. Conscient qu'il eût dû se taire et laisser poursuivre son compagnon, il ne put cependant retenir la question qui lui montait aux lèvres :

« Comment le désastre s'est-il produit ? Pourquoi la reine maléfique s'est-elle levée de son trône ? Est-ce Lestat qui l'a réveillée avec ses chansons ? Je l'ai vu déguisé en humain, chantant pour eux comme s'il était des leurs. Le monde moderne l'accueillait en son sein, incrédule, amusé, dansait sur les rythmes qu'il lui livrait. J'en ai souri dans mon sommeil.

– Oui, c'est bien cela, du moins en ce qui concerne le monde moderne. Quant à elle... à son réveil sur son trône... les chansons de Lestat ont en effet joué leur rôle.

« Il ne faut pas oublier qu'elle avait vécu dans le silence pendant des milliers d'années. Les fleurs, l'encens, oui, je lui en donnais foison, mais la musique, jamais, pas avant que la technique ne rende la chose possible. À ce moment-là, les créations de Lestat sont entrées dans le sanctuaire même où elle demeurait assise, rayonnante avec ses beaux vêtements. Elles l'ont réveillée non pas une mais deux fois.

« La première a été aussi bouleversante pour moi que la catastrophe qui a suivi, quoique les choses se soient arrangées assez vite. C'était il y a deux cents ans, sur une île de la mer Égée. J'aurais dû apprendre ma dure leçon, alors, mais dans mon immense fierté, je n'y suis pas parvenu.

– Que s'est-il passé ?

– Lestat, buveur de sang depuis peu, avait tellement entendu parler de moi qu'il s'était lancé à ma recherche, le cœur pur, afin d'apprendre ce que j'avais à enseigner. Il m'a cherché par le monde entier, puis est arrivé un moment où l'immortalité l'a affaibli, brisé, et où il s'est enfoui dans la terre de même que toi dans la glace du Grand Nord.

« Je l'ai attiré à moi. Je lui ai parlé comme je te parle, mais il s'est produit quelque chose de curieux qui m'a pris par surprise. J'ai soudain éprouvé à son égard une véritable dévotion, mêlée d'une confiance extraordinaire.

« Malgré sa jeunesse, il n'était pas naïf. Il écoutait réellement ce que je lui disais. Il ne discutait pas lorsque je jouais les professeurs. J'avais envie de lui révéler mon plus ancien secret. Celui de nos roi et reine.

« Il y avait très, très longtemps que je ne l'avais transmis à personne. Depuis un siècle, je vivais seul parmi les mortels. Lestat, dans son dévouement absolu à mon égard, me semblait parfaitement digne de confiance.

« Je l'ai emmené au sanctuaire souterrain. Je lui en ai ouvert les portes, dévoilant les deux silhouettes immobiles.

« Un court instant, il a pris nos Parents sacrés pour des statues, puis il a brusquement réalisé qu'ils vivaient. Qu'il s'agissait de vampires d'un âge très avancé, en lesquels il contemplait son propre avenir s'il survivait des milliers d'années.

« C'est une compréhension terrifiante. Pour les jeunes qui me regardent, se dire qu'ils risquent de devenir aussi pâles et d'une chair aussi dure est déjà difficile, mais avec nos Père et Mère, c'était horrible. Lestat en a été terrifié.

« Il a cependant réussi à dominer sa peur, approchant de la reine au point de lui baiser les lèvres. Un geste téméraire mais tout naturel pour lui, je m'en suis aperçu en le regardant. Lorsqu'il a reculé, il m'a avoué qu'il savait comment elle s'appelait.

« Akasha. Elle le lui avait dit en quelque sorte. Je ne pouvais nier qu'elle le lui avait dévoilé par l'esprit, que sa voix s'était élevée après des siècles de silence pour cette révélation séductrice.

« Imagine à quel point il était jeune. Il avait reçu le Sang à vingt ans, une dizaine d'années plus tôt seulement.

« Comment interpréter le baiser et la révélation ?

« J'ai totalement refusé d'admettre mon amour et ma jalousie. Mon affreuse déception. Je me suis dit que j'étais trop sage pour ce genre de choses, qu'il me fallait tirer la leçon des événements, que peut-être cet enfant susciterait de la part d'Akasha quelque merveille. N'était-elle pas déesse ?

« J'ai emmené Lestat dans mon salon, une pièce aussi confortable que celle-là, quoique d'un style différent, où nous avons discuté jusqu'au petit matin. Je lui ai raconté l'histoire de ma création, de mon voyage en Égypte, j'ai joué les professeurs avec beaucoup d'ardeur et de générosité, mais aussi un rien de plaisir purement égoïste. Était-ce pour lui ou pour moi que je voulais tout lui apprendre ? Je ne sais. Ce que je sais, en revanche, c'est que ces heures m'ont semblé magnifiques.

« La nuit suivante, cependant, alors que je m'occupais des mortels qui vivaient sur mon île et me prenaient pour leur seigneur, Lestat a fait quelque chose de terrible.

« Armé de son violon chéri, un instrument d'une puissance extraordinaire apporté dans ses bagages, il a gagné le sanctuaire.

« Je sais parfaitement, je le savais déjà alors, qu'il n'aurait pu le faire sans l'aide de la reine, laquelle a ouvert grâce au don de l'esprit les nombreuses portes qui les séparaient.

« Ainsi que le dit Lestat, elle lui avait peut-être même soufflé l'idée de jouer de la musique devant elle. Toutefois, je ne le crois pas. Je crois qu'elle lui a ouvert les portes et qu'elle l'a appelé, mais qu'il a apporté le violon de son propre chef.

« Il pensait que le chant en serait pour elle étranger, donc fascinant, aussi a-t-il entrepris d'imiter les violonistes — car il ne savait pas jouer.

« Un instant plus tard, ma belle reine se levait de son trône pour s'avancer vers lui. Frappé de terreur, il a laissé tomber le violon, qu'elle a foulé aux pieds. Peu importait. Elle a pris Lestat dans ses bras. Elle lui a offert son sang. Puis, chose si remarquable qu'il m'est douloureux d'en parler, non contente de le laisser boire à ses veines, *elle a aussi bu aux siennes.*

« La chose semble toute simple – à tort. Durant les longs siècles où j'étais venu à elle, où je lui avais pris le sang, jamais ses dents ne s'étaient pressées contre ma peau.

« D'ailleurs, pas une fois je n'ai entendu dire qu'elle avait bu à la gorge d'un suppliant. Une nuit, lors d'un sacrifice, elle avait vidé de son fluide vital une malheureuse, qu'elle avait ainsi détruite, oui, mais un adorateur ? Jamais. Elle était la fontaine ; elle donnait, elle soignait les dieux du Sang et les enfants brûlés, mais elle ne se désaltérait pas à leurs veines.

« Sauf à celles de Lestat.

« Qu'a-t-elle vu à cet instant ? Je ne puis l'imaginer, mais sans doute a-t-elle eu un aperçu de l'époque. De l'âme de Lestat. Quoi qu'il en soit, ce fut bref, car Enkil n'a pas tardé à se lever pour y mettre fin. Je suis arrivé sur ces entrefaites, et je me suis efforcé – avec succès – d'empêcher Enkil de détruire Lestat.

« Le roi et la reine ont regagné leur trône, souillés, sanglants, enfin silencieux. Pourtant, lui est resté agité toute la nuit, détruisant les vases et les braseros du sanctuaire.

« L'étalage de ses pouvoirs était terrifiant. J'ai compris que pour sa sécurité même, pour la mienne aussi, il me fallait faire sur l'heure mes adieux à Lestat. J'en ai terriblement souffert, mais nous nous sommes séparés la nuit suivante. »

Marius s'interrompit à nouveau. Thorne attendit patiemment, jusqu'à ce que son compagnon reprît enfin :

« J'ignore ce qui m'a été le plus douloureux – perdre Lestat ou savoir qu'avec lui, elle avait *donné et pris.* Mes propres sentiments demeurent pour moi un mystère. Il me semblait qu'elle m'appartenait, tu comprends, qu'elle était ma reine. » Sa voix se réduisit à un murmure. « En la lui dévoilant, je montrais mon bien à Lestat ! Tu vois comme je mentais ? Et puis je l'ai perdu, lui, ce jeune être avec qui je communiais véritablement. Ah, quelle souffrance. Semblable au chant du violon, je pense, profonde, aussi riche de nuances. Une douleur terrible.

– Que puis-je faire pour soulager ton chagrin ? s'enquit Thorne. Car le fardeau te pèse autant que si elle n'avait pas disparu. »

Marius releva les yeux, une surprise sans mélange lui illuminant brusquement le visage.

« C'est vrai, admit-il. Le devoir me pèse comme si elle était encore auprès de moi, comme s'il me fallait toujours aller passer de temps à autre des heures dans son sanctuaire.

— Ne te réjouis-tu pas que c'en soit terminé ? Lorsque je gisais dans ma caverne de glace, lorsque je vous voyais en rêve, il m'a semblé que, la fin venue, d'autres connaissaient la paix. Même les jumelles, avant que vous ne compreniez que tout était fini.

— Le moindre d'entre eux partage ce sentiment, en effet, acquiesça Marius, sauf peut-être Lestat.

— Maintenant, raconte-moi comment elle a réellement été réveillée. Pourquoi elle s'est mise à tuer ses propres enfants. Je l'ai sentie passer près de moi, scrutatrice, mais je ne sais pourquoi, elle ne m'a pas trouvé.

— D'autres lui ont également échappé. Quant à savoir combien... nul ne peut le dire. Elle s'est lassée du massacre, et elle nous a rejoints. À mon avis, elle pensait avoir le temps d'en terminer plus tard, mais sa propre fin a été trop rapide.

« Sa deuxième résurrection... eh bien, c'est encore Lestat qui l'a provoquée, mais je suis aussi coupable que lui.

« Voilà ce qui s'est produit – du moins je le pense. Je lui apportais en offrandes les inventions du monde moderne. D'abord les machines produisant de la musique, puis celles montrant des images animées, et enfin la plus puissante, une télévision allumée en permanence que j'ai disposée dans le sanctuaire à la manière d'un sacrifice.

— Et elle s'en est nourrie, ajouta Thorne, comme il est d'usage que les dieux se nourrissent à leurs autels.

— Exactement. Elle s'est nourrie d'une terrible violence. Des couleurs criardes ont dansé sur son visage, des images racoleuses ont défilé devant elle. Le seul vacarme de la chose l'aurait peut-être réveillée. Par moments, je me demande si les discours sans fin du vaste monde n'auraient pas suffi à susciter en elle une caricature d'esprit.

— Une caricature d'esprit ?

— Elle s'est réveillée obsédée par un seul but très simple quoique horrible. Dominer le monde. »

Marius secoua la tête. Toute son attitude trahissait une profonde tristesse.

« Son intelligence surpassait celle des humains les plus capables, poursuivit-il, douloureux. Elle voulait détruire la grande majorité des enfants mâles afin d'apporter de force la paix à un paradis féminin. Ça n'avait aucun sens – le concept même était imbibé de violence et de sang.

« Ceux d'entre nous qui tentaient de la raisonner devaient se montrer très prudents pour éviter de la vexer. Mais où avait-elle pêché ses idées, sinon dans les débris de rêves diffusés par l'écran géant que je lui avais fourni ? Les histoires de toutes sortes, ce que le monde appelle les informations, elle en avait été inondée. Et c'était moi qui avais libéré le flot. »

Le regard étincelant de Marius se posa brièvement sur Thorne, tandis qu'il continuait :

« Bien sûr, elle avait vu les clips extraordinaires de Lestat. » Il sourit à nouveau, tristement ; son visage s'éclaira comme sous l'effet d'une chanson mélancolique. « Des clips qui la montraient sur son trône telle qu'il l'avait vue deux siècles plus tôt. Il trahissait ma confiance en étalant au grand jour les secrets que je lui avais confiés.

– Pourquoi ne l'as-tu pas détruit ? s'exclama Thorne, incapable de se contenir. C'est ce que j'aurais fait, à ta place. »

Son hôte se contenta de secouer la tête.

« Je crois que j'ai préféré me détruire, moi. Laisser mon cœur se briser dans ma poitrine.

– Comment cela ? Explique-toi.

– Impossible, je ne puis seulement me l'expliquer à moi-même. Je me demande si je ne comprends pas trop bien Lestat. Il ne supportait pas la promesse qu'il m'avait faite de ne rien dire. Pas dans le monde tel qu'il était devenu, empli de merveilles. Lestat se sentait obligé de révéler notre histoire. » La chaleur dansait sur le visage de Marius. Ses doigts se cramponnaient aux accoudoirs de son fauteuil avec juste une once de nervosité. « Il a brisé tous les liens qui nous unissaient, d'ami à ami, d'élève à professeur, de jeune à ancien, d'actif à contemplatif.

– Quel crime ! Tu ne pouvais qu'être furieux, c'est évident.

– Je l'étais en effet, au fond de mon cœur, mais je leur ai menti à tous, j'ai menti à mes frères et sœurs vampires, parce que, au réveil de la reine, ils ont eu besoin de moi...

– Oui, je l'ai vu.

– Ils ont eu besoin d'un sage pour raisonner avec elle, pour lui faire infléchir sa course. Nous n'avions pas le temps de nous quereller : les chansons de Lestat nous avaient donné un monstre. Alors j'ai prétendu ne pas avoir été blessé. J'ai pris Lestat dans mes bras. Quant à ma reine, ah, ma reine, j'ai nié l'avoir jamais aimée. Tout cela pour avoir la compagnie d'un petit groupe d'immortels. Et voilà qu'à toi, je dis la vérité.

– Cela te fait du bien ?

– Oh, oui.

– Comment l'avez-vous détruite ?

– Des milliers d'années plus tôt, une victime de sa cruauté l'avait maudite. Cette victime est venue régler ses comptes. Elle a décapité d'un seul coup notre belle souveraine, puis la vengeresse s'est promptement emparée du Noyau sacré, dans le cerveau ou le cœur, je l'ignore, car durant ces terribles moments, nous avons tous été aveugles.

« Celle qui a tué Akasha recèle à présent le Noyau sacré. Je n'en sais pas plus. Je ne puis te dire où elle est allée ni comment.

– Les deux sœurs se tenaient immobiles près du cadavre. " Voyez, la reine des damnés ", a dit Maharet. Je l'ai clairement entendue. Je l'ai contemplée alors qu'elle serrait sa sœur contre elle. »

Marius demeura muet.

Thorne se sentait redevenir agité. La douleur se réveillait en lui. Sa créatrice approchait dans la neige. Pourquoi aurait-il eu peur, lui, guerrier confronté à une sorcière solitaire qu'il pouvait tuer à la hache ou à l'épée ? Elle semblait tellement belle et frêle, grande et mince dans sa robe de laine pourpre foncé, les bras tendus en un geste accueillant.

Mais je suis ici pour toi. C'est pour toi que je m'obstine à vivre.

Il ne se laisserait plus ensorceler. On ne trouverait pas son cadavre dans la neige, les yeux arrachés ; c'était arrivé à tant d'autres.

Il reprit la parole afin de chasser le souvenir.

« C'est elle, ma créatrice. Maharet, la sœur de la mystérieuse vampire qui a absorbé le Noyau sacré. »

Il s'interrompit. La souffrance était telle qu'elle l'empêchait presque de respirer.

Marius le fixait d'un regard intense.

« Elle était venue dans le Nord à la recherche d'un amant de mon peuple », poursuivit Thorne. Il fit une nouvelle pause, car sa conviction vacillait, avant de continuer : « Les clans de la vallée lui fournissaient ses proies, à qui elle volait leurs yeux.

– Les yeux et le sang, acquiesça Marius d'une voix douce. Ensuite, quand elle a fait de toi ce que tu es, tu as compris pourquoi elle en avait besoin.

– Oui, mais je ne connaissais pas son histoire – j'ignorais comment elle avait perdu la vue en tant que mortelle, et je n'avais pas la moindre idée qu'elle avait une sœur jumelle. Je l'aimais sans restriction, sans me poser de questions. La partager avec d'autres m'était impossible, j'en devenais fou.

– La reine lui avait pris ses yeux à l'époque où Maharet était encore humaine ; à sa sœur, elle avait pris la langue. C'était aussi cruel qu'injuste. Alors un homme qui possédait le Sang, incapable de supporter cela, en a fait des buveuses de sang avant qu'Akasha ne les sépare en les envoyant chacune d'un côté de la Terre. »

Thorne, que cette pensée laissait bouche bée, s'efforça d'éveiller l'amour en son cœur. Il revit sa créatrice dans la caverne brillamment illuminée, quenouille et fuseau entre les mains. Il revit sa longue chevelure rousse.

« Voilà donc comment s'est terminée la catastrophe à laquelle j'ai assisté depuis ma couche de glace. La reine maléfique a disparu, punie à jamais, les deux sœurs se sont emparées du Noyau sacré, certes, mais lorsque je fouille le globe à la recherche des voix ou des visions de mes frères, je ne trouve pas les jumelles réunies. Je n'en entends pas parler, alors que je voudrais savoir où elles vivent.

– Elles se sont retirées du monde, conscientes de la nécessité de se cacher. D'autres risquent d'essayer de leur arracher le Noyau sacré. L'un d'entre nous, amer, n'attendant plus rien de l'existence, peut être tenté de nous détruire tous.

– Eh oui. »

Un brusque frisson traversa Thorne, qui regretta de ne pas avoir davantage de sang dans les veines. De ne pouvoir aller chasser – mais il ne voulait pas quitter la chaleur et le flot des mots, pas maintenant. Il était trop tôt.

Le visiteur se sentait coupable de ne pas avoir révélé à Marius toute la vérité sur sa souffrance et le but qu'il s'était fixé. Il n'était pas sûr d'en être capable, mais demeurer sous ce toit sans être passé aux aveux lui semblait terrible. Pourtant, il restait où il était.

« Je connais ta vérité, dit gentiment son hôte. Tu es venu ici après t'être juré de trouver Maharet afin de la punir. »

Thorne tressaillit comme sous l'effet d'un coup violent mais ne répondit pas.

« Pareille chose est impossible, poursuivit Marius. Tu le savais déjà en la quittant, voilà des siècles, pour aller dormir dans la glace. Elle est plus puissante encore que tu ne l'imagines, et je puis t'affirmer sans hésiter que sa sœur ne la quitte jamais. »

Incapable de trouver une réponse, son compagnon finit cependant par murmurer, tendu :

« Pourquoi la détester de m'avoir donné cette forme de vie, alors que jamais je n'ai haï mes parents mortels ?

— Bonne question, fit Marius en hochant la tête, un sourire amer aux lèvres. Abandonne tout espoir de lui nuire. Renonce aux liens qui lui ont permis d'emprisonner Lestat, à moins que tu ne désires vraiment qu'elle ne fasse de même pour toi. »

Ce fut à Thorne de hocher la tête.

« Mais qu'était-ce que ces cordes ? demanda-t-il d'une voix toujours aussi tendue et âpre. Et pourquoi ai-je tellement envie d'être son captif, malgré ma haine ? Pour qu'elle sente ma colère chaque nuit en me gardant à son côté ?

— Des liens fabriqués avec ses cheveux ? » suggéra Marius en haussant légèrement les épaules. Avant d'ajouter, pensif : « Avec du sang et de l'acier, aussi. De l'or, peut-être. Je ne les ai jamais vus, j'en ai juste entendu parler, mais une chose est sûre : Lestat était impuissant à s'en débarrasser, si enragé qu'il fût.

— Je veux savoir de quoi il s'agissait. Je veux la trouver.

— Renonces-y, Thorne. Je ne puis t'emmener la voir. D'ailleurs, que se passerait-il si elle t'appelait comme elle l'a fait il y a si longtemps ? Peut-être te détruirait-elle en s'apercevant de ta haine.

— Elle en était consciente quand je l'ai quittée.

— Au fait, pourquoi l'as-tu quittée ? Par simple jalousie, ainsi que le suggèrent tes pensées ?

— Elle ne prenait jamais qu'un favori à la fois. Je ne le supportais pas. Tu as parlé d'un druide devenu buveur de sang. J'en ai connu un également, qui s'appelait Mael, lui aussi. Elle l'a intégré à son petit cercle en amant bienvenu. C'était un immortel âgé qui avait des tas d'histoires à raconter, ce qu'elle aimait par-dessus tout. C'est alors que je me suis détourné d'elle. Je ne pense pas qu'elle l'ait vraiment remarqué, ni qu'elle ait réellement senti ma haine. »

Marius, qui avait écouté avec attention, reprit la parole d'un ton patient et doux.

« Mael. Grand, émacié, le nez busqué, des yeux bleus très enfoncés et de longs cheveux blonds, parce qu'il servait le dieu du bosquet sacré. Était-ce bien celui qui a séduit ta douce Maharet ?

— Oui. » Thorne sentit s'apaiser la douleur qui lui taraudait la poitrine. « Car elle était douce, en effet, je ne puis le nier. Jamais elle ne m'a témoigné de mépris. C'est moi qui suis parti vers le nord. C'est moi qui l'ai haï, lui, parce qu'il la flattait et lui racontait de belles histoires.

— Ne lui cherche pas querelle à elle. Reste auprès de moi. Peut-être finira-t-elle par apprendre où tu te trouves et par t'envoyer un mot de bienvenue. À ce moment-là, je t'en prie, fais preuve de sagesse. »

Thorne hocha une fois de plus la tête. On eût dit que la terrible bataille était terminée : sa rage avait disparu lorsqu'il l'avait confessée. À présent, il restait assis devant la cheminée, immobile et calme, son esprit guerrier envolé. Telle était la magie des mots.

Puis les souvenirs lui revinrent. Six siècles plus tôt. La lumière dansante du feu éclairait la caverne où il gisait, ligoté, incapable de bouger. Maharet reposait à son côté, les yeux dans les siens, lui murmurant à l'oreille. Ce qu'elle lui disait, il ne se le rappelait pas ; ce n'était qu'une partie d'un tout plus vaste, plus affreux, aussi écrasant que les liens qui l'immobilisaient.

À présent, il pouvait les briser. Il pouvait se débarrasser des souvenirs et s'installer fermement dans le présent. Regarder Marius.

Thorne poussa un long soupir.

« Reprends le cours de ton histoire, s'il te plaît, demanda-t-il. Pourquoi n'as-tu pas révélé ta colère à Lestat, après la destruction de la reine et le départ des jumelles ? Pourquoi ne t'es-tu pas vengé ? Il t'avait trahi ! Et un désastre avait suivi.

— Parce que je voulais continuer à l'aimer, dit Marius comme s'il avait toujours connu la réponse à ces questions. Parce que je voulais continuer à être aimé et que je ne pouvais renoncer à ma position de sage. La colère est trop douloureuse pour moi. Trop pitoyable. Je ne puis la supporter. Je ne puis l'exprimer.

— Une seconde. Redis-moi cela ?

— La colère est pitoyable. Elle désavantage toujours. Il m'est impossible de l'exprimer. De la faire mienne. »

Thorne le pria d'un geste de se taire et s'adossa, pensif. Il lui semblait que le froid l'enveloppait en dépit du feu.

« La colère est faiblesse », murmura-t-il.

L'idée était neuve pour lui. Colère et fureur lui avaient toujours semblé proches parentes, la seconde étant en outre sœur de la furie d'Odin qu'on appelait avant la bataille, qu'on accueillait avec plaisir en son cœur. Dans sa caverne glacée, il avait laissé une ancienne fureur l'éveiller.

« La colère est faiblesse, tout comme la peur, reprit Marius. Crois-tu que nous supporterions la peur ?

— Non, mais nous parlons de quelque chose en nous de brûlant et de fort.

— C'est vrai, il y a en moi un côté brutal et douloureux, mais je préfère errer, solitaire et silencieux, plutôt que de boire à la coupe de la colère et des paroles rageuses. Or voilà que je t'ai trouvé dans les pays nordiques, toi, un parfait inconnu, et que je t'ouvre mon cœur.

– Tu le peux. Tu m'as offert l'hospitalité, tu es libre de me raconter tout ce que tu veux. Jamais je ne trahirai ta confiance, j'en fais le serment. Quoi qu'il arrive, ni paroles ni chansons banales à ce sujet ne franchiront mes lèvres. » La voix de Thorne s'enflait au fil de son discours, portée par la sincérité. « Qu'est-il advenu de Lestat ? Pourquoi s'est-il tu ? Je n'entends plus ni musique ni sagas.

– Des sagas, oui, c'est ce qu'il a écrit à notre sujet. » Marius eut un sourire presque joyeux. « Il souffre de terribles blessures, lui aussi. Il a fréquenté des anges, ou du moins des êtres qui se prétendent tels et qui l'ont emmené en enfer puis au paradis.

– Tu crois donc à ces choses ?

– Je ne sais pas, mais il n'était pas sur Terre au moment où ces créatures étaient censées l'avoir emmené, c'est un fait. Et il a rapporté de ses voyages une étoffe ensanglantée ornée du visage du Christ.

– Tu l'as vue, je suppose ?

– Oui. De même que d'autres reliques. C'est pour avoir voulu contempler cette étoffe puis s'offrir au soleil que notre fameux druide a failli nous être enlevé.

– Pourquoi n'est-il pas mort ? s'enquit Thorne, incapable de dissimuler son émotion.

– Il était trop âgé. L'astre du jour l'a grièvement brûlé et affaibli, comme il le fait pour les anciens parmi nous, mais au bout d'une journée, il n'a pas eu le courage d'en supporter davantage. Il a rejoint ses compagnons, auprès desquels il se trouve toujours.

– Et toi ? M'ouvriras-tu complètement ton cœur, à présent ? Le détestes-tu vraiment, ou te détournes-tu de lui parce que la colère te répugne ?

– Je n'en sais rien. Par moments, je ne supporte pas sa vue. À d'autres, il me manque, et à d'autres encore, je ne veux voir aucun de mes frères. Je suis venu ici en la seule compagnie de Daniel, sur qui il faut veiller en permanence. La situation me convient parfaitement. Il n'a pas à parler. Sa présence me suffit.

– Je comprends, affirma Thorne.

– Il faut que tu comprennes autre chose. Je veux continuer à vivre. Je ne suis pas de ceux qui soupirent après le soleil ou cherchent quelque autre forme d'élimination. Si réellement tu t'es levé des glaces pour détruire Maharet, pour mettre sa sœur en colère... »

Il leva la main, demandant à son compagnon un instant de silence et de patience.

« Non. Ce n'étaient que des rêves, qui sont morts ici même. Il faudra plus longtemps aux souvenirs...

— Alors rappelle-toi sa beauté et sa puissance. Une nuit, je lui ai demandé pourquoi elle n'avait jamais volé les yeux d'un buveur de sang. Pourquoi elle s'emparait toujours de ceux, faibles et sanglants, de ses victimes mortelles. Elle m'a répondu qu'elle n'avait jamais rencontré de vampire qu'elle eût voulu détruire, voire faire souffrir, hormis la reine à qui elle n'a rien pris. La haine l'en a empêchée. »

Thorne y réfléchit un long moment.

« Des yeux de mortel, murmura-t-il enfin.

— Avec lesquels, tant qu'ils subsistent, elle en voit plus que toi ou moi.

— Certes.

— Je veux trouver la force de vieillir. Découvrir autour de moi les merveilles que j'y ai toujours vues. Sinon, je perdrai le courage de vivre. Voilà ce qui me tourmente en ce moment. La mort m'a posé la main sur l'épaule. Elle est venue à moi sous les oripeaux de la déception, de la peur, du mépris.

— Toutes choses que je comprends à la perfection ou presque. Je suis parti dans la neige pour leur échapper. Je voulais mourir sans mourir, comme beaucoup de mortels, mais il ne me semble pas avoir pensé survivre dans la glace et le froid. Je m'imaginais qu'ils me dévoreraient, qu'il me congèleraient tel un humain, seulement il n'en a rien été. Quant au froid douloureux, je m'y suis habitué : c'était mon lot quotidien, et je croyais ne pas mériter mieux. Pourtant, la souffrance a fini par me conduire ici. Voilà pourquoi je te comprends. À présent, tu veux lutter contre elle plutôt que reculer.

— Exactement. Quand la reine a quitté son sanctuaire souterrain, elle m'a laissé enseveli dans la glace et l'indifférence. D'autres sont venus à mon secours afin de m'entraîner jusqu'à la table du conseil, où nous avons tenté de la raisonner. Jamais auparavant je n'avais imaginé qu'elle pût me témoigner un tel mépris ou me blesser ainsi. Jamais je n'avais imaginé ma patience et mon apparent pardon.

« Mais Akasha a été détruite. L'insulte qu'elle m'avait faite a été vengée de la manière la plus radicale possible. La créature sur laquelle j'avais veillé deux mille ans durant m'était arrachée. Ma reine...

« À présent, je perçois plus largement mon existence, dont ma Mère n'était qu'une partie, jusque dans sa cruauté à mon égard. Je vois les multiples histoires de ma vie, je suis capable d'en choisir, d'en isoler certaines.

– Raconte-les-moi, proposa Thorne. Tes paroles sont aussi enveloppantes, aussi réconfortantes qu'un bain chaud Je suis avide de tes images. De tout ce que tu peux me dire. »

Marius réfléchit un instant.

« Je vais essayer, décida-t-il enfin. Qu'elles fassent ce que font toutes les histoires : qu'elles te gardent de tes rêves et de tes voyages plus sombres. Qu'elles te conservent auprès de moi.

– Oui. » Thorne souriait. « Je te fais confiance. Continue. »

L'HISTOIRE

V

Comme je te le disais, je naquis à une époque lointaine, sous le règne d'Auguste. L'Empire romain était au sommet de sa puissance et de son étendue, quoique les barbares nordiques qui devaient finir par le vaincre fussent depuis longtemps acharnés à repousser ses frontières septentrionales.

L'Europe était alors, de même qu'aujourd'hui, un monde de grandes et puissantes cités.

Quant à moi, studieux érudit, j'eus la malchance d'être arraché à mon univers pour partir au royaume des druides, où on me livra à un immortel qui se prenait pour le dieu d'un bosquet sacré et ne m'offrit rien avec le Sang que des superstitions.

Le voyage qui me conduisit en Égypte à la recherche de la Mère, je le fis en mon propre nom. Que se passerait-il si le feu dont m'avait parlé le dieu souffrant se réveillait ?

Je trouvai donc le couple divin et l'enlevai à ceux qui l'avaient si longtemps gardé, non seulement pour posséder le Noyau sacré mais aussi par amour pour Akasha. Outre qu'elle m'avait donné son précieux sang, j'étais persuadé qu'elle m'avait parlé et demandé de la secourir.

Il faut comprendre qu'il n'existait rien de plus puissant que cette fontaine originelle. Y boire fit de moi un être formidable, capable de vaincre tous les anciens qui se lancèrent à ma poursuite au fil des années suivantes.

Mais il faut comprendre aussi que nulle impulsion religieuse ne me guidait. J'avais considéré le « dieu » des druides comme un monstre, et je savais qu'Akasha en était un également, à sa manière, de même que moi. Je n'avais pas la moindre intention de créer un culte en sa faveur. C'était un secret incarné. Dès l'instant où ils se trouvèrent entre mes mains, elle et son époux devinrent bel et bien Ceux Qu'il Faut Garder.

Cela ne m'empêcha pas de l'adorer du fond du cœur, de lui aménager le sanctuaire le plus luxueux, de rêver que, puisqu'elle m'avait parlé une nuit grâce au don de l'esprit, elle recommencerait.

J'emmenai tout d'abord le couple mystérieux à Antioche, cité merveilleuse, fascinante, ville orientale comme nous disions à l'époque, quoique romaine et soumise à une puissante influence hellénique – c'est-à-dire marquée par la philosophie et la pensée grecques. Elle regorgeait de splendides immeubles romains flambant neufs, de grandes bibliothèques et d'écoles de philosophie. J'avais beau la hanter de nuit, simple fantôme de mon ancien moi, j'y trouvais des hommes brillants à espionner et des merveilles à écouter.

Pourtant, mes premières années de gardien du Père et de la Mère furent d'une amère solitude. Souvent, le silence des Parents divins me parut bien cruel. Pitoyablement ignorant de tout ce qui concernait ma propre nature, je ruminais en permanence l'idée de vivre à jamais.

Le mutisme d'Akasha me semblait terrifiant, affolant. Après tout, pourquoi m'avait-elle demandé de lui faire quitter l'Égypte si elle comptait juste demeurer assise sur son trône dans une immobilité perpétuelle ? Parfois, j'eusse préféré me détruire plutôt que de continuer à vivre comme je le faisais.

Puis arriva l'exquise Pandora, que j'avais connue enfant à Rome. En fait, j'étais un jour allé trouver son père afin de lui demander sa main, alors qu'elle n'était encore qu'une fillette précoce, et voilà qu'elle visitait Antioche, aussi adorable dans la fleur de l'âge qu'elle l'avait été toute jeune, emplissant mes pensées d'impossibles désirs.

Nos destins se mêlèrent de manière fatale. À vrai dire, la rapidité et la violence avec lesquelles Pandora fut transformée en buveuse de sang m'emplirent d'une honte et d'un égarement débilitants. Toutefois, elle pensait qu'Akasha avait voulu notre union ; que ma reine, consciente de ma solitude, avait attiré à moi ma bien-aimée.

Tu as vu notre table ronde, celle à laquelle nous nous sommes assis lorsque la Mère s'est réveillée ; tu as donc vu Pandora, la grande beauté à la peau blanche, à la chevelure brune ondulée caractéristique. C'est à présent une puissante enfant des millénaires, exactement comme toi ou moi.

Peut-être te demandes-tu pourquoi nous ne vivons pas ensemble aujourd'hui ou ce qui me retient d'admettre l'admiration que m'inspirent son esprit, sa beauté, son exquise compréhension de toute chose.

Pourquoi je ne puis aller à elle !

Je ne sais. Je sais juste qu'une colère et une souffrance terribles nous séparent, de même qu'elles nous séparaient il y a bien long-temps. Il m'est impossible d'admettre quel mal je lui ai fait. À quel point j'ai menti au sujet de l'amour que je lui voue et de mon besoin d'elle. D'ailleurs, peut-être ce besoin même m'éloigne-t-il d'elle, me pousse-t-il à fuir ses doux yeux bruns, scrutateurs et sages.

Il est vrai aussi qu'elle juge avec sévérité certains de mes actes les plus récents, mais ce serait trop long à expliquer.

Dans l'Antiquité, alors que nous vivions ensemble depuis deux siècles à peine, ce fut moi qui détruisis notre union d'une manière aussi stupide que terrible. Nous passions presque toutes nos nuits à nous quereller car je ne pouvais admettre ses arguments ni ses vic-toires, faiblesse qui me conduisit à la quitter sottement, sur un coup de tête.

Telle fut la pire erreur de toute ma longue existence.

Mais laisse-moi te raconter brièvement comment mon amertume et ma fierté finirent par nous séparer.

Tandis que nous veillions sur le Père et la Mère, les antiques dieux des sombres bosquets nordiques s'éteignaient. Toutefois, il arrivait qu'un buveur de sang nous découvrît et cherchât à obtenir le fluide vital de Ceux Qu'il Faut Garder.

Il s'agissait le plus souvent de monstres violents, dont nous nous débarrassions facilement dans l'ardeur de la colère, avant de reprendre le cours d'une existence civilisée.

Un soir, cependant, arrivèrent à notre villa près d'Antioche cinq immortels nouveau-nés vêtus de robes toutes simples.

Bientôt, je découvris avec étonnement qu'ils se prenaient pour des serviteurs de Satan, intégrés à un vaste plan divin dans lequel le démon était aussi puissant que le dieu chrétien.

Ils ignoraient tout de nos souverains, dont le sanctuaire se trou-vait dans la maison même, sous terre, mais dont leur jeunesse les empêchait de percevoir la présence. Leur ardeur et leur sincérité étaient bouleversants.

Toutefois, quoique très touché par leur méli-mélo de christia-nisme et de philosophie perse, par leurs folles idées et leur curieuse innocence, j'étais également horrifié de voir une nouvelle reli-gion s'établir parmi les buveurs de sang ; d'autant qu'ils parlaient d'autres fidèles. D'un culte.

L'être humain en moi se révoltait ; le Romain rationaliste était plus perplexe et inquiet que je ne puis le dire.

Pandora me ramena très vite à la raison en me faisant comprendre qu'il fallait les tuer tous les cinq. Si nous les laissions repartir, d'autres viendraient nous trouver. Les Parents risqueraient bientôt de tomber entre leurs mains.

Moi qui avais massacré sans problème des frères de race d'un grand âge, je me découvris incapable d'agir, peut-être parce que je compris pour la première fois que, si nous restions à Antioche, si nous conservions notre maisonnée et notre mode de vie, les immortels viendraient nous voir de plus en plus nombreux, et nous serions sans répit contraints de tuer afin de protéger notre secret. Or mon âme se trouvait brusquement incapable de supporter pareille pensée. À vrai dire, la mort m'apparut une fois de plus comme une solution, non seulement pour moi-même mais aussi pour Ceux Qu'il Faut Garder.

Nous massacrâmes cependant les zélotes, sans difficulté car ils étaient très jeunes. Quelques instants à jouer de la torche et du glaive nous suffirent, après quoi nous les réduisîmes en cendres que nous dispersâmes au vent – une nécessité, je ne doute pas que tu le saches.

La macabre tâche terminée, je tombai dans un terrible silence et passai des mois sans quitter le sanctuaire. Je négligeai Pandora pour m'abandonner à ma propre souffrance, car je ne pouvais lui expliquer quel sombre avenir je nous voyais. Lorsqu'elle partait chasser en ville ou se livrer à quelque distraction, je me rendais auprès d'Akasha.

Ma reine. Je m'agenouillais devant elle, et je lui demandais ce qu'elle attendait de moi.

« Après tout, ce sont tes enfants, disais-je. Ils arrivent par bataillons entiers, ignorants de ton nom. Ils comparent leurs crocs à ceux du reptile, ils parlent de Moïse, le prophète hébreu, brandissant dans le désert son bâton orné d'un serpent, et de ceux qui les suivront. »

Akasha ne répondait pas. Elle ne répondrait pas réellement avant deux mille ans.

Mon terrible voyage ne faisait cependant que commencer. Dans ces heures d'anxiété, je n'avais qu'une certitude : il me fallait dissimuler mes prières à Pandora ; je ne pouvais la laisser me voir à genoux – moi, Marius le philosophe. Je priais, pourtant, je vivais dans une adoration fiévreuse. Et, comme toujours lorsqu'on prie une image figée, la lumière jouait sur le visage d'Akasha, lui donnant un semblant de vie.

Pendant ce temps, Pandora, aussi aigrie par mon silence que moi par celui de ma reine, sombrait dans la plus grande détresse.

Si bien qu'une nuit, elle me lança cette insulte d'épouse :

« Si seulement j'étais débarrassée d'eux et de toi ! »

Sur ce, elle quitta notre demeure, où elle ne réapparut ni le lendemain ni le surlendemain.

Bien sûr, en refusant de rester témoin de ma dureté, elle se contentait de jouer le même jeu que moi avec elle, sans comprendre que j'avais désespérément besoin de sa présence ainsi que de ses vaines supplications.

Ah, quel égoïsme honteux ! Quel désastre inutile ! Furieux contre elle, je pris d'irrévocables mesures pour quitter Antioche dans la journée.

À la faible clarté d'une unique lampe, afin de ne pas alarmer mes employés mortels, je leur donnai des ordres pour que Ceux Qu'il Faut Garder et moi-même fussions transportés à Rome par la mer dans trois énormes sarcophages. J'abandonnais ainsi ma bien-aimée Pandora, emportant tout ce qui m'appartenait, ne lui laissant que la villa déserte, où ses propres possessions l'attendraient dispersées au hasard de manière insultante. Je quittais la seule créature au monde capable de me témoigner de la patience et de me comprendre, la seule qui l'eût fait, si souvent et si violemment que nous nous fussions disputés.

Le seul être qui sût ce que j'étais !

Je n'avais évidemment pas conscience des conséquences de mon acte. J'ignorais que je ne retrouverais pas ma compagne avant des centaines d'années, qu'elle deviendrait dans mes souvenirs, nuit après nuit, une déesse aussi puissante qu'Akasha.

Encore un mensonge, tu vois, comme celui que je racontais sur ma reine. J'aimais Pandora ; j'avais besoin d'elle. Mais dans notre guerre verbale, si bouleversé que je fusse, j'avais toujours joué le rôle de l'esprit supérieur n'ayant nul besoin des discours apparemment irrationnels ou de l'évidente affection de son adversaire. Je me rappelle la querelle qui nous opposa la nuit même où je lui fis don du Sang ténébreux.

« Tu ne devrais pas ériger en religion la raison et la logique, me dit-elle, car il se peut qu'une nuit elles te trahissent, te poussant à chercher refuge dans la folie. »

Je fus si vexé par les mots tombés de la bouche de cette beauté aux yeux ensorcelants que ce fut tout juste si je parvins à suivre sa pensée.

Pourtant, durant les mois de silence qui suivirent le massacre des nouveaux croyants, sa prédiction se réalisa. Je sombrai dans une sorte de folie où je refusai de prononcer le moindre mot.

Il m'a fallu attendre l'époque moderne pour admettre la démence de ma conduite. Ma propre faiblesse m'était insupportable, et je n'acceptais pas que Pandora vît quelle mélancolie avait englouti mon âme.

Maintenant encore, je n'admets pas qu'elle soit témoin de ma souffrance. C'est pourquoi je vis seul ici avec Daniel. Si je te parle à toi, c'est que tu es un nouvel ami, capable de te faire de moi une impression, une idée nouvelles. Nulles familiarité ou crainte anciennes n'entachent le regard que tu poses sur moi.

J'en reviens à mon histoire.

Notre navire accosta sans problème à Ostie, puis, lorsque nous eûmes été transportés à Rome dans nos sarcophages, je me levai de mon « tombeau », me procurai une coûteuse villa hors les murs de la cité et aménageai assez loin de ma nouvelle demeure un sanctuaire souterrain pour Ceux Qu'il Faut Garder.

Je me sentais extrêmement coupable de les avoir relégués à l'écart de l'endroit où je vivais, lisais puis gagnais ma crypte au matin. Après tout, à Antioche, ils s'étaient trouvés dans ma maison même, quoique en sécurité sous terre, alors que des kilomètres nous séparaient à présent.

Toutefois, je voulais habiter près de la vaste cité ; d'ailleurs, quelques années plus tard, ses murailles s'étendirent jusqu'à entourer ma demeure, la plaçant dans Rome même. Je possédai alors en ville une maison de campagne.

Ce n'était pas un endroit sûr pour Ceux Qu'il Faut Garder. La décision de leur aménager un sanctuaire à l'écart de la cité bourgeonnante s'avérait des plus sages. Une fois installé, je jouai le « gentilhomme romain » pour mon entourage, le maître aimant d'esclaves crédules, simples d'esprit.

Il faut savoir que je n'étais pas revenu à Rome depuis plus de deux siècles.

Plongé dans les richesses culturelles d'Antioche, cité romaine, certes, mais cité orientale, écoutant sur le forum ses poètes et ses philosophes, écumant ses bibliothèques à la clarté des torches, j'avais été horrifié par ce que j'avais lu et entendu sur les derniers empereurs romains : ils avaient déshonoré leur titre en se livrant à de véritables bouffonneries avant d'être assassinés – c'était logique – par leurs gardes du corps ou leurs troupes.

Je me trompais fort cependant en imaginant la Ville éternelle livrée à la décadence. Les siècles précédents ayant vu de grands empereurs tels qu'Hadrien, Marc Aurèle ou Septime Sévère, la capitale s'était augmentée d'innombrables bâtiments monumentaux et d'habitants. Même un buveur de sang ne pouvait en connaître tous les temples, les amphithéâtres ou les thermes.

C'était très certainement la plus grande et la plus impressionnante cité du monde. Sa population comptait deux millions d'êtres, la plupart appartenant à la plèbe, comme on appelait les pauvres, et recevant chaque jour une ration de blé et de vin.

Je tombai aussitôt sous le charme. Refusant de voir les horreurs des querelles impériales et des guerres continuelles sur les frontières, j'entrepris pour me distraire d'étudier à mon habitude les accomplissements intellectuels et esthétiques de l'humanité.

Bien sûr, je me mis aussi à jouer les fantômes dans les demeures citadines de mes cousins de l'époque, car jamais je ne les avais totalement perdus de vue, bien que je n'en eusse rien dit à Pandora. Ils faisaient honneur à l'antique classe sénatoriale dont ils étaient membres en s'efforçant désespérément de maintenir un semblant d'ordre au sein du gouvernement, tandis que l'armée créait un empereur après l'autre afin de porter au pouvoir telle ou telle faction de telle ou telle lointaine province.

À vrai dire, le spectacle de ces jeunes hommes et femmes qui descendaient de mes oncles et tantes, de mes neveux et nièces, me brisa le cœur. Je cessai alors pour toujours de prendre des nouvelles de ma famille, quoique je ne puisse dire au juste pourquoi.

En ce qui me concernait, l'heure était venue de rompre tous les liens. J'avais abandonné Pandora. J'avais installé à l'écart Ceux Qu'il Faut Garder. Puis, en rentrant chez moi une nuit, après avoir espionné un souper donné par un de mes nombreux parents, je tirai de leur coffre de bois les parchemins où j'avais couché les noms de ces jeunes gens, glanés dans des lettres à divers correspondants, et je les brûlai. Ce geste monstrueux me semblait sage, comme s'il allait m'éviter à l'avenir souffrance et vanité.

Par la suite, je hantai pour m'informer les propriétés d'inconnus, me glissant avec une habileté surnaturelle dans des jardins obscurs afin d'écouter aux portes ouvertes de villas faiblement éclairées où on discutait après dîner, épiant parfois la musique délicate de la lyre dont jouait un tout jeune homme.

Les vieillards conservateurs de Rome me paraissaient touchants. Quoique les bibliothèques de la ville ne fussent pas aussi fournies que l'étaient devenues celles d'Antioche, je trouvais facilement de quoi lire. Les écoles de philosophie s'avéraient intéressantes même si, là encore, Antioche surpassait Rome.

Note cependant que je ne m'étais pas réellement introduit dans le monde des mortels. Je ne me faisais pas d'amis parmi eux ; je ne leur parlais pas ; je me contentais de les observer, comme autrefois. Il me semblait impossible de réussir à m'imposer dans leur royaume.

Pour me nourrir, je chassais avec fureur. Je m'en tenais toujours au malfaisant, ce qui n'était pas difficile, je puis te l'assurer, mais j'étanchais ma soif bien plus que nécessaire en exhibant cruellement mes crocs à mes victimes. L'immense population de Rome ne me laissait jamais sur ma faim. J'étais davantage buveur de sang que je ne l'avais jamais été à cette nuit.

C'était un véritable défi pour moi que de procéder avec méthode, d'enfoncer mes dents d'un seul coup, proprement, puis de ne pas gaspiller une goutte tandis que je prenais la vie en même temps que le sang.

Dans la Rome de l'époque, il n'était nul besoin de dissimuler les cadavres de crainte qu'on ne les découvrît. Parfois, je les jetais dans le Tibre. D'autres fois, je les abandonnais sur le pavé. J'aimais tout particulièrement tuer dans les tavernes, un goût qui ne m'a pas quitté, comme tu as pu le constater.

Il n'existe rien de comparable à une longue marche par une nuit humide, suivie de l'ouverture soudaine d'une porte de taverne, univers de chaleur et de lumière, de rires et de chants humains. Les débits de boisson m'attiraient terriblement.

Bien sûr, cette avidité, ces meurtres sans fin dérivaient de la solitude et du chagrin que j'éprouvais à la pensée de Pandora. Qui était là pour me retenir ? Me surpasser ? Personne.

Sache aussi que durant mes premiers mois à Rome, j'eusse pu écrire à ma bien-aimée ! Il était possible qu'elle fût demeurée à Antioche, chez nous, dans l'espoir que je revinsse à la raison – ce qui n'arriva pas.

Une colère affreuse, celle-là même que je combats aujourd'hui, enflait en moi, m'affaiblissant, ainsi que je te l'ai déjà dit. J'étais incapable d'agir comme il le fallait – d'appeler Pandora. Parfois, ma solitude était telle que je prenais trois ou quatre victimes en une nuit, jusqu'à recracher le sang que je ne pouvais plus absorber.

Aux petites heures de la matinée, ma fureur s'apaisait. Je retournais aux écrits historiques commencés à Antioche sans en informer personne.

J'y décrivais les améliorations et les détériorations découvertes autour de moi ainsi que les bâtiments, avec des détails laborieux. Certaines nuits, cependant, il me semblait que cela ne servait à rien. Après tout, dans quel but rédigeais-je ces pages ? Je ne pouvais donner au monde des mortels mes observations, mes poèmes, mes essais !

Car ils étaient contaminés, dans la mesure où ils émanaient d'un buveur de sang, d'un monstre qui tuait des humains pour survivre. La poésie ou l'histoire produites par un esprit et un cœur avides n'avaient nulle part leur place.

Aussi décidai-je de détruire non seulement mes derniers écrits, mais aussi les essais rédigés à Antioche par le passé. Je tirai un à un mes parchemins de leurs coffres pour les brûler, comme j'avais brûlé tout ce qui concernait ma famille, ou les conservai soigneusement enfermés, loin de mon regard, pour éviter que leur vue ne fît naître en moi une étincelle nouvelle.

Mon âme était en pleine crise.

Il se produisit alors quelque chose de totalement imprévu.

Tard, une nuit, en descendant une colline par une rue obscure, je rencontrai d'autres buveurs de sang – deux autres.

Quoique la lune se fût cachée derrière les nuages, j'y voyais parfaitement grâce à mes yeux surnaturels.

Les créatures approchaient d'un pas rapide, sans se rendre compte que je me tenais plaqué au mur afin de ne pas leur bloquer le passage.

Enfin, la plus proche leva la tête. Je la reconnus aussitôt. Son nez busqué, ses yeux enfoncés, ses joues creuses, jusqu'à la courbe de ses épaules, ses longs cheveux blonds ou la main qui tenait sa cape contre sa gorge – je connaissais sa moindre caractéristique.

C'était Mael, le druide qui m'avait enlevé bien longtemps auparavant, qui m'avait emprisonné afin de me faire dévorer tout vif par le dieu agonisant du bosquet sacré. Mael, qui m'avait gardé captif des mois durant en me préparant à la magie ténébreuse. Mael, l'intrépide au cœur pur qui m'était devenu tellement familier.

Qui avait fait de lui un buveur de sang ? Dans quel bosquet avait-il été consacré à l'ancienne religion ? Pourquoi n'était-il pas enfermé dans quelque chêne gaulois, afin de présider aux festins de ses frères les druides ?

Nos yeux se croisèrent, mais je n'éprouvai nulle crainte. À vrai dire, sa force me semblait réduite. Il était aussi âgé que moi, cela se voyait, mais il n'avait pas bu aux veines d'Akasha. J'étais le plus puissant, et de loin. Il ne pouvait rien contre moi.

Aussi détournai-je le regard pour examiner son compagnon, beaucoup plus grand, infiniment plus fort, à la peau brun sombre sans doute brûlée par le terrible feu d'autrefois.

Son large visage franc, fort beau, était percé de grands yeux sombres inquisiteurs, d'une bouche aux lèvres épaisses bien proportionnée, et surmonté d'une masse de cheveux noirs ondulés.

Mon regard se reposa sur le monstre blond que ses convictions religieuses avaient poussé à me prendre ma vie de mortel.

Je pouvais le détruire en lui arrachant la tête puis en allant la poser dans mon jardin, à un endroit où le soleil l'atteindrait forcément et la réduirait à l'état de charbon. Mael ne méritait rien d'autre. Pourtant, des pensées bien différentes tourbillonnaient aussi dans mon esprit.

J'avais envie de parler à l'arrivant. De faire sa connaissance et celle de son compagnon, le buveur de sang à la peau sombre qui me contemplait avec un mélange d'innocence et de chaleur. Il était tellement plus âgé. Ceux qui étaient venus me voir à Antioche, me suppliant de leur montrer le Père et la Mère, ne lui ressemblaient en rien. Il représentait à mes yeux une véritable nouveauté.

À cet instant peut-être, je compris pour la première fois que la colère est faiblesse. Elle m'avait privé de Pandora par une condamnation de moins de vingt mots. Elle me priverait de Mael si je le détruisais. D'ailleurs, je pouvais toujours remettre le meurtre à plus tard : discuter un moment avec l'ancien druide, m'accordant la compagnie dont j'étais avide, avant de le tuer.

Raisonnement fallacieux, tu en es sans doute conscient, car une fois qu'on s'est pris d'affection pour quelqu'un, il y a peu de chances qu'on souhaite sa mort.

Alors que ces pensées se bousculaient dans mon esprit, les mots jaillirent soudain de mes lèvres :

« C'est moi, Marius. M'aurais-tu donc oublié ? Tu m'as emmené au bosquet de ton dieu, tu m'as livré à lui, et je me suis échappé. »

L'hostilité de mes paroles me consterna.

Mael voila entièrement son esprit, m'empêchant de savoir s'il m'avait reconnu *de visu* ou non.

« Tu as quitté le bosquet, oui, dit-il très vite en latin. Tu as abandonné ceux qui t'adoraient. Tu as pris le pouvoir qui t'avait été offert, et qu'as-tu laissé aux fidèles de la forêt ? Que leur as-tu donné en échange ?

– Parce que toi, cher petit druide, tu sers toujours tes anciens dieux ? ripostai-je. C'est pour cela sans doute que tu es à Rome ? »

Ma voix tremblait de colère. Conscient de ma faiblesse, je luttai pour retrouver force et clarté de pensée. « Lorsque je t'ai connu, tu avais le cœur pur. J'ai rarement rencontré créature plus illusionnée, plus abandonnée aux réconforts et aux mensonges de la religion. »

Je m'interrompis. Il me fallait me maîtriser, ce que je fis.

« L'ancienne religion est morte, dit-il rageusement. Les Romains se sont emparés de nos lieux sacrés les plus reculés. Leurs villes sont partout. De plus, les barbares fondent sur nous depuis l'autre côté du Danube, et les chrétiens... les chrétiens se rendent où ne se rendent pas les Romains. Nul ne peut les arrêter. » Sa voix, simple murmure, s'enflait cependant. « Mais c'est toi qui m'as corrompu, Marius. C'est toi qui m'as empoisonné l'âme, qui m'as séparé des fidèles de la forêt, qui m'as fait rêver de plus grandes choses ! »

Il tremblait, aussi furieux que moi. Comme souvent chez les protagonistes d'une querelle, sa colère m'apporta un calme bienfaisant. Cette seule petite résolution – tu peux toujours le tuer plus tard – me permit de contenir mon inimitié pour continuer la discussion.

Le troisième buveur de sang, visiblement fort surpris de la situation mais aussi fasciné, arborait une expression quasi enfantine.

« Tu dis n'importe quoi, déclarai-je. Je devrais te détruire. Ce ne serait pas bien difficile.

– Essaie donc. »

L'ami de Mael, qui se tenait légèrement en retrait, tendit la main pour la poser sur la sienne.

« Écoutez-moi tous les deux, intervint-il d'une voix douce quoique profonde. Cessez de vous quereller. De quelque manière que nous ayons connu le Sang ténébreux, par le mensonge ou la violence, il nous a rendus immortels. Allons-nous nous montrer ingrats ?

– Je ne suis pas ingrat, répondis-je, mais si j'ai une dette, c'est envers le destin et non envers Mael. Pourtant, je me languis de votre compagnie. Voilà qui est vrai. Venez chez moi. Jamais je ne ferai le moindre mal à un invité sous mon propre toit. »

Ce petit discours m'étonna moi-même, mais il n'en était pas moins pure vérité.

« Tu habites donc cette cité ? demanda Mael. Qu'entends-tu par ton propre toit ?

– Je possède une confortable villa, où je vous prie de venir discuter avec moi. Ma propriété est agréable, avec ses belles fontaines. J'ai pris pour esclaves des simples d'esprit. La lumière est plaisante, le jardin empli de fleurs qui s'épanouissent la nuit. Venez. »

L'inconnu à la chevelure noire était visiblement surpris, de même qu'un peu plus tôt.

« Allons-y », dit-il avec un coup d'œil à Mael, qui se tenait toujours devant lui.

Sa voix, quoique douce, était empreinte d'autorité, de force sans mélange.

La colère tétanisait un Mael impuissant. Son nez busqué et ses yeux effrayants lui donnaient l'air d'un rapace. Les hommes affligés de ce genre de nez me font toujours cet effet-là. Mais il possédait aussi une beauté particulière, due à son haut front droit, à sa bouche énergique.

Pour en revenir à mon histoire, je pris à cet instant conscience des vêtements en loques des deux autres immortels. On eût dit des mendiants, avec leurs pieds nus. Les buveurs de sang ne sont jamais vraiment sales, car la crasse ne s'accroche pas à eux, mais ceux-là semblaient négligés.

Ma foi, j'aurais tôt fait d'y remédier s'ils le voulaient bien. Comme toujours, j'avais de pleins coffres de vêtements. Que je sortisse pour chasser ou pour étudier les fresques de quelque demeure déserte, j'étais un Romain à l'air prospère, souvent armé d'une dague et d'un glaive.

Enfin, ils acceptèrent mon invitation. Par un grand effort de volonté, je leur montrai le chemin en leur présentant mon dos – non sans me servir au maximum du don de l'esprit afin de vérifier qu'ils ne tenteraient pas de me poignarder.

J'étais soulagé au plus haut point que Ceux Qu'il Faut Garder ne se trouvent pas chez moi, où un de mes deux hôtes eût peut-être détecté leurs puissants battements de cœur, mais je ne pouvais me permettre de les visualiser tandis que nous traversions la ville.

Lorsque nous pénétrâmes dans ma demeure, mes invités regardèrent autour d'eux comme s'ils étaient environnés de miracles, alors que je possédais juste l'ameublement habituel des hommes riches. Ils contemplèrent avec avidité les lampes à pétrole en bronze qui emplissaient les pièces dallées de marbre de leur brillante clarté, touchèrent d'une main hésitante les chaises et les divans.

Je ne puis te dire combien de fois ce genre de choses m'est arrivé au fil des siècles, combien d'immortels errants, privés du moindre lien avec l'humanité, se sont émerveillés en entrant chez moi devant les choses les plus simples.

C'est pourquoi tu as trouvé ici un lit prêt à t'accueillir et des vêtements.

« Asseyez-vous, leur dis-je. Il n'y a rien dans cette maison qui ne puisse être nettoyé ou mis au rebut. Je veux que vous vous installiez confortablement, et je regrette que nous n'ayons pas quelque coutume à observer dans pareille situation, comme lorsqu'un hôte mortel offre une coupe de vin à ses invités. »

Le plus grand des visiteurs prit place le premier, sur une chaise plutôt qu'un divan. Je l'imitai, faisant signe à Mael de s'asseoir à ma droite.

Je voyais bien à présent que son compagnon était infiniment plus puissant que lui mais aussi beaucoup plus âgé – c'est-à-dire qu'il était plus âgé que moi également. Voilà pourquoi il s'était remis du terrible feu, quoiqu'il eût brûlé deux cents ans auparavant. Toutefois, je ne le sentais pas menaçant. Sans le moindre avertissement, en silence, il me donna son nom.

« Avicus. »

Mael me fixait de l'air le plus venimeux. Il ne s'adossait pas, préférant se tenir très droit, en alerte, comme prêt à se battre.

Je cherchai à lire dans son esprit, en vain.

Quant à moi, qui m'estimais parfaitement maître de ma haine et de ma colère, l'expression anxieuse d'Avicus me donna à penser que je me trompais peut-être.

Soudain, il prit la parole.

« Exposez donc tous deux votre mutuelle inimitié, proposa-t-il en latin, quoique avec un accent. Peut-être un combat verbal arrangera-t-il les choses. »

Mael n'attendit pas que j'acquiesce.

« Nous t'avons mené au bosquet parce que notre dieu nous l'avait ordonné, lança-t-il. Il était brûlé, il agonisait, mais il refusait de nous révéler pourquoi. Il répétait encore et encore qu'il fallait créer un nouveau dieu, sans rien préciser d'autre.

– Calme-toi, intervint Avicus avec douceur, afin que ta bouche ne trahisse pas ton cœur. »

Malgré ses vêtements en loques, il respirait la dignité. Je le sentais aussi curieux de ce que nous allions bien pouvoir dire.

Mael, cramponné aux accoudoirs de sa chaise, me fixait d'un regard furieux à travers les longs cheveux blonds qui lui pendaient devant le visage.

« Ramenez-nous un homme parfait sur lequel exercer la magie du vieux dieu, voilà ce qu'on nous avait dit. Et nos légendes avaient raison. Lorsqu'un dieu âgé s'affaiblit, il faut en créer un nouveau, mais seul un homme parfait mérite de lui être offert pour devenir le réceptacle de la magie du chêne.

– Alors vous avez trouvé un Romain dans la fleur de l'âge, heureux et riche, que vous avez enlevé malgré sa résistance, accusai-je. N'y avait-il personne parmi vous qui eût convenu à votre religion ? Pourquoi venir à moi avec vos pitoyables croyances ? »

Nullement ralenti par mes questions, Mael poursuivit :

« "Amenez-moi celui qu'il me faut. Je veux qu'il connaisse les langues des royaumes du monde entier !" Tels étaient les ordres du dieu. Sais-tu combien de temps il nous a fallu pour trouver quelqu'un comme toi ?

– Suis-je censé te plaindre ? demandai-je sèchement, bêtement.

– Nous t'avons conduit au chêne, ainsi qu'il nous l'avait demandé. Ensuite, quand tu en es ressorti pour présider au grand sacrifice, nous avons constaté que tu avais été transformé en un dieu éclatant, à la chevelure et aux yeux brillants. Nous avons eu peur.

« Sans un mot de protestation, tu as levé les bras afin de donner le signal du festin de Samain. Tu as bu le sang des victimes qui t'étaient offertes. Nous l'avons vu ! La magie s'était réincarnée en toi. Nous avons compris que nous allions prospérer et qu'il était temps de brûler le vieux dieu, ainsi que nous le disaient les légendes.

« C'est alors que tu t'es enfui. » Mael s'appuya à son dossier, comme vidé de ses forces par ce long discours, puis ajouta, l'air écœuré : « Tu n'es pas revenu. Toi qui connaissais nos secrets, tu n'es jamais revenu. »

Le silence s'installa.

Mes visiteurs ne savaient rien des Parents sacrés, du folklore égyptien ancien. Un long moment, le soulagement m'empêcha de reprendre la parole. Je me sentais plus calme et maître de moi que jamais. La querelle avait d'ailleurs quelque chose d'absurde car, comme l'avait dit Avicus, nous étions immortels.

Mais nous étions aussi humains, à notre manière.

Enfin, je m'aperçus que Mael me regardait d'un air toujours aussi furieux – pâle, l'air farouche et affamé.

Mes deux invités attendaient que je parle ou que j'agisse : le fardeau était mien. Enfin, je pris une décision qui me parut être en elle-même à la fois expiation et victoire.

« Non, je ne suis pas revenu, dis-je carrément à Mael. Je ne voulais pas être le dieu du bosquet. Les fidèles de la forêt m'indifféreraient. J'ai préféré errer à travers les âges, parce que je ne croyais pas à tes divinités ni à tes sacrifices. Qu'attendais-tu donc de moi ?

– Tu as emporté la magie de notre dieu.

– Je n'avais pas le choix. Si j'avais quitté le malheureux agonisant sans prendre sa magie, vous m'auriez détruit. Or je ne voulais pas mourir. Pourquoi l'aurais-je dû ? J'ai pris la magie qu'il m'a offerte, c'est vrai, et j'ai présidé à vos sacrifices, puis je me suis enfui, comme l'aurait fait n'importe quel être de ma nature. »

Il me fixa un long moment en silence, semblant se demander si je voulais ou non poursuivre la querelle.

« Et que vois-je en toi, à présent ? ajoutai-je. N'as-tu pas fui tes fameux fidèles de la forêt ? Pourquoi t'ai-je rencontré à Rome ? »

Il ne répondit pas tout d'abord.

« Pendant son agonie, notre dieu nous a parlé de l'Égypte, dit-il enfin. Il voulait que nous lui amenions quelqu'un capable de s'y rendre. Y es-tu allé ? As-tu cherché la grande Mère ?

Je voilai mon esprit de mon mieux, puis, l'air sévère, m'efforçai d'établir ce que je devais avouer et pourquoi.

« Je suis allé en Égypte, oui, reconnus-je. J'ai cherché à découvrir la cause du feu qui avait brûlé les dieux à travers toutes les forêts nordiques.

– Et qu'as-tu trouvé ? »

Mon regard passa de Mael à Avicus, qui attendait lui aussi ma réponse, je m'en aperçus alors.

« Rien, affirmai-je, sinon d'autres brûlés s'interrogeant sur le même mystère : la légende de la grande Mère. Voilà tout. »

Me croyaient-ils ? Je l'ignorais. Tous deux semblaient posséder leurs propres secrets, avoir fait leurs propres choix depuis bien longtemps.

Avicus nourrissait de toute évidence pour son compagnon une inquiétude permanente.

Mael releva lentement les yeux.

« Je regrette d'avoir jamais posé le regard sur toi, dit-il avec colère. Romain perfide, voluptueux, tout de splendeur et de belles paroles. »

Il parcourut du regard ce qui l'entourait, murs ornés de fresques, sofas, tables, sol dallé de marbre.

« Pourquoi dis-tu une chose pareille ? » demandai-je.

Je m'efforçais de ne pas le détester, de le voir réellement et de le comprendre, mais la haine était trop forte.

« Lorsque je t'ai capturé, lorsque j'ai cherché à t'enseigner notre poésie et nos chants, te rappelles-tu que tu as essayé de m'acheter ? interrogea-t-il. Tu m'as parlé de ta belle villa du golfe de Naples. Tu m'a promis de m'y emmener si seulement je t'aidais à t'échapper. Te rappelles-tu ces horreurs ?

– Parfaitement, répondis-je d'un ton froid. J'étais prisonnier ! Tu m'avais emmené au cœur de la forêt contre ma volonté. À quoi t'attendais-tu ? D'ailleurs, si tu m'avais laissé m'enfuir, j'aurais tenu ma promesse et payé ma propre rançon. Ma famille l'aurait payée... Quelle sottise que de parler de tout cela ! »

Je secouai la tête, de plus en plus agité. Ma solitude habituelle m'appelait. Je voulais que le silence se réinstallât en ces lieux. Qu'avais-je besoin de visiteurs ?

Pourtant, le dénommé Avicus m'implorait en silence par son expression. Qui pouvait-il bien être ?

« Ne vous énervez pas, je vous en prie, intervint-il. C'est moi qui suis cause de vos souffrances.

– Non, protesta aussitôt Mael, lui jetant un coup d'œil. Impossible.

– Mais si, s'obstina Avicus. Je suis cause des tiennes depuis que je t'ai donné le Sang ténébreux. Il faut que tu trouves la force de m'imiter ou de me quitter. Les choses ne peuvent en rester là. » Il tendit la main pour la poser sur le bras de son compagnon.

« Tu as rencontré l'étrange Marius et tu lui as raconté les dernières années de ta foi. Tu as revécu ton terrible chagrin. Mais ne sois pas stupide, ne lui reproche pas ce qui est arrivé. Il avait raison de vouloir reprendre sa liberté. Quant à nous, la religion des anciens est morte. Le feu magique l'a détruite sans qu'on y puisse rien. »

Mael semblait plus abattu que je n'avais jamais vu l'être aucune autre créature.

Pendant ce temps, mon esprit se mettait à l'unisson de mon cœur. Voilà deux immortels, songeais-je, mais il nous est impossible de nous apporter mutuellement le moindre réconfort ou de devenir amis. Nous ne pouvons que nous séparer après d'amères paroles. Alors je retrouverai la solitude. Le fier Marius, qui a quitté Pandora. Ma belle maison et mes somptueuses possessions ne seront plus une nouvelle fois qu'à moi seul.

Je m'aperçus qu'Avicus me regardait, cherchant sans succès à sonder mes pensées, quoique le don de l'esprit fût en lui d'une force terrifiante.

« Pourquoi menez-vous une existence de vagabonds ? demandai-je.

– Nous n'en connaissons pas d'autre, répondit-il. Jamais nous n'avons tenté de vivre autrement. Nous fuyons les mortels, sauf lorsque nous partons en chasse, car nous craignons d'être découverts. Nous craignons le feu. »

Je hochai la tête.

« Et que cherchez-vous, hormis le sang ? »

Un instant, il eut l'air terriblement malheureux. Il souffrait, mais il essayait de le cacher ou, peut-être, de se débarrasser de la douleur.

« Je ne suis pas sûr de chercher quoi que ce soit, dit-il enfin. Nous ne savons pas comment faire.

— Voulez-vous vous installer avec moi pour le découvrir ? » m'enquis-je. Lorsque l'impudence présomptueuse de la question m'apparut, les mots m'avaient déjà échappé. « Je vous montrerai les temples de Rome, les grands palais, les maisons en comparaison desquelles cette villa n'est qu'une humble chaumière. Je vous apprendrai à jouer les ombres pour échapper à la vue des mortels, à escalader les murs avec une silencieuse rapidité, à parcourir la cité par les toits sans jamais toucher terre. »

Avicus, surpris, regarda Mael.

Ce dernier, tassé sur sa chaise, ne dit mot.

Enfin, il se redressa. Pour reprendre d'une voix faible ses accusations.

« J'aurais été plus fort si tu ne m'avais pas parlé de toutes ces merveilles, et voilà que tu nous proposes les mêmes plaisirs, des plaisirs de Romain.

— C'est ce que j'ai à offrir, répondis-je. Tu es libre de faire ce que tu veux. »

Il secoua la tête avant de reprendre, je ne saurais dire pour qui :

« Lorsqu'il est devenu évident que tu ne reviendrais pas, c'est moi qu'on a choisi. J'allais devenir dieu. Mais encore fallait-il trouver un dieu du bosquet que le terrible feu n'avait pas brûlé à mort. Après tout, nous avions sottement détruit le nôtre ! Une créature qui avait eu assez de magie pour te créer. » Je fis un geste comme pour dire que, vraiment, c'était une honte.

« Nous avons fait connaître notre projet le plus loin possible, et une réponse a fini par nous arriver de Bretagne. Un dieu y avait survécu, très âgé et très fort. » Je me tournai vers Avicus, mais son expression n'avait pas changé.

« Pourtant, on nous a avertis de ne pas aller le trouver. On nous a dit que ce ne serait peut-être pas une bonne chose. Quoique déconcertés, nous nous sommes mis en route, décidés à essayer.

— Et comment te sentais-tu, à présent que tu avais été choisi ? Que tu te savais condamné à être emprisonné dans un chêne, à ne plus jamais voir le soleil, à ne boire le sang que durant les grands festins et lors de la pleine lune ? » demandai-je, cruel.

Il regardait droit devant lui, incapable peut-être de me donner une réponse acceptable, puis il lâcha :

« Tu m'avais corrompu, je te l'ai déjà dit.

— Ah. Donc, tu avais peur. Les fidèles de la forêt ne parvenaient pas à te réconforter, et c'était ma faute.

— Je n'avais pas peur », protesta-t-il avec rage. Il serra les dents. « J'étais corrompu. » Ses petits yeux enfoncés se reposèrent sur moi, étincelants. « Sais-tu ce que cela représente de ne croire en rien, vraiment en rien, de n'avoir ni dieu ni vérité !

— Bien sûr, ripostai-je. Je ne crois en rien, et j'estime que c'est une sage attitude. Je ne croyais en rien lorsque j'étais mortel. Il en va toujours ainsi. »

Il me sembla voir tressaillir Avicus.

J'eusse pu poursuivre sur ma lancée de brutalités, mais Mael était prêt à continuer.

Les yeux à nouveau fixés droit devant lui, il reprit :

« Nous avons fait le voyage. Nous avons traversé le bras de mer nous séparant de la Bretagne et poursuivi notre route vers le Nord, jusqu'à une contrée de vertes forêts où nous avons rencontré des prêtres qui chantaient nos hymnes, connaissaient nos poèmes et nos lois. Des druides, comme nous, des fidèles de la forêt. Nous sommes tombés dans les bras les uns des autres. »

Avicus fixait sur Mael un regard aigu. Le mien était plus patient, plus froid, je n'en doutais pas ; pourtant, je dois bien reconnaître que le récit, dans sa simplicité, me fascinait.

« Je me suis rendu au bosquet, déclara Mael. Les arbres étaient énormes. Tellement vieux. N'importe lequel d'entre eux aurait pu être le grand Arbre. Enfin, on m'y a mené. J'ai vu la porte, aux innombrables serrures de fer. J'ai compris que derrière, attendait le dieu. »

Il jeta un coup d'œil anxieux à Avicus, lequel lui fit signe de poursuivre.

« Continue, dit-il gentiment. En racontant à Marius, tu me racontes à moi aussi. »

Ce murmure était d'une telle douceur. Un frisson me parcourut la peau, une peau parfaite que nul ne touchait jamais.

« Les prêtres m'ont mis en garde, reprit Mael. "S'il y a en toi le moindre mensonge, la moindre imperfection, le dieu le saura, m'ont-ils dit. Il se contentera de te tuer. Tu seras un sacrifice, rien de plus. Réfléchis bien, car il réfléchit bien. Il est fort, il préfère être craint plutôt qu'adoré, et lorsque se lève sa colère, il se venge avec le plus grand plaisir." »

« Leur avertissement m'a bouleversé. Étais-je réellement prêt à l'étrange miracle qui devait me toucher ? »

Il me fixa d'un air farouche.

« J'ai réfléchi longtemps. Tes descriptions colorées me sont revenues ! La belle villa du golfe de Naples. Les pièces luxueuses que tu m'avais dépeintes. La brise tiède, le murmure de l'eau contre les rochers, le jardin. Tu m'avais parlé de jardins. Ah, supporterais-je d'attendre dans l'obscurité du chêne, de boire le sang, de mourir de faim entre les sacrifices, car que connaîtrais-je d'autre ? »

Il s'interrompit, comme incapable de continuer. Jeta un nouveau coup d'œil à Avicus.

« Continue », dit calmement ce dernier de sa voix profonde.

Mael obéit.

« À un moment, un des druides m'a entraîné à l'écart. "Notre dieu est un dieu de colère, m'a-t-il dit. Il implore qu'on lui donne du sang alors qu'il ne devrait pas en demander. Auras-tu la force de te présenter devant lui ?" »

« Je n'ai pas eu le temps de répondre. Le soleil venait de se coucher. Des torches flamboyantes emplissaient le bosquet. Les fidèles de la forêt s'étaient rassemblés. Les prêtres qui m'avaient accompagné durant le voyage m'entouraient, me poussaient vers l'arbre.

« En l'atteignant, j'ai insisté pour qu'ils me lâchent. J'ai posé les mains sur l'écorce, fermé les yeux, et de ma voix silencieuse, j'ai prié le dieu comme je l'avais fait dans mon bosquet natal. "Je suis un fidèle de la forêt, lui ai-je dit. Me donneras-tu le Sang sacré afin que je rentre chez moi servir mon peuple ?" »

Une fois de plus, Mael s'interrompit. On eût dit qu'il contemplait quelque chose de terrible, invisible pour moi.

Une fois de plus, Avicus parla :

« Continue. »

Mael soupira.

« De l'intérieur du chêne s'est élevé un rire silencieux, accompagné d'une voix furieuse qui a retenti dans ma tête, me laissant secoué. "Apporte-moi d'abord un sacrifice. Alors et alors seulement, j'aurai la force de faire de toi un dieu." »

Nouvelle pause.

« Tu sais combien notre dieu était doux, Marius. Lorsqu'il t'a créé, lorsqu'il t'a parlé, il n'y avait en lui rien de haineux ou de colérique. Alors que ce dieu-là était empli de courroux. »

Je hochai la tête.

« J'ai répété aux prêtres ce qu'il m'avait dit, poursuivit mon invité. Ils sont partis discuter à l'écart, effrayés et réprobateurs.

« "Bon, disaient-ils. Il demande trop de sang. Il ne serait pas convenable qu'il en obtienne. Pour l'instant, il faut l'affamer, ainsi qu'il sied avant la pleine lune ou les rites annuels. Il doit sortir du chêne avide et décharné, comme les champs moribonds, prêt à boire le sang du sacrifice et à s'en engraisser, comme la terre des libéralités printanières à venir." »

« Que répondre à cela ? J'ai tenté malgré tout de faire entendre raison à certains. "Il a sans doute besoin de forces pour créer un autre dieu, ai-je plaidé. Le terrible feu l'a brûlé, lui aussi, et peut-être le sang l'aide-t-il à guérir. Pourquoi ne pas lui accorder un sacrifice ? Il doit bien y avoir dans un des villages ou des campements un condamné à lui amener ?" »

« Ils ont reculé, les yeux fixés sur l'arbre, avec sa porte chargée de serrures. J'ai alors compris qu'ils avaient peur.

« À cet instant s'est produit quelque chose de terrible qui m'a métamorphosé. Du chêne a jailli un torrent de hargne que j'ai ressenti aussi fortement que si un homme empli de rancœur m'avait regardé !

« Il me semblait que l'être me contemplait avec rage en brandissant son épée. Le dieu se servait évidemment de son esprit pour noyer le mien de haine, mais il était si puissant que je me trouvais incapable d'imaginer de quoi il s'agissait ou comment y remédier.

« Les autres druides se sont enfuis. Eux aussi avaient senti sa violente colère. Moi, incapable de bouger, je contemplais le chêne. Je crois que j'étais ensorcelé. Dieux, poèmes, chants, sacrifices – rien de tout cela n'avait plus la moindre importance. Je savais juste qu'une terrifiante créature était enfermée dans l'arbre, mais je ne m'enfuyais pas. À cet instant naquit mon âme mauvaise, comploteuse ! »

Mael poussa un soupir des plus dramatique puis demeura silencieux à me regarder.

« Comment cela ? demandai-je. Que complotais-tu ? Tu avais discuté en esprit avec le dieu bienveillant de ton propre bosquet. Tu l'avais vu prendre le sacrifié à la pleine lune, avant mais aussi après le terrible feu. Tu m'avais vu, moi, une fois transformé. Tu nous as raconté tout cela. En quoi ce dieu-là t'a-t-il tellement frappé ? »

Un instant, il parut bouleversé.

Enfin, regardant de nouveau droit devant lui, incapable peut-être de faire autrement, il reprit :

« Ce dieu-là était plus que furieux, Marius. Il avait bien l'intention d'agir à sa guise ! »

– Alors pourquoi n'avais-tu pas peur ? »

Le silence envahit la pièce.

Perplexe, je me tournai vers Avicus, cherchant confirmation de ce que je pensais : il avait bien été le dieu en question ? Toutefois, poser la question eût été mal élevé. On m'avait dit un peu plus tôt qu'Avicus avait donné le Sang ténébreux à Mael. J'attendis, ainsi que le voulait la politesse.

Mael finit par poser sur moi un regard sournois des plus étrange. Il sourit, venimeux.

« Le dieu voulait sortir de son chêne, expliqua-t-il à voix basse, l'air menaçant. Si je l'y aidais, il me donnerait le Sang magique !

– Ah, commentai-je, incapable de retenir un sourire. Il espérait s'échapper, bien sûr.

– Je me souvenais de toi, de ton évasion – le vigoureux Marius, plus fort encore après le sacrifice, s'enfuyant tellement vite devant nous ! Eh bien, je m'enfuirais, moi aussi ! Oui, oui. Tandis que je pensais à cela, tandis que je complotais, la voix s'est à nouveau élevée du chêne, douce et discrète, dirigée vers moi seul.

« "Approche", m'a-t-elle dit. Puis, quand j'ai pressé mon front contre l'écorce : "Parle-moi de ce Marius, de son évasion. Raconte-moi tout, et je te donnerai le Sang ténébreux, puis nous nous enfuirons ensemble, toi et moi." »

Mael tremblait, mais Avicus semblait résigné à ces vérités, comme s'il y avait réfléchi bien souvent.

« Je commence à y voir plus clair, dis-je.

– Il n'y a rien là qui ne dépende de toi », affirma Mael.

Il me montra le poing tel un enfant.

« C'est toi qui as tout fait, au contraire, ripostai-je. Depuis l'instant où tu m'as enlevé dans la taverne gauloise. C'est toi qui nous as réunis, ne l'oublie pas. Qui m'as emprisonné. Mais raconter ton histoire t'apaise. Tu as besoin de parler. Continue. »

Il me sembla un instant qu'il allait se jeter sur moi, dans sa rage désespérée, puis son état d'esprit changea. Secouant légèrement la tête, calmé, il poursuivit d'un air renfrogné :

« Lorsque le dieu lui-même a confirmé ce que je pensais, mes actes se sont trouvés irrévocablement tracés. J'ai aussitôt dit aux autres prêtres qu'il fallait lui amener un sacrifice. Il n'était plus temps de discuter : je devais veiller à ce qu'on offre un condamné au dieu et pénétrer dans l'arbre en sa compagnie. Cela ne me faisait pas peur, mais il fallait hâter les choses, car le dieu et moi aurions peut-être besoin de la nuit entière pour accomplir notre magie.

« Il m'a bien semblé s'écouler une heure avant que les Bretons ne trouvent le malheureux destiné à mourir dans le chêne, mais enfin, ils l'ont amené, ligoté, en larmes, puis ils ont craintivement déverrouillé la lourde porte.

« La colère croissante du dieu m'était perceptible. Sa faim. Poussant le pauvre condamné devant moi, je suis entré dans l'arbre, la torche à la main. »

Je me contentai de hocher la tête avec un petit sourire ; j'imaginais très bien la scène.

Les yeux de Mael s'étaient posés sur son compagnon.

« Là, j'ai vu Avicus tel que tu le vois à présent. Il s'est aussitôt jeté sur la pitoyable victime, dont il a bu le sang à une vitesse miséricordieuse avant de laisser tomber son cadavre.

« Alors il s'est rué sur moi, il m'a arraché la torche, qu'il a accrochée à la paroi de bois de sorte qu'elle en paraissait dangereusement proche, puis il m'a attrapé par les épaules avec une force incroyable.

« "Parle-moi de Marius, m'a-t-il ordonné. Dis-moi comment il s'est échappé du chêne sacré. Raconte-moi toute l'histoire, ou je te tue à l'instant." »

Avicus, très calme, hocha la tête, sans doute pour dire que les choses s'étaient en effet passées de cette manière.

Mael, se détournant de lui, se remit à regarder dans le vague.

« Il me faisait mal. Si je n'avais pas répondu très vite, il m'aurait cassé les épaules, alors j'ai pris la parole, tout en sachant qu'il pouvait lire mes pensées à la perfection. "Donne-moi le Sang ténébreux, et nous nous enfuirons tous les deux, comme tu me l'as promis. Il n'y a pas de grand secret dans ce que je vais te confier. C'est une simple question de force et de rapidité. Nous nous servirons des branches pour nous déplacer dans les arbres, ce qui sera beaucoup plus difficile à nos poursuivants."

« "Toi, m'a-t-il dit, tu connais le monde, alors que moi, non. Je suis prisonnier depuis des siècles, au point d'avoir presque oublié l'Égypte. Je ne me rappelle guère la grande Mère. Tu me serviras de guide. C'est pourquoi je vais te donner la magie de mon mieux."

« Il a tenu parole. Je suis né fort. Puis, ensemble, nous avons épié de l'esprit et de l'oreille les fidèles de la forêt et les druides. Nous les avons découverts mal préparés à notre fuite. Alors, unissant nos forces, nous sommes venus à bout de la porte.

« Nous avons aussitôt gagné la cime des arbres comme tu l'avais fait, Marius. Nos poursuivants ont très vite perdu du terrain, et avant l'aube, nous chassions dans un campement à des kilomètres et des kilomètres de là. »

Mael se radossa, l'air épuisé par sa confession.

Quant à moi, assis là, trop patient et trop fier pour le détruire, je comprenais qu'il m'eût introduit dans la trame de sa vie, je m'en émerveillais en contemplant Avicus, le dieu qui avait si longtemps vécu dans un chêne.

Il me rendait mon regard avec calme. ·

« Nous ne nous sommes pas séparés depuis, déclara Mael d'un ton plus posé. Nous chassons dans les grandes villes, parce que cela nous facilite les choses, et que crois-tu que nous pensions des Romains, nos conquérants ? Nous avons choisi Rome parce que c'est la plus grande de toutes. »

Je demeurai silencieux.

« Il arrive que nous rencontrions d'autres buveurs de sang. » Les yeux de Mael se posèrent brusquement sur moi. « Et que nous devions les combattre, parce qu'ils refusent de nous laisser tranquilles.

— Comment cela ? m'enquis-je.

— Ce sont des dieux des bosquets, eux aussi, grièvement brûlés, affaiblis, qui veulent nous prendre notre sang. Tu en as sans doute vus. Ils t'ont forcément trouvé. Tu n'es quand même pas resté caché toutes ces années. »

Je ne répondis pas.

« Heureusement, nous sommes de taille à nous défendre, continua-t-il. Nous avons nos cachettes et nos jeux avec les mortels. Qu'ai-je d'autre à ajouter ? »

Il avait en effet terminé.

Je pensai à ma propre existence, ma vie de lectures et de questions ; la haine qu'il m'inspirait se mêla de pitié.

Quant à Avicus, son expression me touchait.

Il regardait Mael d'un air pensif, compatissant, puis ses yeux se posèrent sur moi. Son visage s'anima.

« Et toi, Avicus, comment trouves-tu le monde ? » demandai-je.

Aussitôt, Mael bondit de sa chaise pour se précipiter vers moi, la main tendue, prêt à me frapper semblait-il.

« Voilà donc tout ce que t'inspire mon histoire ? interrogea-t-il. Tu lui demande, à *lui*, comment il voit le monde ?

Je ne répondis pas. J'avais gaffé, de manière bien involontaire mais avec l'envie de le faire souffrir, malgré tout. Ce que j'avais fait.

Avicus s'était levé.

Il s'approcha de Mael qu'il tira en arrière, l'écartant de moi.

« Du calme, mon bien-aimé, lui dit-il doucement avant de le reconduire à sa chaise. Parlons encore un peu avant de nous séparer de Marius. Nous avons jusqu'au matin. Du calme, je t'en prie. »

Je compris alors pourquoi Mael était aussi furieux. Il ne me soupçonnait nullement de ne pas lui avoir prêté attention. Il n'était pas si bête. Simplement, la jalousie le taraudait. Il pensait que j'essayais de séduire son ami.

À peine l'ancien druide eut-il repris son siège qu'Avicus se tourna vers moi, quasi chaleureux.

« Le monde me semble aussi merveilleux qu'à un aveugle miraculé, déclara-t-il d'un air serein. Je ne me rappelle rien de ma vie de mortel, sinon que j'habitais l'Égypte sans cependant y être né. À présent, j'ai peur de m'y rendre. Je crains que des dieux très âgés n'y vivent toujours. Nous hantons les cités de l'empire, excepté celles d'Égypte. Il y a tant de choses à voir. »

Mael, toujours méfiant, s'enveloppa de sa cape sale et déchirée, prêt à partir immédiatement.

Son créateur, lui, semblait plus à son aise que jamais, malgré ses pieds nus et sa crasse.

« Chaque fois que nous rencontrons des buveurs de sang, poursuivit-il, c'est-à-dire rarement, j'ai peur qu'ils ne reconnaissent en moi un dieu renégat... » Sa voix trahissait une force et une confiance en soi telles que ses paroles me surprirent. « Pourtant, ce n'est jamais arrivé. Parfois, certes, ils parlent de la grande Mère et de l'ancienne religion dont les divinités buvaient aux veines du malfaisant, mais ils en savent encore moins que moi.

– Que sais-tu au juste, Avicus ? » demandai-je effrontément.

Il réfléchit, comme hésitant à me dire la vérité, puis répondit : « Je crois lui avoir été amené. »

Ses yeux sombres, grands ouverts, étaient emplis de franchise.

Mael se tourna brusquement vers lui, sur le point de le frapper pour le punir de son honnêteté, semblait-il, mais son créateur poursuivit :

« Elle était très belle. Seulement je baissais les yeux, je ne la voyais pas vraiment. Et puis il y avait les discours, les chants effrayants. J'étais un homme fait, j'en suis sûr, qu'on a humilié. On m'a parlé d'honneurs qui étaient aussi malédictions. Le reste, peut-être l'ai-je rêvé.

– Nous sommes restés assez longtemps, dit soudain Mael. Je veux m'en aller. »

Il se leva. Avicus l'imita à contrecœur.

Quelque chose passait entre lui et moi, quelque chose de silencieux et de discret que son novice ne pouvait empêcher. Sans doute le savait-il, car il était furieux, mais il n'y pouvait rien. Il en allait ainsi, tout simplement.

« Je te remercie de ton hospitalité, me dit Avicus en me tendant la main. » Ses traits reflétèrent fugitivement une certaine gaieté. « Il m'arrive de me rappeler les petites coutumes des mortels. Je me souviens notamment du contact des mains. »

Mael était dans une rage noire.

Bien sûr, j'eusse aimé discuter à loisir avec Avicus, mais je savais que c'était tout bonnement impossible.

« N'oubliez pas que je vis comme un mortel, entouré de confort, dis-je à mes visiteurs. Que je poursuis mes études environné de livres – regardez... Je finirai par voyager, mais pour l'instant, la cité de mes pères est mon foyer. Ce qui m'importe, c'est d'apprendre. De voir de mes yeux des choses intéressantes. » Mon regard passait de l'un à l'autre.

« Vous êtes libres de mener le même genre d'existence, si vous en avez envie. En tout cas, prenez au moins des vêtements neufs. Il m'est si facile de vous en donner. Et des sandales. Si vous voulez une maison où abriter plaisamment vos heures de loisir, je puis vous aider à en trouver une. Acceptez, je vous en prie. »

Les yeux de Mael étincelaient de haine.

« Oui, oui, murmura-t-il, trop furieux pour parler à voix haute. Et pourquoi ne pas nous offrir aussi une villa du golfe de Naples, aux balustrades de marbre dominant une mer bleue ? »

Avicus me regarda bien en face, l'air serein, réellement ému de ma proposition.

Mais à quoi bon ?

Je n'ajoutai rien.

Soudain, mon calme orgueilleux vola en éclats. La colère me revenait, porteuse de faiblesse. Je me rappelais les hymnes du bosquet. L'envie me tenaillait de me venger de cette horreur sur Mael, de le réduire en pièces, littéralement.

Avicus le défendrait-il ? Sans doute. Dans le cas contraire, cependant... Et puis moi qui avais bu aux veines de la reine, j'étais peut-être plus fort qu'eux deux réunis.

Je regardai Mael. Il n'avait pas peur de moi, ce que je trouvai intéressant.

Ma fierté me revint alors. Je ne pouvais m'abaisser à déclencher une rixe, d'autant qu'elle risquait de devenir atroce et de se solder par ma défaite.

Non, j'étais trop sage pour cela. Trop bon. J'étais Marius, qui tuait le malfaisant, face à Mael, l'idiot.

Mes invités s'éloignèrent dans le jardin sans que je trouve rien à leur dire, mais Avicus finit par se retourner.

« Au revoir, Marius, lança-t-il très vite. Je te remercie. Je ne t'oublierai pas. »

Ces paroles me frappèrent.

« Au revoir, Avicus », répondis-je.

Assis là, en proie à une terrible solitude, j'écoutai leurs pas décroître dans la nuit.

Mes bibliothèques m'entouraient, mon écritoire, mon encrier. Les peintures murales.

Sans doute eussé-je dû faire la paix avec Mael afin d'avoir Avicus pour ami.

Sans doute eussé-je dû les suivre, les implorer de ne pas me quitter. Il nous restait tellement de choses à nous dire. J'avais autant besoin d'eux qu'ils avaient besoin l'un de l'autre. Que j'avais besoin de Pandora.

Pourtant, je m'obstinai dans mon mensonge. Par colère. Voilà ce que j'essaie de te dire. J'ai vécu dans le mensonge, encore et toujours, parce que je ne supporte pas la faiblesse de la colère, que je n'admets pas l'irrationnalité de l'amour.

Ah, les mensonges que j'ai racontés, aux autres et à moi-même. Je le savais sans le savoir vraiment.

VI

Un mois entier s'écoula sans que je me rendisse au sanctuaire de Ceux Qu'il Faut Garder.

Mael et Avicus hantaient toujours la ville éternelle, je le savais. Il m'arrivait de les contempler grâce au don de l'esprit, voire d'espionner leurs pensées. D'entendre leur pas, aussi.

Il me semblait que Mael m'imposait sa présence pour me torturer, qu'il cherchait à ruiner mon mode de vie, ce qui avivait mon amertume. Je jouai un moment avec l'idée de les chasser de la cité, son créateur et lui.

Avicus occupait souvent mes pensées ; son visage m'obsédait. À quoi inclinait cet être étrange ? Que pourrait bien représenter pour lui le fait de devenir mon compagnon ? Je craignais de ne jamais le savoir.

Pendant ce temps, d'autres buveurs de sang faisaient parfois de la ville leur terrain de chasse ; leur présence m'était immédiatement perceptible. Une nuit, l'un d'eux, puissant et hostile, se battit avec Avicus et Mael. Le don de l'esprit me permit de suivre ce qui se passait. Avicus et Mael terrorisèrent l'intrus au point qu'il repartit aussitôt, après avoir humblement juré de ne jamais reparaître à Rome.

Cela me fit réfléchir. Créateur et novice allaient-ils écarter de la ville tous nos frères en me laissant tranquille ?

Au fil des semaines, il apparut que tel serait bien le cas.

Notre territoire attira aussi quelques immortels chrétiens, des adorateurs du serpent membres de la même tribu que ceux venus me trouver à Antioche des années auparavant, persuadés de détenir d'antiques vérités. Le don de l'esprit me les montra aménageant avec ferveur le temple où ils comptaient sacrifier des humains, spectacle que je jugeai révoltant.

Une fois de plus, Avicus et Mael mirent les intrus en déroute, sans se laisser apparemment contaminer par leurs idées extravagantes sur le fait que nous étions des serviteurs de Satan – personnage qui ne présentait aucun intérêt pour l'ancien druide et son créateur, tous deux païens. La cité nous appartenait à nouveau.

Je constatai cependant, en regardant les événements de loin, qu'ils ne semblaient ni l'un ni l'autre conscients de leur force. Ils avaient échappé aux Bretons en usant de leurs dons surnaturels, mais ils ignoraient un secret que j'avais déjà appris : leurs pouvoirs augmentaient au fil du temps.

Moi qui avais bu le sang de la Mère, je m'imaginais de ce fait beaucoup plus fort qu'aucun d'eux. Toutefois, cela mis à part, mes capacités s'étaient accrues avec les siècles. Il m'était à présent possible de grimper jusqu'au sommet d'un immeuble de trois étages – il en existait beaucoup, à Rome – avec une relative facilité. Jamais des soldats mortels n'eussent pu me capturer. J'étais devenu beaucoup trop rapide.

Lorsque je prenais mes victimes, je rencontrais déjà le problème des anciens : il me fallait maîtriser mes mains puissantes pour ne pas leur arracher la vie qui envoyait leur sang jusqu'à ma bouche. Car oh, que j'étais donc avide de sang !

Quoi qu'il en soit, épier les diverses activités de mes deux frères romains – notamment leur victoire sur les satanistes – me maintint trop longtemps à l'écart du sanctuaire des Parents divins.

Enfin, tôt un soir, me servant de mes talents à leur summum pour dissimuler ma présence, je me rendis dans les collines qui l'abritaient.

Cette visite me semblait nécessaire. Jamais je n'avais délaissé le couple suprême aussi longtemps, et j'ignorais si pareille négligence aurait des conséquences.

Je me rends compte à présent du ridicule de mes craintes. Au fil du temps, il m'est arrivé de négliger le sanctuaire des siècles durant sans la moindre conséquence. Mais je commençais juste à apprendre.

Aussi arrivai-je dans la chapelle neuve, dépouillée, apportant les fleurs et l'encens nécessaires, ainsi que plusieurs bouteilles de parfum pour asperger les vêtements d'Akasha. Les lampes et l'encens allumés, les fleurs placées dans les vases, une faiblesse immense m'envahit ; je me mis à genoux.

Pendant ma vie commune avec Pandora, je n'avais presque jamais prié de cette manière, je te l'ai dit, mais Akasha n'appartenait désormais plus qu'à moi seul.

Le couple immuable me fascinait, le Père et la Mère aux longs cheveux noirs tressés, assis sur le trône où je les avais laissés, dans leurs vêtements égyptiens de toile fine immaculée, robe plissée pour Akasha, jupe pour Enkil. Les yeux de la reine étaient toujours soulignés de la peinture noire imputrescible soigneusement appliquée à Antioche par Pandora, son front ceint du diadème en or luisant orné de rubis que la même Pandora y avait posé avec amour, ses bras gracieux entourés de bracelets en forme de serpents également offerts par Pandora. Quant aux sandales des Parents, c'était Pandora qui les leur avait mises avec précaution.

À la chaude clarté des lampes, leur teint me sembla pâli. Je sais maintenant, des siècles plus tard, qu'il l'était en effet. Nos souverains guérissaient rapidement du terrible feu.

Lors de cette visite particulière, je prêtai également grande attention à Enkil, car je savais trop bien qu'il ne cherchait pas, qu'il n'avait jamais cherché à susciter mon dévouement, ce que j'estimais peu sage.

Quand je l'avais vu pour la première fois, il avait voulu m'empêcher d'approcher son épouse, la divine Akasha, désireuse de quitter l'Égypte, dont la supplique avait enflammé le jeune buveur de sang que j'étais alors.

Lui faire reprendre sa posture de roi sur son trône s'était avéré difficile. La reine m'y avait aidé, en cet instant suprêmement important, mais ils avaient eu tous deux des mouvements lents, étranges, affreux.

La scène s'était déroulée trois cents ans plus tôt. Le seul geste qu'ils eussent fait depuis avait été celui de la grande Mère, écartant le bras pour accueillir Pandora contre elle.

Ah, quelle bénédiction pour Pandora ! Jamais, de toute ma longue existence, je ne l'oublierai.

Mais que pouvait bien penser Enkil ? Lui arrivait-il d'être jaloux que j'adresse mes prières à Akasha ? Le savait-il seulement ?

Quoi qu'il en fût, je l'assurai en silence que je lui étais tout dévoué, que je les protégerais éternellement, lui et sa reine.

Enfin, tandis que je les contemplais, la raison me déserta.

J'avouai à Akasha combien je la révérais, mais aussi quels risques représentait cette visite : je n'étais resté à l'écart que par prudence. Jamais, de moi-même, je n'eusse déserté le sanctuaire. En fait, j'eusse dû m'y trouver chaque nuit, usant de mes talents vampiriques pour exécuter des fresques ou des mosaïques murales – car quoique je n'eusse jamais pensé posséder le moindre talent à cet égard, j'avais décoré la chapelle d'Antioche de manière passable, voire plaisante, épuisant ainsi les heures solitaires de mes nuits.

Dans la cachette romaine aux murs simplement chaulés, les fleurs luxuriantes apportaient une touche de couleur bienvenue.

« Aide-moi, ma reine », priai-je.

Alors que j'allais lui expliquer combien la proximité des deux autres buveurs de sang me rendait malheureux, une pensée terrible, évidente me vint à l'esprit.

Jamais Avicus ne deviendrait mon compagnon ; jamais je n'aurais de compagnon, car n'importe quel immortel aux pouvoirs simplement passables apprendrait de mon esprit le secret de Ceux Qu'il Faut Garder.

Offrir le gîte à Mael et à son créateur avait été de ma part aussi stupide que vain. J'étais condamné à la solitude.

Glacé de désespoir, le cœur au bord des lèvres, je contemplai ma reine sans parvenir à formuler la moindre prière.

« Ramène-moi Pandora, l'implorai-je enfin. Si vraiment tu l'as guidée jusqu'à moi auparavant, ramène-la-moi, je t'en supplie. Jamais plus je ne me disputerai avec elle, jamais plus je ne la ferai souffrir. La solitude m'est insupportable. J'ai besoin du son de sa voix. De sa présence. »

Je continuai encore et encore dans ce registre, jusqu'à ce que me vînt la pensée soudaine qu'Avicus et Mael se trouvaient peut-être dans les parages. Alors je me relevai, arrangeai mes vêtements et me préparai à partir.

« Je reviendrai, dis-je aux Parents sacrés. Je rendrai ce sanctuaire aussi beau que celui d'Antioche. Seulement il faut attendre qu'ils s'en aillent. »

J'allais sortir, lorsque l'idée me frappa brusquement qu'il me fallait davantage du sang magique d'Akasha. J'en avais besoin pour être plus fort que mes ennemis. Pour supporter ce que j'allais devoir supporter.

Comprends-moi bien : j'avais certes bu à ses veines, mais jamais je n'avais recommencé après la première fois. Cette nuit-là, en Égypte, Akasha m'avait demandé, grâce au don de l'esprit, de lui faire quitter son pays. Alors et alors seulement, j'avais goûté son sang.

Même quand Pandora, devenue ma novice, lui avait baisé la gorge, je n'avais pas osé approcher ainsi la grande Mère. Je savais trop bien comment elle abattait ceux qui cherchaient à lui voler le fluide sacré, car j'avais assisté à pareil crime avorté.

À présent, devant la petite estrade qui rehaussait la majesté des Parents sacrés, mon esprit s'emplissait de cette obsession. Il me fallait boire une nouvelle fois le sang de la Mère.

En silence, je l'implorai de m'en donner la permission. J'attendis un signe. Lorsque Pandora avait été transformée, Akasha avait levé le bras pour l'appeler à elle. Je l'avais vu et m'en étais émerveillé. J'espérais que pareille chose se reproduirait.

Nul signe ne me fut cependant accordé, mais l'obsession se déchaînait en moi au point que je finis par m'avancer, décidé à boire le sang divin ou à mourir. Je me retrouvai brusquement à enlacer ma froide et belle Akasha, un bras dans son dos, l'autre levé afin de lui tenir la tête.

Son cou m'attirait irrésistiblement.

Enfin, mes lèvres se pressèrent contre sa chair indifférente sans qu'elle fît un geste pour me détruire. Nulle étreinte fatale ne se referma sur moi. Ma reine demeura figée dans son éternel silence.

Mes dents brisèrent la barrière de sa peau, et le sang épais, un sang à nul autre pareil, coula dans ma bouche. Aussitôt, je me sentis quasi endormi, emporté dans un impossible paradis de soleil, de verdure et d'arbres bourgeonnants. Quel réconfort, quel baume sur mes blessures ! On eût dit le jardin familier d'un mythe romain, à jamais protégé de l'hiver, empli de fleurs sacrées.

Oui, familier et à jamais préservé, verdoyant.

Le sang me dévastait. Je le sentais durcir ma chair, comme la première fois qu'il avait coulé dans mes veines. Le soleil du merveilleux jardin se fit de plus en plus brillant, sa lumière absorbant peu à peu les arbres magnifiques. Une partie de moi, toute petite et toute faible, tremblait devant l'astre du jour, mais la majeure part en jouissait, jouissait de sa chaleur qui passait en moi, du réconfort apporté par sa vue.

Soudain, aussi vite qu'il avait commencé, le rêve prit fin.

Je gisais sur le sol dur et froid du sanctuaire, à plusieurs mètres de l'estrade.

Que s'était-il passé ? Avais-je été blessé ? Un terrible châtiment m'attendait-il ? Quelques secondes me suffirent cependant pour réaliser que jamais je ne m'étais mieux porté et que le sang, comme prévu, m'avait rendu beaucoup plus robuste.

Me redressant à genoux, je vérifiai d'un regard rapide que le couple royal demeurait inchangé. Pourquoi avais-je été écarté d'Akasha avec une telle violence ? Les souverains étaient toujours aussi immuables.

En silence, je les remerciai longuement de ce qui s'était passé. Une fois certain qu'il ne se produirait rien de plus, je me remis sur mes pieds et m'en allai, non sans avoir déclaré que je ne tarderais pas à entamer la décoration du sanctuaire.

Je rentrai chez moi empli d'exaltation, plus que ravi de trouver accrues mon agilité et ma vivacité d'esprit. Décidé à tester mes capacités, je tirai ma dague, que je plongeai entièrement dans ma main gauche avant de la retirer. La blessure cicatrisa immédiatement.

Je déroulai aussitôt un parchemin de la meilleure qualité pour y raconter dans mon code personnel, indéchiffrable par autrui, ce qui s'était produit. J'ignorais pourquoi j'avais repris mes esprits par terre après avoir absorbé le sang sacré.

« La reine m'a laissé boire une nouvelle fois à ses veines, et si cela se reproduit assez souvent, si je puis me nourrir de sa mystérieuse majesté, j'atteindrai à une force immense. Avicus lui-même ne représentera plus un adversaire sérieux, quoique c'eût peut-être été le cas avant cette nuit. »

Il devait s'avérer plus tard que j'avais parfaitement raison quant aux implications de l'incident. Au fil des siècles suivants, j'approchai Akasha à maintes reprises, non seulement après avoir été grièvement blessé – j'ai la ferme intention de te raconter cette histoire –, mais aussi lorsque l'envie m'en prit comme si ma reine me l'avait introduite dans l'esprit. Jamais pourtant, je te l'ai déjà avoué avec amertume, elle ne pressa les dents contre ma gorge pour me prendre mon sang.

Non. Cet honneur était réservé à Lestat.

Le fluide divin me rendit bien des services au cours des mois suivants. Le don de l'esprit avait grandi en moi, me permettant d'observer Avicus et Mael alors qu'ils se trouvaient relativement loin. Ce genre d'observation ouvre de fait un passage mental grâce auquel le sujet peut voir son espion, mais je parvenais à refermer très vite mon esprit après avoir épié mes deux frères de race.

Je devinais aussi facilement s'ils me cherchaient, et bien sûr j'entendais littéralement leurs pas lorsqu'ils erraient près de chez moi.

Ce fut à cette époque que j'ouvris ma maison aux mortels !

La décision s'imposa à moi un soir où je m'étais allongé, rêveur, dans l'herbe de mon jardin. J'organiserais régulièrement des banquets auxquels j'inviterais les Romains célèbres, admirés ou vilipendés. Je m'entourerais de musique et de lampes discrètes.

L'idée méritait d'être examinée sous tous les angles ! Ma capacité à tout organiser ne faisait pour moi aucun doute. J'étais parfaitement capable de tromper les mortels quant à ma nature, et leur compagnie serait un baume à mon cœur solitaire ! Ce n'était pas ma villa qui servait de cadre à mon repos diurne mais une cachette éloignée. Quels dangers pouvait bien présenter ma décision ? Aucun, j'en étais sûr !

La mettre en œuvre serait des plus faciles.

Il ne serait évidemment pas question de me nourrir de mes invités, lesquels bénéficieraient sous mon toit d'une hospitalité et d'une sécurité sans faille. Je chasserais loin de là, sous le couvert de l'obscurité, mais ma demeure serait emplie de chaleur, de musique et de vie.

Ma foi, je me lançai dans l'aventure, et les choses s'avérèrent plus simples encore que je ne l'avais rêvé.

Mes esclaves habituels, gentils et gais, dressèrent des tables chargées de nourriture et de boisson, j'attirai chez moi les philosophes de mauvaise réputation pour passer la nuit à discuter, je les écoutai déblatérer, eux et les anciens soldats négligés, désireux de raconter les histoires de guerre auxquelles leurs propres enfants n'accordaient aucune attention.

Ah, quel miracle que l'introduction des mortels en ma demeure, de ces hommes qui me croyaient vivant tandis que, hochant la tête, je les encourageais à me confier leurs pensées avinées. Leur présence me réchauffait. J'eusse aimé que Pandora fût auprès de moi pour en profiter, elle aussi, car c'était précisément le genre de choses qu'elle eût aimé.

Bientôt, ma maison ne désemplit plus. Je fis alors une étrange découverte : si je commençais à m'ennuyer au milieu de l'ardente assemblée, il me suffisait de me lever et de me retirer dans ma bibliothèque pour me mettre à écrire, car mes invités continuaient tout simplement leurs discussions, remarquant à peine ce que je faisais et ne se réveillant que pour me saluer lorsque je leur revenais.

Soyons clairs : je ne devins l'ami d'aucun de ces êtres déshonorés ou disgraciés. J'étais juste un hôte et un auditeur chaleureux, attentif mais non critique, qui ne mettait personne dehors – avant l'aube.

Ce mode de vie m'éloignait cependant beaucoup de ma solitude habituelle. Sans la force gagnée dans le sang d'Akasha, sans ma querelle avec Avicus et Mael, jamais peut-être je n'eusse sauté le pas.

Ainsi ma demeure devint-elle encombrée et bruyante, les marchands de vins se présentèrent-ils à ma porte pour me proposer leurs nouveaux crus, des jeunes hommes vinrent-ils à moi, me suppliant d'écouter leurs chansons.

Quelques philosophes à la mode, voire un éminent professeur, se montraient même parfois sous mon toit. J'en tirais un immense plaisir, mais je n'oubliais jamais de vérifier que les lampes brûlaient très bas, que la pénombre régnait, tant je redoutais que des esprits aigus découvrissent que je n'étais point ce que je prétendais.

Quant à mes visites à Ceux Qu'il Faut Garder, je les effectuais à présent dans le secret le plus total, car mon esprit était mieux abrité que jamais encore auparavant.

Certaines nuits, lorsque le banquet se déroulant chez moi pouvait se passer de ma présence et que je m'estimais à l'abri de toute intrusion, je me rendais au sanctuaire pour y exécuter le travail qui, je l'espérais, apporterait quelque réconfort à mes pauvres Parents.

Ces années-là, plutôt que de me consacrer aux mosaïques, très difficiles à réaliser, je l'avais découvert à Antioche, je peignis des fresques banales telles qu'on en voyait dans d'innombrables villas romaines, dieux et déesses folâtrant parmi des jardins à l'éternel printemps, emplis de fleurs et de fruits.

Un soir, alors que je travaillais avec ardeur, fredonnant tout seul, heureux parmi les pots de peinture, je m'aperçus soudain que le jardin dont je restituais si fidèlement les caractéristiques n'était autre que celui aperçu en buvant le sang d'Akasha.

Je m'interrompis, m'assis par terre en tailleur comme un enfant et contemplai les Parents vénérables. Cela devait-il être ?

Je n'en avais pas la moindre idée. Le paysage que j'avais peint me semblait vaguement familier. En avais-je vu un semblable bien avant de goûter le sang de ma reine ? Je ne m'en souvenais pas – moi, Marius, si fier de ma mémoire. Me remettant au travail, je recouvris une des fresques puis la recommençai afin qu'elle se rapprochât davantage de la perfection. Arbres et buissons me semblèrent plus réussis, avec la lumière du soleil qui jouait sur les feuilles vertes.

Lorsque l'inspiration me quittait, mon adresse de buveur de sang me permettait de me glisser dans quelque villa à la mode, hors les murs de l'énorme cité en constante expansion. La moindre clarté me suffisait pour étudier les inévitables fresques luxueuses afin d'y découvrir de nouvelles silhouettes, de nouvelles danses, de nouvelles postures et de nouveaux sourires.

C'était tellement facile pour moi d'entrer sans éveiller quiconque. Parfois, d'ailleurs, je n'avais pas à m'en inquiéter, car la maison était déserte.

L'immense Rome était plus animée que jamais, mais avec les guerres, les politiques changeantes, les complots, les empereurs passagers, on bannissait et on rappelait régulièrement, si bien que les grandes demeures inoccupées abondaient, où je pouvais errer au calme avec plaisir.

Pendant ce temps, mes banquets étaient devenus si célèbres que ma propre demeure ne désemplissait pas. Quel que fût mon but de la nuit, je la commençais en la chaleureuse compagnie d'ivrognes qui festoyaient et se querellaient avant même mon arrivée.

« Sois le bienvenu, Marius ! » s'écriaient-ils lorsque je pénétrais dans la salle.

Je leur souriais – mes compagnons bien-aimés.

Personne ne me soupçonna jamais de rien, et je finis par réellement aimer certaines de ces charmantes créatures, mais jamais je n'oubliai mon statut de prédateur, qui m'empêchait d'en être aimé. Voilà pourquoi mon cœur demeura secret.

Les années passèrent donc, les mortels m'apportant leur réconfort tandis que je m'activais avec l'énergie d'un dément, soit que j'écrivisse dans mon journal pour le brûler ensuite, soit que je peignisse le sanctuaire.

Les misérables adorateurs du serpent revinrent à Rome aménager leur temple ridicule dans les catacombes négligées, où les chrétiens humains ne se rassemblaient plus. Une fois encore, Avicus et Mael les en chassèrent.

Je les regardai faire, immensément soulagé de ne pas avoir à intervenir. Le souvenir du massacre perpétré à Antioche sur pareil groupe et de la folie lamentable qui m'avait ensuite empoigné demeurait douloureux, car ces événements m'avaient coûté l'amour de Pandora, à jamais semblait-il.

Non, pas à jamais ; sans doute me reviendrait-elle. J'en parlais dans mon journal.

Je reposais ma plume ; je fermais les yeux. Elle me manquait. Je priais qu'elle me revînt, avec ses cheveux bruns ondulés, son mélancolique visage ovale, ses beaux yeux sombres dont je cherchais à me rappeler la forme et la couleur exactes.

Nous avions tellement argumenté. Elle avait si bien connu les poètes et les philosophes, si bien su raisonner. Tandis que moi, je m'étais tant moqué d'elle.

Je ne puis te dire combien de temps s'écoula ainsi.

Avicus et Mael étaient devenus mes compagnons du seul fait de leur présence, quoique nous ne nous parlions ni ne nous rencontrions jamais dans la rue. Quant à la manière dont ils débarrassaient Rome des autres buveurs de sang, j'étais leur débiteur.

Bien. D'après tout ce que je t'ai dit, sans doute as-tu compris que je ne prêtais guère attention au gouvernement de l'empire.

Pourtant, son destin me passionnait. Il représentait pour moi le monde civilisé. Quoique chasseur la nuit, quoique répugnant assassin, j'étais aussi romain, vivant en tant que tel une vie de civilisé.

Je m'imaginais, comme bien des vieux Sénateurs de l'époque, que les luttes incessantes pour la dignité d'empereur s'achèveraient tôt ou tard. Qu'un grand homme aussi doué qu'Octavien apparaîtrait pour réunifier le monde.

En attendant, les armées patrouillaient aux frontières, repoussant sans fin la menace barbare. La responsabilité leur revenait toujours de choisir notre dirigeant ; qu'il en fût donc ainsi, du moment que l'empire demeurait intact.

Les chrétiens étaient partout, à présent, mais je ne savais qu'en penser. En ce qui me concernait, ce petit culte né à Jérusalem, entre toutes les villes, et qui avait grandi jusqu'à devenir aussi immense, représentait un véritable mystère.

Avant mon départ d'Antioche, je m'étais étonné de son succès, de son organisation croissante, de la manière dont il florissait grâce aux divisions et aux mésententes.

Toutefois, je l'ai déjà dit, Antioche était orientale. Je n'eusse pas imaginé dans mes rêves les plus délirants que Rome pût capituler devant le christianisme. Les esclaves s'étaient convertis en masse à la nouvelle religion, mais aussi des hommes et femmes de haut rang. Les persécutions n'y changeaient rien.

Avant de poursuivre, je me permettrai cependant de signaler ce que d'autres historiens ont déjà remarqué : l'ancien monde tout entier avait jusque-là vécu dans une sorte d'harmonie religieuse, nul n'étant persécuté pour ses croyances.

Les Juifs eux-mêmes, qui ne s'associaient qu'entre eux, se fondaient facilement parmi les Grecs et les Romains, lesquels n'interdisaient pas leurs pratiques antisociales. Ce furent eux qui se rebellèrent contre Rome, non Rome qui chercha à les réduire en esclavage. De ce point de vue, l'harmonie s'étendait au monde entier.

Cette situation me donna évidemment à croire, les premières fois où j'entendis prêcher des chrétiens, que leur religion n'avait aucune chance de se répandre. Elle investissait les fidèles d'une trop forte responsabilité en leur demandant de ne plus s'occuper du tout des dieux révérés par les Grecs et les Romains : j'estimais que la secte s'éteindrait bientôt.

De plus, les chrétiens n'étaient jamais d'accord. À mon avis, sans doute finiraient-ils par se détruire mutuellement, tandis que leurs idées – si l'on pouvait dire – s'évaporeraient.

Rien de tel ne se produisit : la Rome où je vivais durant les années trois cents était infestée de chrétiens. Ils se réunissaient dans les catacombes et les demeures de leurs frères pour y tenir des cérémonies apparemment magiques.

Tandis que je vaquais à mes occupations, témoin indifférent de l'histoire, se produisirent deux événements qui me tirèrent brutalement de mes songeries.

Laisse-moi te les conter.

Comme je l'ai déjà dit, les empereurs romains se battaient sans arrêt les uns contre les autres. À peine le Sénat avait-il approuvé la nomination de l'un d'eux qu'il était assassiné. Les troupes parcouraient sans trêve les provinces éloignées pour désigner un nouveau souverain lorsque le précédent avait été vaincu.

En 305, deux hommes se faisaient appeler Auguste, deux autres César, et je ne savais pas moi-même au juste ce que signifiaient ces deux titres. Ou, plus exactement, je méprisais trop ceux qui s'en affublaient pour le savoir.

Ces soi-disant empereurs envahissaient l'Italie plus souvent que je n'aime à l'admettre. L'un d'eux, du nom de Sévère, parvint même en 307 aux portes de Rome.

Moi qui n'avais guère pour me tenir compagnie que la grandeur de la Ville éternelle, je ne voulais pas voir saccagée ma mère patrie !

Lorsque je prêtai attention à la question, j'appris que l'Italie tout entière mais aussi la Sicile, la Corse, la Sardaigne et l'Afrique du Nord étaient dirigées par un certain empereur Maxence. Il avait repoussé Sévère et combattait à présent un autre envahisseur, Galère, qu'il chassa après l'avoir vaincu.

Ce Maxence, qui vivait à moins de dix kilomètres des murs de la cité, était lui-même un fauve. Lors d'une journée particulièrement malheureuse, il autorisa les prétoriens, c'est-à-dire sa garde personnelle, à massacrer la population de Rome. De plus, il détestait les chrétiens, qu'il persécutait avec une inutile cruauté ; on racontait aussi qu'il débauchait les épouses des citoyens les plus en vue, offensant ainsi les grands. D'ailleurs, il maltraita fort les sénateurs tandis que ses soldats se déchaînaient dans la ville.

Rien de tout cela n'était cependant très important pour moi, jusqu'à ce que la rumeur enflât qu'un autre empereur, Constantin, marchait sur Rome. C'était la troisième fois en quelques années que pareille menace pesait sur ma cité bien-aimée. J'appris avec soulagement que Maxence allait livrer la bataille décisive à bonne distance de ses murailles – il savait que les Romains ne le soutiendraient pas.

Mais qui eût cru qu'il allait s'agir d'une des batailles les plus importantes de l'histoire du monde occidental ?

Elle se déroula de jour, évidemment, si bien que je n'eus aucune nouvelle avant de me réveiller au soleil couchant. Je me précipitai aussitôt dans l'escalier de ma cachette souterraine, gagnai ma demeure, où je trouvai les philosophes habituels déjà ivres, puis partis dans les rues glaner des renseignements auprès des citoyens.

Constantin, remportant une victoire écrasante, avait taillé en pièces les troupes de Maxence, lequel était tombé dans le Tibre où il s'était noyé. Toutefois, ce dont parlaient le plus les gens qui s'attroupaient un peu partout, c'était du signe envoyé par Jésus-Christ avant la bataille.

Ledit signe s'était manifesté peu après midi : le futur vainqueur ayant levé les yeux, une croix lui était apparue dans les cieux, accompagnée de ces mots : « In hoc signo vinces » – « Par ce signe, tu vaincras ».

Ma réaction fut d'incrédulité. Un empereur romain, avoir une vision chrétienne ? Je rentrai en courant m'installer à mon bureau, où je couchai la rumeur sur le parchemin de mon journal précaire en attendant de voir ce que l'histoire en tirerait.

Quant à mes hôtes, dans ma salle de banquet, parfaitement réveillés, ils discutaient la chose avec animation. Personne n'y croyait. Constantin, chrétien ? Encore un peu de vin, s'il vous plaît.

Pourtant, à l'étonnement général, le nouvel empereur se révéla aussitôt chrétien sans l'ombre d'un doute.

Au lieu de donner de l'argent aux temples pour qu'ils célèbrent sa victoire, comme c'était la coutume, il en remit aux églises chrétiennes, non sans envoyer à ses gouverneurs un message leur conseillant de l'imiter.

Ensuite, il offrit au pape un palais sis sur la colline du Coelius, palais qui devait rester propriété des pontifes un millier d'années durant. À une époque, j'ai connu ceux qui l'occupaient et je suis allé voir en personne le vicaire du Christ, non sans me demander quelle signification le temps donnerait à ces événements.

La mise à mort par crucifixion et les jeux des gladiateurs, pourtant populaires, ne tardèrent pas à être interdits. Le dimanche devint jour férié. L'empereur consentit d'autres faveurs aux chrétiens, dont on apprit bientôt qu'ils lui demandaient de se prononcer dans leurs querelles doctrinales !

Leurs différends devinrent d'ailleurs si importants que des émeutes éclatèrent dans certaines villes africaines, au cours desquelles les fidèles s'entre-tuèrent. La population réclamait l'intervention impériale.

À mon avis, voilà ce qu'il faut comprendre au sujet du christianisme : ce fut dès le début une religion d'amères disputes et de batailles, qui courtisa les autorités temporelles et se les intégra dans l'espoir d'effacer par la force ses nombreuses dissensions.

Les événements m'inspiraient le plus grand étonnement. Bien sûr, mes hôtes en discutaient avec passion. Apparemment, certains des hommes qui dînaient à ma table étaient chrétiens depuis le début. Ils l'avouaient à présent ouvertement, ce qui n'empêchait pas le vin de couler à flots ni les musiciens de jouer.

Comprends-moi bien : le christianisme ne m'inspirait ni peur ni dégoût particuliers. Simplement, sa croissance m'avait surpris.

À présent – tandis que s'écoulaient dix ans durant lesquels Constantin et Lacinius se partageaient malaisément l'empire – j'assistais à des changements que jamais je n'eusse crus possibles. De toute évidence, les persécutions d'autrefois avaient échoué. Le christianisme remportait un succès stupéfiant.

Il me semblait que la pensée romaine se fondait peu à peu aux idées chrétiennes en un mélange de styles, de manières de considérer le monde.

Enfin, à la disparition de Lacinius, Constantin devint seul dirigeant de l'empire, dont toutes les provinces se trouvèrent réunies. La mésentente des chrétiens l'inquiétait fort. Bientôt, de grands conciles se tinrent en Orient, le premier à Antioche. La ville où nous avions vécu, Pandora et moi, demeurait une grande cité, plus intéressante et plus vivante que Rome par bien des côtés.

L'empereur voulait résoudre le problème posé par l'hérésie arienne, laquelle s'était apparemment développée à partir d'un détail des Écritures qui, d'après lui, ne méritait pas tant de querelles. Certains évêques n'en furent pas moins excommuniés par l'Église en pleine croissance, puis un autre concile plus important organisé à Nicée, deux mois plus tard seulement, à nouveau sous l'égide de Constantin.

Il adopta le credo de Nicée, que les chrétiens récitent encore de nos jours. Les évêques qui le signèrent excommunièrent une seconde fois le théoricien et écrivain chrétien Arius, qualifié d'hérétique, condamnant ses œuvres à être brûlées. Lui-même devait être chassé d'Alexandrie, sa ville natale. Le jugement était définitif.

Il faut toutefois remarquer, ce que je fis, qu'Arius continua la lutte pour être reconnu.

La deuxième tâche importante des évêques consistait à déterminer la véritable date de la Pâque, c'est-à-dire à fixer l'anniversaire de la résurrection christique – une question toujours déconcertante pour les chrétiens. Décision fut prise de calculer le jour saint d'une manière donnée, basée sur le calendrier occidental. La résolution du problème marqua la fin du concile.

Les participants se virent alors demander de s'attarder afin de célébrer avec l'empereur ses vingt ans de règne. Bien sûr, ils acceptèrent. Comment eussent-il pu refuser ?

La nouvelle de ces festivités élaborées n'avait pas plus tôt atteint Rome qu'elle y souleva jalousie et mécontentement. Avec tous ces événements, la capitale se sentait négligée. Aussi sa population fut-elle ravie et soulagée d'apprendre, en janvier 326, que l'empereur prenait le chemin du retour.

Avant son arrivée, cependant, de terribles méfaits devaient entacher son nom. Sans que nul sût pourquoi, il s'arrêta en chemin pour mettre à mort son fils, Crispus, son beau-fils, Licinianus, et sa propre femme, l'impératrice Fausta. Les historiens peuvent bien s'interroger sur les raisons de ces meurtres, le fait est que nul n'en découvrit jamais la cause. Peut-être sa famille complotait-elle contre Constantin ; peut-être pas.

Il n'en est pas moins vrai que ces crimes jetèrent une ombre sur ses retrouvailles avec les Romains, d'autant que son retour ne consola guère la classe dirigeante traditionnelle : non content d'avoir adopté l'extravagante mode orientale – soie et damas – il refusa de participer à l'imposante procession se rendant au temple de Jupiter, organisée en son honneur.

Bien sûr, les chrétiens l'adoraient. Riches ou pauvres, ils s'attroupaient pour le voir paré de ses robes et de ses joyaux. Sa générosité les bouleversait, car il projetait la construction d'églises supplémentaires.

En outre, bien qu'il n'eût passé à Rome que très peu de temps, il avait au fil des années veillé à l'achèvement de divers immeubles séculiers commandés par Maxence et fait bâtir sous son propre nom un grand bain public.

Des rumeurs alarmantes nous parvinrent bientôt. Constantin voulait créer une nouvelle cité tout entière. Rome lui paraissait une capitale vieillie, décrépite, imparfaite. Il avait l'intention de doter l'empire d'un grand centre entièrement neuf, oriental, qui serait l'honneur de son nom !

Était-il possible d'imaginer pareille chose ?

Certes, les empereurs du siècle précédent s'étaient déplacés à travers les provinces. Ils s'étaient battus les uns contre les autres, rassemblés en paires et en tétrarchies, réunis ici et assassinés là.

Mais abandonner Rome en tant que capitale ? Créer une autre grande cité pour en faire le centre de l'empire ?

Impensable.

Désespéré, je remâchais ma haine.

Mes hôtes nocturnes partageaient mon chagrin. La nouvelle avait brisé les vieux soldats et tiré d'amers sanglots à un philosophe chenu. Une autre ville, capitale de l'Empire romain ? Les hommes plus jeunes, quoique furieux, ne pouvaient cacher leur curiosité rageuse ou leurs suppositions mécontentes quant à sa localisation.

Moi, je n'osais pleurer comme j'en avais envie, car mes larmes eussent été de sang.

Je demandais à présent aux musiciens de jouer des airs d'autrefois que j'avais dû leur enseigner car jamais ils ne les avaient entendus. À un moment, nous chantâmes tous ensemble – mes hôtes mortels et moi – un chant lent et plaintif que nous n'oublierions jamais, sur la gloire ternie de Rome.

Il faisait frais, ce soir-là. Je gagnai le jardin, d'où je contemplai le flanc de colline qui descendait devant moi. Des lumières brillaient çà et là dans l'obscurité. Des rires et des conversations s'élevaient d'autres maisons.

« Rome ! » murmurai-je.

Comment Constantin pouvait-il abandonner la cité qui avait été la capitale de l'empire durant mille ans de lutte, de triomphes, de défaites, de gloire ? Nul ne parviendrait-il à le raisonner ? Cela ne pouvait tout simplement pas être.

Mais plus je rôdais dans la ville, plus j'écoutais la rumeur proche et lointaine, plus j'errais hors les murailles, dans les villages alentour, et plus je comprenais notre dirigeant.

Il voulait fonder son empire chrétien en un lieu présentant de grands avantages. La péninsule italienne lui apparaissait trop reculée, car la culture des siens était tournée vers l'Orient. Il lui fallait en outre défendre la frontière avec l'Empire perse, qui représentait une menace permanente. Rome n'était pas le bon endroit où habiter pour le dépositaire du pouvoir suprême.

Aussi Constantin avait-il choisi d'établir Constantinople, son nouveau foyer, sur le site de la lointaine cité grecque de Byzance.

Ma ville natale, ma ville sacrée allait être rejetée par un homme qu'un Romain tel que moi ne pouvait accepter pour chef.

Des rumeurs nous avertirent de la rapidité inouïe, sinon miraculeuse, avec laquelle étaient tracés les plans de Constantinople puis construits ses immeubles.

Nombre de citoyens suivirent aussitôt leur dirigeant dans la nouvelle cité bourgeonnante. Sur son invitation peut-être, ou simplement d'eux-mêmes, des sénateurs partirent avec famille et richesses s'établir en cette ville neuve, brillante, dont tout le monde parlait.

Bientôt, j'appris que les sénateurs de l'empire tout entier convergeaient sur Constantinople. Tandis que des thermes, des salles de réunion, des cirques se construisaient dans la nouvelle capitale, on arrachait de belles statues à leurs villes de Grèce et d'Asie pour orner les derniers nés de l'architecture.

Rome, ma Rome bien-aimée, que vas-tu devenir ? me demandais-je.

Mes banquets nocturnes n'étaient pas réellement affectés par ces changements. La plupart des hôtes de Marius, précepteurs ou historiens impécunieux, n'avaient pas les moyens de gagner Constantinople ; certains, jeunes gens impatients ou curieux, ne s'étaient pas encore décidés à partir.

J'étais comme toujours entouré de compagnons mortels, parmi lesquels quelques philosophes grecs remarquablement intelligents, hérités de familles qui les avaient abandonnés en allant s'établir à Constantinople, où elles trouveraient sans doute pour leurs fils des professeurs plus brillants.

Toutefois, la foule réunie chez moi n'avait guère d'importance.

En vérité, mon cœur se brisait au fil des années.

Il me paraissait plus terrible que jamais de ne pas avoir d'ami immortel capable de comprendre ce que je ressentais. Mael ou Avicus étaient-ils conscients de la portée de ce qui se passait ? Ils hantaient toujours les mêmes rues que moi. Je les entendais.

Mon envie de revoir Pandora finit par devenir telle que je ne pouvais plus évoquer d'aucune manière ma bien-aimée.

Pourtant, me disais-je avec désespoir, si l'empire se maintient, si le christianisme lui sert de ciment et l'empêche de se désagréger, s'il est possible d'unir ses provinces disparates et de tenir en respect les barbares qui passent leur temps à piller sans jamais rien construire ni préserver, qui suis-je pour juger Constantin, moi que la vie a oublié ?

Je m'étais remis à écrire les nuits où mon esprit s'enfiévrait. Celles où j'étais sûr que ni Mael ni Avicus ne se trouvaient dans le voisinage, je me rendais au sanctuaire.

Il m'occupait sans trêve ni repos. À peine avais-je fini d'en peindre les murs que je recouvrais de blanc une des fresques puis la recommençais. Mes nymphes et mes déesses n'atteignaient jamais la perfection recherchée. Leurs silhouettes ne me semblaient pas assez graciles, leurs cheveux assez beaux. Quant aux jardins, ils ne renfermaient pas assez de fleurs.

Tous me donnaient la même impression de familiarité – comme si je les avais déjà vus, bien longtemps avant qu'Akasha m'eût permis de boire son sang ; les bancs de pierre et les fontaines m'en étaient connus.

Pendant que je peignais, l'impression de me trouver au cœur même du paysage représenté ne me quittait pas. M'aidait-elle dans ma tâche ? Je n'en suis pas certain ; peut-être au contraire s'agissait-il d'un handicap.

Toutefois, tandis que je progressais dans mon art, car je progressais, d'autres aspects de mon travail finirent par me déranger.

J'étais persuadé que mes œuvres avaient quelque chose de non naturel, d'intrinsèquement horrible par la quasi-perfection avec laquelle je représentais les êtres humains, les couleurs très vives que j'obtenais, les innombrables détails que je réalisais. Mon penchant avoué pour les peccadilles ornementales m'horrifiait même tout particulièrement.

Quoique incapable de renoncer à ma tâche de décorateur, je la détestais. Je ne composais des jardins entiers de ravissantes créatures mythiques que pour les effacer. Il m'arrivait de peindre si vite que je m'effondrais par terre, épuisé, puis y dormais du sommeil diurne paralysant plutôt que de gagner ma cachette secrète – mon cercueil – située non loin de ma demeure.

Nous sommes des monstres – voilà ce que je pensais en peignant ou en contemplant mes œuvres, voilà ce que je pense aujourd'hui. Peu importe que je veuille continuer à exister. Nous ne sommes pas naturels. Nous sommes les témoins de l'histoire, à la fois trop et pas assez sensibles. Telles étaient mes réflexions devant les témoins muets qu'étaient Akasha et Enkil.

Que leur importaient mes actes ?

Deux fois par an peut-être, je changeais la tenue des Parents, arrangeant celle d'Akasha avec un soin maniaque. Entre-temps, je lui apportais de nouveaux bracelets, que je passais lentement à ses bras froids et inertes avec des mouvements empreints de tendresse, afin de ne pas l'offenser. Je redisposais l'or réparti dans leurs cheveux tressés. J'ornais d'un beau collier les épaules nues du roi.

Jamais je ne leur parlais à la légère. Leur noblesse était trop grande. Je ne m'adressais à eux que par la prière.

C'était en silence que je travaillais dans le sanctuaire, armé de mes pots de peinture et de mes pinceaux. En silence que je contemplais avec un dégoût absolu le fruit de mon labeur.

Enfin, une nuit, après avoir passé des années à la tâche, je reculai pour contempler l'ensemble comme jamais je ne l'avais fait. La tête me tournait. Je me postai à l'entrée de la pièce afin de me trouver dans la position d'un homme qui n'eût pas connu les lieux et, oubliant le couple sacré, je regardai simplement les fresques.

La vérité m'apparut dans sa douloureuse clarté. J'avais représenté Pandora. Partout. Chaque nymphe, chaque déesse étaient Pandora. Pourquoi ne l'avais-je pas compris ?

Surpris, démoralisé, je me demandai si mes yeux ne me jouaient pas des tours... Comme un mortel, je les frottai pour mieux voir. Non. Pandora était bien là, merveilleusement dessinée, partout où se posait mon regard. Costumes et coiffures changeaient, certes, ainsi que divers autres détails, mais la moindre créature était Pandora ; je ne m'en étais même pas aperçu avant cette nuit.

Le jardin infini me semblait toujours familier. Peu importait. Pandora n'avait pas grand-chose à y voir – peut-être rien. Je ne pouvais lui échapper, à elle non plus, mais elle était née d'une source différente de mon être. Jamais elle ne me quitterait. Telle était la malédiction.

Je dissimulai comme toujours pots et pinceaux derrière les divins Parents – c'eût été les insulter que de laisser là mon matériel – puis je regagnai Rome.

Il me restait des heures de souffrance avant l'aube, pour penser à Pandora plus que jamais encore.

Le festin des ivrognes s'essouflait quelque peu, ce qui arrivait souvent après minuit. Quelques-uns de mes hôtes dormaient dans l'herbe, dehors, d'autres chantaient ensemble en petit groupe. Personne ne me prêta la moindre attention tandis que je gagnais ma bibliothèque, où je m'assis à mon bureau.

Je contemplai les arbres obscurs en regrettant que ma vie ne touchât pas à sa fin.

Apparemment, je n'avais pas le courage de poursuivre l'existence que je m'étais forgée. Enfin, je me détournai du jardin, fermement décidé – par pur désespoir – à examiner les fresques de la pièce. Je les avais bien sûr acceptées, payant ensuite pour qu'elles fussent rafraîchies et transformées à plusieurs reprises.

Mais voilà que je les étudiais non comme Marius le riche citoyen, capable de réaliser tous ses vœux, mais comme Marius le monstre, le peintre qui avait représenté Pandora vingt et une fois sur les murs du sanctuaire.

Je m'aperçus brusquement que les œuvres de ma bibliothèque étaient fort médiocres, avec leurs nymphes et déesses raides et fades. Il ne m'en fallut pas plus pour aller réveiller mes esclaves de jour afin de leur ordonner de tout recouvrir de blanc dès le lendemain, d'acheter un choix complet des meilleures peintures et de les apporter à la villa. La nouvelle décoration des murs ne serait pas de leur ressort. Je m'en occuperais moi-même. Il suffisait qu'ils badigeonnent les fresques.

Habitués à mes excentricités, ils vérifièrent juste qu'ils m'avaient bien compris avant de se rendormir.

J'ignorais ce que je comptais faire, mais quelque chose me poussait à peindre. Il me semblait que si je parvenais à m'accrocher à cela, si j'y parvenais, oui, je pourrais continuer à vivre.

Mon désespoir augmenta.

Je disposai du parchemin sur mon bureau afin d'ajouter une entrée à mon journal d'autrefois puis entrepris de décrire l'expérience constituée par la découverte de ma bien-aimée partout autour de moi, expliquant qu'il m'avait semblé voir dans sa présence un élément de sorcellerie. Soudain, me parvint un son bien reconnaissable.

Avicus se tenait à la grille de la propriété, me demandant dans un flot puissant du don de l'esprit la permission d'en escalader le mur pour me rendre visite.

Il se méfiait des mortels rassemblés dans ma salle de banquet et mon jardin, mais pouvait-il entrer ?

Je lui répondis aussitôt en silence que oui.

Il y avait des années que je ne l'avais pas seulement entraperçu dans les ruelles écartées, et je ne fus guère surpris de le voir vêtu en soldat romain, la dague et le glaive au côté.

Il jeta un coup d'œil anxieux à la porte de la salle de banquet, mais je lui fis signe de ne pas s'occuper de mes hôtes.

Sa luxuriante chevelure noire bouclée était propre, bien peignée, il semblait prospère et en bonne santé, mais ses vêtements étaient affreusement ensanglantés. Pas avec du sang humain, cependant.

J'en eusse perçu l'odeur. Sa seule expression révélait qu'il se trouvait dans la plus grande détresse.

« Que se passe-t-il ? lui demandai-je. Que puis-je pour toi ? »

Je m'efforçais de lui dissimuler mon entière solitude, mon envie de lui toucher la main.

Tu es une créature de mon espèce, eussé-je volontiers dit. Nous sommes deux monstres, nous pouvons nous réfugier dans les bras l'un de l'autre. Que sont mes invités, sinon de tendres agneaux ? Toutefois, rien de tel ne franchit mes lèvres.

Ce fut lui qui prit la parole.

« Il est arrivé un terrible accident. Je ne sais comment arranger les choses, ni même s'il est possible de les arranger. Suis-moi, je t'en prie.

— Où cela ? Explique-toi, demandai-je avec compassion.

— C'est Mael. Il a été grièvement blessé, et j'ignore si on peut le soigner. »

À peine avait-il lâché ces mots que nous partîmes.

Je le suivis jusqu'à un quartier de Rome très peuplé, où des immeubles récents se faisaient face, parfois séparés par une soixantaine de centimètres seulement. Enfin, nous atteignîmes une maison neuve de bonne taille, en périphérie de la ville, belle propriété à la lourde grille où il me fit entrer, m'entraînant dans un vestibule qui ouvrait sur l'atrium – une vaste cour intérieure.

Je me permets de te signaler qu'il n'avait pas utilisé toute sa force durant ce court trajet mais que, peu désireux de lui en faire la remarque, je m'étais accordé à son pas lent.

De l'atrium, nous passâmes dans la pièce principale, où des mortels eussent mangé. Là, à la clarté d'une unique lampe, je vis Mael allongé sur le carrelage, apparemment incapable de bouger.

La lumière brillait dans ses yeux.

Je m'agenouillai aussitôt près de lui.

Sa tête était bizarrement penchée de côté, un de ses bras tourné comme si son épaule avait été désarticulée. Son corps tout entier semblait hideusement émacié, sa peau d'une terrible lividité. Pourtant, les yeux qu'il fixait sur moi ne renfermaient ni colère ni imploration.

Ses vêtements, fort semblables à ceux d'Avicus, trempés de sang, pendaient sur son corps décharné. Ses longs cheveux blonds étaient également souillés. Ses lèvres frémissaient, comme s'il avait voulu parler mais s'en était trouvé incapable.

Avicus m'adressa des deux mains un geste d'impuissance.

Je me penchai davantage pour mieux voir Mael, tandis que son créateur rapprochait la lampe à pétrole, la tenant de manière à me fournir une clarté chaleureuse.

Un son bas et rauque s'échappa des lèvres de l'ancien druide. Peu à peu, je m'aperçus que d'horribles plaies rouges lui marquaient la gorge ainsi qu'une épaule, dont sa tunique avait été écartée. Son bras formait avec son corps un angle vraiment inhabituel, et son cou avait été horriblement tordu, si bien que sa tête n'était plus dans la bonne position.

En un instant d'horreur exquise, je compris que ces parties de lui – tête et bras – avaient été récemment retirées de leur place naturelle.

« Qu'est-il arrivé ? » demandai-je. Je relevai les yeux vers Avicus. « Le sais-tu seulement ?

– On lui a coupé la tête et le bras, répondit-il. Des soldats ivres qui cherchaient la bagarre. Nous avons voulu contourner le groupe, mais ils se sont jetés sur nous. Nous aurions dû passer par les toits, mais nous étions tellement sûrs de nous. Nous nous pensions supérieurs, invincibles.

– Je vois. »

Je serrai la main valide de Mael, qui me rendit mon étreinte. À vrai dire, j'étais bouleversé, mais je ne pouvais le leur montrer, car ils n'en eussent été que plus effrayés.

Moi qui m'étais souvent demandé s'il était possible de nous détruire en nous écartelant, je connaissais à présent l'horrible vérité : pareille torture ne suffisait pas pour libérer nos âmes de ce monde-ci.

« Ils l'ont encerclé avant que je ne décide la marche à suivre, reprit Avicus. Je me suis débarrassé de ceux qui m'attaquaient, mais regarde ce qu'ils lui ont fait.

– Alors tu l'as ramené ici, et tu as essayé de remettre sa tête et son bras en place.

– Il vivait encore ! Je m'en suis aperçu dès que les soudards se sont enfuis en titubant. Il vivait, malgré le sang qu'il perdait à flots. Il me regardait ! Son bras intact cherchait à attraper sa propre tête. »

Avicus me fixa d'un air implorant, me suppliant de le comprendre ou, peut-être, de lui pardonner.

« Il vivait, répéta-t-il une fois de plus. Le sang jaillissait de son cou et de sa tête. C'est dans la rue que je les ai réunis, que j'ai rapproché son bras de son épaule. Tu vois le résultat. »

Les doigts de Mael me serrèrent la main.

« Es-tu capable de parler ? m'enquis-je. Sinon, tu n'as qu'à faire un petit bruit. »

Le même son rauque lui échappa, mais il me sembla cette fois y discerner le mot « Oui ».

« As-tu envie de vivre ? repris-je.

— Ah, ne lui demande pas une chose pareille, protesta Avicus. Peut-être n'a-t-il pas le courage de le vouloir en cet instant. Contente-toi de m'aider si tu sais quoi faire. »

Il s'agenouilla à côté du blessé, sur lequel il se pencha pour le baiser au front en tenant la lampe de côté avec soin.

Mael m'avait donné la même réponse : Oui.

« Va me chercher d'autres lampes, ordonnai-je à son créateur, mais avant, écoute-moi bien. Je ne possède en la matière nulle magie extraordinaire. Simplement, je pense savoir ce qui s'est passé et comment y remédier. »

Avicus entreprit aussitôt de rassembler tout le luminaire de la maison, qu'il alluma et disposa en un grand ovale autour de son compagnon. Il ressemblait étrangement à un sorcier délimitant l'endroit où pratiquer son art, mais je ne laissai pas cet ennuyeux détail me distraire de la tâche à venir. Lorsque enfin j'y vis du mieux qu'il était possible, je m'agenouillai à nouveau pour examiner les blessures, ainsi que la silhouette amaigrie, exsangue de Mael.

Ensuite, je me laissai aller sur mes talons, relevant les yeux vers Avicus, assis en face de moi, de l'autre côté de son ami.

« Dis-moi exactement ce que tu as fait, demandai-je.

— J'ai fixé la tête sur le cou de mon mieux, mais je me suis trompé. J'ignorais comment m'y prendre ! Le saurais-tu, toi ?

— Et le bras ? Il est tout aussi mal articulé.

— Qu'allons-nous faire ?

— Tu as forcé pour les réunir ?

— Il me semble que oui, avoua-t-il après réflexion. Ah, je vois ce que tu veux dire. Je l'ai reconstitué de force. Je voulais absolument que les morceaux se recollent, alors j'ai trop insisté.

— À mon avis, nous avons une chance d'arranger les choses, mais je te répète que je ne possède en la matière aucun renseignement secret. Je me fonde juste sur le fait qu'il n'est pas encore mort. Il faut lui arracher la tête et le bras, puis voir si, une fois placés assez près du corps, ils ne s'y attachent pas à l'angle adéquat. »

Le visage d'Avicus ne s'éclaira pas avant qu'il n'eût lentement compris ce que je venais de dire.

« Bien sûr ! s'exclama-t-il. Ils se recolleront sans doute convenablement ! S'ils parviennent à se ressouder aussi mal, ils peuvent forcément le faire à la perfection, ainsi qu'il convient.

– Oui, mais c'est toi qui vas opérer. C'est en toi qu'il a confiance. »

Il baissa les yeux vers son ami ; la tâche ne serait pas facile. Son regard se releva vers moi.

« Donnons-lui d'abord notre sang afin qu'il prenne des forces.

– Non, après. Il en aura besoin pour guérir. Mieux vaut attendre. »

M'être ainsi engagé me déplaisait, mais je pris soudain conscience que je n'avais aucune envie de voir mourir Mael. En fait, j'en avais si peu envie que je me demandai si je n'eusse pas dû m'occuper de tout moi-même.

Je ne pouvais cependant m'imposer. C'était à Avicus de veiller au bon déroulement des opérations.

Il attrapa d'une main décidée l'épaule abîmée de Mael puis tira de toutes ses forces le bras mal articulé. Ce dernier se sépara aussitôt du corps, laissant pendre telles les racines d'un arbre des ligaments sanglants.

« Pose-le près de lui, ordonnai-je. Là, très bien. Maintenant, voyons s'il ne cherche pas à retrouver sa place. »

Avicus m'obéit, mais je tendis la main afin de le guider, l'empêchant de trop approcher du blessé le membre arraché, attendant que ce dernier commençât à bouger de lui-même. Un spasme soudain le secoua. Je le lâchai, et il se colla aussitôt à l'épaule, tandis que les ligaments se glissaient dans la plaie comme autant de petits serpents jusqu'à ce que le hiatus disparût.

Mes suppositions s'avéraient hélas fondées. Le corps obéissait à ses propres lois surnaturelles.

Je me coupai immédiatement le poignet avec mes crocs afin de laisser mon sang ruisseler sur la blessure, qui guérit sous mes yeux mêmes.

Ce simple remède sembla surprendre Avicus, lequel devait pourtant bien le connaître, car les propriétés curatives limitées de notre fluide vital sont de notoriété publique parmi notre espèce.

Un instant plus tard, mon don terminé, la plaie avait quasi totalement disparu.

Je me rejetai en arrière pour découvrir le regard de Mael fixé sur moi, comme précédemment. À cet angle incorrect, sa tête avait quelque chose de pathétique mais aussi de grotesque. Son absence d'expression était hideuse.

Je lui pris à nouveau la main, qui me serra là aussi les doigts.

« Prêt ? demandai-je à Avicus.

— Tiens-le bien par les épaules, répondit-il. Mets-y toute ta force, pour l'amour du ciel. »

J'attrapai Mael le plus solidement possible. J'eusse volontiers posé les genoux sur sa poitrine, mais il était beaucoup trop affaibli pour supporter mon poids, aussi demeurai-je à son côté.

Enfin, avec un grognement puissant, Avicus lui tira la tête à deux mains.

Le flot de sang fut terrible, et il me sembla entendre se déchirer la chair surnaturelle. Avicus tomba en arrière dans le mouvement, roula sur le côté, la tête impuissante entre les mains.

« Mets-la près du corps, vite ! » m'écriai-je.

Je maintenais les épaules de Mael immobiles, bien qu'il se fût brusquement cabré. Ses bras se levèrent même, comme pour chercher sa tête.

Avicus la posa dans le sang bouillonnant puis la poussa de plus en plus près du cou béant, jusqu'à ce qu'elle parût soudain bouger de sa propre volonté. Ses ligaments se tortillaient eux aussi tels de petits serpents dans leurs efforts pour rejoindre ceux du tronc ; le corps tout entier se cabra à nouveau, puis la tête se retrouva fermement fixée ainsi qu'il se devait.

Les paupières de Mael battirent, sa bouche s'ouvrit.

« Avicus ! » cria-t-il de toutes ses forces.

Son compagnon se pencha sur lui, se coupant le poignet avec les crocs, comme moi un peu plus tôt, mais laissant le jet de sang descendre dans la bouche du blessé.

Mael attrapa le bras qui le surplombait, le tira jusqu'à lui pour boire avidement, le dos arqué, tandis que ses pauvres jambes amaigries tremblaient avant de s'immobiliser.

Je m'écartai de mes deux hôtes, quittant le cercle de lumière, et demeurai un long moment assis dans l'ombre sans les lâcher du regard. Lorsque Avicus me parut épuisé, le cœur fatigué de céder tant de sang, je les rejoignis en rampant afin de leur proposer de donner moi aussi à boire au blessé.

Pourtant, mon âme se révoltait à cette idée ! Pourquoi me sentais-je tenu de le faire ? Je ne puis le dire. Je ne le sais pas plus à présent que je ne le savais alors.

Mael parvint à s'asseoir. Quoique sa silhouette eût gagné en robustesse, son expression était horrible. Le sang répandu, une fois séché, luisait comme le fait toujours notre sang. Il faudrait le gratter et le brûler.

L'ancien druide se pencha vers moi et m'étreignit – terrible intimité – avant de m'embrasser dans le cou, où il n'osa cependant plonger les dents.

« Vas-y », lui dis-je, terriblement hésitant malgré tout.

J'emplis mon esprit d'images de Rome qu'il pût voir en buvant, beaux temples récents, surprenant arc de triomphe de Constantin, merveilleuses églises chrétiennes telles qu'on en bâtissait à présent un peu partout. J'évoquai les chrétiens et leurs cérémonies magiques, mais aussi tout ce qui pouvait dissimuler les secrets de ma vie entière.

Une répugnance pitoyable me tenaillait sous le poids de la faim et de la faiblesse du blessé. Je me refusais à contempler le moins du monde son âme grâce au don de l'esprit, mais il me semble qu'à un moment, mes yeux croisèrent ceux d'Avicus dont l'air grave, impénétrable, me frappa.

Enfin, ce fut fini. Je ne pouvais donner davantage. L'aube était proche, et j'avais besoin des forces qui me restaient pour me rendre au plus vite à ma cachette. Je me remis sur mes pieds.

« Ne pouvons-nous être amis, à présent ? demanda alors Avicus. Nous avons été ennemis si longtemps. »

Mael, encore affreusement affecté par ce qu'il avait subi, n'était peut-être guère capable de se prononcer sur la question dans un sens ou dans l'autre, mais il leva vers moi des yeux accusateurs.

« Tu as vu la grande Mère en Égypte, affirma-t-il. Je l'ai aperçue dans ton cœur en buvant ton sang. »

Le saisissement et la colère me raidirent.

Il me fallait donc le tuer. Il n'avait été bon qu'à m'apprendre une leçon – comment réassembler les buveurs de sang écartelés. À présent, l'heure était venue de terminer le travail que les ivrognes avaient juste entamé. Pourtant, je n'eus ni un geste ni une parole.

Ah, que mon cœur était donc froid.

Avicus paraissait terriblement déçu et désapprobateur.

« Je te remercie, Marius, me dit-il avec tristesse et lassitude en me raccompagnant à sa porte. Qu'aurais-je fait si tu avais refusé de venir ? Je te suis immensément redevable.

– Il n'y a pas de Mère sacrée, affirmai-je. Je te souhaite la bonne nuit. »

Tandis que je m'élançais sur les toits de Rome en direction de ma propre demeure, je résolus en mon âme de leur dire la vérité.

VII

Le lendemain soir, je découvris avec étonnement les murs de ma bibliothèque complètement recouverts de badigeon blanc. Les ordres donnés à mes esclaves m'étaient totalement sortis de l'esprit, mais la vue des pots de peinture fraîche multicolore me rappela mes exigences.

En fait, je ne pensais à rien d'autre que Mael et Avicus. La calme dignité et les bonnes manières du premier, dont le second me paraissait totalement dépourvu, me fascinaient au plus haut point.

Mael serait toujours à mes yeux un barbare analphabète, inculte et, surtout, fanatique, puisque c'était par idolâtrie pour le dieu du bosquet qu'il m'avait pris la vie.

Persuadé que le seul moyen d'échapper à mon obsession consistait à peindre les murs préparés tout exprès, je me mis au travail, indifférent à mes hôtes déjà attablés, ou se promenant dans le jardin et la maison.

Rappelle-toi, je te prie, qu'à cette époque, je n'avais plus à chasser aussi souvent. Bien que je fusse toujours à cet égard un véritable sauvage, je reportais fréquemment la quête de sang à la fin de soirée ou au début de matinée, à moins de la négliger totalement.

Mon travail m'absorba donc tout entier. Pas question de réfléchir à ce que j'allais faire : au contraire, je me mis à l'œuvre avec ardeur, couvrant le mur de grandes taches éclatantes pour représenter le jardin qui m'obsédait, les nymphes et les déesses aux formes tellement familières.

Ces créatures n'avaient pas de nom. Elles eussent pu sortir d'un vers quelconque d'Ovide ou des écrits de Lucrèce, voire de ceux d'Homère, le poète aveugle. Peu m'importait. Je m'oubliais à dessiner bras levés et gorges gracieuses, visages ovales et vêtements doucement animés par la brise.

Sur un des murs, je peignis des colonnes autour desquelles s'enroulait du lierre ; sur un autre, des frises bien droites de verdure stylisée. Le troisième fut divisé en vignettes où représenter divers dieux.

Pendant ce temps, ma villa s'emplissait de la foule bruyante habituelle. Certains de mes ivrognes favoris finirent bien sûr par dériver jusqu'à la bibliothèque, où ils me regardèrent travailler.

J'étais assez sage pour ralentir quelque peu mes gestes afin de ne pas les effrayer par ma surnaturelle vivacité, mais je ne leur prêtai sinon aucune attention. Il fallut qu'un des joueurs de luth vînt chanter auprès de moi pour que je réalise à quel point la maisonnée devait sembler démente.

Des gens mangeaient et buvaient un peu partout, tandis que le maître des lieux, dans sa longue tunique, peignait des fresques, travail réservé aux artisans ou aux artistes, indigne d'un patricien. Il ne semblait plus y avoir à rien de limites décentes.

L'absurdité de la situation me fit éclater de rire.

Un de mes jeunes invités s'émerveilla de mon talent.

« Tu ne nous as jamais parlé de ton art, Marius. Nous ignorions tout de tes dons.

– Moi aussi », répondis-je, morose, en poursuivant mon travail.

La peinture blanche disparaissait sous mon pinceau.

Des mois durant, je poursuivis ma tâche, allant jusqu'à m'occuper de la salle de banquet, sous les acclamations de mes hôtes. Quoi que j'accomplisse, cela ne me plaisait pas et ne les étonnait en rien.

Ils trouvaient excentrique, amusant qu'un homme riche décorât lui-même sa demeure. Les conseils d'ivrognes qu'ils me prodiguaient se réduisaient à peu de chose : les érudits connaissaient les mythes que j'illustrais et les appréciaient, tandis que les jeunes gens cherchaient à m'entraîner dans des discussions sans intérêt.

J'aimais par-dessus tout peindre le grand jardin sans y ajouter de bordure qui le séparât de notre monde, représenter ses danseurs et ses souples lauriers. Le jardin familier. Car je m'imaginais pouvoir m'y réfugier en esprit.

Pendant ce temps, je ne me risquais pas à gagner le sanctuaire, préférant décorer la moindre pièce de ma demeure.

Les dieux antiques que j'y représentais disparaissaient rapidement des temples romains.

Constantin avait fait du christianisme la religion officielle de l'empire. C'était à présent le tour des païens de ne pouvoir adorer leurs divinités comme ils le voulaient.

Constantin lui-même n'avait sans doute jamais voulu contraindre qui que ce fût en matière de religion, mais les choses en étaient arrivées là.

Je peignais donc le pauvre Bacchus, le dieu du vin, entouré de ses heureux fidèles, ou le bel Apollon poursuivant la ravissante Daphné, désespérée, qui préférait se transformer en laurier plutôt que de lui céder.

Je peignais encore et toujours, heureux de la compagnie des mortels, suppliant intérieurement Mael et Avicus de ne pas chercher à percer les secrets de mon esprit.

Pourtant, je les sentais proches. Mes banquets animés les effrayaient, les stupéfiaient. Chaque nuit, je les entendais approcher de ma villa puis s'éloigner derechef.

Enfin arriva la nuit fatale.

Ils apparurent à ma porte.

Mael voulait entrer sans m'en demander la permission, mais Avicus le retenait, me suppliant grâce au don de l'esprit de les accueillir.

Je me trouvais dans ma bibliothèque, que je peignais pour la troisième fois. Grâce aux dieux, les dîneurs ne s'y étaient pas répandus cette nuit-là.

Posant mon pinceau, j'examinai mon œuvre inachevée. Apparemment, ma Daphné allait devenir une autre Pandora, ce qui fit vibrer en mon cœur une corde tragique : Daphné avait échappé à Apollon ; je m'étais conduit comme un idiot en fuyant Pandora.

Un long moment, je contemplai en sybarite le résultat de mes efforts – une sublime créature à la chevelure brune ondulée.

Tu comprenais mon âme, pensai-je, et voilà que d'autres arrivent, seulement désireux de dépouiller mon cœur de ses richesses. Que faire ? Nous nous querellions toi et moi, c'est vrai, mais avec un respect aimant. Je ne puis vivre sans toi. Reviens-moi, je t'en prie, où que tu sois.

Le temps me manquait cependant pour songer à ma solitude. Elle me semblait soudain précieuse, quoique j'en eusse eu à volonté au fil des ans.

Fermant ma bibliothèque à mes heureux invités mortels, je dis en silence d'entrer aux buveurs de sang.

Tous deux, richement vêtus, portaient un glaive et une dague à la poignée incrustée de pierres précieuses. De belles fibules retenaient leurs capes sur leurs épaules, et leurs sandales mêmes étaient orne-mentées. À les voir, on eût cru qu'il se se préparaient à rejoindre les citoyens opulents de la nouvelle capitale, Constantinople, où de grands rêves se réalisaient toujours malgré la mort de Constantin en personne.

Ce fut avec des sentiments mélangés que je leur fis signe de s'asseoir.

J'avais beau regretter ardemment de ne pas avoir laissé mourir Mael, Avicus m'attirait – avec son expression intelligente et son regard amical. J'eus le temps de remarquer que son teint était plus pâle qu'auparavant, que ses traits puissants – sa bouche, surtout – semblaient sculptés dans sa peau brune, que ses yeux sereins ne tra-hissaient ni ruse ni mensonge.

Les deux arrivants demeurèrent debout, regardant d'un air anxieux en direction de la salle de banquet. Je les priai une fois de plus de s'asseoir.

Mael n'en tint pas compte, qui me fixait littéralement de haut derrière son nez busqué, mais Avicus prit une chaise.

Son compagnon demeurait faible et émacié. De toute évidence, il passerait plusieurs nuits à s'abreuver de ses victimes avant d'être complètement guéri.

« Comment allez-vous ? » demandai-je courtoisement.

Puis, désespéré, je laissai mon esprit me représenter Pandora, l'évoquer dans tous ses détails magnifiques. J'espérais ainsi envoyer son image à mes visiteurs afin que ma bien-aimée la vît une nuit en eux, car le sang que je lui avais donné lors de sa création m'empê-chait de la lui transmettre moi-même.

Je ne crois pas qu'aucun d'eux reçût la moindre impression de mon amour perdu.

Avicus répondit poliment à ma question, mais son novice demeura muet.

« Mieux. Mael guérit vite.

– J'ai certaines choses à vous dire, commençai-je, sans leur demander s'ils voulaient les savoir. Compte tenu de ce qui s'est passé, je ne crois pas qu'aucun de vous deux connaisse sa force. Je sais d'expérience qu'elle augmente avec l'âge, car je suis aujourd'hui plus agile et puissant que lors de ma création. Vous aussi, vous êtes robustes. Jamais cet incident avec des ivrognes n'aurait dû se pro-duire. Une fois cernés, vous auriez pu escalader un mur.

– Ah, ça suffit avec cette histoire ! » s'exclama soudain Mael.

Saisi de sa rudesse, je me contentai en réponse de hausser les épaules.

« J'ai vu des tas de choses en buvant à tes veines, reprit-il d'une voix sourde quoique dure, comme si son ton confidentiel rendait ses paroles encore plus importantes. Des choses que tu n'as pas réussi à m'empêcher de voir. Une reine sur son trône. »

Je soupirai.

Il s'était fait moins venimeux, conscient que l'hostilité ne lui permettrait pas d'obtenir la vérité qu'il cherchait désespérément.

Quant à moi, épouvanté, je n'osais bouger ni parler. Ce qu'il venait de m'apprendre représentait à mes yeux une terrible défaite. Me serait-il possible d'empêcher que tous mes secrets devinssent connus ? Rien n'était moins sûr. Je fixai mes peintures, regrettant de ne pas avoir mieux représenté les jardins, où je me fusse alors transporté en esprit. La vague pensée me vint qu'un beau jardin s'étendait juste devant ma porte.

« Ne veux-tu pas me dire ce que tu as trouvé en Égypte ? reprit Mael. Je sais que tu y es allé. Le dieu du bosquet voulait t'y envoyer. N'auras-tu pas au moins la compassion de me révéler ce que tu as vu là-bas ?

– Pourquoi devrais-je avoir la moindre compassion ? m'enquis-je poliment. Si j'avais en effet découvert des miracles ou des mystères, pourquoi devrais-je t'en parler ? Tu ne veux même pas t'asseoir sous mon toit tel un hôte correct. Qu'y a-t-il entre nous ? De la haine et des miracles. »

Je m'interrompis, trop échauffé. La colère me revenait. La faiblesse. Tu sais ce que j'en pense.

À ces mots, il prit une chaise près d'Avicus, puis ses yeux se fixèrent droit devant lui, comme la nuit où il m'avait relaté sa création.

En l'examinant avec plus d'attention, je constatai que sa gorge demeurait meurtrie de l'épreuve traversée. Quant à son épaule, sa cape la recouvrait, mais sans doute était-elle dans le même état.

Mon regard se posa sur Avicus, dont je vis avec surprise les sourcils froncés.

Soudain, levant les yeux vers Mael, il prit la parole :

« Le fait est que Marius ne peut nous dire ce qu'il a découvert, déclara-t-il avec calme. Il ne faut pas le lui redemander, car il porte un terrible fardeau : il sait un secret qui nous concerne tous, nous et le temps que nous avons à vivre. »

Ces paroles me furent un choc terrible. J'avais échoué à voiler mon esprit au point que mes visiteurs avaient presque tout découvert. Il ne me restait guère d'espoir de les empêcher de violer le saint des saints.

Que faire ? Il ne m'était même pas possible d'y réfléchir en leur présence : c'était beaucoup trop dangereux. Pourtant, si risqué que ce fût, une impulsion me poussait à leur révéler la vérité.

« Tu en es sûr ? demanda Mael à Avicus, dont la déclaration l'avait alarmé autant qu'excité.

– Oui, répondit son créateur. Mon esprit est devenu plus fort au fil des ans. Poussé par ce que j'ai vu de Marius, j'ai testé mes pouvoirs. Je suis capable de pénétrer ses pensées sans même le vouloir. La nuit où il est venu à notre aide, tandis qu'il attendait assis près de toi, qu'il te regardait guérir en buvant mon sang, il songeait à bien des mystères et des secrets. J'ai lu en lui tout en te soignant. »

La nouvelle me consterna trop pour que je fisse le moindre commentaire. Mes yeux glissèrent vers le jardin de ma demeure. Je cherchai à distinguer le bruit de la fontaine puis, me radossant à ma chaise, je regardai les divers parchemins de mon journal, posés en désordre sur mon bureau si bien que quiconque pouvait s'en emparer et les lire. Allons, tu as tout écrit en code, me dis-je. Mais un buveur de sang intelligent serait sans doute capable de les déchiffrer. Enfin... qu'importait, à présent ?

Une violente envie de raisonner Mael s'empara soudain de moi.

Une fois de plus, la faiblesse de la colère m'apparaissait. Il me fallait l'écarter, de même que le mépris, pour supplier l'ancien druide de comprendre.

« Voilà ce qu'il en est, commençai-je. En Égypte, j'ai découvert certaines choses, mais rien qui ait la moindre importance, tu peux me croire. S'il existe en effet une reine, une grande Mère comme tu l'appelles – et attention, je ne dis pas que tel est bien le cas –, imagine-la très âgée, inerte, incapable désormais de s'occuper de ses enfants, car il s'est écoulé tant de siècles depuis nos débuts embrumés que nul être raisonnable ne les comprend plus. Le problème a été écarté, littéralement, car il n'a plus aucune importance. »

J'en avais admis bien davantage que je ne l'avais voulu. Mon regard passa de l'un à l'autre de mes visiteurs, à la recherche d'un signe de compréhension, d'acceptation.

Mael arborait l'air surpris d'un innocent. L'expression d'Avicus était tout autre.

Il m'examinait comme s'il avait désespérément voulu se confier à moi, mais si ses yeux me parlaient en silence, son esprit demeurait muet.

« Il y a de cela des siècles, dit-il enfin, avant d'être envoyé en Bretagne accomplir ma mission de dieu du bosquet, j'ai été amené devant elle. Te rappelles-tu que je t'en ai parlé ?

— Oui, acquiesçai-je.

— Je l'ai vue ! » Il s'interrompit. Revivre ce moment semblait lui être douloureux. « On m'a humilié devant elle, on m'a agenouillé et fait réciter mes vœux. Je me souviens avoir haï ceux qui m'entouraient. Quant à elle, je la prenais pour une statue, mais je comprends à présent leurs étranges déclarations. Ensuite, quand on m'a donné le Sang magique, j'ai reconnu le miracle. J'ai baisé les pieds de notre reine.

— Pourquoi ne m'en as-tu jamais parlé ? demanda Mael, l'air étonné et blessé plutôt que furieux ou vexé.

— Je t'en ai raconté une partie. Le tableau vient juste de m'apparaître dans son ensemble. Cette nuit-là a gâché toute mon existence, ne le comprends-tu pas ? » Avicus me regarda, puis se tourna vers son novice avant de reprendre, d'un ton un peu plus doux et raisonnable : « Ne comprends-tu pas ce que Marius essaie de t'expliquer ? Le chemin du passé est un chemin de douleur !

— Mais qui est la reine ? Qu'est-elle ? » demanda Mael.

En cet instant crucial, ma décision fut prise. La colère fit pencher la balance, peut-être du mauvais côté.

« C'est la première d'entre nous, déclarai-je avec une calme fureur. Tel est le mythe. Son prince consort et elle sont les Parents sacrés. Voilà tout.

— Tu les as donc vus, reprit-il, comme si rien ne pouvait interrompre son implacable interrogatoire.

— Ils existent ; ils sont en sécurité. Écoute ton créateur. Que lui a-t-on dit, autrefois ? »

Avicus s'efforçait désespérément de s'en souvenir, fouillant un passé si lointain qu'il en découvrait son âge.

« Ils contiennent tous deux la graine qui nous a donné naissance ! déclara-t-il enfin, d'un ton aussi poli et respectueux qu'auparavant. Voilà pourquoi il ne faut pas les détruire, car nous péririons tous avec eux. Ah, tu vois ? » Il regardait Mael. « Je connais à présent la cause du terrible feu. Quelqu'un les a exposés aux flammes ou au soleil afin de nous éliminer tous. »

Rien n'eût pu me contrarier davantage que cette révélation de l'un des plus précieux secrets. Connaissait-il l'autre ? Je demeurai plongé dans un silence morose.

Se levant de sa chaise, il se mit à faire les cent pas, fasciné par les souvenirs.

« Combien de temps sont-ils restés la proie du feu ? Ou, s'ils ont été abandonnés dans les sables du désert, n'y ont-ils passé qu'une journée ? » Il se tourna vers moi. « Lorsque je les ai vus, ils étaient blancs comme le marbre. "Voici la divine Mère", m'a-t-on dit. Mes lèvres se sont posées sur son pied, tandis que le prêtre m'appuyait le talon sur la nuque. Quand le terrible feu est arrivé, je me trouvais dans le chêne depuis si longtemps que je ne me rappelais plus rien. J'avais tué de mon propre chef le souvenir et la notion du temps. Rien ne comptait que le sacrifice mensuel et le Samain. En attendant, j'entretenais des rêves d'affamé, comme on me l'avait ordonné. Ma vie consistait à m'éveiller pour le Samain afin de juger le malfaisant, de regarder dans le cœur des accusés et de les déclarer coupables ou innocents.

« Mais voilà que je me souviens. Je les ai vus – le Père et la Mère – je les ai vus tous deux, avant de baiser son pied à elle. Il était tellement froid. C'était terrible. Je ne voulais pas. J'étais empli de colère et de peur. *La peur d'un homme courageux.* »

Ces derniers mots me firent tressaillir. Je voyais très bien ce que voulait dire Avicus. Que peut bien éprouver un courageux général, quand la bataille tourne à son désavantage et qu'il se sait condamné ?

Mael regardait son créateur avec tristesse et compassion.

Toutefois, l'ancien dieu du bosquet n'en avait pas terminé. Il continuait à faire les cent pas sans rien voir que ses souvenirs, son épaisse chevelure noire lui retombant devant le visage tandis qu'il penchait la tête sous le poids de la mémoire retrouvée.

Ses yeux sombres brillaient à la lumière des lampes, mais il était surtout beau par l'expression.

« Était-ce le soleil ou les flammes ? reprit-il. Quelqu'un a-t-il tenté de les brûler ? Qui a bien pu croire cela possible ? Ah, c'est tellement simple. J'aurais dû me rappeler. Mais notre mémoire est fuyante. Elle sait que nous ne supportons pas sa compagnie, qu'elle nous réduirait à l'état de déments. Écoute donc les vieux mortels, à qui il ne reste que celle de leur enfance. Ils prennent ceux qui les entourent pour des gens morts depuis longtemps, mais nul ne les écoute. Il m'est arrivé bien souvent de les espionner dans leur malheur. De m'interroger sur les longues conversations qu'ils tiennent avec des fantômes, alors que nul n'est là pour leur répondre. »

Je demeurai coi.

Enfin, les yeux fixés sur moi, il demanda :

« Tu as vu le roi et la reine. Tu sais où ils se trouvent ? »

Un long moment s'écoula avant que je ne répondisse enfin simplement :

« Je les ai vus, oui. Ils sont en sécurité, fais-moi confiance. Tu n'as aucune envie de savoir où. » J'examinai mes deux visiteurs. « Si vous le saviez, d'autres buveurs de sang pourraient vous capturer une nuit et vous arracher la vérité. Ils voudraient peut-être s'emparer d'eux.

— Nous combattons ceux qui essaient de nous prendre Rome, fit remarquer Mael après m'avoir étudié un instant. Tu le sais très bien. Nous les obligeons à repartir.

— C'est vrai, admis-je, mais les satanistes affluent malgré tout, de plus en plus nombreux. Ils n'en ont que pour leur démon, leur serpent. Il en viendra d'autres. Encore et encore.

— Ils ne sont rien pour nous, affirma-t-il avec dégoût. Pourquoi voudraient-ils s'emparer du couple sacré ? »

Je demeurai un instant muet, puis la vérité m'échappa, haineuse, comme si je ne pouvais les en protéger ni m'en protéger moi-même.

« Très bien. Puisque vous en savez déjà tellement, laissez-moi tout vous expliquer : d'innombrables buveurs de sang aimeraient s'approprier le Père et la Mère – ceux qui viennent d'Orient et sont au fait de leur existence. *Ils veulent le sang originel. Ils croient en sa puissance, car c'est le nectar le plus pur.* Les Parents sacrés sont capables de se défendre, mais il y aura toujours des voleurs pour les chercher, prêts à détruire quiconque veille sur eux dans leur cachette. Pareils voleurs sont venus à moi par le passé. »

Mes hôtes demeurant silencieux, je poursuivis :

« Aucun de vous ne doit savoir quoi que ce soit de plus sur nos souverains, parce que des bandits vous attaqueraient dans le seul but de vous arracher ces renseignements. Il est hors de question de vous livrer des secrets qu'on pourrait extirper de votre cœur. » En prononçant ces derniers mots, je jetais à Mael un regard menaçant. « Connaître l'existence du Père et de la Mère est une malédiction. »

Le silence s'installa, mais je vis bien que l'ancien druide ne le laisserait pas s'éterniser. Son visage s'éclaira, et il me demanda d'une voix tremblante :

« Dis-moi, Marius, as-tu bu le sang originel ? » Il s'exaltait peu à peu. « Oui, n'est-ce pas ?

— Du calme, Mael, intervint Avicus – en vain.

— Tu l'as bu, poursuivit son ami, furieux, et tu sais où sont dissimulés les Parents. »

Se levant de sa chaise, il se précipita vers moi pour m'attraper brusquement par les épaules.

Je ne suis pas par nature habitué aux combats physiques, mais dans un accès de rage, je le repoussai avec une force telle qu'il alla s'écraser contre le mur.

« Comment oses-tu ? » demandai-je, furieux ; avant de poursuivre, me contraignant à modérer ma voix afin de ne pas alarmer les mortels, dans la salle de banquet : « Je devrais te tuer. Ta mort m'apaiserait. Je suis capable de te tailler en pièces que nul sorcier ne pourrait rassembler. Maudit druide ! »

Je tremblais d'une rage inhabituelle, humiliante.

Quant à lui, il n'avait pas changé d'avis. Sa volonté s'était à peine inclinée. Empli d'une ferveur extraordinaire, il affirma sans me quitter du regard :

« C'est toi qui veilles sur les divins Parents. Tu as bu le sang de la Mère, je le vois en toi. Tu ne peux me le cacher, alors comment pourras-tu jamais le cacher à quiconque ? »

Je me levai.

« Il vas donc falloir que tu meures. Tu sais, et il n'est pas question que tu en parles jamais. »

J'allais m'avancer vers lui, lorsque Avicus, qui avait suivi la scène bouleversé et horrifié, se leva vivement pour s'interposer. Mael, lui, avait tiré sa dague, prêt à en découdre.

« Non, Marius, je t'en prie, protesta Avicus. Il faut faire la paix, pas entretenir une telle animosité. Ne cherche pas le conflit. Quel en serait l'issue, hormis deux créatures blessées, se haïssant mutuellement plus encore qu'auparavant ? »

Mael s'était levé, tenant sa dague d'un air emprunté. Sans doute ne connaissait-il guère le maniement des armes. Quant aux pouvoirs surnaturels, il me semblait qu'aucun des deux visiteurs n'en comprenait réellement les possibilités. Ces réflexions n'étaient cependant de ma part que calcul défensif. Je ne voulais pas plus de ce combat qu'Avicus, vers lequel je me tournai néanmoins pour déclarer d'un ton froid :

« Je suis parfaitement capable de le tuer. Ne te mêle pas de ça.

— Justement, ce n'est pas possible, répondit-il. Tu vas devoir nous affronter tous deux, et tu ne peux gagner. »

Je le fixai un long moment, durant lequel les mots me manquèrent, puis je considérai Mael qui brandissait sa dague. Enfin, désespéré, j'allai m'asseoir à mon bureau, la tête dans les bras.

J'évoquai la nuit dans la lointaine cité d'Antioche où Pandora et moi avions massacré les buveurs de sang chrétiens venus si sottement nous parler de Moïse et du serpent, des secrets d'Égypte, de toutes sortes de merveilles. J'évoquai les flots de sang répandus et le feu qui avait suivi.

Je songeai aussi que mes deux visiteurs avaient été mes seuls compagnons durant mes longues années à Rome, quoique nous ne nous fussions ni vus ni parlé. Peut-être cette nuit-là réfléchis-je à tout ce qui comptait dans ma vie. Mon esprit s'efforçait de s'organiser autour de Mael et Avicus. Mon regard passa de l'un à l'autre puis retourna au jardin.

« Je suis prêt, lança Mael avec l'impatience qui le caractérisait.

– Et que penses-tu y gagner ? Crois-tu vraiment pouvoir extirper de mon cœur le secret du Père et de la Mère ? »

Avicus s'approcha de mon bureau, s'assit en face de moi et me considéra à la manière d'un client ou d'un ami.

« Ils sont cachés près de Rome, je le sais. Depuis longtemps. Tu pars souvent la nuit dans les collines en quelque lieu écarté. Je t'ai suivi grâce au don de l'esprit, me demandant ce qui pouvait bien t'entraîner là-bas. Je crois maintenant que tu vas rendre visite aux Parents sacrés. Que tu les as emmenés d'Égypte. Je protégerai ton secret. Ou ton silence, si tel est ton désir.

– Non. » Mael s'avança. « Parle, Marius, ou je te détruirai. Puis Avicus et moi nous rendrons sur les lieux voir de nos yeux le Père et la Mère.

– Jamais », protesta Avicus. Pour la première fois, la colère le prenait. Il secoua la tête. « Pas sans lui. Tu es idiot, Mael.

– Ils sont capables de se défendre, répétai-je froidement. Je vous ai prévenus. J'en ai été témoin. Il se peut qu'ils vous permettent de boire le sang divin ; il se peut aussi qu'ils vous le refusent. Dans ce cas, ils vous détruiront. » Je fis une pause afin de souligner mon propos puis poursuivis :

« Une nuit, un puissant dieu oriental est venu chez moi, à Antioche. Il s'est risqué à s'introduire auprès de nos souverains dans l'espoir de boire aux veines de la reine. Lorsqu'il a voulu lui plonger les crocs dans le cou, elle lui a écrasé la tête, puis elle a envoyé les lampes alentour brûler son corps gigotant jusqu'à ce qu'il n'en reste rien. Je ne vous mens pas, cela s'est bel et bien produit. » Un grand soupir m'échappa. Ma propre colère me fatiguait. « Cela dit, je vous emmènerai les voir si vous le désirez.

– Tu as bu son sang, répéta Mael.

– Comment peux-tu être aussi stupide ? ripostai-je. Ne comprends-tu donc pas ce que je te dis ? Elle te détruira peut-être. Je ne sais ce qu'elle fera. Quant au roi, j'ignore totalement ce qu'il veut. Mais je vous emmènerai là-bas, je vous l'ai dit. »

L'ancien druide voulait se rendre au sanctuaire, c'était évident. Rien ne l'en eût empêché. Quant à Avicus, il avait très peur et très honte de cette peur.

« Je dois y aller, affirma Mael. J'étais son prêtre, autrefois. Je servais le dieu de l'arbre qu'elle avait créé. Il faut que je me présente devant elle, je n'ai pas le choix. » Ses yeux étincelaient d'exaltation. « Je veux la voir. Peu m'importent tes avertissements. Je ne peux faire autrement. »

J'acquiesçai, fis signe d'attendre au deux buveurs de sang et allai ouvrir les portes de la salle de banquet. Les mortels étaient fort gais. Tout allait bien. Deux ou trois d'entre eux acclamèrent ma brusque apparition puis s'empressèrent de m'oublier. Un esclave somnolent servait le vin parfumé.

Je rejoignis Avicus et Mael.

Nous sortîmes tous trois dans la nuit. En prenant la direction de la cachette des collines, je me rendis compte que mes compagnons ne se déplaçaient pas à la pleine vitesse autorisée par leur force, aussi leur dis-je de hâter le pas, notamment quand nul mortel n'était là pour nous voir. Bientôt, ils s'apercevaient avec plaisir qu'ils maîtrisaient un peu mieux leurs talents innés.

Lorsque nous atteignîmes les portes de granite du sanctuaire, je montrai à mes frères de race que des mortels eussent été incapables de les ouvrir, puis allumai une torche et m'engageai dans l'escalier de pierre.

« Ceci est un lieu saint, prévins-je avant d'ouvrir les battants de bronze. Ne vous montrez ni irrespectueux ni futiles, et ne parlez pas des Parents comme s'ils ne vous entendaient pas. »

Mes compagnons étaient fascinés.

Je poussai la porte, allumai la torche intérieure puis, la brandissant, les fis entrer et s'avancer vers l'estrade.

Tout était aussi parfait que je m'y attendais. Akasha avait les mains posées sur les genoux, bien sûr ; Enkil également. Leurs visages, joliment encadrés par leurs chevelures noires tressées, ne trahissaient ni pensée ni souci flétrissants.

À les voir, qui eût cru que la vie courait en eux ?

« Mon Père, ma Mère, prononçai-je distinctement, je vous ai amenés deux visiteurs qui imploraient de vous voir, Mael et Avicus. Ils se tiennent devant vous emplis de respect et de vénération. »

Mael s'agenouilla avec autant de naturel qu'un chrétien, tendit les bras et se mit à prier dans la langue des druides. Il assura la reine qu'elle était la plus belle, lui parla des antiques dieux des bosquets puis, enfin, la supplia de lui donner son sang.

Avicus tressaillit, de même sans doute que moi.

Pourtant, il me sembla bien qu'Akasha s'animait – mais peut-être me trompais-je.

Tous, nous attendîmes dans un silence gêné.

Mael se releva et s'approcha de l'estrade.

« Ma reine, dis-je avec calme, Mael demande en toute humilité la permission de boire à la fontaine originelle. »

Grimpant les quelques marches, il se pencha vers Akasha amoureusement, audacieusement pour s'abreuver à sa gorge.

Je crus d'abord que rien n'allait se produire, qu'elle allait le laisser faire. Ses yeux vitreux demeuraient fixés droit devant elle comme si l'événement n'avait aucune importance, ses mains sur ses genoux.

Mais soudain, avec une rapidité monstrueuse, le vigoureux Enkil pivota tel un engin de bois mû par des rouages, tendant la main droite.

Je bondis en avant, attrapai Mael et le tirai en arrière juste sous le bras royal qui s'abaissait. Plaqué contre le mur, je projetai l'ancien druide dans un angle de la pièce.

« Ne bouge pas de là ! » murmurai-je en me redressant.

Enkil était resté tourné de côté, les yeux vides, la main figée en l'air, comme incapable de trouver l'objet de sa colère. Combien de fois, en vêtant ou en nettoyant les Parents, ne les avais-je pas vus dans cette même attitude de molle inattention ?

Malgré ma terreur, je grimpai sur l'estrade pour m'adresser au souverain d'un ton enjôleur.

« Je t'en prie, mon roi, c'est terminé. »

Posant sur son bras des mains tremblantes, je le remis dans sa position habituelle. Son visage était hideusement dépourvu d'expression. Après avoir rassis convenablement Enkil, je lui appuyai sur les épaules pour le retourner vers l'avant, puis j'arrangeai son gros collier d'or, disposai ses doigts avec soin, lissai sa lourde jupe.

La reine demeurait imperturbable. On eût dit que rien ne s'était passé, du moins me le semblait-il jusqu'à ce que je remarque les goutelettes de sang qui souillaient l'épaule de sa robe. Il me faudrait la changer dès que possible.

Toutefois, les taches prouvaient qu'elle avait permis le baiser mais que son époux l'avait interdit, constatation d'autant plus intéressante que je savais à présent ce qui s'était produit quand j'avais bu à ses veines pour la dernière fois : Enkil en personne m'avait projeté sur le sol du sanctuaire.

L'heure n'était cependant pas à ces réflexions. Il fallait faire partir Avicus et Mael.

Ce ne fut qu'en retrouvant mon bureau brillamment illuminé que je tournai ma colère contre ce dernier.

« Par deux fois, j'ai sauvé ta misérable existence. Je le paierai, je n'en doute pas, car en toute justice, j'aurais dû te laisser mourir la nuit où Avicus est venu me demander mon aide, et aujourd'hui, j'aurais dû laisser le roi exercer sur toi sa vengeance. Sache que je te hais et te méprise. Le temps n'y pourra rien changer. Tu es irréfléchi, buté, affolé par tes propres désirs. »

Avicus, assis, la tête basse, branlait le chef comme pour me signifier son accord.

Mael, lui, debout dans un angle, la main sur la poignée de sa dague, me fixait dans un silence rancunier.

« Va-t'en de chez moi, conclus-je. Si tu es las de vivre, retourne donc déranger les Parents sacrés. Tout âgés et muets qu'ils sont, ils te détruiront, tu l'as vu. Tu sais où les trouver.

— Te rends-tu compte de l'ampleur de ton crime ? riposta-t-il. Garder pareil secret. Comment oses-tu !

— Tais-toi, je t'en prie, intervint Avicus.

— Non, je ne me tairai pas. Toi, Marius, tu enlèves la reine céleste et tu l'enfermes en propriétaire ! Tu l'emprisonnes dans un sanctuaire orné de fresques telle la statue d'une déesse romaine ! Comment oses-tu faire une chose pareille ?

— Imbécile, lâchai-je. Que voudrais-tu que je fasse d'elle ? Tu me craches tes mensonges, alors que tu voulais ce qu'ils veulent tous : son sang. Quels sont tes projets, maintenant que tu sais où la trouver ? La libérer ? Pour qui, quand et comment ?

— Calmez-vous, je vous en prie, répéta Avicus. Mael, je t'en supplie, allons-nous-en.

— Quant aux adorateurs du serpent qui ont entendu parler de moi et de mon secret, que feraient-ils ? poursuivis-je, complètement absorbé par ma fureur. Que se passerait-il s'ils s'emparaient d'elle, s'ils buvaient son sang, s'ils finissaient par former une armée plus forte que nous ? Ne crois-tu pas que l'espèce humaine se dresserait contre les nôtres, nous opposerait ses lois et nous traquerait pour nous détruire ? Tu n'es même pas capable d'imaginer les maux qui s'abattraient sur le monde si l'existence de notre reine était connue de tous nos frères, espèce de rêveur imbécile et prétentieux ! »

Avicus se dressa devant moi, les mains levées, implorant, l'air affreusement triste.

Refusant de m'interrompre, je fis un pas de côté pour me retrouver face à un Mael furieux.

« Imagine aussi que quelqu'un les remette tous deux au soleil, amenant sur nous le même feu dont Avicus a souffert ! Aimerais-tu terminer ton voyage dans une telle souffrance, des mains d'un de tes frères ?

— Je t'en prie, Marius, lança Avicus. Laisse-moi l'emmener. Nous allons partir, et je te promets que tu n'auras plus le moindre ennui à cause de nous. »

Je leur tournai le dos. Mael se retira, je l'entendis, mais Avicus s'attarda. Soudain, son bras m'enlaça, ses lèvres se posèrent sur ma joue.

« Va-t'en, dis-je tout bas, avant que ton impétueux ami ne tente de me poignarder par pure jalousie.

— Tu nous as dévoilé un immense miracle, murmura-t-il. Laisse Mael y réfléchir le temps d'en réduire la grandeur à la taille de son esprit. » Un sourire me monta aux lèvres. « Quant à moi, je n'ai nulle envie de jamais revoir pareille chose. C'est trop triste. » Je hochai la tête.

« Mais permets-moi de venir discrètement le soir, de te regarder peindre par les fenêtres. »

VIII

Les années s'écoulèrent, trop rapides.

À Rome, on ne parlait que de Constantinople, la grande cité orientale. Sa magie attirait en nombre croissant les nobles patriciens. Pendant ce temps, après le grand Constantin, se succédaient sans trêve des empereurs guerriers. La pression aux frontières demeurait intolérable, nécessitant le total dévouement de quiconque était élevé à la pourpre impériale.

Julien, dit plus tard l'Apostat, une personnalité des plus intéressantes, chercha à réinstituer le paganisme mais connut un cuisant échec. Malgré ses illusions religieuses, il se révéla fort bon officier et mourut durant une campagne contre les invincibles Perses, bien loin de chez lui.

Les invasions s'enchaînaient – Goths, Visigoths, Germains, Perses nous assaillaient de tous côtés. Les belles villes opulentes de l'empire avec leurs gymnases, leurs théâtres, leurs portiques et leurs temples tombaient aux mains de tribus qui n'avaient pas une pensée pour la philosophie, la politesse ou les antiques valeurs d'une existence civilisée.

Jusqu'à Antioche, mon ancienne ville, qui avait été mise à sac par les barbares – événement inimaginable mais que je ne pouvais ignorer.

Seule Rome elle-même semblait imperméable à ces horreurs. Je crois sincèrement que ses vieilles familles, malgré les maisons qui s'écroulaient autour d'elles, estimaient pareil destin impossible pour la ville éternelle.

Mes banquets rassemblaient toujours les hommes de mauvaise réputation, les méprisés ; je tenais mon journal et je peignais mes murs.

Lorsque mes invités habituels mouraient – c'était inévitable –, j'en souffrais terriblement. Aussi veillais-je à ce que la compagnie fût toujours des plus nombreuse.

Je travaillais à mes fresques sans me soucier des gens qui buvaient ou vomissaient dans mon jardin, si bien que ma demeure semblait en pleine folie. Des lampes y brillaient partout tandis que son maître en couvrait les murs d'illusions, que ses occupants temporaires se moquaient de lui en levant leur coupe à sa santé, que la musique s'y élevait, hésitante, jusqu'à l'aube.

Je pensai d'abord qu'Avicus me distrairait de ma tâche en m'espionnant, mais je m'habituai peu à peu à l'entendre escalader le mur pour se glisser dans le jardin. Je m'habituai à la proximité d'un être qui partageait ces moments avec moi comme lui seul le pouvait.

Les déesses – Vénus, Ariane, Héra – naissaient toujours sous mes pinceaux, pendant que je me résignais peu à peu à voir l'image de Pandora se dessiner dans la moindre d'entre elles. Les dieux m'intéressaient également, surtout Apollon, qui me fascinait. Je prenais par ailleurs le temps de peindre d'autres personnages mythiques tels que Thésée, Énée, Hercule. Il m'arrivait même de chercher l'inspiration dans les œuvres d'Ovide, d'Homère ou de Lucrèce, voire d'inventer mes propres thèmes.

Les jardins de mes fresques demeuraient cependant mon grand réconfort, car il me semblait y vivre dans mon cœur.

Encore et encore, je couvris de peinture les murs de ma maison. Comme il s'agissait d'une villa, non d'une demeure refermée sur son atrium, Avicus pouvait parcourir à son gré le jardin qui l'entourait afin de voir tout ce que je faisais ; quant à moi, je me demandais si sa contemplation transformait mon œuvre.

Sa constance, son silence respectueux finirent par beaucoup m'émouvoir. Il s'écoulait rarement une semaine sans qu'il vînt et restât presque toute la nuit. Souvent, je recevais sa visite quatre ou cinq soirs d'affilée, voire davantage.

Jamais nous n'échangions un mot. Notre mutisme me semblait d'une certaine élégance. Une nuit, mes esclaves le remarquèrent et vinrent m'importuner de leurs inquiétudes. Je les rassurai très vite.

Lors de mes visites à Ceux Qu'il Faut Garder, Avicus restait à Rome. Je dois bien avouer que je me sentais en quelque sorte libre quand je décorais seul le sanctuaire. Pourtant, la mélancolie m'envahissait également, plus cruelle que jamais par le passé.

Derrière l'estrade et le couple suprême se trouvait un recoin où je m'asseyais souvent, découragé, pour y dormir la journée, voire la nuit suivante sans mettre le nez dehors, l'esprit vide. Je n'imaginais pas de possible consolation. Des pensées indicibles me tenaillaient sur l'empire et ce qui l'attendait peut-être.

Ensuite, je me rappelais Avicus, je me levais, secouant ma langueur, je regagnais la ville et recommençais à peindre les murs de ma demeure.

Je ne saurais dire combien d'années s'écoulèrent ainsi.

Plus important, des buveurs de sang satanistes s'installèrent une fois encore dans les catacombes abandonnées. Ils se nourrissaient des innocents, selon leur habitude, avec une telle négligence que les mortels prirent peur et que des rumeurs terrifiantes se répandirent bientôt.

J'espérais que Mael et Avicus les élimineraient, car ils étaient tous faibles, maladroits ; les détruire ne serait pas bien difficile.

L'ancien druide et son créateur vinrent alors me trouver, porteurs d'une vérité que j'eusse dû deviner depuis longtemps.

« Ces adorateurs de Satan sont toujours très jeunes, me dit Avicus. Il n'y en a pas un qui soit à plus de trente ou quarante ans de sa vie de mortel. Ils viennent toujours d'Orient, eux aussi, expliquer que le Démon est leur maître et qu'à travers lui, ils servent le Christ.

— C'est une vieille histoire », acquiesçai-je.

Je continuais à peindre comme si les visiteurs n'avaient pas été là, non par impolitesse mais par lassitude en songeant aux satanistes, qui m'avaient coûté Pandora bien longtemps auparavant.

« Un buveur de sang très âgé doit nous envoyer ces petits monstres, reprit Avicus. Voilà celui qu'il faut détruire.

— Et comment comptes-tu t'y prendre ?

— Nous avons l'intention de l'attirer à Rome, et nous sommes venus te demander de te joindre à nous. Accompagne-nous dans les catacombes, cette nuit, afin de te présenter comme un ami aux nouveaux venus.

— Non, tu es fou de me proposer une chose pareille ! Ne comprends-tu donc pas qu'ils savent, pour le Père et la Mère ? As-tu oublié ce que je t'ai dit à ce sujet ?

— Nous comptons les détruire tous sans exception, intervint Mael, qui se tenait derrière moi. Mais pour en finir de manière satisfaisante, nous devons d'abord attirer leur ancien ici.

— Viens avec nous, Marius, insista son ami. Nous avons besoin de toi et de ton éloquence. Persuade-les de ta sympathie. Dis-leur d'appeler leur chef à Rome pour qu'alors, et alors seulement, tu leur donnes la permission de s'y installer définitivement. Mael et moi ne saurions les impressionner autant que toi. Et je t'assure que je ne cherche pas à te flatter. »

Un long moment, je restai paralysé, le pinceau à la main, le regard fixe, me demandant si je devais accepter, puis je finis par m'avouer que ce m'était impossible.

« Ne me demande pas une chose pareille, dis-je à Avicus. Attirez vous-mêmes cette créature ici. Lorsqu'elle arrivera, faites-le-moi savoir. Je vous promets de venir. »

La nuit suivante, il me rendit une autre visite.

« Les adorateurs de Satan sont de véritables enfants. Ils étaient ravis de parler de leur chef, qui vit en effet dans une région désolée du nord de l'Égypte. Il a souffert du terrible feu, cela ne fait aucun doute, et leur a appris tout ce qu'il savait de la grande Mère. Je regrette de devoir les détruire, mais ils se déchaînent à travers toute la ville, choisissant pour victimes les mortels les plus doux. C'est inadmissible.

— Je sais », acquiesçai-je avec calme. J'avais honte d'avoir toujours laissé Avicus et Mael éliminer seuls ce genre de créatures. « Mais as-tu vraiment réussi à attirer leur chef hors de sa cachette ? Comment serait-ce possible ?

— Nous leur avons donné de l'or en abondance pour qu'ils l'amènent ici, puis nous avons promis de lui offrir notre sang s'il venait. Or il a grand besoin de force pour créer d'autres prêtres et prêtresses satanistes.

— Ah, votre sang, bien sûr. Pourquoi n'y ai-je pas songé ? J'y pense en ce qui concerne nos souverains mais pas en ce qui nous concerne, nous.

— Je ne puis prétendre avoir eu l'idée moi-même. C'est un de ces fous qui l'a évoquée, car leur chef est si faible qu'il ne parvient pas à se lever de sa couche. Il ne vit que pour recevoir des victimes et faire des émules. Mael et moi avons aussitôt accepté, évidemment. Car que sommes-nous pour ces enfants, nous qui avons des centaines d'années ? »

Les mois suivants s'écoulèrent sans rien apporter de neuf à ce sujet, quoique j'apprisse par le don de l'esprit qu'Avicus avait tué plusieurs satanistes pour les punir de leurs crimes publics, à son avis très dangereux. Enfin, par une douce nuit d'été, alors que je contemplais la cité de mon jardin, j'entendis au loin Mael et Avicus se quereller pour décider s'il fallait massacrer les autres.

Ils finirent par tuer tout le groupe, laissant les catacombes désertes, baignées de sang. À la suite de quoi ils se présentèrent bientôt à ma porte pour me prier de les suivre, car les adorateurs du serpent retournés en Égypte devaient arriver dans l'heure. Il nous faudrait frapper vite.

Comme promis, je les accompagnai, quittant ma chaleureuse demeure équipé de mes meilleures armes.

Les souterrains où nous nous rendîmes étaient si étroits que j'avais peine à m'y tenir debout. Je compris aussitôt que des chrétiens mortels y avaient autrefois été enterrés et s'y étaient réunis durant les toutes premières années de leur culte.

Nous y parcourûmes une trentaine de mètres avant d'atteindre une salle souterraine, où nous trouvâmes le vieux buveur de sang égyptien qui nous fixa avec colère. Ses jeunes serviteurs, eux, étaient encore horrifiés d'avoir découvert leur refuge désert, empli des cendres de leurs morts.

Le vénérable chef avait beaucoup souffert. Chauve, émacié, noirci par le terrible feu, il s'était totalement consacré à la création de ses enfants satanistes, si bien que jamais il n'avait guéri comme les autres anciens. À présent, il savait que nous l'avions trompé. Les novices de Rome avaient disparu à jamais, et nous nous tenions devant lui tels des juges, créatures d'une inimaginable puissance qui n'éprouvaient nulle sympathie pour lui ni pour sa cause.

Avicus leva le premier son glaive, mais un cri du vieil Égyptien suspendit son geste :

« Ne sommes-nous pas les serviteurs de Dieu ?

– Tu le sauras avant moi », répondit mon compagnon.

Sur ce, il lui coupa proprement la tête.

Les novices restants refusèrent de s'enfuir. Se laissant tomber à genoux, ils accueillirent en silence nos coups meurtriers.

De même que le feu qui les engloutit.

La nuit suivante, et la suivante encore, nous retournâmes aux catacombes rassembler leurs restes puis les brûler derechef, jusqu'à ce qu'il n'en subsistât que les cendres les plus fines. Nous pensâmes alors avoir mis un terme une fois pour toutes au culte sataniste.

Si seulement ç'avait été le cas.

Je ne puis dire que ce terrible chapitre de notre histoire me rapprocha d'Avicus et de Mael. Il était trop horrible, trop contraire à ma nature, trop amer.

Je retournai chez moi et avec joie me remis à peindre.

J'appréciais que jamais mes invités ne s'interrogent sur mon âge réel, les raisons de ma jeunesse perpétuelle ou de ma vie éternelle.

Sans doute était-ce dû à leur nombre, si important que nul ne pouvait prêter bien longtemps attention à quoi que ce fût.

Peu importe. Après le massacre des satanistes, j'avais plus envie de musique que jamais, je peignais avec plus d'ardeur, de créativité et de détermination.

L'empire était alors dans un état effroyable, totalement divisé entre Orient et Occident. En Occident, c'est-à-dire bien sûr à Rome, on parlait latin ; en Orient, grec. Les chrétiens, également conscients de la division, se querellaient toujours quant à leurs croyances.

Enfin, la situation de ma ville bien-aimée devint insupportable.

Le chef visigoth Alaric, qui s'était emparé du port tout proche d'Ostie, menaçait Rome elle-même. Le Sénat semblait impuissant à empêcher l'invasion prochaine, et on racontait que les esclaves se rangeraient aux côtés des barbares, nous amenant une défaite totale.

Un soir, à minuit, les portes de la cité furent ouvertes. Le chant terrifiant d'une trompette gothique retentit, puis les hordes rapaces de Goths et de Scythes se ruèrent sur Rome pour la mettre à sac.

Je me précipitai dans les rues, où je me vis entouré d'un véritable carnage.

Avicus apparut aussitôt à mon côté.

Nous vîmes depuis les toits que, partout, les esclaves se dressaient contre leurs maîtres ; les envahisseurs forçaient les portes des maisons ; des victimes frénétiques offraient leur or et leurs joyaux sans être pour autant épargnées ; les pillards entassaient des statues sur des charrettes, dans les rues assez larges pour leur livrer passage. Bientôt, des cadavres gisaient çà et là, le sang coulait dans les caniveaux, les flammes naissaient un peu partout.

Les barbares parquaient les jeunes Romains en bonne santé afin de les vendre plus tard comme esclaves, mais le carnage était souvent chaotique. Je ne tardai pas à comprendre qu'il m'était impossible d'aider le moindre humain en vue.

En regagnant ma demeure, je découvris avec horreur qu'elle brûlait déjà. Mes invités avaient été faits prisonniers ou s'étaient enfuis. Mes livres flambaient ! Mes exemplaires de Virgile, Pétrone, Apule, Cicéron, Lucrèce, Homère, Pline étaient la proie des flammes. Mes peintures noircissaient puis se désintégraient. Une fumée sale m'étouffait.

Je n'eus que le temps de saisir quelques parchemins importants. Désespéré, je cherchai les œuvres d'Ovide, que Pandora avait tant aimées, et des grands tragédiens grecs. Avicus m'offrit ses bras pour m'aider. Je voulus sauver aussi mon propre journal, mais à cet instant crucial, des soldats goths se ruèrent dans mon jardin en poussant de grands cris, l'arme brandie.

Je tirai aussitôt mon glaive et entrepris de les décapiter à une vitesse inouïe, hurlant comme eux, laissant ma voix surnaturelle les assourdir tandis que je tranchais des membres au hasard.

Avicus s'avéra plus violent encore, peut-être plus accoutumé à ce genre de combat. Bientôt, nos adversaires gisaient, morts, à nos pieds.

Ma maison tout entière était cependant en feu. Les quelques parchemins que nous avions voulu sauver brûlaient avec le reste. Il n'y avait plus rien à faire. Je ne pouvais qu'espérer que mes esclaves avaient trouvé refuge ailleurs, car dans le cas contraire, ils ne tarderaient pas à être emmenés comme butin.

« Allons au sanctuaire de Ceux Qu'il Faut Garder, lançai-je. Où pourrions-nous nous réfugier, autrement ? »

Avicus et moi regagnâmes vivement les toits puis partîmes au pas de course à travers les incendies qui illuminaient le ciel nocturne. Rome pleurait ; Rome demandait grâce ; elle se mourait ; elle n'était plus.

Nous atteignîmes sans problème les collines, bien que les troupes d'Alaric missent également la campagne à sac.

Après être descendu dans la fraîche chapelle, j'allumai rapidement les lampes puis, sans me soucier de ce que penserait Avicus, je me laissai tomber à genoux devant Akasha. Je lui racontai en un murmure précipité la tragédie qui venait de frapper ma patrie.

« Tu as assisté à la mort de l'Égypte, dis-je avec respect. Tu l'as vue devenir une province romaine. Eh bien, c'est à Rome de mourir, aujourd'hui. Elle a vécu onze siècles, et voilà qu'elle n'est plus. Comment le monde survivra-t-il ? Qui s'occupera des milliers de routes et de ponts qui rassemblent les hommes sur cette terre ? Qui préservera les fabuleuses cités où ils s'épanouissent en sécurité, où leurs enfants apprennent à lire et à écrire, où leurs dieux et leurs déesses se voient rendre le culte qui leur est dû ? Qui repoussera les maudits barbares incapables de cultiver le sol qu'ils ont brûlé, les brutes qui ne vivent que pour détruire ? »

Bien sûr, les Parents sacrés ne répondirent pas.

Je m'effondrai en avant. Ma main toucha le pied de la reine. Un profond soupir m'échappa.

Enfin, oubliant tout formalisme, je gagnai à quatre pattes mon recoin, où je me blottis tel un enfant épuisé.

Avicus vint s'asseoir près de moi puis me prit la main.

« Et Mael ? demandai-je tout bas.

– C'est un malin. Il aime se battre. Il a détruit bien des buveurs de sang, et il ne se laissera plus blesser comme il l'a été voilà si long-temps. Et puis il sait se cacher lorsque tout est perdu. »

Six nuits entières, nous restâmes à l'abri dans le sanctuaire.

Cris et hurlements nous parvenaient tandis que le pillage se pour-suivait. Enfin, Alaric quitta Rome pour aller ravager les contrées du Sud.

Le besoin de sang nous poussa alors à regagner le monde d'en haut.

Avicus me fit ses adieux avant de se lancer à la recherche de Mael. Je découvris près de chez moi un soldat agonisant, une lance plantée dans la poitrine. Le malheureux avait perdu conscience. Arrachant la lance, ce qui fit gémir le blessé, je le soulevai puis ouvris la bouche au-dessus de la plaie débordante.

Le sang m'écœura vite avec ses scènes de bataille, aussi reposai-je le corps, dont j'arrangeai artistement les membres. Je découvris alors que j'avais encore soif.

Cette fois, il me fallait mieux qu'un agonisant. Je poursuivis mon chemin, enjambant les cadavres pourrissants et puants, dépassant les ruines vidées des maisons, jusqu'à trouver un soldat isolé, le sac de butin sur l'épaule. Il allait tirer son glaive quand je me jetai sur lui pour le mordre à la gorge. Sa mort me parut bien rapide mais, rassasié, je le laissai tomber à mes pieds.

Je parvins alors à ma villa, totalement détruite.

Quel spectacle que mon jardin, empli des cadavres des Goths, gonflés et puants !

Il ne subsistait pas un livre intact.

Je me mis à pleurer puis réalisai avec un choc cruel que tous mes parchemins égyptiens – tous les récits anciens relatifs au Père et à la Mère – avaient brûlé dans l'incendie.

Les parchemins dont je m'étais emparé dans le temple d'Alexan-drie, la nuit même où j'avais emmené les Parents hors d'Égypte. Ceux qui racontaient comment un esprit maléfique s'était introduit dans le sang d'Akasha et d'Enkil, comment était née ma race.

Tout cela avait disparu, réduit en cendres, perdu, de même que les poètes et historiens grecs ou romains et mes propres écrits, jusqu'au dernier.

Une telle catastrophe paraissait quasi impossible, mais je me reprochai amèrement de ne pas avoir recopié les légendes égyptiennes, de ne pas les avoir mises à l'abri dans le sanctuaire. Après tout, je retrouverais Cicéron, Virgile, Xénophon et Homère sur les marchés d'autres cités.

Quant aux mythes d'Égypte... leur perte était irréparable.

Ma reine regretterait-elle que les histoires écrites à son sujet eussent disparu ? Que moi seul les porte à présent dans mon cœur et mon esprit ?

Je parcourus les ruines de ma maison, contemplant les rares détails encore visibles de mes peintures murales. Les poutres noircies des plafonds menaçaient à tout instant de me tomber dessus. Des tas de bois brûlé se dressaient sur mon chemin.

Enfin, je quittai les lieux où j'avais vécu si longtemps. Mon errance dans la vaste cité m'apprit qu'elle se relevait dejà de sa défaite. Le feu n'avait pas tout détruit. Rome était beaucoup trop grande, elle contenait beaucoup trop d'immeubles en pierre.

Mais que représentait pour moi le spectacle pitoyable des enfants nus qui appelaient en pleurant leurs parents défunts ou des chrétiens qui se précipitaient au secours de leurs frères ? Rome n'avait pas été totalement rasée – belle consolation. D'autres envahisseurs viendraient. Les habitants qui restaient, luttant pour reconstruire la ville, subiraient une humiliation que je ne supporterais pas.

Je regagnai le sanctuaire, descendis l'escalier et retrouvai le saint des saints. Là, je me blottis dans mon coin où, rassasié et épuisé, je fermai les yeux.

Mon premier long sommeil commençait.

Durant toute ma vie d'immortel, je m'étais levé le soir afin de passer le temps qui m'était alloué par l'obscurité soit à chasser, soit à jouir d'autres plaisirs et distractions.

À présent, cependant, je ne prêtais plus attention au coucher du soleil. Je devins comme toi, dans ta caverne de glace.

Je dormais. Conscient d'être à l'abri, de même que Ceux Qu'il Faut Garder. La détresse dont souffrait Rome m'était par trop audible, alors je dormais.

Peut-être l'histoire des dieux des bosquets m'inspirait-elle, eux qui mouraient de faim dans leur chêne un mois entier mais demeuraient capables d'en sortir pour recevoir les sacrifices. Je n'en suis pas sûr.

Je priais Akasha. « Accorde-moi le sommeil. Accorde-moi l'insensibilité. L'immobilité. Fais taire les voix que je perçois si clairement. Accorde-moi la paix. »

Combien de temps dura mon inconscience ? Des mois. La faim commença à me tarauder, terrible, et je me mis à rêver de sang.

Pourtant, je demeurai obstinément immobile, les yeux clos la nuit, alors que j'eusse pu errer, sourd au monde extérieur.

Je ne supportais pas l'idée de revoir ma ville bien-aimée, mais je n'avais nulle part ailleurs où aller.

Enfin arriva un instant étrange. Mael et Avicus étaient là, en rêve, m'exhortant à me lever, m'offrant leur sang pour me rendre mes forces.

« Tu es faible et affamé, me disait gentiment Avicus d'un air triste. Rome est toujours là, malgré les envahisseurs goths et visigoths. Les vieux sénateurs aussi, qui ménagent les barbares. Les chrétiens rassemblent les pauvres pour leur donner du pain. Rien ne parviendra jamais à tuer ta ville. Alaric est mort, comme frappé d'une malédiction à cause de son crime, et son armée depuis longtemps partie. »

Ces propos me rassérénèrent-ils ? Je ne sais. Je ne pouvais me permettre de m'éveiller. Je ne pouvais ouvrir les yeux. Je voulais juste rester allongé là, seul.

Les visiteurs s'en allèrent. Ils n'avaient rien d'autre à faire. Il me sembla les revoir parfois, ensuite, à la clarté d'une lampe ; ils me parlaient dans un rêve dépourvu de la moindre importance.

Des mois s'écoulèrent sans doute ; des années. Je me sentais léger. Seul le don de l'esprit conservait sa force en moi.

Une vision m'engloutit. Je reposais dans les bras d'une femme, une belle Égyptienne aux cheveux noirs – Akasha. Elle me consolait, me disait de dormir, m'assurait que rien ne me ferait de mal, pas même la soif, car j'avais bu son sang. Je n'étais pas comme ses autres descendants. Il m'était possible de mourir de faim puis de renaître. Je ne m'affaiblirais pas trop pour guérir.

Nous nous trouvions dans une salle splendide aux tapisseries soyeuses, allongés sur un lit drapé de soieries si fines que je voyais au travers des colonnes dorées couronnées de feuilles de lotus. Le contact des coussins m'était perceptible, mais aussi celui de ma consolatrice qui m'étreignait fermement, chaleureusement en me susurrant de dormir.

Au bout d'un très long moment je me levai et gagnai le jardin, que je reconnus – oui – pour celui que j'avais peint, quoiqu'il fût plus proche de la perfection. Je pivotai afin d'admirer la danse des nymphes, mais elles étaient si rapides qu'elles disparurent avant que je ne les aperçusse. Leur chant lointain était si faible que je ne l'entendais pas.

Je rêvai de couleurs. Je voulais mes pots de peinture, les teintes pures qui m'eussent permis d'amener le jardin à la vie.

Dors.

Enfin, une divine obscurité s'étendit sur mon esprit, impénétrable à la pensée. Akasha m'étreignait toujours, je le savais, parce que je sentais ses bras autour de moi, ses lèvres sur ma joue. Le reste n'était que ténèbres.

Les années passèrent.

Passèrent.

Soudain, mes yeux s'ouvrirent.

Une vive inquiétude m'envahit, m'informant que j'étais un être vivant doté d'une tête, de deux bras et de deux jambes. Je ne bougeai pas mais fixai l'obscurité au-dessus de moi, puis un bruit de pas décidés me parvint avant qu'une lumière ne m'aveuglât.

Une voix s'éleva près de moi – celle d'Avicus.

« Viens avec nous, Marius », disait-elle.

Je voulus me lever mais en fus incapable. Mes bras refusaient de bouger.

Du calme, m'ordonnai-je. Réfléchis. Pense à ce qui s'est passé.

Avicus se tenait devant moi dans la clarté dorée, brandissant une fois de plus une petite lampe de bronze à la flamme vacillante. Il portait une riche tunique double et un pagne, un peu comme un soldat, ainsi que des braies de Goth.

Mael l'accompagnait, pareillement vêtu, sa chevelure blonde rejetée en arrière et bien peignée. Il n'y avait plus sur son visage la moindre trace de méchanceté.

« Nous partons, Marius, annonça-t-il, les yeux grands ouverts, emplis de générosité. Viens avec nous. Renonce à ton sommeil de mort et suis-nous. »

Son créateur mit un genou en terre et posa la lampe derrière moi pour ne pas me blesser les yeux.

« Nous allons à Constantinople. Notre propre bateau nous y emmène, avec aux rames nos propres esclaves, comme guide notre propre pilote. Des serviteurs assez bien payés pour ne pas mettre en question nos dispositions à la vie nocturne nous accompagnent. Il faut que tu viennes. Tu n'as aucune raison de rester ici.

– Il est temps de partir, renchérit Mael. Sais-tu combien de temps tu as dormi ?

– Un demi-siècle, répondis-je dans un petit murmure. Et pendant ce temps, Rome a de nouveau été dévastée. »

Avicus secoua la tête.

« Bien plus longtemps, mon ami. Je ne sais combien de fois nous avons cherché à te réveiller. L'Empire romain d'Occident n'existe plus, vois-tu.

– Accompagne-nous à Constantinople, reprit Mael. C'est la plus riche ville du monde.

– Prends mon sang », ajouta Avicus. Il leva son poignet pour le mordre, afin de me donner à boire. « Nous ne pouvons t'abandonner.

– Non, protestai-je. Laissez-moi me relever par moi-même. »

Je me demandais s'ils m'entendaient tant je parlais bas. Lentement, je me soulevai sur les coudes, puis je m'aperçus que je m'étais assis, que je me mettais à genoux avant de me dresser enfin.

La tête me tournait.

Ma radieuse Akasha, très digne sur son trône, regardait en aveugle droit devant elle. Mon roi n'avait pas changé. Tous deux cependant étaient couverts de poussière, signe d'une négligence qui me sembla criminelle. Les fleurs desséchées ressemblaient à de la paille dans leurs vases. Mais qui était à blâmer ?

Je m'approchai de l'estrade d'un pas hésitant. Fermai les yeux. Avicus me rattrapa alors que j'allais de toute évidence tomber.

« Laissez-moi, s'il vous plaît, demandai-je avec calme. Juste un instant. Il me faut remercier la reine des consolations qu'elle m'a données dans mon sommeil. Je ne tarderai pas à vous rejoindre. »

Décidé à me tenir plus fermement sur mes pieds, je refermai les yeux.

Aussitôt, mon esprit s'emplit de la vision où je reposais sur le lit opulent de l'extraordinaire palais, dans les bras d'Akasha.

Les draperies de soie ondoyaient dans la brise. Ce n'était pas ma vision. Je veux dire qu'elle ne venait pas de moi. Elle m'avait été envoyée, je le savais, et elle ne pouvait venir que de la grande Mère.

Rouvrant les paupières, je contemplai son visage dur, parfait. Une femme de moindre beauté n'eût pas survécu aussi longtemps. Nul buveur de sang n'avait jamais eu le courage de réellement la détruire. Nul ne l'aurait jamais.

Soudain, mes pensées s'embrouillèrent. Avicus et Mael se trouvaient toujours auprès de moi.

« Je vais vous suivre, leur dis-je, mais pour l'instant, laissez-moi seul ici. Attendez-moi en haut, il le faut. »

Ils finirent par obéir. Leurs pas remontèrent l'escalier.

Quant à moi, je montai celui de l'estrade pour me pencher une fois de plus sur ma reine, aussi respectueux qu'auparavant, aussi courageux, afin de lui donner le baiser qui allait peut-être me mener à la mort.

Il n'y eut pas un mouvement dans le sanctuaire. Le couple sacré demeura figé. Enkil n'eut pas un geste pour me frapper ; je ne perçus pas un frémissement dans le corps d'Akasha.

J'enfonçai vivement les crocs dans sa gorge puis bus le sang épais à longs traits, le plus vite possible. Le jardin ensoleillé réapparut, ravissant, empli d'arbres en fleurs et de roses, digne d'un palais car chacune de ses plantes faisait partie d'un dessein impérial. La chambre était là. Les colonnes dorées. Il me sembla entendre un murmure : Marius.

Mon âme s'épanouit.

Mon nom me parvint à nouveau, comme répercuté à travers tout le bâtiment tendu de soieries. La lumière se fit plus vive dans le jardin.

Avec une violente palpitation, je compris que je ne pouvais boire davantage. Je m'écartai. Les minuscules blessures se contractèrent, s'évanouirent. J'y pressai les lèvres en un très long baiser.

Ensuite, à genoux, je remerciai Akasha de tout mon cœur. Je ne doutais pas qu'elle m'eût protégé durant mon sommeil, et j'étais tout aussi sûr qu'elle m'avait réveillé. Jamais Avicus et Mael n'y fussent parvenus sans son intervention divine. Elle m'appartenait plus sûrement que lorsque nous avions quitté l'Égypte. Ma reine.

Ainsi me retirai-je empli de vigueur, le regard vif, prêt au long voyage vers Byzance. Après tout, Mael et Avicus étaient là, ils m'aideraient à m'occuper des divins Parents qu'il fallait mettre à l'abri dans des sarcophages de pierre. Et puis j'aurais de longues nuits en mer pour pleurer ma belle Italie, mon Italie perdue.

IX

Au fil des nuits suivantes, je ne pus résister à l'envie de visiter Rome, malgré les conseils d'Avicus et de Mael qui craignaient que je n'eusse pas conscience du temps écoulé durant mon sommeil. Toutefois, ils se trompaient : je savais que près de cent ans avaient passé.

Les grands immeubles témoins de la gloire impériale n'étaient plus que ruines, où logeaient des animaux. Les hommes, eux, les utilisaient comme carrières où prélever des pierres. Leurs énormes statues, renversées, gisaient dans les hautes herbes. Mon ancienne rue était méconnaissable.

La population ne comptait plus que quelques milliers d'âmes.

Pourtant, les chrétiens s'occupaient des leurs avec une vertu des plus vivifiante. Certains envahisseurs ayant eux-mêmes été chrétiens, nombre d'églises avaient d'ailleurs été épargnées. L'évêque de Rome cherchait à protéger le peuple de ses maîtres et entretenait des liens étroits avec Constantinople, qui dirigeait à présent Orient et Occident.

Les quelques vieilles familles demeurées à Rome ne connaissaient, elles, qu'humiliation sous le joug de leurs suzerains barbares. Leurs membres s'efforçaient de se persuader que les rudes Goths et Vandales étaient capables d'acquérir un peu d'éducation, de se mettre à aimer la littérature et à admirer le droit romain.

Une fois de plus, je m'émerveillai de la ténacité sans mélange du christianisme, qui se nourrissait apparemment des désastres comme il s'était nourri des persécutions tout en prospérant même durant les interludes de paix.

La résistance des patriciens fit aussi mon admiration. Ainsi que je

l'ai dit, ils ne s'étaient pas retirés de la vie publique, préférant chercher à transmettre de leur mieux les valeurs antiques.

Partout, ce n'étaient que barbares moustachus, aux braies grossières et aux cheveux gras en bataille – dont beaucoup de chrétiens
ariens participant à des cérémonies fort différentes de celles qui
réunissaient leurs frères et sœurs « orthodoxes ». Qu'étaient-ce ?
Des Goths, des Visigoths, des Alemands, des Huns ? Certains de
ces peuples m'étaient totalement inconnus. Quant au maître de
notre grande nation, il n'habitait pas Rome mais Ravenne, dans le
Nord.

Je ne tardai pas à découvrir que des buveurs de sang satanistes
avaient une fois de plus installé leur nid de serpents dans les catacombes oubliées, où ils célébraient leur démon avant de partir chasser en ville l'innocent aussi bien que le coupable.

Avicus et Mael, ne sachant à quoi s'en tenir sur leurs origines et
fatigués de ces zélotes, avaient décidé de ne plus s'en occuper.

Ces créatures m'espionnaient tandis que je parcourais les rues en
ruines et les maisons désertes. Si elles me dégoûtaient, elles ne
m'inspiraient cependant aucune inquiétude. Non seulement ma
force avait crû durant mon jeûne, mais le sang d'Akasha coulait en
outre dans mes veines.

Je me trompais fort au sujet des satanistes, oh oui, très fort. Mais
j'y reviendrai en temps et en heure.

Laisse-moi retourner aux nuits où j'errais parmi les restes de la
civilisation classique.

Je n'en éprouvais pas autant d'amertume qu'on pourrait le croire.
Boire à la gorge de ma reine m'avait donné une force physique toute
neuve mais m'avait aussi rendu l'esprit plus clair, avait augmenté
mes capacités de concentration, mon aptitude à saisir ce qui
m'importait et à rejeter ce dont je n'avais pas l'usage.

Toutefois, Rome se trouvait dans un état déprimant, lequel ne
pouvait guère qu'empirer. Moi qui comptais sur Constantinople
pour préserver ce que j'appelais la civilisation, j'avais grand hâte de
m'embarquer.

Ma foi, il était temps d'aider Avicus et Mael à accomplir les derniers préparatifs. Eux m'aidèrent comme je l'avais fait par le passé,
comme je le ferais dans l'avenir chaque fois qu'il faudrait déplacer
les divins Parents, à les envelopper de bandelettes de momies avec
le plus grand soin et le plus grand respect, puis à les coucher dans
des sarcophages de granite que nul homme n'eût pu ouvrir.

Ce fut un moment terrifiant pour mes deux compagnons – voir
nos souverains ainsi manipulés puis entièrement recouverts de ban-

delettes blanches. Mael et Avicus ignoraient tout des antiques prières égyptiennes que je récitai en travaillant, charmes tirés de mes longues années de lecture et destinés à rendre le voyage sûr. Elles ne leur apportèrent je crois aucun réconfort. Toutefois, seul le couple divin m'intéressait.

Au moment où j'allais bander les yeux d'Akasha, elle les ferma, imitée ensuite par Enkil. Cet étrange signe de conscience, très bref, me fit frissonner. Je n'en poursuivis pas moins ma tâche sacrée, tel un vieil Égyptien emmaillotant un pharaon défunt dans la demeure des morts.

Enfin, nous partîmes pour Ostie, le port d'où nous allions mettre à la voile ; là, nous embarquâmes, faisant placer les Parents sacrés dans la soute.

Quant aux esclaves achetés par mes compagnons, je les trouvai très impressionnants, triés sur le volet, tous, jusqu'aux rameurs. Ils savaient qu'ils travaillaient pour leur liberté future en Orient et de riches récompenses.

Bon nombre de soldats devaient faire le voyage avec nous, armés de pied en cap, bien entraînés et ayant obtenu les mêmes assurances. Le capitaine du vaisseau, un Romain chrétien du nom de Clément, intelligent et malin, me parut particulièrement intéressant. Je ne doutais pas qu'il soutînt la foi des autres en nos promesses durant le long trajet.

Le navire lui-même était la plus grande galère que j'eusse jamais vue, dotée d'une immense voile colorée et d'une vaste cabine imprenable. Trois longs coffres modestement faits de bronze et de fer s'y trouvaient, dans lesquels Mael, Avicus et moi reposerions de jour. Comme les sarcophages, ils étaient impossibles à ouvrir pour des mortels sans les plus grandes difficultés, mais aussi trop lourds pour être soulevés fût-ce par une équipe d'humains.

Enfin, tout fut prêt. Armées jusqu'aux dents à cause des pirates, nos troupes levèrent l'ancre de nuit, notre vue surnaturelle évitant au vaisseau de s'échouer contre les rochers tandis qu'il avançait rapidement le long de la côte.

L'équipage et les hommes d'armes en furent quelque peu effrayés, cela se conçoit, car à l'époque, on ne naviguait que de jour ou presque. Le contraire était trop dangereux, l'obscurité dissimulant le littoral et ses îlots rocheux : même avec de bonnes cartes et des pilotes expérimentés, on risquait toujours dans le noir un terrible accident.

Nous organisâmes cependant notre voyage à l'encontre de cette antique sagesse, notre vaisseau passant ses journées au port, ce qui permettait à nos subordonnés de jouir des villes rencontrées sur notre route. Esclaves et soldats n'en furent que plus enchantés, que plus dévoués, ce qui n'empêcha pas le capitaine de maintenir son autorité : les hommes descendaient à terre par roulement, car il insistait pour que certains restent à bord en permanence afin de monter la garde ou de se reposer.

Nous ne nous réveillions et n'émergions de notre cabine que pour trouver nos serviteurs de fort bonne humeur, les musiciens jouant sous la lune à la grande joie des soldats et d'un Clément très gai. Pas un ne nous soupçonnait d'être autre chose que trois riches oisifs excentriques. Il m'arrivait d'épier leurs suppositions à notre sujet – nous étions des mages du lointain Orient, tels les trois rois venus poser leurs cadeaux aux pieds du Christ nouveau-né – lesquelles m'amusaient fort.

Notre seul problème va te sembler absurde : nous devions demander à ce qu'on nous apportât des repas puis nous débarrasser de la nourriture en la jetant à la mer par les fenêtres de notre cabine.

Cela nous donnait de véritables crises de rire, mais je trouvais que la chose manquait de dignité.

Nous passions régulièrement une nuit à terre pour nous nourrir. L'âge nous avait conféré de grands talents : nous eussions même pu jeûner durant tout le trajet, mais nous préférâmes n'en rien faire.

Quant à notre camaraderie, elle était fort intéressante.

Je vivais plus proche des mortels que jamais encore auparavant. À mon vif plaisir, je discutais des heures avec le capitaine et les soldats, soulagé de constater que cela ne me posait aucun problème en dépit de ma peau livide.

Clément exerçait sur moi une vive attraction. Il me racontait sa jeunesse, passée à sillonner la Méditerranée dans des navires marchands, me décrivant les ports qu'il avait visités, certains connus de moi depuis des années, d'autres tout récents.

La tristesse qui m'habitait s'évaporait à ses récits. Je voyais le monde par ses yeux et partageais ses espoirs, rêvant d'une maison animée, à Constantinople, où il viendrait me voir en ami.

Un autre changement important s'était produit. J'étais à présent le compagnon intime d'Avicus mais aussi de Mael.

Nous passâmes bien des nuits dans notre cabine, devant des coupes de vin, à discuter de ce qui s'était produit en Italie mais aussi de nombreux autres sujets.

Avicus avait l'esprit vif, comme je l'avais toujours pensé, avide d'instruction et de lecture. Au fil des siècles, il avait appris seul le latin et le grec. Toutefois, mon univers lui demeurait incompréhensible par certains côtés, notamment son antique piété.

L'ancien dieu du bosquet avait emporté les comptes rendus historiques de Tacite et de Tite-Live, ainsi que l'*Histoire vraie* de Lucien et les biographies rédigées en grec par Plutarque, mais ces travaux le laissaient perplexe.

Je passai des heures de bonheur à les lui lire tout haut, tandis qu'il suivait le texte avec moi, et à lui expliquer comment les interpréter. Je le voyais absorber le flot d'informations, animé d'un puissant désir de connaître le monde.

Mael ne partageait pas ces dispositions d'esprit, mais il ne s'y opposait plus comme il l'avait fait bien longtemps auparavant. Attentif à nos discussions, peut-être même en tirait-il quelque chose. Il me semblait évident que créateur et novice survivaient dans l'immortalité grâce à la compagnie qu'ils représentaient l'un pour l'autre. Quoi qu'il en fût, Mael n'avait plus peur de moi.

J'avoue que j'aimais assez jouer les professeurs. Disputer avec Plutarque comme s'il s'était trouvé auprès de moi ou critiquer Tacite de même m'apportait un plaisir renouvelé.

Mes deux amis, devenus plus pâles et plus forts au fil du temps, admettaient s'être parfois trouvés au bord du désespoir.

« Si je ne t'avais pas vu endormi dans le sanctuaire, m'expliqua Mael une nuit, sans agressivité, je me serais volontiers réfugié dans une cave quelconque pour m'abandonner au sommeil. Jamais je ne me serais réveillé, j'en suis sûr, mais mon fidèle Avicus ne m'a pas laissé partir. »

Lorsque son créateur s'était lui-même senti fatigué du monde et incapable de continuer à vivre, Mael l'avait empêché de sombrer dans l'ultime sommeil.

Tous deux s'étaient terriblement inquiétés pour moi. Durant les longues décennies où j'étais resté insensible à leurs supplications, ils avaient eu trop peur des nobles Parents pour leur offrir des fleurs, brûler de l'encens devant eux ou s'occuper de leur cachette.

« Nous redoutions qu'ils ne nous frappent, expliqua Avicus. Leur simple contemplation nous emplissait de crainte. »

Je hochai la tête.

« Jamais nos souverains n'ont témoigné le moindre besoin de ce genre de choses, expliquai-je. C'est moi qui ai décidé de les leur donner avec dévotion. Peut-être apprécient-ils la nuit autant que la clarté des lampes. Regardez comme ils gisent dans leurs bandelettes et leurs sarcophages, côte à côte sous le pont. »

Mes visions me donnaient la témérité de parler ainsi, bien que jamais je ne me fusse vanté des rêves envoyés par Akasha ni du sang sacré qu'elle m'avait donné.

Pendant tout le voyage, la menace d'une indicible horreur demeura suspendue au-dessus de nos têtes : le vaisseau risquait d'être attaqué, de jour ou de nuit, et les divins Parents de couler en mer – éventualité trop affreuse pour être évoquée, ce qui explique peut-être que nous n'en parlions pas ; chaque fois que je m'en inquiétais, je réalisais que nous eussions dû voyager de manière plus sûre, par la terre.

Après la minuit, une terrible vérité m'obsédait : si le désastre se produisait, je serais peut-être capable de me relever du fond des flots, mais tel ne serait pas forcément le cas de Ceux Qu'il Faut Garder. Qu'adviendrait-il d'eux dans les abysses mystérieux du grand océan ? Ces incertitudes me torturaient horriblement.

Je finis par écarter mes angoisses pour continuer mes agréables bavardages avec mes compagnons ou monter sur le pont contempler les flots argentés en envoyant mon amour à Pandora.

Je dois dire que je ne partageais pas l'enthousiasme d'Avicus et de Mael à la pensée de Byzance. J'avais vécu à Antioche bien longtemps auparavant, mais toute orientale qu'était cette ville, l'influence occidentale y demeurait extrêmement forte ; du reste, je l'avais quittée pour regagner Rome, car j'étais un enfant de l'Occident.

Or nous nous dirigions vers ce qui m'apparaissait comme une capitale purement orientale, et je craignais de ne rien trouver dans sa grande vitalité que je pusse embrasser.

Il faut savoir que l'Orient – c'est-à-dire la Perse et l'Asie Mineure – avait toujours inspiré aux Romains une certaine méfiance, à cause de son luxe ostentatoire accompagné d'une certaine mollesse. Comme nombre de mes compatriotes, je pensais que la Perse avait amoindri Alexandre le Grand et donc la culture grecque, laquelle avait ensuite amoindri Rome.

Certes, une culture et un art immenses avaient accompagné cet amollissement. Les Romains avaient embrassé tous les champs de la connaissance grecque.

Je n'en conservais pas moins au fond de l'âme une méfiance immémoriale envers l'Orient.

Bien sûr, je n'en parlais pas à mes compagnons. Pourquoi entacher l'enthousiasme que leur inspirait le siège imposant du pouvoir oriental ?

Enfin, après un long voyage, nous arrivâmes un soir sur la mer de Marmara scintillante et contemplâmes les hauts remparts de Constantinople, couverts de myriades de torches. Pour la première fois, je pris conscience de la majesté de la péninsule sur laquelle Constantin avait si longtemps auparavant jeté son dévolu.

Lentement, notre vaisseau pénétra dans le port magnifique. Je fus choisi pour exercer ma « magie » sur les officiels, c'est-à-dire régler les formalités et obtenir la permission de rester à quai le temps de trouver un logement convenable avant de décharger notre cargaison sacrée, les sarcophages des vénérables ancêtres que je ramenais dans leur pays natal afin de les y inhumer. Nous avions bien sûr des questions banales à poser quant au lieu où rencontrer quelqu'un capable de nous procurer une maison, par exemple ; les conseils de plusieurs mortels furent sollicités.

L'or et le don de l'ensorcellement vinrent à bout de tous les problèmes. Bientôt, nous avions débarqué, prêts à explorer le site mythique où Dieu avait ordonné à Constantin de bâtir la plus grande ville du monde.

Je ne puis dire que je fus déçu.

Première surprise extraordinaire, les marchands de Constantinople étaient tenus de placer des torches à l'extérieur de leurs boutiques, si bien que les rues étaient magnifiquement illuminées. Nous comprîmes également très vite qu'il y avait une profusion de belles églises à visiter.

La cité, qui abritait environ un million d'âmes, révélait aussitôt une vigueur perdue à Rome.

Mes compagnons sur les talons, je gagnai immédiatement la grand place de l'Augusteum, d'où je contemplai l'église Sainte-Sophie – Hagia Sophia, la sainte Sagesse – ainsi que d'autres bâtiments imposants, magnifiques, y compris les splendides bains publics de Zeuxis, décorés de statues païennes très bien sculptées prélevées dans diverses villes du monde romain.

J'eusse voulu me précipiter dans toutes les directions à la fois. Ici, s'étendait le grand hippodrome où, de jour, des milliers de citoyens suivaient les courses de chars pour lesquelles se passionnait la population ; là, le palais impérial indescriptiblement immense et complexe où nous nous fussions facilement introduits sans nous faire remarquer.

Une grande artère partait de la place vers l'ouest, la rue principale de la ville, sans doute, car bordée d'autres places et donnant naissance à d'autres rues, d'où partaient bien sûr d'innombrables venelles.

Mael et Avicus me suivaient toujours poliment tandis que j'errais çà et là, pénétrais dans Hagia Sophia pour m'immobiliser entre ses murs magnifiques, sous son immense coupole.

L'église me fascinait par sa beauté, ses myriades d'arches et ses mosaïques ornementées représentant Justinien et Théodora, d'une splendeur et d'un éclat inouïs dans la clarté des lampes.

Les nuits suivantes, mes splendides découvertes n'auraient pas de fin. Mes compagnons se fatigueraient peut-être de ces merveilles, mais moi pas. Je ne tarderais pas à m'introduire à la cour impériale, ma vivacité et mon intelligence me permettant d'errer, invisible, dans le palais. Pour le meilleur et pour le pire, je me trouvais au cœur d'une ville florissante, où je connaîtrais le réconfort que m'apportait la proximité d'âmes humaines sans nombre.

Au fil des semaines, nous nous achetâmes une splendide demeure fortifiée, au jardin entièrement clos de murs, sous laquelle nous creusâmes nous-mêmes une crypte secrète.

Quant aux divins Parents, j'exigeai qu'ils fussent cachés à quelque distance de la cité. Ayant déjà beaucoup entendu parler des émeutes de Constantinople, je voulais que le sanctuaire fût un refuge sûr.

Toutefois, les alentours n'abritaient nulle crypte ou caveau anciens comme le tombeau étrusque dont je m'étais servi près de Rome. Je dus me résoudre à faire construire par des esclaves un sanctuaire sous notre maison.

Cela m'ennuya fort. À Rome de même qu'à Antioche, je m'étais chargé en personne de tout ce qui concernait les chapelles. Ici, je devais me fier à d'autres. Enfin, je mis au point un plan compliqué.

Je conçus une série de passages en épingles à cheveux qui s'enfonçaient loin sous terre jusqu'à une vaste salle ; quiconque s'y rendait devait d'abord tourner à droite, puis à gauche, puis encore à droite, encore à gauche, ce qui s'avérait extrêmement désorientant. Je posai ensuite dans les tunnels à intervalles irréguliers de lourdes doubles portes de bronze, toutes ornées d'un puissant verrou.

L'énorme pierre bloquant l'entrée de ce souterrain sinueux n'apparaissait pas seulement comme une simple partie de la mosaïque incrustée dans le sol de la maison, elle était aussi, ainsi que je le dis souvent en décrivant ce genre de choses, beaucoup trop lourde pour être soulevée fût-ce par une équipe de mortels. Ses poignées de métal étaient si nombreuses et d'un dessin si compliqué qu'elles ne semblaient pas autre chose que des ornementations.

Ces précautions semblèrent un peu excessives à Mael et Avicus, qui cependant ne s'y opposèrent pas.

Ils m'approuvèrent même lorsque je fis recouvrir les murs de la chapelle de mosaïques en or évoquant celles des magnifiques églises, et le sol du marbre le plus beau. Un grand trône d'or martelé fut fabriqué pour le couple royal, des lampes accrochées par des chaînes au plafond.

Comment un tel travail fut-il possible sans compromettre le caractère secret de la salle ? Voilà sans doute ce que tu te demandes. Assassinai-je tous ceux qui participèrent à la création du sanctuaire ?

Non. J'usai du don de l'ensorcellement pour égarer les hommes qui venaient y travailler et, parfois, de simples bandeaux dont ni les esclaves ni même les artistes ne pouvaient se plaindre. Les mots magiques « amante » ou « fiancée » venaient à bout de toutes les objections des mortels ; l'argent faisait le reste.

Enfin arriva la nuit où je devais installer les Parents dans leur chapelle. Avicus et Mael avouèrent poliment penser que je voudrais m'en charger seul.

Je n'y voyais aucune objection. Tel un puissant ange de la mort chrétien, je descendis un sarcophage puis l'autre jusqu'au sanctuaire, où je les disposai côte à côte.

Agenouillé sur le sol, j'entrepris de libérer Akasha de ses bandelettes. Ses yeux clos s'ouvrirent soudain, regardant dans le vague. Son expression était aussi neutre et sereine qu'auparavant.

Il me semble en avoir ressenti une curieuse déception, que je dissimulai en lui chuchotant des prières. Après l'avoir totalement débarrassée de ses atours de momie, je soulevai ma reine, ma muette épouse, pour l'installer sur le trône. Elle demeura là, aveugle comme à l'ordinaire, dans sa tenue froissée incomplète tandis que je m'occupais d'Enkil.

Pour lui aussi arriva l'étrange moment où ses yeux s'ouvrirent.

Sans oser lui parler à haute voix, je le pris dans mes bras, le trouvant plus souple qu'elle, presque léger, et l'assis sur le trône à côté de sa compagne.

Plusieurs nuits s'écoulèrent avant que je découvrisse de quoi les habiller de pied en cap, mais leurs vêtements finirent par me sembler parfaits comparés à mes souvenirs de leurs belles tenues égyptiennes. Je leur cherchai ensuite de nouveaux bijoux originaux, dans une Constantinople fourmillante d'orfèvres. Ces tâches m'étaient réservées, mais je n'eus aucun problème à m'en charger seul, priant tout du long d'un ton respectueux.

Enfin, la chapelle m'apparut plus belle encore que la toute première, établie par mes soins à Antioche, et de loin plus agréable que

celle des environs de Rome. J'y plaçai les braseros habituels où brûler l'encens puis emplis ses nombreuses lampes de pétrole parfumé.

Lorsque tout cela fut terminé, pas avant, je me permis de m'intéresser à la ville, à ses us et coutumes, mais je me demandai aussi si
Akasha et Enkil y étaient vraiment en sécurité.

Un puissant malaise m'étreignait. Préoccupé, conscient de ne pas
encore connaître la cité, j'avais envie de visiter ses églises, de me
gorger de ses beautés, mais j'ignorais si nous étions les seuls buveurs
de sang à y vivre.

Voilà qui semblait des plus improbables. Après tout, nous avions
des frères de race. Pourquoi ne viendraient-ils pas habiter la plus
belle ville du monde?

Quant au côté grec de Constantinople, il ne me plaisait pas. J'ai
un peu honte de l'avouer, mais ce n'en est pas moins vrai.

Je n'aimais pas que la population parlât grec et non latin, bien
que je maîtrise évidemment moi-même le grec à la perfection. Je
n'aimais pas les innombrables monastères chrétiens, dont le mysti-
cisme profond me semblait plus oriental qu'occidental.

Les œuvres d'art omniprésentes étaient certes impressionnantes,
mais elles n'évoquaient en rien le classicisme gréco-romain.

Les statues les plus récentes représentaient des hommes trapus,
frustes, à la tête ronde, aux yeux bulbeux et au visage inexpressif.
Quant aux icônes et autres images saintes, à présent des plus
communes, elles montraient des personnages très stylisés au regard
menaçant.

Même les splendides mosaïques de Justinien et Théodora – silhouettes en robe longue flottant sur les murs des églises – les montraient rigides, comme issus d'un rêve, plutôt que classiques ou
d'une beauté correspondant aux canons de ma jeunesse.

C'était une ville magnifique, mais ce n'était pas ma ville.

Le palais impérial gigantesque, avec ses eunuques et ses esclaves,
avait pour moi quelque chose d'intrinsèquement répugnant.
Lorsque je m'y glissais en cachette pour visiter au hasard ses salles
du trône, ses salles d'audience, ses magnifiques chapelles, son
immense salle de banquet ou ses innombrables chambres, j'y découvrais la débauche perse; nul n'était à blâmer, mais cela me mettait
mal à l'aise.

La population, elle, si énorme et vivante qu'elle fût, était capable
de se bagarrer dans les rues en évoquant les futurs vainqueurs des
courses de chars et jusque dans les églises mêmes, où le sang coulait
alors, pour des questions religieuses. À vrai dire, les querelles

chrétiennes sans fin approchaient de la folie pure. Quant aux différends doctrinaux, ils agitaient l'empire tout entier en permanence
ou presque.

Les problèmes aux frontières subsistaient, aussi importants qu'à
l'époque des Césars. Les Perses menaçaient toujours à l'est, tandis
que les barbares arrivaient de l'ouest sans discontinuer.

Moi qui identifiais depuis longtemps mon âme avec le salut de
l'empire, je ne trouvais en cette cité nul réconfort. Au contraire, je
m'en méfiais et elle me répugnait profondément.

Toutefois, j'errais souvent dans l'église Sainte-Sophie, dont
j'admirais l'immense coupole qui paraissait flotter au-dessus de moi
sans être supportée le moins du monde. Le magnifique édifice avait
capturé quelque chose d'ineffable qui amenait à l'humilité les
esprits les plus orgueilleux.

Avicus et Mael, heureux en ces lieux, semblaient bien décidés à
me considérer comme leur chef. Lorsque, le soir, j'allais acheter des
livres au marché, Avicus se joignait à moi puis m'écoutait avec plaisir lui lire mes trouvailles.

Je m'occupais aussi de meubler confortablement notre demeure
et d'embaucher des artisans pour en peindre les murs. Il n'était pas
question de me perdre une nouvelle fois dans mes jardins de rêve,
même si la pensée de ma bien-aimée Pandora m'emplissait d'une
angoisse plus insoutenable que jamais.

Je la cherchais en permanence. Mes deux compagnons devinrent
le réceptacle de quelques historiettes sans importance sur les nuits
qu'elle et moi avions passées ensemble, mais je mis surtout l'accent
sur mon amour pour elle, afin qu'ils emportent son image dans leur
esprit pour autant qu'ils parvinssent à la conserver vivante.

Si Pandora hantait les rues de Constantinople, si par hasard elle
rencontrait mes amis, peut-être devinerait-elle grâce à eux que je me
trouvais en cette ville et souhaitais désespérément la retrouver.

J'entrepris aussi de reconstituer une bibliothèque, achetant de
pleins coffres de parchemins que je parcourus à loisir. Après m'être
installé un bureau, je m'attelai en outre à la rédaction d'un journal
assez impersonnel, où je relatai mes aventures dans le même code
qu'auparavant.

Nous nous trouvions à Constantinople depuis moins de six mois,
lorsqu'il nous apparut que d'autres buveurs de sang rôdaient autour
de notre maison.

Ils s'approchaient en début de soirée, dans le but semblait-il
d'apprendre de nous ce qu'ils pouvaient grâce au don de l'esprit,
puis s'enfuyaient au plus vite.

« Pourquoi ont-ils attendu si longtemps ? m'étonnai-je. Ils nous ont épiés et étudiés.

– Peut-être est-ce à cause d'eux qu'il n'y a pas ici d'adorateurs de Satan », déclara Avicus.

Il se pouvait qu'il eût raison, car ceux qui nous espionnaient à présent n'étaient pas des satanistes. Nous le savions grâce aux aperçus de leur imagerie mentale que nous glanions dans leur esprit.

Enfin, tôt un soir, ils vinrent nous trouver pour nous inviter sans ambage à les suivre afin de rendre visite à leur maîtresse.

Je sortis les saluer, ce qui me permit de découvrir qu'il s'agissait de deux jeunes garçons très pâles et très beaux.

Ils ne pouvaient avoir eu plus de treize ans lors de leur création. Leurs yeux sombres limpides et leurs courtes boucles noires s'accompagnaient d'une longue robe orientale du tissu brodé le plus fin, frangée de rouge et d'or, complétée par une sous-robe en soie, des mules ornementées et de nombreuses bagues.

Deux mortels portaient leurs torches – sans doute de simples, mais coûteux, esclaves perses.

L'un des radieux buveurs de sang me plaça entre les mains un petit parchemin, que je déroulai aussitôt pour en déchiffrer les beaux caractères grecs.

« La coutume veut que l'on me demande la permission de chasser dans ma cité. Je vous prie de venir en mon palais. Eudoxie. »

Le style de l'invitation ne me plut pas davantage que celui de Constantinople dans son ensemble, mais l'incident ne me surprit guère. Qui plus était, il m'offrait une chance de discuter avec des immortels autres que les adorateurs fanatiques du serpent, *une chance qui ne s'était encore jamais présentée.*

Permets-moi d'ajouter en outre que durant ma très longue vie, jamais je n'avais vu créatures aussi belles et élégantes que les deux messagers.

Sans doute s'était-il trouvé parmi les satanistes de beaux visages aux yeux innocents, mais la plupart du temps, je te l'ai déjà dit, Mael et Avicus s'étaient chargés de les éliminer ou de traiter avec eux. De plus, leur zèle fanatique les corrompait.

Il n'en allait pas de même ici.

Les visiteurs semblaient beaucoup plus intéressants par la grâce de leur dignité, de leur tenue splendide et du courage avec lequel ils me regardaient. Quant à la fameuse Eudoxie, elle m'inspirait au bout du compte plus de curiosité que de peur.

« Je vous suis », dis-je aussitôt.

Les deux enfants me firent comprendre par gestes qu'Avicus et Mael devaient se joindre à moi.

« Pourquoi cela ? » m'enquis-je, protecteur envers mes compagnons.

Toutefois, ces derniers m'informèrent immédiatement qu'ils désiraient venir, eux aussi.

« Combien êtes-vous ? demandai-je aux deux garçons.

– Eudoxie répondra à toutes vos questions, me dit celui qui m'avait remis le parchemin. Je vous prie de nous suivre sans plus tarder. Voilà quelque temps déjà qu'elle entend parler de vous. »

Ils nous escortèrent un long moment à travers la ville, jusqu'à un quartier plus riche encore que celui où nous vivions et une demeure beaucoup plus vaste que la nôtre. Sa banale façade de pierre brute dissimulait sans le moindre doute un jardin intérieur et des appartements luxueux.

Les messagers protégeaient bien leurs pensées, mais je parvins à deviner – peut-être me le permirent-ils – qu'ils s'appelaient Asphar et Rachid.

Deux autres esclaves mortels nous introduisirent dans la maison puis nous guidèrent jusqu'à une grande chambre entièrement tapissée d'or.

Des torches brûlaient le long des murs tandis qu'au centre de la pièce, sur une couche dorée aux coussins de soie pourpre, reposait une superbe buveuse de sang. Ses épaisses boucles noires ressemblaient à celles de ses envoyés, quoiqu'elles fussent plus longues et semées de perles ; sa robe damassée et sa sous-robe de soie étaient des tissus les plus fins que j'eusse vus jusque-là à Constantinople.

Son petit visage ovale se rapprochait autant que possible de la perfection, bien qu'il n'évoquât en rien celui de Pandora qui incarnait mon idéal.

Ses yeux immenses étaient très ronds, ses lèvres parfaitement fardées, et son parfum avait sans le moindre doute été composé par quelque magicien perse afin de nous rendre fous.

Chaises et sofas étaient dispersés sur la mosaïque, qui représentait des dieux et des déesses grecs avec autant de goût que si elle datait de cinq cents ans. Des images du même genre s'étalaient sur les murs, mais les colonnes, un peu plus grossières quoique ornementées, paraissaient d'une conception plus récente.

Quant à la peau de notre hôtesse, d'une blancheur sans défaut, elle était si dépourvue du moindre signe d'humanité que j'en frissonnai. Pourtant, son expression, presque tout entière dans son sourire, était cordiale, emplie de curiosité.

Toujours appuyée sur un coude, malgré ses bracelets, elle leva les yeux vers moi.

« Eh bien, Marius, lança-t-elle dans le latin parfait des érudits, d'une voix aussi charmante que son visage. Tu lis sur mes murs et mes mosaïques comme dans un livre.

— Pardonne-moi, répondis-je. Lorsqu'une pièce est décorée de manière aussi exquise, cela me semble simple politesse.

— Rome te manque. Ou Athènes, voire Antioche, où tu as vécu autrefois. »

C'était une redoutable créature. Elle avait cueilli le renseignement en moi, au plus profond de ma mémoire. Je fermai mon esprit mais non mon cœur.

« Je m'appelle Eudoxie, poursuivit-elle. J'aimerais pouvoir vous souhaiter à tous trois la bienvenue en cette ville, mais Constantinople m'appartient, et je ne suis pas enchantée de vous y voir.

— Ne pouvons-nous nous mettre d'accord ? interrogeai-je. Le voyage a été aussi pénible que long, et la cité est vaste. »

Sur un petit geste d'elle, les esclaves humains se retirèrent. Seuls demeurèrent auprès de nous Rachid et Asphar, paraissant attendre un ordre de leur maîtresse.

J'eusse aimé déterminer si d'autres buveurs de sang se trouvaient en ces lieux, mais ce n'était guère possible sans qu'elle le sût, aussi ma tentative fut-elle plutôt faible.

« Asseyez-vous, je vous en prie », reprit-elle.

À ces mots, les deux garçons se précipitèrent pour rapprocher les sofas, de manière à ce que nous pussions tous nous rassembler en cercle.

Comme je demandais une chaise, Avicus et Mael me firent écho dans un murmure hésitant. Notre vœu exaucé, nous nous installâmes.

« Un Romain d'autrefois, remarqua Eudoxie avec un sourire lumineux. Tu dédaignes le divan pour la chaise. »

J'eus un petit rire poli.

Soudain, une force invisible quoique puissante attira mon attention sur Avicus ; il la regardait comme si une des flèches de Cupidon venait juste de le toucher au cœur.

Mael, lui, la fixait du même air menaçant dont il m'avait gratifié à Rome des siècles auparavant.

« Ne t'inquiète pas pour tes amis, reprit-elle, à ma totale surprise. Ils te sont loyaux et acquiesceront à tout ce que tu diras. C'est à toi de discuter avec moi. La cité a beau être assez vaste pour nourrir nombre d'entre nous, de vils buveurs de sang y viennent souvent, qu'il faut en écarter.

– Sommes-nous vils ? » demandai-je gentiment.

Je ne pouvais m'empêcher de l'examiner avec son menton rond creusé d'une fossette, ses joues charmantes. Elle semblait aussi jeune en termes d'humanité que ses deux messagers. Quant à ses yeux, d'un noir de jais, ils étaient ombrés de cils si épais qu'on eût pu les croire rehaussés de fard égyptien, alors que tel n'était pas le cas.

Cette observation me fit soudain penser à ma reine, et une brusque panique m'envahit tandis que je m'efforçais de m'éclaircir les idées. Qu'avais-je fait en amenant ici Ceux Qu'il Faut Garder ? J'eusse dû demeurer dans les ruines de Rome. Toutefois, il n'était pas question d'y réfléchir en cet instant.

Je regardai Eudoxie bien en face, un peu ébloui par les innombrables gemmes de sa robe et ses ongles étincelants, les plus brillants, et de loin, que j'eusse jamais vus, exception faite de ceux d'Akasha. Rassemblant mes forces, je cherchai à pénétrer son esprit.

Elle me sourit suavement.

« Je suis beaucoup trop âgée dans le Sang pour que tu réussisses, Marius, mais je te dirai tout ce que tu veux savoir.

– Puis-je t'appeler par le nom que tu nous as donné ?

– Je vous l'ai précisément donné pour cela. Mais laisse-moi te prévenir que j'attends de toi une véritable franchise. Sans quoi, je ne tolérerai pas ta présence en mon domaine. »

La vague de colère qui jaillit brusquement de Mael me fut perceptible. Alors que je lui jetais un regard sévère, l'expression ravie d'Avicus me frappa de nouveau.

Sans doute n'avait-il jamais vu semblable buveuse de sang. Les adoratrices de Satan demeuraient délibérément sales et négligées, tandis qu'ici, allongée sur son magnifique sofa, se trouvait une femme évoquant l'impératrice de Byzance.

Peut-être d'ailleurs était-ce ainsi qu'elle se voyait.

Elle sourit comme si notre esprit lui était transparent puis, d'un petit geste de la main, fit signe aux deux garçons de se retirer.

Ses yeux passèrent alors lentement, calmement sur mes compagnons ; on l'eût crue en train de leur soutirer la moindre pensée cohérente qui leur eût jamais traversé le crâne.

Moi, je l'examinais toujours – les perles dans ses cheveux, à son cou, les joyaux ornant ses orteils nus aussi bien que ses doigts.

Enfin, son regard se reposa sur moi. Un sourire se répandit à nouveau sur ses traits, les illuminant tout entiers.

« Si je vous accorde la permission de loger en cette ville – ce qui n'a rien de certain – il faudra vous montrer loyaux envers moi lorsque d'autres viendront mettre en péril la paix partagée. Jamais vous ne devrez vous allier à eux. Nous garderons Constantinople pour nous seuls.

– Et que feras-tu au juste si nous ne nous montrons pas loyaux envers toi ? demanda Mael avec sa colère d'autrefois. »

Elle me fixa un long moment en silence, afin de l'insulter peut-être, puis, paraissant se réveiller d'un sortilège, se tourna vers lui.

« Comment te faire taire avant que tu ne lâches d'autres bêtises ? » Ses yeux se reposèrent sur moi. « Laissez-moi tous vous dire une bonne chose. Je sais que vous veillez sur le Père et la Mère. Je sais que vous les avez amenés ici pour les mettre en sécurité dans une chapelle, sous votre demeure. »

J'en restai assommé.

Une vague de chagrin m'envahit. Une fois de plus, le secret m'avait échappé, de même qu'à Antioche, il y avait de cela bien longtemps. En irait-il toujours ainsi ? Était-ce là mon destin ? Que faire ?

« Ne te presse donc pas tant de me fuir, Marius, poursuivit Eudoxie. J'ai bu aux veines de la Mère, en Égypte, des siècles avant que tu ne l'emmènes. »

Cette déclaration me stupéfia plus encore. Pourtant, elle recelait une étrange promesse qui jetait en mon âme une faible lueur.

Soudain, je me sentis merveilleusement exalté.

Je me trouvais devant quelqu'un qui, comme Pandora, comprenait parfaitement les antiques mystères. Eudoxie, au visage et au discours délicats, était à des mondes de Mael et d'Avicus. Elle paraissait tellement douce et raisonnable.

« Si tu le désires, Marius, je vais te raconter mon histoire, disait-elle à présent. J'ai toujours été une immortelle matérialiste, jamais une fidèle de l'antique religion égyptienne consacrée aux dieux du sang. J'avais plus de trois cents ans lors de ta naissance, mais je vais te dire ce que tu veux savoir. Il me paraît évident que tu vis pour poser des questions.

– Oui, admis-je, c'est vrai, et trop souvent, je n'obtiens en réponse qu'un silence complet. Il m'est aussi arrivé de glaner, il y a des siècles, des renseignements fragmentaires qu'il m'a fallu assembler tels des morceaux de vieux papyrus. Je suis avide de connaissance. Raconte, je t'en prie. »

Elle hocha la tête, l'air extraordinairement enchantée.

« Certains d'entre nous n'ont au fond d'eux-mêmes nul besoin d'être compris. Et toi, Marius ? Je lis bien des choses dans ton esprit, mais pas la réponse à cette question. La compréhension d'autrui t'est-elle nécessaire ?

– La compréhension d'autrui ? » répétai-je, sidéré, réfléchissant au problème le plus secrètement possible. Mael ou Avicus me comprenaient-ils ? Non, ni l'un ni l'autre. Autrefois, pourtant, il y avait bien longtemps de cela, Akasha m'avait compris, elle. Mais était-ce bien vrai ? Peut-être, je dis bien peut-être, l'avais-je comprise, moi, lorsque j'étais tombé amoureux d'elle. « Je ne puis te répondre, repris-je doucement. Il me semble en être arrivé à apprécier la solitude. Sans doute d'ailleurs l'ai-je aimée durant ma vie de mortel, en tant que voyageur. Mais pourquoi me demandes-tu une chose pareille ?

– Parce que je n'ai nul besoin d'être comprise. » Pour la première fois, sa voix devenait froide. « Toutefois, si tel est ton désir, je te raconterai ma vie.

– J'aimerais beaucoup entendre ton histoire. »

Dans mon engouement, j'évoquai une nouvelle fois ma belle Pandora. Cette femme incomparable semblait avoir été aussi favorisée par la nature. J'avais envie de l'écouter, mais comment gérer le malaise de Mael et l'évidente fascination d'Avicus ?

Aussitôt consciente de ma pensée, elle regarda Avicus avec gentillesse puis consacra un long moment de sobre attention à Mael, rageur.

« Tu étais un prêtre gaulois, lui dit-elle avec calme, mais tu te conduis décidément en guerrier. Je sais que tu aimerais me détruire. Pourquoi ?

– Je ne reconnais pas ton autorité en ces lieux, répondit-il, s'efforçant de s'exprimer aussi tranquillement que son hôtesse. Tu ne m'es rien, et tu avoues toi-même n'avoir jamais respecté l'ancienne religion. Eh bien, moi si. Avicus également. Et nous en sommes fiers.

– Nous n'avons qu'une envie, tous tant que nous sommes. » Elle sourit, dévoilant ses crocs. « Posséder un terrain de chasse qui ne soit pas surpeuplé, le préserver des satanistes qui se multiplient à un rythme malsain et cherchent à fomenter des troubles dans le monde extérieur. Mon autorité repose sur mes triomphes passés. Ce n'est rien de plus qu'une habitude. Si nous parvenons à faire la paix... »

Elle s'interrompit pour hausser les épaules en ouvrant les mains d'une manière très masculine.

« Marius parle en notre nom, intervint soudain Avicus. S'il te plaît, Marius, fais la paix avec Eudoxie.

– Nous te serons loyaux dans la mesure où nos désirs rejoignent en effet les tiens tels que tu viens de les décrire, déclarai-je. Mais j'ai très envie de bavarder. De savoir combien il y a ici de buveurs de sang. Quant à ton histoire, laisse-moi te répéter que j'aimerais beaucoup l'entendre. Notre histoire fait partie des choses que nous pouvons nous offrir les uns aux autres. Oui. J'aimerais connaître la tienne. »

Elle se leva avec grâce, s'avérant un peu plus grande que je ne l'avais pensé. Ses épaules étaient plutôt larges, compte tenu de son sexe, et elle marchait très droite, sans que ses pieds nus produisent le moindre bruit.

« Venez dans la bibliothèque, lança-t-elle en nous guidant vers une pièce voisine. On y est mieux pour discuter, ce me semble. »

Ses longs cheveux noirs retombaient dans son dos, épaisse masse bouclée, tandis qu'elle avançait avec grâce en dépit du poids de ses robes semées de gemmes et de perles.

Sa bibliothèque, immense, était emplie d'étagères chargées de parchemins et de manuscrits, lourds volumes reliés semblables à ceux d'aujourd'hui. Des chaises attendaient çà et là ; d'autres étaient rassemblées au centre de la salle ; deux divans ainsi que des tables à écrire s'offraient également aux visiteurs. Les lampes d'or me parurent perses à cause de leur forme très ouvragée, mais je n'eusse rien su affirmer.

Les tapis, eux, l'étaient bel et bien – de cela au moins je ne doutai pas.

Bien sûr, mon plaisir fut immense dès l'instant où je vis les livres. Cela ne manque jamais. Je me rappelai la bibliothèque égyptienne où j'avais trouvé l'ancien ayant exposé le Père et la Mère au soleil. Entouré de livres, je me sens en sécurité, parfois à tort.

Songeant à tout ce que j'avais perdu durant le premier siège de Rome, je ne pus m'empêcher de me demander quels auteurs grécoromains étaient représentés autour de moi, car les chrétiens, quoique plus indulgents envers les classiques qu'on ne se l'imagine aujourd'hui, ne préservaient pas toujours les écrits du passé.

« Tes yeux brillent d'avidité alors que ton esprit m'est fermé, remarqua Eudoxie. Je sais que tu as envie de lire tous ces ouvrages. Pourquoi pas ? Envoie tes scribes copier ce que tu voudras. Mais je vais trop vite en besogne, je crois ? Nous avons à parler. À décider s'il nous est possible de nous mettre d'accord. Je n'en suis pas certaine du tout. » Son regard se posa sur Avicus.

« Quant à toi, qui es si âgé, qui a connu le Sang en Égypte, tu commences tout juste à apprécier le royaume des lettres. C'est étrange qu'il t'ait fallu si longtemps. »

L'immense exaltation et la confusion aimante de mon compagnon m'étaient perceptibles.

« J'apprends, dit-il. Marius me sert de professeur. »

Le feu de l'embarras lui monta aux joues.

Mael, lui, vibrait d'une fureur silencieuse impossible à ne pas remarquer. La pensée me frappa qu'il était depuis bien longtemps l'artisan de son propre malheur mais qu'il se produisait enfin un événement capable de le faire réellement souffrir.

À ma grande inquiétude, ils ne parvenaient ni l'un ni l'autre à garder leur esprit secret. Des siècles plus tôt, à Rome, lorsque je les avais cherchés, ils s'y étaient mieux entendus.

« Asseyons-nous, reprit Eudoxie. Je vais vous dire qui je suis. »

Nous prîmes place sur les chaises, ce qui nous rapprocha, puis elle entama son récit d'une voix sereine.

X

« Ma vie de mortelle n'a guère d'importance, mais je vais vous la relater en quelques mots. J'appartenais à une bonne famille grecque, arrivée avec la première vague des colons qui déménagèrent d'Athènes afin de faire d'Alexandrie la grande ville qu'Alexandre imaginait en la fondant, trois cents ans avant la naissance du Christ.

« Je fus éduquée comme l'étaient les filles dans ce genre de maisonnée, très protégées, ne quittant jamais la demeure paternelle. On m'apprit cependant à lire et à écrire, parce que mon père me voulait capable de lui donner des nouvelles après mon mariage et pensait que je pourrais ainsi réciter plus tard de la poésie à mes enfants.

« Cette attitude lui gagna mon affection, quoique je fusse bien la seule à l'aimer. Je me consacrai avec passion à mon instruction, négligeant tout le reste.

« Un mariage précoce fut arrangé pour moi. Je n'avais pas quinze ans lorsqu'on m'en parla, mais franchement, j'en fus plutôt contente, car j'avais vu le promis qui m'avait semblé un peu étrange, intéressant. Je me demandais si cette union m'ouvrirait une existence nouvelle, plus palpitante que mon enfance. Ma mère était morte, et je n'aimais pas ma belle-mère. Je n'avais aucune envie de continuer à vivre sous son toit. »

Eudoxie s'interrompit. Bien sûr, je me livrais à de petits calculs. Elle avait des années de plus que moi – elle me l'avait clairement fait comprendre à deux reprises – ce qui expliquait sa perfection physique. Le temps avait accompli son œuvre sur les rides qu'elle avait peut-être eues comme il le faisait sur les miennes.

Elle me regarda, hésita un instant puis reprit :

« Un mois avant les épousailles, je fus une nuit arrachée à mon lit, emportée par-dessus la muraille de la propriété puis jusqu'à une salle crasseuse, obscure, dans un angle de laquelle on me jeta. Tapie sur la pierre nue, j'écoutai des rustres se quereller avec grossièreté afin de décider qui serait payé quel prix pour mon enlèvement.

« Sans doute allaient-ils m'assassiner, puisque ma ruine avait été orchestrée par ma belle-mère – voilà ce que je pensais.

« Arriva alors un homme de haute taille, très mince, aux cheveux noirs embroussaillés, au visage et aux mains d'un blanc lunaire, qui massacra les bandits en les lançant contre les murs comme s'ils avaient été d'une légèreté de plumes. Lorsqu'il n'en resta qu'un, il le tint un long moment contre ses lèvres, paraissant lui boire le sang ou le dévorer.

« Je me crus au bord de la folie.

« Quand l'intrus laissa tomber le dernier corps, il s'aperçut que je le regardais. Je ne portais qu'une chemise de nuit sale et déchirée, mais je me remis courageusement sur mes pieds pour l'affronter.

« "Une femme", dit-il. Jamais je ne l'oublierai. "Une femme", comme si ç'avait été extraordinaire.

– Il arrive que ce le soit », murmurai-je.

Eudoxie m'adressa un sourire indulgent avant de reprendre le fil de son récit :

« Cette constatation faite, il eut un curieux petit rire puis fondit sur moi.

« Là encore, je crus avoir affaire à un assassin. Au lieu de quoi il me transforma en immortelle. Sans cérémonie, sans mot dire, sans rien. Il se contenta de me métamorphoser à l'instant.

« Ensuite, dépouillant un des ravisseurs de sa tunique et de ses sandales, il m'habilla en garçon, puis nous passâmes le reste de la nuit à chasser dans les rues. Il me traita avec rudesse au cours de nos errances, me tournant de-ci, de-là, me poussant, m'instruisant autant par ses bourrades que par quelques phrases des plus simples.

« Avant l'aube, il m'emmena à son étrange repaire – bien loin du quartier de l'élite grecque où j'avais été élevée, mais à l'époque, je l'ignorais. En fait, jamais je n'avais quitté la maison de mon père. Ma première expérience des rues de la cité avait été passionnante.

« Et voilà qu'on m'emportait au sommet d'une bâtisse de deux étages puis qu'on me redescendait dans sa cour intérieure désolée.

« La propriété n'était qu'une immense salle du trésor négligée. La moindre pièce renfermait des richesses inimaginables.

« "Regarde !" me dit fièrement le buveur de sang.

« Partout, ce n'était que chaos, tas de soieries et de beaux coussins. Il nous composa une sorte de nid puis me passa au cou de lourds colliers, m'expliquant qu'ils attireraient mes victimes, ce qui me permettrait de m'emparer d'elles au plus vite.

« J'étais enivrée, terrifiée.

« Enfin, il tira sa dague et, m'empoignant par les cheveux, les coupa quasiment ras. J'éclatai en sanglots que rien jusque-là ne m'avait arrachés. J'avais tué. J'avais bu le sang. J'avais couru à demi folle dans les rues. Cela ne m'avait pas tiré un cri. La perte de ma chevelure fut de trop.

« Mes pleurs ne semblaient pas gêner mon compagnon le moins du monde, mais soudain, il m'attrapa et me jeta dans un grand coffre, sur un inconfortable matelas de joyaux et de chaînes d'or, avant de refermer le couvercle de ma prison. J'ignorais alors que le soleil se levait. Une fois de plus, je crus ma dernière heure arrivée.

« Pourtant, lorsque je rouvris les yeux, mon créateur était là, souriant. D'une voix rude, il m'expliqua dans un discours sans art que nous devions dormir tout le jour hors d'atteinte du soleil. Telle était notre nature. Nous devions aussi boire beaucoup de sang. Cela seul nous importait.

« À toi peut-être, pensai-je – mais je n'osai discuter.

« Mes cheveux avaient évidemment repoussé, comme ils le feraient chaque jour à jamais, si bien qu'il les coupa une seconde fois. Quelques nuits plus tard, à mon grand soulagement, il se procura des ciseaux coûteux afin de faciliter l'opération, mais quels que fussent ses projets nocturnes, jamais il ne devait tolérer mes longues boucles noires.

« Nous passâmes ensemble des années.

« Pas une fois il ne se montra tendre ou poli, pas une fois non plus il ne fut trop cruel. Sortir de son champ de vision m'était impossible. Lorsque je lui demandai si nous ne pouvions pas m'acheter de plus beaux vêtements, il accepta, quoiqu'il ne s'en souciât visiblement guère. Il portait quant à lui une longue tunique et une cape, dont il ne changeait que contraint et forcé par l'usure, prélevant sa nouvelle tenue sur une de ses victimes.

« Souvent, il me tapotait la tête. Les mots d'amour lui étaient inconnus, de même que l'imagination. La nuit où je rapportai des livres du marché, il se mit à rire, si l'on peut qualifier de rire le son atone qu'il produisit. Malgré cette moquerie, je pris l'habitude de lui lire des poèmes, qu'il écouta le plus souvent en silence, me regardant d'un œil fixe.

« Je lui demandai une ou deux fois comment il était devenu buveur de sang. Il me répondit qu'un Égyptien pervers l'avait fait tel, à son image. "Les anciens sont des menteurs, ajouta-t-il. Je les appelle les esclaves du temple." Voilà toute l'histoire qu'il me transmit.

« Si je le contrariais en quoi que ce fût, il me frappait. Pas très fort, mais assez pour me dissuader de jamais m'opposer à lui.

« Lorsque je décidai de mettre un peu d'ordre dans notre demeure, il me regarda m'activer d'un air morose, sans m'offrir son aide mais sans non plus chercher à m'arrêter. Je déroulai quelques tapis babyloniens, disposai des statues le long des murs afin de donner à la maison une allure décente, nettoyai la cour intérieure.

« Lors de nos sorties, j'entendais parfois d'autres buveurs de sang dans Alexandrie, il arrivait même que je les aperçusse, mais jamais ils ne s'approchaient vraiment.

« Quand j'en parlais à mon créateur, il se contentait de hausser les épaules en me conseillant de ne pas m'en occuper. "Je suis trop fort pour eux, ajoutait-il, et ils ont peur de s'attirer des ennuis. J'en sais beaucoup, ils en sont conscients." Il ne s'expliquait pas plus avant, hormis pour m'assurer que j'avais de la chance qu'il m'eût donné un sang ancien.

« Je ne sais pourquoi j'étais heureuse. Peut-être parce que je parcourais différents quartiers d'Alexandrie, parce que je lisais de nouveaux livres ou que j'allais nager en mer. Lui et moi nous baignions en effet ensemble.

« J'ignore s'il vous est possible d'imaginer ce que cela représentait pour moi – plonger dans les vagues, me promener sur le rivage. Une épouse grecque enfermée chez elle n'aurait jamais obtenu pareil privilège. J'étais une buveuse de sang. Un garçon. Je chassais sur les bateaux à l'ancre. Je me promenais en compagnie d'hommes courageux et cruels.

« Une nuit, mon maître se garda de me couper les cheveux suivant sa coutume vespérale et m'emmena dans le quartier égyptien. Après avoir ouvert une porte bizarre, nous suivîmes un long tunnel descendant qui nous mena jusqu'à une vaste salle décorée des antiques dessins constituant l'écriture égyptienne. D'énormes piliers carrés supportaient le plafond. Les lieux étaient fort impressionnants.

« Cela me rappela je crois une époque plus raffinée, où j'avais connu des choses de mystère et de beauté, mais je ne puis réellement l'affirmer aujourd'hui.

« Plusieurs buveurs de sang se trouvaient là, pâles et très beaux. Aucun cependant n'était aussi livide que mon créateur, lequel leur faisait de toute évidence grand-peur. Le spectacle me surprit fort, puis je me rappelai l'expression qu'il avait employée : "les esclaves du temple". Sans doute nous tenions-nous devant eux.

« Il me poussa en avant tel le produit de quelque miracle, déclenchant une querelle dans une langue que je comprenais à peine.

« Apparemment, on estimait que la décision revenait à la Mère ; on lui pardonnerait ce qu'il avait fait lorsqu'elle aurait tranché, pas avant. Mon maître riposta qu'il se fichait bien d'être pardonné mais qu'il partait sur l'heure, qu'il voulait se débarrasser de moi et savoir si on veillerait sur moi, rien de plus.

« J'étais terrifiée. L'endroit me semblait sinistre, malgré sa splendeur. Et puis mon créateur et moi avions passé des années ensemble. Il n'allait tout de même pas m'abandonner ?

« J'eusse aimé lui demander ce que j'avais fait. Sans doute, à cet instant, compris-je que je l'aimais. J'étais prête à tout pour le faire changer d'avis.

« Les autres se jetèrent sur moi. Ils m'attrapèrent par les bras puis me tirèrent avec une force exagérée dans une autre salle, gigantesque.

« Le Père et la Mère s'y trouvaient, resplendissants, rayonnants, sur un énorme trône de diorite noire, au sommet de six ou sept marches de marbre.

« C'était la pièce principale du temple, aux colonnes et aux murs entièrement recouverts de la belle écriture égyptienne, au plafond plaqué d'or.

« Comme tout un chacun, je pris nos souverains pour des statues. On m'entraîna vers eux, folle de rage d'être traitée de la sorte mais aussi bizarrement honteuse de mes vieilles sandales, de ma tunique de garçon sale et de mes cheveux emmêlés – puisque, cette seule nuit, mon maître avait omis de les couper. Je n'étais certes pas préparée au rituel prévu.

« Akasha et Enkil, du blanc le plus pur, demeuraient figés ainsi qu'ils l'ont toujours été depuis que je les connais – ainsi qu'ils le sont à présent dans ta chapelle souterraine. »

Mael interrompit le récit d'une question coléreuse :

« Comment sais-tu à quoi ressemblent le Père et la Mère dans notre chapelle ? »

Son intervention me mit extrêmement mal à l'aise.

Toutefois, Eudoxie resta d'un calme parfait.

« N'aurais-tu pas le pouvoir de regarder dans l'esprit des autres buveurs de sang ? » demanda-t-elle.

Ses yeux étaient durs, voire cruels.

Mael ne répondit pas, embarrassé.

Il venait de livrer un de nos secrets, je n'en étais que trop conscient, d'avouer qu'il ne possédait en effet pas ce talent ou du moins ignorait le posséder, mais que pouvais-je y faire ?

Comprends-moi bien : il était capable de trouver ses frères de race en épiant leurs pensées, mais il ne savait pas utiliser le côté le plus pratique de cette capacité pour voir ce qu'ils voyaient.

Nous étions tous trois peu au fait de nos pouvoirs. La sottise de pareille attitude m'apparut alors.

À cet instant, comme Eudoxie ne recevait pas de réponse, je cherchai un moyen de la distraire.

« Ne veux-tu pas continuer ton histoire, s'il te plaît ? lui demandai-je, n'osant lui présenter des excuses pour l'impolitesse de Mael, de crainte de le mettre en rage.

— Très bien, acquiesça-t-elle, me regardant droit dans les yeux, décidée semblait-il à ignorer mes insupportables compagnons.

« Ainsi que je le disais, mon créateur me poussa en avant et m'ordonna de m'agenouiller devant le Père et la Mère. Dans mon extrême angoisse, je lui obéis.

« Je contemplai leur visage, comme les buveurs de sang le font depuis des temps immémoriaux. Nulle vie ne s'y reflétait, nulle expression, juste le calme détendu des animaux stupides.

« Puis un changement se produisit chez la Mère. Sa main droite se souleva de ses genoux, très peu, se tourna et me fit ainsi le plus simplement du monde signe d'approcher.

« Le geste m'étonna. Il s'agissait donc là de créatures vivantes, respirantes ? Ou peut-être d'une illusion, d'un tour de magie ? Je l'ignorais.

« Mon créateur, toujours mal dégrossi, même en cet instant suprême, lâcha : "Bon, vas-y, bois son sang. C'est notre mère à tous." Il me donna un coup de son pied nu. "La toute première d'entre nous ; allez, bois."

« Les autres protestèrent violemment, en égyptien à nouveau, déclarant que le geste n'était pas clair, que la reine risquait de me détruire, et pour qui se prenait-il en donnant ce genre d'ordre, et comment osait-il venir au temple avec une pitoyable buveuse de sang aussi sale et ignorante que lui...

« Il les réduisit cependant au silence. "Bois son sang, et ta force croîtra au-delà de toute mesure", me dit-il. Puis, me remettant sur mes pieds, il me jeta littéralement en avant, de sorte que j'atterris à quatre pattes sur les degrés de marbre, tout près du trône.

« Pareil comportement laissa les autres sidérés. Il se mit à rire tout bas. Moi, je ne voyais que les souverains.

« La Mère avait de nouveau bougé la main, écartant les doigts. Ses yeux n'avaient changé en rien, mais le geste constituait une invitation éloquente.

« Dans le cou, lança mon maître. N'aie pas peur. Jamais elle ne détruit ceux à qui elle fait signe. Obéis."

« J'obéis en effet.

« Je bus aux veines de la reine autant qu'il m'était possible de boire, et ce plus de trois cents ans avant que l'ancien ne soumette nos Parents au terrible feu, ne l'oublie pas, Marius. Je devais d'ailleurs y boire maintes fois. Oui, maintes fois, souviens-t'en, bien avant que tu ne viennes à Alexandrie enlever nos souverains. »

Les yeux fixés sur moi, elle haussa légèrement ses noirs sourcils, comme pour mieux me faire comprendre ce qu'elle voulait dire : elle était très, très puissante.

« Mais lorsque je suis arrivé en Égypte, répondis-je, lorsque je me suis lancé à la recherche du Père et de la Mère, de celui qui les avait exposés au soleil, tu ne te trouvais pas au temple ni même à Alexandrie. Du moins ne m'as-tu pas révélé ta présence.

– Non, j'habitais alors la ville d'Éphèse, où j'avais accompagné un autre buveur de sang que le terrible feu avait détruit. Ou plutôt, j'étais en route pour Alexandrie afin de trouver les raisons de la catastrophe et boire à la source régénérante. »

Elle m'adressa un sourire froid quoique charmant.

« Imagines-tu mon angoisse lorsque je découvris l'ancien mort et le temple désert ? Lorsque les rares prêtres survivants m'apprirent qu'un Romain du nom de Marius était venu nous enlever nos souverains ? »

Je demeurai muet devant son évidente rancune. Des émotions humaines jouaient sur ses traits. Un voile de larmes sanglantes monta à ses beaux yeux.

« Le temps m'a guérie, reprit-elle, parce que j'avais beaucoup bu à la gorge de la reine et que j'étais d'une grande force dès ma création. D'ailleurs, le terrible feu avait juste rendu ma peau brun foncé sans guère me faire souffrir. Mais si tu n'avais pas emmené Akasha d'Alexandrie, elle m'aurait de nouveau offert son sang, et je me serais remise très vite. Cela n'aurait pas pris aussi longtemps.

– Qu'en est-il aujourd'hui ? demandai-je. Désires-tu toujours t'abreuver aux veines de la reine ? Car tu sais sans doute pourquoi j'ai agi comme je l'ai fait. L'ancien avait exposé les Parents sacrés au soleil. »

Elle ne répondit pas. Je n'eusse su dire si la déclaration l'avait ou non surprise tant elle était secrète.

« Ai-je besoin du sang, aujourd'hui ? lança-t-elle enfin. Regarde-moi, Marius. Que vois-tu ?

— Non, Eudoxie, tu n'en as pas besoin, admis-je après une hésitation. À moins que ce sang ne représente une perpétuelle bénédiction. »

Elle me fixa un long moment puis hocha une tête lente, l'air quasi engourdie, tandis que ses sourcils se fronçaient joliment.

« Une perpétuelle bénédiction ? fit-elle en écho. Je n'en suis pas sûre.

— Ne veux-tu pas continuer ton histoire ? Que s'est-il passé, lorsque tu as eu bu aux veines d'Akasha pour la première fois ? Après le départ de ton créateur ? » Je l'interrogeais avec gentillesse. « T'es-tu installée au temple à la suite de votre séparation ? »

Mes questions semblèrent lui donner les quelques secondes nécessaires pour qu'elle retrouvât sa sérénité.

« Non, pas du tout, répondit-elle, bien que les prêtres m'eussent choyée et raconté de folles légendes sur leur culte antique : la Mère était indestructible, sinon par la lumière du soleil ; si elle venait jamais à brûler, il en irait de même pour nous tous. L'un d'eux insista bien sur cet avertissement, comme si l'idée l'avait tenté...

— L'ancien, dis-je, qui au bout du compte a cherché à prouver la véracité du mythe.

— Oui, mais pour moi, ce n'était pas l'ancien. Je ne prêtais aucune attention à ce qu'il racontait.

« Je quittai le temple libérée de mon maître. À présent, propriétaire de sa maison et de son trésor, je voulais mener une autre existence. Évidemment, les prêtres venaient souvent me trouver pour me répéter encore et encore que je menais une vie profane, imprudente, mais comme ils s'en tenaient là, je ne les écoutais pas.

« Il m'était alors facile de passer pour humaine, surtout si j'étalais certaines huiles sur ma peau. » Elle soupira. « De plus, j'étais habituée à jouer les jeunes hommes. Monter une riche maisonnée, acheter de beaux vêtements, passer en quelques nuits de la pauvreté à la richesse ne me causa aucune difficulté.

« Je fis savoir dans les écoles et sur les marchés que j'écrirais des lettres pour mes concitoyens, que je copierais des livres, tout cela après le crépuscule, quand les autres copistes interrompaient leur travail pour rentrer chez eux. J'aménageai chez moi un grand bureau bien éclairé, et j'entrepris de tenir mes promesses au service des êtres humains. Ce fut ainsi que j'en arrivai à les connaître et à savoir ce que les professeurs enseignaient de jour à leurs élèves.

« Quelle torture pour moi que de ne pouvoir écouter les grands philosophes discourir durant les heures diurnes ! Toutefois, mon occupation nocturne florissante me procurait ce dont j'avais besoin : les voix chaleureuses des mortels s'adressant à moi. Certains devinrent mes amis, et ma maison s'emplit bien des soirs d'invités fort occupés à festoyer.

« Étudiants, poètes et soldats me décrivaient le monde. Tard la nuit, je me glissais dans la grande bibliothèque d'Alexandrie, que tu aurais dû visiter, Marius. C'est incroyable que tu aies négligé ce trésor de livres. Tel n'a pas été mon cas. »

Elle s'interrompit. Son visage était horriblement inexpressif, à cause, je le savais, de trop fortes émotions. Elle ne nous regardait pas.

« Oui, je comprends, intervins-je. Je comprends très bien. J'éprouve moi aussi le besoin d'entendre des voix humaines, de voir des mortels me sourire comme si j'étais des leurs.

– Je connais ta solitude », dit-elle d'une voix dure.

Pour la première fois, je trouvai également dures les expressions qui se succédaient sur ses traits. Son visage, si beau fût-il, me sembla une simple coquille dissimulant une âme tourmentée, dont ses paroles ne me livraient rien.

« Je menai longtemps une vie extrêmement agréable, reprit-elle. Existait-il cité plus extraordinaire qu'Alexandrie ? Comme bien des buveurs de sang, je pensais que l'étude suffirait à me garder en vie au fil des décennies, que le savoir parviendrait à tenir en respect le désespoir. »

Quoique impressionné par ces paroles, je me tins coi.

« Je n'eusse pas dû quitter ma ville natale, poursuivit-elle, le regard lointain, la voix basse, soudain emplie de regret. Mais je m'épris d'un mortel, un jeune homme qui nourrissait pour moi une folle passion. Une nuit, il me déclara son amour, m'assurant que si j'acceptais seulement de le suivre à Éphèse, d'où sa famille était originaire et où il voulait retourner, il renoncerait à tout – le mariage qu'on lui préparait, ses parents, tout. » Elle s'interrompit, semblant hésiter à poursuivre.

« Il m'aimait tellement... » Les mots se faisaient plus lents. « ...Alors qu'il me prenait pour un garçon. » Je demeurais silencieux.

« La nuit où il m'avoua ses sentiments, je lui révélai ma féminité. Mon déguisement l'horrifia. Alors je me vengeai. » Elle fronça les sourcils, paraissant se demander si le mot était bien approprié. « Oui, je me vengeai.

— Tu le transformas en buveur de sang, dis-je tout bas.

— Exactement, acquiesça-t-elle, le regard toujours perdu au loin, comme retournée à cette époque depuis longtemps révolue. Par la force la plus brutale, la plus affreuse. Lorsque j'en eus terminé, il me voyait avec des yeux neufs et aimants.

— Aimants ? » répétai-je.

Elle jeta à Avicus un coup d'œil lourd de sous-entendus avant de reporter son attention sur moi puis de nouveau sur lui.

Je jaugeai mon compagnon. Il m'avait toujours paru splendide, d'une beauté qui m'avait à demi convaincu que les dieux des bosquets étaient choisis pour leur apparence autant que pour leur robustesse, mais à cet instant, je m'efforçais de le voir comme elle le voyait, elle. Il avait maintenant la peau dorée plutôt que brune ; ses épais cheveux noirs constituaient un cadre digne de son visage extraordinairement séduisant.

En me retournant vers Eudoxie, je m'aperçus avec un petit choc qu'elle me regardait.

« Il t'aimait de nouveau ? insistai-je, retombant aussitôt à son histoire et à ce qu'elle impliquait. Alors que le Sang ténébreux coulait dans ses veines ? »

Il m'était impossible de percer la moindre de ses pensées.

« Oui, confirma-t-elle en hochant la tête d'un air grave. Il avait les yeux neufs du Sang, j'étais quant à moi son professeur, et nous savons tous combien ce genre de choses est ensorcelant. »

Un sourire amer joua sur ses lèvres.

Le sinistre sentiment m'envahit qu'elle avait un grave problème, que peut-être elle était folle. Toutefois, il me fallait enfouir cette impression au plus profond de moi – ce que je fis.

« Nous partîmes pour Éphèse, continua-t-elle, reprenant le fil de son histoire. La ville n'était pas de taille à lutter avec Alexandrie, mais ce n'en était pas moins une grande cité grecque, qui commerçait beaucoup avec l'Orient et où se pressaient les pèlerins venus adorer la déesse Artémis. Nous y vécûmes jusqu'au terrible feu. » Sa voix baissa au point que des mortels ne l'eussent peut-être plus entendue.

« Le terrible feu détruisit complètement mon compagnon. Il était juste assez âgé pour avoir perdu toute chair humaine, pour ne plus être que buveur de sang, mais sa force commençait seulement à croître. »

Elle s'interrompit, comme incapable de poursuivre, avant d'ajouter :

« Il ne resta rien de lui que des cendres. »

Quand elle se tut à nouveau, je n'osai la prier de continuer.

« Au moment de quitter Alexandrie, j'eusse dû l'emmener voir la reine, reprit-elle enfin. Seulement, voyez-vous, je n'avais pas de temps à consacrer aux esclaves du temple. Lorsque j'allais les trouver, c'était en rebelle : j'obtenais d'entrer parce que je racontais fièrement comment la grande Mère m'adressait des signes afin que je lui apporte de fleurs. Que se serait-il passé si je lui avais amené mon amant et qu'elle n'ait pas eu pour lui le genre de geste qu'elle avait pour moi ? Ainsi donc, je ne le lui avais pas présenté, et je contemplai à Éphèse les cendres étalées devant moi. »

Je demeurai muet par respect pour Eudoxie mais ne pus m'empêcher de jeter derechef un coup d'œil à Avicus. C'était tout juste s'il ne pleurait pas. Elle avait pris possession de lui, cœur et âme.

« Pourquoi regagner Alexandrie après cet horrible deuil ? reprit-elle. Eh bien, parce que les esclaves du temple m'avaient dit que la Mère était la reine de l'univers. Parce qu'ils m'avaient parlé du soleil et du feu, seuls capables de nous tuer. Je savais qu'il était arrivé quelque chose à notre souveraine, quelque chose qui avait causé la catastrophe, et que seuls les gardiens du temple sauraient de quoi il s'agissait. Et puis ma chair était douloureuse, une douleur nullement insupportable mais que j'aurais soignée grâce à la Mère, si je l'avais trouvée. »

Je me tins coi.

Jamais, durant les longues années où j'avais protégé Ceux Qu'il Faut Garder, je n'avais rencontré une créature telle qu'Eudoxie. Jamais non plus, je dois le dire, pareil buveur de sang ne m'avait rencontré, moi.

Personne n'était venu à moi armé d'une telle éloquence, d'une telle histoire ou de tant d'antique poésie.

« Le Père et la Mère ont passé des siècles à Antioche, dis-je avec douceur. D'autres immortels m'ont trouvé – des êtres violents et agressifs, grièvement brûlés, qui cherchaient à voler le sang des ancêtres. Toi, je ne t'ai pas vue. »

Elle secoua la tête.

« Antioche ne m'est pas venue à l'esprit. Je te croyais parti pour Rome. Marius le Romain, c'était ainsi qu'ils t'appelaient. Marius le

Romain avait emmené nos souverains. Voilà pourquoi je commis la grossière erreur de gagner la cité impériale, puis la Crète. Jamais je ne t'approchai, jamais je ne te trouvai grâce au don de l'esprit, jamais je n'entendis parler de ta destination.

« Je ne passais cependant pas tout mon temps à chercher les Parents sacrés. J'avais d'autres passions. Je créais des novices afin d'avoir des compagnons. Les siècles me guérirent, comme tu l'as constaté. Je suis aujourd'hui bien plus forte que toi, Marius. Infiniment plus que tes amis. Et, quoique sensible à tes manières polies de patricien, à ton latin démodé et à la dévotion d'Avicus, je ne puis que t'imposer de dures conditions.

— Lesquelles, Eudoxie ? » m'enquis-je avec calme.

Mael était furieux.

Elle demeura muette un long moment, son délicat petit visage tout de douceur et de gentillesse, avant de répondre courtoisement :

« Remets-moi le Père et la Mère, ou je vous détruirai, tes compagnons et toi. Je ne vous laisserai ni partir, ni habiter ici. »

Cette déclaration causa à Avicus un choc visible. Quant à Mael, dieux merci, il en resta bouche bée. Moi-même, j'ouvrais de grands yeux.

J'attendis quelques instants puis demandai :

« Pourquoi veux-tu veiller sur nos souverains ?

— Oh, Marius. » Elle secoua la tête, agacée. « Ne fais pas l'imbécile. Tu sais très bien que le sang de la Mère est le plus puissant qui soit. Je t'ai déjà dit qu'à chacune de mes requêtes, elle m'avait adressé un geste de bienvenue et permis de boire. Je veux sa garde parce que je veux le pouvoir qui est en elle, mais aussi pour éviter que nos Parents soient à nouveau brûlés ou exposés au soleil, ce qui pourrait se produire s'ils tombaient aux mains d'autres que moi.

— Y as-tu bien réfléchi ? insistai-je d'un ton froid. Comment garderas-tu le secret du sanctuaire ? D'après ce que j'ai vu de tes compagnons, ce sont presque des enfants, à la fois en termes de vie mortelle et de Sang ténébreux. As-tu conscience du fardeau que représentent nos souverains ?

— J'en avais conscience avant même ta naissance, riposta-t-elle, le visage coloré par la colère. Tu joues de moi, Marius, mais je ne l'accepterai pas. Je sais ce que tu caches en ton cœur. Tu refuses de renoncer à la Mère pour ne pas renoncer à son sang.

— Peut-être, admis-je, m'efforçant de rester poli. Il me faut le temps de réfléchir à notre conversation.

– Je n'ai pas l'intention de t'en laisser. » Sa voix vibrait de rage, ses joues rosissaient encore. « Réponds-moi à l'instant, ou je te détruis. »

La soudaineté de sa fureur me déconcerta. Pourtant, je me repris bien vite.

« Et comment comptes-tu t'y prendre ? » m'enquis-je.

Mael, bondissant sur ses pieds, se glissa derrière sa propre chaise, mais je lui fis signe de se tenir tranquille. Avicus, lui, demeura assis, plongé dans un désespoir muet, pleurant des larmes de sang. L'air beaucoup plus déçu qu'effrayé, il paraissait même d'un courage solennel.

Eudoxie se tourna vers lui, adoptant une posture menaçante. Ses membres se raidirent, ses yeux devinrent inhabituellement durs. Elle allait faire quelque chose de terrible à mon compagnon.

Il n'était pas question d'attendre de savoir quoi, aussi me levai-je pour me jeter sur elle. Je l'attrapai par les poignets et la fis pivoter vers moi.

Certes, la force physique était en ce qui nous concernait de peu d'importance, mais que pouvais-je tenter d'autre ? Qu'étaient devenus mes pouvoirs au fil des années ? Je l'ignorais, et je n'avais le temps ni d'y réfléchir ni de les expérimenter. Plongeant dans les profondeurs les plus secrètes de mon être, je rassemblai toute ma force destructrice.

La douleur explosa dans mon ventre puis ma tête. Eudoxie se laissa aller sous ma poigne, les yeux clos, tandis qu'une chaleur terrible me frappait de plein fouet au visage et à la poitrine. Je n'en fus cependant pas brûlé, car je réussis à la repousser, à la renvoyer d'où elle venait.

Bref, nous livrâmes bataille sans que j'eusse la moindre idée du vainqueur probable. Une deuxième fois, je m'efforçai de mettre en œuvre toute l'énergie que j'étais capable de réunir, et je vis, je sentis mon adversaire s'affaiblir, mais la vague de chaleur revint elle aussi à l'assaut, quoique toujours sans effet.

Je projetai Eudoxie à terre et, dressé devant elle, rassemblai ma force de toute ma volonté pour la diriger contre elle. Mon hôtesse se tordit sur le dallage de marbre, les yeux clos, les mains tremblantes. Mon esprit la clouait à terre, l'empêchant de se relever.

Enfin, elle se figea, inspira profondément puis souleva les paupières pour me regarder.

Du coin de l'œil, je vis ses acolytes, Asphar et Rachid, arriver à son aide, des glaives luisants à la main. Je parcourus désespérément la pièce des yeux, à la recherche d'une lampe, dans l'espoir de les arroser de pétrole en feu, puis soudain, mes pensées s'élancèrent, chargées de toute mon énergie et de toute ma colère : *Ah, si seulement je pouvais vous faire flamber!* Rachid se figea avec un cri, s'enflammant d'un seul coup.

Horrifié, je contemplai la scène, conscient de l'avoir suscitée. Tous, nous en étions conscients. Les os du malheureux se dessinèrent un instant, puis ils s'effondrèrent au cœur du grand feu qui dansait, bondissant, sur le dallage.

Je n'avais pas le choix : je me tournai vers Asphar.

« Non, s'écria Eudoxie. Assez ! »

Elle voulut se relever mais en fut incapable, aussi la pris-je par les mains pour la remettre sur ses pieds.

Tête basse, elle s'écarta de moi, puis elle pivota vers les restes de Rachid.

« Tu as détruit un de mes bien-aimés, dit-elle d'une voix tremblante. Pourtant, tu ne savais même pas que tu possédais le don du feu.

— Toi, tu as essayé de détruire Avicus, mais tu voulais aussi me détruire, moi », répondis-je. Je soupirai. « Tu ne m'as pas laissé le choix. C'est toi qui m'as renseigné sur mes pouvoirs. » Rage et épuisement mêlés me faisaient frissonner. « Nous aurions tous pu vivre ici en harmonie. » Je regardai Asphar, qui n'osait s'approcher davantage, puis Eudoxie, assise faible et impuissante sur sa chaise.

« À présent, je vais prendre congé avec mes deux compagnons. Si tu essaies de nuire à l'un de nous, je tournerai tous mes pouvoirs contre toi. Et, comme tu l'as si bien dit, je ne les connais pas moi-même.

— C'est la peur qui te pousse à menacer, déclara-t-elle d'un ton las. Il n'est pas question que tu partes sans me donner une vie pour celle que tu as prise. Tu as brûlé Rachid. Donne-moi Avicus. À l'instant, de ta propre volonté.

— Non », répondis-je froidement. Je sentis ma force se concentrer en moi et jetai à Asphar un regard menaçant. Le pauvre enfant frissonna, terrorisé. « Quel gâchis, Eudoxie. Nous eussions pu échanger tant de trésors spirituels.

— Assez de belles paroles. » Elle releva des yeux furieux, emplis de larmes sanglantes. « Tu as toujours peur de moi. Guide-moi jusqu'au Père et à la Mère, afin qu'elle décide qui de nous deux veillera dorénavant sur elle.

— Je refuse de t'introduire sous mon toit, ripostai-je aussitôt, mais je poserai la question à nos souverains. Lorsqu'ils m'auront répondu, je te répondrai de même. » Je me tournai vers Asphar. « À présent, reconduis-nous, ou je te détruis comme j'ai détruit ton compagnon. »

Il obéit sans hésiter.

À peine avions-nous regagné la rue que nous nous enfuîmes.

XI

Nous nous enfuîmes.

C'est bien le terme qui convient. Terrorisés. Aussitôt chez nous, nous barricadâmes portes et fenêtres à l'aide de nos plus lourds volets.

Mais quelle importance, face aux pouvoirs d'Eudoxie ?

Ensuite, nous nous réunîmes dans la cour intérieure pour examiner la situation. Il nous fallait explorer nos propres pouvoirs, découvrir ce que le temps et le sang nous avaient donné.

Il nous suffit de quelques heures pour obtenir certaines informations.

Avicus et moi étions capables de déplacer des objets sans les toucher, de les faire voler. Quant au don du feu, moi seul le possédais. Nous n'y trouvâmes nulle limite dans l'enceinte de notre demeure, ce qui signifie que je pouvais enflammer du bois si éloigné de moi qu'il fût. En ce qui concernait les êtres vivants, je choisis pour victimes de pauvres rats, que j'embrasai aisément à bonne distance.

Notre force physique était beaucoup plus grande qu'aucun de nous ne le croyait. Là encore, comme pour tout le reste, je surpassais mes compagnons. Ensuite venaient Avicus puis Mael.

Toutefois, face à Eudoxie, j'avais eu conscience d'autre chose, que je m'efforçai d'expliquer à mes amis.

« Lorsque nous nous sommes battus, elle a cherché à m'enflammer grâce au don du feu. » À l'époque, nous utilisions bel et bien ces expressions, dans l'une ou l'autre langue. « J'en suis certain. J'ai senti la chaleur. Moi, je me suis servi d'un pouvoir différent : je l'écrasais en exerçant sur elle une énorme pression. Il faut que je comprenne comment. »

Une fois de plus, les malheureux rongeurs de notre demeure me servirent de sujets d'expérience. J'usai contre l'un d'eux de la même capacité utilisée face à Eudoxie ; l'animal explosa littéralement, sans que la moindre flammèche fût impliquée.

Réalisant que je maîtrisais une force étrangère au feu, je décidai de la baptiser le don meurtrier. Si jamais j'utilisais ce genre de pression contre un mortel, ce que je n'avais nulle intention de faire, les organes internes du malheureux exploseraient.

« À présent, Avicus, toi qui es le plus âgé d'entre nous, vois si tu possèdes le don meurtrier, demandai-je. C'est une possibilité qu'il ne faut pas écarter. »

Ayant capturé un autre rat, je le brandis tandis que mon compagnon se concentrait ainsi qu'il se devait. Quelques secondes plus tard, la pauvre petite créature saignait par les oreilles et la bouche, morte.

L'incident dégrisa Avicus.

J'insistai pour que Mael se livrât à la même tentative. Cette fois, le rongeur se débattit violemment, poussant de terribles cris et couinements, mais ne mourut pas. Lorsque je le reposai sur le sol, toutefois, il ne put se tenir sur ses pattes, sans parler de s'enfuir. Je le tuai par compassion.

« Le pouvoir grandit en toi, dis-je à Mael. Nos pouvoirs grandissent en chacun de nous. Il faut nous montrer plus malins, infiniment plus malins, en affrontant nos présents ennemis. »

Il hocha la tête.

« Apparemment, je suis capable de handicaper un mortel.

– Voire de le faire tomber, acquiesçai-je. Bien. Venons-en au don de l'esprit. Nous l'avons tous déjà utilisé pour nous localiser les uns les autres, parfois pour nous transmettre une question ou une réponse, mais seulement de la manière la plus simple, afin de nous défendre. »

Nous nous rendîmes dans la bibliothèque, où nous nous assîmes en un petit triangle. Je cherchai alors à envoyer dans l'esprit d'Avicus des images de la grande église Sainte-Sophie, surtout les mosaïques, que j'avais beaucoup aimées.

Il me les décrivit aussitôt dans les moindres détails.

Ce fut alors mon tour de devenir le réceptacle de ses pensées, des souvenirs de l'époque depuis longtemps enfuie où on l'avait emmené d'Égypte vers le Nord, jusqu'en Bretagne, afin qu'il prît son service dans le bosquet des druides. Il était alors enchaîné.

Ces images me secouèrent. Je ne les voyais pas seulement, j'y réagissais de tout mon être. Il me fallut ensuite m'éclaircir les yeux

aussi bien que les idées. Le partage avait établi entre Avicus et moi
une intimité accablante en même temps que quelque chose d'indis-
tinct. Jamais plus je ne pourrais considérer mon compagnon de la
même manière.

Vint ensuite pour moi le moment de transmettre des pensées à
Mael. Je cherchai à lui envoyer des images colorées de mon
ancienne demeure d'Antioche, où j'avais été tellement heureux – ou
malheureux – avec Pandora. Lui aussi décrivit fort bien ce que
j'avais visualisé.

Lorsque ce fut à lui de m'envoyer une partie de ses souvenirs, il
me montra la première nuit où, jeune homme, il avait obtenu la permission de se joindre aux fidèles de la forêt dans leurs célébrations
du dieu du bosquet. Pour des raisons évidentes, le spectacle me
déplut, me secoua. À présent, je connaissais Mael un peu mieux que
je ne le désirais.

Après cet exercice, nous tentâmes de nous espionner mutuellement en esprit, talent que nous avions toujours été conscients de
posséder. Nous nous avérâmes beaucoup plus doués que nous ne
l'avions cru. Quant à voiler nos pensées, nous en étions tous trois
capables à la perfection ou presque, y compris Mael.

Nous résolûmes d'accroître nos pouvoirs autant qu'il était possible par nous-mêmes. D'utiliser le don de l'esprit plus souvent.
Nous ferions de notre mieux pour nous préparer à ce que mijotait
l'adversaire, quoi que ce fût.

Enfin, ces expériences terminées, comme aucune nouvelle ne
nous était parvenue d'Eudoxie ou de ses serviteurs, je résolus de
rendre visite à Ceux Qu'il Faut Garder.

Avicus et Mael n'avaient guère envie de demeurer seuls dans la
maison, aussi les autorisai-je à me suivre au bas des escaliers et à
m'attendre près des portes du sanctuaire, où j'insistai cependant
pour entrer seul.

À genoux devant les Parents divins, je leur expliquai d'une voix
lente ce qui s'était produit, malgré l'absurdité d'une telle attitude :
ils étaient sans doute déjà au fait de la situation.

Je leur racontai cependant en toute franchise ce que m'avait
révélé Eudoxie ainsi que notre terrible combat, puis je leur avouai
ignorer que faire.

Je me trouvais confronté à une buveuse de sang qui affirmait
avoir des droits sur eux, mais à qui je ne faisais pas confiance car
elle n'éprouvait aucun respect pour ceux que j'aimais. Je dis aux
souverains que s'ils désiraient néanmoins lui être confiés, il leur suf-

fisait de m'adresser un signe, mais je les suppliai de nous sauver, mes compagnons et moi.

Le silence de la chapelle demeurait total, hormis pour mes murmures.

« Il me faut le sang, Mère, dis-je enfin à Akasha. Plus que jamais encore. Pour me défendre, cette fois ; il me le faut. »

Je me relevai. J'attendis. J'eusse voulu voir se lever la main de ma reine, comme pour Eudoxie. « Jamais elle ne détruit ceux à qui elle fait signe », avait dit son créateur.

Nul geste chaleureux ne m'apporta le réconfort désiré. Seul mon courage me soutint tandis que j'enlaçais une fois de plus Akasha, pressais les lèvres contre son cou, transperçais sa peau et goûtais son sang délicieux, indescriptible.

Que vis-je alors dans mon extase ? Dans mon sublime contentement ? Le beau jardin luxuriant, où le soleil brillait à travers les branches des arbres fruitiers bien entretenus. Comment oublier le soleil meurtrier à la suprême beauté ? Sous mes pieds nus s'écrasaient de doux pétales cireux. Sur mon visage glissaient des branchages légers. Je buvais à longs traits, hors du temps, paralysé par la chaleur.

Est-ce là le signe, Mère ? Ma promenade m'entraînait dans le parc du palais, un pinceau à la main, me semblait-il. Lorsque je levai les yeux, je découvris que je peignais les arbres mêmes dressés devant moi : je créais le paysage environnant afin d'en orner ma demeure – paradoxe parfaitement compréhensible : je me trouvais dans le jardin que j'avais autrefois dessiné sur les murs du sanctuaire. À présent, il était mien, à la fois sur son plat support et alentour, comme s'il existait réellement. Tel était le signe. Garde le Père et la Mère. N'aie pas peur.

Incapable d'en absorber davantage, je relevai la tête, cramponné tel un enfant à Akasha. La main passée à son cou, le front pressé contre ses lourdes tresses noires, je l'embrassai encore et encore – le baiser et lui seul me paraissait le geste le plus éloquent du monde.

Enkil ne bougea pas ; Akasha non plus. Seul mon soupir brisa le silence de la chapelle.

Enfin, je m'écartai, je m'agenouillai à nouveau devant eux et les remerciai.

Ma sublime déesse égyptienne m'inspirait un tel amour ! Une telle certitude qu'elle m'appartenait !

Je passai un long moment à réfléchir au problème posé par Eudoxie avant de le voir enfin un peu plus clairement.

Il m'apparut qu'en l'absence d'un signe sans ambiguïté à elle adressé, nous nous livrerions un combat à mort. Jamais elle ne me permettrait de rester en cette ville, et comme elle chercherait à s'emparer de Ceux Qu'il Faut Garder, je serais obligé d'utiliser contre elle le don du feu. Ce qui s'était produit cette nuit même représentait juste le début des hostilités.

Cette pensée m'inspirait une affreuse tristesse, car j'avais beaucoup d'admiration pour Eudoxie. Toutefois, je savais que notre bagarre nocturne l'avait trop humiliée pour qu'elle renonçât.

Je relevai les yeux vers Akasha.

« Comment lui prendre la vie ? demandai-je. Ton sang est en elle de même qu'en moi. Il doit bien y avoir un signe plus clair de ce que tu veux me voir faire ? »

Je demeurai là une heure, peut-être plus, avant de me retirer enfin.

Avicus et Mael m'attendaient là où je les avais quittés.

« Elle m'a donné son sang, leur appris-je. Je ne m'en vante pas, je veux juste que vous le sachiez. À mon avis, c'est le signe, mais comment en être sûr ? Je ne pense pas qu'elle veuille être confiée à Eudoxie, et si on la provoque, elle ripostera par la destruction.

— Nous qui sommes restés si longtemps à Rome, nous avons eu bien de la chance que personne de vraiment puissant ne vienne jamais nous y défier », remarqua Avicus, l'air désespéré.

J'étais bien d'accord.

« Les buveurs de sang les plus forts se tiennent à l'écart les uns des autres, expliquai-je, mais tu comprends j'espère que c'est nous qui la défions. Nous pourrions très bien partir, comme elle nous l'a demandé.

— Elle n'a aucun droit d'exiger de nous une chose pareille, protesta-t-il. Pourquoi se refuse-t-elle à essayer de nous aimer ?

— Nous aimer ? répétai-je. Quelle drôle d'idée ! Je sais que tu t'es épris d'elle. Évidemment. C'est visible. Mais pourquoi nous aimerait-elle ?

— Parce que nous sommes forts, justement. Ceux qui l'entourent sont tellement faibles. Aucun n'a plus d'un demi-siècle. Nous avons sans doute des choses à lui apprendre.

— Certes oui. Je me suis fait la même réflexion en la contemplant pour la première fois. Mais avec elle, cela ne sera pas.

— Pourquoi ? insista-t-il.

— Si elle désirait la compagnie d'êtres aussi puissants que nous, il y en aurait aux alentours. » Après cette remarque de pure logique, j'ajoutai tristement : « Il nous reste toujours la possibilité de regagner Rome. »

Avicus ne trouva rien à répondre. Je ne savais pas moi-même si j'étais sérieux en faisant cette proposition.

Sur le trajet du retour, je le pris par le bras.

« Sa pensée t'obsède au point de te rendre fou. Il faut reprendre ton calme spirituel. Arrête de l'aimer. Par un acte de pure volonté. »

Il hocha la tête, trop troublé cependant pour le cacher.

Mael, lui, paraissait en ces circonstances plus calme que je ne m'y fusse attendu. Il ne m'en posa pas moins l'inévitable question :

« Aurait-elle détruit Avicus, si tu ne t'étais pas interposé ?

– Elle aurait essayé, répondis-je. Mais il est très âgé, plus que toi et moi et peut-être qu'elle. D'ailleurs, tu as vu cette nuit de quoi il est capable. »

Mal à l'aise, emplis d'appréhension et de pensées inavouables, nous allâmes prendre notre repos impie.

La nuit suivante, je sentis aussitôt éveillé qu'il y avait des intrus dans la maison. La fureur me saisit, même si j'avais déjà vaguement conscience que la colère affaiblissait ceux qui y cédaient.

Mael et Avicus me rejoignirent immédiatement. Ensemble, nous découvrîmes chez nous Eudoxie, accompagnée d'un Asphar terrifié et de deux autres jeunes immortels.

Tous quatre s'étaient installés dans ma bibliothèque comme si je les y avais invités.

Eudoxie portait de splendides robes orientales aux longues manches en cloche, des mules perses, et ses épaisses boucles noires étaient retenues au-dessus de ses oreilles par des pinces où brillaient des perles et des gemmes.

La pièce n'était pas aussi luxueuse que celle où elle nous avait reçus, car je n'en avais terminé ni l'ameublement ni la décoration. La visiteuse en constituait le plus bel ornement.

Une fois de plus, la beauté de son petit visage me frappa, surtout je pense le charme de sa bouche, quoique ses yeux fussent toujours aussi hypnotiques.

Je plaignis de tout mon cœur le malheureux Asphar, visiblement terrorisé, mais aussi les deux autres serviteurs d'Eudoxie, jeunes garçons en tant que mortels, immortels débutants.

Est-il besoin de dire qu'ils étaient fort beaux ? Ils avaient été pris à peine sortis de l'enfance, êtres splendides au corps adulte, aux joues et à la bouche enfantines.

« Pourquoi être venue sans y avoir été invitée ? demandai-je à Eudoxie. Te voilà assise chez moi comme si je t'y avais conviée.

– Pardonne-moi, répondit-elle doucement. Quelque chose m'a poussée jusqu'ici. J'ai fouillé la maison de fond en comble.

– Et tu t'en vantes ? »

Ses lèvres s'écartèrent, sur une riposte semblait-il, mais soudain, les larmes lui montèrent aux yeux.

« Où sont les manuscrits, Marius ? questionna-t-elle avec douceur, le regard rivé à moi. Les vieux manuscrits égyptiens ? Ceux qui étaient conservés au temple et que tu as volés ? »

Je ne répondis ni ne m'assis.

« Je suis venue dans l'espoir de les trouver, reprit-elle, les yeux fixés droit devant elle, les larmes roulant sur ses joues. Aujourd'hui, j'ai rêvé des prêtres d'Alexandrie qui me répétaient sans arrêt de lire les légendes. »

Comme je n'obstinais dans mon silence, elle releva le regard, essuyant ses larmes du dos de la main.

« Les odeurs du temple flottaient autour de moi. Le parfum du papyrus. L'ancien était là, à son bureau.

– Il a exposé les Parents au soleil, dis-je enfin. Ne te laisse pas aller à un rêve qui l'innocente. C'était un être coupable et maléfique, égoïste et amer. Veux-tu savoir ce qu'il est devenu ?

– Dans mon rêve, les prêtres m'ont dit que tu avais emporté les manuscrits. Que tu t'étais rendu à la bibliothèque sans rencontrer la moindre résistance et que tu avais pris tous les vieux parchemins. »

Je restai muet, malgré son chagrin déchirant.

« Qu'en as-tu fait, Marius ? Si tu me les laisses lire, si tu me laisses parcourir les anciennes légendes égyptiennes, peut-être mon âme trouvera-t-elle quelque harmonie avec la tienne. Acceptes-tu de faire cela pour moi ? »

Avec quelle amertume n'inspirai-je pas avant de prendre la parole.

« Ils ont disparu, Eudoxie, expliquai-je gentiment. Tout ce qu'il en reste se trouve là, dans ma tête. » Je me tapotai le front. « Lorsque les sauvages nordiques sont arrivés à Rome, lorsqu'ils ont envahi la ville, ma maison a brûlé, ma bibliothèque a été détruite. »

Elle secoua la tête et porta ses mains à son visage, comme incapable de supporter cet aveu.

M'agenouillant auprès d'elle, je m'efforçai de la tourner vers moi, mais elle refusa de se laisser faire. Elle pleurait en silence.

« Je coucherai sur le papier ce dont je me souviens, poursuivis-je, c'est-à-dire quasiment tout, sauf si tu préfères que je le raconte à tes scribes. Il te suffit de choisir de quelle manière tu préfères obtenir les vieux mythes. Je te les donnerai avec amour, crois-moi. Je comprends que tu en aies besoin. »

Le moment était mal choisi pour lui révéler que l'objet de ses recherches se réduisait à rien ou presque, que les légendes n'étaient guère que superstitions, aberrations, voire incantations dénuées de sens.

L'ancien lui-même me l'avait dit. Je n'en avais pas moins lu les parchemins au fil des années passées à Antioche, et je me les rappelais très bien. Ils étaient gravés dans mon cœur et mon âme.

Eudoxie se tourna lentement vers moi. Levant la main, elle me caressa les cheveux.

« Pourquoi avoir volé ces documents ? murmura-t-elle avec désespoir, sans cesser de pleurer. Pourquoi les avoir tirés d'un sanctuaire où ils étaient à l'abri depuis si longtemps ?

— Je voulais savoir ce qu'ils racontaient, avouai-je, candide. Mais toi, pourquoi ne les as-tu pas lus alors que tu avais toute une vie pour le faire ? Pourquoi ne les as-tu pas copiés à l'époque où tu copiais des œuvres grecques et latines ? Comment peux-tu me reprocher ce qui s'est passé ?

— Te le reprocher ? répéta-t-elle avec le plus grand sérieux. Je te hais pour cela, Marius.

— L'ancien était mort, Eudoxie, poursuivis-je calmement. La Mère l'avait tué. »

Malgré ses larmes, ses yeux s'agrandirent.

« Tu veux vraiment me faire croire cela ? Que ce n'est pas toi qui t'es débarrassé de lui ?

— Moi ? Je serais venu à bout d'un buveur de sang de plus d'un millier d'années, alors que j'étais un nouveau-né ? » Un rire bref m'échappa. « Non, Eudoxie, c'est la Mère qui s'est occupée de lui. C'est elle qui m'a demandé de leur faire quitter l'Égypte, à elle et à Enkil. J'ai obéi à ses ordres, rien de plus. »

Je regardais la visiteuse dans les yeux, bien décidé à la convaincre que je ne mentais pas : il fallait qu'elle pût joindre à son dossier cette pièce essentielle dans le procès que la haine la poussait à instruire contre moi.

« Lis dans mon esprit, si tu veux, ajoutai-je. Vois par toi-même ce qui s'est passé. »

Je me contraignis alors à revivre les moments sinistres où Akasha avait piétiné l'ancien. J'évoquai la lampe, soulevée par magie pour venir verser son pétrole en feu sur les restes du criminel, la manière dont le sang mystérieux s'était enflammé...

« Oui, murmura Eudoxie, le feu est notre ennemi, toujours. Tu dis vrai.

– Du fond du cœur, acquiesçai-je. La pure vérité. Une fois chargé de la garde des Parents, une fois l'ancien mort sous mes yeux, comment aurais-je pu ne pas emporter les livres ? Je les voulais autant que tu les veux. À Antioche, j'ai eu le temps de les lire. Je te dirai ce qu'ils racontaient. »

Elle réfléchit un long moment avant d'acquiescer.

Je me remis sur mes pieds et la contemplai de tout mon haut. Elle demeura un instant figée puis tira de ses robes un fin mouchoir, dont elle se servit pour essuyer ses larmes de sang.

Ce fut l'instant que je choisis pour réitérer mes promesses.

« Je coucherai sur le papier tout ce dont je me souviens, tout ce que l'ancien m'a raconté. J'y consacrerai mes nuits jusqu'à avoir tout relaté. »

Eudoxie ne répondit pas, et il m'était impossible de voir son visage sans m'agenouiller à nouveau.

« Nous savons tant de choses, toi et moi, que nous pourrions nous enseigner mutuellement, repris-je. À Rome, je suis devenu si las que j'ai perdu le fil de la vie pendant un siècle. J'ai très envie d'entendre ce que tu as à raconter. »

Soupesait-elle mon offre ? Je l'ignorais.

Enfin, elle se décida à parler, sans relever les yeux vers moi.

« Aujourd'hui, mon sommeil a été agité. J'ai rêvé que Rachid m'appelait à l'aide. » Que dire ? Le désespoir m'envahit. « Ne t'imagine pas que je te demande de me consoler. J'essaie juste de t'expliquer que je me sentais terriblement triste ; et puis je me suis retrouvée dans le temple, entourée de prêtres. Avec l'impression terrible, absolue, de la mort et du temps. »

– Il nous est possible de les vaincre », déclarai-je, me laissant tomber sur un genou devant elle

Elle me regarda dans les yeux, l'air méfiant, comme si elle pensait que je lui mentais.

« Non, contra-t-elle avec douceur. Nous mourons, nous aussi, lorsque notre heure est venue.

– Je ne veux pas mourir. Dormir, oui, d'un sommeil parfois presque éternel, mais pas mourir.

– Que coucheras-tu sur le papier pour moi, s'il t'est possible d'y coucher quoi que ce soit ? » Un sourire jouait sur ses lèvres. « Quels secrets confieras-tu au parchemin, afin que je les lise et les apprenne ?

– Pas les vieux textes égyptiens, non, mais des récits plus subtils, plus universels, affirmai-je-je avec force. Un message d'espoir et de vitalité qui parlera de croissance, de victoire, de... comment le formuler autrement ? De vie. »

Elle hocha la tête d'un air grave, malgré son sourire, avant de me fixer un long moment d'un regard affectueux.

« Emmène-moi au sanctuaire, demanda-t-elle enfin en me prenant la main.

– Si tu veux. »

Je me levai. Elle m'imita puis passa devant moi, ouvrant le chemin, peut-être pour me montrer qu'elle le connaissait. Dieux merci, son escorte ne fit pas mine de quitter la bibliothèque, ce qui m'évita de le lui interdire.

J'accompagnai Eudoxie dans les sous-sols, ouvrant les nombreuses portes grâce au don de l'esprit, sans les toucher.

Si elle en fut impressionnée, elle n'en montra rien. Étions-nous toujours en guerre ? Je l'ignorais, car il m'était impossible de jauger son état d'esprit.

En découvrant le Père et la Mère, vêtus de toile fine et parés de bijoux exquis, elle laissa échapper un petit soupir.

« Ah, Parents bénis, murmura-t-elle. J'ai fait un si long chemin pour vous retrouver. »

Sa voix me bouleversa. Ses larmes s'étaient remises à couler.

« J'aimerais avoir quelque chose à t'offrir, grande Akasha, reprit-elle, tremblante, les yeux fixés sur la reine. Je serais si heureuse de te donner un sacrifice, un cadeau. »

Je n'eusse su dire pourquoi, ces mots firent vibrer quelque chose en moi. Je regardai la Mère, puis le Père, sans rien remarquer de particulier, mais un changement était survenu dont Eudoxie eut peut-être conscience.

J'aspirai les lourds parfums émanant des encensoirs, je contemplai les fleurs frissonnantes dans leurs vases, les yeux luisants de ma reine.

« Que pourrais-je bien t'offrir ? insistait Eudoxie en s'avançant. Qu'accepterais-tu de moi ? Je te le donnerais avec joie de toute mon âme. » Les bras tendus, elle s'approchait de l'estrade. « Je suis ton esclave. Je l'étais à Alexandrie, lorsque tu m'as donné ton sang pour la première fois, et je le suis toujours aujourd'hui.

– Arrête, lui lançai-je brusquement, sans cependant savoir pourquoi. Tais-toi et recule. »

Elle n'en continua pas moins à avancer, monta la première marche menant au trône.

« Ne comprends-tu donc pas que je suis sincère ? me demanda-t-elle, le regard toujours rivé aux souverains. Prends-moi comme victime, Mère vénérée ; accepte le sacrifice de mon sang. »

En un éclair, le bras de la reine se leva et attira Eudoxie à elle dans une étreinte brutale.

Sa sujette laissa échapper un affreux gémissement.

La bouche empourprée d'Akasha s'abaissa au fil d'un imperceptible mouvement de tête, ses dents aiguës m'apparurent un très court instant, puis elles s'enfoncèrent dans la gorge d'Eudoxie. Cette dernière resta impuissante, le cou tordu, bras et jambes inertes, tandis que notre ancêtre buvait longuement, le visage aussi inexpressif qu'à l'ordinaire, resserrant peu à peu son étreinte.

Horrifié, je n'osais intervenir.

Il ne s'écoula que quelques secondes, une demi-minute peut-être, avant qu'Eudoxie ne poussât un cri terrible, informulé, puis ne s'efforçât désespérément de lever les bras.

« Arrête, Mère, je t'en prie ! » m'exclamai-je en attrapant la visiteuse par la taille. « Ne prends pas sa vie, je t'en supplie ! Épargne-la ! » Je tirai de toutes mes forces la malheureuse vers moi. « S'il te plaît, grande Akasha, épargne-la ! »

Le corps amolli d'Eudoxie bougea, et je l'écartai vivement du bras arqué qui demeurait immobile dans les airs.

La malheureuse, quoique livide et pitoyablement gémissante, respirait toujours. Nous tombâmes tous deux de l'estrade, tandis que le bras d'Akasha reprenait sa position immémoriale, que sa main se reposait sur son genou comme s'il ne s'était rien passé.

Je gisais sur le sol en compagnie d'Eudoxie haletante.

« Tu voulais donc mourir ! m'exclamai-je.

— Non », protesta-t-elle avec désespoir.

Sa poitrine se soulevait laborieusement, ses mains tremblaient. Elle demeurait allongée là, incapable semblait-il de se remettre sur ses pieds.

Je levai vers la reine un regard scrutateur.

Le sacrifice ne lui avait pas rosi les joues ; ses lèvres ne portaient pas trace de sang.

Tout abasourdi que j'étais, je soulevai Eudoxie entre mes bras puis l'emportai en courant hors du sanctuaire, dans l'escalier, les tunnels et, enfin, la maison.

Là, je chassai les occupants de la bibliothèque, dont je claquai les portes grâce au don de l'esprit, puis j'allongeai la visiteuse sur ma propre couche afin qu'elle reprît au moins son souffle.

« Comment... comment as-tu osé m'arracher à l'étreinte d'Akasha ? demanda-t-elle, pendue à mon cou. Serre-moi fort, Marius, ne me lâche pas encore. Je ne peux pas... Je ne veux pas... Serre-moi fort. D'où as-tu tiré le courage de t'opposer à notre reine ?

– Elle allait te détruire. En réponse à ma prière.

– Quelle prière ? »

Eudoxie me lâcha. J'allai chercher une chaise pour m'asseoir auprès d'elle.

Son visage aux traits tirés avait quelque chose de tragique ; ses yeux brillaient. Elle se cramponna à ma manche.

« Je lui avais demandé un signe, expliquai-je. Pour savoir si elle préférait t'être confiée ou rester avec moi. Elle a parlé. Tu as vu ce qu'il en est. »

La visiteuse secoua la tête, non pour me contredire mais pour s'éclaircir l'esprit. Lorsqu'elle voulut se redresser, elle retomba en arrière.

Un long moment, elle demeura allongée à contempler le plafond, sans que je pusse deviner ses pensées. J'allais lui prendre la main, mais elle me la retira.

« Tu as bu son sang, déclara-t-elle enfin à voix basse. Tu as le don du feu, tu as bu son sang, et elle a répondu à ta prière.

– Pourquoi t'être offerte en sacrifice ? m'étonnai-je. Pourquoi avoir proposé une chose pareille ? L'avais-tu déjà fait en Égypte ?

– Jamais, affirma-t-elle dans un murmure ardent. J'avais oublié à quel point elle est belle. » Eudoxie semblait affaiblie, égarée. « Oublié que le temps n'a pas de prise sur eux, que le silence s'amasse autour d'eux – comme de multiples voiles. »

Elle se tourna pour me fixer avec langueur, parcourut la pièce du regard. Je percevais sa faim, sa faiblesse.

« Oui, soupira-t-elle. Amène-moi mes esclaves. Qu'ils aillent quérir pour moi un sacrifice, car l'avoir été moi-même m'a par trop abattue. »

Je gagnai la cour intérieure afin de dire aux exquis buveurs de sang qui la servaient d'aller la trouver. Elle leur donnerait elle-même ses ordres désagréables.

Lorsqu'ils furent partis remplir leur lugubre mission, je la rejoignis. Elle s'était assise, les traits toujours aussi tirés, ses blanches mains tremblantes.

« Peut-être aurais-je dû mourir, me dit-elle. Peut-être était-ce écrit.

– Écrit ? répétai-je, méprisant. Nous allons tous vivre à Constantinople, toi dans ta demeure, avec tes compagnons, moi dans la mienne, avec les miens ; voilà ce qui est écrit. Nos maisonnées se rencontreront de temps à autre, pour de fort plaisantes réunions. C'est écrit, en effet, puisque je le vois. »

Elle me fixa, pensive, comme si elle était capable de réfléchir après ce qui venait de lui arriver dans le sanctuaire.

« Fais-moi confiance, repris-je d'une voix basse, désespérée. Au moins un moment. Ensuite, s'il faut nous quitter, que ce soit du moins en toute amitié.

– À la façon des Grecs d'autrefois ? demanda-t-elle, souriante.

– Pourquoi devrions-nous perdre nos bonnes manières ? N'ontelles pas été nourries de grandeur, de même que les arts qui nous entourent, la poésie qui nous réconforte, les émouvantes histoires de héros qui nous distraient de l'écoulement cruel du temps ?

– Nos bonnes manières, répéta-t-elle, rêveuse. Que tu es donc étrange. »

Étions-nous amis ou ennemis ? Je l'ignorais.

Ses esclaves ne revinrent que trop vite, lui amenant une pauvre victime terrifiée, un riche marchand qui nous fixa de ses yeux exorbités en nous proposant franchement de payer pour avoir la vie sauve.

Je mourais d'envie d'interrompre l'abominable scène. Avais-je jamais pris une victime sous mon toit ? Or voilà qu'un malheureux allait périr dans ma demeure, alors qu'il me demandait grâce.

Quelques secondes plus tard, cependant, ses ravisseurs l'agenouillaient de force et Eudoxie le saignait sans se préoccuper de moi, qui me tenais là, à l'observer. Tournant les talons, je quittai la bibliothèque pour n'y plus revenir avant la mort du marchand, dont le cadavre richement vêtu fut aussitôt emporté.

Je regagnai les lieux, épuisé, horrifié, bouleversé.

Eudoxie, en bien meilleure forme après s'être repue, me fixa d'un regard intense.

Je m'assis, ne voyant aucune raison de rester debout, l'air indigné, alors que l'incident était clos. Je me sentais pensif.

« Partagerons-nous la ville ? demandai-je avec calme. La paix estelle possible entre nous ?

– Je l'ignore », répondit-elle. Il y avait quelque chose de gênant dans sa voix, ses yeux, ses manières. « À présent, je vais me retirer. Nous en rediscuterons. »

Elle rassembla ses esclaves, puis le petit groupe repartit discrètement, à sa demande, par la porte de service.

Je demeurai assis, figé, très las, me demandant si j'observerais le moindre changement en Akasha, puisqu'elle s'était animée pour boire le sang de la visiteuse.

Certainement pas. Les premières années passées auprès d'elle, je m'étais cru dur comme fer capable de la ramener à la vie. Aujourd'hui, elle avait bougé, certes, mais son visage innocent, plus inexpressif encore que ceux des mortels défunts, m'avait paru terrifiant.

Un affreux pressentiment s'imposa à moi : la force subtile d'Eudoxie était à la fois son charme et sa malédiction.

Au cœur de cette impression sinistre, une horrible tentation me vint, une pensée rebelle monstrueuse. Pourquoi n'avais-je pas confié le Père et la Mère à Eudoxie ? J'eusse été débarrassé d'eux, du fardeau que je portais depuis les premières nuits de ma vie parmi les morts-vivants. Pourquoi m'y étais-je refusé ?

C'eût été si simple. J'eusse retrouvé la liberté.

Lorsque je découvris en moi ce désir coupable, lorsque je le vis flamber tel le feu attisé par les soufflets, je m'aperçus que durant les longues nuits passées en mer pour venir à Constantinople, j'avais souhaité en secret voir survenir quelque mésaventure, j'avais espéré un naufrage qui eût précipité Ceux Qu'il Faut Garder au fond des mers, d'où ils ne fussent jamais remontés. J'en aurais réchappé, c'était évident, tandis qu'eux eussent été ensevelis, exactement comme l'ancien l'avait décrit en Égypte, si longtemps auparavant, jurant et ajoutant : « Pourquoi n'irais-je pas les jeter à la mer ? »

Ah, quelles terribles pensées. N'aimais-je pas Akasha ? Ne lui avais-je pas voué mon âme ?

Je me haïssais de ma faiblesse, mais je redoutais aussi que la reine ne devinât mon misérable secret : j'avais envie d'être débarrassé d'elle, d'eux tous – Avicus, Mael, plus encore Eudoxie. Pour la première fois de ma vie, j'eusse aimé mener comme tant d'autres l'existence d'un vagabond sans nom, sans foyer, sans but ni compagnon.

Ces pensées insoutenables m'écartaient de tout ce que j'avais jamais chéri. Il me fallait les chasser de mon esprit.

Toutefois, avant que je ne pusse rassembler mes esprits, Mael et Avicus arrivèrent en courant dans la bibliothèque. Un certain chaos régnait autour de notre demeure.

« Tu entends ? demanda Avicus, frénétique.

– Grands dieux ! m'exclamai-je. Que font tous ces gens à crier dans les rues ? »

Je venais de prendre conscience du terrible vacarme. Des mortels tanbourinaient à nos portes et fenêtres. D'autres jetaient des pierres sur la maison. Les volets de bois n'allaient pas tarder à céder.

« Que se passe-t-il ? Pourquoi cet attroupement ? s'enquit Mael, égaré.

– Écoutez ! répondis-je. On raconte que nous avons attiré chez nous un riche marchand, que nous l'avons assassiné puis que nous avons jeté son cadavre dans la rue ! Maudite Eudoxie ! Voyez ce qu'elle a fait ! Non contente d'avoir tué le pauvre homme, elle a soulevé la foule contre nous ! Nous n'avons que le temps de nous réfugier dans le sanctuaire. »

J'entraînai mes compagnons jusqu'à l'entrée du souterrain, dont je soulevai la lourde trappe de marbre. Bientôt, nous avions gagné le passage secret, parfaitement conscients d'être à l'abri mais incapables de défendre notre demeure.

Il ne nous restait plus qu'à écouter, impuissants, la populace forcer nos portes, saccager notre foyer, détruire ma nouvelle bibliothèque et l'ensemble de mes possessions. Quand bien même nous n'eussions pas entendu les intrus, nous eussions su à quel instant ils avaient incendié la maison.

Enfin, lorsque le calme revint au-dessus de nos têtes, lorsque quelques pillards se glissèrent parmi les poutres et les débris brasillants, nous sortîmes de notre tunnel pour contempler les ruines, écœurés.

Nous mîmes la canaille en fuite, vérifiâmes que l'entrée du souterrain restait protégée par son invisibilité puis, enfin, gagnâmes une taverne bondée où discuter, rassemblés à une table parmi la foule des mortels.

Il nous semblait à peine croyable de nous réfugier en pareil endroit, mais que faire d'autre ?

Je racontai à mes compagnons ce qui s'était produit dans le sanctuaire, comment la Mère avait presque vidé Eudoxie de son sang puis mon intervention pour sauver la visiteuse. Je leur expliquai ensuite ce qui concernait le marchand, car ils l'avaient vu arriver puis emporté, une fois mort, mais n'avaient pas compris de quoi il retournait.

« Ils ont abandonné le cadavre à un endroit où les humains le trouveraient forcément, conclut Avicus, puis ils ont incité la populace à l'émeute.

– Oui, admis-je. Nous n'avons plus de maison, et le sanctuaire nous est interdit jusqu'à ce que je puisse prendre les mesures complexes nécessaires pour racheter légalement mon propre bien, sous un nouveau nom. Qui plus est, la famille du marchand va attaquer en justice le malheureux que j'incarnais auparavant, de sorte que je ne pourrai peut-être pas racheter la propriété du tout, si vous me suivez bien.

— Qu'attend-elle de nous ? demanda Avicus.

— C'est une insulte à Ceux Qu'il Faut Garder, décréta Mael. Elle pousse les émeutiers à détruire notre demeure, alors qu'elle sait parfaitement que le sanctuaire se trouve en dessous. »

Je le fixai un long moment, prêt à lui reprocher sa colère, avant de m'apercevoir brusquement que j'avais une confession à faire.

« Je n'y avais pas pensé, avouai-je, mais il est fort possible que tu aies raison d'un bout à l'autre. C'est en effet une insulte à Ceux Qu'il Faut Garder.

— Elle a indéniablement causé du tort à la Mère, acquiesça Avicus. Il se peut que de jour, des voleurs s'attaquent aux mosaïques qui recouvrent le passage menant à la chapelle. »

Une terrible tristesse s'empara de moi, à laquelle se mêlait une colère puérile qui nourrit ma volonté.

« Que se passe-t-il ? reprit Avicus. Ton attitude vient de changer du tout au tout. Dépeins-nous le fond de ton âme, en cet instant précis.

— Je ne suis pas sûr de pouvoir formuler mes pensées, répondis-je, mais elles n'en sont pas moins là, et elles ne présagent rien de bon pour Eudoxie ou ceux qu'elle prétend aimer. Vous, fermez hermétiquement votre esprit afin de ne laisser filtrer aucune indication quant à l'endroit où vous vous trouvez. Gagnez la porte de la cité la plus proche, empruntez-la et allez vous cacher dans les collines environnantes. Demain soir, dès votre réveil, vous me rejoindrez ici même. »

J'accompagnai Avicus et Mael jusqu'à la porte puis, les ayant vus se mettre en route sans que la moindre menace se profilât à l'horizon, je me rendis droit chez Eudoxie.

Découvrir que des buveurs de sang plus faibles se trouvaient auprès d'elle et leur ordonner de m'ouvrir s'avéra fort simple.

Leur maîtresse, toujours aussi arrogante, leur commanda d'accéder à ma requête. Aussitôt entré, tremblant de rage mais sachant que je ne pouvais me permettre d'hésiter, je concentrai toute ma force pour enflammer les deux jeunes immortels.

Le feu violent qui les engloutit constitua un spectacle terrifiant. Haletant, frissonnant, je n'avais cependant pas de temps à perdre :

Asphar s'enfuyait. Malgré les cris rageurs d'Eudoxie, qui m'ordonnait d'arrêter, j'embrasai également le garçon. Ses plaintes pitoyables me donnèrent envie de me boucher les oreilles, tandis que je luttais contre les énormes pouvoirs d'Eudoxie avec toute l'énergie que je parvenais à mobiliser.

Une telle chaleur se pressait contre ma poitrine que je me crus un instant condamné, mais je me raidis puis projetai rageusement mon propre don du feu contre l'ennemie.

Ses esclaves mortels s'enfuyaient par les portes et les fenêtres.

Elle se précipita sur moi, les poings serrés, image même de la fureur.

« Pourquoi fais-tu une chose pareille ! » s'écria-t-elle.

Je la soulevai entre mes bras quoiqu'elle se débattît, des vagues brûlantes me passant sur le corps, puis l'emportai à travers les rues obscures vers les ruines fumantes de ma demeure.

« Ah, tu envoies la populace détruire ma maison, disais-je. Ah, tu me trahis alors que je t'ai sauvée et que tu m'as leurré par tes remerciements...

– Je ne t'ai pas remercié », riposta-t-elle en se tordant, se tournant, se tortillant dans mon étreinte. La chaleur qu'elle déchaînait contre moi m'épuisait, tandis que ses mains me repoussaient avec une force stupéfiante. Il me fallait lutter sans répit pour la garder prisonnière. « Tu as prié que je meure. Tu as demandé à la Mère de me détruire, tu me l'as avoué !

Enfin, j'atteignis le tas de bois et de débris fumants, gagnai la trappe couverte de mosaïque et la soulevai grâce au don de l'esprit, donnant juste à Eudoxie le temps de m'envoyer au visage une bouffée brûlante.

Un mortel eût subi de la même manière un jet d'eau bouillante, mais le lourd abattant ayant bel et bien obéi à ma volonté, je me protégeai derechef des attaques ennemies. Refermant d'une main le passage derrière moi, maîtrisant la captive de l'autre, j'entrepris de la tirer à travers les tunnels compliqués qui menaient au sanctuaire.

La chaleur me frappa maintes fois, tant et si bien qu'une odeur de cheveux grillés finit par m'envelopper, de la fumée par s'élever autour de moi : malgré ma force immense, Eudoxie remportait quelque succès.

Toutefois, je parais ses assauts sans la lâcher une seconde. La tenant fermement d'une main, j'ouvrais les portes les unes après les autres, repoussant son pouvoir alors même que je trébuchais, m'obstinant à l'entraîner vers la chapelle. Rien ne pouvait m'arrêter, mais je ne pouvais non plus déchaîner toute ma force contre elle.

Non, ce privilège revenait à beaucoup plus puissant que moi.

Enfin, nous atteignîmes le sanctuaire, où je la jetai à terre.

Rassemblant toute mon énergie pour me protéger de ses attaques, je levai les yeux vers le Père et la Mère, lesquels m'offrirent l'image figée qui m'avait toujours accueilli.

Malgré l'absence du moindre signe, je luttai contre une vague de chaleur handicapante afin de relever Eudoxie avant qu'elle ne parvînt à se remettre sur ses pieds. Lui tenant les poignets dans le dos, je l'offris alors à la Mère du plus près que je l'osai sans déranger les vêtements royaux, sans commettre un sacrilège – à mes yeux – au nom de ce que j'avais entrepris.

Le bras d'Akasha se tendit vers la prisonnière, brisant la parfaite immobilité de la reine, sa tête exécuta pour la deuxième fois un mouvement subtil, parfaitement grotesque, ses lèvres s'écartèrent, dénudant ses crocs. Ma captive hurla lorsque je la lâchai pour reculer.

Un grand soupir désespéré m'échappa. Qu'il en fût ainsi !

Pénétré d'une horreur silencieuse, je regardai Eudoxie devenir la victime de la Mère, agiter désespérément les bras, pousser des genoux contre le trône, jusqu'à ce qu'enfin Akasha laissât son corps inerte glisser à terre.

Sur le dallage de marbre, il évoquait une adorable poupée de cire blanche. Pas un souffle n'en soulevait la poitrine. Ses beaux yeux noirs demeuraient fixes.

Pourtant, elle n'était pas morte, oh ! que non. C'était l'enveloppe charnelle d'une buveuse de sang, habitée par une âme altérée. Le feu seul pouvait en venir à bout. J'attendis, bridant mes propres pouvoirs.

Bien longtemps auparavant, à Antioche, lorsque des immortels indésirables avaient attaqué la Mère, elle s'était servie du don de l'esprit pour soulever une lampe afin de brûler leurs restes avec le pétrole en feu. La même méthode lui avait permis autrefois de se débarrasser de l'ancien, en Égypte, je te l'ai déjà raconté. Allait-elle l'employer une nouvelle fois ?

Les choses se passèrent plus simplement encore.

Des flammes jaillirent soudain de la poitrine d'Eudoxie avant de se déchaîner dans ses veines. Son visage demeura doux, inexpressif ; ses yeux vides ; ses membres se tordirent.

Cette exécution n'était pas de mon fait mais de celui d'Akasha. Comment eût-il pu en être autrement ? Un nouveau pouvoir avait-il attendu en elle des siècles durant, qu'elle s'était découvert grâce à Eudoxie et moi ?

Je n'osais le supposer. Je n'osais m'interroger.

Les flammes qui s'élevaient du sang surnaturel hautement combustible se transmirent aussitôt aux lourds vêtements ornementés, et la silhouette de poupée tout entière ne tarda pas à flamber.

Le feu ne s'épuisa qu'au bout d'un long moment, laissant derrière lui une masse de cendres luisantes.

La créature intelligente et cultivée qui avait eu nom Eudoxie n'était plus – l'être charmant, brillant qui avait vécu une si longue et si plaisante existence, qui m'avait soulevé d'un tel espoir lorsque, pour la première fois, j'avais posé les yeux sur lui et entendu sa voix.

J'ôtai ma cape puis, m'agenouillant comme un pauvre esclave, débarrassai le sanctuaire de cette souillure. Ensuite, épuisé, je m'assis dans un coin, la tête contre le mur. À ma grande surprise – et, qui sait ? peut-être aussi à celle du Père et de la Mère – je m'abandonnai au désespoir.

Je pleurai toutes les larmes de mon corps sur Eudoxie mais aussi sur moi-même, qui avais tué brutalement de jeunes buveurs de sang, immortels stupides et indisciplinés nés à la nuit, comme nous disons à notre époque, pour devenir simples pions dans un conflit.

La cruauté que je découvrais en moi ne pouvait m'être que détestable.

Enfin, sûr que la crypte souterraine demeurait imprenable – car les pillards fourmillaient à présent dans les ruines au-dessus de moi –, je m'allongeai pour mon sommeil diurne.

Je savais ce que je ferais la nuit suivante, et rien n'eût pu me détourner de ma décision.

XII

Le lendemain soir, je retrouvai à la taverne Mael et Avicus, emplis d'effroi. Ils écoutèrent mon récit en ouvrant de grands yeux.

Ce qui s'était passé désespéra Avicus, mais non Mael.

« La détruire…, dit le premier. Le fallait-il vraiment ? »

Le besoin hypocrite quoique viril de dissimuler son chagrin lui étant inconnu, il se mit à pleurer.

« Tu sais très bien que oui, répondit son compagnon. Jamais elle n'aurait cessé de nous harceler. Marius en était conscient aussi. Ne le torture pas avec tes questions. Il a fait ce qu'il fallait. »

Quant à moi, je ne savais que dire car les doutes se bousculaient dans mon esprit. Mon acte avait été si radical et si soudain. Lorsque j'y pensais, mon cœur se serrait dans ma poitrine, symptôme d'une sorte de panique plus physique que réfléchie.

Je m'appuyai à mon dossier, examinant mes deux interlocuteurs et réfléchissant avec ardeur à ce que leur affection représentait pour moi. Elle m'était si douce que je n'avais nulle envie de les quitter, mais c'était précisément ce que je comptais faire.

Enfin, après qu'ils se furent discrètement querellés un petit moment, je leur demandai d'un geste de se taire. En ce qui concernait notre défunte ennemie, il ne me restait pas grand-chose à ajouter.

« C'est la colère qui m'a poussé, déclarai-je, car rien en moi, excepté la colère, ne s'est senti insulté par la destruction de notre demeure. Je ne regrette pas la disparition d'Eudoxie, non, cela m'est impossible – d'autant que, comme je vous l'ai dit, elle s'est éteinte par l'intermédiaire d'une offrande à la Mère. Quant aux raisons pour lesquelles cette dernière a accepté le sacrifice… je n'en ai aucune idée.

« Il y a bien longtemps de cela, à Antioche, j'ai amené des victimes aux divins Parents. Des malfaisants drogués, inconscients de ce qui leur arrivait. Nos souverains n'ont jamais bu leur sang.

« Je ne sais pourquoi Akasha a pris celui d'Eudoxie, sinon peut-être parce que Eudoxie l'avait elle-même offert et que j'avais demandé un signe. C'en est fini d'elle. Elle a disparu avec son charme et sa beauté.

« À présent, écoutez-moi bien. Je vous quitte. Je quitte cette ville, que je déteste, et j'emmène évidemment nos souverains. Mais je vous en conjure, ne vous séparez pas, car votre mutuel amour est la source de votre résistance et de votre force.

— Pourquoi t'en aller seul ? s'exclama Avicus, dont le visage expressif trahissait l'émotion. Ce n'est pas possible ! Nous avons été heureux ensemble, tous les trois. Nous avons chassé de concert, nous avons trouvé des malfaisants à foison. Pourquoi ce départ ?

— La solitude m'est nécessaire, répondis-je. Il en est comme il en a toujours été.

— C'est de la folie, Marius, intervint Mael. Tu finiras par t'ensevelir de nouveau dans la crypte des Parents, par dormir jusqu'à être trop faible pour te réveiller tout seul.

— Peut-être, admis-je, mais si jamais pareille chose se produit, vous pouvez être sûrs que Ceux Qu'il Faut Garder seront à l'abri.

— Je ne comprends pas », reprit Avicus.

Il se remit à pleurer, autant sur Eudoxie que sur moi.

Je ne cherchai pas à l'en empêcher. Dans la taverne bondée, mal éclairée, nul ne prêtait attention à son voisin, fût-il un homme magnifique dissimulant son visage derrière une main pâle, ivre peut-être pour ce qu'en savaient les clients, essuyant ses larmes au-dessus de sa coupe de vin.

Mael paraissait terriblement triste.

« Je ne puis faire autrement, expliquai-je. Vous comprenez sans doute qu'il faut protéger le secret du Père et de la Mère. Or ce secret sera en danger aussi longtemps que nous vivrons ensemble. N'importe qui, y compris des êtres aussi faibles que les esclaves d'Eudoxie, Asphar et Rachid, est capable de le découvrir dans votre esprit.

— Comment sais-tu qu'ils l'y ont trouvé ? » protesta Mael.

Malgré l'affreuse tristesse de la conversation, je ne pouvais me laisser fléchir.

« Lorsque je vis seul, repris-je, moi seul possède le secret du lieu où les parents attendent, assis sur leur trône, endormis peut-être. »

Je m'interrompis, malheureux, regrettant l'impossibilité de faire mes adieux simplement, plus dégoûté de moi-même que jamais.

Pourquoi avais-je fui Pandora ? Il me semblait soudain que j'avais mis fin à la vie d'Eudoxie pour la même raison : les deux femmes étaient plus liées dans mon esprit que je ne voulais bien le reconnaître.

Mais non, ce n'était pas vrai. Ou plutôt, je n'avais pas de certitude. Je ne savais qu'une chose : j'étais aussi faible que fort, et j'eusse peut-être aimé Eudoxie autant que j'avais aimé Pandora si le temps m'en avait laissé la possibilité.

« Ne nous quitte pas, reprit Avicus. Je ne te reproche rien. Ne crois pas une chose pareille. Elle m'avait ensorcelé, c'est vrai, je le reconnais, mais je ne t'en veux pas de ce que tu as fait.

– Je sais, répondis-je, lui prenant la main dans l'espoir de le réconforter, seulement j'ai besoin de solitude. » Le consoler m'était impossible. « Maintenant, écoutez-moi bien, tous les deux. Vous êtes parfaitement capables de vous trouver une cachette. Occupez-vous-en. Quant à moi, je vais me rendre chez Eudoxie pour préparer mon départ, car je n'ai plus d'autre endroit où y travailler. Venez avec moi si vous voulez chercher les cryptes qu'elle a fait creuser, mais cela risque d'être dangereux. »

Aucun d'eux ne voulait approcher de la maison d'Eudoxie.

« Très bien. Vous vous montrez avisés, comme toujours. Je vais vous laisser à vos propres projets, mais je vous promets de ne pas quitter Constantinople avant quelques nuits. Il s'y trouve des lieux que je veux visiter une dernière fois, notamment les grandes églises et le palais impérial. Venez me voir chez Eudoxie, à moins que vous ne préfériez que je vous retrouve ailleurs. »

Je les embrassai tous deux ainsi que s'embrassent les hommes, avec des gestes ardents mais maladroits, une rude étreinte, puis je partis seul selon mon désir.

La demeure d'Eudoxie s'avéra totalement déserte. Pourtant, un esclave humain y était passé, car les lampes brillaient dans toutes les pièces ou presque.

Je la fouillai le plus soigneusement du monde sans y remarquer la moindre trace de récente occupation. Pas un buveur de sang ne m'y attendait. Un linceul de silence enveloppait les salons somptueux et la vaste bibliothèque, où résonnait juste le bruit ténu des fontaines ornant le ravissant jardin intérieur, que le soleil illuminait de jour.

Sous la maison s'étendaient des cryptes renfermant de lourds cercueils de bronze. Je les comptai afin de m'assurer que j'avais bien détruit tous les esclaves vampires d'Eudoxie.

Enfin, je trouvai sans difficulté la pièce où la maîtresse des lieux avait reposé de jour. Elle y avait dissimulé toutes ses richesses ainsi que deux sarcophages magnifiques, ornés à profusion d'or, d'argent, de rubis, d'émeraudes et de grosses perles d'un orient parfait.

Pourquoi deux ? Je l'ignorais. Peut-être Eudoxie avait-elle eu autrefois un compagnon à présent disparu.

Tandis que j'examinais la superbe salle, une douleur déchirante me saisit, reflet du chagrin qui m'avait empoigné à Rome quand j'avais réalisé que Pandora m'avait échappé et que rien ne me la rendrait jamais. Pire, même, car Pandora existait sans doute encore, où que ce fût ; tel n'était pas le cas d'Eudoxie.

Je m'agenouillai près d'un des sarcophages, posai avec lassitude ma tête sur mes bras et me mis à pleurer, comme la nuit précédente.

Je me trouvais là depuis un peu plus d'une heure, gaspillant ma nuit dans un sentiment de culpabilité morbide, lorsque je pris brusquement conscience d'un pas dans l'escalier.

Ce n'était pas un mortel qui arrivait, non plus qu'un buveur de sang de ma connaissance.

Je ne me donnai pas la peine de bouger. L'intrus n'était pas de taille à m'effrayer, au contraire : il s'avérait trop jeune et trop faible pour seulement me dissimuler le son de ses pieds nus.

À la lumière des torches m'apparut une jeune fille, qui avait été emportée dans les ténèbres à peu près au même âge qu'Eudoxie. Ses cheveux séparés par le milieu retombaient en cascade sur ses épaules, ses vêtements étaient aussi beaux que ceux de sa maîtresse défunte.

Ses yeux émus brillaient dans un visage parfait, à la bouche rouge vif. Les tissus humains qu'elle possédait toujours coloraient son teint. Le sérieux douloureux de son expression conférait à ses traits, y compris la ligne audacieuse de ses lèvres pleines, quelque chose de presque dur.

Sans doute avais-je déjà contemplé beauté plus parfaite, mais je ne me le rappelais pas. À vrai dire, le spectacle de l'arrivante me stupéfia tellement, m'imposa une telle humilité que je me sentis complètement idiot.

Je n'en compris pas moins à l'instant que la jeune fille avait été l'amante d'Eudoxie, choisie pour son incomparable beauté autant que pour sa culture et son intelligence ; de toute évidence, sa maîtresse lui avait trouvé une cachette avant de m'envoyer chercher.

Le deuxième sarcophage appartenait à cette compagne adorée.

Oui, c'était d'une logique imparable, ce qui m'épargnait pour l'instant la nécessité de parler. Il me suffisait de contempler la radieuse enfant debout à la porte de la crypte, me fixant d'un regard tourmenté, éclairée par une torche flambante.

Enfin, elle prit la parole dans un murmure étouffé :

« Tu l'as tuée, n'est-ce pas ? » Elle n'avait pas peur, que ce fût à cause de son extrême jeunesse ou d'un courage extraordinaire. « Tu l'as détruite. Elle n'est plus. »

Je me remis sur mes pieds comme si une reine m'en avait donné l'ordre. Elle m'examina de haut en bas, puis son visage devint totalement, suprêmement triste.

On eût dit qu'elle allait tomber à terre. Je l'attrapai juste avant que cela n'arrivât, la soulevai puis la portai d'un pas lent jusqu'au sommet de l'escalier de marbre.

La tête appuyée contre ma poitrine, elle laissa échapper un grand soupir.

Gagnant la chambre la plus luxueuse, je la posai sur le gigantesque lit. Comme elle refusait cependant de s'allonger parmi les oreillers, préférant s'asseoir, je pris place à côté d'elle.

Je m'attendais à ce qu'elle m'interrogeât, devînt violente, tournât sa haine contre moi quoiqu'elle n'eût guère de force. Elle n'avait pas été transformée depuis une décennie, et j'eusse été surpris d'apprendre qu'elle avait quatorze ans à ce moment-là.

« Où te cachais-tu ? demandai-je.

– Dans une vieille maison abandonnée, répondit-elle tout bas. Elle a insisté pour que j'y aille. Elle m'a dit qu'elle m'enverrait chercher.

– Quand ?

– Quand elle en aurait terminé avec vous, quand elle vous aurait détruits ou chassés de la ville. »

Elle leva les yeux vers moi.

Ce n'était qu'un délicieux embryon de femme ! J'avais une folle envie de l'embrassser, mais elle avait trop de chagrin.

« D'après Eudoxie, il y aurait une véritable bataille, poursuivit l'enfant. Tu étais parmi les plus forts à jamais être parvenus jusqu'à elle. Les autres n'avaient pas posé de problème, mais avec toi, elle n'était pas sûre de ce qui arriverait. Voilà pourquoi elle m'a cachée. »

Je hochai la tête, n'osant la toucher alors qu'un unique désir m'habitait : la protéger, l'envelopper de mes bras, lui dire que si elle voulait me marteler la poitrine de ses petits poings, me maudire, elle en avait parfaitement le droit, que si elle avait envie de pleurer, elle pouvait s'y laisser aller aussi.

« Pourquoi ne me parles-tu pas ? me demanda-t-elle, les yeux emplis de souffrance et d'étonnement. Pourquoi restes-tu aussi silencieux ? »

Je secouai la tête.

« Que pourrais-je bien dire ? Nous avons eu une querelle terrible. Je ne l'ai pas voulue. Je pensais que nous pouvions tous vivre ici en harmonie. »

Ces mots la firent sourire.

« Jamais Eudoxie ne l'aurait accepté. Si tu savais combien d'autres elle a détruits... Moi-même, je l'ignore. »

La déclaration soulagea quelque peu ma conscience, mais au lieu de me précipiter sur ce maigre réconfort, je le laissai échapper.

« Elle disait que la ville lui appartenait, qu'il fallait être aussi puissante que l'impératrice pour la défendre. Une nuit, elle m'a enlevée au palais, où j'étais esclave, pour m'amener ici. J'étais terrorisée, mais ensuite, j'en suis venue à l'aimer. Elle était tellement sûre que les choses se passeraient de cette manière. Elle me racontait ses voyages. Et puis quand d'autres arrivaient, elle me cachait, et elle se battait avec eux jusqu'à ce que la ville redevienne sienne, exclusivement. »

J'écoutais l'enfant en hochant la tête, triste pour elle et le chagrin somnolent qui la tenaillait. Elle ne m'apprenait rien que je n'eusse deviné.

« Comment te débrouilleras-tu si je te laisse ici ? m'enquis-je.

— Je n'y arriverai pas ! » s'exclama-t-elle. Elle me regarda dans les yeux. « Tu ne peux pas me quitter. Il faut que tu prennes soin de moi, je t'en supplie. Je ne sais pas ce que cela représente de vivre seule. »

Je jurai tout bas, mais elle m'entendit. Son expression douloureuse me frappa.

Me levant, je me mis à faire les cent pas avant de me retourner vers elle, femme-enfant à la bouche tendre et aux longs cheveux noirs.

« Comment t'appelles-tu ? m'enquis-je.

— Zénobie. Ne peux-tu le lire dans mon esprit ? Elle savait toujours ce que je pensais.

— Je le pourrais si j'en avais envie, mais je préfère te parler. Ta beauté m'égare. J'aime entendre ta voix. Qui t'a transformée ?

— Un de ses esclaves, Asphar. Il est mort aussi, je suppose ? Ils sont tous morts, j'ai vu leurs cendres. »

Elle eut un geste vague en direction des autres pièces puis murmura un chapelet de noms.

« Oui, acquiesçai-je, il n'en reste pas un.

— Tu m'aurais tuée, moi aussi, si je m'étais trouvée là, reprit-elle avec la même expression à la fois douloureuse et étonnée.

— Peut-être, mais maintenant, c'est fini. Il y a eu bataille. Après la bataille, tout change. Qui d'autre s'est caché ?

— Personne. » Elle ne mentait pas. « À part moi et un esclave mortel, mais quand je me suis réveillée ce soir, il n'était plus là. »

Sans doute avais-je l'air abattu, car je me sentais en effet découragé.

Zénobie se pencha et, avec la lenteur de l'hébétude, tira une dague de sous les gros oreillers.

Elle se leva puis s'approcha de moi, brandissant son arme à deux mains en direction de mon torse, le regard fixé droit devant elle. Ses longs cheveux noirs ondulés lui encadraient le visage.

« Je devrais me venger, dit-elle doucement, mais si j'essaie, tu m'en empêcheras.

— N'essaie pas », répondis-je avec le calme dont j'avais fait preuve durant toute la conversation. J'écartai gentiment la dague puis, enlaçant Zénobie d'un bras, la reconduisis jusqu'au lit. « Pourquoi ne t'a-t-elle pas donné le Sang ?

— Son sang à elle était trop fort pour nous, elle nous le disait toujours. Ses esclaves vampires, elle les enlevait ou les faisait créer par un autre sous sa propre supervision. Son sang n'était pas destiné à être partagé. Il apporterait la force et le silence. Quand on transforme un mortel, on n'entend plus jamais ses pensées, voilà ce qu'elle nous disait. Alors Asphar m'a créée, et j'étais sourde à Asphar, qui m'était sourd également. Il fallait qu'elle veille à l'obéissance de ses serviteurs ; elle n'aurait pas pu si nous étions nés de son sang vigoureux. »

Je souffrais qu'Eudoxie eût été le professeur et qu'elle fût morte.

Ma compagne, qui m'examinait, me demanda avec la plus parfaite simplicité :

« Pourquoi ne veux-tu pas de moi ? Que puis-je pour te faire changer d'avis ? » Sa voix devint plus tendre. « Tu es très beau avec tes cheveux d'or. On dirait un dieu, vraiment, si grand, les yeux si bleus. Elle aussi, elle te trouvait beau. Elle me l'a avoué. Jamais elle ne m'a laissée te voir, mais elle m'a raconté que tu ressemblais aux hommes du Nord. Elle t'a décrit, te promenant dans tes robes rouges...

« – N'en dis pas plus, je t'en prie. Tu n'as pas à me flatter. Cela n'y changera rien. Je ne puis me charger de toi.

– Pourquoi ? Parce que je sais que tu protèges le Père et la Mère ? »

Je demeurai saisi.

J'eusse dû lire dans ses pensées, la moindre d'entre elles, ravager son âme pour en tirer tout ce qu'elle savait, mais je n'en avais pas envie. Je ne voulais pas me sentir aussi proche d'elle. Sa beauté était trop grande, je ne pouvais le nier.

Contrairement à Pandora, mon idéal, cette adorable créature recelait la promesse de la virginité – il serait possible à son mentor de faire d'elle ce qu'il voudrait sans rien perdre en retour – mais cette promesse me semblait mensongère.

« Exactement, lui répondis-je dans un murmure chaleureux, m'efforçant de ne pas la blesser. Je suis condamné à la solitude.

– Que vais-je devenir ? demanda-t-elle, la tête basse. Dis-le-moi. Des hommes se présenteront, des mortels, afin de percevoir l'impôt sur cette maison ou occupés d'une autre trivialité. Ils me trouveront, il me traiteront de sorcière ou d'hérétique, ils me traîneront dans la rue. À moins qu'ils n'arrivent de jour et ne me découvrent endormie, comme morte, sous terre. Alors ils me porteront dans l'espoir de me rendre la vie à la mort certaine que représente le soleil.

– Tais-toi, je sais tout cela. Ne vois-tu donc pas que je tente de réfléchir ? Laisse-moi un instant de solitude.

– Si je te laisse à ta solitude, je vais me mettre à pleurer ou à hurler de chagrin. Et toi, tu ne m'entendras même pas. Tu m'abandonneras.

– Non. Maintenant, tais-toi. »

Je fis les cent pas, le cœur serré en pensant à elle, l'âme meurtrie en pensant à moi sur qui retombait le fardeau, punition terrible quoique méritée pour le meurtre d'Eudoxie. Cette enfant semblait quelque fantôme né des cendres de sa maîtresse afin de me hanter, tandis que je cherchais à échapper aux conséquences de mes actes.

Enfin, je me résolus à appeler en silence Avicus et Mael. Usant de mon don de l'esprit à son plus puissant, je leur demandai – non, je leur ordonnai – de me rejoindre chez Eudoxie sans rien laisser se mettre en travers de leur chemin. J'avais besoin d'eux et je les attendais.

Installé à côté de ma jeune captive, je fis alors ce que j'avais envie de faire depuis l'instant où je l'avais vue : repoussant sa lourde chevelure noire derrière ses épaules, dans son dos, je me mis à embrasser ses joues satinées. Mes baisers étaient voraces, je le savais, mais la texture de sa peau de bébé et de ses épais cheveux ondulés suscitait en moi une paisible folie qui ne me permettait pas de m'arrêter.

Quoique sidérée par cette intimité, elle ne chercha pas à me repousser.

« Eudoxie a-t-elle souffert ? me demanda-t-elle enfin.

– Très peu, voire pas du tout. » Je me reculai. « Mais explique-moi pourquoi elle n'a pas tout simplement essayé de me détruire. Pourquoi m'a-t-elle invité chez elle ? Pourquoi a-t-elle discuté avec moi ? Pourquoi m'a-t-elle donné l'espoir que nous parviendrions à nous comprendre ? »

Zénobie réfléchit un moment avant de répondre.

« Tu la fascinais, ce qui n'était jamais arrivé à aucun des autres, et pas seulement par ta beauté, quoiqu'elle ait eu son importance, comme toujours avec Eudoxie. Elle m'a dit qu'elle avait entendu parler de toi par une buveuse de sang en Crète, il y a bien longtemps. »

N'osant l'interrompre, je me contentai d'ouvrir de grands yeux.

« Une Romaine qui était allée là-bas, voilà des années, à ta recherche. Elle parlait de toi à tout le monde – Marius le Romain, le patricien par droit de naissance, l'érudit par choix. Elle t'aimait. Elle n'a pas défié l'autorité d'Eudoxie sur l'île : elle était juste venue voir si tu t'y trouvais, et lorsqu'elle a découvert que tel n'était pas le cas, elle est repartie. »

Je ne pouvais prononcer le moindre mot ! Le chagrin et l'exaltation m'en empêchaient. Pandora ! Pour la première fois depuis trois cents ans, voilà que j'entendais parler d'elle.

« Ne pleure pas, poursuivit gentiment Zénobie. C'est arrivé il y a bien longtemps. Les années emportent sans doute pareil amour. Quelle horreur, autrement.

– Non, elles ne l'emportent pas. » J'avais peine à m'exprimer. Les larmes m'emplissaient les yeux. « Qu'a-t-elle dit d'autre ? Raconte-moi tout, absolument tout ce dont tu te souviens, s'il te plaît. »

Mon cœur battait follement dans ma poitrine. On eût dit que je l'avais oublié et que je le redécouvrais à présent.

« Je ne sais rien de plus, sinon que la visiteuse était puissante et n'eût pas constitué un adversaire facile. Eudoxie parlait sans arrêt de ce genre de choses, tu comprends. Cette étrangère était indestructible, mais elle refusait de révéler d'où lui venait sa force. Elle représentait un mystère pour ma maîtresse, jusqu'à ce que tu arrives à Constantinople, toi, Marius le Romain, dans tes robes rouges éclatantes, t'avançant le soir sur la place, pâle comme un marbre mais avec l'assurance d'un mortel. »

Zénobie, s'interrompant, leva la main pour me toucher le visage.

« Ne pleure pas. Ce sont ses propres mots : "avec l'assurance d'un mortel".

— Alors comment as-tu entendu parler du Père et de la Mère ? Que signifient ces mots pour toi ?

— Eudoxie les a mentionnés. Elle était très surprise. D'après elle, tu étais inconsidéré, voire fou. Elle penchait d'un côté puis de l'autre, c'était dans sa nature. D'une part, elle te maudissait d'avoir amené le Père et la Mère ici même ; d'autre part, elle voulait t'attirer chez elle. Voilà pourquoi il a fallu que je me cache. Elle a cependant gardé auprès d'elle les garçons, qu'elle n'aimait guère. Moi, elle m'a mise à l'écart.

— Et le Père et la Mère ? Sais-tu de qui il s'agit ? »

Zénobie secoua la tête.

« Non. Je sais juste que tu les as en ta garde, ou du moins que tu les avais quand elle m'en a parlé. Seraient-ce les premiers d'entre nous ? »

Je ne répondis pas, mais je croyais en effet qu'elle ne savait rien de plus, si extraordinaire que ce fût.

Alors je pénétrai son esprit, faisant appel à mon pouvoir pour connaître son présent et son passé, ses pensées les plus secrètes mais aussi les plus banales.

Elle fixa sur moi ses grands yeux dépourvus de curiosité, comme si elle sentait ce que je faisais ou m'efforçais de faire, comme si elle n'avait rien à me cacher.

Qu'appris-je ainsi ? Seulement qu'elle m'avait dit la vérité. *Je ne sais rien de plus sur ta belle buveuse de sang.* L'enfant se montrait patiente, mais une vague de pur chagrin déferla ensuite sur moi. *J'aimais Eudoxie. Tu l'as détruite. Tu ne peux m'abandonner.*

Me relevant, je me remis à arpenter la chambre. Son magnifique ameublement byzantin m'oppressait, ses lourdes draperies à motifs me paraissaient emplir l'air de poussière. Le ciel nocturne était totalement invisible, car la pièce ne donnait pas sur le jardin intérieur.

Mais que voulais-je au juste à cet instant ? Être débarrassé de Zénobie, tout simplement ; ou plutôt, être débarrassé du fardeau que représentaient la conscience de son existence, le seul fait de l'avoir jamais vue. Malheureusement, c'était impossible.

Un bruit m'arrêta net : Avicus et Mael étaient arrivés.

Après avoir traversé la vaste demeure pour me rejoindre, ils découvrirent avec stupeur en entrant dans la chambre la splendide jeune fille assise sur l'énorme lit aux lourdes draperies.

Je demeurai muet tandis qu'ils se remettaient de leur surprise. Zénobie fascina dès l'abord Avicus autant qu'Eudoxie avant elle, sans même ouvrir la bouche.

Mael, lui, se montra méfiant, un peu inquiet. Il me fixa, interrogateur, nullement ensorcelé par la beauté de ma protégée, aussi maître de ses sentiments qu'à l'ordinaire.

Avicus s'approcha d'elle. En voyant la passion s'allumer dans ses yeux, je compris comment me tirer de la situation – je le compris parfaitement, et un terrible regret m'envahit. Mon vœu de solitude solennel pesa sur moi de tout son poids, autant que si je l'avais prêté au nom d'un dieu quelconque, ce qui peut-être était le cas puisque j'avais évoqué Ceux Qu'il Faut Garder. Toutefois, penser à eux m'était interdit en présence de Zénobie.

Quant à elle, elle trouvait visiblement Avicus beaucoup plus attirant que Mael, peut-être à cause de la dévotion évidente que lui manifestait déjà le premier alors que le second restait distant, voire méfiant.

« Je vous remercie d'être venus, commençai-je. Je sais que vous n'aviez aucune envie de poser le pied dans cette maison.

– Que s'est-il passé ? interrogea Mael. Qui est cette créature ?

– La compagne d'Eudoxie, éloignée par prudence jusqu'à ce que la lutte contre nous soit terminée. Cette nuit, l'enfant est revenue chez elle.

– L'enfant ? répéta gentiment Zénobie. Je ne suis plus une enfant. » Mes deux compagnons lui sourirent avec indulgence malgré son air grave, désapprobateur. « J'ai reçu le Don ténébreux au même âge qu'Eudoxie. "Il ne faut jamais faire un buveur de sang d'un mortel plus âgé, disait-elle, car c'est le condamner à une grande détresse en raison des habitudes acquises durant son existence humaine." Tous ses esclaves ont été transformés au même âge. Ce n'étaient donc plus des enfants, mais des immortels prêts à vivre éternellement dans le Sang. »

Je ne répondis pas, mais jamais je n'oubliai ces paroles. Penses-y. Jamais. Il vint même un moment, mille ans plus tard, où elles acquirent pour moi une telle importance qu'elles se mirent à hanter mes nuits, à me torturer. Mais nous y arriverons bien assez tôt, car je ne compte pas m'attarder sur ces mille ans. J'en reviens maintenant à mon histoire.

Zénobie avait prononcé son petit discours, comme tout ce qu'elle avait dit jusqu'alors, d'un air fort tendre. Manifestement, Avicus était sous le charme. Cela ne signifiait pas qu'il l'aimerait à jamais de toute son âme, je ne le savais que trop, mais nulle barrière ne le séparait de l'enfant.

Il se rapprocha encore d'elle, se demandant visiblement comment exprimer son respect devant pareille beauté, puis, à ma grande surprise, lui dit de la manière la plus directe :

« Je m'appelle Avicus, et je suis un ami de longue date de Marius. » Son regard se posa sur moi, revint à Zénobie. « Serais-tu donc seule au monde ?

– Complètement seule, acquiesça la jeune fille, me jetant cependant un coup d'œil pour vérifier que je n'allais pas la faire taire. Si vous ne m'emmenez pas avec vous ou ne restez pas ici auprès de moi – l'un de vous ou vous trois –, je suis perdue. »

Je hochai la tête à l'adresse de mes deux vieux compagnons.

Mael me foudroya du regard avant de se tourner vers Avicus, lequel contemplait toujours Zénobie.

« Il n'est pas question de te laisser sans protecteur, assura-t-il. C'est impensable. Mais il faut nous séparer, à présent, pour que mes amis et moi en discutions. Non, reste donc où tu es. La maison est bien assez grande. Où allons-nous, Marius ?

– Dans la bibliothèque, répondis-je aussitôt. Venez tous les deux. Toi, Zénobie, n'aie pas peur, mais n'essaie pas de nous épier : tu n'entendrais qu'une partie de ce que nous allons dire alors que c'est l'ensemble qui importe, puisque lui seul exprime les sentiments jaillis du cœur. »

Mes compagnons me suivirent donc jusqu'à la luxueuse bibliothèque d'Eudoxie, où nous nous installâmes de la même manière que peu de temps auparavant.

« Il faut vous charger d'elle, déclarai-je aussitôt. Moi, je ne peux pas. Je m'en vais avec le Père et la Mère, ainsi que je vous l'ai déjà dit. Prenez-la sous votre aile.

– Impossible, protesta Mael. Elle est beaucoup trop faible. Et puis je ne veux pas d'elle ! Je te le dis en toute honnêteté.

– Marius ne peut veiller sur elle, c'est la pure vérité, contra Avicus en posant la main sur la sienne. Il n'a pas le choix : il ne peut s'encombrer de cette petite créature.

– Cette petite créature... répéta Mael avec dégoût. Dis franchement que c'est un être fragile, ignorant, qui nous causera du tort.

– Je vous supplie de vous en occuper, insistai-je. Apprenez-lui tout ce que vous savez. Le nécessaire pour qu'elle soit capable de survivre seule.

– C'est une femme, riposta l'ancien druide, écœuré. Comment pourra-t-elle jamais se débrouiller seule ?

– Ce genre de choses n'a pas d'importance pour les buveurs de sang, répondis-je. Quand elle aura grandi en force, quand elle saura vraiment ce qu'il y a à savoir, elle sera parfaitement capable de vivre à la manière d'Eudoxie si elle en a envie. Elle fera ce qu'elle voudra.

– Je ne veux pas d'elle, répéta-t-il. Je ne me chargerai de cette enfant à aucun prix ni aucunes conditions. »

J'allais insister, quand son expression m'avertit qu'il s'était contenté de dire la pure vérité, plus encore peut-être qu'il n'en était conscient. Jamais il n'accepterait Zénobie : la lui confier reviendrait à la mettre en danger car il l'abandonnerait, il la repousserait, voire pire. Ce ne serait qu'une question de temps.

Avicus, lui, semblait très malheureux mais soumis à Mael, en son pouvoir, comme toujours – incapable de se libérer de sa colère, comme toujours.

Il supplia cependant. La présence de Zénobie ne changerait sans doute pas fondamentalement leur existence. Ils pourraient tout de même bien lui apprendre à chasser ? D'ailleurs, ce ne serait certainement pas nécessaire. Elle n'était pas à ce point humaine, la charmante enfant. Le cas n'était pas désespéré. Et puis n'était-il pas de leur devoir de faire ce que je leur avais demandé ?

« J'ai envie de la recueillir, déclara Avicus avec feu. Je la trouve adorable, et sa douceur me touche au cœur.

– Tu as parfaitement raison, approuvai-je. Elle est vraiment toute douceur.

– Mais à quoi cela peut-il bien servir chez une buveuse de sang ? interrogea Mael. Sommes-nous censés être doux ? »

Incapable de prononcer un mot, j'évoquai Pandora. Ma souffrance était tout simplement trop intense pour que j'ouvrisse la bouche, mais je voyais mon amante d'autrefois, je la voyais, conscient qu'en elle s'étaient toujours mêlées douceur et passion. Elles pouvaient parfaitement coexister chez les hommes comme chez les femmes, et peut-être grandiraient-elles également chez l'enfant.

Je détournai les yeux, incapable de dire un mot aux deux antagonistes, puis je m'aperçus soudain qu'Avicus s'était mis en colère tandis que la fureur de Mael allait croissant.

Lorsque mon regard se reposa sur eux, ils se turent. Avicus me fixait, semblant attendre de moi que j'exerce une autorité dont je ne possédais pas une once.

« Je ne puis commander à votre avenir, déclarai-je. Je vais partir, vous le savez.

— Reste, et veille sur elle en notre compagnie, proposa-t-il.

— Impossible ! ripostai-je.

— Tu es têtu, Marius, dit-il avec douceur. Tes propres passions t'effraient par leur force. Nous pourrions vivre tous les quatre dans cette maison même.

— C'est moi qui ai conduit sa propriétaire à la mort, lançai-je. Je ne puis y vivre. Le simple fait que je m'y attarde aussi longtemps constitue une insulte aux dieux du passé. Ils s'en vengeront, non parce qu'ils existent mais parce que je les ai autrefois respectés. Quant à cette ville, je dois la quitter, je vous l'ai déjà dit, en emmenant Ceux Qu'il Faut Garder afin de leur trouver une cachette vraiment sûre.

— La maison t'appartient de droit, tu le sais très bien. D'ailleurs, tu nous l'as offerte.

— Ce n'est pas vous qui avez détruit Eudoxie. Mais revenons-en au problème qui nous occupe. Vous chargerez-vous de Zénobie ?

— Non », trancha Mael.

Avicus n'avait pas le choix. Qu'ajouter à cela ?

Une fois de plus, je détournai les yeux. Mes pensées allaient toutes à Pandora, sur l'île de Crète, que je ne parvenais pas seulement à imaginer. Pandora l'errante... Je restai un très long moment muet.

Enfin, je me levai sans mot dire, déçu par mes compagnons, puis regagnai la chambre où l'adorable créature attendait, allongée sur le lit.

La lumière tamisée des lampes jouait sur ses paupières closes. Elle semblait à la fois tellement luxuriante et tellement passive avec ses cheveux qui cascadaient sur les oreillers, sa peau sans défaut, sa bouche mi-close.

Je m'assis à côté d'elle.

« La beauté mise à part, pourquoi Eudoxie t'a-t-elle choisie ? lui demandai-je. Te l'a-t-elle jamais expliqué ? »

Elle ouvrit les yeux, saisie, et peut-être l'était-elle dans son extrême jeunesse.

« Parce que j'avais l'esprit vif et que je connaissais par cœur des livres entiers, déclara-t-elle d'une voix douce, après réflexion. Elle me demandait souvent de les lui réciter. » Sans se redresser, Zénobie leva les mains comme si elle tenait un livre. « Il me suffisait de jeter un coup d'œil sur une page pour me la rappeler en détail. Et puis je n'avais nul mortel à regretter. Je n'étais qu'une des dizaines de servantes de l'impératrice. Une vierge. Une esclave.

– Je vois. Y avait-il autre chose ? »

Quoique conscient qu'Avicus se tenait sur le seuil, je n'eus pas un mot pour saluer son arrivée.

Zénobie réfléchit un instant avant de répondre :

« Elle disait que je possédais une âme incorruptible ; que malgré toutes les turpitudes dont j'avais été témoin au palais, j'entendais toujours la musique de la pluie.

– Et maintenant ? demandai-je. L'entends-tu encore ?

– Oui, plus que jamais, je crois. Mais cela ne suffira pas à me soutenir si tu m'abandonnes.

– Avant de partir, je vais te donner quelque chose.

– De quoi s'agit-il ? » Elle s'assit, le dos contre les oreilles. « Que pourrais-tu m'offrir pour m'aider ?

– À ton avis ? demandai-je gentiment. Mon sang. »

Avicus laissa échapper un halètement auquel je ne prêtai pas attention. À vrai dire, je ne prêtais attention qu'à elle.

« Je suis fort, mon enfant, poursuivis-je. Très fort. Après avoir bu à mes veines, aussi longtemps et copieusement que tu le voudras, tu seras différente de celle que tu es pour l'instant. »

L'idée lui semblait à la fois stupéfiante et séduisante. Elle leva des mains timides, qu'elle me posa sur les épaules.

« Maintenant ?

– Oui. » Bien calé sur le lit, je la laissai m'enlacer. Lorsque ses dents me touchèrent le cou, un long soupir m'échappa. « Bois, fillette. Prends-moi autant de sang que tu le pourras. »

Mon esprit s'emplit alors d'innombrables visions fugitives du palais impérial – pièces dorées, banquets, musiciens et magiciens – mais aussi de la cité diurne – courses de chars brutales dans l'hippodrome où la foule hurlait de satisfaction, empereur se levant dans sa loge pour saluer ses adorateurs, énormes processions de l'église Sainte-Sophie environnées de bougies et d'encens ; ensuite revenait une splendeur impériale, sous le toit même où nous nous trouvions.

Je m'affaiblissais ; un étourdissement me prenait. Peu importait. Une seule chose comptait : que Zénobie bût tout son saoul.

Enfin, elle retomba sur les oreillers, les joues d'une blancheur éblouissante.

Lorsqu'elle se tortilla pour se rasseoir, pour me regarder, ses yeux fixes étaient ceux d'un immortel nouveau-né, comme si jamais encore elle n'avait connu la véritable vision du Sang.

Elle descendit du lit afin de parcourir la chambre, décrivant un grand cercle, la main droite crispée sur le tissu de sa tunique, le visage rayonnant d'une pâleur nouvelle, les yeux écarquillés, mobiles, étincelants.

Ensuite, elle me fixa à nouveau comme si elle ne m'avait jamais vu, puis elle se figea brusquement, ayant de toute évidence entendu des bruits lointains auxquels elle avait jusqu'ici été sourde. Elle porta les mains à ses oreilles. Ses traits exprimaient un émerveillement serein et une grande douceur, oui. Enfin, elle me regarda de haut en bas.

Quand je voulus me mettre sur mes pieds, la force me manqua. Avicus se porta à mon aide, mais je le chassai d'un geste de la main.

« Qu'as-tu fait, Marius ! s'exclama-t-il.

— Tu l'as vu. Aucun de vous deux ne voulait s'occuper d'elle, alors je lui ai donné mon sang. *Je lui ai donné une chance.* »

Parvenant enfin à me lever, je m'approchai de Zénobie, que je fis pivoter vers moi.

« Concentre-toi sur ce que je te dis, ordonnai-je. Eudoxie t'avait-elle parlé de ses débuts dans la vie ? Sais-tu que tu peux chasser dans les rues comme un homme ? »

La jeune fille me fixa de ses yeux neufs éblouis, emplis d'incompréhension.

« Sais-tu que si on te coupe les cheveux, ils repousseront en une journée, aussi longs et épais qu'auparavant ? »

Elle secoua la tête, parcourant du regard ma silhouette, les innombrables lampes de bronze, les mosaïques des murs et du sol.

« Écoute-moi bien, charmante Zénobie. Je n'ai guère le temps de t'instruire, et je veux te laisser armée de sagesse autant que de force. »

Après l'avoir une fois de plus assurée que sa chevelure repousserait, je la coupai, la regardant tomber à terre, puis j'entraînai ma protégée jusqu'aux quartiers des buveurs de sang mâles, où je l'habillai de vêtements masculins.

Ayant écarté d'un ton sévère Mael et Avicus, j'emmenai Zénobie en ville, m'efforçant de lui apprendre à marcher en homme, avec autant d'intrépidité, de lui montrer la vie des tavernes, dont elle n'avait seulement jamais rêvé, de l'entraîner à chasser en solitaire.

Elle me paraissait toujours aussi adorable, quoiqu'elle évoquât à présent par son air plus sage la sœur aînée de celle qu'elle avait été.

Un instant, alors qu'elle riait devant l'habituelle coupe de vin gaspil-lée, à la table d'une taverne, je me découvris quasi décidé à lui demander de m'accompagner, moi qui savais que c'était impossible.

« Tu n'as pas vraiment l'air d'un homme, observai-je, souriant. Cheveux longs ou pas.

— Bien sûr que non, répondit-elle en riant. Je le sais parfaitement. Mais me trouver dans un endroit pareil, que je n'aurais jamais vu sans toi...

— Tu es libre de faire tout ce que tu veux. Imagine un peu. Tu peux être homme, femme, ou ni l'un ni l'autre. Cherche le malfai-sant, comme moi, et jamais la mort ne t'étouffera. Mais quelles que soient tes joies et tes peines, ne cours pas le risque d'être jugée par autrui. Aie conscience de ta force et prends garde. »

Elle hocha la tête, ouvrant de grands yeux fascinés. Les autres clients, persuadés qu'il s'agissait de mon giton, lui lançaient des coups d'œil fréquents. Nous repartîmes avant que les choses ne s'enveniment, mais pas avant qu'elle n'eût testé ses pouvoirs en lisant dans les esprits des mortels alentour et en hébétant le pauvre petit esclave qui nous avait servis.

Une fois dans la rue, je la renseignai au hasard sur les usages du monde qui me semblaient pouvoir lui être utiles. Mon rôle de pro-fesseur ne me plaisait que trop.

Elle me décrivit les secrets du palais impérial, afin que je fusse mieux à même de m'y introduire pour satisfaire ma curiosité, puis nous gagnâmes une autre taverne.

« Tu finiras par me détester pour ce que j'ai fait à Eudoxie et à tes compagnons, prévins-je.

— Non, répondit-elle simplement. Comprends bien que jamais elle ne me laissait un instant de liberté. Quant aux garçons, ils n'éprouvaient pour moi que mépris ou jalousie, je ne savais trop. »

Je hochai la tête, admettant qu'elle avait raison, puis demandai : « À ton avis, pourquoi Eudoxie m'a-t-elle raconté son histoire ? Pourquoi m'a-t-elle parlé de l'époque où elle errait elle-même dans les rues d'Alexandrie, costumée en garçon, alors qu'elle n'en a jamais fait mention devant toi ?

— Elle espérait parvenir à t'aimer. Elle me l'a confié, pas tel quel, bien sûr, mais à travers la description qu'elle m'a faite de toi et l'enthousiasme que lui inspirait l'idée de te voir. Seulement à ces émotions se mêlaient la méfiance et la ruse. Par la suite, c'est la peur qui l'a emporté. »

Silencieux, je réfléchis à la question, les bruits de la taverne comme une véritable musique à mon oreille.

« Elle n'attendait pas de moi pareille connaissance de son âme ou pareille compréhension, reprit Zénobie sans me quitter des yeux. Je n'étais que son jouet. Même lorsque je lui faisais la lecture ou chantais pour elle, elle ne me regardait pas vraiment ni ne pensait à moi. Alors que toi... Elle t'a vu comme un être digne d'elle. Quand elle parlait de toi, on eût dit qu'elle parlait toute seule. Elle ne s'arrêtait plus. Elle évoquait ses plans pour t'attirer chez elle et discuter avec toi. C'était une obsession emplie de peur. Tu comprends ?

– Tout s'est tellement mal passé, soupirai-je. Mais allons-nous-en. J'ai bien des choses à t'apprendre, et nous n'avons guère de temps avant l'aube. »

Nous ressortîmes dans la nuit, nous tenant fermement par la main. J'adorais lui servir de professeur ! Cela m'ensorcelait littéralement.

Je lui montrai comment grimper aux murs sans effort, comment passer dans l'ombre près des mortels, invisible, comment attirer à elle ses victimes.

Nous nous glissâmes dans l'église Sainte-Sophie, ce qu'elle croyait impossible. Pour la première fois depuis qu'elle avait reçu le Sang, elle revit le magnifique édifice qu'elle avait bien connu durant son autre vie.

Enfin, après avoir tous deux étanché notre soif nocturne dans les bas quartiers, moment où elle découvrit sa force considérable, nous regagnâmes la maison.

J'y trouvai les documents relatifs à sa propriété, que nous examinâmes ensemble, et lui suggérai de la conserver à son propre usage.

Avicus et Mael, qui s'y trouvaient tous deux, nous demandèrent à l'approche de l'aube s'ils pouvaient y rester.

« C'est à Zénobie d'en décider, répondis-je. Elle est chez elle, à présent. »

Aussitôt, dans sa grande douceur, elle le leur permit : ils pouvaient s'attribuer les cachettes d'Asphar et de Rachid.

Je vis bien qu'elle trouvait fort beau Avicus aux traits finement découpés. Elle me sembla même regarder Mael avec une gentillesse et une naïveté excessives.

Je gardai le silence, mais une souffrance et un égarement extraordinaires m'habitaient. Je n'avais aucune envie de me séparer d'elle. Au contraire, j'eusse voulu m'allonger avec elle dans l'obscurité de la crypte, mais il était temps pour moi de partir.

Très las, si bonne qu'eût été notre merveilleuse chasse, je regagnai les ruines de ma demeure, où je descendis m'allonger dans le sanctuaire des divins Parents.

XIII

J'en arrive à un point important de mon histoire, car je compte franchir d'un seul coup près de mille ans.

Je ne sais cependant combien de temps s'écoula au juste, puisque je ne connais pas la date exacte à laquelle je quittai Constantinople ; c'était bien après le règne de Justinien et Théodora mais avant que les Arabes, s'éveillant à l'islam, n'entament la conquête foudroyante de l'Occident.

Une seule chose importe en l'occurrence : comme je ne puis te raconter ma vie entière, je préfère passer sous silence les siècles appelés par la suite le haut Moyen Âge, durant lesquels je vécus plusieurs petites histoires que je confesserai ou relaterai peut-être dans l'avenir.

Pour l'instant, je me contenterai d'ajouter qu'en quittant Zénobie, cette nuit-là, je songeais avec inquiétude à Ceux Qu'il Faut Garder.

L'attaque menée par la populace contre notre maison m'avait quasi frappé de terreur. Il me fallait éloigner les souverains de toute concentration humaine, donc du logement que je me procurerais dans une autre ville, afin de les mettre hors d'atteinte du monde, moi excepté.

Où les installer ? Telle était la question.

Je ne pouvais me rendre en Orient car l'Empire perse guerroyait sans arrêt : déjà, il avait pris aux Grecs la totalité de l'Asie Mineure, y compris Alexandrie.

Quant à mon Italie bien-aimée, j'avais beau refuser de trop m'en éloigner, je me sentais incapable d'y vivre tant le chaos qui y régnait m'était insupportable.

Il existait cependant un endroit idéal.

Les Alpes italiennes, c'est-à-dire la chaîne de montagnes marquant le Nord de la péninsule, une contrée que j'avais connue durant ma vie de mortel. Les Romains y avaient creusé plusieurs passes. Moi-même, dans ma jeunesse intrépide, j'avais voyagé par la via Augusta, si bien que je connaissais la région.

Certes, les barbares avaient souvent déferlé sur les vallées alpines pour attaquer l'Italie ou s'en retirer. Elles étaient aussi très christianisées, emplies d'églises et de monastères.

Toutefois, je n'avais pas davantage besoin d'une combe fertile et peuplée que d'un pic dominé par quelque forteresse, chapelle ou monastère.

Tout ce qu'il me fallait, c'était un petit creux isolé, très élevé, invisible et inaccessible à tout autre que moi.

Je me chargerais des tâches les plus ardues telles que grimper jusque-là, creuser, déblayer la terre, créer de toutes pièces une crypte où les Parents sacrés se trouveraient en lieu sûr. Il fallait être plus qu'humain pour y parvenir, mais je le ferais.

Je n'avais pas le choix.

Pendant que je réfléchissais à la question, que je louais des esclaves, achetais des chariots, m'occupais des préparatifs du voyage, Zénobie me tenait compagnie. Avicus et Mael se fussent joints à nous si je l'avais permis, mais je leur en voulais encore trop d'avoir refusé de veiller sur ma protégée. Le fait qu'ils désiraient à présent vivre avec elle n'amoindrissait en rien ma rancune.

Elle passait de longues heures auprès de moi dans telle ou telle taverne, tandis que je peaufinais mes projets. M'inquiétais-je à la pensée qu'elle lût dans mon esprit où j'allais me rendre ? Nullement, car je ne le savais guère moi-même. La localisation définitive du sanctuaire ne serait connue que de moi seul.

Depuis un tel endroit des régions alpines, je pourrais aller me nourrir dans diverses villes. En effet, bien des étrangers s'étaient installés chez les Francs, comme on les appelait alors, et il me serait également possible de m'aventurer en Italie si l'envie m'en prenait, car il me paraissait à présent évident que Ceux Qu'il Faut Garder n'avaient en aucun cas besoin de ma vigilance ni de mes soins quotidiens.

Enfin arriva la dernière nuit. Les précieux sarcophages furent hissés sur les chariots, entourés d'esclaves que j'avais un rien hébétés, quelque peu menacés et corrompus avec tout le luxe et l'argent imaginables. Les gardes du corps étaient prêts ; moi aussi.

Je me rendis chez Zénobie, qui versait des larmes amères.

« Je ne veux pas que tu partes, Marius », me dit-elle.

Avicus et Mael me regardaient d'un air anxieux, n'osant visiblement dire ce qu'ils avaient sur le cœur.

« Je ne veux pas non plus partir », avouai-je à Zénobie. Puis, l'enlaçant plus chaleureusement que jamais, je la couvris de baisers, comme la nuit où je l'avais découverte. Il était impossible de se rassasier de sa tendre chair de femme-enfant. « Mais il le faut. Rien d'autre n'apaisera mon cœur. »

Enfin, nous nous écartâmes l'un de l'autre, épuisés par des pleurs qui ne nous avaient apporté aucun soulagement. Je me tournai vers les deux autres.

« Prenez bien soin d'elle, leur ordonnai-je d'un ton sévère.

– Nous avons l'intention de vivre tous les trois ensemble, répondit Avicus. Je ne comprends vraiment pas que tu ne puisses te joindre à nous. »

Tandis que je le contemplais, un amour terrible m'envahit.

« Je sais que je t'ai nui dans cette histoire, lui dis-je avec douceur. Je me suis montré trop dur. Mais je ne puis rester. »

Il céda aux larmes, indifférent à la désapprobation de Mael.

« Tu avais à peine commencé mon éducation, protesta-t-il.

– Le monde l'achèvera. Les livres de cette demeure. Les... les mortels qu'une nuit, peut-être, tu transformeras grâce au Sang. »

Il hocha la tête. Qu'y avait-il à ajouter ?

Le moment semblait venu de m'en aller, mais je ne pouvais m'y résoudre. Je gagnai une autre pièce où je m'immobilisai, la tête basse, éprouvant peut-être la pire souffrance de toute mon existence.

J'avais si désespérément envie de rester auprès d'eux ! Cela ne faisait aucun doute. À cet instant, mes projets ne me conféraient pas la moindre force. Portant la main à ma poitrine, j'y sentis une douleur telle qu'elle eût pu naître du feu. Il m'était impossible de parler ou de bouger.

Zénobie vint me trouver, puis Avicus. Ils m'enlacèrent.

« Je comprends la nécessité de ton départ, m'assura-t-il. Vraiment. Crois-moi. »

Incapable de répondre, je me mordis énergiquement la langue pour me faire saigner puis pivotai afin de poser les lèvres sur les siennes et de laisser mon sang lui couler dans la bouche. Il frissonna à ce baiser ; son étreinte se resserra autour de moi.

Je m'emplis une nouvelle fois la bouche de sang pour embrasser de la même manière Zénobie, qui me pressa contre elle avec force.

Rassemblant sa longue chevelure noire parfumée, j'y enfouis mon visage ou, plutôt, m'en couvris comme d'un voile. La douleur était telle qu'elle m'empêchait presque de respirer.

« Je vous aime tous les deux », murmurai-je, me demandant s'ils m'entendaient.

Enfin, sans un mot de plus, sans un geste, la tête basse, je sortis en aveugle de la maison.

Une heure plus tard, je m'éloignais de Constantinople sur la route très fréquentée de l'Italie, assis à l'avant du chariot de tête afin de discuter avec le chef de ma garde qui tenait les rênes.

Malgré mon cœur brisé, je jouais au mortel à la conversation insouciante, un jeu que je pratiquai par la suite bien des nuits.

Je ne me rappelle pas combien de temps dura le voyage, juste que nous nous arrêtâmes dans nombre de villes et que les routes étaient loin d'être aussi mauvaises que je le craignais. Je surveillais mes gardes avec attention et distribuais généreusement mon or pour m'assurer de leur loyauté, tandis que nous poursuivions notre chemin.

Les Alpes atteintes, trouver l'endroit reculé où construire le sanctuaire me prit un moment.

Enfin, un soir où l'hiver ne se montrait pas trop cruel et où le ciel était dégagé, je remarquai au-dessus de moi des pentes escarpées, inhabitées, qui me semblèrent d'autant plus attirantes que la route principale ne s'en approchait pas.

Lorsque la caravane eut atteint la ville la plus proche, je regagnai seul l'endroit intéressant. Après avoir grimpé un moment un terrain accidenté qui eût tenu en échec n'importe quel mortel, je découvris le lieu rêvé, une minuscule vallée au-dessus de laquelle bâtir ma chapelle.

De retour en ville, j'y achetai une maison pour moi-même et Ceux Qu'il Faut Garder, puis je renvoyai à Constantinople gardes et esclaves enrichis de fortes récompenses.

Mon escorte, perplexe mais charmante, me fit des adieux chaleureux avant de repartir gaiement avec le chariot que je lui avais cédé pour le trajet du retour.

La ville où je m'étais installé n'étant pas à l'abri des invasions, malgré la satisfaction de ses habitants lombards, je me mis au travail dès la nuit suivante.

Seul un buveur de sang pouvait couvrir rapidement la distance qui séparait mon logement citadin du site réservé au sanctuaire. Seul un buveur de sang pouvait creuser le roc et la terre tassée afin d'y forer les passages menant à la crypte, puis fabriquer la porte en pierre renforcée de ferrures destinée à protéger les souverains de la lumière du jour.

Nul autre n'eût pu couvrir les murs d'anciens dieux et déesses gréco-romains, sculpter avec un talent et une célérité inouïs le trône de granite.

Il fallait être immortel pour porter un à un les Parents jusqu'au tombeau enfin achevé, puis les asseoir côte à côte sur le trône.

Cela fait, qui d'autre se fût allongé auprès d'eux dans le froid pour pleurer une fois de plus en solitaire ? Qui fût demeuré là deux semaines entières, calme et épuisé, refusant de bouger ?

Rien d'étonnant que durant ces premiers mois, je fisse les plus grands efforts afin d'arracher un signe de vie à Ceux Qu'il Faut Garder, leur amenant des sacrifices tels qu'Eudoxie, mais Akasha refusa de soulever son bras tout-puissant pour de malheureux mortels – des malfaisants, je te l'assure. Il me fallut donc en finir avec eux puis emporter leurs restes très haut dans la montagne, où je les jetai sur des rochers aigus comme autant d'offrandes à des dieux cruels.

Au fil des siècles suivants, je chassai dans les villes alentour avec la plus grande prudence, buvant quelques gorgées à plusieurs humains afin de ne jamais susciter d'émeute. Il m'arriva aussi de voyager au loin pour découvrir ce qu'étaient devenues les cités du passé.

Pavie, Marseille ou encore Lyon reçurent ma visite. Comme à mon habitude, j'en explorai les tavernes, n'hésitant pas à engager la conversation avec des mortels, leur offrant du vin pour qu'ils me racontent ce qui se passait de par le monde. De temps à autre, je parcourais aussi les champs de bataille où les guerriers islamiques remportaient leurs victoires, ou je suivais les Francs au combat sous le couvert de l'obscurité. À cette époque, pour la première fois de mon existence surnaturelle, je me fis de proches amis humains.

Je veux dire par là que je retrouvais souvent à sa taverne préférée un mortel de mon choix, un soldat par exemple, pour discuter de lui-même et de sa vision du monde. Notre relation demeurait cependant assez brève et assez superficielle, j'y veillais, et si la tentation me prenait de faire de mon camarade un buveur de sang, je disparaissais au plus vite.

J'en vins cependant à connaître bon nombre d'humains, y compris des religieux dans leurs monastères, car je n'hésitais pas à les aborder sur la route, notamment en territoire hostile, puis à leur faire un bout de conduite en leur posant des questions polies sur le pape, l'Église, voire leur propre communauté.

Je pourrais parler des heures de ces mortels, dont je ne parvenais pas toujours à préserver mon cœur, mais le temps me manque pour l'instant. Sache donc juste que je devins leur ami. Lorsque je regarde en arrière, je prie n'importe quel dieu désireux de me répondre de m'avoir laissé leur apporter autant de réconfort que j'en ai reçu d'eux.

Quand je me sentais empli de courage, je me rendais en Italie, parfois jusqu'à Ravenne, pour admirer les églises merveilleuses, ornées de magnifiques mosaïques semblables à celles de Constantinople. Jamais cependant je n'osai aller plus loin dans ma mère patrie. J'avais trop peur de contempler les ruines de la civilisation qu'elle avait autrefois abritée.

D'une manière générale, les nouvelles du monde que me donnaient mes amis me brisaient le cœur.

Constantinople ayant abandonné l'Italie, seul le pape de Rome se dressait contre les envahisseurs. Les Arabes islamistes semblaient voués à conquérir le monde entier, y compris la Gaule. Par la suite, Constantinople s'impliqua dans une crise terrible relative à la validité des images saintes, qu'elle condamna sur-le-champ. Icônes, peintures et mosaïques des églises allaient donc être détruites dans une affreuse guerre contre l'art qui me blessa au cœur.

Dieux merci, le pape refusait de se joindre à cette croisade. Tournant officiellement le dos à l'empire d'Orient, il passa des alliances avec les Francs.

C'était la fin du rêve : l'union entre Orient et Occident s'achevait ; Byzance ne préserverait pas la civilisation protégée par la Rome antique.

Toutefois, le monde civilisé perdurait. Même moi, le patricien amer, je ne pouvais que l'admettre.

Bientôt apparut parmi les Francs un chef puissant, qu'on devait plus tard appeler Charlemagne, lequel remporta de nombreuses victoires lorsqu'il s'agit de maintenir la paix en Occident. Autour de lui se réunit une cour qui protégeait la littérature latine ancienne telle une flamme fragile.

Pourtant, c'était surtout l'Église qui préservait les restes de la culture inhérente au monde romain de mon enfance. Quelle ironie ! Le christianisme, religion rebelle née des martyres infligés durant la Pax romana, veillait maintenant sur les œuvres d'autrefois, la langue, la poésie, le discours d'antan.

Au fil des siècles, ma force grandissait ; le moindre de mes dons s'accroissait. Allongé dans la crypte des Parents divins, j'entendais si je le désirais les voix des habitants des villes lointaines, les buveurs de sang qui passaient parfois près de moi, des pensées ou des prières.

Enfin me vint le don céleste. Au lieu de grimper jusqu'au sanctuaire, il me suffisait de souhaiter m'élever au-dessus de la route pour arriver devant les portes secrètes du passage. Cette capacité me séduisait malgré son côté effrayant, car elle me permettait de voyager encore plus loin lorsque j'en avais l'énergie, c'est-à-dire de moins en moins souvent.

Pendant ce temps, châteaux et monastères fleurissaient sur les terres autrefois réservées aux tribus barbares. Le don céleste me permettait de visiter les sommets élevés sur lesquels se dressaient ces merveilles, voire de m'y introduire.

J'errais à travers l'éternité, espion du cœur d'autrui, être de sang qui ne savait rien de la mort ni finalement du temps.

Il m'arrivait de dériver au gré du vent comme je dérivais au gré des vies humaines. La crypte montagnarde m'inspirait ma réaction habituelle : je couvrais de fresques les murs de Ceux Qu'il Faut Garder, les entourant cette fois d'Égyptiens d'autrefois venus accomplir leurs sacrifices. Les quelques livres qui me versaient du baume au cœur ne quittaient pas la chapelle.

J'allais souvent espionner les moines, que j'aimais regarder écrire dans leur scriptorium : les voir préserver ainsi la poésie classique grecque ou latine m'était un grand réconfort. Après minuit, je hantais leur bibliothèque où, dissimulé sous ma cape et mon capuchon, penché sur un lutrin, je lisais les poèmes et l'histoire de mon époque.

Jamais je ne me fis prendre. J'étais bien trop habile. Souvent, le soir, je m'attardais devant l'église d'un quelconque monastère, écoutant le plain-chant des religieux. Il m'apportait une paix étrange, comme une promenade dans un cloître ou le tintement des cloches.

Au fil du temps, l'art gréco-romain que j'avais tant aimé était mort, remplacé par un art religieux terriblement austère. Proportions et réalisme n'avaient plus aucune importance. Ce qui comptait, c'était que les œuvres évoquent Dieu.

Les êtres humains, en sculpture ou en peinture, étaient souvent incroyablement émaciés, dotés d'un regard fixe intimidant. Le grotesque régnait dans toute son horreur, mais non par manque de connaissances ou de talent, car on enluminait les manuscrits avec une patience inouïe, on construisait à grands frais monastères et églises. Les artistes eussent aussi bien rendu autre chose, seulement ils avaient choisi. L'art n'était pas supposé être sensuel mais pieux, sinistre. Ainsi se mourait le monde classique.

Celui qui le remplaçait regorgeait de merveilles, je ne puis le nier. Grâce au don céleste, je visitais les grandes cathédrales gothiques, dont les hautes voûtes surpassaient tout ce que j'avais jamais vu. Leur beauté me sidérait. Les villes commerçantes qui naissaient à travers l'Europe m'émerveillaient. Apparemment, artisanat et commerce avaient stabilisé la civilisation comme la guerre seule en était bien incapable.

Partout fleurissaient de nouvelles langues. L'élite parlait français, mais l'anglais, l'allemand, l'italien étaient nés, eux aussi.

Les événements se produisaient sous mes yeux, et pourtant, je n'en voyais rien. Enfin, aux alentours de l'an 1200, peut-être – je n'en suis pas très sûr –, je m'allongeai dans la crypte pour un long sommeil.

Las du monde, créature d'une force inouïe, j'avouai mes intentions à Ceux Qu'il Faut Garder : les lampes finiraient par s'éteindre, tout ne serait plus qu'obscurité, mais me pardonneraient-ils comme je les en priais ? J'étais fatigué. J'avais envie de dormir très, très longtemps.

En dormant, j'appris. Mon ouïe surnaturelle était à présent trop fine pour me laisser reposer dans le silence. Il m'était impossible d'échapper aux voix de ceux qui m'entouraient, buveurs de sang ou mortels. D'ignorer l'histoire.

Aussi m'accompagna-t-elle dans la passe alpine où je m'étais dissimulé. Les prières de l'Italie, de la Gaule devenue France, me parvenaient.

Les plaintes des malheureux frappés par la terrible maladie des années 1300, la bien nommée peste noire.

J'ouvris les yeux dans l'obscurité. Je tendis l'oreille. Peut-être même réfléchis-je. Enfin, me levant, je gagnai l'Italie, inquiet du devenir du monde. Il me fallait voir de mes yeux mon pays bien-aimé. Il me fallait retrouver ma patrie.

La cité qui m'attirait m'était inconnue. Elle me semblait toute récente dans le sens où elle n'existait pas à l'époque des Césars, mais il s'agissait d'un port immense, peut-être de la plus grande ville d'Europe : Venise. La peste noire y était arrivée par bateau, fauchant des milliers de gens.

Jamais encore je n'avais visité la lagune. C'eût été trop doulou-reux. À présent, je découvrais une cité de palais fabuleux, bâtie autour de grands canaux aux eaux vert sombre. L'épidémie avait établi son emprise sur la population, qui diminuait de jour en jour ; des bateaux emportaient les cadavres jusqu'aux îles les plus proches.

Ce n'étaient partout que larmes et désolation, malheureux entas-sés dans des chambres réservées aux pestiférés, en nage, torturés par des bubons incurables, puanteur de mort. Certains habitants cherchaient à fuir la ville et ses miasmes ; d'autres restaient auprès de leurs bien-aimés malades.

Jamais je n'avais vu pareil fléau. Dans la splendide cité, je me sen-tais à la fois paralysé de chagrin et fasciné par la beauté des palais et la merveilleuse église Saint-Marc, preuve exquise des liens de Venise avec Byzance, où elle envoyait ses nombreux navires marchands.

En pareilles circonstances, seules les larmes étaient de mise. L'heure eût été mal choisie pour admirer à la lumière des torches peintures ou statues, que je découvrais avec des yeux neufs. Malgré ma nature, il me fallait partir, par respect pour les mourants.

Aussi poursuivis-je ma route vers le sud et une autre ville, inconnue de moi durant ma vie de mortel : Florence, cœur de la Toscane, belle contrée fertile.

À ce moment-là, vois-tu, je voulais éviter Rome car je n'eusse pas supporté de voir ma patrie en ruine, une fois de plus. En proie au fléau.

Je partis donc pour Florence – prospère quoique peut-être pas aussi riche que Venise, moins belle malgré ses immenses palais et ses rues pavées.

La terrible épidémie m'y attendait. Des brutes perverses se fai-saient payer pour enlever les corps, battant souvent les agonisants ou ceux qui s'efforçaient de les soigner. Aux portes de certaines demeures s'entassaient jusqu'à six ou huit cadavres. Les prêtres allaient et venaient à la lumière des torches pour administrer l'extrême-onction. Partout régnait la même puanteur qu'à Venise, preuve que tout a une fin.

Épuisé, malheureux, je m'introduisis dans une église proche du centre-ville, je ne me rappelle pas laquelle. Appuyé au mur, je contemplai le tabernacle à la clarté des bougies, me demandant comme bien des mortels en prière ce qu'il allait advenir du monde.

J'avais vu les chrétiens persécutés ; les barbares mettant les cités à sac ; l'Orient et l'Occident se querellant jusqu'à rompre ; les soldats de l'islam portant la guerre sainte contre les infidèles ; à présent, je voyais la terrible maladie se répandre de par le monde entier.

Et quel monde ! Car il avait bien changé depuis mon départ de Constantinople. Les villes d'Europe s'étaient épanouies telles des fleurs. Les hordes barbares établies. Byzance maintenait toujours l'union de l'Orient.

Mais voilà qu'arrivait le fléau, l'épidémie.

Pourquoi étais-je resté en vie ? Pourquoi devais-je être témoin de tant de tragédies et de merveilles ? Qu'étais-je censé tirer de tout ce que j'observais ?

Malgré mon chagrin, la beauté de l'église emplie de bougies me touchait. Remarquant enfin des touches colorées loin devant moi, dans une des chapelles latérales, je m'en rapprochai pour contempler les belles peintures dont j'apercevais déjà une partie.

Aucun des humains plongés dans des prières ardentes ne me remarqua, silhouette solitaire vêtue d'une cape de velours rouge à capuchon, au pas rapide et silencieux, s'avançant vers la petite alcôve.

Ah, si seulement les bougies avaient versé une clarté plus vive ; si seulement j'avais eu le courage d'allumer une torche. Mais ne possédais-je pas la vue d'un buveur de sang ? Pourquoi me plaindre ? Devant moi se dessinaient des sujets comme je n'en avais jamais vu. Les peintures étaient certes d'inspiration religieuse, sévères et pieuses, mais quelque chose de neuf y brillait qu'on pouvait presque qualifier de sublime.

Il y avait eu croisement d'influences. Malgré ma tristesse, j'en ressentis une grande joie, jusqu'à ce qu'une voix s'élevât derrière moi, une voix humaine si basse qu'un humain ne l'eût sans doute pas entendue.

« Ceux qui ont donné naissance à cette œuvre sont tous morts, jusqu'au dernier. » La douleur me submergea. « La peste les a emportés. »

L'homme n'était comme moi qu'une silhouette encapuchonnée, à la cape cependant plus sombre que la mienne. Ses yeux étincelaient de fièvre.

« N'ayez pas peur, reprit-il. Je l'aie eue, elle ne m'a pas tué et je ne peux la transmettre, comprenez-vous ? Mais eux sont morts, tous. Le mal les a balayés ainsi que leur art.

— Et vous ? Êtes-vous peintre ? » m'enquis-je.

Il hocha la tête.

« C'étaient mes maîtres, expliqua-t-il avec un geste en direction de l'alcôve. Et voilà notre œuvre inachevée. Je ne puis la terminer seul.

– Vous le devez. »

Plongeant la main dans ma bourse, j'en tirai quelques pièces d'or, que je lui donnai.

« Croyez-vous vraiment que cela m'aidera ? demanda-t-il tristement.

– Je n'ai rien d'autre à offrir. Peut-être cela vous achètera-t-il le calme et l'intimité nécessaires pour recommencer à peindre.

– Ne me laissez pas », dit-il brusquement alors que je m'apprêtais à repartir.

Je me retournai. Son regard insistant plongea dans le mien.

« Tout le monde est en train de mourir, sauf vous et moi, reprit-il. Ne partez pas. Venez boire une coupe de vin avec moi.

– Je ne peux pas. » Je tremblais, sous le charme du malheureux – beaucoup trop. Bien près de le tuer. « Sinon, je vous assure que je le ferais. »

Après cette rencontre, je quittai Florence et regagnai la crypte de Ceux Qu'il Faut Garder.

Là, je m'allongeai de nouveau pour un long sommeil, conscient de la lâcheté qui m'avait tenu éloigné de Rome, heureux de ne pas avoir asséché les veines du cœur exquis venu à moi dans l'église.

Toutefois, j'avais changé à jamais.

Les peintures florentines d'un genre nouveau m'avaient empli d'espoir.

Que le fléau suive son cours, priai-je tout bas en fermant les yeux.

Il finit en effet par s'épuiser.

L'Europe se mit à chanter en chœur.

Ses multiples voix parlaient de nouvelles villes, de grandes victoires, de terribles défaites. Le continent tout entier se transformait. Commerce et prospérité suscitaient art et culture, de même que dans le passé récent l'avaient fait cours royales, cathédrales et monastères.

Le chœur évoquait un certain Gutenberg, un habitant de Mainz qui avait inventé une presse à imprimer capable de produire des livres par centaines pour une somme modique. Les gens du peuple pouvaient à présent s'acheter un exemplaire des saintes Écritures, des livres d'heures, des recueils d'histoires comiques ou de charmants poèmes. Partout se construisaient d'autres presses.

Il parlait de la chute tragique de Constantinople, tombée aux mains des Turcs invincibles. Toutefois, les fières cités occidentales n'avaient plus besoin de la protection du lointain empire grec. Nul ne se souciait de pleurer Constantinople.

L'Italie, mon Italie, était tout entière illuminée par la gloire de Venise, de Florence et de Rome.

L'heure était venue pour moi de quitter le sanctuaire.

Je m'éveillai de mes rêves exaltés.

Il était temps que j'aille errer par le monde qui se disait lui-même âgé de 1482 ans depuis la naissance du Christ.

Pourquoi je choisis cette année-là, je l'ignore. Peut-être parce que Venise et Florence, contemplées auparavant dans le malheur et le chagrin, m'appelaient alors avec la plus grande éloquence. J'avais désespérément envie de les voir dans leur splendeur.

Mais d'abord, il me fallait rentrer chez moi, à Rome, bien plus au sud.

Aussi allumai-je une fois de plus les lampes de mes Parents bien-aimés, essuyai-je la poussière de leurs bijoux et de leurs fragiles vêtements, leur adressai-je comme toujours mes prières, puis les quittai-je pour vivre une des époques les plus exaltantes que le monde occidental eût jamais connues.

XIV

Je partis pour Rome. Rien d'autre ne m'eût satisfait.

Ce que j'y trouvai me donna un pincement au cœur mais me surprit également. C'était une ville énorme, animée, bien décidée à se remettre de ses défaites successives, emplie de marchands et d'artisans qui travaillaient dur aux grands palais du pape, des cardinaux et autres riches habitants.

L'ancien forum et le Colisée existaient toujours, de même que bien des monuments de l'Antiquité plus ou moins abimés – y compris l'arc de triomphe de Constantin – mais on en arrachait sans cesse des blocs de pierre pour les intégrer à de nouveaux bâtiments. Des nuées d'érudits n'en étudiaient pas moins les ruines, demandant souvent qu'on les préservât en l'état.

À vrai dire, l'époque tout entière s'efforçait de préserver les restes des temps anciens de ma naissance, d'en tirer l'enseignement, d'en imiter l'art et la poésie ; le mouvement avait une vigueur que je n'eusse pas imaginée dans mes rêves les plus fous.

Comment le dire de manière plus lucide ? Ce siècle prospère, voué au commerce et à la banque, où des milliers de gens portaient de beaux vêtements de velours épais, était tombé amoureux de la Rome et de la Grèce antiques !

Jamais, allongé dans ma crypte durant mes siècles de lassitude, je n'avais songé à un tel revirement. Je fus d'abord trop enchanté de tout ce que je voyais pour faire grand-chose d'autre que me promener dans les rues boueuses en accostant des mortels avec autant de grâce que j'en pouvais rassembler, afin de les interroger sur ce qui se passait alentour et ce qu'ils pensaient de leur époque.

Je parlais bien sûr la nouvelle langue, l'italien, dérivée du latin d'autrefois, à laquelle ma bouche et mon oreille ne tardèrent pas à s'accoutumer. Elle n'était pas si mal. Je la trouvais même fort belle, quoique – je l'appris bien vite – les érudits fussent tous versés en grec et en latin.

Les innombrables réponses à mes questions m'apprirent aussi que Venise et Florence étaient de l'avis général très en avance sur Rome dans leur renaissance spirituelle, mais que si le pape voyait ses vœux exaucés, cela ne durerait pas.

Le chef de l'Église, non content de diriger les affaires chrétiennes, avait décidé que Rome redeviendrait une véritable capitale culturelle et artistique. Les travaux de la basilique Saint-Pierre toute neuve étaient sur le point de s'achever, ainsi que ceux de la chapelle Sixtine, grande œuvre en les murs du palais pontifical.

Certaines des fresques ayant été exécutées par des artistes florentins, la population s'interrogeait fort sur leur qualité.

Je passai le plus de temps possible dans les rues et les tavernes, à écouter les bavardages, puis je décidai d'aller voir de mes yeux la chapelle Sixtine.

Nuit décisive.

Au fil des siècles sombres écoulés depuis que j'avais quitté mes bien-aimés Avicus et Zénobie, divers mortels et œuvres d'art m'avaient brisé le cœur, mais rien ne m'avait préparé à ce que je découvris alors.

Je ne parle pas de Michel-Ange, connu dans le monde entier pour ce qu'il a fait de la chapelle, car il n'était à l'époque qu'un enfant dont la carrière n'avait pas encore commencé.

Non, ses œuvres n'existaient pas en cette nuit décisive. Chasse Michel-Ange de tes pensées.

Je songe à un tout autre artiste.

Trompant sans difficulté la garde du palais, je gagnai très vite l'auguste chapelle, fort spacieuse, destinée à abriter une fois terminée les grandes cérémonies mais fermée en général au commun des mortels.

Parmi les nombreuses fresques qui l'ornaient s'en trouvait une qui attira aussitôt mon regard, avec ses sujets aux couleurs éclatantes. Un vieillard très digne, dont la tête répandait un flot de lumière dorée, y était représenté en compagnie de trois groupes de disciples différents.

Rien ne m'avait préparé au réalisme avec lequel avaient été peintes les multiples silhouettes, à leur expression emplie de vie mais aussi de dignité, au gracieux drapé de leurs vêtements.

Les trois groupes, dessinés de la manière la plus exquise, étaient très agités. Leur instructeur à la blanche chevelure, dont la tête déversait des flots de lumière, les réprimandait ou rectifiait leurs erreurs sans se départir semblait-il d'un calme austère.

L'harmonie de l'ensemble était telle que jamais je ne l'eusse imaginée. Les personnages eussent suffi à faire de cette peinture un chef-d'œuvre, mais une campagne extravagante, un monde fourmillant s'étendaient derrière eux.

Le port de l'arrière-plan abritait deux bateaux de l'époque, dominés par des montagnes de plus en plus hautes montant jusqu'à des cieux d'un bleu profond. À droite des navires se dressait l'arc de triomphe de Constantin, que Rome abritait toujours, finement détaillé en doré comme s'il était demeuré intact, et les colonnes d'un autre bâtiment romain, autrefois splendide, réduit à l'état de ruine fièrement érigée devant un lointain château, obscur et menaçant.

Ah, que de complexité, que d'inexplicables combinaisons, que d'étrangeté ! Pourtant, chaque visage était attirant, la moindre main exquisement représentée.

Je crus devenir fou à les contempler.

J'eusse voulu disposer de nuits entières pour mémoriser la peinture. Aller sur l'heure écouter à la porte des érudits capables de m'expliquer ce qu'elle signifiait, car j'étais incapable de l'interpréter ! Il me fallait d'autres connaissances. Mais, plus que tout, sa beauté parlait à mon âme.

Mes années de morosité s'étaient évanouies comme si des milliers de bougies avaient été allumées dans la chapelle.

« Ah, Pandora, que n'es-tu là pour voir cette merveille ! murmurai-je. Que n'en as-tu entendu parler !

La chapelle Sixtine comportait d'autres fresques, auxquelles je ne jetai qu'un coup d'œil avant de tomber en arrêt devant deux œuvres du même maître, aussi magiques que la première.

Elles représentaient également une multitude de personnages au visage divin, aux vêtements d'un volume sculptural. Le Christ, escorté d'anges ailés, y figurait en plus d'un endroit, mais je ne parvins pas plus à interpréter ces peintures que la précédente.

Au fond, d'ailleurs, peu m'importait. Elles m'emplissaient littéralement l'âme. L'une d'elles montrait en outre deux jeunes filles représentées avec une telle sensibilité mais aussi une telle sensualité que j'en demeurai stupéfait.

Jamais l'art passé des églises et des monastères n'eût permis pareille chose : il avait totalement banni toute beauté charnelle.

Pourtant, ces demoiselles se tenaient là, dans la chapelle pontificale, l'une me tournant le dos, l'autre me faisant face, l'air rêveur.

« Pandora, répétai-je tout bas. Je te retrouve enfin, dans ta jeunesse et ton éternelle beauté... »

Je me mis à faire les cent pas avant de me planter une nouvelle fois devant les fresques, les bras tendus, veillant à ne pas toucher les peintures, à juste promener les mains au plus près comme si je les observais avec la peau autant qu'avec les yeux.

Il fallait que je sache qui leur avait donné naissance ! Que je découvre ses autres œuvres. J'étais amoureux de lui. Je voulais voir tout ce qu'il avait jamais réalisé. Était-il jeune ? Vieux ? Mort ? Il fallait que je sache.

Je quittai la chapelle en me demandant qui interroger sur ces merveilles, car je ne pouvais certes pas aller réveiller le pape pour lui poser mes questions. Dans une ruelle sombre, sur la colline, je trouvai un malfaisant, un ivrogne qui m'attendait, la dague à la main. Je bus mon content avec une impatience que je n'avais pas ressentie depuis des années.

Pauvre malheureux. Je me demande si, en le prenant, je lui offris quelques images des fresques.

Ce moment est resté très clair dans ma mémoire. Je me tenais au sommet de l'escalier étroit qui descendait à flanc de colline jusqu'à une piazza, l'esprit tout occupé des peintures, peu à peu réchauffé par le sang. Une seule envie me tenaillait : retourner immédiatement à la chapelle.

Quelque chose me tira cependant de mon obsession. La démarche reconnaissable d'un buveur de sang tout proche, pas maladroit d'un jeune immortel. Cent ans, pas davantage. La créature voulait m'avertir de sa présence.

Je pivotai pour découvrir une haute silhouette musclée, aux cheveux sombres, vêtue de la robe noire des moines. L'arrivant ne cherchait nullement à dissimuler la blancheur de son visage. À son cou pendait un crucifix d'or brillant, retourné.

« Marius ! murmura-t-il.

— Nom de dieux », ripostai-je. Comment pouvait-il bien savoir mon nom ? « Qui que tu sois, va-t'en. Laisse-moi tranquille, je te préviens. Ne m'approche jamais plus si tu tiens à la vie.

— Marius ! répéta-t-il en s'approchant de moi. Tu ne me fais pas peur. Je suis venu te trouver parce que nous avons besoin de toi. Tu nous connais.

— Des adorateurs de Satan ! soupirai-je, écœuré. Regarde-moi le symbole ridicule que tu portes au cou. Si le Christ existe, crois-tu vraiment qu'Il te prête la moindre attention ? Ainsi donc vous tenez

toujours vos stupides petites réunions. Vous entretenez vos illusions.

– Nous n'avons jamais été stupides, contra-t-il avec calme, mais
nous accomplissons l'œuvre de Dieu en servant Satan, oui. Sans lui,
comment le Christ aurait-Il jamais existé ?

– Va-t'en, tranchai-je avec un geste de dédain. Je ne veux rien de
toi. »

Le secret de Ceux Qu'il Faut Garder enfermé à double tour dans
mon cœur, j'évoquai les fresques de la chapelle Sixtine. Ah, les
belles silhouettes, les couleurs...

« Ne comprends-tu donc pas ? insista l'autre. Si un immortel
aussi âgé et puissant que toi devenait notre chef, nous formerions
une légion dans les catacombes de la ville ! Alors que nous sommes
bien peu nombreux. »

Ses grands yeux noirs étincelaient de l'inévitable zèle. Son épaisse
chevelure brillait dans la maigre lumière. Il était beau, quoique couvert de poussière et de crasse. Sa robe empestait les catacombes, lui-
même empestait la mort comme s'il avait reposé auprès de restes
humains, mais il était beau, avec une ossature et des proportions
aussi harmonieuses que celles d'Avicus. Oui, il ressemblait un peu à
Avicus.

« Tu veux donc constituer une légion ? ironisai-je. Imbécile !
J'étais déjà né que personne ne parlait encore de Satan et de Christ.
Vous êtes des buveurs de sang qui se racontent des histoires. Comment as-tu jamais pu croire que j'accepterais de vous servir de
chef ? »

Il se rapprocha encore, ce qui me permit de le voir d'autant
mieux. Empli d'exubérance et de franchise, il gardait la tête haute.

« Rends-nous visite dans les catacombes, insista-t-il. Viens nous
voir et participer à nos rituels. Joins-toi à notre chœur demain soir
avant que nous ne partions en chasse. »

Il attendit ma réponse dans un silence passionné. Ce n'était certes
pas quelqu'un de stupide, ni d'aussi dépourvu d'expérience que les
autres adorateurs de Satan entrevus au fil des siècles.

Comme je secouais la tête, il insista :

« Je m'appelle Santino. Depuis un siècle, j'entends parler de toi,
je rêve de te rencontrer. C'est Satan qui nous a réunis. Il faut que tu
deviennes notre chef. Je ne céderai le commandement qu'à toi.
Viens voir mon repaire, empli de centaines de crânes. » Il parlait un
très bel italien d'une voix raffinée, bien modulée. « Viens voir mes
troupes, vouées de tout cœur à la Bête. Elle veut que tu prennes
notre tête. Dieu le veut. »

Écœuré, je déplorais en silence son existence et celle de ses troupes, d'autant que son intelligence m'était visible – sa vivacité d'esprit, les prémices de la compréhension et de la sagesse.

Quel dommage qu'Avicus et Mael ne fussent pas là pour le réduire à néant, avec tous ses compagnons.

« Ton repaire, empli de centaines de crânes, répétai-je. Crois-tu vraiment que je veuille régner sur pareil royaume ? Cette nuit, j'ai vu des peintures d'une telle beauté qu'il m'est impossible de te les décrire. Des œuvres magnifiques, colorées et lumineuses. La ville m'entoure de ses trésors.

– Où es-tu allé ?

– À la chapelle Sixtine.

– Mais comment ?

– Rien de plus facile. Je peux t'apprendre à utiliser tes pouvoirs...

– Nous sommes des créatures de la nuit, protesta-t-il en toute simplicité. Les lieux de lumière nous sont interdits. Dieu nous a voués aux ténèbres.

– Quel dieu ? Je vais où je le désire. Je bois le sang du malfaisant. Le monde m'appartient. Et toi, tu voudrais que je m'enterre en ta compagnie dans des catacombes emplies de crânes ? Que je dirige des buveurs de sang au nom d'un démon ? Tu es trop intelligent pour pareil credo, mon ami. Renonces-y.

– Non ! » Il secoua la tête en reculant. « Notre satanisme est pureté ! Tu ne m'en écarteras pas par la tentation, quels que soient tes pouvoirs et tes ruses. Je te souhaite la bonne nuit. »

J'avais allumé quelque chose en lui, je le voyais dans ses yeux. Je l'attirais, ce que je disais l'attirait, mais il refusait de l'admettre.

« Vous ne serez jamais légion, insistai-je. Le monde ne le permettra pas. Vous n'êtes rien. Renonce à tendre tes filets. Ne crée pas d'autres immortels pour les pousser à cette croisade futile. »

Il se rapprocha derechef, comme si j'étais une lumière dont il voulait bénéficier. Ses yeux plongèrent dans les miens. Sans doute cherchait-il à déchiffrer mes pensées, dont il percevait juste ce que je formulais à haute voix.

« Nous avons une telle chance, repris-je. Il y a tant à observer et à apprendre. Laisse-moi t'emmener à la chapelle Sixtine, voir les peintures dont je t'ai parlé. »

Il se rapprocha plus encore, tandis que son expression se modifiait.

« Ceux Qu'il Faut Garder..., lança-t-il. Qui sont-ils ? »

Le coup fut rude : une fois de plus, un autre que moi connaissait le secret préservé par mes soins depuis un millier d'années.

« Tu n'en sauras jamais rien, ripostai-je.

– Non, écoute. S'agit-il d'êtres profanes ou sacrés ? »

Serrant les dents, je tendis la main vers lui, mais il m'échappa avec une rapidité surprenante.

Je le suivis, le rattrapai et, le faisant brutalement pivoter, le traînai jusqu'au sommet de l'escalier.

« N'essaie jamais plus de m'approcher, tu m'entends ? sifflai-je alors qu'il luttait désespérément pour m'échapper. Il me suffit de le vouloir pour te détruire par le feu, et pourquoi ne le voudrais-je pas ? Pourquoi ne voudrais-je pas vous éliminer tous, misérables parasites que vous êtes ? Parce que je déteste la violence et la cruauté, quoique tu sois plus malfaisant que le mortel qui a étanché ma soif cette nuit ! »

Ses tentatives frénétiques pour se libérer de mon étreinte n'avaient pas la moindre chance d'aboutir.

Pourquoi ne le détruisis-je pas ? Mon esprit était-il trop empli des œuvres superbes que je venais de contempler ? Trop en harmonie avec le monde des mortels pour tomber dans ces abysses répugnants ?

Je ne sais.

Ce que je sais, c'est que je le jetai dans l'escalier, où il roula sur les marches de pierre, encore et encore, maladroit, pitoyable, jusqu'à ce qu'enfin il parvînt à se remettre sur ses pieds, beaucoup plus bas.

Il me fixa d'un regard haineux.

« Je te maudis, Marius, lança-t-il avec un courage remarquable. Je vous maudis, toi et le secret de Ceux Qu'il Faut Garder ! »

La provocation me surprit.

« Je te préviens, Santino, garde tes distances ! répondis-je cependant, le toisant de haut. Errez à travers le temps, toi et les tiens. Observez les splendeurs et les beautés des choses humaines. Soyez de véritables immortels, pas des adorateurs de Satan, les serviteurs d'un dieu qui vous plongera dans un enfer chrétien ! Mais quoi que vous fassiez, pour votre propre sécurité, ne m'approchez pas. »

Planté au bas des marches, il me fixait d'un air furieux.

L'idée me vint alors de lui donner un petit avertissement. En tout cas, d'essayer.

J'en appelai au don du feu, dont je sentis la puissance croître en moi, que je maîtrisai avec le plus grand soin puis que je dirigeai vers lui pour embraser le bas de sa robe noire monacale.

Aussitôt, le tissu qui lui dissimulait les pieds se mit à fumer. Santino recula, horrifié.

J'arrêtai d'exercer mon pouvoir.

Le sataniste terrifié tourna sur lui-même puis arracha sa robe brûlée, dévoilant une longue tunique blanche.

Il contempla d'un œil fixe le vêtement fumant tombé à terre puis releva une fois encore les yeux vers moi, pas plus effrayé qu'auparavant mais furieux de son impuissance.

« Vois ce dont je suis capable, lançai-je, et ne t'avise pas de revenir m'importuner. »

Sur ce, je lui tournai le dos et m'en repartis.

Penser aux êtres de sa sorte me donnait le frisson – me dire qu'il me faudrait peut-être réutiliser le don du feu après tant d'années. Je n'avais pas oublié le meurtre des esclaves d'Eudoxie.

Il n'était pas même minuit.

Le monde éclatant de l'Italie nouvelle m'attendait avec ses savants et ses artistes, les immenses palais de ses cardinaux et autres puissants de la Ville éternelle, qui revivait après ses longues années misérables.

Écartant Santino de mon esprit, je m'approchai d'un palazzo neuf où se déroulait un bal masqué, autour de tables bien garnies.

M'y introduire ne me fut pas difficile. Ensuite, mes beaux vêtements en velours me permirent d'être le bienvenu parmi les invités.

Mon blanc visage remplaçait parfaitement le masque qui me faisait défaut, tandis que mon habituelle cape rouge me distinguait des autres hôtes tout en me désignant comme un des leurs.

La musique m'enivrait, les murs resplendissaient de très belles fresques, pas aussi magiques cependant que celles de la chapelle Sixtine. La foule immense n'était que vêtements somptueux.

Très vite, je me mêlai à la conversation de jeunes érudits qui discutaient passionnément peinture et poésie, afin de leur poser une simple question : qui avait réalisé les fresques magnifiques que je venais d'admirer dans la chapelle Sixtine ?

« Vous les avez vues ? me demanda l'un d'eux. Je ne vous crois pas. Nous n'avons pas été autorisés à les contempler. Décrivez-les moi une nouvelle fois. »

Je m'exécutai le plus simplement possible, tel un écolier.

« Les personnages sont d'une suprême délicatesse, ajoutai-je, avec des visages empreints de sensibilité. Ils sont tous représentés de manière très naturelle, quoiqu'ils soient à peine trop allongés. »

Mes compagnons se mirent à rire.

« À peine trop allongés, répéta l'un des plus âgés.

– Qui est l'artiste ? demandai-je, implorant. Il faut absolument que je fasse sa connaissance.

– En ce cas, vous devrez vous rendre à Florence, reprit l'érudit. C'est de Botticelli que vous parlez, et il est déjà rentré chez lui.

– Botticelli », murmurai-je. Le nom était étrange, quasi ridicule puisqu'il signifie en italien « petite baignoire », mais en ce qui me concernait, il était également synonyme de splendeur. « Vous êtes sûr ?

– Certain », acquiesça mon interlocuteur. Ses compagnons hochaient eux aussi la tête. « Son talent ne peut qu'émerveiller. C'est pourquoi le pape l'a envoyé chercher. Il a consacré deux ans de travail à la chapelle Sixtine. Tout le monde le connaît. À présent, il est certainement aussi occupé à Florence qu'il l'a été à Rome.

– Je veux juste le voir de mes yeux, expliquai-je.

– Qui êtes-vous ? s'enquit un des érudits.

– Personne, murmurai-je. Absolument personne. »

Un éclat de rire général salua la réplique, se fondant de manière ensorcelante à la musique et à l'éclat des innombrables bougies.

J'étais enivré d'odeurs de mortels et de rêves de Botticelli.

« Il faut que je le trouve », chuchotai-je.

Saluant mes compagnons, je repartis dans la nuit.

Mais que ferais-je après avoir trouvé Botticelli ? Telle était la question. Quelle mouche me piquait ? Que voulais-je au juste ?

Voir tout ce qu'il avait jamais peint, oui, de cela au moins j'étais sûr, mais mon âme ne réclamait-elle pas davantage ?

Ma solitude, aussi immense que mon âge, me faisait peur.

Je regagnai la chapelle Sixtine.

Là, je passai le reste de la nuit en contemplation devant les fresques.

À l'approche de l'aube, un garde m'y découvrit. Je le lui permis. Le don de l'ensorcellement suffit à le convaincre en douceur que je n'étais pas un intrus.

« Qui est ce personnage-là ? lui demandai-je. Le vieillard barbu dont la tête répand des flots de lumière ?

– Moïse, répondit-il. Le prophète, vous savez bien ? Cette peinture-ci lui est consacrée, tandis que l'autre, là, est pour le Christ. » Il tendait le bras. « Vous ne voyez pas le titre ? »

Non, je ne l'avais pas vu, mais je le découvrais à présent : *La Tentation de Moïse*.

« Je regrette de ne pas mieux connaître leur histoire, soupirai-je. Enfin, les peintures sont tellement belles que cela n'a guère d'importance. »

Le garde se contenta de hausser les épaules.

« Vous avez vu Botticelli, quand il était ici ? » repris-je.

Nouveau haussement d'épaules.

« Vous ne trouvez donc pas ces fresques d'une beauté incomparable ? »

L'homme me regarda d'un air un peu idiot.

Je pris alors conscience de ma solitude, si grande que j'en arrivais à discuter avec cette malheureuse créature, à m'efforcer de lui faire comprendre ce que je ressentais.

« De nos jours, il y a de belles peintures partout, dit le garde.

– Oui, je sais, mais elles ne ressemblent pas à celles-là. »

Je lui donnai quelques pièces d'or puis quittai la chapelle.

Il ne me restait que le temps de gagner la crypte de Ceux Qu'il Faut Garder.

Alors que je m'y allongeais, je me mis à rêver de Botticelli, mais ce fut la voix de Santino qui vint me hanter. Je regrettai de ne pas l'avoir détruit, réaction somme toute très inhabituelle de ma part.

XV

La nuit suivante, je me rendis à Florence. Ce fut bien sûr merveilleux de voir la ville remise des ravages de la peste noire, plus prospère, plus inventive et plus énergique que Rome.

J'obtins très vite confirmation de ce que je soupçonnais : la cité ayant grandi grâce au commerce, elle n'avait pas souffert de la fin de l'époque classique. Au contraire, elle avait crû en force au fil des siècles tandis que ses dirigeants, les Médicis, y conservaient le pouvoir grâce à leur banque internationale.

Ses merveilles architecturales, ses peintures, ses savants perspicaces, tout cela m'attirait irrésistiblement. Pourtant, rien n'eût su m'empêcher d'aller voir de mes yeux non seulement les œuvres de Botticelli, mais aussi l'homme lui-même.

Je n'en passai pas moins un moment à me torturer, louant plusieurs pièces d'un palazzo proche de la grand-place, embauchant un serviteur maladroit et d'une remarquable crédulité pour y ranger à mon intention d'innombrables vêtements coûteux – tous de mon rouge préféré de l'époque, qui est resté ma couleur favorite – me rendant chez un libraire, m'acharnant sur sa porte jusqu'à ce que l'homme ouvrît, prît mon argent et me donnât les livres les plus récents dont « tout le monde » parlait, qu'il s'agît de poésie, d'art, de philosophie ou autre.

Je me retirai alors dans mon appartement, m'assis à la lumière d'une lampe pour dévorer autant que faire se pouvait la pensée du siècle puis m'allongeai sur le sol, les yeux au plafond, bouleversé par la vigueur du retour au classicisme, par l'enthousiasme passionné que suscitaient les poètes grecs et romains d'autrefois, par l'amour de la sensualité qui me semblait caractériser l'époque.

Permets-moi d'ajouter que certains de ces livres étaient le produit d'une invention miraculeuse : la presse à imprimer. Quoique fort surpris de leur aspect, je leur préférai comme bien des érudits d'alors la beauté des vieux volumes écrits à la main. Ironiquement, la presse à imprimer existait depuis longtemps que les gens se vantaient toujours de posséder une bibliothèque manuscrite – mais je m'égare.

Je parlais du retour aux anciens poètes grecs et romains, de l'amour d'un monde nouveau pour celui de ma naissance.

Ainsi que je l'ai déjà laissé entendre, l'Église romaine était devenue toute-puissante.

Pourtant, l'époque était à la fusion autant qu'à une incroyable expansion. C'était la fusion que j'avais vue dans les peintures de Botticelli – emplies de charme et de beauté naturelle, alors qu'elles se trouvaient dans la propre chapelle du pape, à Rome.

Aux alentours de minuit, je pense, je quittai mes appartements, chancelant, pour découvrir la ville soumise au couvre-feu, semée d'estaminets qui le défiaient et des inévitables ruffians en maraude.

Étourdi, je pénétrai dans une grande taverne emplie de jeunes buveurs fort gais, où un éphèbe aux joues roses chantait en s'accompagnant d'un luth. Assis dans mon coin, je m'efforçai de réfléchir, de maîtriser mes enthousiasmes débordants, mes passions sauvages. Il fallait pourtant que je trouve où vivait Botticelli. Il le fallait. Je voulais absolument voir ses autres œuvres.

Quelque chose m'en empêchait, mais quoi ? Se pouvait-il que j'eusse peur ? Que se passait-il dans ma tête ? Les dieux savaient que j'étais un être parfaitement maîtrisé. Ne l'avais-je pas mille fois prouvé ?

N'avais-je pas tourné le dos à Zénobie pour conserver mon secret ? N'endurais-je pas chaque nuit une souffrance méritée pour avoir abandonné l'incomparable Pandora, que je ne retrouverais peut-être jamais ?

Enfin, incapable de supporter plus longtemps mes pensées chaotiques, je me rapprochai d'un des clients les plus âgés, qui ne chantait pas avec ses cadets.

« Je suis à la recherche d'un grand peintre », commençai-je.

Il haussa les épaules et avala une lampée de vin.

« Je l'ai été autrefois, mais c'est fini. Je ne fais plus que boire. »

Éclatant de rire, j'appelai la serveuse pour qu'elle remplît sa coupe. Il me remercia d'un hochement de tête.

« À ce qu'on m'a dit, l'homme dont je veux parler s'appelle Botticelli. »

Ce fut son tour de rire.

« Savez-vous qu'il s'agit du plus grand peintre de Florence ? Vous n'aurez aucun mal à le trouver. Il est toujours très occupé, malgré les visiteurs qui traînent dans son atelier. Peut-être même est-il au travail à l'heure qu'il est.

— Son atelier ? Où est-il ?

— Chez lui, via Nuova, juste avant la via Paolino.

— Mais dites-moi... » J'hésitai. « Quel genre d'homme est Botticelli ? À votre avis ? »

Le Florentin haussa derechef les épaules.

« Ni bon ni mauvais, quoiqu'il ait un certain sens de l'humour. Il ne fait guère d'impression, sinon par sa peinture. Vous verrez. Mais ne comptez pas louer ses services, il a déjà beaucoup de travail. »

Je remerciai mon interlocuteur, lui laissai de l'argent pour boire encore s'il le désirait et me glissai dehors.

Il me suffit de quelques questions pour trouver le chemin de la via Nuova. Un veilleur de nuit me montra à ma demande la demeure de Botticelli, grande mais nullement luxueuse, que l'artiste occupait en compagnie de son frère et de la famille de ce dernier.

Immobile devant la bâtisse comme devant un autel, je devinai facilement où se trouvait l'atelier, à cause de ses grandes portes, ouvertes de jour, bien sûr. Il m'apparut aussi que toutes les lampes, au rez-de-chaussée ainsi qu'à l'étage, étaient éteintes.

Comment m'introduire dans la place ? Comment découvrir à quoi travaillait le peintre ? Je ne pouvais venir en ces lieux que la nuit. Jamais je ne l'avais autant maudite.

Il fallait que l'or m'aidât. L'or et le don de l'ensorcellement, quoique je ne fusse pas certain d'oser m'en servir sur Botticelli en personne.

Soudain, incapable de me contrôler davantage, je me mis à marteler la porte de la demeure.

Évidemment, il n'y eut pas de réponse. Je recommençai donc.

Enfin, une lumière s'alluma derrière une fenêtre de l'étage, puis des bruits de pas me parvinrent.

Une voix me demanda qui j'étais et ce que je voulais.

Que répondre ? Allais-je mentir à quelqu'un que je révérais ? Il fallait pourtant que je fusse admis en cette maison.

« Marius de Romanus, lançai-je – invention spontanée. J'apporte de l'or à Botticelli. J'ai vu ses peintures à Rome, et j'ai beaucoup d'admiration pour lui. Je veux lui remettre un don en mains propres. »

Il y eut une pause. Des voix derrière la porte : deux hommes se demandaient qui j'étais, à quoi servirait pareil mensonge.

L'un conseillait de ne pas répondre à ma requête ; l'autre estimait qu'il valait la peine de jeter un coup d'œil. Celui-là tira le verrou et ouvrit le battant. Son compagnon se tenait derrière lui, la lampe à la main, laissant son visage dans l'obscurité.

« C'est moi Sandro, dit le premier avec simplicité. Botticelli. Pourquoi m'apporteriez-vous de l'or ? »

Je demeurai un long moment bouche bée, mais j'eus du moins la présence d'esprit de tirer ma bourse, que je lui tendis. Il l'ouvrit sous mes yeux, en sortit les florins qu'il garda entre les mains.

« Que voulez-vous ? » reprit-il.

Sa voix était aussi banale que ses manières. Il était d'assez haute taille, avec des cheveux châtain striés de gris quoiqu'il n'eût sans doute pas quarante ans. Ses grands yeux chaleureux dominaient un nez et une bouche bien tournés. Le regard qu'il posait sur moi n'exprimait ni agacement ni méfiance. De toute évidence, il était prêt à me rendre mon or.

Lorsque je voulus parler, je me mis à bégayer pour la toute première fois de ma vie. Enfin, je parvins à m'exprimer de manière compréhensible :

« Laissez-moi entrer dans votre atelier, suppliai-je. Tout ce que je veux, c'est voir vos peintures.

– Venez demain, alors. » Il haussa les épaules. « Mon atelier est ouvert en permanence. À moins que vous ne préfériez aller dans les églises où j'ai peint. Mon œuvre s'étale à travers tout Florence. Vous n'avez pas à me payer pour la voir. »

Quelle voix sublime ; honnête ; empreinte de patience et de gentillesse.

Je le contemplais comme j'avais contemplé ses fresques, mais il attendait une réponse. Il me fallait reprendre mes esprits.

« J'ai mes raisons, dis-je. Mes passions. Je veux admirer vos toiles à l'instant, si vous me le permettez. L'or est à vous. »

Il sourit, laissant même échapper un léger rire.

« Ma foi, vous arrivez tel un roi mage, car j'aurai certes l'usage de votre cadeau. Entrez donc. »

C'était la deuxième fois de ma longue existence qu'on me comparait à un roi mage, ce qui me plaisait fort.

L'intérieur des Botticelli n'avait rien de luxueux. L'artiste prit la lampe à son compagnon, et je le suivis par une porte latérale dans son atelier, où il la posa sur une table couverte de pinceaux, de peintures et de chiffons.

Il m'était impossible de le quitter des yeux. Cet homme banal était le créateur des fabuleuses peintures de la chapelle Sixtine.

La lumière flamboya, illuminant la pièce. Sandro, puisqu'il s'était ainsi présenté, eut un geste vers la gauche ; lorsque je pivotai, je me crus en train de perdre l'esprit.

Une toile géante couvrait le mur. Moi qui m'attendais à une composition d'ordre religieux, si sensuelle fût-elle, je découvris quelque chose de totalement différent qui me laissa sans voix.

L'immense tableau comportait plusieurs personnages mais le sujet m'en était des mieux connus, alors que celui des fresques romaines m'avait laissé perplexe.

Il n'y avait là ni saint ni ange, ni Christ ni prophète – loin de là.

Devant moi se dressait Vénus dans sa nudité glorieuse, debout sur un coquillage, ses cheveux d'or agités par une brise légère, le regard rêveur et calme. Deux de ses fidèles l'entouraient : Zéphyr, soufflant le vent qui la poussait vers la terre, et une nymphe aussi belle qu'elle, prête à l'accueillir sur le rivage.

J'aspirai avec force et me couvris le visage de mes mains ; lorsque je les écartai, la peinture était toujours là.

Un petit soupir impatient échappa à Sandro Botticelli. Dieux du ciel, que pouvais-je bien lui dire sur cette œuvre ? Comment exprimer mon adulation ?

Sa voix s'éleva, basse et résignée :

« Si vous trouvez ma peinture choquante et condamnable, je vous préviens qu'on me l'a déjà dit à maintes reprises. Je vais vous rendre votre or. J'ai entendu ce genre de choses plus de cent fois. »

Me tournant vers lui, je m'agenouillai, lui pris les mains et les baisai le plus fort que je l'osai. Puis, lentement, comme un vieil homme, je me redressai, dépliant un genou après l'autre, et reculai pour contempler le tableau un long moment.

Vénus à la silhouette parfaite couvrait son intimité la plus secrète avec les boucles de son abondante chevelure. La nymphe à la main tendue arborait des vêtements volumineux. Zéphyr gonflait les joues. Le moindre détail de la peinture s'imprimait dans mon esprit.

« Comment est-ce possible ? demandai-je. Après tant de Christs et de Vierges, comment pareil tableau est-il enfin apparu ? »

Mon hôte, fataliste, laissa échapper un petit rire.

« Grâce à mon commanditaire. Je ne suis pas très bon latiniste. Il m'a lu la poésie, puis j'ai peint ce qu'il voulait que je peigne. » Une pause. Botticelli paraissait troublé. « Vous croyez que c'est une œuvre coupable ?

– Certainement pas. Vous voulez savoir ce que j'en pense ? C'est un miracle. Je m'étonne que vous vous interrogiez. » Je me retournai vers la peinture. « Vous avez représenté une déesse. Comment votre tableau pourrait-il ne pas être sacré ? Autrefois, des millions de gens adoraient Vénus du fond du cœur et lui étaient dévoués.

– Certes, dit-il doucement, mais c'est une déesse païenne. Tout le monde n'est pas persuadé que ce soit celle du mariage, comme d'aucuns l'assurent de nos jours. On m'a déjà dit que c'était une œuvre coupable, que je ne devrais pas peindre ce genre de choses. »

Il poussa un soupir de frustration, désireux de poursuivre alors que les arguments lui échappaient.

« N'écoutez pas ce genre de discours, conseillai-je. Il y a là une pureté que je n'ai presque jamais vue dans un tableau. Le visage de Vénus, la manière dont vous l'avez peinte... c'est une nouvelle-née, mais sublime ; une femme, mais divine. Ne croyez pas pécher en travaillant à cette toile ; elle est trop vivante, trop éloquente. Chassez de votre esprit les débats moraux. »

Il ne répondit pas, mais je savais qu'il réfléchissait. Me tournant vers lui, je cherchai à lire dans son esprit, qui me parut chaotique, empli de pensées fugaces et de remords.

Quoique presque entièrement à la merci de ceux qui louaient ses services, Botticelli était devenu le peintre le plus célèbre du moment par la vertu des particularités de son art, qui suscitait une admiration universelle. Jamais son talent ne s'était plus pleinement exprimé que dans cette toile, il le savait fort bien, malgré son incapacité à le formuler. Il eût aimé me parler de son métier et de sa propre originalité, mais cela ne lui était tout simplement pas possible. Quant à moi, je me refusais à le presser. C'eût été cruel.

« Je n'ai pas votre vocabulaire, dit-il enfin. Vous ne croyez vraiment pas que ce soit une œuvre coupable ?

– J'en suis sûr. Quiconque prétend le contraire est un fieffé menteur. » Je ne pouvais me montrer trop affirmatif. « Voyez l'innocence que trahit le visage de la déesse. Ne pensez à rien d'autre. »

Son air tourmenté me fit comprendre qu'il était fragile, en dépit de son immense talent et de l'énergie colossale qu'il investissait dans son travail. Les critiques risquaient d'écraser complètement les poussées de son art. Pourtant, jour après jour, il s'obstinait à peindre de son mieux.

« Ne les croyez pas, insistai-je, ramenant son regard à moi.

– Venez, dit-il. Vous m'avez généreusement payé pour voir mes toiles. Regardez ce tableau de la Vierge Marie accompagnée des anges. Qu'en pensez-vous ? »

Rapprochant la lampe du mur du fond, il la brandit afin de me montrer une peinture ronde.

Là encore, sa beauté me bouleversa au point de me fermer la bouche. La Vierge était d'une beauté aussi pure que Vénus, les anges sensuels et charmants comme seuls le sont les très jeunes gens.

« Je sais, reprit-il. Pas la peine de me le dire. Vénus ressemble à la Vierge, et la Vierge ressemble à Vénus, voilà ce que j'entends. Mais ce sont mes commanditaires qui paient.

– Ils ont entièrement raison. » J'avais une folle envie de l'attraper par le bras ; de le secouer gentiment afin qu'il n'oubliât jamais mes paroles. « Faites ce qu'ils vous demandent. Les deux tableaux sont magnifiques. Plus beaux que tout ce que j'ai jamais vu. »

Il ignorait ce que cela signifiait. Je ne pouvais le lui dire. Comme je le regardais, je notai pour la première fois en lui une vague appréhension. Ma peau lui semblait à présent bizarre ; mes mains aussi, peut-être.

Il était temps de le quitter, avant qu'il ne devînt encore plus méfiant. Je voulais qu'il gardât de moi un bon souvenir, dénué de peur.

Je sortis une autre bourse, également gonflée de florins.

Il eut un geste de dénégation, et même la refusa avec beaucoup d'obstination. Je la posai sur la table.

Un long moment, nous nous dévisageâmes.

« Au revoir, Sandro, dis-je enfin.

– Marius, c'est ça ? Je me souviendrai de vous. »

Une fois dans la rue, je parcourus d'un pas vif deux pâtés de maisons puis m'arrêtai, le souffle court. Il me semblait avoir rêvé cette rencontre, ces peintures, leur humaine création.

Je ne regagnai pas mon appartement.

En atteignant la crypte de Ceux Qu'il Faut Garder, affolé par ce que j'avais contemplé, je succombai à un épuisement jusque-là inconnu. Botticelli occupait mon esprit tout entier. Son image, doux cheveux bruns et regard sincère, emplissait mes pensées malgré mes efforts pour la chasser.

Quant à ses œuvres, elles me hantaient. Pourtant, je savais que mon tourment, mon obsession, mon amour fou pour l'artiste ne faisaient que commencer.

XVI

Au fil des mois suivants, je visitai longuement Florence, me glissant dans divers palais ou églises afin d'admirer les œuvres de Botticelli.

Ceux qui le célébraient ne mentaient pas. C'était le peintre le plus révéré de la ville. Quant à ceux qui se plaignaient de lui, il s'agissait de clients qu'il n'avait pas le temps de servir, car ce n'était qu'un mortel.

L'église de San Paolino renfermait un retable qui avait de quoi me rendre fou. Le sujet de la peinture n'avait rien d'original, je m'en étais aperçu, puisqu'il s'agissait des Lamentations – la scène où les amis du Christ pleurent sur son corps, tout juste descendu de la croix.

C'était un miracle de sensualité, grâce surtout à la tendre représentation de Jésus, doté du corps splendide d'un dieu grec, mais aussi à l'abandon total de la femme qui pressait le visage contre le sien : quoique le supplicié eût la tête pendante, elle se tenait à genoux, très droite, de sorte qu'elle avait les yeux fort près de sa bouche.

Ah, ces deux visages tout proches, la délicatesse du décor qui les entourait... C'était plus que je n'en pouvais supporter.

Combien de temps me laisserais-je ainsi torturer ? Combien de temps serais-je la proie de cet enthousiasme forcené, de cette folle adoration, avant de me retirer dans le froid et la solitude de ma crypte ? Je savais bien comment me punir. Me fallait-il vraiment pour cela bouleverser mes plans en me rendant à Florence ?

Les bonnes raisons de ne pas m'y attarder ne manquaient pas.

La ville abritait deux autres buveurs de sang qui peut-être eussent souhaité mon départ quoiqu'ils m'eussent jusqu'alors laissé tranquille. Ils étaient très jeunes, guère intelligents, mais je ne voulais pas qu'ils vinssent me trouver pour répandre ensuite « la légende de Marius » plus encore qu'elle ne s'était déjà répandue.

Le monstre rencontré à Rome – le malfaisant Santino – risquait en outre de me rejoindre afin de me harceler, en compagnie de ses petits adorateurs de Satan dont je déplorais l'existence.

Toutefois, cela n'avait pas réellement d'importance.

J'étais libre de m'attarder, je le savais. Il ne se trouvait à Florence nul sataniste, ce qui était une bonne chose. J'avais tout le temps de souffrir si j'en avais envie.

J'étais fou de ce mortel, Botticelli, ce peintre, ce génie, si bien que je ne pensais plus à rien d'autre.

Bientôt naquit de son talent un deuxième chef-d'œuvre païen que j'allai contempler dans le palazzo où il avait été transporté une fois terminé – m'y glissant aux premières heures de la matinée, pendant que ses occupants dormaient.

Là encore, Botticelli s'était appuyé sur la mythologie romaine, ou peut-être sur la mythologie grecque qui la sous-tendait, pour créer un jardin – eh oui, un jardin – un parc à l'éternel printemps où des personnages de légende avançaient d'une démarche sublime, le geste harmonieux, l'air rêveur, dans des attitudes d'une extrême élégance.

D'un côté du tableau dansaient les trois Grâces, jeunes et belles, forcément, dont les robes transparentes se gonflaient dans le mouvement ; de l'autre s'avançait Flore, les plis de ses magnifiques vêtements répandant des fleurs sous ses pas. Vénus occupait une fois de plus le centre de la toile, habillée en riche Florentine, la main levée d'un air accueillant, la tête à peine penchée de côté.

Mercure et d'autres personnages mythiques complétaient l'ensemble, qui me fascina tellement que je restai des heures planté devant à en examiner le moindre détail, souriant par moments, pleurant à d'autres, m'essuyant le visage, allant parfois jusqu'à me cacher les yeux avant de les libérer pour admirer derechef les couleurs vives, les gestes et les attitudes délicats des sujets – tout cela si évocateur de la gloire romaine perdue et pourtant si totalement neuf, différent, que je pensais perdre l'esprit tant je l'aimais.

Ce tableau effaça tous les jardins que j'avais jamais peints ou imaginés. Comment rivaliser, même en rêve, avec pareil chef-d'œuvre ?

Quelle joie de mourir ainsi de bonheur, après avoir été si longtemps seul et malheureux. Quelle joie de voir triompher la forme et la couleur après avoir étudié dans un amer esprit de sacrifice tant de formes pour moi impossibles à comprendre.

Il n'y avait plus en moi nul désespoir, seulement de la joie, sans fin ni répit.

Était-ce possible ?

Je quittai à contrecœur le jardin printanier. À contrecœur, j'abandonnai son herbe grasse, semée de fleurs, ombragée d'orangers pour chercher d'autres œuvres de Botticelli.

J'eusse pu errer, titubant, à travers la ville des nuits entières, enivré de ce tableau, mais il y avait plus, bien plus à voir.

Note que, pendant ce temps, pendant que je me glissais dans les églises pour y admirer les peintures du maître, que je m'introduisais dans un palazzo où m'attendait un Mars irrésistible, endormi sur l'herbe, veillé par une Vénus patiente, que je me promenais, me posant parfois les mains sur les lèvres pour ne pas pleurer follement tout haut, j'évitais l'atelier du génie. Je me retenais d'y aller.

« Tu ne peux te mêler de sa vie, me répétais-je. Tu ne peux t'introduire chez lui grâce à ton or et le distraire de la peinture. Son destin est celui d'un mortel. La ville tout entière le connaît. Rome le connaît. Son œuvre lui survivra. Ce n'est pas un homme qu'il faut arracher au caniveau. On ne parle que de lui à Florence. Au palais pontifical. Laisse-le tranquille. »

Aussi ne retournais-je pas chez lui, alors que je mourais d'envie de seulement le voir, lui parler, lui dire que les Grâces merveilleuses et autres déesses du jardin printanier étaient aussi belles que ce qu'il réalisait par ailleurs.

J'eusse payé rien que pour m'asseoir dans son atelier, au crépuscule, et le regarder travailler. Mais ce n'était pas bien ; rien de tout cela ne l'était.

Je retournai à l'église San Paolino, où je demeurai un long moment plongé dans la contemplation des Lamentations.

Elles m'apparurent beaucoup plus austères que les peintures païennes. À vrai dire, Botticelli avait rarement peint tableau aussi sévère, aussi sombre, avec les robes foncées des différents protagonistes et l'arrière-plan obscur du tombeau ouvert. Pourtant, jusque dans cette austérité subsistaient une tendresse, un charme certains. Quant aux deux visages – ceux de Marie et du Christ, pressés l'un contre l'autre –, ils me fascinaient au point que je ne pouvais en détacher le regard.

Ah, Botticelli. Comment expliquer son talent ? Ses personnages, quoique parfaits, étaient toujours légèrement étirés, y compris les visages à l'air somnolent, voire un peu triste – il était difficile de se prononcer. Les sujets d'un même tableau semblaient tous perdus dans un rêve commun.

Quant aux peintures dont il usait – dont usaient tant de peintres florentins –, elles étaient très supérieures à celles dont nous avions disposé durant l'Antiquité romaine. Il mêlait un simple jaune d'œuf aux pigments broyés pour fabriquer les couleurs puis couvrait la toile d'un glaçage ou d'un vernis afin de lui conférer un brillant et une résistance insurpassables. En d'autres termes, ses œuvres avaient un éclat pour moi miraculeux.

Les peintures en elles-mêmes me fascinaient tellement que j'envoyai mon serviteur mortel m'acheter tous les pigments disponibles et des œufs. Un ancien apprenti fut ensuite appelé, de nuit, pour préparer mes couleurs et leur donner exactement la consistance voulue, afin que je pusse peindre quelque peu dans mon appartement de location.

Ce n'était qu'une expérience, mais je ne tardai pas à travailler avec ardeur, couvrant la moindre surface de toile ou de bois achetée par mes deux aides.

La rapidité de mes coups de pinceau ne manqua pas de les bouleverser, aussi m'interrompis-je. Il me fallait être raisonnable et non fantasque. Ne l'avais-je pas appris bien longtemps auparavant, en décorant ma salle de banquet sous les acclamations de mes invités ?

Serviteur et ancien apprenti furent envoyés, chargés d'or, m'acheter davantage de matériel. Quant aux fruits de mes efforts... Ce n'étaient que de pauvres imitations de Botticelli, car malgré mon sang surnaturel, je ne pouvais capturer ce qu'il avait capturé. Il m'était impossible de réaliser des visages semblables aux siens, il s'en fallait de beaucoup. Ce que je peignais avait quelque chose de fragile, de désespéré. Mes propres œuvres me semblaient insupportables, haïssables, avec leurs personnages sans relief à l'air accusateur, au regard chargé d'un je-ne-sais-quoi de sinistre.

Je finis par sortir dans la rue, agité, conscient des deux autres buveurs de sang, un jeune couple qui avait peur de moi à juste titre mais s'intéressait fort à mes faits et gestes, j'ignorais au juste pourquoi. J'envoyai un message muet à toute la racaille immortelle capable de venir me déranger : Ne m'approchez pas, car je suis déchiré par la passion et ne supporterai pas d'être importuné en ce moment.

Après quoi je me glissai dans l'église San Paolino, où je m'agenouillai devant les Lamentations. Ma langue courut sur mes dents aiguës. Affamé, je me laissai emplir par la beauté des personnages. J'eusse pris une victime ici même.

Ce fut alors que me vint la pire des idées, aussi purement maléfique que la peinture était purement religieuse, aussi spontanée que si Satan avait réellement existé et s'était approché de moi en rampant pour l'introduire dans mon esprit.

« Tu l'aimes, Marius, me dit le serpent. Eh bien, amène-le à toi. Donne-lui le Sang. »

Je frissonnai en silence, puis me laissai glisser à terre, appuyé au mur. La soif m'empoigna une nouvelle fois. Quoique horrifié d'y avoir seulement pensé, je me vis prendre Botticelli dans mes bras, plonger les crocs dans sa gorge. Le sang de Botticelli... Le mien, que je lui offrirais.

« Tu as attendu tellement longtemps, reprit la voix maléfique. Des siècles se sont écoulés sans que tu répandes le Sang. Pourquoi ne pas le partager avec Botticelli ? Prends-le donc à l'instant. »

Il continuerait à peindre ; grâce au Don ténébreux, son art serait sans égal. Il vivrait à jamais avec son talent, l'humble quadragénaire qui m'était reconnaissant de lui offrir une simple bourse d'or, le banal humain créateur du dieu exquis dont la tête reposait dans la main de Marie, laquelle pressait le front contre sa bouche.

Non, cela ne serait pas. Jamais. Impossible. Non.

Pourtant, je me remis lentement sur mes pieds, ressortis et partis pour la demeure de Botticelli, à travers les ruelles obscures.

Les battements de mon cœur résonnaient à mes oreilles. Mon esprit me semblait curieusement vide, mon corps léger, un corps de prédateur empli d'une méchanceté que j'admettais sans hésiter et ne comprenais que trop. Je me sentais exalté. Prends Botticelli dans tes bras. Garde-le à jamais.

Quoique conscient des deux autres buveurs de sang qui me suivaient pas à pas, je ne leur prêtais aucune attention. Ils me redoutaient beaucoup trop pour oser m'approcher. J'avançais vers l'heure du choix.

Quelques pâtés de maisons plus loin, je m'arrêtai à la porte de Sandro. La lumière brûlait chez lui. Ma cape dissimulait une bourse pleine d'or.

Éperdu, rêveur, affamé, je frappai comme la première fois.

Tu ne feras pas une chose pareille, me disais-je. Tu ne priveras pas l'humanité de quelqu'un d'aussi vivant. Tu n'infléchiras pas la destinée d'un homme qui a donné au monde tant de choses à aimer et à admirer.

Ce fut le frère de Sandro qui vint m'ouvrir, mais il se montra cette fois courtois et m'introduisit dans l'atelier où le peintre travaillait, seul.

Il se tourna vers moi pour me saluer dès que je pénétrai dans la vaste pièce.

Derrière lui se dressait un grand panneau, qui différait de ses autres œuvres de manière choquante. Je laissai mon regard s'y promener, pensant que c'était ce que voulait l'artiste, mais je ne pense pas être parvenu à cacher ma désapprobation ni ma peur.

La soif jaillit en moi, mais je la repoussai pour contempler le tableau sans penser à rien d'autre, surtout pas à Sandro, à sa mort et à sa renaissance à travers moi – non, à rien hormis la peinture, puisque je jouais les êtres humains.

C'était une représentation glaçante de la Trinité, avec le Christ en croix, Dieu le Père dressé de toute sa taille derrière lui, une colombe représentant l'esprit saint planant juste au-dessus de sa tête. D'un côté se tenait Jean le Baptiste, ouvrant la robe pourpre de Jehovah, de l'autre Madeleine la pécheresse, seulement vêtue de ses longs cheveux, fixant sur Jésus des yeux chagrins.

Quel usage cruel du talent de Botticelli ! Quelle peinture sinistre. Très bien exécutée, certes, mais tellement dépourvue de compassion.

À cet instant seulement je comprenais que les Lamentations représentaient l'équilibre parfait entre lumière et ténèbres, un équilibre à présent disparu. Il était d'ailleurs surprenant que Botticelli eût réalisé quelque chose d'aussi sombre, d'aussi dur. Si j'avais vu le tableau ailleurs, je ne l'eusse pas pensé de lui.

L'œuvre me semblait porter un jugement sur mon envie de donner au peintre le Sang ténébreux ! Le dieu des chrétiens existait-il réellement ? Était-il capable de m'empêcher d'agir, de me condamner ? Était-ce pourquoi je me retrouvais nez à nez avec cette toile, tandis que l'artiste me regardait dans les yeux ?

Il attendait mon avis ; patiemment, il attendait la blessure que j'allais lui infliger. Au fond de moi vibrait l'amour de son talent, un amour qui n'avait rien à voir avec Dieu, le diable ou ma propre puissance maléfique. J'avais du respect pour Botticelli. À cet instant, rien d'autre ne comptait.

« Où est passée l'innocence, Sandro ? » demandai-je d'une voix aussi douce que possible en contemplant le tableau.

De nouveau, il me fallut combattre la soif. Regarde comme il est vieux. Si tu ne te décides pas, Sandro Botticelli va mourir.

« Où est passée la tendresse ? continuai-je. La douceur sublime qui fait tout oublier ? J'en vois peut-être une trace dans le visage de Dieu le Père, mais le reste... c'est tellement sombre, cela vous ressemble tellement peu. Je ne comprends pas que vous peigniez une chose pareille alors que vous êtes capable de beaucoup, beaucoup mieux. »

La soif me torturait, mais je la maîtrisais, je la repoussais tout au fond de moi. J'aimais trop le peintre pour le transformer. Ce n'était pas possible. Je ne supporterais pas le résultat de pareille création.

Quant à mes remarques, il se contenta pour toute réponse de hocher la tête, malheureux, en homme partagé qui eût aimé peindre d'un côté des déesses, de l'autre des sujets sacrés.

« Je ne veux pas faire le mal, Marius, m'expliqua-t-il. Je ne veux pas pécher ou inciter autrui au péché rien qu'en lui montrant un tableau.

– Jamais vous n'avez fait une chose pareille, Sandro, assurai-je. Telle est mon opinion – vos déesses sont aussi glorieuses que vos dieux. Les fresques christiques que vous avez réalisées à Rome étaient emplies de lumière et de beauté. Pourquoi vous plonger dans l'obscurité, comme vous l'avez fait ici ? »

Tirant ma bourse, je la posai sur la table. J'allais partir, à présent, et jamais il ne saurait combien le véritable mal était passé près de lui. Jamais il n'imaginerait seulement ce que j'étais ni ce que peut-être, peut-être, j'avais voulu faire.

Il s'approcha de moi, s'empara de la bourse et voulut me la rendre.

« Non, protestai-je, gardez-la. Vous la méritez. Vous vous efforcez de remplir ce que vous considérez comme votre devoir.

– Je ne veux pas faire le mal, répéta-t-il simplement. Mais venez, je vais vous montrer autre chose. »

Il m'entraîna à l'écart des grandes toiles, devant une table où reposaient plusieurs parchemins couverts de minuscules dessins.

« Ce sont des esquisses destinées à L'Enfer de Dante, m'expliqua-t-il. Vous l'avez certainement lu. Je veux illustrer l'œuvre tout entière. »

À ces mots, mon cœur se serra, mais qu'eussé-je pu répondre ? Je baissai les yeux sur les croquis des corps tordus par la souffrance ! Comment était-il possible de défendre pareille entreprise du peintre qui avait représenté Vénus et la Vierge Marie avec un talent aussi miraculeux ?

L'Enfer de Dante. J'avais détesté l'ouvrage, malgré son indéniable intérêt.

« Je ne comprends que vous désiriez faire ce genre de choses, avouai-je, tremblant, me refusant à lui laisser voir mon visage. Les peintures qui célèbrent la lumière du paradis, chrétien ou païen, me semblent magnifiques, mais je ne prends aucun plaisir à contempler les souffrances des damnés. »

De toute évidence, il était divisé, et peut-être le demeurerait-il à jamais. Tel était son destin. Je n'avais fait que croiser sa route et entretenir un feu déjà trop faible pour subsister.

À présent, il me fallait partir ; le quitter pour toujours. De ma vie je ne reposerais le pied dans cette maison. En ce qui le concernait, je ne pouvais me fier à moi-même. Je fuirais d'ailleurs Florence, ou ma résolution vacillerait.

« Je ne reviendrai plus, Sandro, annonçai-je.

– Mais pourquoi ? Je vous attendais. Et pas à cause de l'or, croyez-moi.

– Je sais, mais je dois m'en aller. N'oubliez pas. Je crois en vos dieux et en vos déesses. J'y croirai toujours. »

Une fois dans la rue, je ne pus aller plus loin que l'église. Je désirais le peintre avec une telle force, je brûlais tant de l'amener à moi, de lui donner les ténébreux secrets du Sang que je parvenais tout juste à respirer, à distinguer ce qui m'entourait ou à sentir l'air m'emplir les poumons.

Je le voulais. Je voulais son talent. Je nous rêvais – Sandro et Marius – ensemble dans un grand palazzo, où naîtraient des tableaux empreints de la magie des immortels.

Ce serait une confirmation du Sang.

Après tout, Botticelli ruinait son propre talent, n'était-il pas vrai, en le consacrant à des thèmes aussi sombres ? Comment expliquer qu'il se détournât de ses déesses pour se consacrer à un poème intitulé *L'Enfer* ? N'était-il pas possible, grâce au Sang, de le ramener à ses visions célestes ?

Mais rien de tel n'arriverait, je le savais avant même d'avoir vu sa cruelle crucifixion. Avant de me rendre chez lui.

À présent, il me fallait une victime ; beaucoup de victimes. Aussi partis-je en chasse, méchamment, jusqu'à ne plus pouvoir boire une goutte des quelques malheureux errant dans les rues de Florence.

Enfin, une heure ou deux avant l'aube, je me retrouvai assis à la porte d'une église, sur une petite place, tel un mendiant – si tant est que les mendiants portent des capes cramoisies.

Les deux vampires qui m'avaient suivi, j'en avais eu conscience, s'approchèrent de moi d'un pas craintif.

Je me sentais épuisé, peu porté à la patience.

« Allez-vous-en, leur lançai-je, ou je vous détruis tous les deux. »

L'homme et la femme, tous deux pris dans leur jeunesse, tremblants, ne reculèrent cependant pas. Enfin, l'homme prit la parole, avec un courage réel malgré son effroi :

« Ne vous attaquez pas à Botticelli ! Ne vous avisez pas de lui faire du mal ! Prenez des bandits, oui, tant que vous voulez, mais pas Botticelli, jamais ! »

La tête rejetée en arrière, j'éclatai d'un rire amer quoique bas.

« Telle n'est pas mon intention, dis-je enfin. Je l'aime autant que vous. Maintenant, allez-vous-en ou croyez-moi, vous ne verrez pas une autre nuit. Partez immédiatement. »

Je regagnai la crypte des montagnes afin de pleurer Botticelli.

Les yeux clos, je pénétrai dans le parc où Flore laissait tomber des roses tendres sur un tapis d'herbe et de fleurs. Je tendis la main vers la chevelure d'une des Grâces.

« Pandora, murmurai-je. C'est notre jardin, tu vois. Elles étaient toutes aussi belles que toi. »

XVII

Au cours des semaines suivantes, j'emplis le sanctuaire alpin de nouvelles richesses : lampes et encensoirs d'or, beaux tapis des marchés de Venise, brillantes soieries de Chine. Les couturières florentines confectionnèrent de nouvelles tenues pour les Parents immortels que je vêtis ensuite avec soin, les débarrassant de loques bonnes à brûler depuis bien longtemps.

Tout en m'occupant d'eux, je leur parlais sans arrêt, sur un ton consolateur, des miracles observés dans le monde en pleine évolution.

Après avoir posé à leurs pieds de beaux livres imprimés, je leur expliquai l'ingénieuse invention de la presse. Je suspendis au-dessus de la porte de la chapelle une tapisserie flamande neuve, également achetée à Florence, puis la leur décrivis en détail afin qu'ils pussent décider de la regarder de leurs yeux apparemment aveugles.

Enfin, je regagnai la ville, rassemblai les pigments, le pétrole, tout ce que m'avait procuré mon serviteur pour l'emporter dans la montagne, où j'entrepris de peindre les murs du sanctuaire à la nouvelle mode.

Au lieu de chercher à imiter Botticelli, je retournai au jardin que j'avais tant aimé des siècles plus tôt. Bientôt, je représentais ma Vénus, mes Grâces, ma Flore, introduisant dans mon œuvre les innombrables détails de la vie que seul peut observer un buveur de sang.

Là où Botticelli avait peint l'herbe grasse semée de fleurs variées, je dessinais les petits insectes qui s'y dissimulaient forcément ainsi que leurs frères plus beaux, plus flamboyants – les papillons multicolores. Le moindre aspect de mon œuvre était effroyablement détaillé. Bientôt, une forêt magique enivrante entourait le Père et la

Mère, la détrempe à l'œuf lui conférant un éclat que jamais je n'avais obtenu par le passé.

Lorsque je contemplais la fresque, un léger étourdissement me gagnait ; je pensais à Botticelli, voire au jardin dont j'avais rêvé dans la Rome antique puis que j'avais peint. Bientôt, je devais me secouer, reprendre mes esprits, car je ne savais plus où je me trouvais.

Les Parents royaux semblaient plus rigides et lointains encore qu'autrefois. La moindre trace du terrible feu avait disparu de leur peau, devenue d'un blanc pur.

Ils n'avaient pas bougé depuis tellement longtemps que je commençais à me demander si je n'avais pas rêvé les événements de Constantinople – si je n'avais pas imaginé le sacrifice d'Eudoxie – mais j'étais déterminé à quitter le sanctuaire pour de longues périodes.

Mon dernier cadeau – une fois toutes les fresques achevées et les Parents couverts de leurs nouveaux bijoux – consista en une longue rangée de cent bougies en cire d'abeille que j'allumai d'un seul coup grâce à mon énergie spirituelle.

Les yeux des souverains demeurèrent fixes, mais je n'en fus pas moins heureux de leur offrir cette illumination ; je passai mes dernières heures auprès d'eux, tandis que les bougies brûlaient, à leur parler tout bas des merveilles de Florence et de Venise, que j'en étais venu à aimer.

Je jurai de leur allumer cent bougies à chacune de mes visites, maigre preuve de mon éternel amour.

Pourquoi cette promesse ? Je ne sais trop, mais par la suite, je conservai toujours dans le sanctuaire une bonne provision de bougies, rangées derrière les Parents. Mon offrande terminée, je regarnis les chandeliers de bronze et jetai la cire fondue.

Cela fait, je retournai à Florence, Venise et Sienne, une petite ville fort riche entourée d'une muraille élevée, afin d'y étudier toutes sortes de peintures.

À vrai dire, je parcourus palais et églises de l'Italie tout entière, enivré par ce que j'y voyais.

Ainsi que je l'ai dit, il s'était opéré entre les thèmes chrétiens et l'ancien style païen une fusion qui se développait partout. Si Botticelli m'en semblait toujours le maître incontesté, la plasticité et la beauté de nombreuses autres œuvres m'émerveillaient.

Les ragots des tavernes et des boutiques m'informaient que j'eusse également trouvé dans le Nord des peintures admirables, ce qui m'étonnait car les peuples du froid s'étaient toujours montrés moins civilisés. Pourtant, dans mon avidité de nouveauté artistique, je décidai d'y aller voir.

L'Europe du Nord s'avéra participer d'une civilisation puissante, complexe que j'avais certainement sous-estimée. Les grandes cités et les cours royales encourageaient les arts, surtout en France, me sembla-t-il. Il y avait là pour moi bien des sujets d'étude.

Pourtant, ils ne me plaisaient pas.

Le travail de Jan Van Eyck, Rogier Van der Weyden, Hugo Van der Goes, Jheronimus Bosch et bien d'autres maîtres anonymes m'inspirait du respect, mais il ne m'enchantait pas comme celui des peintres italiens. Le monde nordique n'était pas aussi lyrique, aussi doux. Il portait toujours le sceau grotesque de l'art purement religieux.

Aussi regagnai-je rapidement les villes italiennes, où je fus récompensé de mes errances par des délices sans fin.

Je ne tardai pas à apprendre que Botticelli avait étudié auprès d'un grand maître, Filippo Lippi, dont le propre fils, Filippino Lippi, travaillait à son tour avec Botticelli. J'aimais aussi Gozzoli, Signorelli, Piero della Francesca et bien d'autres, si nombreux que je me garderai de les nommer tous.

Mais durant mes études, mes petits voyages, mes longues nuits d'adoration devant telle ou telle fresque, tel ou tel retable, jamais je ne me laissai aller à rêver d'amener Botticelli à moi, jamais je ne m'attardai près d'un endroit où il se trouvait.

Je savais qu'il prospérait. Qu'il peignait. Cela me suffisait.

Pourtant, une idée m'était venue – aussi obstinée que le désir insatisfait de séduire le peintre.

Pourquoi ne pas m'introduire dans le monde pour y vivre en artiste ? Oh, pas en professionel acceptant des commandes, c'eût été stupide, mais en gentilhomme excentrique ayant choisi de peindre par plaisir, d'inviter des gens à sa table et de leur offrir son vin.

N'était-ce pas ce que j'avais fait, maladroitement, au cours des nuits qui avaient précédé la première invasion de Rome ? Oui, j'avais orné les murs de ma villa d'images grossières, exécutées à la hâte, tandis que mes hôtes se moquaient gentiment de moi.

Certes, mille ans s'étaient écoulés depuis, plus même, et il m'était plus difficile de passer pour humain. J'étais trop pâle, trop dangereusement fort. Mais n'étais-je pas aussi plus intelligent, plus sage, plus habile avec le don de l'esprit et plus disposé à masquer ma peau blême derrière les onguents requis pour affadir son éclat surnaturel ?

J'en avais désespérément envie !

Bien sûr, il était hors de question de m'installer ainsi à Florence, tout près de Botticelli. J'eusse attiré son attention, et s'il se fût aventuré sous mon toit, j'eusse souffert le martyre. J'étais épris de lui, je ne pouvais le nier. Heureusement, une possibilité encore plus merveilleuse s'offrait à moi.

Venise la magnifique, la scintillante, m'appelait de ses sombres canaux sinueux et de ses palais à l'indescriptible majesté, aux fenêtres ouvertes sur les brises permanentes de l'Adriatique.

Il me semblait possible de tout y recommencer de zéro de manière spectaculaire, en m'achetant la plus belle demeure disponible, en me procurant un groupe d'apprentis qui préparerait mes peintures et les murs de ma propre maison, lesquels se verraient gratifiés de mes meilleurs efforts après que j'aurais une fois de plus réappris mon art grâce à quelques toiles et panneaux de bois.

Quant à mon identité, je serais Marius de Romanus, rentier mystérieux d'une incalculable richesse. En résumé, j'achèterais qui il faudrait pour obtenir le droit d'habiter Venise, puis je dépenserais sans compter parmi les mortels de ma connaissance et entretiendrais royalement mes apprentis, lesquels se verraient donner la meilleure éducation possible – j'y veillerais.

Il faut bien comprendre qu'à l'époque, Venise et Florence ne faisaient pas partie d'une même nation, loin de là. Chacune constituait un État à elle seule, de sorte qu'à Venise je me trouverais très éloigné de Botticelli et soumis à des lois importantes auxquelles devait obéir le moindre citoyen vénitien.

En ce qui concernait mon aspect, j'avais la ferme intention de me montrer extrêmement prudent. Imagine les palpitations d'un cœur de mortel si je m'étais révélé dans toute ma froideur, moi, buveur de sang de quelque mille cinq cents ans à la peau d'un blanc pur et aux yeux bleus étincelants. Aussi les onguents constituaient-ils un problème des plus important.

Après avoir loué un appartement, j'achetai dans les boutiques de parfums les pommades colorées de la meilleure qualité. Je les appliquai ensuite sur ma peau, inspectant le résultat avec soin dans les miroirs les plus parfaits. Bientôt j'avais réalisé le mélange idéal non seulement pour me foncer le teint, mais aussi pour rendre visibles mes rides et ridules les plus fines.

Jusque-là, je ne m'étais même pas aperçu que ces marques de l'expressivité humaine demeuraient perceptibles. Leur découverte m'enchanta. Mon image me plut beaucoup. Quant au parfum de l'onguent, il était fort agréable. Je compris aussitôt qu'une fois installé dans ma propre demeure, il me serait possible de faire préparer les pommades désirées afin de toujours en avoir sous la main.

Quelques mois me furent nécessaires pour mener mes projets à bien.

J'étais tombé sous le charme d'un palazzo particulier d'une grande beauté, à la façade plaquée de marbre luisant, aux arches de style mauresque, aux pièces immenses plus luxueuses que tout ce que j'avais jamais vu en mes innombrables nuits et même mes jours depuis longtemps enfuis. La hauteur des plafonds me surprit. Nous n'avions rien eu de tel à Rome, du moins pas dans les habitations. De plus, l'immense toiture supportait un jardin soigneusement aménagé d'où on voyait la mer.

Aussitôt l'encre séchée sur le contrat de vente, j'entrepris d'acheter les plus beaux meubles imaginables – lits-placards, bureaux, chaises, tables, tout le nécessaire – ainsi que des draperies brodées d'or à poser devant la moindre fenêtre. Pour s'occuper de l'aménagement, j'embauchai un intendant perspicace et bienveillant, Vincenzo, vieillard robuste que j'acquis à la manière d'un esclave : ses employeurs ne le gardaient auprès d'eux, le négligeant honteusement, que parce qu'il avait servi de précepteur aux fils de la maison.

À mon avis, d'ailleurs, c'était exactement le genre de précepteur nécessaire aux apprentis que j'allais acheter à leurs maîtres, des garçons qui exerceraient en travaillant pour moi les talents déjà acquis. Le grand âge de mon serviteur me semblait un avantage supplémentaire, puisqu'il m'éviterait d'être torturé par la vision de la jeunesse se mourant en lui. J'étais même fier, en parfait imbécile peut-être, de lui apporter une vieillesse splendide.

Comment l'avais-je trouvé ? Eh bien, je parcourais la ville en lisant dans les esprits afin d'y découvrir ce que je cherchais.

Ma puissance avait encore augmenté : trouver le malfaisant ne me coûtait aucun effort, et je percevais sans difficulté les pensées secrètes des escrocs ou des gens pour qui ma vue était un plaisir – ce qui n'allait pas sans danger.

Pourquoi cela ? te demandes-tu peut-être. Parce que, plus que jamais sensible à l'amour, je ralentissais le pas sous un regard aimant.

Une humeur étrange s'emparait de moi lorsque je me promenais sous les arcades de la place Saint-Marc et que quelqu'un me contemplait avec admiration. Je pivotais en prenant mon temps, je revenais parfois en arrière, je ne m'éloignais qu'à regret, tel un oiseau des contrées nordiques jouissant de la chaleur du soleil sur ses ailes.

Entre-temps, Vincenzo, de l'or plein les mains, avait été chargé de s'acheter de beaux vêtements. J'en ferais un gentilhomme, dans la mesure où les lois somptuaires le permettraient.

Assis à mon nouveau bureau, dans une chambre spacieuse dallée de marbre, aux fenêtres ouvertes sur les brises des canaux, je dressais la liste des luxes supplémentaires dont je désirais m'entourer.

Je voulais faire construire dans mes appartements un luxueux bain romain à l'antique, afin de jouir de l'eau chaude chaque fois que l'envie m'en prendrait. Il me fallait des étagères pour mes livres et un fauteuil plus confortable pour mon bureau. Une bibliothèque, aussi, bien sûr, car qu'était-ce qu'une maison sans bibliothèque ? Vincenzo me procurerait également les plus beaux vêtements, chapeaux à la mode et chaussures de cuir.

Des dessins réalisés de ma main guideraient ceux qui matérialiseraient mes désirs.

Je menais une existence trépidante. Une fois de plus, je m'étais intégré au flot de la vie et mon cœur battait un rythme humain.

Après avoir hélé un gondolier, il m'arrivait de voguer des heures durant sur les canaux, contemplant les façades spectaculaires alignées devant moi. Je tendais l'oreille aux voix alentour. Parfois, appuyé sur un coude, je regardais les étoiles.

Les ateliers des peintres et les boutiques des orfèvres me fournirent mes premiers apprentis, choisis autant que possible parmi les garçons brillants relégués pour une raison ou pour une autre dans les rangs des malheureux lésés, maltraités ou négligés. Ils se montreraient profondément loyaux envers moi, d'une intelligence inexploitée, après avoir gagné leur nouveau foyer les mains emplies d'or par la grâce de ma générosité.

Je me procurai bien sûr des assistants intelligents, car j'en avais besoin, mais je savais que les pauvrets ne me causeraient aucun problème. La force serait inutile.

Chez moi, ces enfants seraient préparés à l'université – chose inhabituelle pour des apprentis peintres – car telle était ma volonté. Je choisis donc des professeurs, qui viendraient de jour les instruire en mon palazzo.

Leurs élèves apprendraient le latin, le grec, la philosophie, les « classiques » découverts tout récemment et très appréciés, un peu de mathématiques, plus le nécessaire pour réussir dans la vie. S'ils étaient excellents peintres et décidaient de le rester, ils auraient bien sûr le droit de négliger l'université et de suivre le chemin de l'art.

Enfin, je me trouvai entouré d'une activité saine et bruyante. Des cuisiniers s'activaient dans les cuisines, des musiciens enseignaient à mes apprentis le chant et le luth, des professeurs de danse leur apprenaient divers pas, des duels à l'épée se déroulaient dans les grands salons dallés de marbre.

Ma porte ne s'ouvrit cependant pas au commun des mortels ainsi que dans la Rome d'autrefois.

J'étais trop prudent pour vivre de la même manière à Venise, trop peu confiant en ma ruse, trop incertain des questions que risquait de soulever ma peinture de fou.

Non, mes jeunes apprentis me suffisaient, à la fois comme compagnons et comme aides, car il y avait beaucoup à faire : préparer les murs à recevoir mes fresques, couvrir panneaux de bois ou toiles des vernis appropriés.

Il s'écoula pourtant quelques semaines durant lesquelles personne n'eut beaucoup de travail, puisque je les passai à fréquenter les ateliers de la ville afin d'étudier les peintres de Venise de même que j'avais étudié ceux de Florence peu de temps auparavant.

Après cette période studieuse, je ne doutais plus guère de ma capacité à imiter jusqu'à un certain point le travail des mortels, mais j'avais perdu l'espoir de le surpasser. De plus, mes projets m'emplissaient d'anxiété. Je résolus de fermer ma maison au monde, excepté les apprentis et leurs professeurs, comme prévu.

Au bureau installé dans ma chambre, j'entrepris de rédiger un journal consacré à mes pensées intimes, le premier depuis mes nuits romaines.

J'y décrivis les consolations dont je jouissais et me fustigeai avec plus de lucidité que je n'en témoignais en pensée.

« Tu te laisses prendre au piège de l'amour des mortels », y écrivis-je,

> bien davantage que jamais durant les nuits d'autrefois. Car tu as choisi ces garçons afin d'être à même de les instruire et de les former, avec espoir et amour, puis de les envoyer terminer leur éducation à Padoue comme s'il s'agissait de tes enfants. Mais qu'adviendra-t-il s'ils découvrent que tu es une bête de corps et d'âme, qu'adviendra-t-il s'ils te fuient ? Massacreras-tu ces innocents ? Tu n'es plus dans la Rome antique aux millions d'habitants anonymes. Tu pratiques tes petits jeux dans la stricte république vénitienne, et qu'as-tu à y gagner ?
> La couleur du ciel vespéral au-dessus de la piazza lorsque tu te lèves, les coupoles de l'église sous la lune, la teinte des

canaux visible pour toi seul à la clarté des étoiles... Tu es une
créature perverse et avide.

L'art te satisfera-t-il ? Tu chasses ailleurs, dans les villes et les
hameaux environnants, voire les cités lointaines, car tu es
capable de te déplacer aussi vite qu'un dieu. Mais tu apportes
le mal à Venise car tu es le mal. Dans ton beau palais, les mensonges circulent de bouche en bouche, la vie est mensonge, le
mensonge risque de te trahir.

Je reposai ma plume pour relire ces mots, les mémorisant à jamais
telles les paroles prononcées par une autre voix. Lorsque j'eus fini,
je relevai les yeux. Vincenzo se tenait devant moi, digne, humble et
poli, attendant pour me parler.

« Que se passe-t-il ? demandai-je gentiment, afin de ne pas lui
donner à croire que je le désapprouvais d'être entré.

– Je veux juste vous dire... »

Le vieillard était fort élégant, habillé de velours neuf tel un prince
de la cour.

« Oui ?

– Les enfants sont tellement heureux. Ils sont tous au lit, en train
de dormir, mais savez-vous ce que cela représente pour eux d'avoir
à manger en abondance, des vêtements décents, et d'apprendre
leurs leçons en pensant au lendemain ? Je pourrais vous raconter
bien des choses, trop, sans doute. Il n'y en a pas un parmi eux qui
soit stupide. Quelle chance. »

Je souris.

« Très bien, Vincenzo. Allez souper. Buvez tout le vin que vous
voudrez. »

Après son départ, je demeurai assis, figé.

Il semblait impossible que j'eusse établi ainsi ma maisonnée et
que rien ne m'en eût empêché. J'avais des heures avant l'aube pour
me reposer sur mon lit ou jouir de mes nouveaux livres, avant de
parcourir à travers la cité le court trajet qui me mènerait au sarcophage dissimulé dans une salle dallée d'or où je dormirais de jour.

Je préférai cependant gagner une vaste pièce aménagée en atelier,
où je trouvai prêts pigments et autre matériel, y compris plusieurs
panneaux de bois que mes apprentis avaient préparés suivant mes
directives.

Fabriquer la détrempe n'était pas bien difficile. Il ne me fallut pas
longtemps pour disposer d'un large choix de couleurs ; alors, jetant
des coups d'œil répétés dans le miroir que j'avais apporté en ces

lieux, je peignis mon propre portrait à touches rapides et précises, quasi sans correction.

L'œuvre terminée, je m'en écartai aussitôt et me retrouvai en train de me regarder dans les yeux. Je n'étais plus l'homme d'autrefois, mort dans les forêts du Nord, ni le buveur de sang frénétique qui avait enlevé en Égypte le Père et la Mère, pas plus que le vagabond affamé, pourchassé, qui avait discrètement traversé de longs siècles.

Un immortel audacieux et fier me rendait mon regard, exigeant que le monde lui donnât enfin un peu de paix, une créature aberrante, immensément puissante, qui réclamait sa place parmi les êtres humains dont elle avait autrefois fait partie.

Au fil des mois, je m'aperçus que mon plan fonctionnait bien, voire à la perfection !

Les vêtements de l'époque devinrent pour moi une véritable obsession – tuniques et chausses de velours, capes superbes agrémentées de fourrure précieuse. D'ailleurs, les miroirs m'obsédaient également. Je ne me lassais pas de contempler mon reflet, mon teint coloré par les onguents que j'appliquais avec le plus grand soin.

Chaque soir, après le coucher du soleil, je me levais tout habillé, la peau maquillée comme il se devait, pour gagner mon palazzo où m'attendait l'accueil chaleureux de mes enfants. Là, écartant les nombreux professeurs et précepteurs, je présidais un grand banquet au cours duquel mes protégés goûtaient avec délice des nourritures princières, tandis que jouaient des musiciens.

Ensuite, j'interrogeais avec bienveillance mes garçons pour savoir ce que la journée leur avait apporté. Nos longues conversations complexes, emplies de révélations extraordinaires, m'apprenaient sans peine qui, parmi les professeurs, remplissait bien son rôle ou n'obtenait pas au contraire les résultats désirés.

Quant aux enfants, je découvris très vite lesquels avaient le plus de talent, rejoindraient plus tard l'université de Padoue, apprendraient l'orfèvrerie ou la peinture. Pas un d'entre eux n'était médiocre.

Comprends bien qu'il s'agissait d'une entreprise transcendante. Comme je te l'ai déjà dit, j'avais choisi ces garçons grâce au don de l'esprit, et ce que je leur offrais durant ces mois, qui devinrent des années, ils ne l'eussent jamais connu sans mon intervention.

Pour eux, j'étais le magicien qui les poussait à des accomplissements dont ils n'avaient seulement pas rêvé.

Quant à moi, mon rôle m'apportait d'immenses satisfactions, car j'étais leur professeur comme j'avais voulu être, bien longtemps auparavant, celui d'Avicus et de Zénobie, à qui je pensais sans arrêt. Je ne pouvais m'empêcher de me demander ce qu'ils étaient devenus.

Avaient-ils survécu ?

Je l'ignorais.

Une chose était sûre : je les avais aimés parce qu'ils avaient accepté ma tutelle, et je m'étais querellé avec Pandora parce qu'elle l'avait refusée. Elle était trop instruite, trop intelligente pour ne pas représenter un adversaire redoutable dans nos discussions philosophiques, ce qui expliquait que je l'eusse sottement quittée.

Me connaître ainsi moi-même ne m'empêchait pas de soupirer après ma Zénobie et mon Avicus perdus, ni de me demander quels chemins ils avaient empruntés. La beauté de Zénobie m'ayant davantage marqué que celle d'Avicus, je ne pouvais me défaire du simple souvenir de sa douce chevelure.

Parfois, seul dans ma chambre vénitienne, assis à mon bureau, je regardais les tentures des fenêtres se soulever à la brise en pensant aux cheveux de Zénobie. J'évoquais ses boucles éparpillées sur la mosaïque de Constantinople, après qu'elle les avait coupées pour rôder dans les rues tel un garçon. J'eusse voulu revenir un millier d'années en arrière afin de les prendre à pleines mains.

Quant à ma propre chevelure, blonde, elle, je la portais longue sans problème car telle était la mode de l'époque. Je l'aimais assez pour la brosser avec douceur avant d'aller me promener sur la piazza, sous le ciel encore pourpre, conscient des regards qui me suivaient tandis que les gens se demandaient quel genre d'homme je pouvais bien être.

Je peignais toujours, sur des panneaux de bois, quelques apprentis seulement m'entourant dans mon atelier coupé du monde. Il m'arriva même de réaliser des tableaux religieux très réussis, qui tous représentaient la Vierge Marie au moment où l'ange Gabriel lui apparaissait parce que le sujet – l'Annonciation – me fascinait. La facilité avec laquelle j'imitais le style de l'époque me surprenait.

Enfin, je m'attelai à une tâche importante qui mettrait réellement à l'épreuve mon talent et mon intelligence d'immortel.

XVIII

Je vais t'expliquer de quoi il s'agissait.

Un des palais florentins des Médicis comportait une chapelle aux murs ornés d'une grande peinture de Gozzoli, *Le Cortège des Rois mages* – les trois rois mages des Écritures, chargés de précieux cadeaux, venant rendre visite à l'enfant Jésus.

C'était une œuvre merveilleuse, aux détails fouillés, extrêmement mondaine dans la mesure où les mages étaient vêtus en riches Florentins et suivis d'une foule importante, composée d'ecclésiastiques et autres personnages habillés de la même manière, si bien que l'ensemble représentait un hommage au Christ mais aussi à l'époque de sa réalisation.

La peinture couvrait les murs de la chapelle, d'une taille modeste, y compris ceux de l'alcôve où se dressait l'autel.

Elle m'avait enthousiasmé pour plusieurs raisons. Quoique je ne fusse pas aussi épris de Gozzoli que de Botticelli, je l'admirais fort, et les détails de cette œuvre particulière étaient des plus fantastiques.

Non seulement la procession en elle-même frappait par son immensité, mais le paysage de l'arrière-plan s'avérait extraordinaire, tout de villes et de montagnes, de chasseurs et d'animaux en pleine course, de châteaux merveilleusement dessinés et d'arbres aux formes délicates.

Bien. Après avoir choisi une des plus vastes salles de mon palazzo, j'entrepris de reproduire la peinture à plat sur un des murs. Cela m'obligeait à des aller-retour fréquents entre Florence et Venise, pour mémoriser une partie de l'œuvre puis la dupliquer avec tout mon talent surnaturel.

La tentative fut dans une très large mesure couronnée de succès.

Je « volai » le cortège des rois mages, fabuleuse représentation d'un défilé suprêmement important pour les chrétiens, surtout les Florentins, que j'étalai sur mon propre mur dans ses exactes couleurs vives.

Ma peinture n'avait pas la moindre originalité, mais j'avais réussi l'examen que je m'étais imposé. De plus, nul autre que moi n'étant admis dans la salle où je l'avais réalisée, je ne pensais pas avoir réellement spolié son créateur. Si un mortel avait réussi à s'introduire dans la pièce, fermée à clé en permanence, je lui eusse expliqué que l'original de la fresque était dû à Gozzoli ; je le fis d'ailleurs lorsque sonna l'heure de montrer la reproduction à mes apprentis pour qu'ils bénéficient des leçons contenues dans l'œuvre.

Attardons-nous tout de même un instant sur ce « vol ». Pourquoi cette peinture-là m'attirait-elle tellement ? Pourquoi faisait-elle chanter mon âme ? Je ne sais, mais le fait que les trois rois apportaient des cadeaux et que je m'imaginais en donner aux enfants vivant sous mon toit avait son importance. Je ne suis pas sûr cependant que *Le Cortège des Rois mages* soit devenu pour cette raison ma première véritable incursion dans le monde du pinceau. Pas sûr du tout.

Peut-être était-ce juste parce que les détails de la fresque me semblaient fascinants. Il était possible de s'éprendre des chevaux de la procession ou des visages des jeunes gens. Tu vois, je reste aussi perplexe en racontant mon histoire que je l'étais en la vivant.

Mon succès d'imitateur confirmé, j'installai dans le palazzo un vaste atelier où je commençai à travailler sur de grandes surfaces tard la nuit, pendant que mes apprentis dormaient. Je n'avais pas réellement besoin de leur aide, et je ne voulais pas qu'ils vissent la rapidité et la précision avec lesquelles je peignais.

Ma première œuvre ambitieuse fut aussi étrange que dramatique. Je représentai mes enfants vêtus de leurs plus belles fanfreluches, écoutant discourir un vieux philosophe romain en longue tunique, cape et sandales, devant les ruines de Rome. Les vives couleurs employées mettaient en valeur les garçons, fort bien rendus je le reconnais, mais l'ensemble me semblait cependant d'un intérêt discutable, voire vaguement effrayant.

La peinture terminée, je laissai ouverte la porte de l'atelier, dans l'espoir que les professeurs y entrent durant la journée.

Ils s'avérèrent trop timides.

Je m'attaquai alors à un autre sujet, que le monde ne pouvait manquer d'approuver : la crucifixion, à laquelle j'apportai un soin empli de tendresse, utilisant une fois de plus en toile de fond les ruines de Rome. Était-ce sacrilège ? Je ne pouvais en décider. Là encore, les couleurs me semblèrent réussies, de même que les proportions et l'expression compatissante du Christ, mais la composition proprement dite n'était-elle pas inappropriée ?

Comment l'eussé-je su ? Moi qui disposais de connaissances encyclopédiques, qui avais tant de pouvoirs, la question me laissait perplexe. Mon œuvre était-elle blasphématoire, monstrueuse ?

Je retournai aux rois mages. Les conventions les concernant étaient des plus simples : les trois rois, l'étable, Marie, Joseph, l'enfant Jésus. Cette fois, je m'y consacrai en toute liberté, donnant à Marie la beauté de Zénobie, jouissant comme auparavant des couleurs.

Bientôt, mon immense atelier était empli de peintures, certaines accrochées correctement, d'autres appuyées contre les murs.

Un soir, lors d'un souper où j'avais convié les professeurs les plus raffinés, l'un d'eux, qui enseignait le grec, dit en passant avoir aperçu la salle par une porte ouverte.

« Ah, et qu'avez-vous pensé de mes peintures, s'il vous plaît ? demandai-je.

— Elles sont remarquables ! répondit-il en toute franchise. Je n'ai jamais rien vu de pareil ! Dans le tableau des rois mages, les personnages... »

Il s'interrompit, inquiet.

« Continuez, je vous en prie, l'encourageai-je avec ardeur. Je veux savoir.

— Les personnages regardent tous l'observateur, y compris Marie, Joseph et les trois rois. Jamais je ne les ai vus représentés de cette manière.

— Serait-ce une erreur ? m'enquis-je.

— Je ne le crois pas, dit-il aussitôt, mais qui sait ? Vous peignez pour votre propre plaisir, n'est-ce pas ?

— Oui, en effet, mais votre opinion m'intéresse énormément. À certains moments, il me semble être aussi fragile que le verre. »

Nous nous mîmes à rire. Seuls les apprentis les plus âgés s'intéressaient à la conversation. Leur aîné, Piero, avait quelque chose à dire, je le voyais bien. Lui aussi connaissait mes peintures, car il était entré dans l'atelier.

« Dis-moi tout, Piero, lançai-je, clignant de l'œil avec un sourire. Allons. Qu'en penses-tu ?

— Les couleurs sont d'une telle beauté, maître ! Quand viendra pour nous l'heure de travailler en votre compagnie ? J'en sais plus que vous n'en êtes peut-être conscient.

– Je ne l'oublie pas, assurai-je, songeant à l'échoppe d'où il venait. Je ferai bientôt appel à toi. »

Je fis en effet appel à lui dès le lendemain soir.

Comme j'entretenais de sérieux doutes, surtout quant à mes sujets, je résolus en la matière d'imiter Botticelli.

Aussi portai-je mon choix sur les Lamentations. Je rendis mon Christ aussi doux et vulnérable qu'il m'était possible puis l'entourai d'innombrables pleureurs. En bon païen, ignorant qui était censé se trouver là, je représentai une foule immense de mortels désespérés vêtus à la florentine, pleurant le Christ défunt. Le ciel abritait des anges déchirés par l'angoisse, comme ceux de Giotto, que j'avais admirés dans une ville italienne dont j'ai oublié le nom.

Mon œuvre surprit fort mes apprentis et leurs professeurs, que je conviai tous à venir l'examiner dans mon gigantesque atelier. Là encore, les visages suscitèrent des commentaires à part, mais il en alla de même des bizarreries de la peinture proprement dite – beaucoup plus colorée que la moyenne, ornée d'or – ainsi que des petites touches que j'y avais ajoutées, notamment des insectes, çà et là.

Je compris alors que j'étais libre. Je pouvais peindre ce que bon me semblait, nul ne s'en offusquerait. Mais peut-être me trompais-je.

Il était désespérément important pour moi de vivre en plein cœur de Venise. Je ne voulais pas perdre ma place dans ce monde chaleureux et aimable.

Durant les semaines suivantes, j'errai une fois de plus d'église en église, à la recherche de l'inspiration, découvrant bien des images grotesques qui me surprirent presque autant que mon propre travail.

Un certain Carpaccio avait peint le cadavre du Christ installé sur un trône, flanqué de deux saints aux cheveux blancs fixant le curieux comme si Jésus n'avait pas été là, avec en arrière-plan un paysage fantastique !

Parmi les œuvres d'un dénommé Crivelli, figurait une représentation vraiment grotesque du Sauveur mort entouré de deux anges monstrueux. L'artiste avait également produit une madone presque aussi ravissante et vivante que les déesses et les nymphes de Botticelli.

Nuit après nuit, je m'éveillais avide non pas de sang, quoique je me nourrisse certes lorsque le besoin s'en faisait sentir, mais de travail créatif. Bientôt, mon immense demeure tout entière fut emplie de mes peintures, réalisées sur de grands panneaux de bois.

Enfin, incapable de me les rappeler toutes plus longtemps, préfé- rant me consacrer à de nouvelles œuvres plutôt que de retravailler les anciennes, je cédai à Vincenzo, qui désirait les faire convenable- ment encadrer.

Pendant ce temps, notre palazzo demeurait fermé au monde, quoiqu'il eût acquis par toute la cité la réputation d'être « bizarre ».

Les professeurs dont je louais les services parlaient indéniable- ment à l'extérieur des journées et des soirées passées en compagnie de Marius de Romanus ; les serviteurs comméraient, cela ne faisait aucun doute ; je ne cherchais d'ailleurs pas à empêcher ce genre de conversations.

Pourtant, je ne recevais pas les véritables citoyens vénitiens. Je ne tenais pas table ouverte comme autrefois. Je n'ouvrais pas mes portes en grand.

À vrai dire, j'en mourais d'envie. Je brûlais d'attirer sous mon toit le petit monde doré de Venise.

Au lieu de lancer des invitations, cependant, j'acceptais celles que je recevais.

Souvent, le soir, lorsque je n'avais pas envie de dîner en compa- gnie de mes enfants, bien avant que ne me saisît le besoin de peindre avec fureur, je gagnais d'autres palais, où l'on festoyait. À mon arrivée, je murmurais mon nom si l'on s'en enquérait, mais le plus souvent, nul ne me posait de questions. Je m'apercevais que mes hôtes étaient ravis de m'accueillir, qu'ils avaient entendu parler de moi et de ma célèbre petite école, où les apprentis ne travail- laient autant dire pas.

Bien sûr, je me cantonnais à la pénombre, m'exprimais en termes vagues quoique aimables, lisais dans les esprits de manière à entre- tenir la plus habile des conversations. En général, aussi, je perdais presque l'esprit tant j'étais aimé, tant je m'émerveillais de l'accueil convivial que les nobles Vénitiens tenaient pour acquis chaque soir de leur existence.

Je ne sais combien de mois s'écoulèrent ainsi. Deux de mes gar- çons partis pour Padoue, j'explorai Venise, où j'en trouvai quatre autres. Vincenzo ne montrait aucun signe d'affaiblissement. Parfois, de nouveaux, de meilleurs professeurs choisis avec soin rempla- çaient les anciens. Je peignais avec ardeur. Le temps passait.

Au bout d'un an ou deux, peut-être, j'appris qu'une jeune femme aussi spirituelle que ravissante tenait maison, recevant poètes, dra- maturges et philosophes à condition qu'ils paient leur écot.

Attention : le paiement demandé n'avait rien de monétaire. Sim- plement, pour être admis chez cette personne, il fallait l'intéresser.

Écrire des poèmes lyriques intelligents ; avoir une conversation brillante ; jouer du virginal ou du luth de manière exquise.

Une curiosité dévorante me torturait quant à l'identité de cette jeune femme dont on ne disait que du bien.

Aussi tendais-je l'oreille en passant devant chez elle ; sa voix me parvenait, mêlée à celles de ses visiteurs, m'apprenant qu'il s'agissait encore presque d'une enfant, emplie cependant d'angoisse et de secrets qu'elle dissimulait avec un immense talent derrière des manières gracieuses et un ravissant visage.

À quel point ravissant, je n'en eus aucune idée jusqu'au soir où je montai son escalier, pénétrai effrontément dans ses salons et la vis de mes yeux.

À mon entrée, elle me tournait le dos, mais elle pivota aussitôt comme si mon arrivée avait suscité quelque bruit, ce qui n'était pas le cas. Je la découvris de profil, puis de face, car elle se leva pour me saluer. La voix me manqua un instant tant sa silhouette et son visage firent sur moi une impression profonde.

C'était pur hasard que Botticelli ne l'eût jamais peinte : elle ressemblait tellement à ses personnages féminins que toute autre pensée déserta mon esprit. Visage ovale, yeux en amande, épaisse chevelure blonde ondulée mêlée de longues rangées de perles minuscules, corps bien tourné, aux bras et aux seins d'un modelé exquis.

« Une déesse de Botticelli, oui », dit-elle, souriante, comme si j'avais exprimé mon opinion à voix haute.

J'en restai à nouveau bouche bée. Je lisais dans les esprits, mais voilà que cette enfant, cette jeune femme de dix-neuf ou vingt ans, semblait avoir lu dans le mien. Savait-elle aussi à quel point j'aimais Botticelli ? Non, impossible.

Elle poursuivit gaiement, tendant les deux mains vers la mienne :

« Tout le monde me le dit, et j'en suis flattée. J'ajouterai que je me coiffe ainsi en l'honneur de Botticelli. Je suis née à Florence, voyez-vous, mais ce n'est pas un sujet de conversation ici, à Venise. Vous êtes Marius de Romanus. Je me demandais quand vous viendriez.

— Je vous remercie de me recevoir, mais je crains d'arriver les mains vides, répondis-je, toujours sous le choc de sa beauté, de sa voix. Qu'ai-je donc à vous offrir ? Pas le moindre poème ni la plus petite histoire bien tournée. Demain, je vous ferai apporter par mes serviteurs un peu de mon meilleur vin. Mais qu'est-ce que cela pour vous ?

— Du vin ? répéta-t-elle. Je ne veux pas que vous m'offriez du vin, Marius. Peignez-moi mon portrait. Peignez les perles tressées dans mes cheveux. Voilà qui me plaira sans doute. »

Des rires discrets s'élevaient autour de nous. Je promenai sur les témoins de l'entretien un regard pensif. La lumière des bougies était faible, même pour moi. Quelle richesse dans cette scène – les poètes et étudiants classiques naïfs, la jeune femme d'une indescriptible beauté, le salon doté des splendides apparats habituels, le lent écoulement du temps qui paraissait donner un sens à chaque seconde, alors qu'elle était condamnation à la punition et au chagrin.

J'étais alors dans toute ma gloire, je m'en aperçus brusquement. Puis une autre pensée me frappa, tout aussi brusquement.

Il en allait de même de mon hôtesse.

Sa fortune récente dissimulait un secret sordide, maléfique, mais elle ne montrait rien du désespoir qu'elle ressentait sans le moindre doute.

Malgré mon envie de lire dans son esprit, je décidai de m'en abstenir ! L'instant seul comptait.

Je voulais voir la jeune femme comme elle voulait que je la visse, jeune, infiniment douce et pourtant avertie – convive idéale des joyeuses réunions nocturnes, mystérieuse maîtresse de maison.

Au-delà de celle où je me trouvais, je distinguais à présent une deuxième grande salle de réception, et au-delà encore une chambre merveilleusement décorée, au lit composé de cygnes d'or entouré de soieries brodées d'or.

À quoi bon montrer ainsi cette couche, sinon pour donner à entendre que sa propriétaire y dormait seule ? Nul n'était censé se risquer à franchir le seuil de la pièce, mais chacun voyait où la vierge se retirait lorsque tel était son bon plaisir.

« Pourquoi me regardez-vous ainsi ? me demanda-t-elle. Pourquoi examinez-vous ce qui vous entoure, comme si vous n'aviez jamais vu pareil endroit, alors que ce n'est sûrement pas le cas ?

– Venise tout entière me paraît ravissante, répondis-je d'une voix douce, confidentielle, afin qu'elle ne portât pas à travers toute la pièce.

– Elle l'est, vous avez raison. » La jeune femme arborait un sourire exquis. « Je l'aime beaucoup, moi aussi. Jamais je ne retournerai à Florence. Mais peindrez-vous mon portrait ?

– Peut-être. Quoique je ne connaisse pas votre nom.

– Vous n'êtes pas sérieux. » Nouveau sourire, qui me fit réaliser brusquement à quel point elle était mondaine. « Vous n'êtes pas venu sans savoir comment je m'appelle. Vous ne voulez tout de même pas me faire croire une chose pareille ?

– Je vous assure que c'est vrai », protestai-je.

Jamais je n'avais posé la question : je ne connaissais mon hôtesse que par de vagues images, des impressions, des fragments de conversation surpris en tant que buveur de sang. D'où ma perplexité, puisque je me refusais à lire dans son esprit.

« Bianca, dit-elle. Ma maison vous sera toujours ouverte, Marius, et si vous peignez mon portrait, je serai votre débitrice. »

D'autres visiteurs arrivaient, qu'elle comptait accueillir, je le savais. M'écartant d'elle, j'allai me poster dans l'ombre, à l'écart des bougies. De là, je la regardai, je suivis ses mouvements infailliblement gracieux, j'écoutai sa voix intelligente, résonnante.

Au fil des années, j'avais vu des centaines de mortels qui ne représentaient rien pour moi. À présent que je contemplais cette unique créature, mon cœur tressautait comme lorsque j'étais entré dans l'atelier de Botticelli, lorsque j'avais vu ses peintures et que je l'avais vu, lui, en personne. Oh, oui, lui.

Cette nuit-là, je ne passai guère de temps chez Bianca.

Toutefois, j'y retournai dans la semaine, avec un petit panneau encadré d'or et de joyaux sur lequel j'avais peint son portrait.

Le choc qu'elle reçut en le prenant me fut perceptible. Elle ne s'était pas attendue à une représentation aussi fidèle. Quant à moi, je craignais qu'elle n'y remarquât un détail gênant.

À peine eut-elle relevé les yeux que je sentis sa reconnaissance, son affection, mais aussi une émotion plus puissante qui s'amassait en elle alors qu'elle la refusait dans ses relations avec autrui.

« Qui êtes-vous... réellement ? me demanda-t-elle en un doux murmure musical.

– Qui êtes-vous... réellement ? » répétai-je, souriant.

Elle me fixa d'un air grave puis elle sourit, elle aussi, sans répondre cependant, tous ses secrets repliés en elle – dissimulations sordides d'or et de sang.

Un instant, je craignis de perdre ma puissante maîtrise de moi-même. De l'enlacer, qu'elle le voulût ou non, pour l'entraîner de force, très vite, de ses appartements chauds et sûrs jusqu'au royaume glacé et meurtrier de mon âme.

Je la vis, je la vis vraiment, comme si le diable des chrétiens m'envoyait une fois encore des visions, transformée par le Sang ténébreux. Je la vis mienne, sa jeunesse brûlée en sacrifice à l'immortalité, ne connaissant plus d'autres chaleur ni richesses que les miennes.

Alors je m'enfuis. Rester auprès d'elle m'était impossible. Il s'écoula des nuits, non, des mois, avant que je revinsse la voir. Pendant ce temps, une lettre d'elle me parvint. Fort surpris de ce courrier, je le lus et le relus puis le glissai dans ma tunique, contre mon cœur.

Cher Marius,
Pourquoi ne m'offrir que votre merveilleuse peinture alors que j'aimerais bénéficier également de votre compagnie ? Nous sommes toujours ici à la recherche de distractions, et j'entends beaucoup parler de vous en termes flatteurs. Revenez donc me voir. Votre cadeau occupe la place d'honneur sur les murs de mon salon, afin que tous mes visiteurs aient la joie de le contempler.

Comment était-ce arrivé ? D'où me venait le désir de me doter de compagnons ? Après tant de siècles, qu'avais-je fait pour me retrouver là ?

En ce qui concernait Botticelli, je m'étais cru motivé par son remarquable talent, j'avais pensé que mes yeux perçants et mon cœur affamé me poussaient à mêler le Sang à son inexplicable génie.

Mais Bianca, la chère enfant, ne représentait pas un tel miracle, si précieuse qu'elle me fût. Certes, elle me plaisait autant que si je l'avais créée – la fille de Pandora ; on l'eût dite peinte par Botticelli, jusque dans son expression un peu rêveuse. Oui, le feu et la pondération se mêlaient en elle de manière apparemment impossible.

Toutefois, durant mes longues années de malheur, j'avais vu nombre d'êtres humains de toute beauté, riches ou pauvres, jeunes ou moins jeunes, sans éprouver le désir aigu, quasi incontrôlable, de les amener à moi, de les entraîner jusqu'au sanctuaire, de leur verser toute la sagesse dont j'étais détenteur.

Que faire de cette souffrance ? Comment m'en débarrasser ? Combien de temps me torturerait-elle, dans la ville magique où j'avais décidé de chercher le réconfort auprès des mortels ? Non sans donner au monde, pour payer ma dette secrète, mes apprentis chéris, parfaitement éduqués.

À mon réveil, je devais écarter des rêves où Bianca et moi, installés dans ma chambre, discutions à cœur ouvert, où je lui parlais des chemins solitaires que j'avais parcourus, où elle me racontait comment elle avait tiré sa force inouïe de souffrances banales, répugnantes.

Alors même que j'assistais au repas de mes élèves, ces rêves me poursuivaient, envahissaient mon esprit, aussi présents que si le sommeil s'était emparé de moi devant le vin et les viandes. Les garçons se disputaient mon attention, craignant de m'avoir déçu.

Ensuite, toujours en proie au même égarement, je gagnais mes appartements pour y peindre. Je réalisai un grand portrait de Bianca en Vierge Marie, avec un enfant Jésus joufflu, mais je reposai mes pinceaux insatisfait – impossible à satisfaire.

Je gagnais la campagne alentour, où je cherchais le malfaisant et buvais jusqu'à plus soif, avant de retrouver mon palazzo, de m'allonger sur mon lit et de me remettre à rêver de Bianca.

Enfin, une nuit, avant l'aube, je couchai mes remontrances dans mon journal.

> Ton désir de te doter d'un compagnon immortel n'est pas plus justifié à Venise qu'il ne l'était à Florence. Tu as vécu toute ta longue vie sans franchir hormis une fois ce pas maléfique, quoique tu ne saches que trop comment t'y prendre – les druides te l'ont appris – et tu continueras à vivre de même, il le faut. Tu ne peux amener cette enfant à toi, de quelque manière que tu considères la chose. Imagine-la en statue ; imagine le mal en toi comme une force qui détruirait cette statue ; contemples-en les débris ; sache que les choses se passeraient bien ainsi.

Je retournai la voir.

J'eusse aussi bien pu ne jamais l'avoir vue, tant elle fit sur moi une impression immense avec sa douce voix persuasive, son visage radieux, ses yeux perspicaces. Me trouver auprès d'elle était à la fois une torture et une infinie consolation.

Des mois durant, je lui rendis visite, feignant d'écouter les poèmes récités dans ses salons, parfois contraint de donner mon avis lors des discussions polies relatives aux théories de l'esthétique ou de la philosophie. Pourtant, je ne désirais qu'une chose : sa compagnie ; contempler sa beauté, fermer de temps à autre les yeux en écoutant sa voix chantante.

Ses admirateurs apparaissaient et disparaissaient. Nul n'osait contester son autorité en son célèbre royaume. Alors que je demeurais assis là, à observer, à rêver dans la clarté des bougies, m'apparut cependant une des vérités les plus subtiles et les plus effroyables que j'eusse jamais affrontées.

Certains visiteurs se voyaient réserver un sombre destin des plus particuliers. Ces hommes, bien connus de la divine maîtresse de maison, buvaient un vin assaisonné d'un poison qu'ils emportaient en quittant l'agréable compagnie et qui les tuait ensuite rapidement !

Lorsque mon odorat surnaturel me révéla pour la première fois la présence cette drogue subtile, je crus être le jouet de mon imagination. Toutefois, le don de l'esprit me révéla ensuite que la jeune enchanteresse attirait chez elle ceux qu'elle devait assassiner, ne sachant guère, voire pas du tout, pourquoi ils étaient ainsi condamnés à mort.

Tel était le mensonge sordide que j'avais dès l'abord perçu en elle. Un de ses parents, un banquier florentin, la terrorisait. En vérité, c'était lui qui l'avait installée à Venise, qui lui avait offert sa belle maison, perpétuellement emplie de musique, lui encore qui exigeait d'elle que le poison fût versé dans la bonne coupe afin d'éliminer l'homme de son choix.

Avec quel calme elle regardait les malheureux boire la potion mortelle. Avec quel calme elle écoutait lire de la poésie, elle me souriait lorsque ses yeux se posaient sur le grand étranger blond qui l'observait de son recoin. Avec quel secret désespoir !

Armé de cette découverte – ou plutôt, distrait par cette découverte – je partis rôder dans la nuit, car je possédais à présent la preuve de l'incommensurable culpabilité de Bianca ! Ne me suffisait-il pas de l'attirer à moi, de lui donner de force le Sang ténébreux puis de lui dire :

« Non, ma douce, je ne t'ai pas pris la vie, je t'ai donné l'éternité auprès de moi ! »

Après avoir quitté la ville, je marchai des heures durant sur les routes de campagne, me frappant parfois le front de la paume. *Je la veux, je la veux, je la veux.* Mais je ne pouvais me résigner à m'emparer d'elle. Enfin, je rentrai chez moi peindre son portrait. Nuit après nuit, je peignis son portrait. En Vierge de l'Annonciation, en Vierge à l'enfant, en Vierge des Lamentations, en Vénus, en Flore, sur de petits panneaux que je lui apportais. Jusqu'à ce que je ne pusse en supporter davantage. Un soir, je m'effondrai dans mon atelier. Lorsque les apprentis m'y trouvèrent, aux heures sombres précédant l'aube, ils s'affolèrent, me croyant malade.

Je ne pouvais faire de mal à Bianca. Je ne pouvais lui imposer mon sang maléfique pour me l'attacher, malgré l'ombre immense, grotesque, qui l'entachait maintenant à mes yeux.

Elle était aussi maléfique que moi. Quand je la regardais d'un recoin de son salon, je m'imaginais étudier une créature semblable à moi.

Pour vivre, elle éliminait ses victimes. Pour vivre, je buvais le sang humain.

Ainsi cette gracieuse jeune fille aux robes coûteuses, aux longues boucles blondes et aux joues douces prit-elle à mes yeux une sombre majesté ; je la trouvais plus fascinante que jamais.

Une nuit, ma souffrance était telle, mon besoin de m'éloigner de Bianca si impérieux que je partis seul en gondole, demandant au pilote d'errer à travers les canaux secondaires et de ne pas me ramener au palazzo avant d'en avoir reçu l'ordre.

Que cherchais-je ? L'odeur de la mort et des rats sur les eaux les plus noires. De brèves visions consolatrices de la lune.

Allongé dans le bateau, la tête sur les coussins, je tendais l'oreille aux bruits de la cité qui ne me parvenaient pas d'eux-mêmes.

Soudain, alors que nous regagnions les canaux plus importants, dans un district bien particulier de Venise, me parvint une voix très différente des autres, car elle émanait d'un esprit désespéré mais aussi dérangé.

En un éclair, une image m'apparut derrière les pleurs : un portrait. Ou, plus exactement, je vis de la peinture se poser par touches merveilleuses pour former un visage que je connaissais bien, celui du Christ !

Que signifiait cette vision ? J'écoutai dans un silence solennel. Aucune autre voix ne m'important plus, je chassai une cité de murmures.

Des gémissements désolés. Les sanglots d'un enfant derrière des murs épais, d'un petit malheureux qui, miné par les cruautés à lui infligées tout récemment, ne se rappelait plus sa langue maternelle ni même son propre nom.

Pourtant, dans cette langue oubliée, il priait pour être délivré de ceux qui l'avaient jeté au cachot, qui l'avaient torturé en lui jacassant aux oreilles des choses incompréhensibles.

L'image revint : le Christ regardant droit devant lui, peint dans le style grec d'autrefois et une attitude que je connaissais bien. Ne l'avais-je pas vu des centaines de fois, à Byzance et partout où s'était étendue l'influence de l'immense cité, de l'orient à l'occident ?

Que signifiaient cette voix et cette imagerie ? Que signifiait le fait que l'enfant revît sans arrêt une icône et ignorât même prier ?

Une fois de plus me parvint la supplique d'un malheureux persuadé d'être muet.

La langue dans laquelle il s'exprimait m'était connue. Rien de plus facile que de démêler l'écheveau des fiévreux appels, de remettre les mots en ordre pour qui possédait à merveille les langues du monde entier. Oui, je connaissais celle qui résonnait dans mon esprit, de même que la prière qu'elle répétait sans fin : « Dieu tout-puissant, délivre-moi. Laisse-moi mourir. »

Un frêle enfant, un enfant affamé, solitaire.

J'écoutai, assis bien droit dans ma gondole, puis je me lançai à la recherche des images enprisonnées au cœur des pensées les plus informes du pauvret.

Il avait été peintre. Le Christ avait été son sujet. Il avait mêlé le jaune d'œuf et les pigments tout comme je le faisais, moi, afin de représenter le visage de Jésus !

D'où provenait sa voix ? Décidé à en découvrir la source, j'écoutai de tout mon esprit.

Le malheureux était emprisonné près de là. Près de là, sa prière s'élevait, portée par son dernier souffle.

Il avait peint ses précieuses icônes dans la lointaine Russie enneigée. Il avait d'ailleurs été suprêmement doué, mais il ne se le rappelait plus. Là était le mystère. La complexité ! Il ne voyait même plus les images que je contemplais en lui tant il avait le cœur brisé.

Quant à moi, je comprenais ce qui lui échappait. Il suppliait en silence le ciel de le délivrer des brutes qui l'avaient réduit en esclavage et cherchaient à le soumettre afin qu'il servît d'autres maîtres, dans un bordel, par des actes qui constituaient pour lui le péché de la chair et auxquels il ne pouvait se prêter !

J'ordonnai à mon gondolier de s'arrêter.

J'écoutai jusqu'à trouver la source exacte de la prière, ce pour quoi nous n'eûmes à reculer que de quelques maisons.

Des torches brillaient haut et clair devant la porte. De la musique s'élevait à l'intérieur.

La voix de l'enfant s'obstinait, alors que je le savais pertinemment inconscient de ses prières, de son histoire, de sa langue.

Les propriétaires des lieux m'accueillirent en fanfare. Ils avaient entendu parler de moi. Que j'entre donc, je trouverais sous leur toit tout ce que je voudrais. Leurs portes ouvraient sur le paradis. Écoutez... On rit et on chante.

« Que désirez-vous, maître ? me demanda un homme à la voix agréable. Dites. Ici, nous n'avons pas de secrets. »

Je demeurais immobile, l'esprit aux aguets. Sans doute avais-je l'air bien réticent – grand, blond, avec mes manières glacées, la tête penchée de côté, mes pensifs yeux bleus perdus au loin.

J'eus beau chercher le malheureux du regard, je ne le vis pas : on l'avait enfermé à l'abri des regards. Comment procéder ? Allais-je demander à voir tous les garçons de l'établissement ? Cela ne servirait à rien, car celui qui m'intéressait se trouvait dans une pièce réservée aux punitions, froide et déserte.

Soudain, la réponse me vint, comme soufflée par des anges ou, peut-être, par le démon, rapide et entière.

« Je voudrais acheter, vous comprenez, expliquai-je. J'ai de l'or, bien sûr. Un tout jeune homme dont vous voudriez vous débarrasser. Arrivé depuis peu. Qui refuse de faire ce qu'on lui dit. »

Je discernai en un éclair le pauvret dans les yeux de mon interlocuteur. Mais ce ne pouvait être vrai, je ne pouvais avoir une telle chance : le garçon était d'une beauté aussi extraordinaire que Bianca. Impossible.

« Récemment arrivé d'Istamboul, repris-je. Oui, je pense que c'est ça, car il vient sans le moindre doute de Russie. »

Inutile de rien ajouter. On s'activait autour de moi. On m'avait mis une coupe de vin dans la main. J'en humai l'odeur délicieuse puis la posai sur une table. Il me semblait qu'un flot de pétales de roses descendait sur moi. À vrai dire, le parfum des fleurs était omniprésent. On m'apporta un fauteuil. Je ne m'y installai pas.

Soudain, l'homme qui m'avait accueilli refit son apparition.

« Celui-là ne convient pas », dit-il aussitôt, très agité.

Une fois de plus, je distinguai clairement le garçon, gisant sur la pierre froide.

J'entendis sa prière : « Délivre-moi. » Je vis le visage du Christ briller de détrempe à l'œuf, des pierres précieuses incrustées dans l'auréole. Le jaune d'œuf et les pigments se mêlaient. « Délivre-moi. »

« Vous ne comprenez donc pas ? demandai-je. Je vous ai dit ce que je voulais. Il me faut cet enfant, celui qui refuse de vous obéir. »

Puis la vérité m'apparut.

Le gérant du bordel croyait le malheureux à l'agonie. Il avait peur de la justice. La terreur le tenaillait.

« Menez-moi le voir, ordonnai-je, m'aidant du don de l'esprit. Immédiatement. Je suis au fait de son existence et ne partirai pas d'ici sans lui. Qui plus est, je vous paierai. Peu m'importe qu'il soit malade, agonisant. Vous entendez ? Je l'emmène. Vous n'aurez plus jamais à vous en soucier. »

Ses geôliers l'avaient enfermé dans une petite pièce cruelle, où la lumière de la lampe ruissela sur lui.

Je contemplai la beauté, qui a toujours été ma perte comme en Pandora, Avicus, Zénobie ou Bianca, la beauté sous une nouvelle forme céleste.

Le ciel avait jeté là sur la pierre un ange abandonné aux boucles auburn et au corps parfait, au ravissant visage mystérieux.

Je me penchai pour le prendre par les bras et le soulevai afin de plonger le regard dans ses yeux mi-clos. Sa douce chevelure cuivrée pendait en désordre, emmêlée. Il avait la peau claire, les traits à peine aiguisés par le sang slave.

« Amadeo », appelai-je, le nom me montant aux lèvres comme amené par les anges, ceux-là mêmes qu'il évoquait dans sa pureté et son innocence, tout affamé qu'il fût.

Ses yeux s'écarquillèrent. Une majestueuse lumière dorée envahit son esprit, me montrant à nouveau les icônes qu'il avait peintes. Il luttait désespérément pour se souvenir. Les icônes. Le Christ. Longs cheveux, regard brûlant. Je ressemblais au Christ.

Il voulut parler, mais les mots l'avaient fui. Pourtant, il cherchait obstinément le nom de son Seigneur.

« Je ne suis pas Jésus, mon enfant, dis-je à la partie enfouie de son esprit dont il ne savait plus rien, mais je t'apporte un salut différent. Viens dans mes bras, Amadeo. »

XIX

Je l'aimai aussitôt sans mesure. Il avait au plus quinze ans cette nuit-là, lorsque je l'arrachai au bordel pour l'emmener chez moi, en compagnie de mes autres enfants.

Tandis que je le serrais contre mon cœur, dans la gondole, je le savais condamné sans mon intervention – je l'avais arraché au tout dernier moment à une mort indifférente.

Bien que la fermeté de mon étreinte le réconfortât, son pouls suffisait tout juste à charrier les images que je recevais de lui, alangui contre ma poitrine.

En arrivant au palazzo, je refusai l'aide de Vincenzo, que j'envoyai chercher à manger, puis je portai seul mon Amadeo jusqu'à ma chambre.

Je le posai sur mon lit, enfant blême et déguenillé perdu parmi les lourdes draperies de velours et les oreillers ; puis, lorsque enfin le potage arriva, je le forçai moi-même entre ses lèvres.

Du vin, de la soupe, un mélange de miel et de citron... que lui donner d'autre ? Doucement, m'avertit Vincenzo. Il ne faut pas qu'il mange trop après avoir été affamé, ou son estomac en souffrira.

Enfin, je renvoyai le vieil homme puis verrouillai les portes de mes appartements.

Fut-ce là l'instant fatidique où mon âme m'apparut sans voile, où j'admis que je contemplais l'enfant de ma puissance, de mon immortalité, l'élève à qui je transmettrais tout ce que je savais ?

Devant le garçon allongé sur mon lit, j'oubliai la langue de la culpabilité et des plaintes. J'étais Marius, le témoin des siècles, l'élu de Ceux Qu'il Faut Garder.

J'emportai Amadeo au bain, où je le nettoyai moi-même en le couvrant de baisers. Il me fut facile d'obtenir avec lui l'intimité qu'il avait refusée à ses bourreaux, égaré, confondu qu'il était par ma simple gentillesse et les mots que je chuchotais à ses adorables oreilles.

Très vite, je le conduisis à des plaisirs que jamais il ne s'était accordés. Il demeurait silencieux, hébété, mais il ne priait plus Dieu de le délivrer.

Pourtant, même là, dans la sécurité de mes appartements, dans les bras de celui qu'il voyait comme son Sauveur, pas une bribe de souvenir ne passait des tréfonds de son esprit dans le sanctuaire de la raison.

Peut-être mes étreintes franchement charnelles rendirent-elles le mur dressé en son âme entre passé et présent encore plus solide.

Quant à moi, jamais je n'avais connu une intimité aussi totale avec un mortel, hormis ceux que je comptais tuer. Entourer ce garçon de mes bras, presser les lèvres contre ses joues et son menton, son front, ses tendres yeux clos me donnait le frisson.

La soif de sang naquit en moi, certes, mais je savais tellement bien la contrôler. Je m'emplissais les narines de l'odeur de la chair jeune et douce.

J'étais libre de faire d'Amadeo ce qu'il me plaisait. Rien, du ciel à l'enfer, ne pouvait m'en empêcher. Et je n'avais nul besoin de Satan pour me souffler de l'amener à moi puis de l'éduquer dans le Sang.

Après l'avoir tendrement essuyé, je le remis au lit, puis je m'assis à mon bureau, où il me suffisait de me tourner pour le contempler.

Alors l'idée me frappa de plein fouet, aussi forte que mon désir de séduire Botticelli, aussi terrible que ma passion pour la ravissante Bianca.

Cet enfant trouvé pouvait être éduqué dans le Sang ! Cet enfant totalement perdu pour la vie pouvait être reconquis tout exprès pour le sang.

Son entraînement prendrait-il une nuit, une semaine, un mois, un an ? Moi seul en déciderais.

Quoi qu'il en fût, je ferais de lui mon compagnon immortel.

Mes pensées se tournèrent bientôt vers Eudoxie, qui m'avait parlé de l'âge parfait pour la transformation. J'évoquai Zénobie, sa vivacité d'esprit et ses yeux sages. Je me rappelai mes propres réflexions d'autrefois sur la promesse de la virginité – il était possible de faire des innocents ce qu'on voulait sans en payer le prix.

Cet esclave par moi secouru avait en outre été peintre ! Il connaissait la magie de l'œuf et des pigments, de la couleur répandue sur le panneau de bois. Il se souviendrait ; il se rappellerait une époque où rien d'autre n'avait compté pour lui.

Certes, ç'avait été dans la lointaine Russie, où les artistes œuvraient au fond des monastères, cantonnés au style byzantin que j'avais depuis longtemps rejeté en me détournant de l'Empire grec pour venir m'installer parmi l'agitation occidentale.

Mais vois ce qui s'était produit : l'Occident avait eu sa part de guerre, oh oui ; les barbares l'avaient semblait-il conquis tout entier. Pourtant, Rome s'était relevée grâce aux grands peintres et penseurs des années 1400 ! Je le constatais dans les œuvres de Botticelli, de Bellini, de Filippo Lippi et de cent autres.

Homère, Lucrèce, Virgile, Ovide, Plutarque étaient redevenus célèbres. Les étudiants des « humanités » chantaient des chansons de l'« Antiquité ».

En résumé, l'Occident avait ressuscité avec de nouvelles, de fabuleuses cités, tandis que Constantinople, la vieille ville dorée, tombée aux mains des Turcs, devenait Istamboul.

Très loin de là s'étendait la Russie où ce garçon avait été capturé, la Russie qui avait tiré son christianisme de Constantinople, si bien que le petit malheureux connaissait en tout et pour tout les icônes sévères à la beauté rigide, issues d'un art aussi éloigné de ce que je peignais que la nuit du jour.

Toutefois, à Venise, coexistaient le style byzantin et le genre nouveau, né de l'époque.

Comment en était-on arrivé là ? Par le commerce. Venise était un port maritime depuis sa création. Sa grande flotte allait et venait entre Orient et Occident alors que Rome n'était plus que ruines. Plus d'une église y préservait l'ancien style byzantin, qui emplissait l'esprit torturé de mon protégé.

Jamais auparavant ces monuments n'avaient présenté pour moi le moindre intérêt, je devais bien l'admettre. Pas même la chapelle des doges de l'église Saint-Marc. Il en allait autrement à présent, parce qu'ils m'aidaient à comprendre, de nouveau et mieux encore, l'art qu'avait aimé le garçon.

Je le regardais dormir.

Bien. Je comprenais en partie sa nature ; sa souffrance. Mais qui était-il réellement ? La question que Bianca et moi avions échangée se posait une nouvelle fois. La réponse ne m'en était pas davantage connue.

Avant de seulement penser à préparer au Sang mon bel enfant, il fallait que je sache.

Une nuit suffirait-elle ou m'en faudrait-il des centaines ? Peu importait. J'en verrais le bout.

Amadeo m'était destiné.

Je me détournai pour me mettre à écrire dans mon journal. Jamais encore pareille idée ne m'était venue : éduquer un novice pour le Sang ! Je décrivis les événements de la nuit, afin de ne jamais les perdre à cause d'une mémoire surchargée, puis réalisai des croquis d'Amadeo endormi.

Comment le décrire ? Sa beauté ne dépendait nullement de son expression. Malgré sa jeunesse, elle était imprimée sur ses traits ; indissociable de son ossature élégante, de sa bouche sereine, de ses boucles cuivrées.

J'écrivis avec passion.

> Cet enfant vient d'un monde si différent du nôtre qu'il est incapable de comprendre ce qui lui est arrivé. Mais je connais la Russie et ses neiges. Je connais la vie sinistre des monastères russes et grecs, dans l'un desquels, j'en suis convaincu, il a peint les icônes dont il ne peut plus parler.
>
> Quant à notre langue, il n'en a aucune expérience si ce n'est à travers la cruauté. Peut-être, lorsque les autres garçons l'adopteront, se rappellera-t-il le passé. Peut-être voudra-t-il reprendre le pinceau. Peut-être son talent rejaillira-t-il.

Je reposai ma plume. Il m'était impossible de tout confier à mon journal. Vraiment. Certes, j'y couchais parfois de grands secrets en grec plutôt qu'en latin, mais même ainsi, je ne pouvais vider mon cœur.

Mes yeux se reposèrent sur le garçon. Prenant le candélabre, je m'approchai du lit pour regarder dormir le bel enfant apaisé, respirant enfin comme s'il se sentait en sécurité.

Lentement, ses paupières s'ouvrirent. Il me fixa. Nulle peur ne se tapissait en lui. Il semblait rêver encore.

Dis-moi, Amadeo, ouvre-moi ton cœur.

Je vis les cavaliers des steppes fondre sur lui et les siens. Un paquet tomber de ses mains tremblantes. Le tissu qui l'enveloppait s'écarta, dévoilant une icône. Le garçon poussa un cri de terreur, mais les barbares ne s'intéressaient qu'à lui – les mêmes inévitables barbares qui jamais n'avaient cessé leurs raids le long des frontières romaines orientales et nordiques depuis longtemps oubliées. Le monde n'en verrait-il pas la fin ?

Ces hommes cruels avaient emmené leur prisonnier sur un marché oriental – Istamboul ? Ensuite, il avait été jeté dans un bateau qui l'avait amené à Venise, où il était tombé aux mains du gérant d'un bordel – lequel l'avait payé fort cher à cause de son visage et de ses formes.

La cruauté et le mystère de son sort l'avaient stupéfié. Entre d'autres mains, jamais peut-être il ne guérirait.

Pourtant, dans sa mutité, son visage exprimait à présent une totale confiance.

« Maître », dit-il doucement, en russe.

Tous mes poils se hérissèrent. J'avais une folle envie de le toucher de mes doigts froids, mais je n'osais le faire. M'agenouillant à côté du lit, je me penchai pour embrasser avec chaleur la joue de son occupant.

« Amadeo », murmurai-je, afin qu'il connût son nouveau nom.

Puis, dans la langue russe qu'il connaissait sans la connaître, je lui dis qu'à présent, il était mien, que j'étais en effet son maître. Je l'informai que tout trouvait en moi une solution. Qu'il ne devait plus s'inquiéter ni avoir peur, jamais.

Le matin arrivait. Il me fallait partir.

Vincenzo vint frapper à ma porte, accompagné des apprentis les plus âgés. Ils avaient appris qu'un autre garçon était arrivé à la maison.

Je les fis entrer dans ma chambre puis leur recommandai de prendre soin d'Amadeo. De le familiariser avec les merveilles pour nous banales qui l'entouraient. De le laisser se reposer un moment, bien sûr, mais de l'emmener ensuite en ville. Peut-être était-ce ce qui pourrait lui arriver de mieux.

« Prends-le sous ton aile, Riccardo », ordonnai-je à leur aîné.

Quel mensonge ! Je restai là à y penser. Mensonge que de le donner au jour, à une autre compagnie que la mienne.

Toutefois, le soleil levant m'empêchait de demeurer plus longtemps au palazzo. Que faire d'autre ?

Je regagnai mon tombeau.

Je me couchai dans le noir, rêvant d'Amadeo.

Le destin m'avait offert une échappatoire à mon amour pour Botticelli. À mon obsession pour Bianca et sa séduisante culpabilité. Il m'avait envoyé un être déjà marqué par la mort et la cruauté. Le Sang en serait la rançon. Oui, toute chose trouvait en moi sa solution.

Mais qui était cet enfant ? Qu'était-il ? Je connaissais ses souvenirs – images, horreurs, prières – mais pas sa voix ! Une autre pensée me tourmentait aussi jusque dans ma certitude déclarée. N'aimais-je pas trop ce garçon pour faire ce que j'avais décidé ?

Le lendemain soir, une splendide surprise m'attendait.

Mon Amadeo était là, au souper, superbe dans ses vêtements de velours bleu, aussi magnifiquement paré que les autres apprentis !

Ils s'étaient empressés de l'entraîner chez le tailleur afin de me faire plaisir, et cela me faisait en effet plaisir au point que j'en étais quasi étourdi.

Comme il s'agenouillait pour baiser mon anneau, je restai bouche bée puis le relevai à deux mains, l'enlaçai et l'embrassai vivement sur les deux joues.

Les épreuves l'avaient affaibli, je le voyais bien, mais les autres garçon ainsi que Vincenzo s'étaient donné beaucoup de mal pour ramener un peu de couleur à ses joues.

Alors que nous prenions place à table, Riccardo m'expliqua qu'Amadeo était incapable de peindre, qu'il avait même peur des pinceaux et des pots de peinture, qu'il ne connaissait aucune langue mais apprenait la nôtre avec une surprenante rapidité.

Le beau garçon à la chevelure auburn me fixait d'un air calme durant ce discours. « Maître », murmura-t-il une fois de plus dans la douce langue russe, sans que ses compagnons entendissent.

C'est toi mon maître. Tels furent la réponse que je lui adressai, à lui seul, les mots tendres que je lui dis en russe grâce au don de l'esprit. *Rappelle-toi. Qui étais-tu avant d'arriver ici ? Avant qu'on ne te fasse du mal ? Retourne en arrière. À l'icône. Au visage du Christ, s'il le faut.*

Une expression apeurée passa sur ses traits. Riccardo, ignorant totalement pourquoi, lui prit aussitôt la main puis se mit à nommer pour lui les simples objets posés sur la table du souper. Amadeo lui sourit et répéta les mots comme s'il s'éveillait d'un cauchemar.

Quelle voix mélodieuse et claire. Quelle prononciation sûre. Quel regard vif.

« Apprenez-lui tout ce que vous savez, dis-je à Riccardo et aux professeurs assemblés. Veillez à ce qu'il étudie la danse, l'escrime et, surtout, la peinture. Montrez-lui le moindre tableau, la moindre sculpture de la maison. Emmenez-le partout. Je veux qu'il sache tout ce qu'il y a à savoir sur Venise. »

Puis je me retirai dans mon atelier, seul.

Je préparai rapidement la détrempe, avant de peindre un petit portrait d'Amadeo tel que je l'avais vu au souper, dans sa belle tunique de velours bleu, les cheveux brillants, bien coiffés.

L'ardeur de mes pensées malheureuses m'affaiblissait. Le fait était que ma conviction m'avait quitté.

Comment eussé-je pu priver ce garçon de la coupe à laquelle il avait tout juste bu ? C'était un mort ramené à la vie. Je m'étais interdit moi-même mon enfant du Sang par mes magnifiques desseins.

À dater de cet instant et des mois durant, Amadeo appartiendrait au jour. Oui, il fallait qu'il eût à la clarté du soleil toutes les chances de faire de lui-même ce qu'il voudrait !

Pourtant, dans son esprit, sans que nul le devinât, il se percevait sur mon ordre comme m'appartenant totalement.

Quelle grande, quelle terrible contradiction pour moi.

Je renonçais à mes droits sur lui. Je ne pouvais le condamner au Sang ténébreux, quelles que fussent ma solitude ou sa détresse d'autrefois. Il devait à présent avoir sa chance parmi les apprentis et les savants de ma maisonnée. S'il s'avérait être un prince, comme son immédiate intelligence me le laissait supposer, il se rendrait à l'université de Padoue ou de Bologne, où mes enfants allaient étudier les uns après les autres tandis que mes projets aboutissaient sous mon toit, capable de tout protéger.

Pourtant, tard la nuit, lorsque les leçons s'étaient interrompues et que les petits garçons dormaient, lorsque leurs aînés achevaient les tâches entamées dans mon atelier, je ne pouvais m'empêcher d'entraîner Amadeo jusqu'à ma chambre. Là, je lui prodiguais mes baisers charnels, mes doux baisers dépourvus de sang, affamés, et il se donnait sans réserve.

Ma beauté le charmait. Est-ce fierté que de l'admettre ? Je n'avais nul besoin du don de l'esprit pour l'ensorceler, je le savais. Il m'adorait. Et, quoique terrifié par mes peintures, il avait au fond de l'âme quelque chose qui lui permettait d'admirer mon apparent talent – l'habileté de ma composition, mes couleurs vibrantes, ma gracieuse rapidité de geste.

Bien sûr, jamais il ne parlait de cela aux autres. Quant à eux, mes enfants, parfaitement conscients des heures que nous passions dans ma chambre, jamais ils ne se risquaient à évoquer ce qui s'y déroulait. Vincenzo, lui, avait trop de bon sens pour reconnaître d'aucune manière notre étrange relation.

Amadeo ne retrouvait pas la mémoire. Il demeurait incapable de peindre, de toucher un pinceau. On eût dit que les couleurs, telles quelles, lui brûlaient les yeux.

Il n'en avait pas moins l'esprit aussi aiguisé que n'importe quel apprenti. Très vite, il maîtrisa le grec et le latin ; le voir danser devint un plaisir ; travailler de la rapière l'intéressait. Il absorbait facilement les cours des meilleurs professeurs. Bientôt, il écrivit en latin d'une main ferme et décidée.

Le soir, il me lisait ses vers. Il chantait pour moi en s'accompagnant au luth.

Accoudé à mon bureau, j'écoutais sa voix basse et mesurée.

Ses cheveux étaient toujours bien coiffés, ses vêtements élégants, immaculés, ses doigts couverts de bagues, comme les miens.

Tout le monde ne savait-il pas qu'il était mon jeune compagnon ? Mon mignon, mon amant, mon trésor secret ? Même dans la Rome d'autrefois, avec tous ses vices, on eût murmuré, ri tout bas, ironisé.

À Venise, rien de tel n'effleurait Marius de Romanus. Pourtant, Amadeo avait ses doutes, non quant aux baisers qui devenaient rapidement trop chastes à son goût, mais quant à l'homme apparemment de marbre qui ne dînait jamais à sa propre table, ne buvait jamais une goutte de vin, ne se montrait jamais chez lui à la lumière du jour.

Je discernais aussi en lui un égarement grandissant, tandis que ses souvenirs cherchaient à lui revenir et qu'il les repoussait. Il se réveillait parfois à mon côté d'une douce somnolence pour me torturer de ses baisers alors que j'eusse plus volontiers rêvé.

Un soir, dans les premiers temps du bel hiver vénitien, lorsque j'arrivai pour saluer mes apprentis, Riccardo m'apprit qu'il avait emmené Amadeo voir la belle et gracieuse Bianca Solderini. Elle les avait fort bien accueillis, ravie par les poèmes de mon protégé et la manière dont il avait composé pour elle des hommages à l'instant même.

Je regardai dans les yeux mon Amadeo. Bianca l'avait enchanté. Comme je le comprenais. Comme mon humeur me sembla étrange tandis que les garçons parlaient de l'agréable compagnie de la jeune femme et des Anglais fascinants qui lui rendaient visite à cette époque.

Elle m'avait envoyé un petit mot.

« Vous me manquez, Marius. Venez me voir et amenez donc vos élèves. Amadeo est aussi intelligent que Riccardo. Vos portraits sont partout autour de moi. Mes invités m'interrogent sans arrêt sur celui qui les a peints, mais je reste muette, car en vérité, je ne sais rien. Avec amour, Bianca. »

En relevant les yeux, je m'aperçus qu'Amadeo me regardait, m'examinait d'un air serein.

« La connaissez-vous, maître ? me demanda-t-il simplement, à la grande surprise de Riccardo, qui demeura coi.

— Tu le sais bien, Amadeo, répondis-je. Elle t'a dit que je lui avais rendu visite. Tu as vu dans ses salons les portraits que j'ai faits d'elle. »

Une violente jalousie s'alluma en lui, mais pas un frémissement n'anima son visage. *N'allez pas la voir,* voilà ce que me disait son âme, tandis qu'il rêvait de voir partir Riccardo afin que nous partagions la pénombre du lit, dissimulés derrière les rideaux de velours.

Il y avait en lui quelque chose de têtu, d'exclusivement tourné vers notre amour qui représentait pour moi une tentation immense, lui attirait ma dévotion la plus totale.

« Il faut pourtant te rappeler », lui dis-je soudain en russe. Cela lui causa un choc, mais il ne comprit pas de quoi je parlais. « Pense à ce qui s'est produit avant ton arrivée ici, Amadeo, continuai-je en vénitien. Réfléchis-y. Comment était ton monde, alors ? »

Ses joues s'empourprèrent. Il se sentait aussi malheureux que si je l'avais battu.

Riccardo tendit vers lui une main consolatrice.

« C'est trop dur, maître », protesta-t-il.

Amadeo semblait paralysé. Me levant de mon fauteuil, j'allai le prendre dans mes bras et lui poser un baiser sur le sommet du crâne.

« Allons, oublie tout cela. Rendons-nous chez Bianca. C'est son heure préférée. »

Riccardo s'étonna d'obtenir la permission de sortir à une heure pareille, tandis qu'Amadeo demeurait un peu assommé.

Nous trouvâmes Bianca entourée d'une foule d'invités jacassants, y compris des Florentins et quelques-uns des Anglais dont j'avais entendu parler.

Lorsqu'elle me vit, son visage s'éclaira. Elle m'entraîna à l'écart en direction de la chambre, où le lit aux cygnes attendait, exquisement décoré, telle une œuvre d'art sur une scène.

« Vous voilà enfin, dit-elle, chaleureuse. Je suis vraiment ravie de vous voir. Vous ne pouvez vous imaginer combien vous m'avez manqué. Vous êtes le seul peintre à exister pour moi, Marius. »

Elle voulait m'embrasser, ce qui me semblait trop risqué, aussi me penchai-je afin de presser les lèvres sur sa joue d'un geste rapide puis l'écartai-je de moi.

Ah, quelle radieuse douceur ! Ses yeux en amande m'entraînaient dans les peintures de Botticelli. Pour des raisons à jamais inconnues, je tenais entre mes mains les sombres tresses parfumées de Zénobie, ramassées en souvenir dans une maison de l'autre bout du monde.

« Ma chère Bianca, je recevrais volontiers chez moi si vous acceptiez d'y jouer les hôtesses en mon nom. » Quel choc d'entendre ces mots tomber de mes lèvres. Je n'avais pas eu conscience d'être prêt à les prononcer. Pourtant, je continuai afin de réaliser mon rêve : « Je n'ai ni épouse ni fille. Il faut que ce soit vous qui ouvriez ma maison au monde. »

Son expression triomphante me confirma que cela serait.

« Je répandrai la nouvelle à tous les vents, acquiesça-t-elle aussitôt. Car je recevrai en votre nom, oui, et j'en serai fière, j'en serai heureuse, mais vous participerez tout de même bien aux festivités, vous aussi ?

— Sera-t-il possible d'accueillir nos invités au soir tombant ? m'enquis-je. J'ai coutume de ne rentrer qu'à cet instant. La lumière des bougies me sied davantage que celle du jour. Vous fixerez la date, Bianca ; mes serviteurs prépareront tout. Il y a des peintures dans la moindre pièce, à présent. Quant à mes hôtes, je leur réserverai les boissons et la nourriture de votre choix. »

L'idée semblait enchanter la jeune femme. Amadeo la regardait, affectueux et heureux de nous voir ensemble, elle et moi, quoique cette vision le fît souffrir.

Riccardo discutait avec des hommes plus âgés qui, séduits par son beau visage, lui adressaient moult compliments flatteurs.

« Vous me direz que poser sur mes tables, poursuivis-je à l'adresse de Bianca. Quels vins servir. Mes serviteurs seront les vôtres. Je ferai exactement ce que vous me direz de faire.

— Vous êtes adorable, répondit-elle. Venise tout entière sera là, je vous le promets ; vous ferez la connaissance de la plus merveilleuse des compagnies. Les gens sont tellement curieux de vous. Ah, les rumeurs vont bon train. Vous n'imaginez pas quel suprême délice ce sera. »

Les choses se passèrent ainsi qu'elle l'avait dit.

En moins d'un mois, j'ouvris mon palazzo à mes concitoyens. Mais quelle différence par rapport aux nuits d'ivresse de la Rome antique, où mes visiteurs gisaient sur mes lits, vomissaient dans mes jardins, tandis que je peignais mes murs comme un fou.

Là, je trouvai en arrivant mes invités vénitiens bien vêtus et fort civils. On me posa évidemment mille questions. Ma vision s'embruma. Les voix des mortels m'étaient autant de baisers. Tu es parmi eux, me disais-je. On croirait vraiment que tu es un des leurs. Que tu es vivant.

Qu'importaient les petites critiques portées sur ma peinture ? Je m'efforçais de faire de mon travail ce qu'il y avait de mieux, certes oui, mais le plus important, c'était la vitalité, la force vive.

Et voilà que parmi mes meilleures œuvres se tenait la belle Bianca aux boucles blondes, libérée pour l'heure de ceux qui la contraignaient à ses crimes, reconnue par tous comme maîtresse de maison chez moi.

Amadeo regardait la scène en silence, maussade. Les souvenirs le torturaient tel un cancer, quoiqu'il ne les vît ni ne les connût pour ce qu'ils étaient.

Moins d'un mois plus tard, au coucher du soleil, je le trouvai malade dans la grande église d'une île toute proche, Torcello, où il s'était apparemment aventuré seul. Je le recueillis sur le sol froid et humide pour le ramener chez nous.

Les raisons de son geste me semblaient évidentes : le monument recelait des icônes du style même de ceux qu'il avait peints en Russie, des mosaïques des siècles passés semblables à celles des églises de son enfance. La mémoire ne lui était pas revenue. Simplement, son errance l'avait par hasard confronté à une vérité d'autrefois – les peintures byzantines rigides, figées – et la chaleur des lieux lui avait donné la fièvre que je goûtais sur ses lèvres, contemplais dans ses yeux.

Au lever du soleil, il n'allait pas mieux. Fou d'inquiétude, je ne le confiai à Vincenzo que pour me lever le plus vite possible au crépuscule afin de regagner son chevet en toute hâte.

Son esprit entretenait le mal. L'emmaillotant tel un enfant, je l'emmenai dans une église vénitienne afin de lui montrer de merveilleuses peintures aux personnages robustes, naturels, réalisées durant les dernières années.

Pourtant, la cause était désespérée, je le voyais bien. Jamais son esprit ne s'ouvrirait, ne changerait réellement. Je le ramenai à la maison, où je le reposai sur les oreillers.

Il me fallait mieux comprendre ce qui m'était compréhensible.

Son monde avait été tout de punition et d'austère dévotion, la peinture même ne lui apportant nulle joie. À vrai dire, sa vie dans la lointaine Russie avait été si pénible qu'il ne pouvait s'abandonner aux plaisirs qui l'attendaient à présent au moindre coin de rue.

Obsédé par des souvenirs qu'il ne comprenait pas, il marchait lentement à la mort.

C'était inadmissible. Je fis les cent pas, me tournai vers ceux qui le soignaient, allai et vins, marmonnant tout bas dans ma colère. Inadmissible. Je ne le laisserais pas mourir.

Sévère, je chassai les visiteurs.

Alors, me penchant sur lui, je me mordis la langue, m'emplis la bouche de sang et le laissai couler en filet dans la sienne.

Ranimé, il se lécha les lèvres, se mit à respirer plus facilement. Le rose lui remonta aux joues. Je lui tâtai le front. Plus frais. Amadeo ouvrit les yeux, me regarda. « Maître », dit-il comme il le faisait souvent. Puis, doucement, sans un souvenir, un mauvais rêve, il s'endormit.

C'était assez. Je quittai son chevet pour me mettre à écrire dans mon épais journal, la plume grattant le papier tandis que je traçais des mots rapides :

« Il est irrésistible, mais que faire ? Je me suis emparé de lui, je l'ai déclaré mien, et je soigne sa détresse avec le Sang que j'aimerais lui donner. Pourtant, par ce traitement, j'espère le guérir non pour moi, mais pour le vaste monde. »

Je refermai le volume, dégoûté d'avoir partagé mon sang avec Amadeo. Toutefois, cela l'avait guéri, je le savais. D'ailleurs, s'il retombait malade, je recommencerais.

Le temps passait trop vite.

Les choses arrivaient trop vite. Mes certitudes vacillaient, tandis que la beauté de mon protégé grandissait chaque nuit.

Les professeurs emmenèrent les garçons à Florence afin de leur montrer les peintures de cette ville. Tous rentrèrent à la maison plus désireux encore de s'instruire qu'auparavant.

Oui, ils avaient vu le travail de Botticelli, qu'ils avaient trouvé splendide. Le maître peignait-il encore ? Certes, oui, mais son inspiration était à présent quasi entièrement religieuse – à cause des prêches de Savonarole, un moine sévère qui condamnait les Florentins pour leur amour du monde matériel. Il était très puissant à Florence. Botticelli croyait en lui, disait-on ; c'était l'un de ses fidèles.

Ces nouvelles me peinèrent. Elles faillirent même me désespérer. Toutefois, quoi que peignît Botticelli, ce ne pouvait être que magnifique. En outre, les progrès d'Amadeo me réconfortèrent ou plutôt, comme toujours, me laissèrent plaisamment perplexe.

C'était à présent le garçon le plus brillant de ma petite académie. Il lui fallait de nouveaux professeurs de droit et de philosophie. Ses vêtements devenaient trop petits à un rythme merveilleux, sa conversation était pleine de charme et d'esprit, ses cadets l'adoraient.

Nuit après nuit, nous rendions visite à Bianca. Je m'habituai à la présence d'étrangers raffinés, au flot sans fin d'Européens du Nord venus explorer les charmes antiques de la mystérieuse Italie.

Bianca n'offrait guère de coupes empoisonnées. Son cœur s'emballait peu. L'ombre d'un remords désespéré passait rarement dans ses yeux. De quelle manière ne contemplait-elle pas ses infortunées victimes ; avec quel sourire subtil ne les regardait-elle pas quitter sa demeure.

Quant à Amadeo, nos rencontres en privé dans ma chambre devenaient plus intimes encore. Il m'arrivait de lui donner le baiser de sang au cours de nos étreintes, le voyant frissonner, découvrant dans ses yeux mi-clos le pouvoir de mon cadeau.

Qu'était-ce que cette folie ? Le jeune homme était-il destiné à son maître ou au monde ?

Je me mentais à moi-même. Je me disais qu'Amadeo pouvait toujours faire ses preuves et gagner ainsi le droit de me quitter riche, sain et sauf, pour des accomplissements impossibles sous mon toit.

Mais je lui avais donné tellement de sang qu'il me pressait de questions. Quel genre de créature étais-je donc ? Pourquoi ne venais-je jamais de jour ? Pourquoi ne mangeais-je ni ne buvais-je ?

Il entourait le mystère de ses bras tièdes. Il enfouissait le visage dans le cou du monstre.

Je l'envoyai apprendre les plaisirs des femmes et des jeunes gens dans les meilleurs bordels, m'attirant sa haine quoique l'expérience lui plût. Il me revint avide du baiser de Sang, incapable de penser à rien d'autre.

Lorsque je peignais dans mon atelier, solitaire hormis pour sa seule présence, travaillant avec fureur, créant quelque paysage ou groupe de héros antiques, il me provoquait sciemment. Lorsque je m'écroulais sur mon lit pour somnoler durant les dernières heures précédant l'aube, il dormait à mon côté.

Pendant ce temps, nous organisâmes maintes réceptions. Bianca, toujours aussi intelligente et posée, sa beauté printanière dépassée, avait conservé ses manières et son visage délicats. La femme tenait les promesses de la jeune fille.

Souvent, en la regardant, je me demandais ce qui serait arrivé si mon attention ne s'était pas tournée vers Amadeo. Après tout, pourquoi en avait-il été ainsi ? Ne m'eût-il pas été possible de la courtiser, de la convaincre ? Puis je réalisais que je pouvais toujours le faire si je le désirais, renvoyer mon aimé dans la mortalité avec mes autres enfants, riche, doté d'une belle situation.

Pourtant, non, elle était sauvée.

C'était Amadeo que je voulais. C'était lui que j'éduquais, que j'entraînais. Le précieux étudiant du Sang.

Les nuits passaient, rapides, comme en rêve.

Plusieurs garçons partirent pour l'université. Un des professeurs mourut. Vincenzo se mit à boiter, aussi lui adjoignis-je un assistant.

Bianca changea d'emplacement certaines de mes grandes peintures. L'air se réchauffant, les fenêtres demeuraient ouvertes en permanence. J'organisai un grand banquet dans le jardin sur le toit. Mes enfants chantaient.

Pas une fois durant tout ce temps, je n'omis d'appliquer ma pommade afin de me foncer la peau et de paraître humain. Pas une fois je n'oubliai de la faire pénétrer dans la chair de mes mains, je ne manquai de me couvrir de bijoux, d'arborer des bagues qui distrayaient l'œil mortel. Pas une fois je ne m'approchai trop des bougies ou des torches accrochées près des portes, voire sur les quais.

Je me rendis au sanctuaire de Ceux Qu'il Faut Garder, où je demeurai à méditer, puis exposai le problème à Akasha.

Je voulais cet enfant – ce garçon, à présent de deux ans plus âgé que lorsque je l'avais trouvé – mais je voulais aussi qu'il eût tout de la vie ; mon âme, de même que mon cœur, était déchirée.

Jamais encore je n'avais eu pareil désir : créer un buveur de sang qui me tînt compagnie, éduquer un jeune mortel dans ce but bien précis, le former de manière experte pour que mon choix fût parfait.

À présent, c'était ma seule envie, qui emplissait mon esprit durant ma moindre heure d'éveil. Contempler mes froids Parents ne m'apporta nulle consolation. Ma prière ne reçut nulle réponse.

Après m'être allongé pour dormir dans le sanctuaire, je ne connus que des rêves sombres et agités.

Le jardin m'apparut, celui-là même que j'avais peint sans fin sur les murs ; j'y marchais comme à l'ordinaire, sous les branches basses chargées de fruits. Amadeo me rejoignit, se promena un moment à mon côté puis laissa soudain échapper un rire cruel, glaçant.

« Un sacrifice ? demanda-t-il. Pour Bianca ? Comment est-ce possible ? »

Je me réveillai en sursaut, m'assit en me frictionnant les bras et en secouant la tête afin de me libérer du songe.

« Je l'ignore, murmurai-je comme si mon protégé s'était trouvé près de moi ; comme si son esprit m'avait rejoint en ce lieu écarté. Mais c'était déjà une jeune femme quand je l'ai connue. Éduquée et jetée dans la vie. Une meurtrière, en fait ; oui, une meurtrière, une femme-enfant coupable de crimes terribles. Tandis que toi, tu étais juste un enfant impuissant. Il me semblait possible de te former, de te métamorphoser – ce que j'ai fait.

« Certes, je te croyais peintre. Je m'imaginais que tu possédais le don des artistes, dont je sais qu'il subsiste en toi, et cela aussi a pesé dans la balance. Mais tout bien considéré, je ne sais pourquoi tu m'as distrait d'elle. Seulement que cela a été. »

Je me rallongeai, prêt à me rendormir, négligemment couché sur le côté, contemplant les yeux luisants d'Akasha, les lignes dures du visage d'Enkil.

Mes pensées m'entraînèrent dans les siècles précédents, auprès d'Eudoxie. J'évoquai sa terrible fin. Son corps en feu, gisant dans le sanctuaire à l'endroit même où je reposais à présent.

Pandora. Où se trouvait ma Pandora ?

Enfin, le sommeil m'enveloppa à nouveau.

Lorsque je regagnai le palazzo, y pénétrant par le toit, comme de coutume, les choses n'y allaient pas ainsi que je l'eusse voulu. Le souper se déroulait dans une ambiance solennelle, et Vincenzo m'informa d'un ton anxieux qu'un « étrange inconnu » avait demandé à me voir ; ayant refusé de se joindre au repas, il attendait dans l'antichambre.

Les garçons qui y terminaient une de mes fresques s'étaient empressés de l'y laisser seul hormis Amadeo : lui était resté là, s'attachant sans enthousiasme à quelque détail, fixant le visiteur d'un air qui inquiétait quelque peu Vincenzo.

Comme si cela ne suffisait pas, Bianca était passée me donner un cadeau rapporté de Florence, une petite peinture de Botticelli ; l'« étrange inconnu », avec qui elle avait discuté un instant, l'avait mise « mal à l'aise » ; aussi avait-elle recommandé à Vincenzo de le garder à l'œil. Elle était partie ; l'homme était resté.

Je gagnai aussitôt l'antichambre, mais la présence de la créature m'avait été perceptible avant que je ne la visse.

Mael.

Je n'eus pas une seconde d'hésitation sur son identité. Il était aussi inchangé que moi, et il ne prêtait pas plus attention à la mode de l'époque qu'il n'en avait prêté à celle des précédentes.

En fait, il avait l'air d'un malheureux dans son justaucorps de cuir en loques, ses jambières trouées et ses bottes consolidées à l'aide de corde.

Malgré ses cheveux sales et emmêlés, il arborait une expression étonnamment plaisante. Dès qu'il me vit, il vint me saluer d'une étreinte.

« Tu es vraiment là », dit-il à voix basse, comme s'il nous fallait chuchoter sous mon toit – en latin. « J'en ai entendu parler, mais je n'y croyais pas. Je suis tellement content de te voir. De découvrir que tu es toujours...

– Oui, je sais de quoi tu veux parler, acquiesçai-je. Je suis toujours le témoin des années qui passent ; l'observateur survivant dans le Sang.

– Tu le dis beaucoup mieux que je n'en serais capable. Mais laisse-moi te redire que je suis très heureux de te voir et d'entendre ta voix. »

Je m'aperçus qu'il était couvert de poussière. Il parcourait la pièce du regard, examinant le plafond peint, entouré de chérubins et doré à la feuille, la fresque inachevée. Savait-il que c'était mon œuvre ?

« Mael l'étonné », commentai-je, l'écartant gentiment de la lumière des bougies. Je ris tout bas. « Tu as l'air d'un clochard.

– M'offrirais-tu des vêtements, cette fois encore ? demanda-t-il. Je n'arrive pas vraiment à maîtriser ce genre de choses, tu sais. Sans doute suis-je un miséreux, alors que tu vis dans la splendeur, comme toujours. Rien n'est-il jamais mystérieux pour toi ?

– Tout est mystère, au contraire. Mais les beaux vêtements ne manquent pas. Si la fin du monde arrive, je l'accueillerai bien habillé, qu'elle survienne à la lumière du jour ou au plus noir de la nuit. »

Le prenant par le bras, je l'entraînai à travers les vastes salles qui nous séparaient de ma chambre. Impressionné comme il se devait par les peintures omniprésentes, il se laissa guider sans difficulté.

« Je veux que tu restes ici, à l'écart des mortels, lui expliquai-je. Tu ne ferais que les mettre mal à l'aise.

– Oh, tu as tout arrangé à la perfection. C'était plus facile dans la Rome antique, non ? Mais tu as ici un véritable palais, que les rois mêmes t'envieraient.

– Peut-être », répondis-je négligemment.

Je gagnai les placards voisins, véritables petites pièces d'où je tirai pour lui des vêtements et des bottes en cuir. Quoiqu'il semblât bien en peine de s'habiller seul, je me refusai à l'aider. Lorsque j'eus disposé sa future tenue sur le velours du lit, dans le bon ordre, comme pour un enfant ou un idiot, il se mit à en examiner les divers composants, l'air incapable de se débrouiller seul.

« Qui t'a dit où me trouver, Mael ? » lui demandai-je alors.

Il me jeta un coup d'œil. Une seconde, son expression se fit glacée, son nez crochu me parut plus déplaisant que jamais, ses yeux enfoncés plus brillants que dans mon souvenir, sa bouche mieux dessinée, peut-être adoucie par le temps – quoique j'ignore si ce genre de choses est possible. Il représentait un spécimen d'immortel intéressant.

« Tu as entendu dire que je vivais ici, soit, repris-je pour l'encourager. Par qui ?

– Oh, par un buveur de sang complètement idiot. » Il haussa les épaules. « Un sataniste obsédé, un certain Santino. Cette engeance ne disparaîtra-t-elle jamais ? C'était à Rome. Il m'a pressé de me joindre à lui, tu te rends compte ?

– Pourquoi ne pas l'avoir détruit ? » m'étonnai-je, abattu. Cette histoire sinistre était tellement étrangère à mes enfants et à leur souper, aux professeurs évoquant les cours donnés durant la journée, à la lumière et à la musique que je brûlais de retrouver. « Autrefois, lorsque tu en rencontrais, tu les éliminais toujours. Qu'est-ce qui t'arrête, aujourd'hui ? »

Il haussa les épaules.

« Que m'importe ce qui arrive à Rome ? Je n'y ai pas passé une nuit.

– Comment cette créature a-t-elle découvert que j'habitais Venise ? m'enquis-je en secouant la tête. Je n'ai jamais entendu ici le moindre membre de notre espèce.

– J'y suis bien, répondit sèchement Mael, et tu ne m'as pas entendu, il me semble ? Tu n'es pas infaillible, Marius, et tu es entouré de nombreuses distractions. Peut-être n'écoutes-tu pas aussi attentivement que tu le devrais.

– C'est vrai, tu as raison, mais je me pose quand même la question. Comment a-t-il su ?

– Tu reçois des mortels. Ils parlent de toi. Certains doivent aller à Rome. Toutes les routes n'y mènent-elles pas ? » Il se moquait de moi, certes, mais avec une certaine gentillesse presque amicale. « Ce sataniste veut percer tes secrets. Il m'a supplié de lui dévoiler le mystère de Ceux Qu'il Faut Garder.

– Tu n'en as rien fait, j'espère ? »

Je me reprenais à détester le visiteur, ardemment, comme par le passé.

« Évidemment non, répondit-il avec calme. Je me suis moqué de lui, et je n'ai pas nié qu'il existe un mystère. Peut-être l'aurais-je dû, mais plus je vieillis, plus je trouve difficile de mentir.

– Je comprends parfaitement.

– Vraiment ? Entouré de tous ces beaux enfants mortels ? Tu dois mentir comme tu respires, Marius. Quant à tes peintures, je m'étonne que tu oses les exposer parmi des humains qui n'ont pour lutter avec toi que des vies tellement brèves. Cela me semble un terrible mensonge, je me permets de te le dire. »

Je soupirai.

Déchirant le devant de son justaucorps, il s'en débarrassa.

« Pourquoi accepter ton hospitalité ? reprit-il. Je l'ignore. Mais tu t'accordes tant de délices qu'il me semble normal de te prier d'aider ton frère buveur de sang perdu dans le temps, errant de pays en pays, s'émerveillant parfois, n'ayant d'autres fois rien à voir que poussière.

– Penses-en ce que tu veux, je te donne de bon cœur un abri et des vêtements. Mais dis-moi : que sont devenus Avicus et Zénobie ? Voyagent-ils en ta compagnie ? Sais-tu où ils se trouvent ?

– Je n'en ai pas la moindre idée – tu l'as sans doute deviné avant même de me le demander. Je ne les ai pas vus depuis si longtemps que je ne me rappelle plus si des années ou des siècles se sont écoulés. Avicus l'a persuadée de partir avec lui en me laissant à Constantinople. Je ne peux pas dire que j'en aie été vraiment surpris. Nous nous montrions terriblement froids les uns avec les autres. Il l'aimait. Elle l'aimait, lui, plus qu'elle ne m'aimait, moi. Il n'en fallait pas davantage.

– Je regrette de l'entendre.

– Pourquoi ? Tu nous as abandonnés tous les trois. Tu l'as abandonnée, elle, avec nous, ce qui était encore pire. Nous avions été deux si longtemps, et tu nous as imposé Zénobie.

– Pour l'amour de l'enfer, arrête de me rendre responsable de tout, murmurai-je. Tes accusations n'auront-elles jamais de fin ? Suis-je coupable du moindre problème que tu rencontres ? Que faut-il que je fasse pour être absous et obtenir le silence ? C'est toi qui m'as arraché de force à ma vie de mortel en me traînant ligoté, impuissant, dans ton maudit bosquet druidique ! »

Ma colère débordait, tandis que je luttais pour ne pas élever la voix.

Mael en semblait surpris.

« Ainsi donc tu me détestes, déclara-t-il, souriant. Moi qui te croyais trop intelligent pour un sentiment aussi banal. Oui, je t'ai capturé, tu m'as volé mes secrets, et depuis, je suis maudit, de quelque façon que l'on considère la chose. »

Il me fallait clore cette discussion à laquelle je n'avais aucune envie de participer. Debout, figé, j'attendis que la colère me quittât. Au diable la vérité.

Je ne sais pourquoi, mon attitude m'attira la gentillesse de Mael. En retirant ses loques, qu'il écarta ensuite d'un coup de pied, il me parla de Zénobie et d'Avicus.

« Ils rôdaient sans arrêt dans le palais impérial en se dissimulant parmi les ombres. Zénobie se costumait rarement en garçon, comme tu le lui avais appris. Elle aimait trop les beaux vêtements. Tu aurais dû voir ses robes. Et ses cheveux. Je pense que je les aimais plus qu'elle ne les aimait elle-même.

– Je ne suis pas sûr que ce soit possible », objectai-je tout bas.

L'esprit de Mael me livra l'image de la jeune fille, qui se fondit à celle que j'entretenais dans mes propres pensées.

« Avicus poursuivait ses études, reprit-il avec un brin de mépris. Il apprenait le grec. Il lisait tout ce qui lui tombait sous la main. Tu étais son idéal, alors il t'imitait. Il achetait des livres sans savoir de quoi il s'agissait, et il passait son temps le nez dedans.

– Peut-être le savait-il, intervins-je. Qui pourrait rien affirmer ?

– Moi, trancha Mael. Je vous connais tous les deux. C'était un imbécile rassemblant sans le moindre but poésie et histoire. Il ne cherchait rien de particulier. Il aimait juste les mots et les phrases à cause des émotions qu'ils lui procuraient.

– Et toi, de quelle manière passais-tu ton temps ? demandai-je d'une voix bien plus froide que je ne le voulais.

– Je chassais dans les collines obscures autour de la ville. La soldatesque. Le malfaisant brutal. J'étais un vagabond, tandis qu'ils se promenaient aussi richement vêtus que les nobles de la cour impériale.

– Ont-ils créé des novices ?

– Non ! riposta-t-il, railleur. Qui irait faire une chose pareille ?

– Et toi ? demandai-je plutôt que de répondre.

– Non. » Il fronça les sourcils, l'air perplexe. « Comment trouver quelqu'un d'assez fort ? Comment s'assurer qu'un humain a la résistance nécessaire pour recevoir le Sang ?

– Tu erres donc seul de par le monde.

– Je trouverai bien une nuit un autre immortel pour me tenir compagnie. N'ai-je pas rencontré ce maudit Santino à Rome ? Peut-être attirerai-je à moi un des adorateurs de Satan. Ils n'aiment sans doute pas tous la vie misérable qu'ils mènent dans les catacombes, avec leurs robes noires et leurs cantiques latins. »

Je hochai la tête. Mael était prêt pour le bain. Je ne voulais pas le retenir plus longtemps.

« La maison est immense, comme tu as pu le constater, déclarai-je d'un ton négligent. Il y a au rez-de-chaussée, au fond à droite, une pièce noire qui ferme à clé. Tu peux y dormir de jour, si tu veux. »

Un rire bas, méprisant lui échappa.

« Les vêtements suffiront, mon ami, ainsi peut-être que quelques heures de repos.

— Si tu veux. Reste ici, hors de vue. Le bain est là, tu vois. Sers-t'en. Je reviendrai te voir quand les garçons seront au lit. »

Je ne le revis que trop tôt.

Il quitta la chambre pour gagner le grand salon où je jouissais de mon emprise sur Riccardo et Amadeo, en leur interdisant sévèrement d'aller où que ce fût ce soir-là excepté chez Bianca.

Amadeo le vit. Pour la deuxième fois, durant un long instant fatal, il le vit. Je compris alors que quelque chose au fond de lui reconnaissait Mael pour ce qu'il était. Il en fut cependant de cela comme de nombreuses autres choses dans son esprit : la pensée n'atteignit pas sa conscience. Les deux garçons me quittèrent après de rapides baisers pour aller enchanter Bianca de leurs chansons et se laisser flatter par ses visiteurs.

Malgré l'agacement que m'avait inspirée l'incursion de Mael, je ne soufflai mot de l'incident.

« Tu veux donc en faire un buveur de sang », dit-il, montrant du doigt la porte par laquelle les deux jeunes gens étaient sortis.

Il souriait.

Empli d'une fureur muette, je le fixai d'un air menaçant, incapable de parler, comme toujours dans ce genre de situation.

Il resta immobile, la bouche tordue par un rictus sinistre, avant d'ajouter :

« Marius aux multiples noms, aux multiples demeures, aux multiples vies s'est choisi un bel enfant. »

Je me secouai. Par quel miracle avait-il lu dans mon esprit le désir que m'inspirait Amadeo ?

« Tu es devenu imprudent, poursuivit-il d'une voix douce. Écoute-moi, Marius. Je ne cherche pas à t'insulter. Ton pas est lourd parmi les mortels, et ce garçon bien jeune.

— Plus un mot, répondis-je, retenant de toutes mes forces ma colère.

— Pardonne-moi. Je n'ai fait que te dire ce que je pensais.

— Je sais, mais je ne veux pas en entendre davantage. »

Je l'examinai de haut en bas. Il était séduisant dans sa nouvelle tenue, malgré quelques petits détails absurdement mal adaptés que je n'allais certes pas rectifier. Son allure me sembla non seulement barbare, mais encore comique. Toutefois, n'importe qui d'autre l'eût trouvé impressionnant.

Je ne le haïssais pas totalement. À vrai dire, sa proximité me faisait monter les larmes aux yeux. Décidé à endiguer l'émotion, je
repris la parole :

« Qu'as-tu appris en tout ce temps ?

– C'est une question bien arrogante, répondit-il à voix basse.
Qu'as-tu appris, toi ? »

Je lui fis part de ma théorie sur le nouvel essor de l'Occident,
lequel s'aidait une fois de plus des classiques grecs adaptés par
Rome. On recréait à travers toute l'Italie l'art de l'empire disparu,
expliquai-je, avant d'évoquer les belles cités du nord de l'Europe,
aussi prospères que celles du sud. J'ajoutai en conclusion que
l'Empire romain d'Orient, tombé aux mains des islamistes, n'existait plus. Le monde grec était irrémédiablement mort.

« L'Occident revit, ne le vois-tu donc pas ? » demandai-je. Mael
me regardait comme si j'étais complètement fou. « Eh bien ? » insistai-je.

Son expression se modifia légèrement.

« Observateur dans le Sang, dit-il, répétant mes propres paroles.
Témoin du temps. » Il tendit les bras, prêt à m'étreindre, semblait-il. Son regard pur ne dissimulait nulle pensée sournoise. « Tu
m'as donné du courage.

– Pour quoi, si je puis me permettre ?

– Pour continuer mes errances. »

Ses bras retombèrent lentement. Je hochai la tête. Qu'aurions-
nous pu ajouter ?

« As-tu le nécessaire ? m'enquis-je. Je dispose de beaucoup
d'argent, vénitien ou florentin. La fortune ne m'est rien, tu le sais.
Je partagerai avec joie ce que je possède.

– Elle ne m'est rien non plus. Je prendrai de quoi vivre à ma prochaine victime. Son sang et son or me mèneront jusqu'à la suivante.

– Ainsi soit-il. » Cela signifiait que je voulais le voir partir. Pourtant, lorsqu'il le comprit, lorsqu'il se détourna, je l'attrapai par le
bras. « Pardonne-moi de m'être montré aussi froid. Nous nous
sommes tenus compagnie à travers le temps. »

Notre étreinte fut puissante.

Après l'avoir raccompagné jusqu'à la grand-porte, où les torches
nous éclairaient un peu trop à mon goût, je le vis littéralement se
fondre dans l'ombre.

Quelques secondes plus tard, sa présence m'était devenue totalement imperceptible. Je remerciai les dieux en silence.

Puis je réfléchis. Je détestais tellement Mael. J'avais tellement
peur de lui. Pourtant, je l'avais aimé autrefois, même durant ma vie

de mortel, lorsque j'avais été le prisonnier à qui lui, le druide, enseignait les cantiques des fidèles de la forêt dans un but inconnu de
son captif.

Je l'avais sans doute aimé au cours du long voyage vers Constantinople puis dans la cité, quand je leur avais confié Zénobie, à Avicus
et à lui, en souhaitant leur bien à tous.

Mais je ne voulais plus de sa présence ! Je voulais ma demeure,
mes enfants, Amadeo, Bianca – Venise et le monde des mortels.

Je ne mettrais pas mon foyer en péril, même pour quelques heures
de plus en sa compagnie. Je refusais de partager mes secrets avec
lui.

Pourtant, voilà que je me tenais là, distrait, dans la lumière des
torches, alors qu'un problème se posait.

Vincenzo attendait, non loin de là. Je me tournai vers lui.

« Je pars pour quelques nuits, l'informai-je. Vous savez que faire.
Je serai bientôt de retour.

– Oui, maître. »

Il me fut facile de vérifier qu'il n'avait rien senti d'étrange en
Mael. Mon vieil intendant était toujours aussi disposé à me servir.

À ma grande surprise, il montra quelque chose du doigt.

« Regardez, maître. Amadeo veut vous parler. »

Mon étonnement ne fit que croître.

Amadeo m'observait d'une gondole, de l'autre côté du canal. Il
attendait. Sans doute m'avait-il vu en compagnie de mon visiteur.
Pourquoi n'avais-je pas perçu sa présence ? Mael avait raison : je me
montrais imprudent, trop soumis aux émotions humaines, trop
avide d'amour.

Mon protégé demanda au gondolier de le rapprocher du palazzo.

« Pourquoi n'es-tu pas avec Riccardo ? demandai-je. Je comptais
te retrouver chez Bianca. Tu me dois obéissance, ne l'oublie pas. »

Soudain, Vincenzo avait disparu, Amadeo avait sauté sur le quai
pour m'enlacer, serrant de toutes ses forces mon corps dur, qui ne
ployait pas.

« Où allez-vous ? me demanda-t-il dans un murmure précipité.
Pourquoi me quittez-vous à nouveau ?

– Il le faut, répondis-je, pour quelques nuits seulement. Je n'y
peux rien, tu le sais. J'ai ailleurs des obligations solennelles, et je
reviens chaque fois, n'est-il pas vrai ?

– Cet homme, maître, le visiteur qui vient de repartir...

– Ne me pose pas de questions », coupai-je d'un ton sévère. Ce
que j'avais redouté arrivait. « Je serai de retour d'ici quelques nuits.

– Emmenez-moi », supplia-t-il.

À ces mots, quelque chose en moi se relâcha.

« Je ne le puis », répondis-je. Puis de ma bouche jaillit un aveu que jamais je n'eusse cru formuler. « Je vais voir Ceux Qu'il Faut Garder. » Il me semblait impossible d'emprisonner plus longtemps en moi le secret. « Vérifier s'ils sont en paix. Ainsi ai-je toujours fait. »

Une expression émerveillée passa sur son visage.

« Ceux Qu'il Faut Garder », murmura-t-il, comme une prière.

Je frissonnai.

Je me sentais libéré. Il me semblait, dans le sillage de Mael, avoir rapproché de moi Amadeo, franchi un pas décisif de plus.

La lumière des torches me torturait.

« Viens, rentrons », décidai-je.

Nous pénétrâmes ensemble dans la pénombre du vestibule. Vincenzo, qui ne se tenait jamais bien loin, se retira. Je me penchai pour embrasser Amadeo, dont la chaleur corporelle m'enflamma.

« Donnez-moi le sang, maître, me chuchota-t-il à l'oreille. Dites-moi ce que vous êtes.

– Ce que je suis, mon enfant ? Il me semble parfois ne pas le savoir, et d'autres fois ne le savoir que trop. Étudie en mon absence. Ne te gaspille pas. Je te reviendrai avant que tu ne t'en aperçoives. Alors nous parlerons de baisers de Sang, de secrets. Entre-temps, ne dis à personne que tu m'appartiens.

– L'ai-je jamais dit à quiconque ? »

Il m'embrassa sur la joue puis y posa sa main chaude, comme s'il avait su combien j'étais inhumain.

Refermant les lèvres sur les siennes, je laissai couler en lui un filet de sang. Il frissonna.

Je m'écartai un peu. Il reposait, abandonné entre mes bras.

Appelant Vincenzo, je lui confiai mon bien-aimé puis m'éloignai dans la nuit.

Je quittai la splendide cité de Venise aux palais scintillants pour me retirer dans le sanctuaire glacial des montagnes, conscient d'avoir scellé le destin d'Amadeo.

XX

Combien de temps je passai auprès des Parents sacrés, je l'ignore. Une semaine, peut-être plus.

Arrivé à la chapelle, je leur confiai ma surprise d'avoir lâché la simple expression « Ceux Qu'il Faut Garder » devant un jeune mortel. Je répétai que je le désirais, que je voulais qu'il partageât ma solitude, avec tout ce que j'avais à enseigner et à donner.

C'était tellement douloureux ! Tout ce que j'avais à enseigner et à donner !

Qu'était-ce que cela pour les Parents immortels ? Rien. En coupant les mèches des lampes, que j'emplissais ensuite de pétrole, en laissant croître la lumière autour des deux silhouettes égyptiennes à jamais silencieuses, je faisais pénitence comme je l'avais toujours fait.

À deux reprises, j'utilisai le don du feu pour allumer la longue rangée de cent bougies. À deux reprises, je la laissai brûler.

Tandis que je priais, cependant, tandis que je rêvais, une conclusion s'imposait clairement à moi. Je voulais ce compagnon humain précisément parce que je vivais au cœur du monde humain.

Si je n'étais pas entré une nuit dans l'atelier de Botticelli, jamais cette solitude démente ne se fût emparée de moi. Elle se mêlait à mon amour des arts, plus particulièrement de la peinture, et à mon désir de me rapprocher des mortels qui se nourrissaient avec grâce des créations de l'époque tout comme je me nourrissais de sang.

J'avouai aussi que l'éducation de mon protégé était presque terminée.

Éveillé, j'épiais grâce au don de l'esprit les pensées et les déplacements d'Amadeo, qui ne se trouvait guère qu'à quelques centaines de kilomètres. Obéissant à mes instructions, il passait ses heures nocturnes plongé dans ses livres, sans aller voir Bianca. En fait, il restait dans ma chambre, car il n'entretenait plus avec les autres garçons de banale camaraderie.

Que lui donner pour le pousser à me quitter?

Que lui donner pour mieux l'entraîner à être le compagnon que je désirais de toute mon âme?

Ces deux questions me torturaient.

Enfin, un plan se forma dans mon esprit – Amadeo devait passer un dernier test. S'il échouait, je le consacrerais au monde des mortels assuré d'une fortune et d'une position irrésistibles – j'ignorais comment, mais cela ne me semblait pas trop difficile.

J'allais lui révéler de quels manière je me nourrissais.

Bien sûr, cette histoire de test était mensonge; car lorsqu'il m'aurait vu me nourrir, lorsqu'il m'aurait vu tuer, comment pourrait-il vivre intact une mortalité productive, quelle que fussent son éducation, son raffinement et sa richesse?

Je ne m'étais pas plus tôt posé la question que je me rappelai l'exquise Bianca, qui barrait toujours son navire d'une main ferme malgré les coupes empoisonnées qu'elle distribuait à ses visiteurs.

Tout cela, méchanceté et ruse, composait la substance de mes prières. Demandais-je à Akasha et Enkil la permission de faire de mon enfant un buveur de sang? Leur demandais-je le droit d'initier Amadeo aux secrets de leur antique sanctuaire?

Si tel était le cas, nul ne me répondait.

Akasha ne me donnait pas d'autre signe que sa sérénité habituelle, Enkil sa sempiternelle majesté. Le silence de la chapelle n'était troublé que par le bruit de mes mouvements tandis que je me relevais, que je baisais les pieds de ma reine, que je me retirais et refermais derrière moi la porte immense, avant de la verrouiller.

Ce soir-là, le vent et la neige se partageaient la montagne, qui se montrait âpre, blanche et pure.

Je fus heureux de retrouver Venise en quelques minutes, quoiqu'il fît froid également dans ma cité bien-aimée.

À peine atteignis-je ma chambre qu'Amadeo vint se jeter dans mes bras.

Je couvris de baisers sa tête, puis sa bouche brûlante, aspirant son souffle et lui donnant le Sang, par la grâce de la morsure la plus légère.

« Veux-tu être ce que je suis, Amadeo? interrogeai-je. Veux-tu demeurer immuable à jamais? Vivre un secret pour l'éternité?

– Oui, maître », répondit-il dans un abandon fiévreux. Il me prit le visage entre ses deux mains chaudes. « Faites-le. Croyez-vous que je n'y aie pas réfléchi? Je sais que vous sondez notre esprit. Je le veux, maître. Comment faut-il procéder? Je vous appartiens.

– Va chercher ta plus lourde cape pour te protéger de l'hiver, puis viens me retrouver sur le toit. »

Il ne s'était écoulé qu'un instant quand il me rejoignit. Je regardais la mer lointaine, balayée par un vent violent. Me demandant s'il souffrait des bourrasques, je sondai son esprit et pris la mesure de sa passion.

En plongeant le regard dans ses yeux bruns, je compris qu'il avait renoncé au monde des mortels plus facilement peut-être que n'importe quel autre humain que j'eusse pu cueillir dans mon jardin, car les souvenirs couvaient toujours en lui quoiqu'il fût disposé à m'accorder son entière confiance.

Je l'enveloppai de mes bras et, lui couvrant le visage, l'emportai dans un quartier pauvre de Venise où voleurs et mendiants dormaient à la belle étoile. Les canaux empestaient les ordures et le poisson mort.

Il me suffit de quelques minutes pour trouver une victime. À la grande surprise d'Amadeo, ma vivacité surnaturelle me permit d'attraper le misérable qui cherchait à me poignarder. Je le portai à mes lèvres.

Dévoilant mes dents habiles, j'en perçai la gorge du ruffian. Mes yeux se fermèrent. Je devins Marius le buveur de sang, le tueur de malfaisants. Le fluide brûlant se répandit en moi, et j'oubliai qu'Amadeo me regardait, j'oubliai même qu'il était là.

Lorsque j'en eus terminé, je lâchai sans un bruit le cadavre dans l'eau sale du canal.

Je me retournai. La chaleur répandue dans mon visage et ma poitrine descendait lentement jusqu'à mes mains. J'y voyais flou, je me sentais sourire – pas d'un sourire cruel, comprends-moi bien, mais d'un air plus mystérieux que mon enfant n'en avait jamais vu.

Lorsque enfin ma vision s'éclaircit, je constatai qu'il était tout étonnement.

« N'as-tu donc pas de larmes pour cet homme? lui demandai-je. N'as-tu pas de questions sur le devenir de son âme? Il est mort sans les saints sacrements. Pour moi, rien que pour moi.

– Non, maître. » Un sourire joua sur les lèvres de mon bien-aimé, telle une flamme venue des miennes. « C'était merveilleux. Qu'ai-je à faire du corps ou de l'âme de cet homme? »

La colère m'empêcha de répondre. Il n'avait tiré nulle leçon de la scène! Il était trop jeune, la nuit trop sombre, le bandit trop méprisable. Rien de ce que j'avais prévu ne se réalisait.

Une fois de plus, je l'enveloppai de ma cape et lui couvris le visage de manière à l'empêcher d'y voir tandis que je voyageais dans les airs en silence, au-dessus des toits, puis m'introduisais adroitement par une fenêtre que des volets défendaient contre le froid nocturne.

Nous nous éloignâmes de l'ouverture à travers les pièces reculées de la demeure jusqu'à atteindre la luxueuse chambre à coucher de Bianca, plongée dans l'ombre. Devant nous s'étendaient les salons, où je la vis se détourner de ses hôtes pour s'avancer dans notre direction.

« Pourquoi être venu ici, maître ? » demanda Amadeo.

Il fixait notre belle amie d'un regard apeuré.

« Tu vas voir une nouvelle fois, et tu comprendras, répondis-je, furieux. Avec quelqu'un que nous prétendons aimer.

— Comment cela ? interrogea-t-il. Que racontez-vous ? Qu'allez-vous faire ?

— Je chasse le malfaisant, mon enfant. Et le mal est aussi présent ici que dans le malheureux confié aux eaux noires sans personne pour le confesser ni le pleurer. »

Bianca se tenait à présent devant nous, nous demandant le plus gentiment possible comment il se faisait que nous nous trouvions dans ses appartements. Ses yeux clairs m'examinaient, scrutateurs.

Je lançai aussitôt mon accusation.

« Dis-lui, ma beauté, ordonnai-je d'une voix étouffée afin de ne pas me faire remarquer de ses hôtes. Dis-lui quelles horreurs dissimule ta calme douceur, quel poison tes invités boivent sous ton toit. »

Elle me répondit avec le plus grand calme.

« Je suis fâchée, Marius. Vous venez ici de manière impolie. Vous vous arrogez le droit de porter contre moi de viles accusations. Allez-vous-en, et ne revenez pas avant d'avoir retrouvé la galanterie que vous m'avez tant de fois témoignée.

— Je vous en prie, maître, intervint Amadeo, tremblant. Partons. Pour Bianca, nous ne sommes qu'amour, vous le savez.

— Ah, mais je veux plus que son amour, ripostai-je. Je veux son sang.

— Non, maître, murmura-t-il. Je vous en supplie.

— Si, insistai-je, car c'est un sang maléfique et d'autant plus savoureux. Je bois aux veines des meurtriers. Parle-lui de ton vin agrémenté de potions, Bianca, des vies prises au nom de ceux qui ont fait de toi l'instrument de leurs plans les plus pervers.

– Allez-vous-en à l'instant », répéta-t-elle sans témoigner la moindre peur. Ses yeux étincelaient. « Vous n'avez aucun droit de me juger, Marius de Romanus. Pas vous, avec vos pouvoirs de magicien et vos jeunes gens. Je n'ajouterai rien, sinon que je vous ordonne de quitter ma maison. »

Je m'avançai pour la prendre dans mes bras, ignorant quand je m'arrêterais ; je savais juste qu'il me fallait révéler à Amadeo l'horreur de ce que je faisais, l'obliger à voir la souffrance, la terreur.

« Maître, murmura-t-il en cherchant à s'interposer. Je renoncerai pour toujours aux réclamations que je vous adresse si vous acceptez de ne pas lui faire de mal. Comprenez-vous ? Je ne vous demanderai rien de plus. Laissez-la, je vous en prie. »

Je la tenais dans mes bras, la regardais, aspirais le suave parfum de sa jeunesse, de sa chevelure, de son sang.

« Si vous la prenez, je mourrai avec elle », ajouta Amadeo.

C'était assez. Plus qu'assez.

En proie à un étrange égarement, je m'écartai de Bianca. La musique des salons devenait vacarme. Il me semble que je m'assis sur le lit. La soif me taraudait. J'eusse pu les tuer tous, voilà ce que je pensai en jetant un coup d'œil aux invités.

« Toi et moi, nous sommes deux meurtriers, Bianca », dis-je – du moins je le crois.

Amadeo pleurait, le dos tourné à la foule, le visage trempé de larmes.

Quant à elle, l'odorante beauté aux blonds cheveux tressés, elle vint s'asseoir près de moi avec audace et me prit la main, oui, me prit la main.

« Nous sommes deux meurtriers, vous et moi, seigneur, c'est vrai, je puis le dire en ce qui me concerne, comme vous l'avez exigé. Mais sachez que je reçois des ordres de gens qui m'enverraient tout aussi aisément en enfer de la même façon. Ce sont eux qui préparent les potions que je mêle au vin meurtrier. Eux qui me désignent mes victimes. J'ignore de quelle manière ils les choisissent. Je sais juste que si je n'obéis pas, je mourrai.

– Alors dis-moi de qui il s'agit, mon adorable beauté, demandai-je. Je suis avide de les rencontrer. Plus avide que tu ne peux l'imaginer.

– Ce sont mes cousins, seigneur. Tel est mon héritage. Telle est ma famille. Tels sont mes gardiens en cette ville. »

Elle s'était mise à pleurer, cramponnée à moi comme si ma force était brusquement devenue pour elle la seule certitude au monde, ce qui d'ailleurs était le cas, je le compris alors.

Les menaces que j'avais proférées à son encontre n'avaient fait que la lier à moi plus étroitement. Amadeo se rapprocha, me pressant de tuer ceux qui la gardaient en leur pouvoir, qui l'avilissaient, quel que fût leur degré de parenté avec elle.

J'enlaçai la jeune femme tandis qu'elle baissait la tête. Dans son esprit, qui me laissait souvent perplexe, je lus les noms de ses corrupteurs aussi clairement que s'ils avaient été couchés sur le papier.

Ces hommes m'étaient connus : il s'agissait de Florentins qui venaient souvent la voir et qui festoyaient cette nuit-là dans une demeure voisine ; des prêteurs sur gages ; des banquiers, eussent dit certains. Leurs victimes leur avaient consenti des prêts qu'ils ne voulaient pas rembourser.

« Tu vas retrouver ta liberté, ma belle », assurai-je.

J'effleurai des lèvres la peau de Bianca. Se tournant vers moi, elle se mit à me donner d'innombrables petits baisers emplis d'ardeur.

« Et que vous devrai-je en échange, Marius ? demanda-t-elle tout en m'embrassant, en levant les mains pour me caresser les cheveux.

— Rien de plus que le silence sur ce que tu as vu en moi cette nuit. »

Ses tranquilles yeux en amande se posèrent sur moi, et son esprit se ferma, comme si plus jamais elle n'allait me dévoiler ses pensées.

« Vous avez ma parole, seigneur, chuchota-t-elle. Et voilà mon âme plus lourde encore.

— Non, car je vais lui retirer son fardeau », affirmai-je en me préparant à partir.

Quelle tristesse dans les sanglots qui soudain lui échappèrent. Je l'embrassai, goûtant ses larmes, regrettant qu'elles ne fussent pas de sang, renonçant pour toujours à son fluide vital.

« Ne pleure pas ceux qui se sont servis de toi, murmurai-je. Retourne à la gaieté et à la musique. Laisse-moi me charger des tâches les plus noires. »

Amadeo et moi trouvâmes les Florentins ivres, en train de banqueter. Ils ne nous prêtèrent aucune attention lorsque nous entrâmes sans avoir été annoncés, sans expliquer notre intrusion, pour prendre place à leur table surchargée. Un groupe de musiciens jouait trop fort. Le sol était glissant de vin répandu.

Amadeo, malgré son impatience exaltée, se montra attentif à la lente séduction méthodique que j'exerçai sur chaque convive. Je bus leur sang à tous, avidement, puis laissai leurs corps tomber en avant sur la table grinçante. Les musiciens s'enfuirent sans demander leur reste.

En une heure, les banquiers, les cousins de Bianca, étaient morts. Pour le dernier seulement, celui avec lequel j'avais discuté le plus longtemps sans qu'il prît conscience de ce qui se passait autour de lui – pour celui-là seulement, Amadeo demanda grâce en pleurant. Eussé-je dû prendre cet homme en pitié alors qu'il était aussi coupable que les autres ?

Mon protégé et moi restâmes assis, seuls, dans la salle en désordre, entourés de cadavres, de plats en argent refroidis, d'assiettes et autre vaisselle en or, tandis que le vin s'écoulait des gobelets renversés. Pour la première fois, Amadeo pleura toutes les larmes de son corps, et je vis la peur dans ses yeux.

Je contemplai mes mains. J'avais bu tant de sang qu'elles paraissaient humaines. Si je m'étais regardé dans un miroir, j'eusse vu un visage coloré, je le savais.

Une chaleur délicieuse, insupportable m'habitait. Je n'avais qu'une envie : prendre mon bien-aimé, l'amener à moi aussitôt, alors qu'il était assis à mon côté, les joues ruisselantes de larmes.

« Voilà disparus les bourreaux de Bianca, commentai-je. Viens. Quittons le théâtre de ces horreurs. Allons marcher ensemble près de la mer, avant le lever du jour. » Il se leva, obéissant tel un enfant, le visage barbouillé des larmes qu'il versait toujours. « Essuie-toi les yeux, repris-je d'un ton ferme. Gagnons la piazza. L'aube est proche. »

En descendant les escaliers, il glissa la main dans la mienne.

Je l'entourai du bras pour le protéger du vent coupant.

« C'étaient des malfaisants, maître, n'est-ce pas ? demanda-t-il, implorant. Vous en êtes sûr. Vous le savez.

– Jusqu'au moindre d'entre eux, acquiesçai-je. Mais l'être humain peut être à la fois malfaisant et bienfaisant, et qui suis-je pour décider des sacrifices à faire à mes cruels appétits ? J'ose pourtant m'en charger. Bianca n'est-elle pas à la fois malfaisante et bienfaisante ?

– Si je bois le sang des malfaisants, deviendrai-je semblable à vous ? »

Nous nous tenions devant les portes closes de l'église Saint-Marc. Un vent impitoyable soufflait de la mer. J'enveloppai plus étroitement Amadeo de ma cape, et il posa la tête contre ma poitrine.

« Non, mon enfant. Il y a en moi infiniment plus de magie que cela.

– Il faut que vous me donniez votre sang, n'est-ce pas ? » interrogea-t-il, levant les yeux vers mon visage, les larmes claires et luisantes dans le froid, les cheveux ébouriffés.

Je ne répondis pas.

« Il y a des années de cela, reprit-il, serré contre moi, ou du moins cela me semble-t-il très vieux, dans le lointain pays où je vivais avant de venir à vous, j'étais ce qu'on appelait un fou de Dieu. Je ne me le rappelle plus bien et ne me le rappellerai jamais plus, nous le savons tous deux.

« Mais un fou de Dieu était un homme qui s'abandonnait complètement à Dieu, qui ne se souciait pas de sa destinée, qu'elle lui apportât la faim, les railleries, les rires ou le froid cruel. De cela au moins je me souviens : j'ai été un fou de Dieu.

– Tu peignais aussi, Amadeo. Tu réalisais de belles icônes...

– Écoutez-moi, maître, coupa-t-il d'une voix ferme, me contraignant au silence. Quoi que j'aie pu faire, j'étais un fou de Dieu. À présent, je veux être votre fou à vous. »

Il s'interrompit, se blottit contre moi car le vent forcissait. La brume rampait sur la pierre. Des bruits s'élevaient des navires.

Je voulus parler, mais il tendit la main pour m'arrêter. Il était si obstiné, si séduisant, si totalement mien.

« Ce sera quand vous le voudrez, maître. Je serai discret. Je serai patient. Ce sera quand et comme vous le voudrez. »

Je réfléchis un long moment.

« Rentre à la maison, lui ordonnai-je enfin. Le soleil va se lever, et tu sais qu'il me faut te quitter. »

Il hocha la tête, perplexe, semblant découvrir l'importance de la chose, quoiqu'il me fût impossible de comprendre comment il avait évité d'y penser jusque-là.

« Rentre à la maison, étudie avec les autres apprentis, parle-leur, veille sur les plus jeunes durant leurs jeux. Si tu en es capable – si tu es capable de passer de la salle de banquet sanglante aux rires des enfants – alors ce soir, je t'amènerai à moi. »

Je le regardai s'éloigner dans la brume en direction du canal où l'attendait la gondole qui le ramènerait à notre porte.

« Un fou de Dieu, murmurai-je afin de m'entendre prononcer les mots. Oui, un fou de Dieu qui peignait des images sacrées dans un monastère misérable, persuadé que sa vie n'aurait pas de sens à moins d'être tout entière consacrée à la souffrance et au sacrifice de soi. À présent, tu vois dans ma magie la même pureté brûlante, pour laquelle tu te détournes des richesses de la vie vénitienne ainsi que de tout ce que peut chérir un être humain. »

Mais était-ce bien vrai ? En savait-il assez pour prendre pareille décision ? Était-il capable de renoncer à jamais au soleil ?

Je l'ignorais. Son choix n'avait plus d'importance, car le mien était fait.

Quant à ma radieuse Bianca, ses pensées me furent par la suite interdites, comme si elle était capable de me fermer son esprit telle une sorcière rusée. En ce qui concernait son dévouement, son amour, son amitié, c'était une tout autre histoire.

XXI

Je passais mes journées vénitiennes endormi dans un beau sarcophage de granite, dissimulé au fond d'une pièce secrète d'un palazzo inoccupé dont j'étais propriétaire, juste au-dessus du niveau de l'eau.

La pièce proprement dite, merveilleuse cellule emplie de torches, était tapissée d'or. Un escalier ascendant en partait, menant à une porte que j'étais seul capable d'ouvrir.

Une volée de marches menait de l'entrée du palazzo au canal – du moins lorsqu'on se déplaçait sur ses deux pieds, ce qui n'était pas mon cas.

Quelques mois plus tôt, j'avais fait exécuter un deuxième sarcophage aussi beau et aussi lourd que le mien afin que deux buveurs de sang pussent dormir ensemble dans ma chambre secrète. Ce fut au cœur de cette magnificence dorée que je m'éveillai le lendemain soir.

Il m'apparut aussitôt que le chaos régnait en ma véritable demeure. Les gémissements lointains des garçonnets me parvenaient, les prières frénétiques de Bianca. Un carnage avait eu lieu sous mon toit.

Persuadé que la catastrophe était liée au massacre des Florentins, je me précipitai chez moi, me maudissant de ne pas m'être montré plus prudent lors de mon crime spectaculaire.

La vérité n'eût pu être plus différente.

Tandis que je descendais du jardin en courant, je compris sans qu'il fût besoin de me le dire qu'un ivrogne anglais de haut rang avait ravagé ma maison. L'intrus cherchait Amadeo, pour qui il nourrissait une passion coupable que mon bien-aimé avait quelque peu nourrie par son badinage les nuits où je m'étais absenté.

De la même manière, je compris très vite avec horreur que lord Harlech, puisque tel était son nom, avait tué dans un élan de cruauté gratuite des enfants de moins de huit ans, avant de provoquer en duel Amadeo.

Ce dernier, connaissant l'usage de la dague et de l'épée, s'était empressé d'affronter l'Anglais. Il l'avait même tué, mais pas avant que l'intrus ne lui eût entaillé le visage et le bras avec une lame empoisonnée.

J'arrivai dans ma chambre pour découvrir mon protégé en proie à une fièvre mortelle, inconscient, entouré de prêtres. Bianca lui promenait un linge humide sur les tempes.

Partout, brillaient des bougies. Amadeo portait toujours ses vêtements de la nuit précédente, dont une manche avait été coupée à l'endroit où l'Anglais l'avait blessé.

Riccardo pleurait. Les professeurs pleuraient. Les prêtres avaient administré au malade l'extrême-onction. Il n'y avait rien d'autre à faire.

Dès mon arrivée, Bianca se tourna vers moi. Sa belle robe était tachée de sang. Livide, elle vint me saisir à deux mains par le bras.

« Il lutte depuis des heures, maintenant, me dit-elle. Par moments, il parle de visions. Il a traversé un océan et contemplé une merveilleuse cité céleste. Toute chose est amour, il l'a vu. Toute chose ! Comprenez-vous ?

– Oui, acquiesçai-je.

– Telle qu'il l'a décrite, c'était une cité de verre, faite d'amour de même que tout ce qui croît. Des religieux de sa mère patrie lui sont apparus, qui l'ont assuré que l'heure n'était pas venue pour lui de gagner cette ville. Ils l'ont renvoyé à raison, n'est-ce pas ? » Elle en appelait à moi. « L'heure n'est pas venue pour lui de mourir. »

Je ne répondis pas.

Elle retourna se poster près du blessé, et je la suivis, la regardai lui baigner le front.

« Amadeo, appela-t-elle d'une voix calme et nette. Respire pour moi. Respire pour ton maître. Pour nous, Amadeo. »

Il s'efforçait de lui obéir, je le voyais bien.

Les yeux clos du jeune homme s'ouvrirent, mais ils ne voyaient pas. Sous ses cheveux rejetés en arrière, sa peau avait la couleur du vieil ivoire. La lame de lord Harlech lui avait infligé au visage une coupure des plus cruelle.

« Laissez-moi seul avec lui », ordonnai-je non sans gentillesse à tous les visiteurs.

Nul ne protesta. Les portes de mes appartements se refermèrent derrière moi.

Je me penchai et, me coupant la langue comme je l'avais fait bien souvent, laissai un filet de sang couler sur la blessure du visage, qui guérit aussitôt sous mes yeux émerveillés.

Les paupières d'Amadeo se soulevèrent à nouveau. Cette fois, il me vit.

« Marius », dit-il doucement. Jamais, durant tout le temps que nous avions passé ensemble, il ne m'avait appelé par mon nom. « Marius est là. Pourquoi les prêtres ne m'en ont-ils pas parlé ? Ils m'ont juste dit que mon heure n'était pas venue. »

Je soulevai sa main droite. Là aussi, l'épée de lord Harlech avait laissé sa marque, que j'embrassai en l'imprégnant du sang guérisseur ; un nouveau miracle se produisit.

Amadeo frissonna. Il souffrait. Ses lèvres se retroussèrent un instant, puis il se calma, comme retombé à un profond sommeil. Le poison le rongeait de l'intérieur, j'en voyais la marque cruelle.

Quoi qu'eussent prétendu ses visions, le jeune homme agonisait. Nul tendre baiser de sang ne pouvait plus le sauver.

« Tu les as crus ? demandai-je. Quand ils t'ont dit que ton heure n'était pas venue ? »

À contrecœur, douloureusement, il rouvrit les yeux.

« Ils m'ont rendu à vous, maître. Ah, si seulement je me rappelais tout ce qu'ils m'ont dit, mais ils m'ont prévenu que j'allais oublier. Pourquoi ai-je jamais été amené ici ? » Il refusait de me laisser apaiser sa souffrance fiévreuse. « Pourquoi ai-je été arraché à mon lointain pays pour vous être livré ? Je me rappelle avoir chevauché dans l'herbe haute. Je me rappelle mon père. Je tenais une icône peinte de mes mains. Mon père était un grand cavalier, un grand guerrier. Les Tatars ont fondu sur nous, les monstres, et ils m'ont emporté. Mais l'icône, maître, l'icône est tombée dans l'herbe. Je sais, à présent. Je pense qu'ils ont tué mon père quand ils m'ont capturé.

– L'as-tu vu dans tes rêves, mon enfant ?

– Non, mais il est vrai que je ne me souviens plus. » Soudain, il se mit à tousser, puis la quinte s'interrompit et il inspira profondément, comme s'il avait juste assez de force. « Je sais que j'avais moi-même peint l'icône et que nous devions la placer dans un arbre en pleine steppe. Tel était notre devoir sacré. Aller dans la steppe était dangereux, mais mon père passait son temps à y chasser. Il n'avait peur de rien. Quant à moi, j'étais aussi bon cavalier que lui. Je me rappelle toute ma vie, à présent, maître, je me la rappelle, et pourtant, je ne puis vous la raconter... »

Sa voix se tarit brusquement, et il frissonna tout entier, une fois de plus.

« Je vais mourir, chuchota-t-il, alors qu'ils m'ont dit que mon heure n'était pas venue. »

Le temps qu'il lui restait à vivre se comptait en minutes, je le savais. Avais-je jamais aimé plus que je ne l'aimais, lui ? Avais-je jamais dévoilé mon âme davantage que je ne la lui avais dévoilée, à lui ? Si mes larmes se mettaient à couler, il les verrait ; si je me mettais à trembler, il le sentirait.

Il y avait de cela bien longtemps, j'avais été capturé, tout comme lui ! Était-ce pour cela que je l'avais choisi ? Parce que des pillards l'avaient arraché à son existence comme j'avais été arraché à la mienne ?

Ainsi donc j'avais pensé lui faire le grand cadeau de l'éternité ! N'était-il pas en toutes choses précieux ? Certes, il était très jeune, mais cela ne l'armerait-il pas d'être beau à jamais dans le corps d'un éphèbe ?

Ce n'était pas Botticelli. Ce n'était pas un génie d'une immense renommée, mais un garçon qui se mourait et dont bien peu de gens à part moi se souviendraient.

« Comment ont-ils pu dire que mon heure n'était pas venue ? murmura-t-il.

— Ils t'ont renvoyé auprès de moi ! haletai-je, déchiré. Les as-tu crus, ces prêtres, Amadeo ? As-tu cru à la cité de verre ? »

Il sourit. Un sourire qui, malgré sa beauté, n'était jamais innocent.

« Ne me pleurez pas, maître. » Il se débattit pour se hausser quelque peu sur ses oreillers, les yeux écarquillés. « Mon destin a été scellé lorsque l'icône est tombée.

— Non, Amadeo, je n'en crois rien. » Le temps manquait pour discuter. « Va les trouver, mon enfant, appelle-les ! Dis-leur de te prendre, cette fois-ci.

— Impossible. Ils n'ont peut-être pas de substance, ils ne sont peut-être que les rêves d'un esprit fiévreux, des fantômes portant les atours du souvenir, *mais je sais ce que vous êtes, vous.* Je veux le Sang. J'y ai goûté. Je veux rester auprès de vous. Si vous me refusez, laissez-moi mourir en compagnie de Bianca ! Rendez-moi mon infirmière mortelle, car elle m'est d'un plus grand réconfort que vous, dans votre froideur. Je préfère mourir seul avec elle. »

Il retomba sur les oreillers, épuisé.

Désespéré, je me mordis la langue, m'emplis la bouche de sang et le lui versai, mais le poison progressait trop vite.

Il sourit tandis que mon fluide vital le réchauffait, et ses yeux se couvrirent d'un voile de larmes.

« Mon beau Marius, reprit-il, comme s'il était beaucoup plus âgé que je ne le serais jamais. Vous qui m'avez donné Venise, donnez-moi le Sang, maintenant. »

Nous n'avions plus le temps.

« Le désires-tu vraiment, Amadeo ? demandai-je en pleurant, désespéré. Dis-moi que tu renonces pour toujours à la lumière du soleil, que tu t'épanouiras éternellement par le sang du malfaisant, comme moi.

– J'en fais serment.

– Veux-tu vivre à jamais inchangé ? Te nourrissant de mortels qui ne seront plus tes frères de race ?

– Oui, à jamais inchangé, parmi eux, même s'ils ne sont plus mes frères. »

Une fois de plus, je lui donnai le baiser de Sang. Puis, le soulevant, je l'emportai au bain.

Je le débarrassai de ses épais vêtements au velours souillé et le posai dans l'eau chaude où, grâce au sang de ma bouche, je refermai toutes les plaies infligées par lord Harlech, puis je rasai pour l'éternité le peu de barbe qu'il avait.

Mon enfant était à présent prêt pour la magie comme il l'eût été pour le sacrifice. Son cœur battait avec lenteur ; ses paupières, trop lourdes, ne se levaient plus.

Après l'avoir simplement vêtu d'une longue tunique de soie blanche, je l'emportai hors de ma chambre.

Les autres attendaient devant ma porte, anxieux. Les mensonges que je leur racontai, je ne m'en souviens plus. À ce moment-là, j'étais fou. Je chargeai solennellement Bianca de rassurer et de remercier tous les visiteurs, lui affirmant que la vie d'Amadeo n'était pas en danger tant qu'il demeurait auprès de moi.

« Laisse-nous, maintenant, ma belle », ajoutai-je, posant un baiser sur son front sans lâcher mon précieux fardeau. « Fais-moi confiance : je veillerai à ce qu'il ne t'arrive jamais rien de mal. »

Elle me crut au point qu'il ne subsista plus en elle la moindre inquiétude.

Quelques instants plus tard, j'étais seul avec Amadeo.

Je l'emportai dans mon salon le plus imposant, la pièce où j'avais copié la magnifique peinture de Gozzoli, *Le Cortège des Rois mages*, dont j'avais volé l'image à Florence afin de tester ma mémoire et mon talent.

Après l'avoir immergé dans les couleurs intenses et la diversité de la fresque, je le posai sur le marbre froid puis lui donnai en l'embrassant le flot de sang le plus abondant qu'il eût jamais bu.

Le don du feu me permit d'allumer l'un après l'autre les chandeliers disposés des deux côtés de la salle pour que la peinture fût réellement baignée de lumière.

« Maintenant, mon élève bien-aimé, tu dois être capable de te tenir debout, dis-je. Mon sang court en toi à la suite du poison. Nous avons commencé. »

Amadeo tremblait, redoutant de me lâcher, la tête basse, sa luxuriante chevelure comme une douce caresse sur mes mains.

« Dis-moi, repris-je en l'embrassant derechef, mon sang ruisselant entre ses lèvres, comment t'appelais-tu dans ta patrie perdue ? » Je m'emplis une nouvelle fois la bouche du précieux liquide, que je lui donnai. « Va chercher ton passé, mon enfant, et intègre-le à ton avenir. »

Ses yeux s'agrandirent.

Je m'écartai de lui, le laissant seul au milieu de la salle, dégrafai ma cape de velours rouge et la jetai de côté.

« Viens », appelai-je, les bras tendus.

Ses premiers pas furent hésitants. Il avait tant bu de mon sang que la lumière même devait l'étonner, tandis que ses yeux parcouraient la multitude de personnages peints sur le mur. Enfin, il me regarda, moi.

Quelle sagesse, quelle compréhension exprimaient ses traits ! Il me paraissait soudain triomphant dans son silence et sa patience. Damné pour l'éternité.

« Viens, Amadeo, viens te servir toi-même à mes veines, appelai-je, les larmes aux yeux. Tu as gagné. Viens chercher ce que j'ai à offrir. »

Aussitôt, il fut dans mes bras. Je l'enlaçai chaleureusement, lui murmurant à l'oreille :

« N'aie pas peur, mon enfant, pas une seconde. Il faut mourir pour vivre à jamais, aussi vais-je prendre ton sang avant de te le restituer. Je ne te laisserai pas partir. »

Je plantai les dents dans sa gorge. Dès que son fluide vital coula en moi, j'y sentis le poison, que mon corps entreprit de détruire en absorbant le sang aussi aisément qu'il l'eût fait de celui d'une douzaine de jeunes gens. Mon esprit s'emplit de visions de son enfance – le monastère russe où il avait peint ses icônes parfaites, les pièces glaciales où il avait vécu.

Des moines jeûnaient, enterrés vivants ou presque, mangeant juste de quoi survivre. Une odeur de terre, de décomposition m'enveloppait. Ah, quel terrible chemin vers le salut ! Et Amadeo l'avait emprunté, fasciné par les cellules sacrificielles et leurs occupants affamés. Son don seul l'avait protégé : la peinture.

Un instant, je ne vis plus que ses œuvres, une image chassant l'autre, les visages extasiés du Christ, de la Vierge – aux halos incrustés de pierres précieuses. Que de richesses dans le lugubre monastère ! Puis vint le rire obscène de son père, qui voulait lui faire quitter les religieux, l'entraîner à cheval dans la steppe où rôdaient les Tatars.

Le prince Michel, le souverain russe, avait décidé d'y envoyer le vieux guerrier – mission démentielle à laquelle les moines s'opposaient, car ils refusaient d'exposer le jeune peintre à pareil danger. Il quittait l'obscurité et la terre âpre du couvent pour la pleine lumière.

Je m'interrompis, m'écartai du sang et des visions. Je *connaissais* Amadeo. Je connaissais l'obscurité désespérée, impitoyable tapie en lui, sa vie toute tracée de faim et d'amère discipline.

Me coupant à la gorge, je lui approchai la tête de mon cou.

« Bois, ordonnai-je sans le lâcher. Colle la bouche à la plaie, et bois. »

Il finit par obéir, me tirant même le sang de toutes ses forces. Ne l'avait-il pas assez goûté pour en être avide ? Le précieux fluide lui venait à présent sans mesure, et il buvait avec passion. Je fermai les yeux, saisi d'une exquise douceur que je n'avais plus connue depuis la nuit lointaine où j'avais désaltéré ma Zénobie bien-aimée afin d'accroître ses forces.

« Sois mon enfant à jamais, Amadeo, murmurai-je dans cette douceur, car jamais je n'ai aimé plus que je ne t'aime. »

Enfin, je l'écartai de la blessure. Il poussa un cri lorsque je lui plantai à nouveau les crocs dans la gorge. Cette fois, mon sang s'était mêlé au sien. Il n'y avait plus trace de poison.

Les peintures réapparurent, les corridors obscurs du monastère puis la neige qui tombait, le père et le fils à cheval. Amadeo portait une icône. Un religieux le suivait en courant, lui disant de la placer dans un arbre pour que les Tatars l'y trouvent et croient à un miracle. Mon bien-aimé avait l'air tellement innocent pour un cavalier intrépide, partant en compagnie de son père au nom du prince Michel, sous la neige épaisse, les cheveux fouettés par le vent.

Voilà donc le tournant de ta vie. N'y pense plus, à présent. Tu l'as vu tel qu'il est. Regarde la fresque fabuleuse, devant toi. Regarde les richesses que je t'ai données. Songe à la gloire et à la vertu contenues dans les beautés aussi variées et magnifiques que celles-là.

Je le lâchai. Il contemplait la peinture. Une fois encore, je l'obligeai à presser les lèvres contre ma gorge.

« Bois. »

Le conseil était inutile : Amadeo se cramponnait à moi. Il connaissait le sang aussi bien que je le connaissais, lui.

Combien de fois nous livrâmes-nous à l'échange ? Je ne sais. Je sais juste que, ne l'ayant jamais pratiqué aussi complètement depuis la nuit lointaine du bosquet druidique, je me méfiais de tout et fis de mon protégé le novice le plus fort possible.

Tandis qu'il buvait à ma gorge, je lui délivrais mes leçons, mes secrets. Je lui parlais des dons qui viendraient peut-être à lui une nuit. De mon amour d'autrefois pour Pandora. De Zénobie, d'Avicus, de Mael. De tout, excepté de l'ultime secret. Cela, je le lui cachai.

Oui, Dieux merci, je le conservai par devers moi, enfermé dans mon cœur !

La transformation fut terminée bien avant le matin. La peau d'Amadeo était d'une pâleur merveilleuse, ses yeux sombres étincelaient, sauvages. Je fis courir mes doigts dans sa chevelure auburn. Une fois de plus, il me sourit de l'air de celui qui sait, calmement triomphant.

« C'est fait, maître », dit-il comme il eût parlé à un enfant.

Ensemble, nous regagnâmes la chambre, où il se vêtit de son beau velours, puis nous partîmes chasser.

Je lui appris à trouver ses victimes, à se servir du don de l'esprit pour s'assurer qu'il s'agissait bien de malfaisants, puis je passai auprès de lui les quelques heures de sa mort humaine.

Ses pouvoirs étaient tout simplement immenses. Bientôt, il pourrait user du don céleste, et il me fut impossible de trouver un test qui mît sa force en échec. Il n'était pas seulement capable de lire dans les pensées des mortels, il parvenait aussi à leur lancer des sortilèges.

Son esprit m'était bien sûr fermé, quoique je fusse incapable de l'accepter réellement. La même chose s'était produite avec Pandora, mais j'avais espéré y échapper cette fois-ci ; ce fut à contrecœur que j'expliquai les raisons du phénomène à Amadeo.

Il me fallait à présent déchiffrer son expression, sa gestuelle, scruter les profondeurs de ses yeux bruns secrets, un peu cruels.

Jamais il n'avait été aussi beau.

La nuit s'achevant, je guidai mon protégé jusqu'à mon tombeau, comme l'on dit, la pièce tapissée d'or où nous attendaient nos deux sarcophages de pierre. Je lui dis de se coucher en prévision du sommeil diurne.

Cela ne lui fit pas peur. Rien ne lui faisait peur.

« Et tes rêves, Amadeo ? demandai-je en le serrant dans mes bras. Que sont devenus les religieux et la lointaine cité de verre ?

— Je suis au paradis, maître. Venise, dans toute sa beauté, n'a-t-elle pas été pour moi un simple prélude au Sang ? »

Comme je l'avais déjà fait des centaines de fois, je lui donnai mon baiser secret ; après l'avoir reçu, il s'écarta de moi, souriant.

« C'est tellement différent, maintenant, dit-il.

— Doux ou amer ? m'enquis-je.

— Oh, doux, très doux, parce que vous avez exaucé mes vœux les plus chers. Vous ne me tirez pas derrière vous sans pitié, attaché à une laisse de sang. »

Je l'écrasai dans mon étreinte.

« Amadeo, mon amour », murmurai-je.

Il me semblait que je n'avais subi mes longs siècles de solitude que pour me préparer à cet instant. Des images d'autrefois me revenaient, des fragments de rêves. Rien n'existait qu'Amadeo, et Amadeo était là.

Ainsi nous couchâmes-nous, chacun de son côté. Quand mes yeux se fermèrent, je ne craignais qu'une chose : que ce bonheur ne durât pas.

XXII

Les mois qui suivirent furent des mois de liberté et de plaisir tels que jamais je n'en eusse imaginé.

Amadeo était bel et bien mon compagnon mais aussi mon élève : je l'obligeais gentiment à apprendre tout ce qui me semblait devoir lui être utile – droit et politique, histoire et philosophie, leçons de buveur de sang qu'il prenait auprès de moi et auxquelles il participait avec un joyeux empressement dont je n'eusse osé rêver.

J'avais craint que sa jeunesse ne l'incitât à se nourrir de l'innocent, mais lorsque je lui expliquai que dans ce cas, le sentiment de culpabilité ne tarderait pas à détruire son âme, je le découvris attentif ; il apprit de moi comment prospérer grâce à la méchanceté sans lui laisser obscurcir son âme.

Les conseils que je lui dispensais sur la conduite à suivre en compagnie des mortels l'intéressaient également. Bientôt, il acquit assez d'assurance pour discuter de temps à autre avec les apprentis, se découvrant même très vite capable de les tromper comme je le faisais depuis toujours ; les garçons sentaient bien qu'il avait changé, mais ils n'eussent su dire en quoi, ils ne pouvaient l'imaginer, et ils n'osaient souffler mot du moindre soupçon de crainte de mettre en péril la paix de notre merveilleuse maisonnée.

Riccardo lui-même, leur aîné, ne se doutait de rien ; il pensait juste avoir pour maître un puissant magicien, dont les pouvoirs avaient sauvé Amadeo.

Toutefois, il nous fallait compter avec notre bien-aimée Bianca, que nous n'avions pas vue depuis la nuit de la métamorphose. Je savais que ce serait là le défi le plus difficile à relever pour mon novice.

Lorsqu'elle découvrirait sa peau lumineuse et ses cheveux éclatants, que penserait-elle de la rapidité avec laquelle il s'était remis de son terrible combat contre lord Harlech ? Que penserait-il, lui, en la regardant dans les yeux ?

Je savais pertinemment qu'il l'adorait, que son amour pour elle était égal au mien. Aussi devions-nous aller la voir. Nous n'avions que trop tardé.

Une nuit, abruptement, nous nous rendîmes chez elle après nous être bien nourris, de manière à nous sentir et à paraître tièdes.

À peine arrivé, je pris conscience de la nervosité d'Amadeo, lequel souffrait de ne pouvoir raconter à Bianca ce qui lui était arrivé. À cet instant seulement, je compris combien il lui était difficile de garder le secret, combien il était jeune et faible en dépit de sa force.

À vrai dire, son état d'esprit m'inquiétait bien davantage que celui de notre hôtesse, qui semblait tout simplement heureuse de le voir guéri.

Ils étaient comme frère et sœur. Je songeai bien sûr au serment arraché à Amadeo lors de sa transformation, regrettant de ne pouvoir entraîner mon novice à l'écart pour le lui rappeler, mais nous nous trouvions au salon, entourés de visiteurs, de musique et de discussions.

« Venez, allons dans ma chambre », nous dit Bianca, dont le ravissant visage ovale rayonnait. « Je suis tellement heureuse de vous voir. Pourquoi ne pas être venus avant ? Tout Venise savait qu'Amadeo était guéri et lord Harlech reparti pour l'Angleterre, évidemment, mais vous auriez dû m'écrire si vous ne pouviez passer. »

Je l'ensevelis sous les excuses. C'était ma faute. J'eusse en effet dû lui écrire. Mon amour pour Amadeo me l'avait fait omettre. Je n'avais plus pensé à rien d'autre.

« Oh, je vous pardonne, Marius, assura-t-elle. Je vous pardonnerais n'importe quoi, et regardez Amadeo. On dirait qu'il n'a jamais été malade. »

J'acceptai son étreinte avec reconnaissance, mais la souffrance de mon novice quand elle l'embrassa, quand elle lui prit la main, ne m'échappa nullement. Il ne supportait pas le gouffre qui les séparait. Il fallait cependant qu'il apprît, aussi ne fis-je pas mine de partir.

« Et comment va ma belle infirmière ? m'enquis-je. Elle qui a retenu à un fil la vie d'Amadeo jusqu'à mon arrivée... Comment va sa famille ? Es-tu heureuse, Bianca ? »

La jeune femme eut un léger rire.

« Ah, oui, ma famille. Certains de mes parents ont connu un fort triste destin. Pour tout vous dire, j'ai cru comprendre que le grand Conseil de Venise se demandait s'ils n'avaient pas été assassinés par des clients de qui ils exigeaient de fortes sommes. Jamais ils n'auraient dû venir jusqu'ici mettre en pratique leurs vils projets. Mais, comme chacun sait, je suis irréprochable. Divers membres du Grand Conseil me l'ont dit. Qui plus est, j'en suis la première surprise, mais ces événements ont accru ma fortune. »

Je compris en un instant que les débiteurs des misérables banquiers disparus lui avaient fait des cadeaux coûteux. Elle était plus riche que jamais.

« Je suis une femme comblée, poursuivit-elle d'une voix douce, les yeux fixés sur moi. Je suis même une autre femme, car je jouis à présent d'une liberté auparavant inimaginable. »

Son regard avide se promenait entre Amadeo et moi. Le désir s'éveillait en elle tandis qu'elle nous contemplait, je le sentais, lui inspirant l'envie d'une intimité nouvelle. Elle s'approcha de moi, m'enlaça, m'embrassa.

Je l'écartai doucement, mais cela ne fit que la pousser à embrasser Amadeo, sur les joues puis la bouche.

Elle eut un geste en direction de son lit.

« La ville entière s'interroge sur mon beau magicien et son apprenti, dit-elle avec passion, mais c'est à moi qu'ils viennent et à moi seule. »

Je mis tout mon amour dans mon regard puis lui fis comprendre que j'allais abuser, à l'instant, sauf si elle me l'interdisait fermement. Et en effet, j'allai m'asseoir sur sa couche.

Jamais je ne m'étais permis avec elle pareille liberté, mais je savais ce qu'elle pensait. Nous l'éblouissions. Elle nous idolâtrait.

Qu'elle était belle, vêtue de soie lumineuse ornée de joyaux.

Elle vint s'installer à mon côté, se blottir contre moi sans craindre le moins du monde ce qu'elle voyait dans mes yeux.

Amadeo, quoique surpris, ne tarda pas à prendre place à sa droite. Il s'était bien nourri, mais sa soif de sang m'était perceptible, de même que la lutte courageuse qu'il menait pour la tenir en respect.

« Laisse-moi t'embrasser, ma belle », murmurai-je.

Avant de couvrir Bianca de baisers, me fiant à la faible lumière et à mes mots doux pour l'étourdir, d'autant qu'elle voyait bien sûr ce qu'elle avait envie de voir – non pas une terrible créature échappant à sa compréhension, mais un homme mystérieux qui lui avait rendu un inestimable service, la laissant riche et libre.

« Tu seras en sécurité aussi longtemps que je vivrai », poursuivis-je. Deux baisers de plus, puis un troisième. « Aide-moi à rouvrir ma demeure, Bianca, pour des banquets et des soirées encore plus splendides. Aide-moi à préparer la plus grande fête peut-être que Venise ait jamais connue, des représentations de théâtre et des bals merveilleux. À remplir mon immense maison.

– Oui, Marius, bien sûr, murmura-t-elle, somnolente, la tête posée contre ma poitrine. J'en serai très heureuse.

– Je te donnerai tout l'argent qu'il te faudra. Vincenzo exécutera tes moindres ordres. Dis-moi juste quand tu veux organiser la réception », conclus-je, les yeux au fond des siens.

Ensuite, je l'embrassai à nouveau, n'osant lui donner ne fût-ce qu'un avant-goût de mon sang mais lui insufflant mon haleine froide, lui perçant l'esprit de mon désir.

Pendant ce temps, ma main se glissait sous ses jupes, trouvait ses doux secrets dénudés et les explorait aisément, l'enflammant d'un désir aussi visible qu'immédiat.

« Embrasse-la, chuchotai-je à un Amadeo dérouté. Allez. »

Il obéit, et ses baisers ne tardèrent pas à emporter la jeune femme.

Tandis que mes doigts se raidissaient pour la caresser, tandis qu'il l'embrassait avec une ferveur croissante, elle s'empourprait sous l'effet d'une passion de plus en plus forte, puis elle finit par retomber, alanguie, entre les bras de mon bien-aimé.

Je m'écartai, lui effleurant le front des lèvres comme si elle était redevenue pure jeune fille.

« Repose-toi, à présent, lui dis-je. N'oublie pas que tu n'as plus rien à craindre de ta méchante famille et que je suis à jamais ton débiteur, car tu as gardé Amadeo en vie jusqu'à mon arrivée.

– Vraiment ? me demanda-t-elle. N'étaient-ce pas plutôt ses rêves étranges ? » Elle se tourna vers lui. « Tu as parlé maintes fois d'endroits merveilleux, de gens qui te disaient que tu devais nous revenir.

– Ce n'étaient que des souvenirs mêlés de peur, répondit-il doucement. Car bien avant de renaître à Venise, j'ai connu une vie cruelle, impitoyable. C'est toi qui m'as ramené des frontières de la mort. »

Elle le fixait, pensive.

Quant à lui, il souffrait terriblement de ne pouvoir lui dire ce qu'il était.

Toutefois, ces explications acceptées, elle nous permit comme à de vulgaires domestiques de l'aider à arranger sa robe et sa chevelure en désordre.

« Nous allons te laisser, à présent, repris-je, mais les préparatifs de la fête vont commencer dès maintenant. Permets-moi de t'envoyer Vincenzo.

– Bien sûr, répondit-elle. Je vous jure que cette nuit-là, Marius, votre demeure sera plus splendide encore que le palais des Doges.

– Ma princesse », conclus-je en l'embrassant.

Elle retourna à ses invités, tandis que nous descendions les escaliers extérieurs.

Aussitôt dans la gondole, Amadeo reprit ses supplications.

« Je ne supporte pas d'être séparé d'elle, de ne pas pouvoir lui dire.

– Je ne veux pas entendre un mot de plus à ce sujet ! » l'avertis-je.

Une fois dans notre chambre, la porte close, il se laissa aller à des larmes terribles.

« Je ne pouvais pas lui parler de ce qui m'est arrivé, maître, alors que je racontais toujours tout à Bianca ! Oh, pas nos secrets à vous et moi ou les baisers de Sang, non, mais tout le reste. Je suis si souvent resté chez elle à discuter. J'allais si souvent la voir, de jour, sans que vous le sachiez. C'était mon amie. Je ne peux pas supporter cela. C'était ma sœur. »

Il sanglotait comme un enfant.

« Je t'ai mis en garde à ce sujet, n'est-il pas vrai ? ripostai-je. Et voilà que tu gémis tel un gamin. »

Furieux, je le giflai.

Le choc le fit tomber à la renverse, ce qui eut pour unique effet de redoubler ses larmes.

« Pourquoi ne pas la transformer elle aussi, maître ? Pourquoi ne pas partager le Sang avec elle ? »

Je le pris brusquement par les épaules. Il n'avait pas peur de moi. Peu lui importait.

« Écoute-moi bien, Amadeo. Il est impossible de satisfaire ce désir. J'ai vécu plus de mille ans sans créer de buveur de sang, et voilà que toi, quelques mois à peine après le changement, tu voudrais métamorphoser le premier mortel à t'inspirer un amour excessif ? »

Secoué d'amers sanglots, il voulut se libérer de mon étreinte, mais je ne le laissai pas m'échapper.

« J'aurais tellement voulu lui parler de ce que je vois avec mes nouveaux yeux ! » murmura-t-il. Les larmes de sang ruisselaient sur ses joues enfantines. « Lui dire à quel point le monde est transformé.

— Il faut connaître la valeur de ce qu'on possède et le prix de ce qu'on donne, Amadeo. J'ai passé deux ans à te préparer au Sang, mais le don n'en a pas moins été prématuré, à cause de la lame empoisonnée de lord Harlech. À présent, tu voudrais l'imposer à Bianca... Pourquoi ? Pour qu'elle sache à quoi tu es condamné ? »

Je le lâchai. Il tomba à genoux près du lit, sanglotant.

Quant à moi, je m'assis à mon bureau.

« Combien de temps crois-tu que j'aie erré sur cette terre ? repris-je. Combien de fois l'idée ne m'a-t-elle pas traversé l'esprit, dans une colère sans raison, dans l'indifférence, de créer un autre buveur de sang ? Je ne l'ai pas fait, Amadeo. Pas avant de poser les yeux sur toi. Je te le dis, Bianca ne deviendra pas comme nous.

— Elle va vieillir et mourir ! murmura-t-il, les épaules secouées de sanglots. Allons-nous la regarder se faner ? Allons-nous regarder approcher sa mort ? Et que pensera-t-elle de nous, au fil des années ?

— Il suffit. Tu ne peux faire de tous les hommes ce que nous sommes. Tu ne peux les transformer l'un après l'autre sans conscience ni imagination. Impossible ! Il doit toujours y avoir préparation, apprentissage, discipline. Il doit y avoir attention. »

Alors tomba de ses lèvres une question solennelle.

« Pourquoi moi, maître ? »

Elle me fit peur, ce qu'il comprit sans doute avant que je ne pusse le cacher. Me découvrir aussi peu préparé à y répondre m'étonna.

Soudain, je n'éprouvais plus pour mon protégé la moindre tendresse : il paraissait si fort, si sûr de lui et de son droit à m'interroger.

« Ne m'as-tu pas demandé le Sang ? » répondis-je d'un ton froid.

Je tremblais. Je l'aimais tellement, mais je ne voulais pas qu'il le sût.

« Si, c'est vrai, admit-il d'une petite voix calme. Je vous l'ai demandé, mais après avoir goûté bien des fois à votre pouvoir. » Il s'interrompit avant de reprendre : « Pourquoi m'avoir choisi pour ces baisers ? Pour l'ultime cadeau ?

— Parce que je t'aimais », lâchai-je sans tergiverser davantage.

Il secoua la tête.

« Il y a autre chose.

– Alors à toi de me dire quoi. »

Il s'approcha et me regarda de haut, tandis que je restais assis à mon bureau.

« Je porte en moi un froid mordant, venu d'un pays lointain, que rien ne réchauffe jamais vraiment. Le Sang lui-même ne l'a pas adouci. Vous aviez concience de ce froid : vous aviez tenté si souvent d'en venir à bout, de le transformer en lumière, sans jamais y parvenir. La nuit où j'ai frôlé la mort – la nuit de mon agonie, disons-le – vous vous êtes dit qu'il me donnerait la force de supporter le Sang. »

J'acquiesçai, évitant ses yeux, mais il me posa la main sur l'épaule.

« Regardez-moi, maître, s'il vous plaît. N'ai-je pas raison ? »

Son expression était sereine.

« Si, admis-je. C'est vrai.

– Pourquoi vous détourner de moi lorsque je vous pose la question ? insista-t-il.

– Dis-moi, Amadeo, le Sang est-il une malédiction ? demandai-je d'un ton ferme.

– Non, répondit-il aussitôt.

– Réfléchis avant de parler. Est-ce une malédiction ?

– Non, répéta-t-il.

– Alors arrête de m'interroger. N'essaie pas de me mettre en colère ou de susciter mon amertume. Laisse-moi juste t'apprendre ce que j'ai à t'apprendre. »

Cette petite bataille perdue, il s'éloigna de moi tel un enfant, quoiqu'il n'en fût plus un avec ses dix-sept ans de mortel.

Grimpant sur le lit, il s'y installa les jambes repliées sous lui et resta assis là, immobile, dans l'alcôve de taffetas et de lumière rouges.

« Emmenez-moi en Russie, maître, dit-il soudain. Emmenez-moi chez mes parents. Vous en êtes capable, je le sais. Vous avez ce pouvoir. Il vous est possible de trouver l'endroit où je suis né.

– Pourquoi, Amadeo ?

– Je dois le voir pour l'oublier. Je dois être sûr qu'il était bien... tel qu'il était. »

Je réfléchis un long moment avant de me décider.

« Très bien. Tu me raconteras tout ce dont tu te souviens, et je t'emmènerai où tu voudras ; tu seras libre de remettre à ta famille mortelle autant d'or que tu le désireras. » À cela, il ne répondit pas. « Mais nos secrets ne lui seront pas plus dévoilés qu'à n'importe qui d'autre. » Il hocha la tête. « Ensuite, nous reviendrons ici. » Nouveau hochement de tête. « Nous nous occuperons de ce voyage après la grande fête que Bianca va préparer. Cette nuit-là, nous danserons en ces lieux avec nos invités. Toi, tu danseras avec Bianca. Nous userons au mieux de nos talents afin de passer pour humains parmi nos hôtes, et je me reposerai sur toi autant que sur Bianca ou Vincenzo. Cette réception ébahira tout Venise. »

Un léger sourire éclaira son visage. Une fois encore, il hocha la tête.

« Tu sais maintenant ce que j'attends de toi, ajoutai-je. Témoigne plus d'amour que jamais aux apprentis. Va voir Bianca plus souvent, après t'être nourri, bien sûr, de manière à avoir la peau rosée. Ne lui dis rien, pas un mot, de la magie qui t'a sauvé. »

Hochement de tête.

« Je croyais..., murmura-t-il.

– Quoi donc ?

– Je croyais qu'avec le Sang, tout le reste viendrait, mais je sais maintenant que je me trompais. »

XXIII

Si longtemps que nous vivions, nous avons des souvenirs – repères temporels que le temps lui-même ne saurait effacer. La souffrance distord peut-être le regard que je pose sur le passé, mais elle ne peut enlever leur beauté à certains de mes souvenirs, qui conservent leur pureté de joyaux.

Ainsi en est-il du banquet le plus inouï de Bianca, car ce fut en effet son banquet à elle, qui se chargea de tout, se contentant d'utiliser ma fortune et mon palazzo pour atteindre une perfection où participèrent tous les apprentis, l'humble Vincenzo lui-même y jouant un rôle important.

Le tout-Venise participa à notre réception sans fin, jouit des chants et des danses, tandis que mes garçons organisaient de somptueux tableaux vivants.

Chaque pièce semblait dotée de ses propres chanteurs ou divins comédiens. Le son du luth, du virginal et d'une douzaine d'autres instruments composait une musique charmante qui attirait et enchantait le moindre visiteur. Les plus jeunes apprentis, vêtus de manière princière, emplissaient les coupes à des pichets d'or.

Amadeo et moi dansâmes sans répit, avec des pas gracieux et mesurés, comme c'était alors la coutume – à vrai dire, on marchait plus qu'on ne dansait – tenant la main de nombreuses beautés vénitiennes ou du génie bien-aimé qui avait présidé à la soirée.

Plus d'une fois, l'éloignant de la lumière des bougies, je dis à Bianca comme je l'aimais, elle qui parvenait à susciter une telle magie. Je la suppliai de l'exercer encore et encore à mon bénéfice.

À quoi pourrais-je comparer cette nuit d'errances parmi les mortels un peu ivres qui commentaient gentiment mes peintures, me demandant parfois pourquoi j'avais représenté ceci ou cela ? De même que par le passé, nulle critique ne me frappait au cœur. Seule comptait la douce chaleur des yeux humains.

Quant à Amadeo, que je surveillais en permanence, je le voyais divinement heureux de la splendeur qu'il contemplait en buveur de sang, divinement exalté par les saynètes où les apprentis jouaient des rôles conçus pour eux.

Suivant mon conseil, il leur témoignait toujours son amour ; là, parmi les candélabres étincelants et la douce musique, rayonnant de bonheur, il me murmura à l'oreille qu'il ne pouvait demander mieux qu'une telle nuit.

Nous étant nourris tôt, en un endroit reculé, nous étions réchauffés par le sang, dotés d'une vision précise. La nuit nous appartenait dans notre force et notre ravissement ; la magnifique Bianca était à nous, toute à nous, comme le savait apparemment le moindre homme présent.

À l'approche de l'aube, les invités se retirèrent peu à peu dans les gondoles alignées devant nos portes. Il nous fallut d'ailleurs échapper aux devoirs des adieux pour gagner l'abri de notre tombe dorée.

Avant que nous ne nous séparions en nous allongeant au creux de nos sarcophages, Amadeo m'enlaça.

« Veux-tu toujours te rendre dans ta mère patrie ? lui demandai-je.

— Oui, répondit-il aussitôt en me jetant un regard attristé. J'aimerais refuser, cette nuit entre toutes les nuits. »

Son abattement me semblait inadmissible.

« Je t'y emmènerai.

— Mais je ne sais comment s'appelle l'endroit où je suis né. Je ne...

— Ne te tourmente pas à ce sujet. Je le connais, après tout ce que tu m'en as dit. C'est la ville de Kiev. Nous nous y rendrons bientôt. »

Le souvenir illumina son visage.

« Kiev », répéta-t-il — avant de le répéter encore, en russe, cette fois.

Il savait à présent que tel était le nom de son ancienne patrie.

La nuit suivante, je lui racontai l'histoire de l'endroit où il était né.

Kiev avait autrefois été une cité magnifique, dont la cathédrale rivalisait avec l'église Sainte-Sophie de Constantinople, berceau du christianisme russe : le catholicisme grec avait modelé les croyances et les arts florissants de cette ville merveilleuse. Toutefois, des siècles plus tôt, les Mongols l'avaient ravagée, en avaient massacré la population, abattant à jamais sa puissance, ne laissant derrière eux que quelques survivants, parmi lesquels des moines qui vivaient retirés en leur monastère.

Que restait-il de Kiev ? Une bourgade misérable sur les rives du Dniepr, où se dressait toujours la cathédrale, et des religieux terrés dans leur monastère des Grottes.

Amadeo m'écouta avec calme, quoique son visage trahît le chagrin le plus total.

« Je vois ce genre de ruines depuis le début de ma longue existence, poursuivis-je. Les visionnaires créent des cités magnifiques, puis arrivent les cavaliers du Nord ou de l'Est qui détruisent tout. Ce qui a été n'est plus. Peur et misère s'installent dans le sillage des barbares. C'est d'ailleurs dans les ruines de ta patrie – la Russie kiévaine – qu'on les voit le mieux. »

Attentif, il me laissa continuer mes explications.

« Notre belle Italie est à l'abri de ces guerriers, qui ne menacent plus les frontières européennes : ils se sont installés voilà bien longtemps sur le continent pour s'intégrer à la population de France, de Bretagne ou de Germanie. Ceux qui aimeraient continuer à piller et à violer ont été définitivement repoussés. L'Europe tout entière redécouvre les possibilités des cités.

« Ta patrie n'en demeure pas moins soumise au chagrin et à une atroce pauvreté. La steppe fertile est à l'abandon – des milliers de kilomètres carrés ! On n'y trouve qu'un chasseur par-ci, par-là, aussi fou que ton père devait l'être. Tel est l'héritage de Gengis Khan, ce monstre. »

Je fis une pause : je m'échauffais par trop.

« La Horde d'or, voilà comment on appelle ton pays, qui n'est qu'un désert de hautes herbes. »

Il hocha la tête. Il voyait de quoi je parlais, son regard solennel me le disait.

« Veux-tu toujours t'y rendre ? insistai-je. Tiens-tu vraiment à visiter les lieux où tu as tant souffert ?

– Oui, murmura-t-il. J'ai une mère, bien que je ne me souvienne pas d'elle. Mon père disparu, peut-être a-t-elle tout perdu. Il est sans doute mort ce jour-là, quand nous sommes partis ensemble. Il pleuvait des flèches, je me le rappelle. Il faut que je la retrouve. » Il s'interrompit, semblant fouiller sa mémoire avec acharnement. Soudain, un gémissement lui échappa, comme si une brusque douleur l'avait frappé. « Leur monde est tellement terne et morne.

– Oui.

– Laissez-moi leur apporter un peu de...

– Tu peux faire leur fortune si tu veux. »

Il resta un long moment muet, avant d'avouer tout bas, en une confession solitaire :

« Je veux voir le monastère où j'ai peint des icônes. L'endroit où il m'est arrivé de prier pour trouver la force d'être enterré vivant. Vous savez que cela se faisait, là-bas, n'est-ce pas ?

– Oui, en effet. Je l'ai vu en te donnant le Sang. Je t'ai vu, toi. Tu parcourais les tunnels, tu nourrissais ceux qui vivaient encore dans leur cellule, à demi ensevelis, attendant que la volonté de Dieu les emportât tandis qu'ils s'affamaient. Ils te demandaient quand tu trouverais le courage de les imiter, alors que tu étais capable de peindre des icônes magnifiques.

– C'est vrai.

– Ton père les détestait, parce que au lieu de t'encourager dans ton art, ils faisaient de toi un religieux avant tout. »

Il me regarda comme s'il s'agissait pour lui d'une idée neuve, ce qui était peut-être le cas. Puis tomba de ses lèvres une puissante affirmation :

« Il en est ainsi dans tous les monastères, maître, vous le savez bien. La volonté de Dieu passe avant tout. »

Son expression me choqua quelque peu. À qui parlait-il ? À moi ou à son père ?

Il nous fallut quatre nuits pour gagner Kiev.

Seul, j'eusse voyagé beaucoup plus vite, mais je portais mon bien-aimé aux yeux clos, à la tête basse, enroulé dans ma cape doublée de fourrure car je voulais autant que possible le protéger du vent.

Enfin, la cinquième nuit, au coucher du soleil, nous atteignîmes les ruines de la cité qui avait autrefois été Kiev. Nos vêtements étaient couverts de terre, nos capes en fourrure sombre discrètes, ce qui nous aiderait à passer inaperçus.

Une neige épaisse couvrait l'enceinte abandonnée et les toits du palais princier en bois. Sous les murailles, des maisons en bois également, toutes simples – la ville de Podil –, descendaient jusqu'au Dniepr. Jamais je n'avais contemplé endroit plus triste.

Aussitôt après s'être introduit dans le pauvre château, où il vit avec satisfaction le prince lituanien qui payait tribut au khan pour conserver le pouvoir, Amadeo demanda à visiter le monastère.

Il s'y glissa, se servant de son immense talent de buveur de sang pour jouer les ombres et égarer ceux qui eussent pu le voir, collé aux murs boueux.

Je restais auprès de lui, mais le lieu eût été mal choisi pour m'interposer ou chercher à l'instruire. À vrai dire, j'étais horrifié, car le couvent me semblait infiniment pire que je ne l'avais pensé en explorant l'esprit fiévreux d'Amadeo.

Empli d'une détresse silencieuse, il contempla la pièce où il avait réalisé les icônes, avec ses tables et ses pots de peinture, les longs boyaux qu'il avait parcourus, jeune moine, nourrissant et désaltérant ses frères quasi enterrés.

Enfin, il ressortit et se cramponna à moi, frissonnant.

« Je serais mort dans la boue », murmura-t-il, le regard fixe, le visage tordu de douleur, implorant ma compréhension.

Puis il se détourna vivement pour descendre vers le fleuve pris par la glace, à la recherche de la maison de son enfance.

La trouver ne fut pas difficile. Il y pénétra aussitôt, splendide Vénitien, éblouissant et stupéfiant la famille qui s'y trouvait rassemblée.

Là encore, je gardai mes distances, me contentant du vent et des voix que me révélait mon ouïe surnaturelle. Quelques instants plus tard, il retrouvait la neige, après avoir enrichi les siens d'une fortune en pièces d'or.

Je voulus lui prendre le bras pour le réconforter, mais il se détourna, refusant de me regarder. Une pensée l'obsédait.

« Ma mère était là, murmura-t-il, les yeux fixés sur le Dniepr. Elle ne m'a pas reconnu. Qu'il en soit ainsi. Je lui ai donné tout ce que j'avais. »

Je cherchai une fois de plus à l'enlacer, mais il me repoussa.

« Où est le problème, alors ? demandai-je. Pourquoi contempler le fleuve de cette manière ? Que comptes-tu faire ? »

Si seulement j'avais réussi à lire dans son esprit ! Mais il m'était fermé, entre tous les esprits ! Amadeo avait l'air terriblement furieux et décidé.

« Mon père n'a pas été tué dans la steppe, m'apprit-il d'une voix tremblante, les cheveux agités par le vent. Il est en vie. À la taverne, là en bas.

— Tu veux le voir ?

— Il le faut. Pour lui dire que je ne suis pas mort ! N'avez-vous pas écouté ce qui s'est dit dans la maison ?

— Non, avouai-je. Je t'ai laissé le temps qu'il t'a fallu. Aurais-je eu tort ?

— D'après eux, le grand Ivan est devenu un ivrogne parce qu'il n'avait pas réussi à sauver son fils. » Amadeo me fixa d'un regard menaçant comme si j'étais un terrible criminel. « Mon père, Ivan, le courageux chasseur, le guerrier, l'homme dont tout le monde aimait les chansons, est maintenant un ivorgne, parce qu'il n'a pas réussi à sauver son fils !

— Calme-toi. Allons à la taverne. Tu lui diras à ta manière... »

Il m'écarta, l'air agacé, puis se mit à descendre la rue du pas d'un mortel.

Ensemble, nous pénétrâmes dans l'estaminet, une salle mal éclairée où planait l'odeur du pétrole. Pêcheurs, marchands, tueurs y buvaient de concert. Tout le monde nous remarqua puis nous oublia, mais Amadeo repéra aussitôt l'ivrogne allongé sur un banc, au fond de la pièce rectangulaire.

J'eusse volontiers laissé mon novice faire seul ce qu'il voulait, mais je m'inquiétais pour lui, aussi tendis-je l'oreille tandis qu'il s'asseyait près du dormeur.

C'était l'homme des souvenirs et des visions, je le sus à l'instant où je le vis. Ses cheveux roux, sa moustache et sa barbe rousses m'étaient familiers. Devant moi était allongé le père d'Amadeo, le chasseur qui l'avait tiré du monastère en ce jour funeste pour l'entraîner dans une mission dangereuse : la recherche d'un fort déjà détruit par les Mongols.

Je reculai dans l'ombre, regardai l'enfant lumineux retirer son gant puis poser sa main d'une surnaturelle froideur sur le front du gisant. Ce dernier s'éveilla. Ils se mirent à parler.

En une confession confuse d'ivrogne, le père libéra à flots son sentiment de culpabilité, comme si ses impressions appartenaient à quiconque l'éveillait.

Il avait tiré flèche sur flèche puis poursuivi les sauvages Tatars, l'épée au clair. Ses compagnons étaient morts, son fils, mon Amadeo, avait disparu, et il était devenu Ivan l'ivrogne, oui, il le reconnaissait. Tout juste s'il parvenait à chasser suffisamment pour se payer à boire. Il n'avait plus rien d'un guerrier.

Amadeo lui parla lentement, patiemment, l'arrachant à ses délires, lui révélant la vérité en mots choisis avec soin.

« Je suis votre fils, monsieur. Je ne suis pas mort, ce jour-là. Ils m'ont capturé, c'est vrai, mais je suis toujours en vie. »

Jamais je ne l'avais vu aussi absorbé par l'amour ou le désespoir, le bonheur ou le chagrin, mais l'autre était têtu, ivre de surcroît, et ne voulait qu'une chose de l'étranger qui s'intéressait à lui : du vin.

J'en achetai une bouteille pour cet inconnu qui refusait d'écouter, de regarder le jeune homme exquis cherchant à attirer son attention.

Je la donnai à Amadeo, puis je me déplaçai le long du mur afin de mieux le voir, mais je ne vis que son obsession. Il fallait qu'il se fît comprendre de son interlocuteur.

Il s'obstina patiemment jusqu'à ce que ses mots pénètrent la brume d'ivresse qui enveloppait l'ancien guerrier.

« Je suis venu vous voir, père. Ils m'ont emmené très loin d'ici, dans la ville de Venise, où je suis tombé aux mains d'un homme qui a fait ma fortune, oui, père, ma fortune, et qui m'a instruit. Je suis vivant. Je suis là, sous vos yeux. »

Ah, quel étrange discours de la part d'un être à qui j'avais donné le Sang. Vivant ? Comment cela, vivant ?

Mes pensées n'appartenaient cependant qu'à moi dans l'obscurité. Ces retrouvailles ne me concernaient en rien.

Enfin, le père s'assit pour faire face au fils. La compréhension lui venait.

Amadeo tremblait, les yeux rivés aux siens.

« À présent, oubliez-moi, supplia-t-il, mais rappelez-vous bien une chose, pour l'amour de Dieu : jamais je ne serai enterré dans les grottes boueuses du monastère. Non. Il peut m'arriver bien des malheurs, mais je n'aurai pas à supporter cela. Grâce à vous, qui ne vouliez pas en entendre parler, qui êtes venu ce jour-là exiger que je vous accompagne, que je me conduise en fils ! »

Mais que racontait-il donc ? Que signifiaient ces paroles ?

Il était sur le point de laisser couler les terribles larmes de sang, impossibles à réellement cacher. Toutefois, alors qu'il se levait du banc, son père l'attrapa fermement par la main.

Il le reconnaissait ! Andrei, voilà comment il l'appelait. Il savait qui était là, près de lui.

« Il faut que je m'en aille, père, reprit Amadeo, mais n'oubliez pas que vous m'avez vu. N'oubliez pas ce que je vous ai dit : vous m'avez sauvé des grottes de terre et de nuit. Vous m'avez donné la vie et non la mort. Ne vous conduisez pas en ivrogne. Redevenez un chasseur. Apportez au prince de la venaison. Chantez les chansons d'autrefois. Rappelez-vous que je suis venu en personne vous parler.

– Je veux que tu restes ici avec moi, mon fils », répondit l'homme. Sa somnolence avinée l'avait quitté, et il tenait fermement la main d'Amadeo. « Qui croira jamais que je t'ai vu ? »

Les larmes étaient montées aux yeux de mon novice. Son interlocuteur en distinguait-il le sang ?

Enfin, Amadeo se dégagea. Retirant son deuxième gant, il ôta ses bagues, qu'il remit à son père.

« Voilà qui me rappellera à votre bon souvenir, affirma-t-il. Dites à ma mère que c'est moi qui suis passé la voir cette nuit. Elle ne m'a pas reconnu. Dites-lui que mon or n'a rien de maléfique.

– Reste auprès de moi, Andrei. Tu es ici chez toi. Qui veut t'emmener, cette fois ? »

C'était plus qu'Amadeo n'en pouvait supporter.

« Je vis à Venise, père. Voilà tout ce que je sais, à présent. Il faut que je m'en aille. »

Il sortit si vite que l'autre ne put le suivre des yeux. Quant à moi, devinant ce qu'il comptait faire, je l'avais précédé à l'extérieur. Nous nous retrouvâmes dans la neige boueuse de la rue.

« Il est temps de partir, maître », me dit-il. Il n'avait plus de gants, alors que le froid était mordant. « Ah, si seulement je n'étais pas venu, si seulement je ne l'avais pas vu, si je n'avais pas su qu'il souffrait de m'avoir perdu.

– Regarde, ta mère arrive. Elle t'a reconnu, et elle arrive. »

Je montrais du doigt une petite silhouette qui approchait, un paquet dans les bras.

« Andrei, appela-t-elle en arrivant. Je t'apporte ta dernière création. Je savais que c'était toi, Andrei. Qui d'autre serait venu ? Tiens, voilà l'icône qu'a rapportée ton père le jour où nous t'avons perdu. »

Pourquoi ne lui prit-il pas la peinture des mains ?

« Gardez-la, mère. » Ainsi parla-t-il de l'icône qu'il avait autrefois liée à son destin. Il pleurait. « Gardez-la pour les enfants. Je ne la veux pas, non. »

Son refus ne suscita nulle impatience chez la vieille femme, qui lui remit alors un autre présent, un œuf peint – un des trésors de Kiev, si importants pour ceux qui les ornent de dessins compliqués.

Il le prit d'un geste vif, précautionneux, puis il enlaça sa mère et lui assura d'un murmure fervent qu'il n'avait rien fait de mal pour gagner sa fortune ; que peut-être, une autre nuit, il reviendrait la voir. Ah, les charmants mensonges.

Je voyais bien cependant que cette femme n'avait pas pour lui grande importance, malgré l'amour qu'il lui portait. Certes, il lui avait donné de l'or, dont il n'avait que faire, mais c'était son père qui comptait, autant que les moines avaient compté. C'était le guerrier qui lui avait inspiré les émotions les plus fortes, tiré des paroles effrontées.

Tout cela me laissait perplexe, mais n'en allait-il pas de même pour mon bien-aimé ? Il avait cru le vieil homme mort, et je l'avais cru, moi aussi.

Lorsque Amadeo l'avait découvert vivant, son obsession s'était révélée : son père avait lutté contre les moines pour son âme à lui.

En regagnant Venise, je compris qu'il aimait cet homme plus qu'il ne m'avait jamais aimé.

Nous n'en parlâmes pas, vois-tu, mais je savais que son père régnait sur son cœur. Le colosse barbu qui avait combattu la mort avec une telle vigueur au sein du monastère gagnerait tous les conflits qu'Amadeo connaîtrait jamais.

J'avais vu de mes yeux son obsession – quelques courts instants, dans une taverne, mais je ne l'en avais pas moins reconnue.

Jusque-là, j'avais toujours pensé que la faille partageant son esprit séparait l'art vénitien, luxueux et varié, de celui de l'ancienne Russie, strict et stylisé.

Je savais à présent qu'il n'en était rien.

Elle coupait le monastère, les icônes et la pénitence, de son père, le chasseur robuste qui l'avait fait sortir de terre en ce jour fatal.

Jamais plus Amadeo ne parla de ses parents. Jamais plus il ne parla de Kiev. Il rangea le bel œuf peint dans son sarcophage sans m'expliquer ce que l'objet représentait pour lui.

Certaines nuits, tandis que je peignais dans mon atelier, travaillant avec fureur sur telle ou telle toile, il venait me tenir compagnie. J'avais l'impression qu'il considérait mon travail d'un œil neuf.

Quand se déciderait-il à prendre le pinceau ? Je l'ignorais, mais cela n'avait plus d'importance. Il était mien, à jamais. Il pouvait faire ce qu'il voulait.

Pourtant, dans le secret de mon âme, je le soupçonnais de me mépriser. Tout ce que je lui enseignais sur l'art, l'histoire, la beauté, la civilisation – tout cela était pour lui dépourvu de sens.

Lorsque les Tatars l'avaient capturé, lorsque l'icône lui avait échappé, tombant dans l'herbe, ce n'était pas son destin qu'elle avait scellé mais son esprit.

Certes, je pouvais le vêtir de brocard et lui apprendre diverses langues, il pouvait aimer Bianca, danser avec elle de manière exquise sur une lente musique rythmée, parler philosophie et écrire de la poésie.

En son âme, il ne tenait cependant pour sacré que l'art ancien et l'homme qui passait ses jours et ses nuits à boire au bord du Dniepr, à Kiev. Quant à moi, avec tout mon pouvoir et toutes mes cajoleries, il m'était impossible de remplacer son père dans son cœur.

Pourquoi étais-je aussi jaloux ? Pourquoi la conscience de mon échec me tourmentait-elle à ce point ?

J'aimais Amadeo comme j'avais aimé Pandora ou Botticelli. Il faisait partie des grandes amours de ma longue vie.

Je m'efforçai d'oublier la jalousie, de ne pas y attacher d'importance. Après tout, qu'y pouvais-je ? Eussé-je dû rappeler notre voyage à Amadeo et le torturer de questions ? Ce n'était pas envisageable.

Je sentais néanmoins que ces soucis étaient dangereux pour moi en tant qu'immortel ; jamais encore des pensées de cette nature ne m'avaient autant tourmenté ou affaibli. J'avais cru qu'Amadeo le buveur de sang considérerait sa famille avec détachement, mais je m'étais trompé !

Il me fallait bien admettre que mon amour pour lui se mêlait à mes sentiments pour les mortels ; je m'étais immergé dans leur monde et mon novice demeurait si proche d'eux, sans espoir de changer, qu'il mettrait des siècles à s'éloigner de l'humanité comme je l'avais fait la nuit même où j'avais reçu le Sang.

Il n'y avait pas eu pour lui de bosquet druidique ; de voyage périlleux en Égypte ; de sauvetage du roi et de la reine.

Ces réflexions me décidèrent très vite à ne pas lui confier le secret de Ceux Qu'il Faut Garder, bien que l'expression eût franchi mes lèvres à une ou deux reprises.

Peut-être, avant sa métamorphose, m'étais-je imaginé l'emmener aussitôt au sanctuaire. Supplier Akasha de l'accueillir comme elle avait autrefois accueilli Pandora.

J'avais cependant changé d'avis. Qu'il progressât ; qu'il se rapprochât de la perfection ; qu'il gagnât en sagesse.

N'était-il pas à présent pour moi un réconfort plus grand encore que je ne l'avais rêvé ? Il ne me quittait plus, même lorsque son humeur s'assombrissait. Il demeurait à mon côté, même lorsque ses yeux ternes me donnaient à croire que les couleurs éblouissantes de mes tableaux ne l'intéressaient pas.

Oui, après le voyage en Russie, il resta longtemps fort silencieux. Mais je savais que cela passerait, et cela passa en effet.

Quelques mois suffirent à lui faire perdre sa morose indifférence. Il redevint mon compagnon bien-aimé, assidu aux bals et aux festins que j'honorais de ma présence, se remit à composer de petits poèmes célébrant Bianca, à discuter avec elle divers tableaux de ma main.

Ah, Bianca, nous l'aimions tellement. Je fouillais souvent son esprit pour m'assurer qu'elle ne se doutait toujours pas que nous n'étions pas humains.

C'était la seule mortelle admise dans mon atelier, quoique sa présence m'empêchât bien sûr d'user de toute ma force et de toute ma vivacité. Il me fallait œuvrer en humain, mais le jeu en valait la chandelle et davantage, puisque je bénéficiais ainsi de ses agréables conversations avec Amadeo. Ce dernier voyait d'ailleurs dans mon œuvre un grand dessein que je n'y mettais nullement.

Tout allait pour le mieux dans le meilleur des mondes quand, une nuit, alors que je me posais sur le toit de ma demeure après avoir laissé mon novice chez Bianca, je sentis qu'un jeune mortel me regardait depuis le toit d'un autre palazzo, sur la rive opposée du canal.

Or mon arrivée avait été si rapide qu'Amadeo lui-même ne m'eût pas vu s'il avait contemplé notre foyer. Pourtant, l'inconnu m'avait remarqué à distance. Lorsque je m'en rendis compte, bien d'autres choses m'apparurent également.

Cet homme me soupçonnait de ne pas être humain et m'espionnait depuis quelque temps déjà.

Jamais durant ma longue existence le secret de ma nature n'avait été dévoilé. Naturellement, je fus tenté d'en conclure aussitôt que ma vie à Venise était un échec. Je croyais avoir trompé une cité tout entière, mais j'allais être démasqué.

Toutefois, l'indiscret n'avait rien à voir avec la haute société où j'évoluais, je le compris dès que je pénétrai son esprit. Ce n'était ni un riche Vénitien ni un peintre, un prêtre, un poète, un alchimiste ou un membre du Grand Conseil. Au contraire, il s'agissait du type de personnage le plus bizarre qui fût, un savant spécialiste du surnaturel qui se consacrait à l'étude des créatures dans mon genre.

Que signifiait cela ? Que se passait-il réellement ?

Bien décidé à affronter l'inconnu et à le frapper de terreur, je m'avançai tout au bord du toit pour examiner l'autre rive du canal, où je distinguai sa silhouette furtive ; à la fois fasciné et terrorisé, il s'efforçait de se dissimuler.

Oui, il savait que j'étais un buveur de sang. Il avait même un nom pour moi – *vampire* – et il me surveillait depuis des années ! D'ailleurs, il m'avait vu à plusieurs reprises dans des salons et des salles de bal, ce que je ne pouvais guère attribuer qu'à mon imprudence. La nuit où j'avais pour la première fois ouvert ma demeure aux Vénitiens, il était venu.

Ses pensées me livrèrent tout cela facilement, sans qu'il en eût conscience, puis je me servis du don de l'esprit pour lui envoyer un message direct :

C'est de la folie. Mêlez-vous de mes affaires, et vous êtes un homme mort. Il n'y aura pas de deuxième avertissement. Éloignez-vous de ma demeure. Quittez Venise. Apprendre ce que vous voulez apprendre de moi vaut-il la peine de risquer votre vie ?

Je le vis sursauter. Puis, sidéré, je reçus de lui une réponse mentale :

Nous ne vous voulons aucun mal. Nous sommes des érudits qui vous offrons notre compréhension et un abri. Nous observons, et nous sommes toujours là.

Après quoi, cédant à la peur pure et simple, l'inconnu s'enfuit du toit.

Il descendit les escaliers du palazzo, je l'entendis parfaitement, sortit côté canal et appela un gondolier, qui le prit en charge. Pendant qu'il montait en bateau, j'eus tout loisir de l'observer. Il était grand, mince, d'une pâleur d'Anglais, vêtu de noir austère. La peur le tenait au point qu'il ne leva même pas les yeux quand la gondole l'emporta.

Je restai un long moment dans mon jardin, goûtant le vent délicieux, m'interrogeant sur ce qu'il convenait de faire en l'occurrence, réfléchissant au message bien distinct de l'inconnu et à la puissance mentale avec laquelle il me l'avait envoyé.

Des érudits ? Quel genre d'érudits ? Quant au reste... Remarquable, vraiment.

Je ne saurais exagérer l'étrangeté de l'événement.

La pensée me frappa avec toute sa force qu'il y avait eu dans ma longue vie des moments où le petit discours de l'espion eût été pour moi irrésistible dans l'immensité de ma solitude, de mon désir d'être compris.

À présent que la société la plus raffinée de Venise me recevait, cependant, il en allait différemment. Bianca était là lorsque l'envie me prenait de disserter sur l'œuvre de Bellini ou de mon bien-aimé Botticelli ; Amadeo partageait mon tombeau doré.

En résumé, je vivais une époque parfaite. Tout immortel en connaissait-il une ? Correspondait-elle à la fleur de l'âge chez les mortels – aux années où ils étaient le plus forts, capables de voir avec la plus grande netteté, d'accorder réellement leur confiance à autrui et de chercher le bonheur le plus immense ?

Botticelli, Bianca, Amadeo étaient les grandes amours de mon époque parfaite.

Quoi qu'il en fût, la promesse du jeune Anglais était stupéfiante : « Nous vous offrons notre compréhension et un abri. Nous observons, et nous sommes toujours là. »

Je résolus de ne pas lui prêter attention, de voir ce qui découlerait de la rencontre, de ne pas laisser l'événement amoindrir si peu que ce fût ma joie de vivre.

Toutefois, durant les semaines suivantes, je tendis l'oreille, guettant l'étrange créature. Notre vie sociale, comme de coutume d'un luxe éblouissant, ne m'empêcha pas de rester aux aguets.

J'allai jusqu'à interroger Bianca sur un éventuel érudit anglais et à prévenir Vincenzo qu'un tel inconnu chercherait peut-être à engager la conversation avec lui, auquel cas il devrait se montrer très prudent.

La réponse me causa un choc.

L'homme en question – un Anglais, grand, mince et jeune mais aux cheveux gris – s'était déjà présenté à ma porte pour demander si le maître de maison aimerait acheter des livres rares.

« Il s'agissait d'ouvrages de magie, m'expliqua l'intendant, craignant que je ne me misse en colère. Je lui ai proposé de les apporter et de me les confier pour que je vous les montre.

– Réfléchissez bien. Qu'avez-vous dit d'autre, tous les deux ?

– Je lui ai expliqué que vous possédiez déjà beaucoup, beaucoup de livres, que vous vous rendiez régulièrement chez les libraires. Il... il a vu les peintures du portique. Il a demandé si elles étaient de vous.

– Et vous lui avez répondu que oui, j'imagine ? complétai-je d'une voix que je tentais de rendre réconfortante.

– Oui, maître. Je suis désolé, vraiment désolé si c'était plus que je n'aurais dû en dire. Il voulait acheter un tableau, mais je lui ai affirmé que c'était impossible.

– Aucune importance. Soyez juste prudent en ce qui concerne cet homme. Ne lui dites rien de plus, et si vous le revoyez, faites-le-moi savoir immédiatement. »

Je m'étais détourné, prêt à partir, lorsqu'une question me vint à l'esprit. En pivotant vers lui, je découvris mon cher Vincenzo en larmes, aussi lui assurai-je qu'il m'avait servi à la perfection. Après avoir ajouté qu'il n'y avait pas de quoi s'inquiéter, je lui demandai :

« J'aimerais avoir votre impression sur cet étranger. Était-ce un homme de bien ou un malfaisant ?

– Un homme de bien, je pense, mais j'ignore quel genre d'ouvrages il voulait vendre. Oui, un homme de bien, de très grand bien, même, quoique je ne puisse dire pourquoi j'en suis persuadé. Il avait l'air gentil. Et puis vos peintures lui ont plu. Il les a beaucoup admirées. Il était très poli et très sérieux pour quelqu'un d'aussi jeune. Très réfléchi.

– Cela suffit », conclus-je.

J'étais sincère.

À la suite de cette conversation, je fouillai toute la ville sans trouver trace de l'inconnu, mais je n'avais pas peur.

Deux mois plus tard, je le rencontrai en chair et en os sous les meilleurs auspices.

Assis à la table d'un banquet luxueux, parmi nombre de Vénitiens ivres, je regardais les invités danser d'un pas gracieux et mesuré.

La musique était poignante, les lampes juste assez brillantes pour éclairer la vaste salle d'une lumière enchanteresse.

Des spectacles fort réussis d'acrobatie et de chant s'étaient succédé ; à présent, me semble-t-il, je somnolais vaguement.

Une fois de plus, je songeais que je vivais mon époque parfaite. Je comptais bien le dire dans mon journal en rentrant chez moi.

Un coude appuyé sur la table, je jouais distraitement avec la coupe à laquelle je faisais parfois mine de boire.

Ce fut alors que l'Anglais apparut à mon côté.

« Marius, dit-il doucement, avant d'ajouter, dans un latin classique parfait : Considère-moi comme un ami et non comme un importun, je t'en prie. Je t'observe de loin depuis longtemps, maintenant. »

Un grand frisson me traversa. J'étais secoué dans le plus pur sens du mot. Me tournant vers l'arrivant, je vis ses yeux clairs aigus fixés sur moi sans la moindre peur.

Le message de la fois précédente me parvint à nouveau mentalement, exprimé par un esprit confiant :

Nous t'offrons un abri et la compréhension. Nous sommes des érudits qui observons et qui sommes toujours là.

Un frisson violent me parcourut derechef. À l'exception de cet homme, j'étais entouré d'aveugles. Lui savait.

Il me tendit une pièce d'or frappée d'un seul mot :

Talamasca

Je l'examinai, dissimulant le choc complexe que j'avais éprouvé, avant de demander poliment dans la langue qu'il venait d'employer :

« Qu'est-ce que cela signifie ?

– C'est le nom de l'ordre auquel j'appartiens », expliqua-t-il. Son latin fluide était charmant. « Le Talamasca. Il est si vieux que ses membres ignorent tout de ses origines et des raisons pour lesquelles il a été ainsi baptisé. Son but cependant n'a jamais changé : il a ses lois, ses traditions, il se consacre à l'observation des exclus et des persécutés. Nous qui en faisons partie connaissons des secrets que les plus superstitieux des hommes eux-mêmes refusent de croire. »

Sa voix et ses manières élégantes dissimulaient un esprit puissant. Sa maîtrise de lui-même était d'autant plus stupéfiante qu'il ne pouvait avoir plus de vingt ans.

« Comment m'as-tu trouvé ? m'enquis-je.

— Nous passons notre temps à observer, dit-il gentiment. Nous t'avons vu écarter ta cape rouge, pénétrer dans la lumière des torches et d'autres salles de ce genre.

— Ainsi donc, pour toi et les tiens, tout a commencé à Venise. Je me suis montré bien maladroit.

— C'est ici, en effet, que l'un de nous t'a remarqué. Il a expédié une lettre à notre maison mère d'Angleterre, laquelle m'a envoyé à Venise déterminer qui et ce que tu es. Lorsque je t'ai vu chez toi, j'ai compris qu'il avait eu raison. »

Je me radossai et pris sa mesure. Vêtu de beau velours fauve, d'une cape bordée de petit-gris, il avait les doigts ornés d'anneaux d'argent dépouillés. Ses longs cheveux d'un gris de cendre étaient coiffés simplement, ses yeux aussi gris que sa chevelure. Son grand front ne portait aucune ride. Il semblait d'une propreté éblouissante.

« Et de quelle raison veux-tu parler ? demandai-je le plus gentiment possible. Qu'as-tu donc découvert en moi ?

— Tu es un vampire, un buveur de sang, répondit-il sans frémir, toujours aussi poli et aussi calme. Tu vis depuis des siècles. Je ne connais pas ton âge — je n'ai pas cette prétention — mais j'aimerais que tu me le dises. Tu ne t'es pas montré maladroit. C'est moi qui suis venu te saluer. »

Parler l'ancien latin me plaisait fort, et les yeux de mon interlocuteur, où se reflétait la lumière des lampes, étaient emplis d'une franche excitation que tempérait seule sa dignité.

« Je suis venu chez toi quand tu as ouvert tes portes, poursuivit-il. J'ai accepté ton hospitalité. Ah, que ne donnerais-je pas pour savoir depuis quand tu es de ce monde et ce que tu as vu !

— Et que ferais-tu de ce savoir, si je te le dispensais ? m'enquis-je.

— Je le transmettrais à nos bibliothèques. J'augmenterais la somme de nos connaissances. Nous aurions la certitude que certaines légendes sont en fait pure vérité. » Il s'interrompit avant d'ajouter : « Merveilleuse vérité.

— Mais n'as-tu pas déjà quelque chose à rapporter ? Tu m'as vu de tes yeux, ce me semble ? »

Je le quittai délibérément du regard pour contempler les danseurs qui évoluaient devant nous. Lorsque je reportai mon attention sur lui, je constatai qu'il m'avait imité, obéissant.

Il examinait à présent Bianca, qui décrivait un cercle aux pas modulés avec soin, la main dans celle d'un Amadeo souriant, dont la joue luisait à la lumière. Quand la musique se faisait douce, quand Amadeo la regardait d'un air appréciateur, la jeune femme semblait redevenir jeune fille.

« Et que vois-tu ici, savant érudit du Talamasca ? interrogeai-je.

— Un autre vampire, répondit-il, reposant sur moi des yeux dépourvus de crainte. Un beau jeune homme qui était humain la première fois que j'ai posé les yeux sur lui et qui danse avec une jeune femme, laquelle sera peut-être également transformée d'ici peu. »

À ces mots, mon cœur se mit à battre avec force à ma ma gorge et à mes oreilles.

Pourtant, mon interlocuteur ne portait aucun jugement, au contraire. Je le savais, car je fus un instant incapable de faire autre chose que fouiller son esprit pour le vérifier.

Il secoua gentiment la tête.

« Pardonne-moi, reprit-il. Jamais je ne me suis tenu aussi près d'un être tel que toi. » Brusquement, il rougit. « Jamais je n'ai parlé à pareille créature. J'espère avoir le temps de confier au parchemin ce que j'ai vu cette nuit, mais je te jure sur mon honneur et celui de mon ordre que, si tu me laisses sortir d'ici vivant, je m'en abstiendrai jusqu'à mon retour en Angleterre et que mon récit ne te nuira en rien. »

Je fermai mon oreille à la douce musique séductrice pour me concentrer sur son esprit sans y trouver autre chose que ce qu'il venait de me dire. Plus profond m'apparut son ordre tel qu'il me l'avait décrit, miracle d'érudits, hommes et femmes, qui cherchaient la connaissance mais jamais la destruction.

Une douzaine de merveilles s'y présentèrent à moi, abri donné à des gens réellement capables de lire dans les esprits ou de prédire l'avenir par les cartes avec une surnaturelle exactitude – certains eussent pu être brûlés comme sorciers – mais aussi bibliothèques contenant des livres de magie depuis toujours respectés.

Il semblait impossible que cet ordre séculier existât en pareille époque de christianisme.

Je m'emparai de la pièce frappée du mot *Talamasca*, la glissai dans une de mes poches puis pris la main du jeune Anglais.

À présent, il avait terriblement peur.

« Crois-tu que j'aie l'intention de te tuer ? demandai-je gentiment.

— Non, répondit-il, seulement vois-tu, je t'ai étudié si longtemps et avec tant d'amour que je ne puis en être sûr.

— Avec amour ? » répétai-je. Je lui tenais fermement la main. « Depuis combien de temps ton ordre connaît-il l'existence des créatures dans mon genre ?

— Depuis toujours — et il est très ancien, je te l'ai dit. »

Je réfléchis un long moment sans le lâcher puis fouillai à nouveau son esprit, où ne m'attendait nul mensonge. Enfin, mon regard se reposa sur les danseurs aux mouvements cérémonieux, mes oreilles s'ouvrirent derechef à la musique, comme si rien ne m'en avait jamais distrait.

Lentement, je desserrai les doigts.

« Pars, ordonnai-je. Quitte Venise. Tu as pour ce faire un jour et une nuit. Je ne veux pas de toi près de moi.

— Je comprends, dit-il avec reconnaissance.

— Tu m'as observé trop longtemps », repris-je, désapprobateur, quoique le reproche me fût en fait adressé. « Je sais que tu as déjà envoyé à ta maison mère des lettres où tu me décris. J'en suis sûr, car j'aurais agi de même à ta place.

— Je t'ai étudié, c'est vrai, mais seulement pour le compte de gens désireux d'en savoir plus sur le monde et ceux qui le peuplent. Nous ne persécutons personne, et nos secrets sont bien gardés de quiconque voudrait s'en servir pour nuire.

— Écris ce que tu veux mais pars, et que jamais un de tes confrères ne revienne en cette ville. »

Il se levait de table lorsque je lui demandai son nom. Comme d'habitude, je n'étais pas parvenu à le lire dans son esprit.

« Raymond Gallant, répondit-il tout bas. Si d'aventure tu voulais me contacter...

— Jamais », dis-je d'un ton sec quoique bas.

Il hocha la tête mais, refusant de me quitter sur cette remontrance, ajouta, obstiné :

« Écris au château dont le nom est gravé de l'autre côté de la pièce. »

Je le regardai quitter la salle de bal. Il n'était pas du genre à attirer l'attention. Au contraire, je l'imaginais bien travaillant avec un calme dévouement dans une bibliothèque aux pupitres éclaboussés d'encre.

Toutefois, son visage était merveilleusement attirant.

Je restai un long moment plongé dans mes pensées, parlant le moins possible aux autres invités, réfléchissant au fait que ce mortel était arrivé tellement près de moi.

Étais-je devenu trop imprudent ? Trop épris d'Amadeo et de Bianca pour prêter attention aux simples détails qui eussent dû m'alerter ? Les œuvres splendides de Botticelli m'avaient-elles coupé de mon immortalité ?

Je l'ignorais, mais à vrai dire, ce qu'avait fait Raymond Gallant s'expliquait fort simplement.

Je me trouvais dans une salle emplie d'humains. Quant à lui, il n'était qu'un élément de cette foule, capable peut-être de discipliner son esprit afin d'empêcher ses pensées d'en émaner. De plus, ni son allure ni son visage ne semblaient menaçants.

Oui, c'était fort simple. Une fois de retour chez moi, je me sentis même assez rasséréné pour écrire à ce sujet quelques pages dans mon journal, tandis qu'Amadeo dormait tel un ange déchu sur le taffetas rouge de mon lit.

Le jeune érudit, qui savait où je vivais, devait-il m'inspirer de l'inquiétude ? Je n'en croyais rien. Nul parfum de danger n'en émanait. J'étais persuadé qu'il m'avait dit la vérité.

Soudain, une heure ou deux avant l'aube, une pensée tragique me traversa l'esprit.

Il me fallait revoir Raymond Gallant ! Lui parler ! Quel imbécile j'avais été.

Je sortis dans la nuit, abandonnant Amadeo endormi.

Je parcourus la ville entière à la recherche de l'Anglais, balayant de l'esprit toutes les demeures, les unes après les autres.

Enfin, je le trouvai, dans un modeste logement très éloigné des immenses palais du Grand Canal. Je descendis l'escalier du toit pour aller frapper à sa porte.

« Ouvre, Raymond Gallant, appelai-je. C'est moi, Marius de Romanus. Je ne te veux aucun mal. »

Pas de réponse. Je savais cependant que je venais de causer au jeune homme un terrible choc.

« Je suis parfaitement capable de défoncer ta porte, mais je n'en ai pas le droit. Je te supplie de me laisser entrer. Ouvre-moi. »

Enfin, la clé tourna dans la serrure, et je découvris une petite chambre aux murs remarquablement humides, encombrée d'une table à écrire miséreuse, d'un coffre de voyage et d'une pile de vêtements. Contre le mur était appuyé un petit tableau, peint de ma main quelques mois plus tôt, puis, je le reconnais, mis au rebut.

La pièce était emplie de bougies, ce qui signifie que son occupant me voyait fort bien.

Il s'écarta de moi tel un petit garçon effrayé.

« J'ai quelque chose à te demander, expliquai-je aussitôt, à la fois parce que j'étais pressé et pour le rassurer.

— Je ferai de mon mieux pour te répondre, assura-t-il d'une voix tremblante. Mais que pourrais-je bien t'apprendre ?

— Ce n'est sûrement pas difficile à deviner. » Je regardai autour de moi. Il n'y avait nulle part où s'asseoir. Tant pis. « Tu m'as dit que ton ordre avait toujours été conscient de notre existence.

— Oui. » Il tremblait violemment. « Je... je me préparais à quitter Venise, comme tu me l'as demandé, ajouta-t-il vivement.

— Je vois, et je t'en remercie. Mais voici ma question. » Je poursuivis d'une voix très lente :

« Durant toutes vos observations, toi et les tiens avez-vous jamais entendu parler d'une buveuse de sang, une vampire, comme vous dites, aux longs cheveux bruns ondulés... plutôt grande, très belle, transformée en plein épanouissement et non pendant sa jeunesse bourgeonnante... une femme au regard perçant qui se promène seule la nuit ? »

Le discours l'impressionna au point de lui faire détourner un instant le regard, tandis qu'il réfléchissait à ce que je venais de dire, puis ses yeux se reposèrent sur moi.

« Pandora », lâcha-t-il.

Je tressaillis. Incapable de me retenir, de jouer devant lui la dignité. Il me semblait avoir pris un coup en pleine poitrine.

Mon émotion était si vive que je m'écartai de quelques pas, tournant le dos à l'Anglais afin de lui dissimuler mon expression.

Il connaissait jusqu'à son nom !

Enfin, je pivotai vers lui.

« Que sais-tu d'elle ? » m'enquis-je.

Lorsqu'il répondit, je fouillai son esprit pour vérifier la véracité du moindre mot.

« Une inscription a été gravée dans l'Antioche antique : "Pandora et Marius, buveurs de sang, ont autrefois vécu heureux ensemble ici même." »

J'en restai bouche bée. Pourtant, ce n'était là que le passé, le triste et amer passé où j'avais quitté Pandora. Sans doute, désespérée, avait-elle gravé ces mots dans la pierre.

Que Raymond Gallant et ses collègues eussent découvert la trace par elle laissée me rappelait à l'humilité, au respect de ce qu'ils étaient.

« Mais aujourd'hui... que sais-tu d'elle aujourd'hui ? insistai-je. Quand as-tu entendu parler d'elle ? Dis-moi tout ce que tu sais.

— D'aucuns prétendent l'avoir vue dans le nord de l'Europe. » Sa voix s'affermissait, quoiqu'il eût encore peur. « Et puis une nuit, un jeune vampire est venu nous trouver à la maison mère, un de ceux qui ne supportent pas la métamorphose...

— Continue, l'encourageai-je. Je sais. Tu n'as rien dit d'offensant à mon égard. Poursuis, je t'en prie.

— Ce buveur de sang espérait que nous connaissions quelque magie grâce à laquelle le retransformer, lui rendre sa vie de mortel et son âme immortelle...

— Il a parlé d'elle ? C'est cela ?

— Exactement. Il savait tout d'elle. C'est lui qui nous a dit son nom. Il la considérait comme une déesse vampire. Elle ne l'avait pas créé, non, mais elle avait eu pitié de lui lorsqu'elle l'avait rencontré, et elle l'avait souvent écouté délirer. La description qu'il en faisait correspond à la vôtre. C'est lui également qui nous a signalé les ruines d'Antioche où trouver l'inscription qu'elle avait gravée dans la pierre.

« Elle lui avait parlé de Marius. Voilà comment ton nom nous est parvenu. Marius, grand, blond, les yeux bleus, né d'une mère gauloise et d'un père romain. »

Il s'interrompit, visiblement effrayé.

« Ah, de grâce, continue, demandai-je.

— Le jeune vampire a disparu. Il s'est détruit de son plein gré, sans notre aide, au soleil du matin.

— Où l'avait-il rencontrée ? Où écoutait-elle ses délires ? Quand cela s'est-il passé ?

— De mon vivant, bien que je n'aie pas vu de mes yeux notre informateur. Ne me presse pas trop, s'il te plaît. J'essaie de me rappeler tout ce que je sais. D'après le malheureux, Pandora voyageait en permanence à travers les pays nordiques, comme je te l'ai dit, sous l'identité d'une riche aristocrate. Elle était accompagnée d'un Asiatique, un autre vampire d'une grande beauté et d'une extrême cruauté, qui apparemment l'opprimait et l'empêchait d'agir à sa guise.

— C'est insupportable ! déclarai-je. Mais poursuis, dis-moi – quels pays nordiques ? Je ne puis lire dans ton esprit plus vite que je ne t'écoute. Répète-moi tout ce qu'a raconté le visiteur.

— J'ignore quelles contrées elle parcourait. » Ma passion troublait l'érudit. « Le jeune vampire l'aimait. Il s'imaginait qu'elle chasserait l'Asiatique, mais elle n'en a rien fait. C'est ce qui l'a conduit à la folie. Il se nourrissait de la population d'une petite ville germanique, quand il a fini par se jeter dans nos bras. »

Il s'interrompit pour rassembler son courage et assurer sa voix, avant de poursuivre :

« À la maison mère, il parlait d'elle sans arrêt en ressassant toujours les mêmes choses – elle était douce, elle était tendre, alors que le compagnon dont elle refusait de se séparer était cruel.

– Sous quel nom voyageaient-ils ? Ils devaient bien avoir un patronyme de mortels, car comment auraient-ils pu vivre en riches humains, autrement ? Donne-moi leur nom.

– Je ne le connais pas. » Le jeune homme rassembla tout son courage. « Avec du temps, il se peut que je le découvre, mais à vrai dire, je ne pense pas que l'ordre me confie pareille information pour que je te la transmette. »

Je me détournai à nouveau, me cachai les yeux. Qu'eût fait un mortel en pareil instant ? La main droite fermée en poing, je me tins fermement le bras de la main gauche.

Elle vivait. Que me fallait-il de plus ? Elle vivait ! Les siècles ne l'avaient pas détruite. Cela ne suffisait-il pas ?

Je pivotai. Raymond Gallant se tenait devant moi, courageux malgré ses mains tremblantes.

« Pourquoi avoir peur ? murmurai-je. Crains-tu donc que je ne me rende moi-même à ta maison mère pour y chercher en personne les renseignements qui m'intéressent ?

– Ce ne sera peut-être pas nécessaire, répondit-il aussitôt. Il se peut que j'arrive à les obtenir, si tu y tiens vraiment, car mes vœux ne s'y opposent pas. Pandora n'est pas venue en personne chercher un abri chez nous.

– Oui, tu marques là un point d'homme de loi. Qu'as-tu d'autre à me dire ? A-t-elle appris au jeune vampire quoi que ce soit sur moi ?

– Non.

– Il a parlé de Marius parce qu'elle-même lui en avait parlé...

– Exactement. Ensuite, nous t'avons découvert à Venise. Voilà, je t'ai tout dit ! »

Une fois de plus, je m'écartai de lui. Il était si épuisé par ma présence, si terrifié que son esprit avait presque atteint le point de rupture.

« Je t'ai tout dit, répéta-t-il gravement.

– Je sais. Je vois bien que tu es capable de discrétion mais pas de mensonge. »

Il ne répondit pas.

Je pris dans ma poche la pièce d'or qu'il m'avait donnée.

Talamasca

La retournai.

L'image d'un château fort m'apparut, au-dessus de ces trois mots : Lorwich, East Anglia.

Je relevai les yeux.

« Merci, Raymond Gallant. »

Il hocha la tête.

« Dis-moi, Marius, lança-t-il soudain, prenant son courage à deux mains, ne pourrais-tu lui envoyer un message mental malgré la distance ? »

Je secouai la tête.

« C'est moi qui en ai fait une buveuse de sang, et son esprit m'est fermé depuis lors. Il en va de même du bel enfant que tu as vu danser cette nuit. Créateur et novice sont incapables de lire les pensées l'un de l'autre. »

Il réfléchit à la chose comme s'il s'agissait de questions humaines, tranquillement, avant de reprendre :

« Mais ta puissance mentale te permet sans doute d'envoyer le message à d'autres, qui s'ils la voient lui diront que tu la cherches et où te trouver. »

Quelque chose d'étrange passa entre nous.

Comment lui avouer que je ne pouvais supplier Pandora de me revenir ? Comment m'avouer à moi-même qu'il me fallait la rencontrer par hasard, la prendre dans mes bras, la forcer à me regarder, qu'une colère immémoriale me séparait d'elle ? Le reconnaître m'était impossible.

Je relevai les yeux vers lui. Il me regardait, de plus en plus calme mais aussi fasciné.

« Quitte Venise, je t'en prie, lui dis-je. Fais ce que je t'ai demandé. » Je dénouai les cordons de ma bourse pour poser sur son bureau un tas de florins, exactement comme je l'avais fait à deux reprises chez Botticelli. « Prends cet or en dédommagement des ennuis que je t'ai causés. Pars, et écris-moi quand tu en auras l'occasion. »

Une nouvelle fois, il hocha la tête, ses yeux clairs très purs et décidés, son jeune visage d'un calme un peu forcé.

« Ce sera une lettre ordinaire envoyée de manière ordinaire, poursuivis-je, mais elle contiendra les informations les plus merveilleuses, car j'y découvrirai peut-être des nouvelles d'une créature que je n'ai pas serrée dans mes bras depuis plus de mille ans. »

La remarque le secoua, je ne sais pourquoi : il devait bien savoir de quand datait la pierre d'Antioche. Pourtant, je vis nettement le choc l'atteindre puis se répercuter à travers ses membres.

« Qu'ai-je fait ? poursuivis-je tout haut, quoique la question ne s'adressât pas à lui. Je vais bientôt quitter Venise, à cause de toi mais aussi de tant d'autres choses. Je suis si immuable qu'il m'est impossible de jouer trop longtemps le mortel. Oui, je vais partir, chassé par la jeune femme que tu as vue danser ce soir avec mon apprenti, car j'ai juré qu'elle ne serait pas transformée. Ah, j'ai tellement bien joué mon rôle ici. Dis-le dans ton compte rendu. Décris ma demeure telle que tu l'as vue, emplie de tableaux, de lampes, de musique, de rires et de gaieté, de chaleur. »

Son expression changea. Il s'attristait, devenait agité sans cependant bouger un muscle, les yeux emplis de larmes. Qu'il semblait donc sage pour son âge, et compatissant.

« Qu'y a-t-il ? lui demandai-je. Comment peux-tu donc pleurer sur moi ? Explique-toi.

— On m'a appris au Talamasca que tu étais beau, que tu parlais comme un ange et comme un démon.

— Où est le démon, alors ?

— Ah, voilà. Je ne l'ai pas entendu. Je me suis efforcé de croire en lui, mais il est resté muet, tu as raison.

— L'as-tu vu dans mes peintures ?

— Non, Marius.

— Dis-moi ce que tu y as vu.

— Un talent effrayant et de merveilleuses couleurs, affirma-t-il sans une seconde d'hésitation, comme s'il avait déjà réfléchi à la question. Des personnages superbes et beaucoup d'imagination, qui ravissent tout un chacun.

— Ah, mais suis-je meilleur peintre que Botticelli, le Florentin ? »

Son visage s'assombrit. Ses sourcils se froncèrent légèrement.

« Je vais répondre pour toi, ajoutai-je. Non, il n'en est rien. » Mon hôte hocha la tête. « Penses-y. Je suis immortel, tandis que Botticelli n'est qu'un simple être humain, mais quelles merveilles n'a-t-il pas créées ? »

Rester ici plus longtemps m'était trop douloureux.

Tendant les deux mains, je les refermai autour de son visage avec douceur sans qu'il pût m'en empêcher. Il les attrapa, mais desserrer mon étreinte lui était évidemment impossible.

Je me rapprochai afin de lui dire tout bas :

« J'aimerais t'offrir quelque chose, Raymond. Prends bien garde à ce que je te dis. Je ne veux pas te tuer ni te faire le moindre mal, juste te montrer les crocs et le Sang puis, si tu me le permets – note que je t'en demande la permission –, te donner une goutte de ce Sang. »

J'ouvris la bouche de manière à ce que mes crocs lui fussent bien visibles. Il se raidit, murmura en latin une prière désespérée.

Je me mordis alors la langue, comme je l'avais fait cent fois avec Amadeo.

« Veux-tu le Sang ? » demandai-je. L'érudit ferma les yeux. « Je ne prendrai pas la décision à ta place, savant Raymond. Cette leçon-là t'intéresse-t-elle ?

– Oui ! » murmura-t-il – alors que son esprit disait Non.

Je plaquai sur sa bouche un baiser ardent. Quand mon sang passa en lui, il se convulsa violemment.

Lorsque je le lâchai, il tenait tout juste sur ses pieds, mais ce n'était pas un couard : il ne baissa la tête qu'une seconde avant de fixer sur moi des yeux embrumés.

Ces quelques instants de pur enchantement, je le laissai patiemment en jouir.

« Je te remercie, Raymond », dis-je enfin en me préparant à repartir – par la fenêtre. « J'aimerais que tu m'écrives tout ce que tu apprendras sur Pandora, mais si cela ne t'est pas possible, je comprendrai.

– Ne nous considère jamais comme des ennemis, Marius, dit-il très vite.

– N'aie crainte. L'oubli total m'est inconnu. Je me souviendrai éternellement que tu m'as parlé d'elle. »

Sur ce, je le quittai.

Je regagnai ma chambre, où Amadeo dormait toujours, comme enivré de vin alors qu'il ne s'agissait que de sang.

Mettre mon journal à jour me prit un long moment, car je m'efforçai de décrire sans passion la conversation qui venait d'avoir lieu ainsi que le Talamasca, d'après ce que Raymond Gallant m'en avait révélé.

Enfin, je me laissai aller à écrire encore et encore le nom de Pandora, sottement – Pandora, Pandora... – puis je posai la tête sur mes bras pour rêver d'elle, lui parlant tout bas dans ma somnolence.

Elle se trouvait loin au nord... Où cela ? Pour quelle raison ?

Si jamais je rencontrais son compagnon, je m'occuperais de lui, oui, je la libérerais du monstre aussi rapidement que brutalement. Ah, Pandora ! Comment pareille chose a-t-elle bien pu t'arriver ? Aussitôt la question posée, je m'aperçus que je me querellais avec ma bien-aimée de la même manière que par le passé.

Lorsque vint l'heure de quitter le palazzo pour gagner le tombeau, je découvris Bianca endormie dans mon atelier, sur un sofa de soie.

« Tu es vraiment trop belle, chuchotai-je, lui baisant les cheveux avec tendresse et serrant son bras joliment tourné.

– Je vous adore », balbutia-t-elle avant de poursuivre son rêve – ma belle, ma merveilleuse enfant.

Amadeo et moi gagnâmes la chambre dorée où nous attendaient nos sarcophages. Je l'aidai à soulever le couvercle du sien puis gagnai le mien.

Quoique fatigué, épuisé par la danse, mon compagnon murmura quelques mots d'un ton endormi.

« Comment ? demandai-je.

– Lorsque l'heure sera venue, vous le ferez, je le sais. Vous donnerez le Sang à Bianca.

– Non. Ne me parle plus de cela, tu me mets en colère. »

Il laissa échapper son petit rire froid, dépourvu de compassion.

« Vous le ferez. Vous l'aimez trop pour la regarder se faner. »

Je lui répétai qu'il n'en était pas question.

Enfin, je me couchai, sans penser un seul instant que nous venions de passer notre dernière nuit ensemble, la dernière nuit de ma suprême puissance, de Marius de Romanus, citoyen vénitien, peintre et magicien – la dernière nuit de mon époque parfaite.

XXIV

Le lendemain soir, je me levai comme de coutume puis attendis une heure environ qu'Amadeo ouvrît les yeux, lui aussi.

Il était trop jeune pour suivre le coucher du soleil d'aussi près que moi, et d'ailleurs, tous les buveurs de sang ne se réveillent pas à la même heure, qu'ils soient ou non du même âge.

Assis dans la pièce dorée, pensif, je me demandai si Raymond Gallant avait quitté Venise, comme je le lui avais conseillé. Quel danger pourrait-il bien représenter s'il décidait de me nuire, car qui parviendrait-il à dresser contre moi, et sous quel prétexte ?

J'étais beaucoup trop fort pour qu'on me capturât ou qu'on m'emprisonnât. Cette seule pensée était ridicule. Au pire, si le jeune Anglais me dénonçait comme une sorte de dangereux alchimiste, voire un démon, il me faudrait partir en compagnie d'Amadeo.

La perspective me semblait cependant désagréable. Je décidai donc en ces instants de calme de croire ce que m'avait raconté l'érudit, de lui conserver ma sympathie et ma confiance. Toutefois, mon esprit se mit à fouiller la cité alentour à la recherche d'un signe de sa présence qui me déplairait au plus haut point.

À peine avais-je entamé mon espionnage qu'une véritable horreur submergea ma raison.

Des cris s'élevaient dans ma propre demeure, des hurlements de buveurs de sang ! De satanistes ! Le chant du jugement dernier. L'œil de mon esprit me montra mon palazzo, où le feu se répandait.

Bianca était là, les intrus la voyaient. Les cris de mes enfants résonnaient à leurs oreilles.

Je jetai à terre le couvercle du sarcophage d'Amadeo.

« Lève-toi ! appelai-je en cet instant de folle frénésie. J'ai besoin de toi. Ils ont mis le feu à notre maison. Bianca est en danger. Lève-toi !

– Qui cela, maître ? demanda-t-il tandis que nous montions les escaliers en courant. Ceux Qu'il Faut Garder ?

– Non. » Je l'enlaçai d'un bras pour l'emporter jusqu'au toit de notre palazzo. « Une bande de satanistes buveurs de sang. Des créatures débiles qui brûleront à la flamme de leurs propres torches ! Il faut sauver Bianca et les apprentis. »

Aussitôt entré, je m'aperçus que les misérables avaient attaqué en nombre inimaginable. Santino avait réalisé ses rêves de dément. Chaque pièce abritait un de ses zélotes qui boutait le feu de droite et de gauche.

La maison tout entière flambait.

Me précipitant au sommet du grand escalier, je découvris Bianca, loin en contrebas, entourée de démons vêtus de noir qui la menaçaient malgré ses cris de leurs torches ; Vincenzo gisait, mort, devant les portes principales ouvertes.

Les cris des gondoliers appelant les occupants des lieux me parvenaient de l'extérieur.

Je me laissai tomber au pied de l'escalier, où je me servis du don du feu pour brûler les assaillants de Bianca, jeunes et maladroits, qui s'empêtrèrent presque dans leurs robes noires en s'enflammant. Toutefois, le temps me manquait pour diriger mes pouvoirs, et je dus frapper certains intrus afin de les écarter.

Je m'empressai alors d'emporter mon amie sur le quai à travers la fumée épaisse, pour la confier à un gondolier qui l'emmena aussitôt.

À peine avais-je pivoté afin d'aller sauver mes enfants hurlants qu'un nuage de monstres vêtus de noir m'entoura. Là encore, j'utilisai le don du feu tout en repoussant maladroitement les torches menaçantes.

La maison était en proie au chaos. Les statues tombaient pardessus les balustrades ; les tapisseries flambaient ; les peintures se consumaient. Mais les apprentis, comment les protéger ?

À peine avais-je éliminé un groupe d'intrus qu'un autre arrivait. Les sentences pleuvaient de toutes parts.

« Marius l'hérétique, le blasphémateur, Marius l'idolâtre, le païen. Santino te condamne au bûcher. »

Encore et encore, je repoussais les torches. Encore et encore, j'enflammais les intrus. Encore et encore, leurs cris d'agonie m'assourdissaient.

La fumée m'aveuglait comme si j'avais été mortel. Les hurlements de panique résonnaient à mes oreilles tandis qu'on enlevait mes garçons pour les emporter par les toits.

« Amadeo ! » m'écriai-je.

Il m'appelait d'en haut, désespérément.

Je commençai à remonter, mais les satanistes m'assaillaient à chaque palier, m'obligeant à tourner sur moi-même pour les balayer, à jouer sans répit de ma force et du don du feu, le plus vite possible.

« Sers-toi de ta force, Amadeo, lançai-je. Sers-toi des pouvoirs que je t'ai donnés. »

Je ne le voyais pas. Ses cris seuls me parvenaient.

Mon esprit boutait le feu à ceux qui me serraient de trop près. Je ne voyais autour de moi que vampires en flammes et torches brandies par leurs frères.

« Vous voulez donc mourir ! » m'exclamai-je à un moment, menaçant – mais nulle démonstration de pouvoir ne les arrêtait.

Ils continuaient à se précipiter sur moi, emplis de ferveur.

« Santino t'envoie le feu sacré. Santino t'envoie la justice. Santino veut ton élève. Ton novice. L'heure est venue pour toi de brûler. »

Soudain, car ce fut réellement soudain, se matérialisa le cercle fatal de sept ou huit assaillants assez rapides pour porter le feu sur moi, si bien qu'il prit à mes vêtements et mes cheveux.

Les flammes léchaient mon corps même, engloutissant ma tête et mes membres.

Un court instant, je crus pouvoir y survivre – qu'était-ce que cela pour Marius l'immortel ? – puis s'engouffra en moi l'horrible souvenir de l'ancien brûlé par une lampe, flambant au sein d'une fumée noire dans ma chambre égyptienne.

Je revis Eudoxie avalée par une explosion de flammes dans le sanctuaire de Constantinople.

Le dieu druidique du bosquet, à la peau charbonneuse.

La seconde suivante, je compris sans souvenir ni réflexion que mon sang se consumait – malgré la solidité de ma peau, de mes os, malgré mon immense volonté, je brûlais à présent si vite et dans une telle souffrance que rien ne pouvait empêcher ma destruction.

« Marius ! lança Amadeo, terrorisé. Marius ! »

Sa voix me parut résonner comme une cloche.

Je ne puis dire que la raison me poussât dans une direction ou une autre.

Pourtant, j'atteignis le toit, tandis que les cris d'Amadeo et des apprentis s'éloignaient.

« Marius ! » appela-t-il une fois de plus.

J'étais aveugle aux bourreaux qui me torturaient toujours et au ciel nocturne. Le discours du dieu du bosquet me revenait : ne m'avait-il pas dit la nuit de ma création que j'étais immortel, que seuls le soleil et le feu pouvaient me détruire ?

Rassemblant toute l'énergie qui me restait, je cherchai avidement la vie. Un suprême effort me permit d'atteindre le parapet du toit puis de me laisser tomber vers le canal.

« Tombe, tombe dans l'eau, sous l'eau, toujours plus bas », dis-je à voix haute pour réellement entendre les mots.

Enfin, je coulai dans le flot fétide où je me mis à nager le plus vite possible contre le fond, rafraichi, apaisé, sauvé, laissant derrière moi le palazzo en feu où on avait enlevé mes enfants, détruit mes peintures.

Je passai dans le canal une heure, peut-être plus.

Quoique le feu de mes veines eût été presque instantanément étouffé, la douleur brute était quasi insupportable. Lorsque enfin j'émergeai, ce fut pour me rendre à la chambre d'or où m'attendait mon sarcophage.

Je me révélai incapable de marcher.

Terrifié, je gagnai à quatre pattes l'entrée de service du palazzo, dont je parvins à ouvrir la porte en m'aidant du don de l'esprit.

Il me fallut ensuite traverser lentement les nombreuses pièces désertes pour atteindre le lourd obstacle érigé par mes soins afin de défendre mon tombeau. Combien de temps il me fallut pour en venir à bout, je l'ignore ; ce fut le don de l'esprit, non mes mains brûlées, qui me permit de passer.

Je descendis en rampant l'escalier qui menait au calme de la chambre dorée.

Reposer enfin contre mon sarcophage me parut miraculeux. L'épuisement m'interdisait de bouger davantage ; respirer m'était douloureux.

Assommé par la vision de mes bras et jambes carbonisés, je finis cependant par lever la main vers mes cheveux ; il ne m'en restait presque plus. Mes côtes saillaient sous la chair noire épaisse de ma poitrine. Je n'avais nul besoin de miroir pour savoir que j'étais devenu une horreur sans visage.

Le pire cependant était que, allongé contre mon sarcophage, l'oreille tendue, j'entendais pleurer mes apprentis tandis qu'un navire les emportait vers quelque port lointain, j'entendais Amadeo supplier ses ravisseurs de se montrer raisonnables. Nulle raison ne lui répondait, rien que les chants des satanistes résonnant autour de mes malheureux enfants. De toute évidence, on les emmenait à Rome, chez Santino que j'avais sottement décrié et éconduit.

Une fois de plus, Amadeo était prisonnier ; une fois de plus, ses geôliers se serviraient de lui à leurs fins mauvaises ; une fois de plus, on l'avait arraché à son mode de vie pour lui en imposer un autre, inexplicable.

Ah, comme je me détestais de ne pas avoir détruit Santino ! Pourquoi l'avais-je laissé vivre ?

Maintenant encore, en te racontant mon histoire, je le hais et le méprise ! Du fond du cœur et pour l'éternité, je le hais, car il détruisit au nom de Satan tout ce qui m'était cher, car il m'enleva Amadeo, il emmena les malheureux que j'avais pris sous ma protection, il brûla le palazzo où se trouvait le fruit de mes rêves.

Je me répète, n'est-ce pas ? Pardonne-moi. Je ne doute pas que tu comprennes l'arrogance, la cruauté pures et simples dont fit preuve Santino. Il modifia la destinée d'Amadeo avec une force si totalement destructrice...

Je savais alors qu'il la modifierait.

Je le savais, gisant contre mon sarcophage, parce que j'étais trop faible pour rejoindre mon novice, pour sauver les malheureux enfants mortels qui allaient subir d'indescriptibles cruautés, trop faible même pour chasser.

Or, si je ne pouvais chasser, comment obtenir le sang nécessaire à la guérison ?

Allongé de tout mon long par terre, je m'efforçai d'étouffer la douleur de ma chair brûlée. De ne faire que penser et respirer.

J'entendais Bianca en esprit. Elle avait été épargnée. Elle vivait.

Elle était même allée chercher de l'aide pour sauver ma demeure, laquelle était bien impossible à sauver. Une fois de plus, comme dans la guerre et le pillage, j'avais perdu tout ce à quoi je tenais : mes livres ; mes écrits, pour ce qu'ils valaient.

J'ignore combien de temps je demeurai prostré, mais lorsque je me redressai pour ôter le couvercle de mon sarcophage, je m'aperçus qu'il m'était toujours impossible de me tenir debout. Mes bras brûlés se révélèrent incapables de soulever la plaque de pierre. Seul le don de l'esprit me permit de l'écarter, et encore, très peu.

Je me rallongeai par terre.

Un long moment, la douleur me dissuada de remuer davantage.

Existait-il une chance que je réussisse à couvrir la distance qui me séparait des divins Parents ? Je l'ignorais, et je ne pouvais prendre le risque de quitter ma cachette pour l'apprendre.

Quoi qu'il en fût, je me représentai Ceux Qu'il Faut Garder avant de leur adresser mes prières. Akasha m'apparaissait parfaitement nette, présente.

« Aide-moi, ma reine, murmurai-je. Guide-moi. Rappelle-toi que tu m'as parlé en Égypte. Dis-moi que faire, à présent. Jamais encore je n'ai souffert comme je souffre. »

Puis vint le chantage, aussi traditionnel que les prières.

« Qui s'occupera de ton sanctuaire si je ne guéris pas ? demandai-je, tremblant de douleur désespérée. Qui t'adorera si je suis détruit, ma bien-aimée souveraine ? Aide-moi, guide-moi, car une nuit, dans les siècles à venir, peut-être auras-tu besoin de moi ! Qui a pris soin de toi pendant si longtemps ? »

Mais essayer de faire chanter les dieux et les déesses a-t-il jamais rien apporté ?

De toutes mes forces, je projetai le don de l'esprit vers les Alpes enneigées où j'avais construit la chapelle secrète.

« Dis-moi comment te rejoindre, ô, Grande Mère. Un événement aussi horrible peut-il te tirer de ton indifférence, ou mes exigences sont-elles trop grandes ? Je rêve de miracles que je n'imagine même pas. Je prie pour obtenir une grâce dont j'ignore si elle pourrait m'être accordée. »

Je savais qu'il était vain, sinon blasphématoire, de supplier Akasha de quitter son trône afin de m'aider, mais n'était-elle pas assez puissante pour m'envoyer malgré la distance qui nous séparait une force miraculeuse ?

« Comment te rejoindre ? Comment remplir mes devoirs si je ne guéris pas ? »

Seul me répondait le silence de ma chambre dorée, aussi froide que le sanctuaire montagnard. Je m'imaginais sentir la neige alpine sur ma chair brûlée.

Lentement, l'horreur de la situation s'imposait à moi.

Il me semble que je laissai échapper un petit rire triste.

« Je ne puis t'atteindre. Pas sans aide. Mais je ne puis obtenir de l'aide sans trahir le secret de ma nature. Le secret de Ceux Qu'il Faut Garder. »

Enfin, je parvins à me mettre à genoux et à remonter l'escalier, très lentement, douloureusement ; à me lever ; le don de l'esprit me permit de reverrouiller la porte de bronze.

Un abri sûr, voilà ce qu'il me fallait, ce qui comptait plus que tout. Il fallait que je survive. Je ne devais pas désespérer.

Le battant refermé, je m'effondrai et redescendis l'escalier en rampant, telle une créature répugnante, puis je poussai avec obstination le couvercle de mon sarcophage jusqu'à ce qu'il me livrât passage.

Jamais je n'avais subi pareils dommages, pareille douleur.

À la souffrance se mêlait une impression de monstrueuse humiliation. Ah, il y avait dans la vie tant de choses que je ne savais pas, que je ne comprenais pas.

Bientôt, les cris des garçons s'éteignirent, malgré mes efforts pour les entendre. Le navire avait emporté mes enfants.

Toutefois, Bianca demeurait présente.

Elle pleurait.

Malheureux, douloureux, je fouillai Venise de l'esprit.

« Raymond Gallant, Raymond, du Talamasca, murmurai-je. J'ai besoin de toi. Pourvu que tu n'aies pas quitté la ville. Je t'en prie, Raymond, entends ma prière. »

Je ne trouvai pas trace de l'érudit, mais qui savait ce qu'étaient devenus mes pouvoirs ? Peut-être s'étaient-ils affaiblis. Je ne me rappelais pas même clairement la chambre du jeune homme ni sa localisation.

D'ailleurs, pourquoi espérer le contacter ? Ne lui avais-je pas dit de quitter la ville ? Ne lui avais-je pas bien fait comprendre la nécessité de son départ ? Il m'avait obéi, évidemment. Il se trouvait sans aucun doute des kilomètres trop loin pour m'entendre.

Je n'en continuai pas moins à répéter son nom encore et encore, en une sorte de prière.

« Raymond Gallant, du Talamasca, j'ai besoin de toi, ici et maintenant. »

Enfin, l'approche de l'aube m'apporta le soulagement de même que la paralysie. La douleur rugissante s'apaisa petit à petit et je me mis à rêver, comme à l'ordinaire lorsque je m'endormais avant le lever du soleil.

Je vis Bianca, entourée de ses serviteurs qui s'efforçaient de la réconforter.

« Ils sont morts tous les deux, disait-elle. Je le sais. Ils ont péri dans l'incendie.

– Non, ma douce », protestai-je.

Avant de lancer avec toute la puissance du don de l'esprit :

Amadeo est loin, Bianca, mais je suis toujours là. N'aie pas peur en me voyant, car je suis grièvement brûlé, mais je n'ai pas perdu la vie.

Dans les yeux de ses domestiques, son reflet se figea puis se détourna, se leva de son fauteuil, s'approcha de la fenêtre. La jeune femme l'ouvrit pour scruter la brume où naissait la lumière.

Ce soir, au coucher du soleil, je t'appellerai, Bianca. Je suis à présent un monstre à mes propres yeux et le serai aux tiens, mais je le supporterai. Je t'appellerai. N'aie pas peur.

« Marius », dit-elle.

Les mortels qui l'entouraient l'entendirent prononcer mon nom.

Mais le sommeil matinal m'avait englouti, irrésistible. La douleur avait enfin disparu.

XXV

À mon réveil, la douleur fut atroce. Je passai une heure ou deux sans bouger, écoutant les voix de Venise, le flux et le reflux de l'eau sous ma maison et celles qui l'entouraient, dans les canaux puis la mer.

Mon esprit cherchait les mécréants de Santino, empli d'une calme et digne terreur à la pensée qu'ils étaient peut-être toujours à ma recherche, mais ils avaient repris la mer, du moins pour l'instant.

Lorsque je voulus soulever le couvercle du sarcophage, je m'en découvris incapable, mais le don de l'esprit me permit cependant d'aider mes mains débiles à l'écarter.

Quelle étrange merveille, songeai-je, que le pouvoir de l'esprit fût supérieur à celui de la chair.

Lentement, avec de grands efforts, je m'extirpai de mon beau cercueil glacé pour me retrouver assis sur le sol de marbre. Les murs d'or luisaient à la très faible lumière qui se glissait dans la pièce par l'encadrement de la porte défendant le sommet de l'escalier.

Je me sentais terriblement douloureux et épuisé, mais aussi honteux. Moi qui m'étais cru invulnérable, j'avais été humilié, écrasé contre les pierres de mon propre orgueil.

Les insultes des satanistes me revenaient, les cris d'Amadeo.

Où était-il, à présent, mon bel élève ? Je tendis l'oreille, en vain.

Une fois de plus, j'appelai Raymond Gallant, certain pourtant de ne pas obtenir de réponse. Sans doute se trouvait-il en route vers l'Angleterre ; je prononçai à voix haute son nom, qui résonna contre les murs de la chambre d'or, sans le moindre résultat. Je savais bien que cela ne servirait à rien : je voulais juste m'assurer que l'érudit était bel et bien hors d'atteinte.

Restait ma chère, ma belle Bianca. Désireux de la voir comme la nuit précédente par l'intermédiaire de ceux qui l'entouraient, j'envoyai le don de l'esprit errer par les pièces de sa splendide demeure à la mode.

Une musique joyeuse résonna à mes oreilles; les nombreux habitués m'apparurent. Ils bavardaient en buvant comme si mon palazzo n'avait pas été détruit ou, plutôt, comme s'ils ne l'avaient pas appris, comme si je n'avais pas été des leurs, continuant tous à vivre ainsi que le font les humains lorsque l'un d'eux a été emporté.

Mais où donc était Bianca ?

« Montre-la-moi », murmurai-je afin de diriger le mystérieux don de l'esprit par la voix, tout simplement.

Rien.

Je fermai les yeux, m'infligeant une douleur exquise, puis tendis l'oreille. Le bourdonnement de la cité tout entière me parvint, et je suppliai, oui, je suppliai le don de l'esprit de m'apporter la voix, les pensées de Bianca.

Toujours rien. Enfin, je compris. Où qu'elle se trouvât, elle était seule. Elle m'attendait sans personne pour la regarder, lui parler, si bien qu'il me fallait la découvrir dans son silence et sa solitude avant de lui lancer mon appel.

Je suis vivant, Bianca, quoique monstrueusement brûlé, comme je te l'ai dit. Tu as soigné Amadeo, autrefois; ta bonté s'étendra-t-elle jusqu'à moi ?

Il s'écoula à peine une seconde avant que ne me parvînt en réponse un murmure ardent.

« Je t'entends, Marius. Guide-moi. Rien ne me fera peur. Je banderai ta peau brûlée et la moindre de tes plaies. »

Ah, quel merveilleux réconfort, mais quels étaient mes projets ? Que comptais-je faire ?

Bianca viendrait, oui. Elle m'apporterait des vêtements qui me permettraient de cacher mon corps martyrisé, peut-être même une cape dont le capuchon me dissimulerait la tête et un masque de carnaval.

Elle le ferait, certes, mais que se passerait-il ensuite, quand je me découvrirais incapable de chasser dans mon lamentable état ? Que se passerait-il si, parvenant je ne savais comment à chasser, je m'apercevais que le sang d'un ou deux mortels ne représentait plus rien, que mes blessures étaient trop graves ?

Dans ce cas, je dépendrais de ma bien-aimée. Jusqu'où la laisserais-je s'enfoncer dans les horreurs de ma faiblesse ?

Sa voix me parvint à nouveau.

« Dis-moi où tu es, Marius, suppliait-elle. Je suis chez toi, dans ton palazzo. Il n'a pas été entièrement détruit, quoiqu'il ait beaucoup souffert. Je t'attends dans ton ancienne chambre. J'y ai rassemblé des vêtements pour toi. Peux-tu venir ? »

Un long moment s'écoula avant que je ne lui réponde, que je ne lui adresse la moindre parole de réconfort. Je réfléchissais autant qu'il est possible lorsqu'on souffre tant. Mon esprit m'échappait ; de cela, j'étais certain.

Il m'apparut alors que dans ma détresse, je serais capable de trahir Bianca de la manière la plus ignominieuse, si toutefois elle me le permettait. C'était cela ou accepter d'elle un maigre apaisement puis la quitter enfin, l'abandonnant face à un mystère que jamais elle ne comprendrait.

De toute évidence, la trahir serait plus simple. L'alternative, jouir quelque peu de sa tendresse avant de disparaître, exigerait une maîtrise de moi-même immense.

Je n'étais pas sûr de la posséder. Dans ma souffrance désespérée, je ne savais plus rien de moi. La pensée du serment fait à la jeune femme, de la promesse qu'elle serait en sécurité tant que j'habiterais Venise, m'arrachait des frissons. Évoquer la puissante créature que j'étais alors me mettait à la torture. Oui, j'avais juré de protéger Bianca en remerciement des soins prodigués à Amadeo, qu'elle avait gardé en vie jusqu'au crépuscule, moment où je lui avais retiré la garde de mon bien-aimé.

Que signifiait pareil serment, à présent ? Allais-je manquer à ma parole comme si elle n'avait aucune importance ?

Les appels de la jeune femme me parvenaient toujours, semblables à des prières. Elle s'adressait à moi de même que je m'étais adressé à Akasha.

« Où es-tu, Marius ? Je suis sûre que tu m'entends. J'ai pris des vêtements très doux qui ne t'irriteront pas la peau. De la toile pour des bandages. Des bottes souples. » Elle pleurait. « Une tunique en velours. Une de tes innombrables capes rouges. Laisse-moi t'apporter tout cela. Laisse-moi venir à toi, te soigner, t'aider. Tu n'es pas un monstre à mes yeux. »

Immobile, je l'écoutais sangloter. Enfin, je me décidai.

Il faut que tu viennes à moi en effet, ma chérie. Je ne puis me déplacer. Apporte-moi les vêtements que tu viens de me décrire, mais aussi un masque – il y en a des quantités dans mes placards. Un de ceux en cuir sombre ornés d'or.

« Je l'ai, Marius. Dis-moi où aller. »

Mon message suivant, envoyé avec force, identifiait de manière infaillible la maison où je me trouvais, disait à Bianca comment s'y introduire puis gagner la porte de bronze où frapper.

Il me laissa épuisé. Une fois de plus, en proie à une panique muette, je cherchai les monstres de Santino, me demandant s'ils reviendraient et, dans ce cas, à quel moment.

Toutefois, je ne tardai pas à voir par les yeux du gondolier de Bianca la jeune femme quitter les ruines de ma demeure incendiée. Le bateau se mit en route.

Enfin retentirent les inévitables coups à la porte de bronze.

Réunissant toutes mes forces, j'entrepris de monter lentement l'escalier de pierre.

Je posai les mains sur le battant.

« Bianca ! Tu m'entends ?

– Marius ! » s'écria l'arrivante. Elle se mit à sangloter. « Je savais que c'était toi et pas un tour que me jouait mon esprit. Tu es vivant. Tu es vraiment vivant ! »

L'odeur de son sang m'excitait follement.

« Écoute-moi, ma belle. J'ai été brûlé à un point que tu ne peux imaginer. Lorsque je vais entrouvrir cette porte, tu vas me donner les vêtements et le masque. Ne cherche pas à me voir, toute curieuse que tu es.

– Bien, Marius, répondit-elle d'un ton décidé. Je t'aime. Je ferai ce que tu voudras. »

Les sanglots qui l'empêchèrent de poursuivre étaient tellement plaintifs. L'odeur de son sang tellement forte. Ma faim tellement féroce.

Mes doigts noircis parvinrent à dégager le loquet puis à entrouvrir la porte.

Le parfum du sang m'était aussi pénible que la douleur. Un instant, je me crus incapable d'aller plus loin.

Mais les vêtements, dont j'avais grand besoin, m'étaient tendus. Il me fallait les prendre. Il me fallait agir pour guérir. Je ne pouvais céder à la souffrance, je n'y gagnerais que plus de souffrance encore. Continuer de l'avant était la seule solution. Ah, le masque de cuir noir orné d'or, parfait pour un bal vénitien, non pour la misérable, l'horrible créature que j'étais devenu.

Laissant la porte entrouverte, je parvins à m'habiller convenablement.

Bianca m'avait apporté une de mes plus longues tuniques, ce qui était fort sage car jamais je n'eusse réussi à enfiler des chausses.

Quant aux bottes, je parvins à y glisser les pieds, malgré la douleur. Une fois le masque attaché sur mon visage, la capuche bienvenue de la cape aux généreuses proportions vint recouvrir mon crâne. J'étais à présent couvert de haut en bas.

Que faire, ensuite ? Que dire à l'ange qui se tenait dans le corridor glacial et obscur, de l'autre côté du battant ?

« Qui t'a accompagnée ? lui demandai-je.

– Le gondolier, c'est tout. Ne m'as-tu pas dit de venir seule ?

– Peut-être. La douleur m'obscurcit l'esprit. »

Bianca sanglotait.

Je m'efforçai de réfléchir, ce qui me fit prendre conscience d'une terrible vérité.

Il m'était impossible de chasser seul, puisque mon affaiblissement m'empêchait de quitter les lieux par moi-même, fût-ce grâce à mes dons surnaturels.

Je ne pouvais non plus me fier à ma compagne pour m'aider – elle n'en aurait pas la force – et compter sur le gondolier serait stupide sinon impossible. L'homme serait témoin du moindre de mes actes, et il savait où je logeais !

Ah, quelle folie que tout cela. Quelle faiblesse que la mienne. Quelle terrible possibilité que le retour des monstres de Santino ! Il fallait absolument que je quitte Venise pour gagner le sanctuaire de Ceux Qu'il Faut Garder, mais comment ?

« S'il te plaît, Marius, laisse-moi entrer, implora Bianca d'une voix douce. Peu m'importe ton aspect. Je t'en prie.

– Très bien. Je ne te ferai aucun mal, n'aie pas peur. Descends les escaliers. Prudemment. Je te dirai la vérité, tu le sais. »

Des efforts affreusement douloureux me permirent d'entrouvrir la porte afin de livrer passage à la visiteuse. Une faible clarté se répandit sur les degrés et dans la pièce en contrebas, suffisante pour moi mais pas pour Bianca.

Elle me suivit en tâtonnant de ses mains délicates, incapable de voir que je progressais lourdement appuyé au mur.

Enfin, au pied des escaliers, elle s'efforça de percer l'obscurité, en vain.

« Parle-moi, Marius, appela-t-elle.

– Je suis là, ma chérie. »

Je m'agenouillai puis me laissai aller en arrière sur mes talons. Levant les yeux vers les torches accrochées au mur, je m'efforçai d'en allumer une grâce au don du feu.

J'y appliquai mon pouvoir de toute ma force.

Un léger craquement retentit, puis la résine s'enflamma et la lumière explosa, me blessant les rétines. La vision du feu me fit frissonner, mais nous en avions réellement besoin. L'obscurité était pire encore.

Bianca leva ses tendres mains pour s'abriter les yeux puis se tourna vers moi.

Quant à savoir ce qu'elle vit...

Elle se couvrit la bouche afin d'étouffer un cri.

« Que t'ont-il fait ? demanda-t-elle. Oh, Marius, mon beau Marius, dis-moi comment te soigner, je t'en prie. »

Je me contemplai dans ses prunelles, créature encapuchonnée au cou et aux poignets semblables à des baguettes noirâtres, aux mains gantées, au visage transformé en un masque de cuir mal fixé.

« Que faut-il donc faire d'après toi, ma belle ? Crois-tu qu'il existe une potion magique capable de métamorphoser ce que je suis devenu ? »

Son esprit n'était que chaos, embrouillaminis d'images et de souvenirs, de souffrance et d'espoir.

Elle regarda autour d'elle les murs d'or luisant, le sarcophage de marbre lisse, puis ses yeux se reposèrent sur moi. Tout horrifiée qu'elle était, elle n'avait pas peur.

« Je puis être ton acolyte aussi sûrement qu'Amadeo, affirma-t-elle. Dis-moi juste ce qu'il te faut. »

Au nom d'Amadeo, mes yeux s'emplirent de larmes. Ah, quand je pense que ce corps ravagé recelait assez de sang pour pleurer.

Elle se laissa tomber à genoux afin de me regarder bien en face. Sa cape s'ouvrit sur les perles luxueuses qui lui ornaient la gorge. Elle avait enfilé pour cette aventure une très belle robe, sans se soucier d'en tacher ou d'en mouiller le bas.

« Ah, ma beauté, soupirai-je. Je vous ai tant aimés tous deux dans l'innocence et la culpabilité. Tu ne peux savoir combien je t'ai désirée, en tant qu'homme et en tant que monstre, comment j'ai détourné de toi ma faim alors que je la contrôlais tout juste.

– Oh si, je sais. Ne te souviens-tu pas de la nuit où tu es venu m'accuser de mes crimes ? Ne te rappelles-tu pas m'avoir avoué ta soif ? Je ne suis certes pas devenue depuis la pure damoiselle d'un conte de fées.

– Peut-être que si. Oui, peut-être. C'en est fini, n'est-ce pas, de mon univers ? Il n'est plus. Les fêtes, les bals, les mascarades, tout cela est terminé, toutes mes peintures brûlées. »

Elle se mit à pleurer.

« Non, ne pleure pas : c'est mon rôle à moi. Tout est arrivé par ma faute, puisque je n'ai pas éliminé l'ennemi. Amadeo a été capturé. Moi, ils m'ont brûlé parce que j'étais trop fort, mais lui, ils l'ont enlevé !

— Arrête, Marius, tu délires, protesta-t-elle, effrayée, posant la main sur mes doigts gantés.

— Cela m'est nécessaire. Les monstres ont emmené Amadeo, qui les implorait de s'expliquer, et mes apprentis, mes malheureux garçons. Je me demande bien pourquoi ? »

Je fixais Bianca de derrière mon masque, incapable de m'imaginer ce que son esprit enfiévré lui donnait à voir ou à déchiffrer sur mon étrange visage artificiel. L'odeur de son sang était quasi irrésistible ; sa douceur semblait appartenir à un autre monde.

« Pourquoi t'ont-ils laissée vivre, Bianca ? Car je ne suis sans doute pas arrivé à temps.

— Tes élèves, voilà ce qu'ils voulaient. Ils les ont capturés avec des filets, je les ai vus. J'ai hurlé, hurlé, hurlé par la grand-porte. Je ne les intéressais pas, sinon pour t'attirer dans le palazzo, et quand je t'ai vu, qu'aurais-je pu faire d'autre que d'appeler à l'aide ? Ai-je mal agi ? Est-ce mal que je sois encore en vie ?

— Non, ne va pas t'imaginer une chose pareille. » Je tendis la main, le plus prudemment possible, pour étreindre la sienne de mes doigts gantés. « Dis-moi si je serre trop fort.

— Non, Marius, tu ne serres jamais trop fort. Ah, accorde-moi autant de confiance que tu m'en demandes. »

Je secouai la tête. La douleur fut si terrible que j'en eus un instant le souffle coupé – une souffrance aussi spirituelle que charnelle. La catastrophe de la veille m'était insupportable, de même que l'ascension sans espoir qui m'attendait et mon avenir plus éloigné.

« Nous restons à discuter tous les deux, alors qu'il y a sans doute beaucoup à faire pour te soigner, reprit Bianca. Laisse-moi servir ta magie. Je t'ai dit que je l'acceptais.

— Mais qu'en sais-tu vraiment, ma chérie ? As-tu réellement compris de quoi il s'agit ?

— De sang, n'est-ce pas, seigneur ? Crois-tu que je ne me rappelle pas comment tu as pris Amadeo mourant dans tes bras ? Rien n'aurait pu le sauver sinon la transformation que j'ai ensuite constatée en lui. Je l'ai vue, tu le sais. »

Je fermai les yeux, respirant avec lenteur. La douleur était terrible. Les paroles apaisantes de Bianca m'incitaient à croire que mon malheur n'était pas total, mais où me mènerait ce chemin ?

Lorsque je cherchai à lire dans son esprit, l'épuisement m'en empêcha.

J'avait tellement envie de toucher son visage que, confiant en la douceur de mes gants, je lui caressai la joue. Ses yeux s'emplirent de larmes.

« Où se trouve donc Amadeo ? interrogea-t-elle, désespérée.

– En mer, plus au sud. On l'emmène à Rome, il me semble, mais ne me demande pas pourquoi. Laisse-moi juste te dire que l'attaque de ma demeure a été organisée par un de mes ennemis qui vit là-bas. Les misérables qu'il m'a envoyés venaient de Rome.

« J'aurais dû le détruire. J'aurais dû me douter de ce qui arriverait. Mais dans ma vanité, je lui ai montré mes pouvoirs puis je ne me suis plus occupé de lui. Alors ils a dépêché ses serviteurs en assez grand nombre pour que je ne puisse les vaincre. Ah, j'ai été vraiment bête de ne pas deviner ce qu'il allait faire, mais à quoi bon le reconnaître maintenant ? Je suis trop affaibli, Bianca. Il m'est impossible de délivrer Amadeo avant d'avoir recouvré mes forces.

– Oui, Marius, je comprends.

– Je prie de tout mon cœur qu'il se serve des pouvoirs que je lui ai donnés, car ils étaient immenses, et il est très fort.

– Je comprends.

– À présent, je vais m'occuper de moi-même, repris-je tristement, me sentant coupable. Je vais penser à mes propres problèmes. Il le faut. »

Le silence s'installa, seulement troublé par les crépitements de la torche.

Une nouvelle fois, je m'efforçai de lire dans l'esprit de Bianca, en vain. Mon échec n'était pas seulement dû à ma faiblesse mais à une volonté délibérée de la jeune femme : elle avait beau m'aimer, des pensées conflictuelles l'agitaient, devant lesquelles elle avait dressé un mur afin de me les cacher.

« Tu as vu qu'Amadeo avait été transformé, repris-je, mais as-tu réellement compris ?

– Oui, seigneur, assura-t-elle.

– As-tu deviné à quelle source il puisait sa force éternelle après cette fameuse nuit ?

– Je la connais.

– Je ne te crois pas, dis-je gentiment. Tu rêves.

– Mais si, Marius, je la connais. Comme je viens de te le rappeler, je ne me souviens que trop de ton intrusion dans ma chambre. Tu étais avide de mon sang... »

Elle tendit vers mon visage des mains consolatrices.

Je levai les miennes pour l'arrêter.

« Je savais alors que tu te nourrissais des morts, que tu leur prenais leur âme, peut-être, ou juste leur sang. L'un ou l'autre. Et puis les musiciens qui ont fui le banquet au cours duquel tu as tué mes cousins ont raconté que tu avais donné aux malheureux le baiser de mort. »

Un léger rire m'échappa.

« Quelle négligence de ma part, commentai-je. Moi qui croyais opérer de manière tellement magistrale... Pas étonnant que je sois tombé si bas. »

J'inspirai à fond. La douleur tenaillait tout mon corps, en proie à une soif insupportable. Avais-je réellement été cette puissante créature, si fascinante qu'elle pouvait massacrer une assemblée de mortels sans en être accusée, sinon par la rumeur ? Avais-je été... ? Mais les souvenirs se pressaient trop nombreux dans mon esprit; combien de temps passerais-je à les évoquer avant que mes pouvoirs fussent restaurés si peu que ce fût ?

Bianca me fixait de ses yeux brillants, interrogateurs.

Alors tomba de mes lèvres la vérité, que je ne pouvais lui dissimuler plus longtemps, à mon grand désespoir.

« C'était le sang des vivants, ma chérie, toujours. Il ne peut en être autrement, comprends-tu ? Voilà ce qui me permet d'exister depuis que des mains cruelles et disciplinées m'ont arraché à ma vie de mortel. »

Ses sourcils se froncèrent légèrement, mais elle ne détourna pas le regard. Puis elle hocha la tête, comme pour m'inviter à poursuivre.

« Viens près de moi, Bianca, chuchotai-je. Me croiras-tu si je te dis que j'existais avant la construction de Venise ? Que je respirais déjà quand Florence n'était pas encore née ? Mais je ne puis supporter plus longtemps pareille souffrance. Il me faut du sang pour me soigner. Il me le faut. Le plus tôt possible. »

Elle hocha une nouvelle fois la tête, le regard aussi ferme qu'auparavant. Frissonnante, elle tira de ses vêtements un mouchoir en lin avec lequel elle essuya ses larmes.

Que signifiaient mes paroles pour elle ? Sans doute ressemblaient-elles à une poésie d'autrefois. Comment pouvais-je m'attendre que Bianca me comprît réellement ?

Son regard ne vacillait pas.

« Le malfaisant, lâcha-t-elle soudain. Amadeo me l'a dit, seigneur. Je ne puis feindre plus longtemps de ne pas savoir. Tu te nourris du malfaisant. Ne te fâche pas. Amadeo m'a confié son secret il y a bien longtemps. »

J'étais en effet fâché. Furieux, instantanément, mais bah ! La terrible catastrophe n'avait-elle pas tout balayé sur son chemin ?

Ainsi donc Amadeo avait ouvert son cœur à notre belle amie après avoir pleuré toutes les larmes de son corps et m'avoir fait d'innombrables serments ! J'avais été bien bête d'accorder ma confiance à un enfant. De laisser vivre Santino ! Mais quelle importance, à présent ?

Bianca, plus calme, me fixait toujours, les yeux emplis de feu par la torche, la lèvre inférieure frémissante. Un soupir lui échappa, comme si elle allait se remettre à pleurer.

« Je peux attirer un malfaisant jusqu'à toi, affirma-t-elle en s'animant. Je peux l'amener ici même.

– Mais suppose qu'il vienne à bout de toi avant que tu n'arrives en ces lieux, répondis-je tout bas. Je ne pourrais ni te venger ni te rendre justice. Non, je ne veux pas que tu prennes pareil risque.

– Il le faut. Fais-moi confiance. » Ses yeux s'éclairèrent, et elle regarda autour d'elle comme pour s'imprégner de la beauté des lieux. « Combien de temps ai-je gardé ton secret ? Je l'ignore, mais rien n'aurait su me l'arracher. Quoi que les autres aient pensé, jamais je n'ai prononcé le moindre mot qui l'ait trahi.

– Ma chérie, murmurai-je. Tu ne prendras pas un tel risque pour moi. À présent, laisse-moi réfléchir, laisse-moi me servir des quelques pouvoirs que je possède encore. Restons un moment assis là, au calme. »

Son expression d'abord troublée se fit plus décidée, presque dure.

« Donne-moi le Sang, seigneur, dit-elle soudain d'une voix basse, rapide. Fais de moi ce que tu as fait d'Amadeo. Transforme-moi également, de sorte que j'aie la force de t'amener le malfaisant. Voilà la solution, tu le sais bien. »

La surprise était de taille.

Je ne puis dire que la pensée de métamorphoser la jeune femme n'avait pas effleuré mon âme calcinée – elle m'était venue dès que j'avais pris conscience du chagrin de Bianca – mais l'entendre formulée par ses lèvres mêmes, et avec une telle énergie, était des plus inattendu. Pourtant, je savais, j'avais su dès le départ, que c'était la réponse parfaite à mon problème.

Il fallait cependant que j'y réfléchisse ! Pas seulement pour ma compagne, mais aussi pour moi. Lorsque la magie aurait fait son œuvre en elle – si j'avais la force de la lui donner – comment ferions-nous pour chasser dans les rues de Venise puis organiser notre long voyage vers le nord, alors que nous ne serions que deux buveurs de sang terriblement faibles ?

Une mortelle eût pu s'entourer de gardes pour m'amener en chariot jusqu'au col des Alpes où reposaient Ceux Qu'il Faut Garder, à qui j'eusse rendu visite seul, après minuit.

Une vampire devrait dormir de jour, comme moi, ce qui nous laisserait tous deux à la merci des humains transportant nos sarcophages.

Dans ma souffrance, je ne pouvais imaginer une chose pareille.

Je ne pouvais faire le nécessaire. À vrai dire, je me découvrais soudain incapable de réfléchir. Secouant la tête, je m'efforçai d'échapper à l'étreinte de Bianca afin que sa peur ne s'accrût pas à mon contact – qui lui révélerait fatalement la raideur desséchée de mon corps.

« Donne-moi le Sang, répéta-t-elle avec ardeur. Tu en as la force, je n'en doute pas. Ensuite, je t'amènerai toutes les victimes nécessaires ! Amadeo avait changé, après, je l'ai bien vu. Il n'a pas eu à me le prouver. Je deviendrai aussi forte que lui, n'est-ce pas ? Réponds-moi, Marius. Ou alors dis-moi comment te soigner autrement, comment te guérir, comment alléger tes souffrances. »

Il m'était impossible de prononcer un mot. Je tremblais de désir pour elle, de colère devant sa jeunesse – devant leur alliance à Amadeo et elle, contre moi, puisqu'il lui avait tout dit ; le désir d'elle me consumait.

Jamais elle ne m'avait semblé plus vivante, plus humaine, plus parfaitement naturelle dans sa beauté rosissante. Je ne pouvais la souiller.

Elle se calma, consciente peut-être de m'avoir poussé un peu trop loin. Sa voix se fit encore plus douce quoique plus insistante.

« Raconte-moi ton histoire. » Ses yeux étincelaient. « Raconte-moi l'époque où Venise n'existait pas, non plus que Florence, alors que tu étais déjà Marius. Raconte. »

Je me jetai sur elle.

Elle n'avait pas la moindre chance de m'échapper.

Je crois pourtant qu'elle essaya. En tout cas, elle cria.

Nul ne l'entendit à l'extérieur : je m'emparai d'elle trop vite, tout au fond de la chambre dorée.

Écartant mon masque, couvrant d'une main les yeux de Bianca, je lui plantai les crocs dans la gorge. Son sang jaillit entre mes lèvres.

Son cœur se mit à battre de plus en plus vite. Juste avant qu'il ne s'arrêtât, je m'écartai d'elle, la secouai violemment et criai son nom :

« Bianca ! Réveille-toi ! »

Coupant mon poignet desséché, amaigri, jusqu'à y voir apparaître un trait de sang, je l'appliquai sur sa bouche ouverte, contre sa langue.

Un sifflement lui échappa, puis elle colla les lèvres à ma chair dure avec un gémissement affamé. Lui retirant mon poignet brûlé, je le tailladai derechef.

Mais cela ne suffisait pas – j'étais trop racorni, trop faible. Pendant ce temps, son sang à elle se déchaînait en moi, se frayait un passage dans les cellules recroquevillées qui avait un jour été vivantes.

Je coupai encore et encore mon poignet osseux, tordu pour le presser contre sa bouche, en vain.

Elle se mourait ! Le fluide vital qu'elle m'avait donné avait été consumé.

Ah, quelle insupportable horreur – car je ne supporterais pas de voir la vie de ma Bianca mouchée telle la flamme d'une petite bougie. Je deviendrais fou furieux.

Je me précipitai en trébuchant dans l'escalier de pierre, indifférent à la souffrance et à la faiblesse, forgeant de concert mon cœur et mon esprit. À son sommet, je me redressai pour ouvrir la porte de bronze.

Lorsque j'atteignis les marches menant au quai, j'appelai le gondolier de la jeune femme :

« Venez vite », lançai-je avant de me retirer dans la maison afin qu'il m'y suivît.

Le pauvre naïf n'y avait pas plus tôt posé le pied que je me jetai sur lui pour lui voler tout son sang. Le souffle quasi coupé par le réconfort et le plaisir apaisant qu'il m'apportait, je redescendis dans la chambre dorée où Bianca gisait telle que je l'avais laissée, agonisante, au pied de l'escalier.

« Tiens, ma belle, bois, mes veines ne sont plus à sec, maintenant », lui murmurai-je, portant une fois de plus à ses lèvres mon poignet entaillé.

Il saignait, à présent ; pas à flot, certes, mais suffisamment. La jeune femme pressa la bouche contre la fontaine de vie et se mit à lutter avec mon pouls.

« Oui, ma Bianca, ma douce, bois. »

Ses soupirs seuls me répondirent.

Le Sang avait capturé son tendre cœur.

Son voyage nocturne ne faisait que commencer. Je ne pouvais l'envoyer à la recherche de victimes, car la magie n'avait pas terminé son œuvre en elle.

Voûté tel un bossu tant je me sentais faible, je l'emportai à l'extérieur, où je l'installai dans la gondole. Le moindre pas m'était douloureux, le plus petit mouvement s'avérait d'une lenteur et d'une maladresse inhabituelles.

Lorsqu'elle fut assise parmi les coussins, à demi endormie mais capable de me répondre, Bianca me parut plus belle, plus pâle que jamais.

L'aviron du gondolier à la main, je m'enfonçai dans les quartiers les plus sombres de Venise, à travers la brume couvrant les canaux, jusqu'aux bas-fonds mal éclairés où abondaient les ruffians.

« Réveille-toi, princesse, appelai-je. Nous sommes sur le champ de bataille, l'ennemi ne va plus tarder, et la petite guerre dont nous sommes friands va commencer. »

Je souffrais tellement que j'avais du mal à me tenir debout, mais comme toujours dans ce genre de situation, ceux que nous cherchions vinrent à nous pour nous nuire.

Ma posture et la beauté de Bianca étant pour eux les symboles mêmes de la faiblesse, ils négligèrent d'entrée leur propre force.

J'attirai facilement dans les bras de ma compagne un jeune orgueilleux « prêt à satisfaire la dame si elle en a envie », aux veines duquel elle but sans difficulté une rasade mortelle. La dague du voyou tomba au fond du bateau.

Ensuite, un ivrogne chancelant nous héla, nous promettant de nous guider jusqu'à un banquet où nous serions tous admis. Il tomba de lui-même entre mes mains.

J'avais tout juste assez de force pour l'étreindre. Une nouvelle fois, le sang se déchaîna en moi, me soignant avec une telle violence que la douleur en grandit presque.

Le troisième homme à se présenter fut un vagabond, que j'attirai auprès de nous grâce à une pièce d'or illusoire. Bianca le prit, quasi endormie, mais fut déçue de sa fragilité.

Tout cela sous couvert d'une nuit d'encre, loin des lumières des maisons telles que les nôtres.

Nous allions toujours. Chaque victime redonnait de la force à mon don de l'esprit ; chacune aidait davantage ma chair à guérir.

Toutefois, il faudrait pour me soigner réellement d'innombrables mises à mort, pour me rendre ma vigueur d'antan une foule inimaginable de proies.

Sous mes vêtements, je semblais fait de cordes trempées dans la poix ; quant à mon visage, je n'avais aucune idée de l'horreur qu'il était devenu.

Entre-temps, Bianca avait émergé de sa somnolence et subi les douleurs de la mort humaine. Elle voulait à présent rentrer chez elle se changer, afin de regagner la chambre tapissée d'or dans une tenue digne de ma fiancée.

Elle n'avait que trop bu de sang de mortel ; il lui en fallait davantage du mien, mais elle l'ignorait, et je me gardai de le lui révéler.

Ce fut à contrecœur que je satisfis sa requête. Après l'avoir amenée devant son palazzo, j'attendis, mal à l'aise, qu'elle vînt me rejoindre dans la gondole, merveilleusement vêtue, la peau aussi éclatante que les perles blanches les plus pures.

Renonçant pour toujours à sa vaste demeure, elle emportait dans une foule de paquets les vêtements qu'elle désirait conserver et bon nombre de bougies, afin que nous n'eussions pas à subir dans notre cachette le crépitement des torches.

Enfin, nous nous retrouvâmes seuls dans la chambre dorée. La jeune femme rayonnait de bonheur en me contemplant, moi, son fiancé silencieux et masqué.

Seule une mince bougie nous éclairait tous deux.

Bianca étala par terre une cape de velours vert sur laquelle nous nous assîmes.

Moi, les jambes croisées ; elle, penchée en arrière, les chevilles jointes. Ma souffrance, quoique terrible, s'était apaisée dans la mesure où, au lieu de bondir à chacun de mes souffles, elle demeurait égale et me laissait respirer à mon gré.

Bianca tira d'un de ses paquets un miroir poli à manche d'os.

« Tiens, dit-elle, ses beaux yeux en amande courageux, voire durs. Retire le masque si tu veux, je n'aurai pas peur. »

Je la contemplai un long moment, chérissant sa beauté, étudiant les changements subtils exercés par le Sang – qui avait fait d'elle une réplique extravagante, luxueuse de ce qu'elle avait été.

« Tu me trouves agréable à regarder, n'est-ce pas ? demanda-t-elle.

– Comme toujours. À une époque, j'avais une telle envie de te donner le Sang que je ne supportais plus de poser les yeux sur toi. Je ne venais plus te voir parce que je craignais de t'attirer à moi en usant de tous mes charmes, si tant est que j'en eusse.

– Jamais je ne l'aurais imaginé », s'étonna-t-elle.

Je regardai dans le miroir. Un masque. Je pensai au Talamasca. À Raymond Gallant.

« Dis-moi, peux-tu lire dans mon esprit ? m'enquis-je.

— Non, absolument pas, répondit-elle, surprise.

— C'est ainsi. Parce que je t'ai créée. Tu peux lire dans l'esprit d'autrui, oui...

— C'est vrai. Celui de nos victimes. Quand leur sang coule, je vois même des images...

— Tu en verras toujours, mais que cela ne te pousse jamais vers l'innocent, ou le sang que tu bois apparaîtra soudain sur tes mains.

— Je comprends, assura-t-elle trop vite. Amadeo m'a expliqué. Seulement le malfaisant. Jamais l'innocent. Je sais. »

Une colère terrible m'envahit de nouveau, parce que ces deux enfants m'avaient tenu à l'écart. Je me demandai quand et comment Amadeo avait confié pareils secrets.

Toutefois, il me fallait oublier cette jalousie, j'en étais bien conscient.

Ce qui me plongeait dans la tristesse la plus noire, c'était que mon bien-aimé m'eût été arraché. Qu'il me fût impossible de le retrouver. Il était tombé aux mains d'ennemis décidés à commettre l'indescriptible, mais je ne pouvais y penser. Impossible. Cela me rendrait fou.

« Regarde dans le miroir », reprit Bianca.

Je secouai la tête.

Ôtant un de mes gants, je contemplai mes doigts squelettiques. Un terrible petit cri échappa à ma compagne, dont elle eut aussitôt honte.

« Tu veux toujours voir mon visage ? lui demandai-je.

— Non, par égard pour nous deux. Pas avant que tu n'aies chassé davantage, que je n'aie voyagé en ta compagnie et que je ne sois plus forte, afin d'être ton élève comme j'en ai fait serment et comme je le serai. »

Elle hochait la tête en s'exprimant avec détermination.

« Mon adorable Bianca, dis-je tout bas, promise à une vie si cruelle, si puissante.

— Oui, et je la vivrai. Je resterai auprès de toi à jamais. Tu finiras par m'aimer autant que tu l'aimes, lui. »

Je ne répondis pas. Avoir perdu Amadeo m'était une torture monstrueuse. Comment le nier d'une simple syllabe ?

« Que lui est-il arrivé ? m'interrogeai-je. Se sont-ils contentés de le détruire de quelque horrible manière – car tu sais bien sûr que la lumière du soleil ou la chaleur d'un grand feu peuvent nous tuer...

— Non, pas nous tuer, juste nous faire souffrir, protesta-t-elle, me fixant d'un air interrogateur. N'en es-tu pas la preuve vivante ?

– Nous tuer, répétai-je. Il en est de moi ainsi que je te l'ai dit : j'ai vécu un millier d'années. Mais Amadeo ? Il serait très facile à détruire. J'espère qu'ils ne l'ont pas torturé ; que, quoi qu'ils aient fait et fassent encore, ils agissent vite ou pas du tout. »

Emplie de peur, elle me contemplait comme si mon masque de cuir avait bel et bien arboré une expression.

« Maintenant, il faut que tu apprennes à ouvrir ton sarcophage, ajoutai-je. Mais avant, je vais te redonner du sang. Je le puis, avec toutes les victimes que j'ai prises, et il le faut, ou tu ne seras jamais aussi forte qu'Amadeo, loin de là.

– Mais... je me suis changée. Je ne veux pas tacher ma robe. »

Un fou rire me saisit. Je ris encore et encore, la chambre d'or tout entière résonnant de mon hilarité.

Bianca me regardait sans comprendre.

« Je te promets de ne pas faire tomber une seule goutte, ma chérie », lui dis-je gentiment.

XXVI

Au crépuscule suivant, je passai une heure sans bouger, affaibli et douloureux. La souffrance était telle que le sommeil me semblait préférable à l'éveil ; je rêvai du lointain passé, de l'époque où Pandora et moi vivions ensemble et où il semblait impossible que nous nous séparions jamais.

Des cris me tirèrent brutalement de ma somnolence inconfortable.

Bianca hurlait de terreur.

Je me levai, un peu plus fort que la nuit précédente ; puis, une fois certain que mes gants et mon masque étaient en place, je m'accroupis près de son sarcophage et appelai la jeune femme.

Elle ne m'entendit pas tout d'abord, tant ses cris frénétiques étaient sonores, mais elle finit par se calmer, désespérée.

« Tu es assez vigoureuse pour ouvrir ton cercueil, lui dis-je. Je te l'ai montré hier. Pose les mains contre le couvercle et pousse.

— Aide-moi, Marius, supplia-t-elle, sanglotante.

— Non, il faut que tu le fasses toi-même. »

Elle continua à pleurer, plus doucement, mais suivit mes instructions. Le marbre crissa contre le marbre tandis que le couvercle glissait de côté, puis elle se redressa en l'écartant et sortit du sarcophage.

« Viens ici », l'appelai-je.

Bianca s'approcha, secouée de sanglots. Je caressai de mes mains gantées ses cheveux emmêlés.

« Tu savais que tu y arriverais, lui dis-je. Je t'ai montré que tu en étais capable, rien qu'avec l'esprit.

— Allume la bougie, s'il te plaît, balbutia-t-elle. J'ai besoin de lumière. »

J'accédai à sa requête.

« Essaie de te calmer », repris-je. J'inspirai longuement. « Tu es forte, à présent, et après avoir chassé cette nuit, tu le seras davantage encore. D'autant que plus je me remettrai, plus je te donnerai de mon propre sang.

– Pardonne-moi d'avoir eu peur », murmura-t-elle.

Je n'avais moi-même guère la force de la réconforter, mais je savais qu'elle avait besoin du peu d'énergie dont je disposais. Les pensées me frappaient tels des coups violents que mon monde avait été détruit, ma maison brûlée, Amadeo enlevé.

Pris d'une vague somnolence, je distinguai Pandora ; elle me souriait au lieu de récriminer ou de me torturer. Nous discutions dans le jardin, à la table de pierre, devisant à notre habitude de choses et d'autres.

Mais cette époque n'était plus. Tout avait disparu. Amadeo avait disparu. Mes peintures également.

Alors revinrent le désespoir, l'amertume, l'impression d'humiliation. Je n'avais pas cru possible qu'on m'infligeât pareille défaite, pareille détresse. Je m'étais senti tellement puissant, tellement intelligent, hors de portée d'un chagrin aussi abject.

« Viens, Bianca, dis-je. Il faut sortir chercher le sang. Allons, viens. » Je m'efforçai de la consoler tout comme de me consoler, moi. « Voyons, où est ton miroir ? Où est ton peigne ? Je vais coiffer tes beaux cheveux. Regarde-toi. Botticelli a-t-il jamais peint beauté plus parfaite ? »

Elle essuya ses larmes.

« As-tu retrouvé le bonheur ? lui demandai-je. Fouille les tréfonds de ton âme. Dis-toi bien que tu es immortelle. Que la mort n'a plus aucun pouvoir sur toi. Un destin glorieux t'a été donné, ici, dans le noir. Tu es maintenant jeune et belle à jamais. »

J'eusse voulu l'embrasser, mais le masque m'en empêchait, aussi m'efforçai-je de faire de mes paroles autant de baisers.

Elle hocha la tête et, lorsqu'elle me regarda, un adorable sourire s'épanouit sur ses lèvres. Un instant, elle se prit à rêver, éveillant mes souvenirs de Botticelli – son génie et sa personne. Il vivait sa vie au loin, à l'abri des horreurs, quoi que je pusse jamais faire.

M'emparant du peigne, je le promenai dans la chevelure de Bianca ; elle contemplait le masque que j'avais pour visage.

« Qu'y a-t-il ? lui demandai-je gentiment.

– Je veux voir ce qu'il en est.

– Non, tu ne veux pas. »

Elle se remit à pleurer.

« Mais comment vas-tu guérir ? Combien de nuits cela prendra-t-il ? »

Sa joie de la veille avait totalement disparu.

« Viens, allons chasser, lui dis-je. Mets ta cape et suis-moi dans l'escalier. Nous procéderons comme hier. Ne doute pas un instant de ta force, et fais toujours ce que je te dis. »

Debout à côté de son cercueil, les coudes sur le couvercle, l'air bouleversé, elle se refusa à m'emboîter le pas.

Enfin, m'approchant d'elle, je prononçai des mots que jamais je n'eusse cru entendre dans ma bouche.

« Courage, Bianca. C'est à toi de mener le bal. Je n'ai pas en ce moment de force pour deux, comme tu me le demandes. Je suis détruit de l'intérieur. Détruit. Non, attends, laisse-moi dire ce que j'ai à dire. Ne pleure pas. Écoute-moi. Tu dois me donner tout ce qu'il te reste d'énergie car j'en ai besoin. Mes pouvoirs dépassent ce que tu peux imaginer, mais pour l'instant, ils sont hors de ma portée. À toi de nous guider jusqu'à leur retour. Sers-toi de la soif et de l'émerveillement, puisque tu vois à présent les choses comme jamais tu ne les as vues et que tu es sans doute emplie d'émerveillement. »

Elle hocha la tête. Ses yeux devinrent plus froids, plus calmes dans leur beauté.

« Ne comprends-tu donc pas ? ajoutai-je. Si tu parviens à me soutenir durant quelques nuits, tu seras bel et bien immortelle. »

Elle baissa les paupières avec un gémissement.

« J'aime le seul son de ta voix, me dit-elle, mais j'ai peur. Lorsque je me suis réveillée tout à l'heure, dans la nuit totale du sarcophage, ce qui s'est passé ressemblait à un rêve empoisonné. J'ai peur de ce qu'on nous fera si on découvre ce que nous sommes, si nous tombons entre les mains des hommes, si... si...

– Si quoi ?

– Si tu ne peux me protéger. »

Je sombrai dans un profond silence.

Il me paraissait une fois de plus impossible que pareille catastrophe se fût abattue sur moi. Mon âme n'était que cendres, mon esprit, ma volonté, que ruines, mon bonheur écroulé.

Je me rappelai le premier bal organisé par Bianca chez moi, les danses, les tables chargées de plats d'or où attendaient fruits et viandes épicées, l'odeur du vin, la musique, les salles débordantes de mortels ravis, tout cela dominé par les tableaux. Il semblait impossible que quiconque pût m'abattre alors que je me tenais d'un pied si ferme au milieu des humains, qui ne se doutaient de rien.

Ah, Santino, songeai-je, si tu savais à quel point je te hais, je te méprise.

Je me le représentais tel qu'il était venu me trouver à Rome, dans ses robes noires à l'odeur de terre, ses cheveux orgueilleusement longs et propres, son visage expressif aux grands yeux sombres, et je le détestais.

Aurais-je jamais l'occasion de le détruire ? L'heure viendrait sans doute où il serait moins entouré, où je pourrais le tenir fermement entre mes mains et utiliser le don du feu pour lui faire payer ce qu'il m'avait infligé.

Et Amadeo, où était-il ? Mes apprentis, enlevés avec une telle brutalité mais aussi de telles précautions ? L'image du malheureux Vincenzo assassiné passa devant mes yeux.

« Marius, mon cher Marius, ne reste pas aussi silencieux, je t'en prie », dit soudain Bianca. Elle tendit une main pâle, frémissante mais n'osa me toucher. « Je suis désolée de ma faiblesse. Vraiment. Pourquoi es-tu devenu muet ?

– Pour rien, ma chérie. Je pense juste à celui qui a envoyé le feu dont ma chair a été marquée, aux artisans de ma destruction.

– Tu n'as pas été détruit, contra-t-elle. Et je trouverai la force.

– Non, reste donc ici pour l'instant. Tu en as assez fait. Ton malheureux gondolier m'a donné sa vie, la nuit dernière. Attends-moi, je ne tarderai pas à revenir. »

Frissonnante, elle tendit la main comme pour m'attirer à elle.

Je l'obligeai à garder ses distances.

« Tu ne peux m'étreindre tel que je suis à présent, mais je vais chasser pour avoir la force de t'emporter, de t'emmener dans un endroit sûr où je guérirai complètement. »

Fermant les yeux, quoiqu'elle ne pût bien sûr le voir à cause du masque, j'évoquai Ceux Qu'il Faut Garder.

Je t'adresse ma prière, ô ma reine. Je vais venir, tu me donneras le Sang, mais n'aurais-tu pu m'envoyer une petite vision pour m'avertir ?

Je n'y avais pas seulement pensé jusque-là. Or voilà que l'idée explosait soudain dans mon esprit. Oui, Akasha aurait pu m'alerter de son trône lointain, n'était-il pas vrai ?

Mais comment demander pareille chose à un être qui n'avait ni bougé ni parlé depuis un millier d'années ? N'apprendrais-je donc jamais rien ?

Et que faire de Bianca, tremblante, qui me suppliait de l'écouter ? Je m'éveillai de mon rêve.

« Non, il faut s'en tenir à ton plan d'origine, déclarait-elle pitoyable. Je vais t'accompagner. Pardonne-moi ma faiblesse, à moi qui t'avais promis d'être aussi forte qu'Amadeo. Je veux l'être. Je suis prête à te suivre, je t'assure.

– Ce n'est pas vrai. Tu as juste plus peur de rester seule ici que de venir. Tu crains de ne jamais me revoir. »

Elle hocha la tête, comme si je l'avais obligée à admettre la chose, alors que tel n'était pas le cas.

« J'ai soif », dit-elle tout bas, avec grâce. Avant d'ajouter, étonnée : « Soif de sang. Il faut que je t'accompagne.

– Très bien, mon adorable amie. La force te viendra ; elle s'installera dans ton cœur. N'aie pas peur. J'ai tellement de choses à t'apprendre. Au fil des nuits, tandis que nous retrouverons notre allant, toi et moi, je te parlerai des frères de race que j'ai connus, de leur puissance et de leur beauté. »

Elle hocha à nouveau la tête, les yeux agrandis.

« M'aimes-tu davantage ? demanda-t-elle. C'est tout ce qui m'importe pour l'instant, et tu peux parfaitement me mentir. »

Elle souriait, malgré les larmes qui lui tachaient les joues.

« Bien sûr, répondis-je. Je t'aime plus que n'importe qui d'autre. Tu es là, près de moi. Et quand tu m'as vu effondré, tu as donné ta vie pour me sauver. »

C'était une réponse froide, dénuée de flatterie ou de gentillesse, mais qui sembla la satisfaire. Elle était tellement différente de mes amours précédents, la sage Pandora ou le rusé Amadeo. Elle paraissait également douée en douceur et en intelligence.

Je l'entraînai au sommet de l'escalier, laissant brûler la petite bougie tel un phare destiné à guider notre retour.

Avant d'ouvrir la porte, je cherchai avec soin la moindre trace des enfants de Santino. Rien.

Nous parcourûmes en silence les canaux étroits des quartiers les plus dangereux, où nous trouvâmes nos victimes se bagarrant un peu, buvant beaucoup. Les eaux sales engloutirent leurs cadavres.

Une fois chaude et odorante de ses nombreux meurtres, Bianca devint une observatrice talentueuse des murs obscurs. Quant à moi, je demeurais parcheminé, rongé par le feu, en proie à une douleur terrible. Le sang m'emplissait bras et jambes mais ne m'apportait qu'un maigre apaisement.

À l'approche de l'aube, nous rentrâmes chez nous sans avoir affronté le moindre danger. Je me sentais beaucoup mieux, mais mes membres ressemblaient toujours à des bâtons. Lorsque je passai la main sous mon masque, mon visage me parut irrémédiable-ment abîmé.

Combien de temps faudrait-il encore ? Je ne pouvais le dire à Bianca, car je ne le savais pas moi-même.

Toutefois, à Venise, il était vain d'espérer beaucoup de nuits de ce genre. Nous finirions par être connus. Voleurs et assassins ne tar-deraient pas à se méfier de nous – la beauté pâle et l'homme au masque de cuir.

Il me fallait tester le don céleste. Me serait-il possible de porter Bianca jusqu'au sanctuaire ? D'accomplir le voyage entier en une seule nuit ? Ou n'y parviendrais-je pas et nous retrouverions-nous par ma faute, avant l'aube, en train de chercher désespérément une cachette ?

Ma compagne se coucha avec calme sans s'effrayer du sarco-phage, afin je suppose de me réconforter par cette démonstration de courage. Bien qu'elle ne pût m'embrasser, elle posa un baiser sur ses doigts fins puis me le donna dans un souffle.

Je disposais d'une heure avant le lever du soleil. Me glissant hors de la chambre dorée, je montai sur le toit et levai les bras. Un ins-tant plus tard, je me déplaçais sans difficulté loin au-dessus de la cité, comme si le don céleste n'avait jamais souffert en moi. Bientôt, Venise s'étendit dans mon sillage, avec ses innombrables lumières dorées et la luisance satinée de la mer.

Mon retour fut aussi rapide que précis. J'atteignis la chambre d'or sans un bruit, largement à temps pour me coucher en prévision de la journée.

Le vent avait rendu douloureuse ma peau brûlée, mais peu importait. Me découvrir aussi capable qu'auparavant de m'envoler m'avait empli de joie. Je savais à présent que je serais sous peu capable de rejoindre Ceux Qu'il Faut Garder.

Le lendemain soir, ma toute belle ne se réveilla pas en hurlant comme la première fois.

Elle se montra beaucoup plus vive d'esprit, prête pour la chasse et curieuse.

Durant le trajet à travers les canaux, je lui racontai l'histoire de ma transformation dans le bosquet druidique, la manière dont la magie m'avait été donnée au cœur du chêne. J'évoquai Mael, le mépris haineux qu'il m'inspirait toujours, la visite qu'il m'avait ren-due à Venise, l'étrangeté de notre destinée.

« Je l'ai vu, me dit-elle d'une voix étouffée, dont le murmure se répercuta cependant contre les murs. Je me rappelle la nuit où il est venu te voir. Je rentrais tout juste de Florence. »

Il m'était impossible de penser clairement à ces événements, mais l'entendre en parler avait quelque chose d'apaisant.

« Je t'avais rapporté une peinture de Botticelli, poursuivit-elle. Une miniature ravissante pour laquelle tu m'as ensuite remerciée. Ce grand Nordique blond t'attendait quand je suis arrivée. Il était sale et loqueteux. »

Mes souvenirs devenaient plus nets au fil de son discours ; me revivifiaient.

Suivirent la chasse, le flot de sang, la mort, le cadavre lâché dans le canal et, une fois de plus, la douleur aiguë, surpassant la douceur de la guérison. Je m'effondrai dans la gondole, affaibli par le plaisir.

« Encore un, il le faut », dis-je à Bianca.

Quoiqu'elle fût quant à elle repue, nous poursuivîmes notre errance. D'une autre maison, j'attirai jusque dans mes bras une deuxième victime dont je brisai maladroitement le cou. Vinrent ensuite une troisième, puis une quatrième proie avant que l'épuisement ne m'arrêtât enfin, car la souffrance, elle, m'eût poussé à ne jamais tarir le flot de sang.

Après avoir amarré la gondole, je pris Bianca dans mes bras, la serrant contre ma poitrine ainsi que je l'avais souvent fait d'Amadeo. Nous nous élevâmes au-dessus de la cité, filant dans les cieux jusqu'à ne plus même voir les lumières de Venise.

Ma compagne poussait de petits cris désespérés, mais je lui dis tout bas de ne pas bouger, de me faire confiance. Enfin, je la ramenai à terre, sur l'escalier montant du quai à notre demeure.

« Nous avons rendu visite aux nuages, petite princesse, aux vents et à ce qui existe de plus pur dans les cieux. »

Elle tremblait de froid.

Je l'entraînai jusqu'à la chambre dorée.

L'air glacé lui avait emmêlé les cheveux, rosi les joues, rougi les lèvres tel le sang.

« Mais qu'as-tu donc fait ? s'étonna-t-elle. T'est-il poussé des ailes, comme à un oiseau, pour que tu puisses m'emporter ainsi ?

– Je n'en ai pas eu besoin. »

J'allumai les bougies une à une, jusqu'à ce qu'il y en eût assez pour rendre la pièce chaleureuse.

Mes doigts se glissèrent sous mon masque, puis je l'enlevai et me tournai vers elle.

Elle fut saisie, un court instant seulement, après quoi elle s'approcha, me regardant dans les yeux, et me baisa les lèvres.

« Je te revois enfin, Marius, dit-elle. C'est bien toi. »

Souriant, j'allai prendre le miroir.

Je ne me reconnus pas dans la monstruosité qui m'apparut, mais du moins mes lèvres couvraient-elles mes dents, mon nez avait-il vaguement repris forme et des paupières surmontaient-elles à nouveau mes yeux. Mes cheveux très clairs, épais, aussi abondants qu'auparavant, me tombaient sur les épaules. Par contraste, mon visage semblait plus noir encore. Je reposai le miroir.

« Où irons-nous en partant d'ici ? » s'enquit Bianca.

L'air si calme, si insensible à la peur.

« En un endroit magique, un lieu auquel tu ne croirais pas si je t'en parlais, ma princesse céleste.

— Puis-je t'imiter ? interrogea-t-elle. Puis-je m'élever dans le ciel ?

— Non, ma chérie. Pas avant des siècles. Il faut du temps et du sang pour rassembler assez de force. Mais une nuit, le don te viendra. Alors tu sentiras la solitude qu'implique son étrangeté.

— Laisse-moi te prendre dans mes bras. » Je secouai la tête. « Parle-moi, raconte-moi des histoires ; celle de Mael, par exemple. »

Nous nous assîmes contre le mur, nous tenant mutuellement chaud.

Je me mis à parler, lentement je crois, dévidant un passé lointain.

Je décrivis une nouvelle fois le bosquet druidique où on avait fait de moi un dieu, la manière dont j'avais échappé à ceux qui voulaient m'emprisonner. Les yeux de Bianca s'écarquillèrent. J'évoquai Avicus et Zénobie, nos chasses dans les rues de Constantinople, les beaux cheveux noirs de Zénobie coupés par mes soins.

Effeuiller mes souvenirs me calma, allégea ma tristesse et mon désespoir, me rendit courage.

Jamais je n'en avais parlé à Amadeo. Jamais ma relation avec Pandora n'avait été d'une telle simplicité. Auprès de Bianca, il me semblait naturel de raconter et d'y puiser un certain réconfort.

Lors de notre toute première rencontre, j'en avais rêvé, j'avais rêvé qu'elle fût auprès de moi dans le Sang et que nous discutions avec aisance.

« J'ai aussi des histoires plus agréables à te confier », ajoutai-je au bout d'un moment, avant de décrire mon existence dans la Rome antique. « Je peignais les murs de ma demeure tandis que mes hôtes riaient et buvaient, roulaient sur l'herbe de mon jardin. »

Bianca se mit à rire ; il me sembla que ma souffrance disparaissait un instant, absorbée par sa voix.

« J'aimais beaucoup les Romains, continuai-je. Surtout une Romaine.

– À quoi ressemblait-elle ? »

Parler de cela m'étonnait moi-même, mais je n'en expliquai pas moins :

« Je l'ai connue alors que nous étions mortels, moi jeune homme, elle fillette. À l'époque déjà, on organisait les mariages quand les femmes n'étaient encore que des enfants, mais son père m'a refusé sa main. Jamais je ne l'ai oubliée.

« Plus tard, lorsque le Sang a coulé en moi, nous nous sommes revus...

– Continue, je veux savoir. Où vous êtes-vous revus ?

– Et le Sang a coulé en elle, nous réunissant. Deux cents ans durant, nous sommes restés unis.

– Si longtemps.

– C'est long, oui, bien qu'à l'époque, je n'en aie pas eu l'impression. Chaque nuit était une nouvelle nuit, je l'aimais et elle m'aimait, bien sûr, mais nous nous querellions tellement souvent...

– Des disputes fructueuses ?

– Tu as raison de poser la question. Oui, des disputes fructueuses, jusqu'à la dernière.

– De quoi s'agissait-il ? demanda gentiment Bianca.

– Je me suis montré cruel et stupide. Je me suis très mal conduit, en fait. Je l'ai quittée sans avertissement, sans possibilité de retour, et maintenant, je n'arrive plus à la retrouver.

– Tu veux dire que tu es toujours à sa recherche ?

– Je ne la cherche pas parce que j'ignore de quel côté me tourner, répondis-je, mentant à peine, mais je suis toujours aux aguets...

– Pourquoi as-tu fait une chose pareille ? Pourquoi l'as-tu quittée de cette manière ?

– Par amour et par colère. C'était la première fois que les satanistes venaient à moi, des misérables de la même eau que ceux qui ont brûlé mon palazzo et enlevé Amadeo. Seulement cela se passait il y a des siècles, comprends-tu ? Ils se sont présentés à ma porte. Oh, mon ennemi, Santino, n'était pas là. Il n'existait pas, à l'époque : ce n'est pas un ancien. Pourtant, ces misérables appartenaient à la même tribu que ses envoyés – des fous qui s'imaginent avoir été placés sur Terre en tant que buveurs de sang pour servir le dieu des chrétiens. »

Le saisissement de Bianca me fut perceptible, quoiqu'elle conservât un moment le silence avant de remarquer :

« Voilà donc pourquoi ils criaient au blasphème.

– Oui. Ils disaient aussi ce genre de choses il y a très, très longtemps. Ils nous ont menacés, ma bien-aimée et moi. Ils ont exigé... ils ont exigé notre secret.

– Mais en quoi cela t'a-t-il séparé d'elle ?

– Nous les avons tués. Il le fallait. Elle le savait, et par la suite, lorsque je me suis montré amer, morose, laconique, nous nous sommes fâchés l'un contre l'autre.

– Je vois.

– Ce n'était pourtant pas une fatalité. Je l'ai quittée parce qu'elle était décidée, énergique, consciente de la nécessité de détruire les satanistes alors que ce n'était pas mon cas. D'ailleurs, des siècles plus tard, j'ai commis la même erreur.

« Je savais qu'ils étaient là, à Rome ; ce Santino est venu m'y trouver. J'aurais dû les éliminer, lui et ses fidèles, mais je me refusais à faire ce genre de chose. Alors il m'a poursuivi, il a brûlé ma demeure et tout ce que j'aimais. »

Saisie, ma compagne resta un long moment muette.

« Tu l'aimes encore, elle, dit enfin Bianca.

– Oui, mais je n'ai jamais cessé d'aimer qui que ce soit. Je ne cesserai jamais de t'aimer, toi.

– Tu en es sûr ?

– Certain. Je suis tombé amoureux de toi à l'instant où je t'ai vue. Ne te l'ai-je pas déjà dit ?

– Tu l'as perdue depuis si longtemps... tu n'as jamais arrêté de penser à elle ?

– Non, jamais. Cela m'est aussi impossible que de ne plus l'aimer. Je me rappelle les moindres détails de sa personne. La solitude n'a fait que les imprimer plus profond dans mon esprit. Je la vois. J'entends son beau timbre clair...

« Elle était grande, avec des yeux et d'épais cils bruns, de longs cheveux sombres ondulés qu'elle laissait libres lorsqu'elle se promenait. Dans mes souvenirs, elle porte les drapés lâches de l'époque, si bien qu'il m'est difficile de me la représenter telle qu'elle doit être de nos jours. Elle m'apparaît comme une déesse ou une sainte, je ne sais trop... »

Bianca demeura un moment muette avant de demander enfin :

« Me quitterais-tu pour elle si tu le pouvais ?

– Non. Si je la retrouvais, nous vivrions tous ensemble.

– Ah, ce serait trop beau.

– Je sais que c'est possible, je le sais, et nous le ferons, nous serons réunis tous les trois. Elle vit, elle prospère, elle erre. Le moment viendra où, toi et moi, nous la retrouverons.

– Comment sais-tu qu'elle vit ? Il se peut... Mais je ne veux pas te faire de mal.

– J'ai bon espoir qu'elle existe toujours.

— Mael te l'a dit ?

— Non. Il ne sait rien d'elle. Rien. Je ne crois pas lui avoir jamais confié un seul mot précieux sur celle que j'ai perdue. Lui, je ne l'aime pas. Je ne l'ai pas appelé à l'aide durant mes terribles nuits de souffrance. Je ne veux pas qu'il me voie tel que je suis à présent.

— Ne te fâche pas, intervint ma novice, apaisante. Ne retourne pas le couteau dans la plaie. Je comprends. Tu parlais d'elle...

— Oui. Si je suis certain qu'elle vit, c'est peut-être parce que je suis certain qu'elle ne se détruirait pas sans me trouver d'abord afin de me faire ses adieux. Nous ne nous sommes pas revus, elle n'a aucune preuve de ma disparition, aussi ne peut-elle disparaître, comprends-tu ?

— Oui. » Bianca se rapprocha de moi, mais lorsque je levai ma main gantée pour l'écarter avec douceur, elle hocha la tête. « Comment s'appelait-elle ?

— Pandora.

— Jamais je ne serai jalouse d'elle.

— Non, il ne le faut pas, mais je te trouve bien affirmative. Qu'en sais-tu ?

— Tu parles d'elle avec trop de respect, répondit la jeune femme d'une voix calme et suave. Et puis je te sais capable de nous aimer toutes les deux de même que tu nous as aimés, Amadeo et moi. Je l'ai vu de mes yeux.

— C'est vrai, tu as raison. »

J'avais envie de pleurer. Au fond de mon cœur, j'évoquais Botticelli, se demandant avec perplexité dans son atelier quel genre de mécène je pouvais bien être. Pas une seconde il ne s'était douté qu'un danger mortel le frôlait, que la faim et l'admiration se confondaient en moi.

« L'aube est proche, reprit Bianca. J'ai froid, et rien n'a plus d'importance. Ressens-tu la même impression ?

— Nous ne tarderons pas à partir, affirmai-je en réponse. Nous nous réfugierons parmi les lampes d'or et les bougies, des centaines de bougies immaculées. Nous serons au chaud dans une contrée de neige.

— Ah, mon amour, dit-elle tout bas. Je te crois de toute mon âme. »

Le lendemain, nous chassâmes derechef, cette fois comme si nous ne devions jamais revoir Venise. La satiété me paraissait à jamais étrangère.

Sans dire mot à ce sujet, je cherchais en permanence les brigands de Santino, certain qu'ils risquaient de revenir une nuit ou l'autre.

Après avoir ramené ma compagne à l'abri dans la chambre d'or, après l'avoir vue se blottir parmi ses paquets de vêtements et ses bougies aux douces petites flammes, je repartis en courant sur les toits chasser les pires tueurs de la cité.

Il me semblait que ma soif eût dû faire régner la paix à Venise : ceux qui inclinaient au mal disparaissaient entre mes mains, balayés par une telle sauvagerie. Lorsque j'en eus terminé avec le sang, je passai en revue les cachettes inviolées de mon palazzo en ruine afin de rassembler mon or.

Enfin, je gagnai le toit le plus élevé que je pusse trouver, d'où je contemplai la ville et lui fis mes adieux. Mon cœur saignait, inguérissable.

Mon époque parfaite s'était achevée pour moi dans l'horreur, pour Amadeo dans le désastre, pour Bianca peut-être aussi.

Mes membres émaciés et noircis – si peu revivifiés par tant de morts – prouvaient bien que je devais rejoindre Ceux Qu'il Faut Garder et partager leur secret avec ma novice, si jeune fût-elle : je n'avais pas vraiment le choix.

Malgré mon désespoir, l'idée de me confier enfin m'exaltait vaguement. Il était certes terrible de poser pareil fardeau sur d'aussi douces épaules, mais la souffrance et la solitude m'avaient épuisé. Vaincu, je n'avais plus qu'une envie : atteindre le sanctuaire, Bianca entre les bras.

XXVII

L'heure du départ sonna enfin. Rester à Venise devenait beaucoup trop dangereux pour nous, et je me savais capable de nous transporter jusqu'au sanctuaire.

Chargé d'un paquet de vêtements et du maximum d'or possible, Bianca serrée contre la poitrine, je ne mis pas la moitié de la nuit à traverser les montagnes malgré les bourrasques mordantes et la neige.

Ma compagne, habituée à certains miracles, ne s'inquiéta pas de retrouver la terre ferme dans une passe d'altitude envahie par les congères.

Il ne nous fallut cependant qu'un instant pour prendre douloureusement conscience de ma terrible erreur de jugement : je n'avais plus la force d'ouvrir la porte de la chapelle.

C'était moi, bien sûr, qui avais conçu le battant de pierre renforcé d'acier afin qu'il arrêtât n'importe quelle attaque humaine. Après plusieurs pathétiques tentatives pour l'écarter, je dus bien admettre que cela n'était pas en mon pouvoir et que mieux valait trouver avant l'aube un autre abri.

À ma grande exaspération, Bianca se mit à pleurer. Je me jetai une nouvelle fois contre l'obstacle dans le seul but de la bouleverser, puis je reculai et ordonnai à la porte de s'ouvrir de toute la puissance de mon esprit.

En vain. Le vent et la neige nous assaillaient de toutes parts ; les larmes de ma compagne m'enrageaient au point que je lui mentis effrontément :

« C'est moi qui ai fait cette porte, et je l'ouvrirai. Laisse-moi juste le temps de décider comment. »

Bianca se détourna, visiblement blessée par ma colère, puis me demanda humblement :

« Qu'y a-t-il en ces lieux ? Un son épouvantable s'en élève qui ressemble à un battement de cœur. Pourquoi sommes-nous ici ? Où irons-nous si nous ne pouvons nous mettre à l'abri ? »

Ces questions ne firent qu'augmenter ma rage, mais lorsque je regardai la jeune femme, lorsque je la vis assise sur le rocher où je l'avais installée, la neige se déposant sur sa tête basse et ses épaules, les larmes brillantes, rouges comme toujours, j'eus honte de m'être servi d'elle dans ma faiblesse et d'éprouver à présent le besoin de le lui reprocher.

« Reste tranquille, je vais ouvrir, assurai-je. Quant à ce que nous allons trouver, tu l'apprendras le moment venu. »

Poussant un grand soupir, je m'écartai du battant, ma main noircie toujours fermée sur la poignée de métal, puis je tirai de toutes mes forces sans parvenir à ébranler l'obstacle.

La folie absolue de la tentative m'apparut brutalement. Entrer m'était impossible ! Ma faiblesse m'en empêchait, et quant à savoir combien de temps elle durerait, je n'en avais aucune idée. Je m'obstinai pourtant à essayer, afin de persuader Bianca que j'étais à même de la protéger, de pénétrer en notre mystérieux abri.

Enfin, tournant le dos au saint des saints, je rejoignis ma compagne, la serrai contre moi, lui protégeai la tête et m'efforçai de mon mieux de la réchauffer.

« Tu ne tarderas pas à savoir, lui assurai-je. Je vais nous trouver une cachette pour aujourd'hui, n'en doute pas, mais n'oublie pas que c'est moi qui ai construit cet endroit et qu'il n'est connu que de moi. Malheureusement, je suis trop faible pour m'y introduire en ce moment, comme tu l'as constaté.

— Pardonne-moi mes larmes, dit-elle gentiment. Tu ne m'en verras plus verser. Mais qu'est-ce que ce bruit ? Les humains ne l'entendent-ils donc pas ?

— Non. À présent, silence, je te prie, ma courageuse aimée. »

À cet instant, à cet instant précis, un son très différent me parvint, que n'importe qui eût entendu.

La porte de pierre s'ouvrait derrière moi, dans un crissement impossible à confondre avec aucun autre bruit. Je pivotai, incrédule, aussi effrayé que surpris ; puis, serrant Bianca dans mes bras, j'allai me poster avec elle devant le battant qui s'écartait toujours.

Mon cœur battait à tout rompre. J'avais peine à respirer.

Seule Akasha pouvait avoir opéré le miracle, je le savais. D'ailleurs, tandis que la porte s'ouvrait en grand, m'en apparaissait un autre, d'une beauté et d'une bonté égales, dont je n'eusse jamais rêvé.

Une lumière superbe s'écoulait du passage.

Un instant, je demeurai figé par la stupeur, puis un bonheur immense descendit en moi à la vue de ce flot de clarté dorée. Il me semblait impossible d'en craindre ou d'en méconnaître la signification.

« Viens », dis-je à Bianca en l'entraînant de l'avant.

Elle serrait son paquet contre sa poitrine comme si sa vie en dépendait ; je serrais sa main dans la mienne comme si j'avais besoin d'un témoin pour ne pas m'effondrer.

Nous nous avançâmes d'un pas lent dans le passage rocheux, en direction de la lumière mouvante. Les innombrables lampes en bronze de la chapelle étaient allumées ; ses cent bougies brûlaient divinement. À peine avais-je eu le temps de le remarquer, dans une douce aura qui m'emplit de bonheur, que la porte de pierre se referma derrière nous avec un bruit de tonnerre, le roc retombant contre le roc.

À présent, je contemplais par-dessus la longue rangée de bougies les Parents sacrés, les voyant comme Bianca les voyait peut-être, en tout cas avec des yeux neufs, reconnaissants.

Je m'agenouillai, et ma compagne m'imita. Je tremblais, tellement saisi je te l'avoue qu'il me fut un instant impossible de respirer. Expliquer à Bianca l'importance de ce qui venait de se produire n'était pas à ma portée. Si j'essayais, cela ne ferait que l'effrayer. Quant à prononcer devant ma reine des paroles mal choisies, ce serait impardonnable.

« Ne dis rien, chuchotai-je enfin. Ce sont nos Parents. Ils ont ouvert la porte parce que j'en étais incapable et allumé les lampes pour nous. Les bougies. Tu n'imagines pas la valeur d'une telle bénédiction. Ils nous ont souhaité la bienvenue. Nous ne pouvons répondre que par la prière. »

Bianca hocha la tête, le visage rayonnant de piété et d'émerveillement. Akasha se souciait-elle que j'eusse amené à ses pieds cette exquise buveuse de sang ?

D'une voix basse, respectueuse, je relatai l'histoire des divins Parents le plus simplement mais aussi le plus noblement possible. J'expliquai comment ils étaient devenus les premiers buveurs de sang, des milliers d'années plus tôt, en Égypte ; ils n'avaient plus besoin de boire, à présent, ils ne parlaient ni ne bougeaient plus. J'étais leur serviteur, leur protecteur, je l'avais été toute ma vie de vampire et le resterais à jamais.

Mon récit était fait de manière à ne pas effrayer Bianca, à ne lui inspirer nulle peur des deux silhouettes figées dans leur terrifiant silence, que ne troublait pas même un battement de paupières. Ainsi ma tendre novice, initiée aux plus grands mystères avec prudence, trouva-t-elle nos souverains fort beaux, rien de plus.

« Voilà où je venais lorsque je quittais Venise, expliquai-je. J'allumais les lampes pour nos Parents, je leur apportais des fleurs. Il n'y en a plus, tu le vois, mais je leur en donnerai d'autres dès que possible. »

Là encore, en dépit de mon enthousiasme et de ma reconnaissance, il me fut impossible de réellement faire comprendre à Bianca quel miracle représentaient les actes d'Akasha, qui nous avait ouvert et allumé les lampes. À vrai dire, je n'osai essayer. Mon respectueux discours terminé, je fermai les yeux pour remercier en silence les Parents de m'avoir admis dans le sanctuaire et de m'avoir fait don de la lumière.

Je priai longuement, peut-être incapable moi-même d'admettre qu'ils m'avaient ainsi accueilli, ne sachant trop ce que cela signifiait. Qu'ils m'aimaient ? Qu'ils avaient besoin de moi ? Apparemment, je devais accepter le cadeau sans orgueil. Remercier sans m'imaginer ce qui n'était pas.

Je passai un long moment agenouillé, muet. Sans doute Bianca m'observait-elle, car elle demeurait coite, elle aussi. Enfin, incapable de supporter plus longtemps la soif, je relevai les yeux vers Akasha. La fontaine primordiale occupait la moindre de mes pensées. Mon corps n'était qu'une plaie ouverte, dont le sang appelait le Sang. Il fallait que je tente de boire le nectar tout-puissant de la reine.

« Ma belle, commençai-je, posant une main gantée sur le bras soyeux de Bianca, installe-toi dans le coin, là, ne bouge plus, et ne dis pas un mot, quoi qu'il arrive.

– Mais que va-t-il arriver ? » murmura-t-elle.

Pour la première fois depuis son entrée dans le sanctuaire, la crainte se peignit sur ses traits. Elle regarda autour d'elle les flammes vacillantes des lampes, des bougies, les peintures murales.

« Obéis-moi, Bianca. »

Il fallait que je lui donne mes ordres, il fallait qu'elle les suive, car comment savoir si la reine me laisserait boire ?

Aussitôt la jeune femme assise dans son coin, enveloppée de sa cape, le plus loin possible du trône – pour le bien que cela ferait –, je soumis en silence ma requête à Akasha.

« Regarde ce que je suis devenu, dis-je sans parole. Tu sais que j'ai été brûlé – voilà pourquoi tu m'as ouvert la porte, car j'en étais incapable. Je ne doute pas non plus que tu voies quel monstre je suis à présent. Aie pitié de moi, laisse-moi boire à tes veines comme par le passé. J'ai besoin du Sang, plus encore que jamais auparavant. Je te prie avec le plus grand respect. »

Ôtant mon masque de cuir, je le posai de côté. J'étais aussi hideux que les dieux du passé, grièvement brûlés, qu'Akasha avait foulés aux pieds lorsqu'ils étaient venus la trouver. Me repousserait-elle de la même manière ? Avait-elle compris ce qui arrivait avant d'ouvrir la porte ?

Je me redressai lentement puis allai m'agenouiller à ses pieds, la main sur sa gorge. La menace que représentait le bras d'Enkil ne laissait pas de m'inquiéter, mais il ne se leva pas.

J'embrassai la gorge d'Akasha, dont les tresses noires me caressèrent, les yeux fixés sur sa peau blanche, les oreilles emplies des doux sanglots de Bianca.

« Ne pleure pas, ma douce », murmurai-je.

Puis je plantai les crocs brusquement, cruellement, comme je l'avais fait maintes fois. Le sang se mit à couler dans ma bouche, épais, étincelant, brûlant. Il me semblait que la lumière des lampes et des bougies se déversait en moi, que le cœur de ma reine me l'envoyait volontairement, accélérant les battements de mon propre cœur. Ma tête devint légère ; mon corps également.

Très loin de là, Bianca sanglotait. De quoi pouvait-elle bien avoir peur ?

Le jardin s'étendait devant moi, celui que j'avais peint après m'être épris de Botticelli, empli d'orangers et de fleurs quoique ce fût bien mon jardin, entourant la maison paternelle dans la campagne romaine, il y avait tellement longtemps. Comment avais-je pu l'oublier ? Comment avais-je pu oublier le cadre de mes premiers jeux d'enfant ?

Je me rappelais l'époque où j'avais été mortel, le jardin de la villa paternelle où je marchais dans l'herbe douce en écoutant le chant de la fontaine ; il se mit ensuite à changer au fil du temps tout en restant le même, puisque pour moi, il était toujours là.

Je reposais sur la pelouse ; les branches des arbres s'agitaient au-dessus de moi. Une voix me parlait, vive et douce, mais je ne savais ce qu'elle racontait. Amadeo souffrait, tombé aux mains d'êtres qui lui infligeaient de cruelles brimades, mais il m'était impossible de le rejoindre car je ne ferais alors que me prendre dans leurs filets. Il me fallait rester où je me trouvais.

J'étais le protecteur du roi et de la reine, ainsi que je l'avais dit à Bianca. Je devais laisser Amadeo partir au fil du temps, et peut-être, si je faisais mon devoir, celle qui parcourait les villes nordiques me reviendrait-elle – Pandora, que d'autres avaient rencontrée.

Dans le jardin verdoyant et parfumé, je la voyais distinctement, vêtue d'une douce robe blanche, les cheveux dénoués, ainsi que je l'avais décrite à Bianca. Elle s'avançait vers moi, souriante. *La reine veut nous réunir,* disait-elle. Ses grands yeux méditatifs me fixaient. Elle était près, tout près, tellement près que je pouvais presque lui toucher la main.

Ce n'est pas mon imagination, non, ce n'est pas possible, songeai-je. Puis la voix de Pandora me parvint à nouveau, parfaitement nette ; nous nous querellions, la première nuit de notre union : *Alors même qu'un sang nouveau court en moi, me dévore et me transforme, je ne cherche à m'abriter ni dans la raison ni dans la superstition. Entrer et sortir du mythe ne m'est pas difficile ! Tu as peur de moi, parce que tu ne sais pas ce que je suis. J'ai l'apparence d'une femme, je m'exprime en homme, et ta raison te souffle que l'alliance est impossible.*

Mon regard plongeait dans les yeux de Pandora. Assise sur le banc du jardin, elle retirait les pétales de fleurs parsemant ses cheveux, redevenue enfant dans le Sang, femme-enfant à jamais, comme Bianca.

J'écartai les mains ; je sentis l'herbe sous moi.

Et puis je partis en arrière, je tombai hors du jardin de rêve, hors de l'illusion. Je me retrouvai allongé, immobile, sur le sol de la chapelle, entre la longue rangée de bougies parfaites et l'escalier de l'estrade où le couple royal occupait sa place immuable.

Rien ne paraissait avoir changé autour de moi. Jusqu'aux pleurs de Bianca qui étaient restés les mêmes.

« Chut, ma belle », lui dis-je.

Mes yeux demeuraient cependant rivés au visage d'Akasha, à sa poitrine que couvrait la soie dorée de sa robe égyptienne.

Il me semblait que Pandora s'était bel et bien trouvée près de moi, dans la chapelle même. Sa beauté me paraissait liée à celle de la reine, intimement quoique de manière pour moi incompréhensible.

« Que signifient pareils présages ? » murmurai-je. Je m'assis puis me mis à genoux. « Dis-moi, Mère bien-aimée, comment dois-je les interpréter ? As-tu autrefois guidé Pandora vers moi parce que tu souhaitais notre union ? Te rappelles-tu le moment où elle m'a dit ces mots ? »

Je me tus, mais mon esprit parlait toujours à Akasha, suppliant. Où est Pandora ? Me la ramèneras-tu ?

Un long moment passa avant que je ne me remisse sur mes pieds.

Je contournai les bougies pour rejoindre ma précieuse novice, que la simple vision de Marius buvant aux veines de la reine immobile avait plongée dans la détresse.

« Et puis tu es tombé en arrière comme un cadavre, me racontat-elle, mais moi, je n'ai pas osé m'approcher, parce que tu m'avais dit de ne pas bouger. » Je la réconfortai de mon mieux. « À la fin, tu t'es levé, tu as parlé de Pandora. Tu étais tellement... tellement mieux portant. »

Elle avait raison : j'étais dans l'ensemble plus robuste, les bras et les jambes plus épais, plus lourds, le visage plus proche de ses contours naturels. Quoique toujours gravement brûlé, j'avais à présent l'air d'un homme plutôt bien découplé, relativement fort ; d'ailleurs, un peu de mon ancienne force m'était revenu, je le sentais.

L'aube n'en arriverait pas moins deux heures plus tard, j'étais toujours incapable d'ouvrir la porte, et je n'avais aucune envie d'implorer Akasha de réaliser des miracles banals. Il me fallait donc donner mon sang à Bianca.

La reine s'offenserait-elle que, aussitôt après avoir bu à ses veines, j'offre ce puissant nectar à une enfant ? Il n'y avait qu'une chose à faire : s'en rendre compte par l'expérience.

Je me gardai d'effrayer Bianca en exprimant des doutes ou des inquiétudes à ce sujet, mais lui fis simplement signe de venir s'allonger entre mes bras.

Après m'être ouvert le poignet, je le présentai à la jeune femme. Le puissant liquide lui infligea un tel choc qu'elle eut une sorte de hoquet, puis ses doigts délicats se raidirent jusqu'à transformer en serres ses jolies mains.

Enfin, d'elle-même, elle se redressa pour s'asseoir lentement à mon côté, le regard vague, traversé de reflets lumineux.

Je la baisai au front.

« Qu'as-tu vu dans le sang, ma belle ? »

Elle secoua la tête, comme si les mots lui manquaient pour me répondre, puis la posa sur ma poitrine.

Paix et sérénité régnaient sans partage dans la chapelle, tandis que nous nous allongions ensemble pour dormir, parmi les lampes à la flamme de plus en plus basse.

Enfin, il ne resta que quelques bougies et je sentis l'aube arriver. Une chaleur douillette emplissait le sanctuaire, comme je l'avais promis à ma compagne. Les richesses qui l'ornaient mais surtout la présence des souverains solennels y versaient un éclat intense.

Quoique Bianca eût perdu conscience, il me restait environ trois quarts d'heure avant que l'engourdissement diurne ne s'emparât également de moi.

Je levai les yeux vers Akasha, enchanté par les derniers reflets des petites flammes dans ses prunelles.

« Tu sais à quel point je suis menteur, lui dis-je. À quel point je suis pervers. Et tu joues mon propre jeu avec moi, ma reine, n'est-ce pas ? »

Un rire me répondit-il ?

Peut-être la folie s'emparait-elle de moi. J'avais connu assez de souffrance, assez de magie pour cela ; assez de soif et de sang.

Mon regard se posa sur ma novice, endormie confiante entre mes bras.

« J'ai planté l'image de Pandora dans son esprit, je le sais, pour que Bianca la cherche où qu'elle aille. Mon épouse d'autrefois ne pourra manquer de cueillir ma propre image dans cette âme angélique. Quant à elle, elle ne se doute pas de ce que j'ai fait. Elle veut juste me réconforter en écoutant mes histoires, tandis que moi, malgré tout mon amour, je vais l'emmener dans le Nord, puisque c'est là que Pandora s'est montrée le plus récemment, à ce que m'a dit Raymond Gallant.

« Ah, quelle perversité ! Mais que ne faut-il pas faire pour entretenir une vie aussi blessée, aussi martyrisée que la mienne ? Cette maigre ambition extravagante m'est nécessaire, et je renonce même pour la satisfaire à Amadeo, que j'irai secourir aussitôt mes forces retrouvées. »

Un bruit s'élevait dans la chapelle. De quoi s'agissait-il ? La cire grésillante de la dernière bougie ?

On eût dit une voix, me parlant sans un mot.

Tu ne peux secourir Amadeo. Tu es le protecteur de la Mère et du Père.

« Oui, murmurai-je. Je m'endors. » Je fermai les yeux. « Je le sais bien. Je l'ai toujours su. »

Va, lance-toi à la recherche de Raymond Gallant. N'oublie pas. Retourne le voir.

« Le Talamasca. Le château, Lorwich, en East Anglia. La maison mère. Oui. Je me rappelle les deux faces de la pièce d'or. »

Somnolent, j'évoquai le souper lors duquel le jeune homme était venu à moi avec une telle discrétion, pour me fixer d'un regard aussi innocent que curieux.

J'évoquai la musique, le sourire qu'Amadeo adressait à Bianca tandis qu'ils dansaient. Ma vie.

Dans ma main attendait la pièce d'or gravée d'un château. Étais-je en train de rêver ? Pourtant, Raymond Gallant me parlait d'une voix parfaitement nette :

« Écoutez-moi, Marius. Souvenez-vous de moi. Nous avons entendu parler d'elle. Nous observons, et nous sommes toujours là.

– Oui, murmurai-je. Au nord. »

Il me parut que la reine du silence m'assurait sans un mot de sa satisfaction.

XXVIII

En y repensant aujourd'hui, je ne doute pas qu'Akasha m'ait dissuadé de secourir Amadeo. D'ailleurs, en repensant à tout ce que je viens de te raconter, je ne doute pas qu'elle soit intervenue dans ma vie à d'autres moments.

Si je m'étais rendu à Rome, je serais tombé aux mains de Santino, qui m'aurait détruit. Et quel meilleur appât pouvait me présenter ma reine que la promesse d'une rencontre prochaine avec Pandora ?

Certes, j'avais fait la connaissance de Raymond Gallant. Les détails de nos deux entrevues demeuraient très clairs dans mon esprit, d'où Akasha les avait sans doute tirés grâce à ses immenses pouvoirs.

De même, j'avais réellement décrit Pandora à Bianca, ce que la Grande Mère savait peut-être aussi, si elle avait tendu l'oreille à mes lointaines prières vénitiennes.

Quoi qu'il en soit, à dater de la nuit où nous atteignîmes le sanctuaire, je me trouvai sur le chemin de la guérison et en quête de Pandora.

Si on m'avait dit que dans les deux cas, je n'atteindrais pas mon but avant des siècles, peut-être eussé-je succombé au désespoir, mais je l'ignorais. Tout ce que je savais, c'était que la chapelle m'offrait la sécurité, avec Akasha pour me protéger et Bianca pour me complaire.

Plus d'un an durant, je bus à la fontaine de la Mère, pour nourrir ensuite Bianca de mon sang enrichi pendant les six premiers mois.

Au fil de ces nuits où ébranler la porte de pierre m'était impossible, je regagnais en robustesse à chaque festin divin, puis je passais les longues heures nocturnes à discuter en respectueux murmures avec Bianca.

Nous prîmes l'habitude de garder en réserve le pétrole des lampes et les belles bougies stockées derrière les Parents, car nous ignorions totalement combien de temps il me faudrait pour parvenir à écarter le battant, ce qui nous permettrait de gagner les villes et cités alpines lointaines.

Enfin arriva une nuit où l'idée de m'aventurer à l'extérieur s'imposa à moi avec force, et où j'eus l'intelligence de comprendre qu'elle ne m'était pas venue par hasard. Une longue série d'images me l'avait inspirée. À présent, j'étais capable d'ouvrir la porte. De sortir en emmenant Bianca.

Quant à mon aspect extérieur, ma peau noire comme le charbon était par endroits traversée de grosses cicatrices évoquant la caresse d'un tisonnier chauffé au rouge. Toutefois, le miroir de ma novice me montrait un visage complètement formé, à l'expression sereine familière ; mon corps avait retrouvé sa robustesse ; mes mains, dont je suis fier, étaient redevenues des mains d'érudit, aux longs doigts agiles.

Une deuxième année s'écoula sans que j'ose écrire à Raymond Gallant.

Bianca entre mes bras, je volais jusqu'à des villes lointaines où je cherchais le malfaisant avec un empressement maladroit. Les créatures les plus viles ayant tendance à se regrouper, ma protégée et moi festoyions gloutonnement, après quoi je prélevais sur les cadavres les vêtements et l'or dont nous avions besoin. Nous regagnions toujours le sanctuaire bien avant l'aube.

Quand j'y repense, il me semble que dix ans au moins passèrent de cette manière, mais le temps coule pour nous de manière si étrange que je ne puis en être sûr.

Je me rappelle fort bien en revanche qu'il existait entre Bianca et moi un lien puissant, absolument inaltérable, semblait-il. Au fil des années, elle devint ma compagne de silence ainsi qu'elle l'avait été de discussion.

Nous agissions comme un seul être, sans querelle ni hésitation.

C'était une chasseresse impitoyable, toute dévouée à la majesté de Ceux Qu'il Faut Garder et qui buvait autant que faire se pouvait aux veines de plusieurs victimes. Il semblait ne pas y avoir de limite à sa capacité d'absorption. Elle voulait la force, la mienne ou celle du malfaisant, qu'elle prenait avec une froideur vertueuse.

Lorsqu'elle chevauchait les vents entre mes bras, elle levait sans crainte les yeux vers les étoiles. Souvent, elle évoquait sa vie de mortelle à Florence, me racontant avec une douceur sereine sa jeunesse, l'amour qu'elle avait voué à ses frères, grands admirateurs de Laurent le Magnifique. Elle avait rencontré maintes fois mon bien-aimé Botticelli et me décrivait en détails des peintures que je ne connaissais pas. Il lui arrivait aussi de me chanter des chansons de sa propre composition. Évoquer la mort de ses frères, qui l'avait fait tomber au pouvoir de ses méchants cousins, l'attristait.

J'aimais l'écouter autant que lui parler. Le dialogue entre nous était si fluide que je m'en émerveille encore.

Souvent, le matin, elle peignait sa belle chevelure avant d'y tresser des cordes de perles minuscules, mais jamais elle ne se plaignait de notre mode de vie. Les vieilles capes et tuniques des misérables que nous vidions de leur sang constituaient sa défroque tout comme la mienne.

De temps à autre, elle se glissait discrètement derrière le couple royal pour prélever dans son précieux baluchon une magnifique robe de soie, qu'elle enfilait avec précaution avant de venir dormir dans mes bras – une fois couverte de baisers et de compliments chaleureux.

Jamais, avec Pandora, je n'avais connu une telle paix. Jamais je n'avais connu cette chaleureuse simplicité.

Pourtant, mon esprit était tout empli de Pandora – qui voyageait dans les contrées nordiques avec son compagnon asiatique.

Un soir enfin, après une chasse violente, Bianca, épuisée et rassasiée, demanda à être ramenée tôt au sanctuaire. J'étais maître de trois heures sans prix en attendant l'aube.

J'étais également maître de forces nouvelles, que j'avais cachées à ma compagne sans vraiment le vouloir.

Je me rendis dans un lointain monastère alpin qui avait beaucoup souffert de la récente Réforme protestante, comme l'appelaient les érudits. Les religieux anxieux qui l'habitaient accepteraient sans doute d'envoyer en Angleterre la lettre d'un inconnu, capable de les remercier en espèces sonnantes et trébuchantes.

Je gagnai tout d'abord la chapelle déserte, où je pris toutes les bougies en cire d'abeille que je trouvai afin de réapprovisionner le sanctuaire, les glissant dans le sac dont je m'étais muni.

Le scriptorium fut mon étape suivante. Un moine âgé y écrivait d'une main rapide à la clarté d'une unique bougie.

À peine eut-il pris conscience de ma présence qu'il leva la tête.

« Oui, dis-je aussitôt dans son dialecte allemand, je suis un étranger venu à vous d'étrange manière, mais non un suppôt du mal, je vous supplie de le croire. »

Une tonsure déparait sa chevelure grise, et sa robe brune ne le protégeait guère du froid régnant dans la pièce déserte. Le regard qu'il fixait sur moi ne trahissait pas la moindre crainte.

Il est vrai que jamais je n'avais eu l'air plus humain, avec ma peau foncée de Maure, mes vêtements gris miteux volés à un mécréant condamné.

Comme le religieux m'observait toujours, visiblement peu désireux de donner l'alarme, j'eus recours à ma méthode habituelle : je posai devant lui une bourse pleine d'or destinée au monastère, qui en avait bien besoin.

« Il faut que j'écrive une lettre, expliquai-je. À des Anglais.

— Des catholiques ? interrogea-t-il sans me quitter du regard, haussant ses épais sourcils gris.

— Je le crois », répondis-je avec un haussement d'épaules.

Il m'était bien sûr impossible de lui parler de la nature séculière du Talamasca.

« Alors réfléchissez bien, car l'Angleterre n'est plus catholique.

— Que voulez-vous dire ? m'étonnai-je. La Réforme n'a sans doute pas atteint pareil endroit. »

Le religieux se mit à rire.

« La Réforme, non, pas vraiment, mais la vanité d'un roi décidé à divorcer d'une catholique espagnole et refusant au pape tout pouvoir, oui. »

Accablé, je m'assis sur un banc quoiqu'on ne m'y eût pas invité.

« Qu'êtes-vous donc ? » me demanda le vieux moine en posant sa plume.

Il me contemplait d'un air extrêmement pensif.

« Peu importe, répondis-je avec lassitude. N'y a-t-il vraiment aucune chance qu'une lettre partie d'ici atteigne le château de Lorwich, en East Anglia ?

— Je ne sais pas. Peut-être que si. Le roi Henry VIII a obtenu le soutien de certains de ses sujets mais pas tous. D'une manière générale, cependant, on peut dire qu'il a détruit les monastères anglais. Il est donc impossible d'y expédier la moindre lettre. Il faudrait que votre missive arrive droit chez son destinataire, mais comment ? Cela demande réflexion. Enfin, je peux toujours essayer.

— Oui, je vous en prie.

— Mais d'abord, dites-moi ce que vous êtes, ou je refuse de m'occuper de votre problème. Je veux aussi savoir pourquoi vous avez volé toutes les bonnes bougies de la chapelle et laissé les mauvaises.

– Vous savez ? » demandai-je, saisi d'une brusque nervosité.

Je m'étais cru aussi discret qu'une souris.

« Je ne suis pas un homme ordinaire. J'entends et je vois des choses que les autres ne voient ni n'entendent. Je sais que vous n'êtes pas humain. Alors qu'êtes-vous donc ?

– Je ne puis vous le dire. Donnez-moi votre avis sur la question. Le mal serait-il dans mon cœur ? Que voyez-vous en moi ? »

Il me fixa un long moment de ses yeux d'un gris profond. En contemplant son vieux visage, il m'était facile d'imaginer le jeune homme à l'air décidé qu'il avait été, bien qu'il eût à présent une force de caractère nettement supérieure en dépit de ses infirmités.

Enfin, son regard me quitta pour se poser sur la bougie, comme si l'examen auquel il m'avait soumis était terminé.

« Je suis féru de livres étranges, déclara-t-il d'une voix claire quoique basse. J'ai étudié des textes italiens traitant de magie, d'astrologie, de sujets qu'on qualifie souvent d'interdits... »

Mon pouls s'affola. Cette rencontre représentait une chance inouïe. Je me gardai bien d'interrompre le religieux.

« Quant à moi, je pense que certains anges déchus ne se rappellent plus eux-mêmes ce qu'ils sont. Ils errent de par le monde, égarés. Vous ressemblez à une telle créature, mais si réellement vous en êtes une, comment pourriez-vous me le dire ? »

L'étrangeté du concept me frappa au point de me laisser bouche bée. Il fallait cependant que je réponde.

« Non, je ne suis pas un ange, j'en ai l'absolue certitude, assurai-je. J'aimerais que vous ayez raison. Puis-je vous confier un terrible secret ?

– Vous pouvez vous confesser à moi si vous le désirez, car j'ai été ordonné prêtre, je ne suis pas un simple moine. Je doute cependant d'être à même de vous donner l'absolution.

– Voilà mon secret : j'existais à l'époque où le Christ foulait la Terre, mais je n'avais pas conscience de son existence. »

Il réfléchit un long moment à cette révélation, calmement, me regardant dans les yeux puis revenant à la bougie, comme s'il s'agissait d'un de ses petits rituels personnels.

« Je ne vous crois pas vraiment, reprit-il enfin, mais vous avez de quoi laisser perplexe, avec votre peau noire et vos yeux bleus, vos cheveux blonds et l'or que vous avez généreusement posé devant moi. Je l'accepte, bien sûr. Nous en avons grand besoin. »

Je souris. Le vieillard me plaisait. Je ne le lui dirais pas, évidemment, car que comprendrait-il ?

« Bon, ajouta-t-il. Je vais rédiger votre lettre.

– Je peux le faire moi-même, si vous voulez bien me donner une plume et du parchemin. J'ai juste besoin de vous pour l'envoyer et demander à ce que la réponse parvienne au monastère. C'est la réponse qui m'importe. »

Il m'obéit aussitôt, et je m'attelai à la tâche, prenant la plume avec joie. Il me regardait écrire, je le savais, mais peu importait.

> Raymond Gallant,
> Une terrible catastrophe s'est abattue sur moi, le lendemain même de notre rencontre et de notre conversation. Ma demeure vénitienne a été détruite par un incendie qui m'a blessé plus gravement que je ne l'aurais jamais imaginé. N'y vois cependant pas l'œuvre d'une main humaine ; si d'aventure, une nuit, nous nous revoyons, je t'expliquerai avec plaisir ce qui s'est produit. Je serai même ravi de te donner tous les détails possibles sur celui qui a envoyé ses émissaires me détruire. Pour l'instant, cependant, je suis si affaibli que je ne puis songer à me venger en paroles ni en actes.
> Il m'est également impossible de venir à Lorwich, en East Anglia ; toutefois, des forces que je ne décrirai pas m'ont procuré un abri semblable à celui proposé par tes amis.
> Je te supplie de me faire savoir si tu as récemment entendu parler de Pandora ; si elle est venue te trouver ; s'il est en ton pouvoir de lui envoyer un message de ma part.
> Marius.

La missive terminée, je la tendis au prêtre qui y ajouta promptement l'adresse du monastère, avant de plier puis de sceller le parchemin.

Nous restâmes un long moment muets.

« Comment vous trouverai-je, quand une réponse parviendra en ces lieux ? interrogea-t-il enfin.

– Je le saurai, de même que vous avez su pour les bougies. Pardonnez-moi ce geste. J'aurais dû m'adresser à un marchand, en ville, mais je suis devenu un errant des nuits endormies. J'agis beaucoup trop au hasard.

– Je m'en suis rendu compte. Vous avez commencé la conversation en allemand, seulement vous vous en tenez à présent au latin dans lequel vous avez écrit votre lettre. Ne vous fâchez donc pas. Je n'en ai pas lu un mot, mais je sais que c'est du latin. Un latin parfait, tel que plus personne n'en parle aujourd'hui.

– Mon or représente-t-il un paiement suffisant ? » m'enquis-je en me levant du banc.

Il était temps pour moi de partir.

« Oh, oui. J'ai hâte de vous revoir. Je veillerai à ce que votre lettre commence son voyage demain. Si le seigneur de Lorwich a prêté allégeance à Henry VIII, nul doute que vous receviez une réponse. »

Je sortis si vite que mon nouvel ami crut certainement m'avoir vu disparaître.

Sur le chemin du retour, je remarquai pour la première fois l'ébauche d'un village nettement trop proche du sanctuaire à mon goût.

Certes, la chapelle était dissimulée dans une minuscule vallée perchée sur un à-pic impressionnant. Au pied de cette falaise avaient cependant été bâties quelques huttes qui me laissaient mal augurer de l'avenir.

Bianca dormant déjà, nulle question ne me fut posée sur le but de mes errances. Alors je compris à quelles extrémités j'étais rendu pour éviter que ma compagne n'eût connaissance de ma lettre.

Me serait-il possible d'atteindre l'Angleterre en une nuit, si je voyageais seul dans les cieux ? Mais que dirais-je à ma novice ? Jamais je ne l'avais laissée seule, et l'abandonner ainsi me semblait des plus condamnables.

Il s'écoula un peu moins d'un an, durant lequel je passai chaque nuit à portée d'esprit du moine qui avait pris ma missive en charge.

Pendant ce temps, Bianca et moi chassâmes souvent dans les petites villes alpines sous une identité, tandis que nous faisions sous une autre nos achats chez leurs marchands.

Il nous arrivait de louer des appartements afin de jouir de leur confort, mais au matin, nous avions bien trop peur pour ne pas regagner systématiquement le sanctuaire.

Je buvais toujours aux veines de la reine, à intervalles irréguliers. Quant à savoir comment je choisissais mes moments... Peut-être me parlait-elle. Je puis juste certifier que je savais quand elle m'accordait le droit de la toucher, ce que je m'empressais de faire ; chaque fois, une amélioration rapide suivait, une vigueur renouvelée, le désir de partager avec Bianca mes dons à nouveau épanouis.

Enfin arriva une nuit où, ayant laissé ma compagne fatiguée sur la montagne, je vis en m'approchant du monastère le vieux prêtre dans le jardin, les bras tendus vers le ciel en une attitude si romanesque et adoratrice que les larmes me montèrent aux yeux.

Sans un bruit, je me posai dans le cloître, derrière lui.

Il se retourna à l'instant, comme si ses pouvoirs étaient aussi grands que les miens. Le vent tordit sa longue robe brune tandis qu'il s'approchait.

« Marius », murmura-t-il.

Puis, m'intimant silence d'un geste, il me guida jusqu'au scriptorium.

L'épaisseur de la lettre qu'il tira de son bureau me surprit. La découvrir ouverte, le sceau brisé, m'arrêta dans mon élan.

Je regardai le moine.

« Oui, je l'ai lue, admit-il. Pensiez-vous vraiment que je m'en abstiendrais ? »

Je ne pouvais perdre davantage de temps. Il fallait que je prisse connaissance la missive. Je m'assis et en dépliai aussitôt les pages.

Marius,

Ce message ne te poussera je l'espère ni à la colère ni à une décision irréfléchie. Voilà ce que je sais de Pandora.

Ceux des nôtres versés en pareilles matières l'ont vue dans les villes de Nuremberg, Vienne, Prague et Gutenberg. Elle voyage à travers la Pologne et la Bavière.

Son compagnon et elle, fort rusés, ne créent jamais la moindre agitation parmi la population, mais il leur arrive de s'installer à la cour de divers royaumes. Ceux qui les ont vus pensent que, dans une certaine mesure, ils jouissent du danger.

Nos archives regorgent de comptes rendus relatifs à un carrosse noir voyageant de jour, chargé de deux énormes coffres émaillés dans lesquels les créatures reposent sans doute, sous la surveillance d'une petite troupe de soldats humains au teint pâle très discrets, brutaux et dévoués.

S'intéresser à ces gardes, même de la manière la plus discrète ou la plus bienveillante, signifie une mort immédiate. Certains des nôtres en ont fait l'expérience en voulant percer le mystère des voyageurs.

Il s'en trouve parmi nous pour penser que la soldatesque a reçu une part infime du pouvoir dont ses maître et maîtresse sont si généreusement pourvus. Ainsi serait-elle irrémédiablement liée à Pandora et à son compagnon.

D'après nos dernières observations, ils se trouveraient en Pologne. Toutefois, ils se déplacent très vite et ne restent jamais bien longtemps au même endroit. Aller et venir sans trêve d'un bout à l'autre de l'Europe semble leur convenir à merveille.

Ils ont paraît-il sillonné l'Espagne et la France sans jamais cependant s'attarder à Paris. J'ignore si tu sais pourquoi ils évitent la ville ou s'il est de mon devoir de t'en informer, aussi vais-je te dire ce que j'ai appris.

Paris abrite de nos jours un groupe très important des créatures dont nous parlons, un groupe si important, même, qu'on peut s'étonner que la cité parvienne à en satisfaire les besoins. Un de ses anciens membres, désespéré, ayant cherché refuge auprès de nous, nous avons recueilli des informations étonnantes sur la manière dont se définissent ces étranges Parisiens. Je ne puis confier au parchemin ce que je sais d'eux, aussi me contenterai-je de dire qu'ils font montre d'un zèle surprenant car ils sont persuadés de servir Dieu par leur vigoureux appétit. Lorsque d'autres êtres du même genre s'aventurent sur leurs terres, ils n'hésitent pas à les détruire en les appelant blasphémateurs.

Le mécréant dont je t'ai parlé a affirmé plus d'une fois que ses frères et sœurs avaient participé à la catastrophe qui t'a si durement frappé. Toi seul peux me le confirmer, car je suis incapable de faire en l'occurrence la part de la folie et de la vantardise, qui peut-être se mêlent. Tu imagines sans doute notre perplexité devant un hôte à la fois aussi loquace et aussi hostile, heureux de répondre aux questions mais effrayé à l'idée d'être responsable de lui-même.

Je me permettrai d'ajouter une dernière information, aussi importante pour toi peut-être que celles relatives à ta Pandora perdue.

Le guide des fauves mystérieux qui règnent sur Paris n'est autre que ton compagnon de Venise.

Vaincu par la discipline, le jeûne, la pénitence et la disparition de son ancien maître – d'après notre rebelle – il est devenu un chef d'une force inouïe, parfaitement capable de mettre en fuite ses frères de race désireux de s'installer à Paris.

J'aimerais pouvoir t'en apprendre plus à ce sujet, mais laisse-moi te répéter ce que je t'ai déjà dit plus haut : ces créatures s'imaginent servir le Dieu tout-puissant. Partant de ce principe, elles ont édicté leurs propres règles.

Je n'imagine pas quel effet ces nouvelles auront sur toi, Marius. Encore ne t'ai-je dit là que ce dont je suis certain.

À présent, permets-moi de jouer un rôle inhabituel compte tenu de nos âges respectifs.

Quelle que soit ta réaction à mes révélations, ne te rends sous aucun prétexte dans le Nord pour me voir, pour te mettre en quête de Pandora ou de ton ancien compagnon.

Ma mise en garde a deux raisons. En ce moment, tu le sais sans doute, la guerre fait rage à travers toute l'Europe. Martin Luther a causé bien des troubles. Ici, en Angleterre, notre souverain Henry VIII s'est déclaré indépendant de Rome, malgré une forte résistance.

À Lorwich, nous respectons évidemment sa décision en fidèles sujets.

Quoi qu'il en soit, l'époque n'est pas favorable au voyage.

La deuxième cause de mon inquiétude te surprendra peut-être. Partout se dressent des gens prêts à persécuter leurs semblables sous prétexte de sorcellerie ou autres vétilles ; il règne en ce moment dans villes et villages une superstition qui eût été considérée comme ridicule il y a encore un siècle.

Tu ne peux te permettre de voyager dans de telles conditions. Les textes relatifs aux sorciers, au sabbat, au satanisme obscurcissent la philosophie humaine.

Je redoute d'ailleurs que Pandora et son compagnon ne tiennent pareils dangers pour négligeables, mais on nous a dit plus d'une fois que, s'il voyagent par terre, ils se déplacent aussi extrêmement vite. Leurs serviteurs achètent des chevaux frais deux ou trois fois par jour, à la seule condition que les bêtes soient de la meilleure qualité.

Je t'envoie mes vœux de bonheur les plus sincères. Écris-moi dès que possible, je t'en prie. J'aimerais te poser tant de questions, mais je n'ose le faire dans cette missive. Je ne sais d'ailleurs si je l'oserais tout court. Aussi me contenterai-je de te dire que j'espère une invitation de ta part.

Je dois t'avouer que mes frères et sœurs m'envient fort d'avoir reçu ta lettre, mais je ne me laisserai pas tourner la tête. Je suis frappé d'admiration devant toi, et avec raison.

À toi dans le Talamasca,

Raymond Gallant.

Enfin, je me laissai aller sur le banc. Les feuillets tremblaient dans ma main ; je secouais la tête, ne sachant que penser en mon esprit enfiévré.

À vrai dire, depuis la nuit du désastre vénitien, il m'était souvent arrivé d'être incapable de formuler la moindre réflexion, mais jamais je n'en avais eu une concience aussi aiguë.

Mes yeux se reposèrent sur la lettre. Mes doigts en touchèrent divers passages, puis je laissai retomber ma main en secouant derechef la tête.

Pandora, voyageant à travers l'Europe, toute proche quoique peut-être à jamais hors d'atteinte.

Amadeo, gagné au credo de Santino et envoyé fonder un clan sataniste à Paris ! Oh oui, je ne l'imaginais que trop.

Une fois de plus, je revis nettement Santino, à Rome, vêtu de sa robe noire, les cheveux vaniteusement propres ; il s'approchait de moi et me pressait de le rejoindre dans ses affreuses catacombes.

Je tenais à présent la preuve qu'il n'avait pas détruit mon bel enfant, préférant en faire une victime. Il l'avait rallié à sa cause ; il se l'était approprié ! J'étais plus totalement vaincu que je ne l'avais jamais imaginé.

Amadeo, mon cher élève, était passé de ma tutelle hésitante à des ténèbres perpétuelles. Oui, oh oui, je l'imaginais parfaitement. Des cendres. J'avais dans la bouche un goût de cendres.

Un frisson glacé me parcourut.

Je froissai les pages dans mon poing.

Soudain, je repris conscience du prêtre grisonnant assis près de moi, me fixant avec calme, accoudé à son bureau.

Je secouai à nouveau la tête. Repliai la lettre en un paquet facile à emporter.

Plongeai le regard dans les yeux gris.

« Pourquoi ne me fuyez-vous pas ? » demandai-je, amer.

J'avais envie de pleurer, mais l'endroit était mal choisi.

« Vous voilà mon débiteur, déclara-t-il d'une voix douce. Dites-moi ce que vous êtes, ne serait-ce que pour m'apprendre si j'ai perdu mon âme en vous rendant service.

— Rien de tel ne risque de vous arriver, répondis-je vivement, ma douleur trop évidente dans ma voix. Je ne saurais avoir la moindre influence sur votre âme. » J'inspirai à fond. « Qu'avez-vous compris de ce que vous avez lu dans cette lettre ?

— Vous souffrez comme un mortel, alors que vous n'êtes pas mortel. Contrairement à cet Anglais, qui pourtant n'a pas peur de vous.

— C'est vrai, reconnus-je. Je souffre car un ennemi m'a causé du tort et que je n'aurai ni vengeance ni justice. Mais n'en parlons plus. Je voudrais rester seul, à présent. »

Le silence s'installa. Il était temps pour moi de partir, mais je n'en avais pas la force.

Avais-je donné au moine l'or habituel ? Il me fallait le faire. Je tirai une bourse de ma tunique, la posai puis la vidai afin de voir briller les pièces à la lumière de la bougie.

Dans mon esprit se formaient de vagues pensées tumultueuses relatives à Amadeo, à l'éclat de l'or, à ma violente colère, à mon envie de me venger de Santino. Des icônes à l'auréole dorée y défilaient ; la pièce du Talamasca ; les florins.

Les bracelets autrefois arborés par Pandora ; ceux que j'avais passés aux bras d'Akasha.

De l'or, encore et toujours.

Amadeo, lui, avait choisi les cendres !

Eh bien, je retrouverais Pandora. Oui, je la retrouverais ! Et je ne la laisserais repartir, je ne lui laisserais son mystérieux compagnon, que si elle me rejetait. Ah, je tremblais en y pensant, en me faisant ces promesses, en marmonnant ces pensées informulées.

Pandora, oui ! Puis, une nuit, viendrait l'heure de régler les comptes avec Santino au nom d'Amadeo !

Le silence s'éternisait.

Le religieux n'avait pas peur. Se doutait-il que je lui étais profondément reconnaissant de m'avoir laissé rester auprès de lui dans un calme aussi précieux ?

Enfin, je laissai courir ma main sur les pièces d'or.

« Y a-t-il là de quoi payer des plantes ? demandai-je. Des fleurs, des arbres, de la beauté pour votre jardin ?

— Il y a de quoi embellir nos jardins à jamais.

— À jamais ! J'adore cette expression.

— Oui, elle fait fi du temps, commenta-t-il, soulevant un sourcil mousseux sans me quitter du regard. Le temps qui, quoique nôtre, appartient à jamais à Dieu, ne croyez-vous pas ?

— Si. » Me tournant vers lui, je lui souris. L'expression chaleureuse qui se peignit en réponse sur ses traits, impossible à dissimuler, valait les paroles les plus réconfortantes. « Je vous remercie de votre bonté.

— Écrirez-vous encore à votre ami ?

— Pas d'ici. Ce serait trop dangereux pour moi. D'un autre endroit, oui. Je vous supplie d'oublier ce qui s'est passé. »

Il se mit à rire, de la manière la plus franche, la plus simple.

« Oublier ! » répéta-t-il.

Je me levai.

« Vous n'auriez pas dû lire cette lettre. Elle ne vous apportera que des soucis.

– Il le fallait. Avant de vous la remettre.

– Je me demande bien pourquoi. »

Je m'approchai en silence de la porte.

Il me suivit.

« Vous partez, Marius ? »

Je pivotai, levant la main pour le saluer.

« Oui, je pars, ni ange ni démon, ni bon ni mauvais. Et je vous remercie. »

Comme la fois précédente, je m'éloignai si vite que je disparus à ses yeux. Bientôt, j'étais seul sous les étoiles, contemplant la vallée où naissait une bourgade, près du sanctuaire négligé par l'humanité tout entière plus d'un millénaire durant.

XXIX

Il me fallut longtemps pour me résoudre à montrer la lettre à Bianca.

Jamais je ne la lui cachai vraiment, ce qui m'eût semblé malhonnête, mais comme ma compagne s'abstenait de me demander ce que représentaient les feuillets rangés parmi mes rares objets personnels, je me gardai de le lui expliquer.

Partager le chagrin que m'inspirait le destin d'Amadeo m'eût été trop douloureux. Quant au Talamasca, il appartenait à un conte étrange, auquel se mêlait inextricablement mon amour pour Pandora.

Je laissais de plus en plus souvent Bianca seule au sanctuaire. Jamais bien sûr je ne l'y abandonnais durant la première partie de la soirée, lorsqu'elle dépendait totalement de moi pour gagner les endroits où chasser. Au contraire, je l'y emmenais toujours.

Plus tard dans la nuit – après nous être nourris – nous regagnions la chapelle, où je la laissais en lieu sûr afin de tester seul les limites de mes pouvoirs.

Il m'arrivait quelque chose de bizarre. Plus je buvais aux veines de la Mère, plus ma vigueur augmentait, certes, mais je découvrais aussi ce que découvrent tous les buveurs de sang blessés : la guérison m'apportait une force supérieure à celle d'avant la catastrophe.

Je donnais évidemment à Bianca mon propre sang. Toutefois, plus ma force s'accroissait, plus la différence entre nous se creusait, sous mes yeux.

Il m'arrivait de demander dans mes prières à Akasha si elle accueillerait Bianca comme elle m'accueillait, moi. Apparemment, la réponse était négative, si bien que je n'osais tenter l'aventure.

Je ne me rappelais que trop la mort d'Eudoxie, mais aussi l'instant où Enkil avait levé la main sur Mael. Il m'était impossible de mettre Bianca en danger.

Très vite, je fus capable de l'emporter facilement jusqu'aux cités les plus proches, Prague et Genève, où nous nous délections à la vue de la civilisation que nous avions connue autrefois.

Quant à la belle Venise, je refusais d'y retourner, malgré les prières de ma compagne. Le don céleste lui demeurant totalement étranger, elle dépendait beaucoup plus de moi que Pandora ou Amadeo avant elle.

« J'en souffrirais trop, déclarai-je une nuit. Je ne veux pas y poser le pied. Toi, tu es ma belle recluse. Que veux-tu donc ?

– L'Italie », répondit-elle avec lassitude. Je ne la comprenais que trop mais demeurai coi. « Si je ne puis l'obtenir, du moins me faut-il un autre abri, Marius. »

Ces mots d'une importance cruciale furent prononcés dans un angle de façade du sanctuaire, d'une voix étouffée, comme si ma novice était consciente d'un danger.

Malgré la grande discrétion dont nous faisions toujours montre dans la chapelle, nous n'échangions pas nos chuchotis derrière le dos des Parents, ce qui nous eût semblé impoli sinon totalement irrespectueux.

C'est étrange, quand on y pense. Pourtant, nous ne pouvions croire qu'ils ne nous entendaient pas. Voilà pourquoi nous discutions souvent à cet endroit-là, dans le coin préféré de Bianca, qui aimait s'y asseoir par terre, enveloppée de sa cape la plus chaude.

Elle leva les yeux vers la reine, comme pour lui demander son avis.

« Je ne crois pas qu'elle veuille nous voir souiller son sanctuaire par nos maladresses », ajouta-t-elle.

Je hochai la tête. Que faire d'autre ? Pourtant, nous vivions ainsi depuis tant d'années que je m'étais habitué à cet endroit plus qu'à tout autre ; de même, je tenais pour acquise la loyauté de Bianca à mon égard.

Je m'assis à côté d'elle.

Prenant sa main dans la mienne, je remarquai, pour la première fois depuis un certain temps, que ma peau semblait à présent débarrassée de presque toutes ses rides, très bronzée mais non plus noire.

« Il faut que je t'avoue une chose : nous ne pouvons nous installer dans une simple maison, comme à Venise. » Elle m'écoutait avec calme. « J'ai peur de Santino et de ses diaboliques rejetons. Il s'est écoulé des décennies depuis l'incendie, mais ils constituent toujours une menace, depuis leurs cachettes.

– Qu'en sais-tu ? »

Elle semblait prête à en dire bien davantage, mais je lui demandai un peu de patience pour aller chercher dans mes affaires la lettre de Raymond Gallant.

« Lis cette missive. Tu apprendras entre autres que leurs abominations se sont répandues jusqu'à Paris. »

Le long silence qui suivit, tandis qu'elle parcourait les feuillets, fut rompu à ma grande surprise par des sanglots soudains. Combien de fois avais-je vu pleurer Bianca ? Pourquoi y étais-je si peu préparé ? Elle murmura le nom d'Amadeo mais ne put se contraindre à parler de lui.

« Qu'est-ce que cela signifie ? demanda-t-elle enfin. Comment vivent-ils ? Explique-moi. Que lui ont-ils fait ? »

Je me rassis près d'elle, la suppliant de se calmer, puis je lui décrivis l'existence des satanistes – des moines, des ermites goûtant la terre et la mort, persuadés que le dieu chrétien leur avait réservé une place dans son royaume.

« Ils ont affamé Amadeo, poursuivis-je. Ils l'ont torturé. Voilà qui est clair. Ensuite, lorsque tout espoir s'est éteint en lui, lorsqu'il m'a cru mort et qu'il a pensé leur piété justifiée, il est devenu un des leurs. »

Elle me fixa, l'air solennel, les larmes aux yeux.

« Je t'ai vue pleurer tellement souvent, continuai-je, mais ni récemment, ni avec une telle amertume. Crois bien que je n'ai pas oublié Amadeo, moi non plus. »

Bianca secoua la tête, comme si ses pensées n'étaient pas en accord avec les miennes mais qu'elle ne pût me les dévoiler.

« Il faut nous montrer rusés, ma belle, continuai-je. Quelque demeure que nous choisissions, nous veillerons à être hors de leur atteinte à jamais. »

Enfin, elle prit la parole d'un ton quasi définitif.

« Nous pouvons très bien trouver un endroit sûr, tu le sais parfaitement. Nous le devons. Il est impossible de vivre éternellement comme nous le faisons. Ce n'est pas dans notre nature. J'ai du moins appris cela de tes histoires : tu as parcouru le monde à la recherche de beauté autant que de sang. » Son sérieux ne me disait rien qui vaut.

« Nous ne sommes que deux, poursuivit-elle. Si jamais ces démons réapparaissent armés de leurs torches, il te sera facile de m'emporter assez haut pour qu'ils ne puisssent s'en prendre à moi.

– Si je suis là, mon amour, oui, si je suis là. Mais si je n'y suis pas ? Depuis tout le temps que nous avons quitté notre belle Venise, tu vis ici, où nul ne peut te nuire. Si nous nous installons ailleurs, il faudra que je me tienne sur mes gardes en permanence. Penses-tu que ce me soit naturel ? »

La conversation prenait pour moi une tournure horrible. Jamais je n'avais rien vécu d'aussi difficile avec Bianca. Je n'aimais pas son expression indéchiffrable ni le tremblement de ses mains.

« Il est peut-être trop tôt, prévint-elle, mais il faut que je te dise quelque chose de très important. Je ne puis te le cacher.

– Quoi donc ? » demandai-je après une hésitation.

Je me sentais de plus en plus malheureux. Abominablement.

« Je crois que tu as commis une grave erreur. »

Cette déclaration me stupéfia. Ma compagne n'ajoutant rien, j'attendis, mais le silence persista tandis qu'elle demeurait adossée au mur, les yeux fixés sur les divins Parents.

« Me diras-tu laquelle ? interrogeai-je enfin. Tu le dois, de toute manière ! Je t'aime. Il faut que je sache. »

Pas de réponse. Elle regardait le roi et la reine mais ne semblait nullement prier.

Je m'emparai de la lettre, la feuilletai puis reportai mon attention sur Bianca.

Ses larmes avaient séché, sa bouche s'était adoucie, mais ses yeux avaient quelque chose d'étrange que je ne parvenais pas à m'expliquer.

« Aurais-tu peur du Talamasca ? m'enquis-je. Je t'expliquerai ce qu'il en est, mais ma missive est partie d'un monastère très éloigné, comme tu peux le constater. Je n'ai laissé aucune trace, ma belle. J'ai voyagé sur les ailes du vent pendant que tu dormais ici même. »

Seul le silence me répondit, ni sombre ni froid, juste pensif et réservé. Lorsque enfin les yeux de Bianca se posèrent sur moi, son expression se modifia lentement de manière inquiétante.

Je me hâtai de lui raconter tout bas ma rencontre avec Raymond Gallant, la dernière nuit de mon pur bonheur vénitien, expliquant le plus succinctement possible que l'Anglais rassemblait des informations sur nous et m'avait appris la présence de Pandora en Europe du Nord.

En évoquant ce que disait la lettre, j'en vins à parler d'Amadeo, une fois de plus. De ma haine pour Santino, qui m'avait dépouillé de tout ce que j'aimais, me rendant ma novice encore plus précieuse.

Enfin, je renonçai à poursuivre. La colère m'envahissait. Il me semblait être victime d'une injustice, car je ne comprenais pas Bianca. Son silence me blessait de plus en plus, elle le voyait à mon expression, je le savais.

Un changement finit par se produire en elle. Son regard s'aiguisa, et elle prit la parole :

« Ne te rends-tu donc pas compte de la terrible erreur que tu as commise ? Ne la vois-tu pas à la lumière de ce que tu m'as révélé ? Il y a des siècles de cela, quand tu vivais avec Pandora, les jeunes satanistes sont venus te demander ce que tu avais à leur donner. Tu leur as refusé ton précieux savoir. Tu aurais dû leur révéler le secret de nos Parents !

— Seigneur, comment peux-tu t'imaginer une chose pareille ?

— Ensuite, lorsque Santino t'a interrogé, à Rome, tu aurais dû l'amener ici même ! Lui montrer les mystères que tu m'as dévoilés. Jamais il ne serait devenu ton ennemi. »

Je la fixais, furieux. Était-ce bien là ma brillante Bianca ?

« Ne comprends-tu vraiment pas ? poursuivit-elle. Ces imbéciles invincibles font chaque fois du néant une religion ! Tu aurais dû leur montrer ce qu'il y avait à voir ! » Elle eut dans ma direction un geste exaspéré, comme si je la dégoûtais. « Combien de décennies avons-nous passées ici ? Quelle force ai-je au bout du compte ? Oh, inutile de me répondre. »

« Mais ne réalises-tu pas que la beauté et la majesté de nos souverains m'aident à comprendre nos pouvoirs ? Je connais nos origines ! Je t'ai vu boire aux veines de la reine puis te réveiller de ta somnolence quasi guéri.

« Alors qu'Amadeo, lui, n'a rien vu de tel. Santino non plus. Comment peux-tu t'étonner de leur hérésie ?

— Ne parle pas d'hérésie ! intervins-je brusquement, les mots jaillissant de mes lèvres. Nos pratiques n'ont rien à voir avec celles d'une religion ! Nous avons nos secrets, c'est vrai, il nous arrive parfois des choses inexplicables, mais nous ne sommes pas des adorateurs !

— Tu m'as dévoilé cette vérité face au paradoxe de leur présence ! » La voix de Bianca s'enflait, furieuse, totalement étrangère. « Il aurait suffi d'un aperçu des divins Parents pour écraser dans l'œuf la sotte croisade de Santino. »

Je la fixais avec colère. La folie s'emparait de moi.

Me remettant sur mes pieds, je promenai dans le sanctuaire un regard furieux.

« Rassemble tes affaires, ordonnai-je soudain. Je te chasse ! »

Elle demeura assise, immobile, levant vers moi des yeux froidement provocateurs.

« Tu as entendu. Ramasse tes précieuses robes, ton miroir, tes perles, tes bijoux, tes livres, tout ce que tu veux. Je t'emmène au loin. »

Son regard farouche resta un long moment fixé sur moi, un peu comme si elle ne me croyait pas.

Puis, s'animant brusquement, elle entreprit de m'obéir avec des gestes rapides. Quelques minutes plus tard, elle se tenait devant moi, enveloppée de sa cape, le baluchon serré contre la poitrine, exactement telle que je l'avais vue d'innombrables années plus tôt quand je l'avais amenée en ces lieux pour la première fois.

J'ignore si elle se retourna vers le Père et la Mère. Moi, je n'en fis rien. Je n'envisageai pas une seconde qu'ils empêchent cette terrible expulsion.

Un instant plus tard, je filais dans le vent sans savoir où.

Je volai plus haut et plus vite que je ne l'avais jamais osé, m'en découvrant parfaitement capable, surpris de ma propre vélocité. La région qui s'étendait en contrebas était semée de châteaux en ruine, incendiés durant les dernières guerres.

Je choisis enfin une de ces places fortes, après m'être assuré que la ville alentour avait été mise à sac puis abandonnée. Laissant Blanca dans une salle déserte, j'entrepris d'explorer le cimetière oublié, à la recherche d'un endroit où elle pût reposer de jour.

Il ne me fallut pas longtemps pour m'assurer qu'elle survivrait en ces lieux. Sous la chapelle détruite par le feu attendaient des cryptes souterraines. L'endroit fourmillait de cachettes.

Quand je rejoignis ma novice, elle se tenait toujours où je l'avais posée, solennelle, ses beaux yeux étincelant.

« Je ne veux plus de toi, lui annonçai-je, frissonnant. Je ne veux plus qu'on me dise des choses pareilles, qu'on me reproche l'enlèvement de mon enfant par Santino ! C'en est trop. Tu n'as aucune idée du fardeau que je porte à travers le temps ni des regrets qu'il m'inspire ! À ton avis, que ferait ton Santino chéri s'il mettait la main sur nos Parents ? Combien de démons ferait-il boire à leurs veines ? Qui sait ce que nos souverains permettraient par leur silence ? Qui sait ce qu'ils veulent ?

– Tu es un être méchant et indifférent, me répondit-elle avec froideur en regardant autour d'elle. Pourquoi ne pas aussi m'abandonner aux loups de la forêt ? Mais va. Je ne veux plus de toi non plus. Dis à tes érudits du Talamasca où tu m'as emmenée : peut-être m'offriront-ils l'hospitalité. Peu importe. Va-t'en juste ! Je ne veux pas de toi ici ! »

Quoique j'eusse été jusqu'à cet instant suspendu à ses lèvres, je la quittai aussitôt.

Les heures passèrent. Je voguais dans le ciel, ne sachant où j'allais, admirant le paysage brouillé qui défilait sous moi.

Mon pouvoir était beaucoup plus grand qu'il ne l'avait jamais été ! Si je le voulais, j'atteindrais sans problème l'Angleterre.

Les montagnes m'apparurent, puis la mer. Soudain, une souffrance telle s'abattit sur mon âme que le besoin désespéré de rejoindre Bianca m'empoigna, irrésistible.

Qu'avais-je fait ?

Pourvu qu'elle m'eût attendu !

Je me laissai tomber du ciel nocturne dans la forteresse en ruine. Ma novice se trouvait où je l'avais laissée, assise dans un angle de la salle, aussi calme et immobile qu'au fond du sanctuaire montagnard. Lorsque je m'agenouillai devant elle, elle me tendit les bras pour m'enlacer.

Je l'étreignis en pleurant.

« Bianca, ma toute belle, je suis désolé, désolé, désolé, ma chérie.

— Oh, Marius, je t'aime de tout mon cœur, je t'aimerai toujours, s'écria-t-elle avec autant d'abandon que moi. Jamais je n'ai aimé personne comme je t'aime. Pardonne-moi. »

Un long, un très long moment, nous ne pûmes que pleurer. Enfin, je la ramenai à la chapelle où je la consolai, la coiffai ainsi que j'aimais à le faire, entremêlant sa chevelure de cordelettes de perles qui la rendaient parfaitement adorable.

« Je ne sais ce que je voulais dire, balbutia-t-elle. Il est tellement évident que tu ne pouvais te fier à ces fous. Si tu leur avais montré nos Parents, peut-être aurais-tu déclenché une terrible anarchie !

— Une terrible anarchie, oui, exactement, acquiesçai-je, jetant un rapide coup d'œil aux deux visages impassibles. Il faut que tu comprennes, je t'en prie, comprends-le si tu m'aimes un tant soit peu, le pouvoir qui couve en eux. » Je m'interrompis brusquement avant de reprendre : « Je pense que leur silence, si douloureux pour moi, représente peut-être la forme de paix qu'ils se sont choisie afin de préserver le bien universel. »

C'était le fond du problème, nous en étions tous deux conscients, je crois.

Que se passerait-il en effet si Akasha se levait jamais de son trône, si elle se mettait à parler et à bouger ? Ma raison tout entière redoutait pareille éventualité.

Pourtant, cette nuit-là – comme chaque nuit, je dois bien l'avouer – je pensais que si ma reine se réveillait, quand elle se réveillerait, une douceur divine jaillirait d'elle.

Bianca endormie, je m'agenouillai devant Akasha de la manière abjecte qui m'était devenue tellement habituelle et que jamais je n'eusse dévoilée à Pandora.

« J'ai faim de toi, Mère », murmurai-je. J'ouvris les mains. « Laisse-moi te toucher avec amour. Dis-moi si je me suis trompé. Aurais-je dû conduire les satanistes à ton sanctuaire ? Aurais-je dû te dévoiler dans toute ta beauté à Santino ? »

Je fermai les yeux puis les rouvris.

« Répondez-moi, ô mes immuables », implorai-je doucement.

Je m'approchai de ma reine et posai les lèvres sur sa gorge. Mes dents percèrent sa peau blanche et dure ; son sang épais se répandit lentement en moi.

Le jardin m'entourait, suprême délice – le merveilleux jardin printanier du monastère. Le moine se promenait à mon côté dans le cloître balayé de frais. C'était le plus beau rêve, avec ses riches couleurs, les montagnes alentour bien visibles. *Je suis immortel,* dis-je.

Le décor s'estompa. On effaçait une fresque sur un mur.

Je me tenais dans une forêt, à minuit. La lumière de la lune révélait un carrosse noir arrivant sur la route, tiré par des chevaux à la robe foncée. Il me dépassa, ses énormes roues soulevant la poussière. Derrière le véhicule arrivait un groupe de gardes à la livrée de cuir noir.

Pandora.

Je m'éveillai tout contre Akasha, le front appuyé à sa gorge, la main refermée sur son épaule, plongé dans un tel bien-être que je n'avais aucune envie de bouger. La lumière du sanctuaire n'était plus pour moi qu'un scintillement doré, un peu comme celui que je finissais par voir à la fin de la nuit dans les grandes salles de banquet vénitiennes.

Enfin, j'embrassai tendrement la Mère, m'écartai d'elle et allai m'allonger près de Bianca, que j'entourai de mes bras.

Des pensées étranges, agitées me tournaient dans la tête. La chapelle ne pouvait nous abriter plus longtemps, Bianca et moi, d'autant que des mortels prenaient possession de nos montagnes.

Le petit bourg au pied de la falaise devenait florissant.

Toutefois, la pire révélation de la nuit était qu'une querelle pouvait nous opposer, ma protégée et moi, que notre violence était capable de rompre dans la souffrance la paix solide établie entre nous ; qu'il m'était possible, aux premiers mots durs de ma précieuse Bianca, de m'effondrer mentalement.

Pourquoi en étais-je aussi surpris ? Avais-je donc oublié mes douloureuses disputes avec Pandora ? Il me fallait apprendre ma leçon : dans la colère, Marius n'était plus Marius. L'apprendre et ne jamais l'oublier.

XXX

Le lendemain soir, nous chassâmes deux brigands qui parcouraient les cols inférieurs de notre montagne. Ragaillardis par ce petit festin, nous gagnâmes ensuite une bourgade allemande où nous cherchâmes une taverne.

Nous nous y assîmes, mari et femme, eût-on dit, et passâmes des heures à discuter devant du vin chaud.

Je racontai à Bianca tout ce que je savais de Ceux Qu'il Faut Garder : les légendes égyptiennes – comment nos Parents, des siècles auparavant, avaient été emprisonnés puis utilisés par des voleurs avides de leur sang précieux – mais aussi la manière dont Akasha était venue me trouver dans une vision, me suppliant de les emmener d'Égypte.

J'évoquai les rares fois où la reine m'avait parlé dans le Sang puis avouai enfin – enfin – le miracle qu'avait représenté l'ouverture du sanctuaire lorsque je m'y étais présenté trop faible pour en ébranler la lourde porte.

« Ont-il réellement besoin de moi ? ajoutai-je, regardant Bianca dans les yeux. Je l'ignore. Voilà l'horreur de la situation. Aimeraient-ils que d'autres viennent les voir ? Je ne le sais pas.

« Je vais terminer par une ultime confession. Si je me suis mis tellement en colère, la nuit dernière, c'est qu'il y a des siècles, quand Pandora a bu pour la première fois le sang de la Mère, elle rêvait de ressusciter l'ancien culte des divins Parents. Je veux parler d'une religion originaire d'Égypte qui englobait les dieux druidiques des bosquets.

« Furieux que ma compagne croie possible une chose pareille, j'ai détruit ses illusions la nuit même de sa création avec une logique rigoureuse. Plus, même, j'ai martelé du poing la poitrine de la Mère en lui demandant de nous parler. » La surprise de Bianca ne m'échappa nullement. « Sais-tu ce qui s'est produit ?

– Rien. La Mère ne t'a pas répondu. »

Je hochai la tête.

« Elle ne m'a pas non plus puni ni rejeté. Peut-être avait-elle conduit Pandora jusqu'à moi – nous n'avons jamais eu de certitude. Mais il faut que tu saches à quel point la seule notion d'un culte rendu aux Parents sacrés me terrifie.

« Car nous sommes immortels, oui, Bianca, nous avons un roi et une reine, mais ne va pas t'imaginer une seule seconde que nous les comprenons. »

Elle acquiesça à tout ce que je disais, puis elle réfléchit un long moment avant de prendre la parole.

« J'ai eu tort, je le reconnais volontiers.

– Pas pour tout. Si Amadeo avait vu les souverains, peut-être aurait-il échappé aux buveurs de sang romains pour nous rejoindre. Quoiqu'il y ait une autre façon de voir les choses.

– Laquelle ?

– S'il avait connu le secret des Parents, il n'aurait pas forcément réussi à le garder de Santino. Les démons auraient regagné Venise, à ma recherche, et peut-être nous auraient-ils trouvés tous les deux.

– C'est vrai. Je commence à comprendre. »

Nous étions à présent très à notre aise dans la taverne, entourés de mortels qui ne nous prêtaient aucune attention. Je continuai tout bas, racontant comment Mael avait une nuit tenté, avec ma permission, de boire le sang d'Akasha et comment Enkil l'en avait empêché.

Puis je racontai l'horrible histoire d'Eudoxie. Mon départ de Constantinople.

« Je ne sais pourquoi, ma chérie, ajoutai-je, mais à toi, je peux tout dire. Jamais il n'en a été ainsi avec Pandora ni avec Amadeo. »

Elle me posa la main sur la joue.

« N'hésite jamais à me parler de Pandora, Marius. Ne va pas me croire incapable de comprendre l'amour qu'elle t'inspire. »

Ces mots me laissèrent pensifs. Enfin, je pris la main de Bianca pour lui baiser les doigts.

« Écoute, mon amour, soufflai-je. Dans chacune de mes prières, je demande à la reine si tu peux boire à sa gorge, mais jamais elle ne me répond clairement. Après ce qui est arrivé à Eudoxie et à Mael, je n'ose t'y encourager. Je continuerai à te donner mon sang pour augmenter tes forces, mais...

– Je comprends. »

Je me penchai par-dessus la table pour l'embrasser.

« Ma colère d'hier n'a pas été inutile. J'ai appris que je ne puis vivre sans toi, mais aussi que je suis capable de couvrir aisément de très grandes distances. Je pense d'ailleurs que mes autres pouvoirs ont énormément progressé, eux aussi. Il faut que je les teste. Que je découvre s'il me serait facile de vaincre les démons au cas où ils reviendraient. Mais ce soir, je veux surtout étudier ma capacité de vol.

– En résumé, tu aimerais me ramener au sanctuaire dès maintenant afin de partir pour l'Angleterre.

– Oui. La lune est pleine. J'ai envie de voir la Grande-Bretagne à sa lumière. De contempler de mes yeux les accomplissements du Talamasca. J'ai peine à croire en une telle pureté.

– Pourquoi ne pas m'emmener ?

– Il faut que je sois rapide. Plus encore s'il y a du danger. Après tout, ces gens sont des mortels ; Raymond Gallant n'est que l'un d'eux.

– Sois prudent, alors, mon amour. Tu sais maintenant plus que jamais à quel point je t'adore. »

Il semblait que jamais plus nous ne nous querellerions, qu'une telle chose était impossible. Garder Bianca auprès de moi me paraissait impératif.

Tandis que nous ressortions dans l'obscurité, que je l'enveloppais de ma cape, je pressai les lèvres contre son front, puis je l'emportai jusqu'au sanctuaire à travers les nuages.

Il n'était pas minuit lorsque je la quittai, décidé à voir Raymond Gallant avant l'aube.

Des années s'étaient écoulées depuis notre rencontre à Venise. J'avais alors discuté avec un jeune homme, qui était sans doute entré dans l'âge mûr quand je lui avais écrit du monastère.

La pensée me vint donc lorsque je partis pour l'Angleterre qu'il n'était peut-être plus en vie.

Une terrible pensée.

Toutefois, persuadé qu'il m'avait dit la vérité sur le Talamasca, j'étais bien décidé à me faire connaître de ses membres.

Tout proche des étoiles, pénétré grâce au don céleste d'un plaisir divin, je faillis me perdre dans l'extase du vol et passer, rêveur, au-dessus de l'île de Bretagne. Quand elle m'apparut sur fond de mer, je plongeai vers le sol pour mieux la distinguer, peu désireux de retrouver la terre ferme trop tôt ou avec trop de maladresse.

Les cartes que j'avais consultées au fil des années afin de localiser l'East Anglia me permirent bientôt de découvrir en contrebas un immense château à dix tours rondes, celui-là même – me sembla-t-il – dont était frappée la pièce d'or que Raymond Gallant m'avait donnée bien longtemps auparavant.

La seule taille de l'édifice me fit douter de moi, mais je décidai malgré tout de prendre pied à proximité, sur le flanc de colline escarpé. Un instinct surnaturel profond me disait que je me trouvais au bon endroit.

Il faisait froid, autant que dans les montagnes d'où je venais. Les bois, sans le moindre doute rasés autrefois pour la sécurité de la forteresse, avaient en partie repoussé. C'était une région plaisante, où je trouvais agréable de me promener.

Je portais une cape doublée de fourrure prélevée sur une de mes victimes ainsi que mes armes habituelles, une épée courte massive et une dague. Ma tunique était plus longue que ne le commandait la mode de l'époque, mais peu m'importait. Mes chaussures avaient quitté tout récemment l'échoppe d'un cordonnier genevois.

L'édifice que je contemplais me paraissait dater de cinq siècles environ. Sans doute avait-il été construit sous Guillaume le Conquérant. Apparemment, on l'avait doté à l'origine d'un fossé et d'un pont-levis, auxquels on avait depuis longtemps renoncé. Devant moi se découpait une grande porte, flanquée de torches.

Je l'atteignis enfin, tirai le cordon de la cloche et entendis au loin dans la cour un tintement retentissant.

Un mortel arriva presque aussitôt. Alors seulement je m'aperçus de l'étrange correction de mes actes. Dans mon respect pour l'ordre des savants, je n'avais pas « écouté » afin de découvrir qui se trouvait au château ; je n'avais pas plané près des fenêtres éclairées des tours.

À présent, bizarre sans doute avec mes yeux bleus et ma peau sombre, je me tenais devant le portier.

Il ne pouvait avoir plus de dix-sept ans et paraissait aussi endormi qu'indifférent. De toute évidence, la cloche l'avait réveillé.

« Je suis à la recherche du château de Lorwich, en East Anglia, annonçai-je. Est-ce bien ici ?

– Oui, répondit le jeune homme, s'essuyant les yeux et s'appuyant contre le battant. Puis-je vous demander les raisons de votre visite ?

– Je désire m'enquérir du Talamasca. »

Il hocha la tête, ouvrit la porte en grand, et je me retrouvai presque aussitôt dans une cour immense encombrée de chariots et de carrosses. Des écuries me parvenaient les faibles bruits produits par les chevaux.

« Je voudrais voir Raymond Gallant, ajoutai-je.

– Ah », lâcha le portier, comme si je venais de prononcer les mots magiques qu'il attendait de moi. M'entraînant un peu plus loin dans la cour, il referma derrière moi l'énorme battant de bois. « Je vais vous montrer où attendre. Il doit dormir à l'heure qu'il est. »

Il vit toujours, pensai-je. C'était le plus important. À en juger par l'odeur, de nombreux mortels occupaient le château, où on avait fait la cuisine tout récemment. Dans les cheminées brûlait du chêne. Levant les yeux, je vis d'ailleurs se découper contre le ciel nocturne la fumée légère crachée par les conduits ; je ne l'avais pas remarquée jusqu'alors.

Sans plus de question, mon guide m'entraîna dans une des tours, où il me fit grimper un escalier en colimaçon. Je regardai par les petites fenêtres le morne paysage environnant. Les contours incertains d'une ville m'apparurent, les formes des champs. Une contrée paisible.

Enfin, le jeune homme plaça sa torche dans une torchère puis, après y avoir allumé une bougie, ouvrit deux portes surchargées de gravures pour révéler une chambre immense aux meubles splendides quoique peu nombreux.

J'avais perdu l'habitude des tables et des chaises ornementées, des belles tapisseries, des chandeliers en or et des lits aux draperies de velours.

J'allais m'asseoir devant ce véritable festin pour les yeux lorsque se précipita dans la pièce un homme âgé mais alerte. Ses longs cheveux gris flottaient sur son épaisse chemise de nuit blanche.

« Marius ! » s'écria-t-il, après m'avoir fixé une seconde de ses yeux étincelants.

C'était Raymond Gallant, dans ses dernières années. Sa vue me causa un choc terrible où se mêlaient douleur et plaisir.

« Raymond », répondis-je en lui ouvrant les bras.

Je l'étreignis avec précaution – il semblait tellement frêle. L'embrassant sur les deux joues, je le tins ensuite à bout de bras afin de mieux le regarder.

« Quelle bonheur de vous revoir, Marius ! s'exclama-t-il. Pourquoi ne pas m'avoir répondu ?

– Je suis là, Raymond. Je ne puis vous expliquer ce que le temps signifie pour nous. Je suis venu, je suis là, et je suis heureux de vous retrouver. »

Il se figea, aux aguets, se tourna brusquement d'un côté puis de l'autre, pencha la tête de côté, l'oreille tendue, aussi vif et agile qu'autrefois, me semblait-il.

« Tout le monde est conscient de votre présence, remarqua-t-il, mais ne vous inquiétez pas : personne n'osera venir vous ennuyer. Les membres du Talamasca sont beaucoup trop disciplinés pour faire une chose pareille. Ils savent que je ne le permettrais pas. »

Je tendis moi aussi l'oreille, obtenant confirmation de sa moindre parole. À travers tout l'immense château, les mortels avaient perçu mon arrivée. Parmi eux, se trouvaient des gens capables de lire dans les esprits ou apparemment dotés d'une ouïe des plus sensibles.

Toutefois, nulle présence surnaturelle ne se manifestait. Nul signe du « rebelle » décrit dans la lettre de mon hôte.

Nul danger, non plus. Je n'en repérai pas moins la plus proche fenêtre, dotée de lourds barreaux quoique par ailleurs ouverte sur la nuit noire, me demandant s'il me serait facile de m'y forcer un passage. Sans doute y parviendrais-je. Je n'avais pas peur. Le Talamasca ne m'inspirait aucune crainte car je ne lui en inspirais visiblement pas davantage et qu'il m'avait admis sans hésiter en ses murs.

« Asseyez-vous », Marius, reprit Raymond.

Il m'entraîna jusqu'à une immense cheminée, tandis que je m'efforçais de ne pas poser sur ses fines mains parcheminées et ses épaules étroites un regard inquiet. Dieux merci, j'étais venu cette nuit même, alors qu'il était toujours en vie pour m'accueillir.

« Edgar, appela-t-il en direction de la porte, devant laquelle se tenait toujours le jeune endormi. Fais du feu et donne-nous de la lumière, je te prie. Pardonnez-moi, Marius, mais j'ai très froid. Une flambée vous ennuierait-elle ? Je sais ce qui vous est arrivé.

— Non, Raymond, pas du tout. Je ne puis redouter le feu pour l'éternité. À présent, je suis non seulement guéri mais plus puissant que jamais. C'est un mystère. Et vous, quel âge avez-vous ? Dites-le-moi, je ne parviens pas à le deviner.

— Quatre-vingts ans. » Il sourit. « Vous n'imaginez pas combien j'ai rêvé pareille visite. J'avais tellement de choses à vous dire. Je n'osais tout écrire dans ma lettre.

— Vous aviez raison, car elle a été lue, et qui sait ce qui en aurait découlé ? Les choses étant ce qu'elles étaient, le prêtre qui l'a reçue en mon nom n'en a pas tiré grand-chose. Tandis que moi, j'ai compris. »

Il fit un signe en direction de la porte. Deux jeunes gens pénétrèrent dans la chambre que je reconnus aussitôt comme des humains banals, tel le diligent Edgar qui entassait du bois dans la cheminée. Des gargouilles de pierre fort bien sculptées dominaient le foyer, assez plaisantes à mon avis.

« Deux fauteuils, lança Raymond aux domestiques, avant d'ajouter à mon adresse : Nous allons discuter. Je vous dirai ce que je sais.

– Pourquoi une telle générosité ? » m'enquis-je.

Je voulais le réconforter, calmer son agitation, mais tandis qu'il me souriait comme pour me rassurer, tandis qu'il me posait gentiment la main sur le bras afin de me pousser vers les fauteuils en bois apportés par les jeunes gens devant l'âtre, je m'aperçus qu'il n'avait nul besoin de réconfort.

« Je suis juste tout excité, mon ami, m'expliqua-t-il. Il ne faut pas vous inquiéter pour moi. Là, asseyez-vous. Vous trouvez-vous assez confortablement installé ? »

Les deux sièges, surchargés de sculptures comme le moindre meuble ou ornement de la chambre, me parurent aussi beaux que confortables avec leurs accoudoirs en pattes de lion. Je parcourus du regard les nombreuses bibliothèques qui m'entouraient pour constater une fois de plus que la vision des livres m'apaisait, m'enchantait. J'en avais perdu tellement, qui avaient disparu en fumée.

Puisse ce château leur offrir un abri sûr, priai-je. Puisse le Talamasca les protéger.

« J'ai passé des décennies dans une salle taillée à même le roc, expliquai-je d'une voix sourde. Cette pièce me semble donc très confortable. Voulez-vous bien demander aux domestiques de se retirer, à présent ?

– Oui, oui, évidemment. Laissez-les juste m'apporter un peu de vin chaud. J'en ai grand besoin.

– Certes. Je ne manque pas d'égards à ce point. »

Nous étions assis face à face, devant la flambée qui dégageait la bonne odeur du chêne en feu et une chaleur plaisante même pour moi, je le reconnais.

Un des jeunes gens apporta à Raymond une robe de chambre en velours rouge. Après l'avoir enfilée puis s'être réinstallé dans son fauteuil, il me parut moins fragile. En fait, il rayonnait, les joues roses, et je reconnaissais bien en lui le jeune homme d'autrefois.

« Si jamais quoi que ce soit devait nous séparer, commença-t-il, laissez-moi vous dire dès maintenant qu'*elle* parcourt toujours l'Europe à bonne vitesse, quoiqu'*elle* ne soit jamais venue en Angleterre. À mon avis, elle ne veut pas traverser la Manche, mais elle en est sans doute capable, contrairement à ce que prétend le folklore.

– Il prétend vraiment une chose pareille ? demandai-je en riant. C'est idiot. »

J'en eusse volontiers dit davantage, mais peut-être n'eût-ce pas été très sage.

Sans paraître remarquer mon hésitation, Raymond poursuivit :

« Ces dernières décennies, elle s'est fait appeler la marquise de Malvrier, son compagnon incarnant le marquis du même nom quoiqu'elle se rende à la cour plus souvent que lui. On les a vus en Russie, en Bavière, en Saxe – dans les pays attachés aux cérémonies traditionnelles, car ils semblent avoir de temps à autre besoin des bals princiers et des imposantes célébrations de l'Église romaine. J'avoue cependant avoir glané ces informations dans différents rapports et n'être sûr de rien. »

Lorsqu'on posa le vin chaud sur une petite table à côté de lui, il prit la tasse dans ses deux mains tremblantes, absorba une gorgée.

« Mais comment de tels rapports vous parviennent-ils ? » demandai-je, fasciné.

Je ne doutais pas qu'il me dît la vérité. Quant au reste du château, ses nombreux occupants attendaient apparemment en silence une sorte de convocation.

« Ne pensez pas à eux, me lança Raymond. Qu'apprendront-ils de notre entretien ? D'ailleurs, ce sont tous des membres dévoués de l'ordre. Pour répondre à votre question, nous nous aventurons parfois dans le monde extérieur déguisés en prêtres, à la recherche d'informations sur ceux que nous appelons les vampires. Nous enquêtons sur les morts mystérieuses. Cela nous permet de rassembler des informations significatives pour nous, sinon pour autrui.

– Ah, bien sûr. De même, vous notez les noms mentionnés à la fois en Russie, en Saxe et en Bavière.

– Exactement. Comme je vous l'ai dit, le leur est pour l'instant de Malvrier. Ils l'aiment bien. Je peux vous dire autre chose encore...

– Je vous en prie.

– Nous avons trouvé à plusieurs reprises le mot *Pandora* écrit sur le mur d'une église.

– C'est elle qui l'y a tracé, affirmai-je, m'efforçant désespérément de dissimuler mon émotion. Elle veut que je la retrouve. » Je m'interrompis avant de poursuivre : « Ce genre de pensées m'est douloureux. Je me demande si son compagnon de voyage la connaît seulement sous ce nom ? Ah, je souffre, oui, mais pourquoi m'apporter votre aide ?

— Sur ma vie, je l'ignore. Je suppose que d'une certaine manière, je crois en vous.

— Qu'entendez-vous par là ? Me prendriez-vous pour le produit d'un miracle ? Un démon ? Expliquez-vous, Raymond. Oh, et puis après tout, peu importe, n'est-ce pas ? Nous agissons tous selon notre cœur.

— Marius, mon ami, dit-il en se penchant pour me toucher le genou, il y a bien longtemps de cela, à Venise, lorsque je vous espionnais, j'ai qualifié votre âme de pure. J'avais lu dans vos pensées. Je savais que vous éliminiez uniquement les assassins abjects qui tuaient leurs frères et sœurs.

— C'est vrai, Raymond, et Pandora faisait de même, mais qu'en est-il maintenant ?

— Je crois qu'elle continue, car les crimes horribles attribués aux vampires dans les régions qu'elle traverse ont pour cibles des meurtriers responsables de nombreuses morts. Vous voyez qu'il ne m'est pas trop difficile de vous aider.

— Elle a donc respecté notre serment, murmurai-je. Je ne le pensais pas, quand j'ai entendu parler de son cruel compagnon. »

Les yeux fixés sur Raymond, je distinguais en lui avec une netteté croissante le jeune homme brièvement rencontré autrefois. Vision attristante, terrible. Et plus je m'affligeais, plus je cherchais à le cacher.

Qu'était-ce que ma souffrance comparée au lent triomphe de l'âge ? Rien.

« Où l'a-t-on vue pour la dernière fois ? m'enquis-je.

— Sur ce point, je vais me permettre de vous dire comment j'interprète son comportement. Ses errances obéissent à un schéma préétabli : elle décrit des cercles grossiers qui la ramènent encore et toujours au même endroit. Lorsque son compagnon et elle y ont passé un certain temps, ils reprennent la route en traçant d'autres cercles qui les conduisent parfois jusqu'en Russie. Quant au pivot de leurs déplacements, il s'agit de Dresde.

— Dresde ! répétai-je. Je ne connais pas cet endroit. Jamais je n'y suis allé.

— Oh, la ville ne saurait rivaliser avec les magnifiques cités italiennes, avec Paris ou avec Londres, quoique ce soit la capitale de la Saxe. L'Elbe y passe, et les nombreux ducs qui y ont régné l'ont fort bien ornementée. Pandora et son compagnon finissent invariablement, je dis bien invariablement, par y retourner. Cela leur demande parfois vingt ans, mais ils y retournent. »

La nouvelle m'agita au point de me réduire au silence. Les déplacements de Pandora correspondaient-ils à un schéma qu'elle espérait me voir interpréter ? Découvrir ? À une sorte de grande toile d'araignée circulaire destinée à me capturer, tôt ou tard ?

Pourquoi, autrement, ma bien-aimée perdue eût-elle mené ce genre de vie ? Je ne pouvais l'imaginer. Mais comment osais-je penser qu'elle se souvenait seulement de moi ? C'était son nom, pas le mien, qu'elle écrivait sur le mur d'une église.

Enfin, je poussai un grand soupir.

« Je ne puis vous expliquer ce que ces nouvelles représentent pour moi. Vous m'avez donné des informations miraculeuses. Je la retrouverai.

— Eh bien, voulez-vous passer au deuxième sujet dont j'ai parlé dans ma lettre ? s'enquit Raymond d'un air confiant.

— Amadeo, murmurai-je. Qu'est-il arrivé au renégat que vous hébergiez ? Aucun buveur de sang ne se trouve dans les parages, je le sens. Me tromperais-je ? Soit la créature est très loin, soit elle vous a quittés.

— Le monstre est parti peu de temps après que je vous ai écrit. Lorsqu'il a compris qu'il trouverait des victimes partout aux alentours, il s'en est allé. Nous étions incapables de le contrôler. Nos exhortations à ne se nourrir que de criminels ne signifiaient rien pour lui. Je ne sais même pas s'il est toujours de ce monde.

— Il faut vous garder de lui », avertis-je. » Je promenai le regard dans la pièce spacieuse aux murs de pierre. « Le château a l'air remarquablement grand et puissant, mais nous parlons d'un buveur de sang. »

Il hocha la tête.

« Nous avons de bonnes défenses, Marius. Tout le monde n'est pas admis en nos murs comme vous l'avez été, croyez-moi. Mais voulez-vous entendre ce qu'il nous a raconté ? »

Je baissai la tête, sachant ce qui allait suivre.

« Les satanistes, déclarai-je, usant du terme le plus spécifique, ceux-là mêmes qui ont brûlé ma demeure, se nourrissent des humains de Paris. Mon brillant apprenti à la chevelure de cuivre, Amadeo, est-il toujours leur chef ?

— À notre connaissance, oui. Ils sont très intelligents. Ils chassent les pauvres, les malades, les hors-la-loi. Le renégat qui nous l'a appris a ajouté qu'ils redoutaient les "lieux de lumière", comme ils les appellent. Ils en sont venus à croire que la volonté de Dieu n'est pas qu'ils soient richement vêtus ou qu'ils pénètrent dans les églises.

Quant à Amadeo, il se fait maintenant appeler Armand. D'après notre informateur, il affiche le zèle du converti. »

Trop malheureux pour prononcer un mot, je fermai les yeux puis les rouvris, fixés sur le feu brûlant avec ardeur dans la grande cheminée.

Lentement, mon regard glissa jusqu'à Raymond, qui me contemplait intensément.

« Voilà, conclut-il. Je vous ai dit tout ce que je sais. »

Je lui adressai un petit sourire.

« Vous vous êtes montré extrêmement généreux. Souvent, par le passé, j'ai récompensé pareille générosité en tirant de ma tunique une bourse bien garnie, mais le besoin s'en fait-il sentir, ici ?

— Non, dit-il plaisamment en secouant la tête. Vos largesses ne nous sont nullement nécessaires. Nous sommes plus qu'assez fortunés. La vie ne vaut rien sans or, mais nous n'en manquons pas.

— Alors que puis-je pour vous ? Je suis votre débiteur, et ce depuis la nuit où nous nous sommes rencontrés à Venise.

— Acceptez de parler à d'autres membres de l'ordre. Laissez-les nous rejoindre ici. Vous voir. Vous interroger. Voilà ce que vous pouvez pour moi. Ne leur dites que ce que vous voudrez, mais offrez-leur une vérité qu'ils puissent coucher sur le papier afin que leurs successeurs l'étudient.

— Bien sûr. Avec plaisir. Mais pas ici, si belle que soit cette bibliothèque. Allons à l'extérieur. Les mortels qui savent ce que je suis m'inspirent une peur instinctive. » Je m'interrompis. « Je ne suis même pas sûr d'en avoir jamais été entouré. »

Il réfléchit un instant avant de lâcher :

« La cour est trop bruyante, avec les écuries. Allons plutôt sur une des tours. Il fera froid, mais je vais dire à tout le monde de s'habiller chaudement.

— Pourquoi pas la tour sud ? proposai-je. N'apportez pas de torches. La nuit est belle, la lune pleine ; vous me verrez parfaitement bien. »

Je me glissai hors de la pièce, descendis vivement les escaliers puis franchis sans problème une des étroites fenêtres. Ma surnaturelle vivacité me permit de gagner en un instant le sommet de la tour sud, où j'attendis dans le vent léger que les ocupants du château se rassemblent autour de moi.

Il leur semblait bien sûr que je m'étais déplacé par magie, mais je comptais leur révéler que tel n'était pas le cas.

Moins d'un quart d'heure plus tard, ils étaient tous là – une vingtaine d'hommes bien habillés, jeunes ou vieux, et deux femmes fort belles. Je me tenais au centre du cercle.

Pas une torche. Il me semblait inimaginable que le moindre danger me menaçât.

Je laissai un long moment les membres du Talamasca m'observer, aboutir aux conclusions de leur choix, puis je commençai :

« Dites-moi ce que vous voulez savoir. Pour ma part, je l'avoue franchement, je suis un buveur de sang, je vis depuis des siècles et je me rappelle clairement ma vie de mortel. Elle s'est déroulée dans la Rome impériale. Notez-le si vous voulez. Jamais je ne me suis spirituellement détaché de mon époque humaine. Je m'y refuse absolument. »

Un moment, seul le silence me répondit, puis Raymond entreprit de poser des questions.

Oui, expliquai-je, nous autres vampires avions des « origines », que je ne pouvais cependant dévoiler. Oui, notre force croissait au fil du temps ; la plupart d'entre nous étaient des solitaires ou choisissaient leurs compagnons avec le plus grand soin ; il nous était possible de créer des êtres tels que nous. Non, nous n'étions pas par instinct pervers : nous éprouvions pour les mortels un immense amour qui causait souvent notre ruine spirituelle.

D'innombrables interrogations me furent encore soumises, auxquelles je répondis de mon mieux. Je ne dis rien cependant de la vulnérabilité des miens au feu et au soleil. Quant aux « clans de vampires » parisiens ou romains, je n'en savais pas grandchose.

« À présent, il est temps pour moi de partir, dis-je enfin. J'ai des centaines de kilomètres à parcourir avant l'aube, car je vis dans un autre pays.

— Mais comment voyagez-vous ? demanda l'un des érudits.

— Sur les ailes du vent. C'est un don qui m'est venu au fil des siècles. »

Je m'approchai de Raymond, que j'étreignis, puis, me tournant vers les autres, je les encourageai à venir me toucher afin de vérifier que j'étais bien réel.

M'écartant ensuite, je tirai ma dague et me coupai la main, que je tendis pour qu'ils voient la plaie se refermer.

Des halètements de stupeur se firent entendre.

« Je dois m'en aller, conclus-je. Tous mes remerciements et tout mon amour, Raymond.

– Attendez », appela un des hommes les plus âgés. Il s'était tenu en retrait tout du long, appuyé sur une canne, aussi attentif que les autres. « J'ai une dernière question à vous poser, Marius.

– Dites, l'encourageai-je aussitôt.

– Savez-vous quelque chose de nos origines ? »

Je restai un instant perplexe, à me demander ce qu'il voulait dire, puis Raymond intervint :

« Savez-vous quoi que ce soit sur la manière dont le Talamasca est né ? Voilà ce qui l'intéresse.

– Non », avouai-je, surpris.

Le silence s'installa, et je me rendis compte alors que la création de leur ordre représentait pour ces gens un impénétrable mystère. Raymond m'en avait d'ailleurs touché un mot lors de notre première rencontre.

« J'espère que vous trouverez la réponse à votre question », ajoutai-je.

Puis je m'élevai dans l'obscurité.

Toutefois, au lieu de m'éloigner vraiment, je fis ce que j'avais omis de faire à mon arrivée : planant à proximité du château, juste hors de portée d'oreille comme de regard, je me servis de mes dons puissants pour écouter ses occupants errer par les nombreuses tours et bibliothèques.

Ils étaient tellement mystérieux, tellement dévoués, tellement studieux.

Une nuit, dans un avenir lointain, peut-être reviendrais-je les voir afin d'en apprendre davantage à leur sujet. Pour l'instant, cependant, il me fallait rejoindre le sanctuaire.

Ma novice ne dormait pas encore lorsque je regagnai le lieu saint, où elle avait allumé les cent bougies.

Il m'arrivait de ne pas penser à accomplir le cérémonial, et la douce lumière me fit plaisir.

« Ta visite au Talamasca s'est-elle bien passée ? » demanda franchement Bianca.

La charmante expression candide qu'elle arborait me poussait toujours à lui parler sans détour.

« J'en ai été ravi. Ces érudits sont bel et bien aussi honnêtes qu'ils le disent. Je leur ai appris tout ce que j'ai pu, mais certes pas tout ce que je sais – ç'eût été stupide. Ils ne s'intéressent qu'à la connaissance, et je les ai quittés enchantés de notre rencontre. »

Ses yeux s'étrécirent, comme si elle ne parvenait pas vraiment à imaginer ce qu'était le Talamasca ; je la comprenais parfaitement.

M'asseyant près d'elle, je la pris dans mes bras et nous enveloppai tous deux de ma cape en fourrure.

« Tu as la bonne odeur du vent froid, me dit-elle. Peut-être sommes-nous faits pour être les gardiens du sanctuaire, rien de plus, des créatures du ciel glacé et des montagnes inhospitalières. »

Je ne répondis pas, l'esprit tout empli d'une obsession : la lointaine cité de Dresde. Tôt ou tard, Pandora retournerait à Dresde.

XXXI

Il devait s'écouler cent ans avant que je ne revisse Pandora.

Cent ans durant lesquels mes pouvoirs ne firent que croître.

Cette nuit-là, après mon retour d'Angleterre, je les testai tous pour vérifier que jamais plus je ne me trouverais à la merci des mécréants de Santino. Bianca passa seule bien des nuits, tandis que je m'assurais de mes capacités.

Une fois réellement assuré de ma rapidité, du don du feu et de mon incommensurable capacité à détruire grâce à une force invisible, je gagnai Paris dans le seul but d'espionner le clan d'Amadeo.

Avant de partir pour cette petite aventure, j'avouai de quoi il retournait à Bianca, qui me supplia aussitôt de ne pas m'exposer à pareil danger.

« Il faut que j'y aille, répondis-je. Peut-être, si je le voulais, serais-je maintenant capable d'entendre sa voix par-delà les kilomètres qui nous séparent, mais je dois découvrir de quoi il retourne. Sache cependant une chose : je n'ai nulle envie de redevenir son maître. »

Cette affirmation attrista ma compagne, qui sembla pourtant comprendre mes sentiments. Installée à sa place habituelle, dans l'angle du sanctuaire, elle hocha la tête et m'arracha la promesse de me montrer extrêmement prudent.

Aussitôt à Paris, je me nourris d'un meurtrier que je fis sortir d'une auberge confortable grâce au don de l'ensorcellement, puis je me réfugiai dans le clocher de Notre-Dame afin d'épier les satanistes.

Le clan, constitué des créatures les plus haïssables et méprisables qu'on pût imaginer, s'était installé dans les catacombes parisiennes comme son homologue dans celles de Rome, des siècles auparavant.

Son repère se situait sous le cimetière des Innocents, un nom tragiquement approprié lorsqu'on connaissait les chants et les serments que braillaient ses membres avant de se répandre dans la nuit, apportant la cruauté et la mort au peuple de Paris.

« Pour Satan, pour la Bête, pour Dieu ! Puis nous reviendrons à notre existence de pénitents. »

Il ne me fut pas difficile de découvrir en épiant divers esprits où se trouvait Amadeo. Une heure après mon arrivée à Paris, je le regardais s'avancer dans une étroite ruelle médiévale, incapable d'imaginer que je le contemplais d'en haut avec amertume.

En loques, les cheveux agglomérés par la crasse, il infligea à sa première victime une mort douloureuse qui me révulsa.

Je l'observai un long moment tandis qu'il continuait son chemin, se nourrissant d'un deuxième malheureux, puis regagnait l'immense cimetière.

Appuyé contre la pierre froide du clocher, je l'entendis appeler à la réunion de son « clan » – ainsi qu'il l'appelait lui-même – du fond de ses souterrains. Ensuite, il demanda à chacun de ses subordonnés comment il avait harcelé la population mortelle pour l'amour de Dieu.

« L'aube approche, enfants de la nuit. Vous allez maintenant m'ouvrir votre âme tour à tour. »

Sa voix était tellement nette, tellement ferme. Il était tellement persuadé d'avoir raison et reprochait tellement vite aux suppôts de Satan de ne pas avoir tué sans merci. Les lèvres de l'enfant d'autrefois s'ouvraient sur un timbre mâle qui me laissait glacé.

« Pourquoi t'imagines-tu avoir reçu le Don ténébreux ? demanda-t-il à un retardataire. Demain, tu frapperas par deux fois. Et si vous ne m'êtes pas tous plus dévoués, je vous punirai de vos péchés puis doterai notre clan d'autres membres. »

Écœuré, je ne pus en supporter davantage.

J'avais envie de m'enfoncer dans le monde souterrain d'Amadeo pour l'en tirer en carbonisant ses fidèles, de l'obliger à voir la lumière en le persuadant de me suivre jusqu'au sanctuaire, de le supplier de renoncer à sa vocation.

Je n'en fis rien. Ce n'était pas possible.

Il avait été sataniste des années durant. Son esprit, son âme, son corps appartenaient à son clan. Aucune de mes leçons ne lui avait donné la force de combattre ces malfaisants.

Ce n'était plus mon Amadeo. J'avais gagné Paris à la recherche de la vérité ; je la connaissais à présent.

La tristesse m'étreignait, le désespoir. Toutefois, ce furent peut-être le dégoût, la colère qui me chassèrent cette nuit-là. En résumé, j'estimais que mon novice devait se libérer lui-même de l'emprise sinistre des satanistes. Nul ne pouvait le faire pour lui.

J'avais travaillé dur à Venise, et longtemps, pour effacer ses souvenirs du monastère des Grottes, mais il s'était trouvé une autre prison de rituel et de déni rigides. Les années passées en ma compagnie ne l'en avaient pas protégé. Pour lui, le cercle était depuis longtemps bouclé. Il était devenu le fou de Satan comme il avait été celui de Dieu dans sa lointaine Russie, oubliant totalement sa courte existence vénitienne.

Lorsque je racontai cela à Bianca, lorsque je le lui expliquai de mon mieux, elle n'insista pas malgré sa tristesse.

Les choses se passèrent aussi bien qu'à l'ordinaire.

« Peut-être changeras-tu d'avis avec le temps, me dit-elle sans colère, après m'avoir écouté. Tu as le pouvoir d'aller là-bas, de combattre ceux qui voudraient t'empêcher de l'emmener. Sans doute le faudrait-il ; sans doute faudrait-il l'enlever de force et insister pour qu'il te suive jusqu'ici afin de voir les divins Parents. Quant à moi, j'en serais bien incapable. Tout ce que je te demande, c'est de réfléchir, de ne pas condamner Amadeo avec la dureté de l'amertume.

— Je te donne ma parole que je n'y pense même pas, mais à mon avis, le spectacle des Parents ne changerait en rien ses dispositions. »

Je m'interrompis, réfléchis un long moment puis repris, plus direct :

« Tu ne connais leur existence que depuis peu. Nous voyons tous deux en eux une grande beauté, mais Amadeo y distinguerait peut-être quelque chose de complètement différent. Rappelle-toi ce que je t'ai raconté des longs siècles qui s'étendent derrière moi. Les Parents sacrés ne parlent pas ; ils ne rachètent pas nos erreurs ; ils ne demandent rien.

— Je comprends », dit-elle.

Mais ce n'était pas vrai. Elle avait passé trop peu de temps auprès de nos souverains pour réellement appréhender l'effet de leur passivité. Je poursuivis toutefois avec douceur :

« Amadeo possède un credo et une apparence de place dans les plans de Dieu. Il se pourrait que nos Parents lui apparaissent comme une énigme appartenant à une époque païenne. Cela ne lui réchaufferait pas le cœur ni ne lui donnerait la force qu'il tire de ses ouailles. Car c'est lui le chef, Bianca, crois-moi. L'éphèbe que nous avons connu il y a bien longtemps est devenu vieillard, vieux sage des enfants de la nuit, puisque c'est ainsi qu'ils s'appellent. »

Je soupirai. Un souvenir amer me traversa l'esprit : Santino me demandant, lors de notre rencontre à Rome, si Ceux Qu'il Faut Garder étaient de nature sacrée ou profane.

Je le racontai à Bianca.

« Tu as donc parlé à cette créature. Tu ne me l'avais pas dit.

— Oh, oui, je lui ai parlé, je l'ai repoussée, je l'ai insultée. Je me suis conduit comme le dernier des imbéciles alors que j'aurais dû me montrer beaucoup plus cruel. À peine les mots "Ceux Qu'il Faut Garder" avaient-ils franchi ses lèvres que j'aurais dû mettre fin à son existence.

— Je comprends de mieux en mieux, murmura-t-elle, mais j'espère tout de même qu'au bout du compte, tu regagneras Paris pour au moins te montrer à Amadeo. Ses compagnons sont faibles, n'est-ce pas ? Il te serait facile de lui apparaître à l'extérieur afin d'éviter...

— Je sais ce que tu vas dire, interrompis-je. Jamais plus je ne me laisserai entourer de torches. Peut-être exaucerai-je tes vœux, mais d'après la voix d'Amadeo, je ne crois pas possible de le changer pour l'instant. D'autant que, la chose vaut d'être mentionnée, il sait comment se libérer de son clan.

— Tu en es sûr ?

— Oui. Il a déjà vécu dans le monde des lumières, et il est dix fois plus fort grâce à mon sang vénérable que les misérables placés sous ses ordres. Il pourrait s'en affranchir. Il ne le veut pas.

— Tu sais combien je t'aime et déteste ne pas être d'accord avec toi..., déclara-t-elle d'un ton plaintif.

— Dis ce que tu as à dire, l'encourageai-je.

— Pense à ce qu'il a subi. Il n'était alors qu'un enfant. »

Je reconnus qu'elle avait raison.

« Mais ce n'est plus le cas, ma belle, ajoutai-je. Il est certes aussi beau que lorsque je l'ai créé par le Sang, mais c'est un patriarche des catacombes sises en plein cœur de Paris, une ville merveilleuse. Je l'ai regardé errer, seul dans les rues. Nul n'était là pour le contraindre. Il aurait pu chercher le malfaisant, comme nous. Il n'en a rien fait. Il a bu à longs traits aux veines de l'innocent, et cela par deux fois.

— Ah, je vois. Voilà ce qui t'a rendu tellement amer.

— C'est vrai, admis-je après réflexion. Voilà ce qui m'a détourné de lui, sans même que je m'en rende compte. Je croyais que c'était la manière dont il s'adressait à ses ouailles, mais tu as raison : il s'agissait en fait de ces deux morts, qui lui ont procuré son festin de sang alors que Paris était empli de criminels tellement faciles à tuer. »

Elle posa la main sur la mienne.

« Si je décide de tirer de son antre un enfant des ténèbres, ajoutai-je, ce sera Santino.

— Non, il ne faut pas que tu ailles à Rome. Tu ignores si ce clan-là ne compte pas des anciens.

— Une nuit... une nuit, j'irai. Lorsque je me serai assuré de mes immenses pouvoirs et de l'impitoyable colère nécessaire pour détruire mes frères.

— Mais maintenant, calme-toi. Et pardonne-moi. »

Je demeurai un moment silencieux.

Bianca savait combien de nuits j'avais passées à errer seul. Il me fallait à présent lui avouer ce que j'avais fait à ces occasions. Entamer mes préparatifs secrets. Creuser un fossé entre nous – pour la première fois durant les longues années de notre vie commune – tout en lui donnant exactement ce qu'elle voulait.

« Assez parlé d'Amadeo, décrétai-je. J'ai des sujets de réflexion plus agréables. »

Intéressée, elle me caressa le visage et les cheveux, à son habitude.

« Dis-moi.

— Il y a longtemps déjà, tu m'as demandé si tu pouvais avoir ton propre refuge...

— Ah, ne me taquine pas avec cela, Marius ! Serait-ce possible ?

— Plus que possible, ma chérie, assurai-je, réchauffé par son sourire rayonnant. J'ai trouvé un endroit splendide, une charmante petite ville au bord de l'Elbe, en Saxe. »

Cette déclaration me valut le plus doux baiser.

« Durant les longues nuits où j'ai erré seul, je me suis permis d'acheter un château de la campagne environnante, poursuivis-je – une ruine, à vrai dire, j'espère que tu ne m'en tiendras pas rigueur...

— Quelles nouvelles extraordinaires !

— J'ai déjà engagé de grosses dépenses pour les réparations – planchers et escaliers, vitraux, meubles...

— C'est merveilleux ! »

Elle me serra dans ses bras.

« Je suis heureux que tu ne sois pas fâchée : je me suis lancé dans ces préparatifs sans t'en parler, parce que je suis en quelque sorte tombé amoureux de l'endroit. J'y ai emmené plusieurs drapiers et charpentiers, je leur ai décrit ce dont je rêvais, et les choses avancent à mon entière satisfaction.

– Comment pourrais-je être fâchée ? Tu réalises mon vœu le plus cher.

– Encore un détail. Le château étant récent, il ressemble davantage à un manoir qu'à une place-forte, mais les fondations en sont anciennes. Très anciennes, même, pour la majeure partie. Il y a d'énormes cryptes et de véritables oubliettes.

– Tu veux déplacer les divins Parents ?

– Oui. Je crois qu'il est temps. Tu sais comme moi que les alentours s'emplissent de petites bourgades sorties de nulle part. Nous ne sommes pas assez isolés. Il faut emmener nos souverains.

– Je te suivrai quoi que tu fasses, évidemment. » Elle était trop heureuse pour le cacher. « Mais seront-ils en sécurité, là-bas ? Ne les as-tu pas installés ici, en une région reculée, afin de ne pas avoir à craindre leur découverte ?

– Il n'y aura pas de problème, répondis-je après réflexion. Au fil des siècles, le monde des non-morts change autour de nous. Je ne supporte plus ces montagnes ; il me faut donc déplacer les Parents. Pas un buveur de sang ne vit là-bas, j'en suis sûr car j'ai passé au crible un vaste périmètre. Rien. Ni jeunes ni anciens. Je ne crois donc pas qu'il y ait de danger. Mais peut-être la véritable réponse à ta question est-elle tout simplement que je veux emmener nos souverains là-bas ; je veux un nouveau refuge ; de nouvelles montagnes et de nouvelles forêts.

– Je comprends. Oh oui, je comprends. Et je les crois plus que jamais capables de se défendre tout seuls. Ils ont besoin de toi, je n'en doute pas, ce qui explique qu'ils aient ouvert la porte et allumé les lampes, la nuit de notre arrivée, il y a bien longtemps. Je m'en souviens toujours clairement. Mais je passe des heures ici à les regarder, des heures où je pense beaucoup. Je crois qu'ils se défendraient si on tentait de leur faire du mal. »

Je ne me souciai pas de discuter, de rappeler à ma novice que, des siècles auparavant, nos Parents s'étaient laissé placer au soleil. À quoi bon ? D'ailleurs, pour ce que j'en savais, elle avait raison. Ils écraseraient quiconque chercherait à leur infliger une nouvelle fois ce genre de traitement.

« Allons, reprit-elle, me voyant sombrer dans des pensées mélancoliques. Je suis tellement heureuse de ces nouvelles. Je veux que tu sois heureux, toi aussi. »

Elle m'embrassa comme si elle ne pouvait s'en empêcher. Sa candeur était telle en pareils moments.

Alors que moi, je lui mentais, je lui mentais vraiment pour la première fois des longues années que nous avions passées ensemble.

Je me refusais à lui dire un mot de Pandora, parce que je ne croyais pas réellement en son absence de jalousie et que mon amour pour Pandora se trouvait au cœur de l'entreprise. Qui révélerait ce genre de plans à son amante ?

Je voulais me rendre à Dresde. Y habiter. Me trouver aux environs chaque coucher de soleil de mon existence jusqu'à ce que Pandora s'y présentât à nouveau. Impossible d'avouer pareille chose à Bianca.

Aussi prétendis-je avoir choisi notre belle demeure à son intention, ce qui d'ailleurs était vrai, n'en doute pas. Je l'avais achetée à son intention, oui, pour la rendre heureuse. Mais pas seulement.

Le mois suivant, nous commençâmes les travaux du nouveau sanctuaire, transformant les oubliettes en un écrin approprié au roi et à la reine.

Orfèvres, peintres, tailleurs de pierre descendirent les longs escaliers des souterrains qu'ils allaient transformer en une merveilleuse chapelle privée.

Le trône et le dais étaient dorés à la feuille.

Une fois de plus, je me procurai des lampes en bronze toutes neuves, de luxueux candélabres en or et en argent.

Moi seul travaillai aux lourdes portes de fer et à leurs serrures complexes.

La demeure proprement dite, restaurée à plusieurs reprises, tenait comme je l'avais dit davantage du manoir que du château fort. La charmante propriété où elle se dressait, au-dessus de l'Elbe, abritait une belle forêt de bouleaux, de hêtres et de chênes. Une terrasse offrait une vue superbe du fleuve, tandis que plusieurs grandes fenêtres donnaient sur Dresde, au loin.

Il n'était bien sûr pas question de chasser dans cette ville ou dans les hameaux environnants. Nous irions nous restaurer au loin, comme de coutume, à moins de tendre des embuscades aux brigands des forêts – un de nos passe-temps habituels.

Bianca, soucieuse, me confia une nuit à contrecœur que l'idée de vivre en un lieu où il ne lui serait pas possible de se nourrir sans moi l'inquiétait.

« Dresde est assez grande pour satisfaire ton appétit si jamais je ne puis te transporter ailleurs, répondis-je. Tu verras. C'est une

belle ville, une ville jeune, je pense, mais qui s'épanouit magnifiquement sous le règne du duc de Saxe.

– Tu en es sûr ?

– Oh, oui. Et je suis tout aussi sûr que les forêts de Saxe et de
Thuringe renferment leur lot de bandits assassins, ceux dont nous
avons toujours fait nos délices. » Cela lui donna à réfléchir.
« N'oublie pas que tu peux couper tes beaux cheveux blonds
n'importe quel soir en sachant qu'ils repousseront de jour, que tu
peux t'habiller en homme et te déplacer avec une rapidité et une
force surnaturelles. Peut-être devrions-nous jouer ce petit jeu peu
après notre arrivée.

– Tu me le permettrais ?

– Bien sûr », affirmai-je, surpris de sa reconnaissance.

Une nouvelle fois, elle me couvrit d'une pluie de baisers.

« Il faut quand même que je te prévienne d'une chose, repris-je.
Nous allons nous installer dans une région parsemée de petits villages où on croit beaucoup à la sorcellerie et aux vampires.

– Les vampires, répéta-t-elle. C'est le mot qu'a employé ton ami
du Talamasca.

– Oui. Il nous faudra dissimuler les preuves de nos festins, ou
nous entrerons aussitôt dans la légende. »

Ma compagne éclata de rire.

Enfin, le château – le *schloss*, comme on dit dans cette partie du
monde – fut prêt. L'heure était venue de faire nos préparatifs.

Toutefois, une autre idée m'obsédait.

Une nuit, alors que Bianca dormait dans son coin, je décidai de
régler la question.

À genoux sur le marbre froid, je me mis à prier ma belle Akasha
figée, lui demandant en termes non équivoques si elle laisserait ma
novice boire à ses veines.

« Cette tendre enfant est ta compagne depuis des années, expliquai-je. Elle t'aime de tout son cœur. Je lui donne souvent mon
propre sang, mais il n'est rien comparé au tien. J'ai peur pour elle, si
jamais nous étions séparés. Permets-lui de boire, je t'en prie.
Donne-lui ta précieuse force. »

Seuls me répondirent le doux silence, l'odeur de la cire et du
pétrole, les innombrables petites flammes scintillantes qui se reflé-
taient dans les yeux de la reine.

Toutefois, une image m'apparut. Je vis en esprit ma ravissante
Bianca reposant sur le sein d'Akasha. Un divin instant, nous ne
fûmes plus dans le sanctuaire mais dans un grand jardin. La brise
jouait parmi les branchages. Les fleurs embaumaient.

Je me retrouvai presque aussitôt dans la chapelle, à genoux, les bras tendus.

Aussitôt, j'appelai tout bas ma novice et lui fis signe de me rejoindre. Elle s'approcha, totalement inconsciente de ce que je préparais. Je la guidai vers la gorge de la reine, me tenant de manière à sentir si Enkil levait le bras.

« Embrasse-la dans le cou », murmurai-je.

Bianca frissonnait, au bord des larmes sans doute, mais elle m'obéit. Ses petits crocs percèrent la peau de notre Mère, son corps se raidit dans mon étreinte.

L'instant était décisif.

Elle but un long moment ; il me semblait entendre lutter l'un contre l'autre les cœurs des deux femmes, le premier puissant, le deuxième faible, puis Bianca retomba en arrière. Je la pris dans mes bras, tandis que les deux minuscules blessures marquant la gorge d'Akasha se refermaient.

C'était terminé.

Je me retirai dans l'angle, ma compagne serrée contre moi.

Elle poussa de grands soupirs, se tordit puis pivota pour se blottir contre moi. Enfin, elle regarda sa main tendue ; nous constatâmes tous deux que sa chair était plus pâle, bien qu'elle conservât les teintes de la vie humaine.

L'événement me mit du baume au cœur. Maintenant seulement je confesse ce qu'il représentait pour moi : mentir à Bianca m'infligeait un sentiment de culpabilité insupportable, mais lui avoir permis de goûter au sang de la Mère m'en soulageait en grande partie.

J'espérais qu'Akasha laisserait à nouveau la chère enfant boire à sa gorge, ce qui se produisit en effet ; souvent. Chaque gorgée du sang divin donnait à Bianca une force incommensurable.

Mais j'en reviens à mon histoire.

Le voyage depuis le sanctuaire fut difficile. Comme par le passé, je devais me fier à des mortels pour transporter les divins Parents dans de lourds cercueils de pierre, ce qui ne laissait pas de m'inquiéter. Moins cependant qu'autrefois. Sans doute étais-je réellement persuadé qu'Akasha et Enkil pouvaient au besoin se défendre.

J'ignore d'où me venait cette impression. Peut-être du fait qu'ils avaient ouvert la porte du sanctuaire et allumé les lampes lorsque je m'étais senti tellement faible et malheureux.

Quoi qu'il en soit, ils atteignirent sans difficulté notre nouvelle demeure. Sous le regard fasciné de Bianca, je les tirai de leurs cercueils et les plaçai ensemble sur le trône.

Leurs lents mouvements obéissants, leur souplesse paresseuse – tout cela l'horrifia vaguement.

Comme elle avait bu le sang de la Mère, cependant, elle ne tarda pas à se joindre à moi pour ajuster la belle robe tissée d'Akasha et la jupe d'Enkil, lisser les chevelures nattées, arranger les bracelets de la reine.

Cela fait, je me chargeai en personne d'allumer lampes et bougies.

Enfin, nous nous mîmes à genoux et priâmes que les Parents sacrés se réjouissent d'être arrivés en ces lieux.

Nous partîmes ensuite dans la forêt à la recherche de brigands dont nous avions déjà perçu la voix. Trouver leur odeur ne nous prit guère de temps, et nous ne tardâmes pas à festoyer au cœur des bois, dans la splendeur d'une cache d'or volé.

Nous avions retrouvé le monde, déclara ensuite Bianca, dansant en grands cercles dans l'imposant vestibule du château. Les meubles dont regorgeaient nos appartements l'enchantaient ; les lits-coffres et leurs draperies colorées la ravissaient.

De même que moi.

Toutefois, nous étions bien d'accord pour ne pas mener une vie aussi mondaine qu'à Venise. C'eût été trop dangereux. Nous ne prîmes donc que quelques serviteurs et vécûmes en reclus ; on racontait à Dresde que notre château appartenait à un seigneur et une noble dame qui ne l'habitaient pas.

Lorsque l'envie nous prenait de visiter une superbe cathédrale – il y en avait tellement – ou une cour royale, nous partions au loin dans des villes telles que Weimar, Eisenbach ou Leipzig, où nous nous entourions d'un faste et d'un mystère absurdes. Cela nous faisait le plus grand bien après notre existence monotone dans les Alpes. Nous y prenions un immense plaisir.

Pourtant, à chaque coucher de soleil, mes yeux se fixaient sur Dresde. À chaque crépuscule, je guettais la présence d'un ancien.

Ainsi s'écoulèrent les années.

Elles amenèrent dans la mode vestimentaire de grands changements qui nous amusèrent fort. Bientôt, nous portâmes des perruques élaborées que nous trouvions ridicules. Quant aux culottes qui me furent imposées, je les détestai, de même que les chaussures à talons et les bas blancs associés.

Notre calme vie de reclus ne nous permettant pas d'embaucher assez de femmes de chambre, je laçais moi-même le corset étroit de Bianca. Quel spectacle elle offrait dans ses corsages décolletés et ses énormes jupes à paniers !

Pendant ce temps, j'écrivis maintes fois au Talamasca. Raymond mourut à l'âge de quatre-vingt-neuf ans, mais je ne tardai pas à établir une correspondance avec une jeune femme du nom d'Elizabeth Nollis, qui disposait pour études personnelles de mes lettres à Raymond.

Après m'avoir confirmé que l'ordre recevait toujours de temps à autre des nouvelles de Pandora et de son compagnon asiatique, elle me supplia de lui en dire le plus possible sur mes propres pouvoirs et habitudes, mais je me gardai de me montrer trop explicite. J'eus beau évoquer la lecture dans les esprits et la capacité de voguer dans les cieux, mon manque de précision la laissa perplexe.

Le plus grand, le plus étonnant bénéfice que je tirai de ces missives fut ce que j'appris sur le Talamasca. L'ordre était plus riche que quiconque n'eût pu le croire, ce qui donnait à ses membres une immense liberté. Ils avaient récemment installé une maison mère à Amsterdam et une autre à Rome.

Surpris de ces nouvelles, je prévins Elizabeth Nollis de l'existence de Santino.

Sa réponse m'étonna plus encore.

« Il semble que les étranges messieurs et dames dont nous avons discuté n'habitent plus la ville où ils vivaient si heureux. Il est même très difficile à notre maison mère locale de rassembler des renseignements sur le genre d'activités auxquelles ils sont censés s'être livrés. »

Que signifiaient ces révélations ? Santino avait-il abandonné son clan ? Les satanistes s'étaient-ils rendus en masse à Paris, et si oui, pourquoi ?

Sans donner d'explication à ma calme Bianca – qui chassait de plus en plus en solitaire – j'allai moi-même explorer la ville sainte, pour la première fois depuis deux cents ans.

Je me montrai prudent, beaucoup plus que je n'aime à l'admettre. La peur du feu me rendait même si nerveux qu'à mon arrivée, incapable d'agir, je m'installai au sommet de la basilique Saint-Pierre pour promener sur Rome des yeux froids, emplis de honte. Un long moment, malgré mes efforts pour me maîtriser, il me fut impossible de me servir de mes oreilles de vampire.

Bientôt, cependant, le don de l'esprit me révéla qu'il n'y avait en ville que quelques buveurs de sang solitaires, privés de réconfortante compagnie, des créatures extrêmement faibles. En violant leur esprit, je m'aperçus qu'elles ne savaient pas grand-chose de Santino !

Comment était-ce possible ? Comment l'être qui avait si bien détruit ma vie s'était-il libéré de sa propre existence misérable ?

Furieux, j'allai trouver un des vampires, que j'accostai à sa grande terreur – justifiée.

« Que sont devenus Santino et le clan romain ? demandai-je durement.

– Ils ont tous disparu depuis des années. Qui êtes-vous pour vous rappeler leur existence ?

– Santino ! Où est-il ? Parle !

– Personne n'en sait rien. Je ne l'ai seulement jamais vu.

– Il faut bien que quelqu'un t'ait créé. Qui ?

– Mon maître vit toujours dans les catacombes qu'occupait le clan. Il est fou. Il ne peut vous être d'aucune aide.

– Prépare-toi à rencontrer Dieu ou le diable. »

Ce fut aussi simple que cela. Je m'efforçai d'éliminer le malheureux sans le faire souffrir, et il ne resta bientôt plus de lui qu'une tache grasse dans la poussière. Après m'y être frotté les pieds, je partis pour les catacombes.

Le jeune vampire m'avait dit la vérité.

Il n'y avait plus en ces lieux qu'un buveur de sang, perdu parmi les tas de crânes abandonnés là depuis plus de mille ans.

Un fou babillant qui, me découvrant dans mes beaux vêtements de gentilhomme, me montra du doigt.

« Le diable présente bien, lança-t-il.

– Dis plutôt la mort, ripostai-je. Pourquoi avoir créé le novice que je viens de détruire ? »

Cet aveu le laissa de marbre.

« Je me fabrique des compagnons, mais à quoi bon ? Ils se retournent toujours contre moi.

– Où est Santino ?

– Parti depuis longtemps. Qui l'eût cru ? »

Je cherchai à lire dans son esprit, mais la folie y poussait des pensées sans suite. Il me semblait traquer des souris éparpillées.

« Regarde-moi ! ordonnai-je. Quand l'as-Etu vu pour la dernière fois ?

– Oh, il y a des décennies de cela. Je ne sais pas en quelle année. Que signifient les années ici ? »

Il me fut impossible de rien lui tirer d'autre. Je parcourus du regard ces lieux désolés, où quelques bougies versaient des larmes de cire sur des crânes jaunis, puis je détruisis la créature grâce au don du feu avec autant de charité que j'avais détruit son novice – je demeure d'ailleurs fermement persuadé d'avoir bel et bien fait acte de charité.

Il ne restait à Rome qu'un vampire, qui menait une vie beaucoup plus agréable que les deux précédents. Lorsque j'arrivai près de chez lui, il ne me fut pas difficile d'apprendre qu'il s'était aménagé une cachette sous sa demeure mais qu'il consacrait à la lecture ses heures de loisir, dans ses confortables appartements. Il se vêtait relativement bien.

Je m'aperçus aussi qu'il était incapable de détecter ma présence. Né au Sang trois cents ans plus tôt environ, il avait l'aspect d'un mortel d'une trentaine d'années.

Je forçai sa porte, brisant sa serrure, et marchai sur lui tandis qu'il se levait, terrifié, de son bureau.

« Santino, lançai-je. Qu'est-il devenu ? »

Quoique l'inconnu se fût nourri voracement, il était émacié, avec une ossature épaisse et de longs cheveux noirs. Son habit à la mode des années 1600 s'ornait de dentelles sales, poussiéreuses.

« Qui êtes-vous, au nom de l'enfer ? murmura-t-il. D'où venez-vous ? »

Sa confusion d'esprit était telle qu'elle mettait en échec ma capacité à lui soutirer pensées ou informations.

« Je répondrai à tes questions lorsque tu auras répondu aux miennes, tranchai-je. Santino. Qu'est-il advenu de lui ? »

Je fis vers mon hôte forcé quelques pas délibérés qui portèrent sa terreur au paroxysme.

« Calme-toi », repris-je avant de tenter une nouvelle fois de lire en lui, sans résultat. « Ne cherche pas à fuir, tu n'y parviendrais pas. Réponds-moi.

– Je vais vous dire ce que je sais, assura-t-il, effaré.

– Cela devrait suffire. »

Il secoua la tête.

« Je viens de Paris, commença-t-il, tremblant. Un vampire du nom d'Armand, le chef du clan parisien, m'a envoyé ici. »

Je hochai la tête, comme si je comprenais fort bien et ne souffrais pas mille morts.

« Je suis arrivé il y a un siècle, peut-être plus. À Paris, nous ne recevions plus aucune nouvelle de Rome. Armand voulait savoir pourquoi. Le clan romain était en pleine confusion. »

Il s'interrompit, reprenant son souffle, reculant devant moi.

« Vite, dis-m'en davantage, ordonnai-je. Je suis impatient.

– Seulement si vous me jurez sur l'honneur de ne pas me faire de mal. Après tout, je ne vous ai nui en rien. Je n'ai jamais été un enfant de Santino.

– Tu crois donc que j'ai le sens de l'honneur ?

– J'en suis sûr. Je suis capable de sentir ce genre de choses. Prêtez serment, et je vous dirai tout.

– Très bien. Je jure de te laisser la vie, ce qui est plus que n'en ont obtenu cette nuit deux autres buveurs de sang hantant tels des fantômes les rues de Rome. À présent, parle.

– À mon arrivée, j'ai trouvé le clan romain affaibli. Ses membres n'organisaient plus de cérémonie, un ou deux anciens s'étaient jetés au feu, d'autres avaient juste pris la fuite... Santino n'avait rien tenté pour les rattraper ni les punir. Lorsque le bruit s'est répandu qu'il était possible de partir ainsi, les disparitions se sont multipliées. C'était un désastre pour le clan.

– Santino. Tu l'as vu ?

– Oui. Il avait pris l'habitude de se parer de beaux vêtements et de bijoux. Sa demeure était bien plus vaste que celle-là. Il m'a tenu un étrange discours. Je ne me rappelle pas tout...

– Il le faut.

– Il m'a dit avoir vu des anciens, trop d'anciens, ce qui avait ébranlé sa foi en Satan. Des créatures qu'on eût dites de marbre, quoiqu'elle fussent inflammables. Il ne se sentait plus capable de diriger le clan. D'après lui, il était inutile que je rentre à Paris, je n'avais qu'à faire ce que je voulais et, ma foi, je l'ai fait.

– Des anciens, répétai-je. Il n'en a pas dit plus à ce sujet ?

– Il a parlé du grand Marius, d'un certain Mael et de femmes d'une extrême beauté.

– Comment s'appelaient-elles ?

– Il ne me l'a pas dit. Il m'a juste raconté que l'une d'elles était venue dans les catacombes une nuit de danses cérémonielles, qu'elle ressemblait à une statue animée, et qu'elle avait marché dans le feu pour prouver qu'il ne servirait à rien contre elle. Ensuite, elle avait éliminé la plupart des novices qui l'attaquaient.

« Santino ayant fait preuve d'intérêt et de patience, elle avait passé plusieurs nuits à discuter avec lui, à parler de ses voyages. Par la suite, il avait perdu l'envie de s'occuper du clan...

« Mais c'était une autre femme qui avait consommé sa destruction.

– Qui cela ? m'enquis-je. Tu ne peux parler trop vite pour satisfaire ma curiosité.

– Une noble dame très bien vêtue, qui voyageait en carrosse avec un Asiatique à la peau sombre. »

Stupéfait, je me sentis devenir enragé dans le silence qui suivit.

« Que s'est-il passé ? demandai-je enfin, malgré les milliers d'autres questions qui se pressaient dans mon esprit.

— Santino voulait désespérément s'en faire aimer. Bien sûr, l'Asiatique l'a menacé de le détruire, purement et simplement, s'il ne changeait pas de conduite, mais c'est le jugement de la visiteuse en personne qui l'a abattu.

— Comment cela ? Qu'a-t-elle fait et pourquoi ?

— Je ne sais trop. Santino lui a parlé de sa foi passée, de la ferveur avec laquelle il avait dirigé le clan. Elle l'a sévèrement condamné, affirmant que l'avenir le punirait de ce qu'il avait fait à ses frères, puis elle s'est détournée de lui avec dégoût. »

J'eus un sourire amer.

« L'histoire signifie-t-elle quelque chose pour vous ? me demanda mon informateur. Est-ce ce que vous vouliez savoir ?

— Oh, je comprends très bien de quoi il s'agit, n'aie crainte. »

Me détournant, je m'approchai de la fenêtre, dont j'ouvris le volet de bois pour regarder dans la rue.

Aveugle à l'instant, je ne pouvais seulement raisonner.

« Que sont devenus cette noble dame et son compagnon ? interrogeai-je.

— Je l'ignore. Par la suite, il y a peut-être une cinquantaine d'années, je les ai vus à Rome. Ils sont faciles à reconnaître, car elle est très pâle alors que sa peau à lui est d'un brun crémeux. De plus, elle s'habille en grande dame tandis qu'il a tendance à l'exotisme. »

J'inspirai à fond.

« Et Santino ? Où est-il ?

— Je ne saurais le dire, mais à l'époque où je l'ai rencontré, il était trop découragé pour faire quoi que ce soit. Son seul désir était d'obtenir l'amour de cette femme. Il s'estimait inapte à l'immortalité et terrorisé par la mort, tout cela à cause des anciens. Il ne lui restait rien. »

J'inspirai derechef puis me retournai, gravant mon interlocuteur dans mon esprit avec ses innombrables détails.

« Écoute, ordonnai-je. Si jamais tu revois cette créature, la grande dame qui voyage en carrosse, dis-lui en mon nom une chose et une seule.

— Très bien.

— Que Marius est en vie et qu'il la cherche.

— Marius ! » haleta-t-il. Son regard me parcourut de la tête aux pieds, avec respect cependant, puis il poursuivit, hésitant : « Santino vous croyait mort. Il me semble même qu'il a dit quelque chose de ce genre à sa visiteuse : qu'il avait envoyé ses subordonnés vous tuer à Venise.

— Je ne doute pas qu'il le lui ait dit. Mais rappelle-toi que tu m'as vu et que je la cherche.

— Où vous rencontrera-t-elle ?

— Je ne puis te confier pareille chose. Ce serait pure bêtise de ma part. Si tu la revois, cependant, parle-lui.

— Très bien, acquiesça-t-il. J'espère que vous la trouverez. »

Je le quittai sans un mot de plus.

De retour dans la nuit romaine, j'errai longtemps à travers la ville, remarquant comme elle avait changé au fil des siècles, mais aussi à quel point elle était restée la même.

Les reliques toujours présentes de mon époque m'émerveillèrent. Je disposais de quelques heures précieuses pour parcourir les ruines du Colisée et du forum, grimper sur la colline où j'avais autrefois vécu, y découvrir quelques pierres de mon ancienne demeure. J'errais dans une sorte de brouillard, fixant bêtement les objets, l'esprit enfiévré.

L'exaltation soulevée en moi par ce que je venais d'apprendre était difficile à contenir, malgré ma détresse à la pensée que Santino m'avait échappé.

Dire qu'il était tombé amoureux d'*elle* ! Qu'elle l'avait repoussé ! Qu'il lui avait confessé ses entreprises meurtrières... Quelle horreur ! S'en était-il vanté en les lui racontant ?

Enfin, je repris le contrôle de moi-même. Je survivrais aux révélations du jeune vampire. Bientôt, je le savais, je reverrais Pandora.

Quant à l'autre ancienne, celle qui avait traversé le feu, je ne pouvais alors avoir la moindre idée de son identité, quoique je pense la connaître à présent. J'en suis même quasi certain. Je me demande d'ailleurs ce qui l'avait poussée à abandonner son habituelle discrétion pour apporter une libération charitable aux fidèles de Santino.

La nuit touchant à sa fin, je retournai chez moi auprès de Bianca, éternellement patiente.

Après avoir descendu l'escalier en pierre de la cave, je la trouvai somnolente contre son cercueil, comme si elle m'avait attendu. Elle arborait une longue chemise de nuit en soie blanche, aux manches serrées autour des poignets. Ses cheveux brillants flottaient sur ses épaules.

Je la soulevai, baisai ses paupières de plus en plus lourdes puis l'allongeai afin qu'elle reposât dans la journée, avant de l'embrasser encore une fois.

« Tu as trouvé Santino ? demanda-t-elle d'une voix somnolente. Tu l'as puni ?

– Non, mais je le trouverai une nuit, ces prochaines années. Le temps seul pourrait me priver de ce plaisir. »

XXXII

La nouvelle me fut apportée par Bianca.

La soirée commençait à peine. J'écrivais une lettre, que j'enverrais plus tard à ma nouvelle confidente du Talamasca. Les fenêtres étaient ouvertes à la brise venue de l'Elbe.

Ma novice se précipita dans la pièce.

« Pandora. J'en suis sûre. Je l'ai vue. »

Je me levai de mon bureau.

La pris dans mes bras.

« Comment le sais-tu ?

— Elle participe en cet instant même au bal de la cour avec son amant asiatique. Tout le monde parlait d'eux, de leur beauté. Le marquis et la marquise de Malvrier. Aussitôt entrée dans la salle, j'ai entendu leurs pouls, j'ai perçu leur curieuse odeur de vampires, tellement indescriptible.

— Elle t'a vue ?

— Oui. J'ai immédiatement évoqué ton image, mon amour. Nos yeux se sont croisés. Va la voir. Je sais à quel point tu en as envie. »

Je regardai un long moment Bianca, contemplant ses beaux yeux en amande, puis je l'embrassai. Jamais elle n'avait été plus belle que dans son exquise robe de bal en soie violette. Mon baiser fut plus chaleureux encore qu'à l'ordinaire.

Après avoir exploré mes placards, je revêtis pour l'occasion une splendide redingote cramoisie ainsi que les dentelles requises, puis me coiffai de la grosse perruque bouclée à la mode.

Mon carrosse m'attendait au pied du perron. En me retournant, je m'aperçus que Bianca me suivait des yeux depuis la terrasse. Elle porta une main à ses lèvres pour me souffler un baiser.

À peine étais-je entré dans la palais ducal que je perçus la présence de l'Asiatique. D'ailleurs, je n'avais pas atteint les portes de la salle de bal qu'il émergea de la pénombre d'une antichambre et me posa la main sur le bras.

Moi qui entendais depuis si longtemps parler de cette vile créature, voilà que je l'affrontais enfin. Le monstre, d'origine indienne, était très beau avec ses grands yeux noirs liquides, sa peau crémeuse sans défaut. Il me sourit de ses douces lèvres attirantes.

Le satin bleu foncé de sa redingote mettait en valeur ses dentelles compliquées, extravagantes. Le personnage semblait tout entier incrusté de diamants énormes, sans aucun doute venus d'Inde, où on leur vouait un véritable culte. Une fortune en bagues lui ornait les doigts ; une autre était éparpillée sur ses agrafes et ses boutons.

« Marius, commença-t-il, m'adressant une petite révérence courtoise à la manière dont il eût soulevé le chapeau qu'il ne portait pas. Vous voulez bien sûr voir Pandora.

– Espéreriez-vous m'en empêcher ?

– Nullement, affirma-t-il avec un petit haussement d'épaules. Comment pouvez-vous vous imaginer une chose pareille ? » Le ton était aimable. « Elle en a repoussé bien d'autres, je puis vous l'assurer. »

Il avait l'air parfaitement sincère.

« C'est ce qu'on m'a dit, acquiesçai-je. Il faut que je la voie. Vous et moi discuterons plus tard. Il faut que je la retrouve.

– Très bien. Je serai patient. » Nouveau haussement d'épaules. « Comme toujours. Je m'appelle Arjun, et je suis enchanté de vous rencontrer enfin. Même avec ce voyou romain, Santino, qui prétendait vous avoir assassiné, je me suis montré patient. Elle était tellement malheureuse, à l'époque, que je voulais le punir, mais je m'en suis gardé. J'ai accédé à ses désirs à elle en l'épargnant, lui. Quelle triste créature. Il l'adorait. J'ai accédé à ses désirs à elle, je vous le dis, et j'y accéderai encore cette nuit, comme toujours.

– C'est très aimable de votre part, répondis-je, la gorge serrée au point qu'il m'était tout juste possible de parler. À présent, laissez-moi. J'ai attendu ce moment plus longtemps que vous ne pouvez l'imaginer. Il m'est impossible de rester là à discuter avec vous alors qu'elle se trouve à quelques pas seulement.

– Je peux très bien imaginer combien de temps vous avez attendu. Je suis plus vieux que vous ne le croyez. »

Je hochai la tête et m'écartai lentement de lui.

Incapable d'en supporter davantage, je pénétrai aussitôt dans la salle de bal.

L'orchestre jouait une des danses fluides et douces appréciées à l'époque, où la musique était beaucoup moins animée qu'elle ne le deviendrait par la suite. La pièce luxueuse regorgeait de visages radieux, de silhouettes en mouvement, de couleurs vibrantes.

Je m'avançai lentement le long d'un mur, puis d'un autre, examinant la foule ravie.

Soudain, Pandora m'apparut. Elle ignorait que j'étais là. Son compagnon ne lui avait envoyé nul avertissement mental.

Assise solitaire, elle était artistement vêtue à la dernière mode d'un gracieux corsage en satin très serré et d'énormes jupes ornementées. Sa chevelure brune tirée en arrière, attachée sur le crâne par des barrettes de rubis et de diamants, encadrait son ravissant visage livide.

Je m'appuyai au clavicorde, adressant à son talentueux instrumentiste un sourire indulgent, puis me retournai vers elle pour l'observer.

Elle semblait tellement triste, lointaine, d'une beauté tellement indescriptible. Jouissait-elle des couleurs de la salle comme j'en jouissais ? Éprouvait-elle pour les mortels le même tendre amour que moi ? Que ferait-elle en s'apercevant que je la regardais ?

Je n'en savais rien. La peur m'étreignait. Je ne saurais rien avant d'entendre sa voix. Plongé dans ma contemplation, je savourais cet instant béni de sécurité.

Soudain, elle me vit. Elle me repéra parmi les centaines d'invités. Ses yeux se fixèrent sur moi, le sang monta à ses joues charmantes, sa bouche s'ouvrit pour souffler un mot : _Marius_.

Je l'entendis malgré la douce musique.

Portant mes doigts à mes lèvres, comme Bianca un peu plus tôt, je soufflai un baiser à la belle marquise.

Elle paraissait à la fois très triste et très heureuse, la bouche entrouverte en un demi-sourire, les yeux fixés sur moi. Aussi incapable que moi de bouger.

Le gouffre de silence qui nous séparait était intolérable !

Je traversai le parquet d'un pas rapide pour aller m'incliner devant elle puis, soulevant sa pâle main froide, je l'entraînai parmi les danseurs sans tenir compte de sa résistance.

« Non, murmurai-je. Tu es mienne, tu entends ? mienne. Ne t'écarte pas de moi.

– J'ai peur, Marius. Il est très fort, tu sais, me chuchota-t-elle à l'oreille. Il faut lui expliquer que nous nous sommes retrouvés. »

Nous dansions comme si nous n'avions pas échangé pareilles répliques. La serrant contre moi, je l'embrassai sur les joues, indifférent à ce que les mortels alentour pouvaient bien penser de pareille inconduite. L'idée même de m'en soucier était absurde.

« Pandora, mon amour, si seulement tu savais combien de temps je t'ai attendue. À quoi bon te dire maintenant que dès le début, tu m'as affreusement manqué ? Écoute-moi, ne ferme pas les yeux, ne détourne pas le regard. J'ai compris dans l'année, la première, que j'avais commis une terrible erreur ! »

Je m'aperçus que je faisais tourner ma cavalière avec trop d'emportement, que je serrais sa main trop fort. J'avais perdu le rythme. La musique résonnait à mes oreilles, étrange bruit perçant. Je ne me contrôlais plus.

Pandora s'écarta de moi pour me regarder dans les yeux.

« Emmène-moi sur la terrasse, me demanda-t-elle. Nous discuterons à la brise du fleuve. La musique me fait tourner la tête. »

Je l'entraînai immédiatement entre les deux battants d'une immense double porte pour gagner un banc dominant le cours d'eau.

Jamais je n'oublierai la lumière de cette nuit-là ; les étoiles paraissaient m'être favorables, la lune brillait sur l'Elbe. Des jardinières de fleurs nous entouraient, des couples ou autres groupes de mortels venus prendre l'air discutaient tout bas.

Pour l'essentiel, cependant, la terrasse nous appartenait. Je me laissai aller à embrasser ma compagne – ses joues parfaites, sa gorge. Mes mains explorèrent sa chevelure aux ondulations serrées, que j'avais si souvent peinte sur les nymphes sauvages qui couraient dans mes jardins luxuriants. J'avais envie de la libérer.

« Ne me quitte pas une nouvelle fois, suppliai-je. Quoi que nous nous disions cette nuit, ne me quitte pas.

– C'est toi qui m'as quittée, Marius. » Le tremblement de sa voix m'effraya. « Il y a tellement longtemps de cela, ajouta-t-elle avec tristesse. Je t'ai cherché avec tellement d'ardeur.

– Oui, oui, j'admets que tu as raison. Je reconnais toutes mes erreurs. Comment aurais-je deviné ce que représenterait la rupture de notre relation ? Je ne savais pas, Pandora ! Dieux du ciel, je ne savais pas ! Crois-moi, je t'en prie. Dis-moi que tu vas quitter cette créature, cet Arjun, et revenir vivre avec moi. Rien de moins ne saurait me contenter ! Je ne puis te chuchoter des mots tendres. Je ne puis te réciter de la poésie. Regarde-moi.

– Que crois-tu que je fasse ? Ne comprends-tu donc pas que tu m'aveugles ? Ne va pas t'imaginer que je n'ai pas rêvé de nos retrouvailles, moi aussi. Mais tu me vois aujourd'hui en proie à la faiblesse et à la honte.

– Quoi ? Peu importe ! Quelle faiblesse ? Quelle honte ?

– Je suis l'esclave de mon compagnon. Je le laisse m'entraîner à travers le monde car je ne possède moi-même nulle volonté, nulle énergie. Je ne suis rien, Marius.

– Ce n'est pas vrai, mais de toute manière, peu importe. Je te libérerai d'Arjun. Il ne me fait absolument pas peur. Tu resteras auprès de moi, et ta force d'autrefois te reviendra.

– Tu rêves. »

La froideur se glissait dans son expression et sa voix, dans ses yeux bruns, une froideur née du chagrin.

« Essaies-tu vraiment de me dire que tu vas me quitter une nouvelle fois pour cette créature ? questionnai-je. Crois-tu que je l'accepterai ?

– Et toi, Marius, qu'essaies-tu de me dire ? Que tu me forceras à rester ? répondit-elle d'une voix basse, lointaine.

– Tu viens de m'avouer que tu es faible, que tu es une esclave. N'est-ce pas me demander de t'imposer ma volonté ? »

Elle secoua la tête, sur le point de fondre en larmes. L'envie me revint de lui libérer violemment les cheveux, d'en arracher les joyaux, de prendre son visage entre mes mains.

Je me laissai d'ailleurs aller à le serrer trop rudement.

« Écoute-moi, Pandora, repris-je. Il y a cent ans de cela, j'ai appris d'un étrange mortel que tes errances en compagnie d'Arjun t'entraînaient dans des cercles sans fin autour de Dresde. C'est pourquoi j'ai emménagé ici afin de t'y attendre. Depuis, il ne s'est pas écoulé une nuit sans que je te cherche par toute la ville à mon réveil.

« Maintenant que je te tiens dans mes bras, je n'ai pas l'intention de renoncer à toi. »

Elle secoua la tête, incapable de parler, semblait-il. J'avais l'impression qu'elle était prisonnière de ses vêtements à la mode, perdue dans une rêverie douloureuse.

« Que puis-je t'apprendre que tu ne saches déjà, Marius ? J'existe toujours, je survis, j'erre. Avec ou sans Arjun, qu'importe ? » Ses yeux se posèrent sur moi, pensifs.

« Et que peux-tu m'apprendre que je ne sache déjà ? Tu survis, tu existes… Les démons de Rome ne t'ont pas détruit comme ils le prétendaient – tu as été brûlé, certes, je le vois à la couleur de ta peau, mais tu en as réchappé. Qu'ajouter à cela ?

– Mais que me racontes-tu là ! » la fureur me saisit brusquement. « Chacun de nous a l'autre, Pandora ! Grands dieux ! Nous avons le temps. Il repart de zéro pour nous deux par la grâce de nos retrou-vailles !

– Vraiment ? Je ne le crois pas. Je n'ai pas la force.

– C'est de la folie !

– Ah, tu es tellement en colère. Cette discussion me rappelle nos querelles d'autrefois.

– Non, pas du tout ! Elle n'y ressemble pas, car elle ne ressemble à rien. Je vais t'emmener, à présent, nous allons nous rendre en mon château. Ensuite, je m'occuperai d'Arjun.

– Impossible, répondit-elle d'un ton sec. Voilà des centaines d'années que nous vivons ensemble. Crois-tu que tu puisses à ton gré t'interposer entre nous ?

– Je te veux, Pandora. Rien, hormis ta présence, ne saurait me contenter. S'il vient un moment où tu désires me quitter...

– Oui, que ferai-je alors puisque grâce à toi, je n'aurai plus Arjun ? » demanda-t-elle avec colère.

Je restai muet, furieux, sous son regard scrutateur. Son visage exprimait la plus vive émotion ; sa poitrine se soulevait sous le satin.

« M'aimes-tu ? interrogeai-je enfin.

– À la folie, répondit-elle d'une voix rageuse.

– Alors tu m'accompagnes ! »

Je la pris par la main.

Nul ne chercha à nous arrêter lorsque nous quittâmes le palais.

Aussitôt dans le carrosse, je me mis à embrasser ma compagne au hasard, tel un mortel, puis je voulus plonger les crocs dans sa gorge, mais elle m'en empêcha.

« Accorde-moi cette intimité ! suppliai-je. Pour l'amour du ciel, Pandora, c'est Marius qui te le demande. Écoute-moi. Partageons le sang.

– Ne vois-tu pas que j'en ai envie, moi aussi ? Mais j'ai peur.

– De quoi ? Dis-moi ce que tu crains. Je t'en débarrasserai. »

La carrosse, quittant Dresde, s'engagea dans la forêt pour gagner mon château.

« Non, ce n'est pas possible, protesta-t-elle. N'est-il pas évident que tu es resté tel que que tu étais à l'époque de notre vie commune ? Fort, énergique. Moi pas. Arjun veille sur moi.

– Veiller sur toi ? Si c'est ce qu'il te faut, Pandora, je le ferai ! Je prendrai en charge le moindre détail de ton existence tout entière comme si tu étais ma fille ! Donne-moi juste ma chance. La chance de reconstruire l'amour que nous avons perdu. »

Nous avions atteint les grilles de la propriété, que les serviteurs nous ouvrirent. Au moment où nous allions les franchir, Pandora me pria de demander au cocher d'attendre un instant. Elle regardait par la glace les fenêtres du manoir. Peut-être distinguait-elle la terrasse.

J'obtempérai. Ma compagne était paralysée par une peur qu'elle ne parvenait pas à dissimuler. Elle contemplait ma demeure comme si un terrible danger l'y avait attendue.

« Au nom du ciel, de quoi peut-il bien s'agir ? questionnai-je. Dis-moi ce qui te fait aussi peur, quoi que ce puisse être. Rien n'est immuable, Pandora. Dis-moi.

— Tu es tellement violent dans la colère, murmura-t-elle. Ne devines-tu pas ce qui me réduit à cet état d'abominable faiblesse ?

— Non. Je ne sais qu'une chose : je t'aime de tout mon cœur. Maintenant que je t'ai retrouvée, je suis prêt à tout pour te garder.

— Y compris à abandonner la compagne qui t'attend dans ce manoir ? » demanda-t-elle sans quitter le château du regard. Je ne répondis pas. « Je l'ai vue au bal. » Elle avait les yeux vitreux, la voix tremblante. « Et en la voyant, j'ai aussitôt deviné ce qu'elle était avec sa puissance et sa grâce. Jamais je n'aurais pensé que c'était ton amante, mais je le sais à présent. Son esprit m'est ouvert. Ses espoirs et ses rêves me parviennent, centrés sur toi.

— Arrête, Pandora. Il n'est pas nécessaire que je l'abandonne. Nous ne sommes pas des mortels ! Rien ne nous empêche de vivre ensemble tous les trois. »

Je pris la belle marquise par les bras. La secouai. Ses cheveux se dénouèrent, et je les tirai violemment, cruellement, avant d'y enfouir mon visage.

« Si tu l'exiges, pourtant, je le ferai. Donne-moi juste le temps de vérifier que Bianca est capable de mener une vie confortable et heureuse. Je le ferai pour toi, comprends-le, si seulement tu renonces à me repousser ! »

Je m'écartai d'elle. Elle semblait égarée, glacée. Ses beaux cheveux ruisselaient sur ses épaules.

« Qu'y a-t-il ? demanda-t-elle d'une voix lente. Pourquoi me regardes-tu de cette manière ? »

Je refoulai les larmes qui me montaient aux yeux.

« Parce que j'imaginais nos retrouvailles bien différentes. Je pensais que tu m'accompagnerais de ton plein gré. Que nous vivrions heureux avec Bianca. J'y ai cru. Longtemps. Et voilà que je suis là, près de toi, et que tout est querelle et souffrance.

— Il en a toujours été ainsi, Marius. C'est pourquoi tu m'as quittée.

– Non, ce n'est pas vrai. Nous nous sommes aimés, Pandora, reconnais-le. La séparation a été terrible, mais nous nous sommes aimés, et nous pouvons recommencer si nous nous en donnons la peine. »

Elle fixait le manoir, puis son regard revint se poser sur moi, quasi furtif. Quelque chose s'anima en elle et elle m'attrapa brusquement par le bras, les jointures blanchies, l'air à nouveau terrifié.

« Viens, lui dis-je. Je voudrais te présenter Bianca. Prends ses mains dans les tiennes. Écoute-moi, Pandora. Reste ici pendant que je vais arranger les choses avec Arjun. Ce ne sera pas long, je te le promets.

– Non, s'écria-t-elle. Tu ne comprends donc pas ? Je ne puis poser le pied dans cette maison, mais ta chère Bianca n'a rien à y voir.

– De quoi s'agit-il alors ? Qu'y a-t-il encore ?

– C'est ce bruit. Le battement de leur cœur !

– Le roi et la reine ! Ils sont là, en effet. Loin sous terre. Aussi figés et muets qu'autrefois. Tu n'es même pas obligée de les voir. »

Une expression de pure terreur déformait ses traits. Je l'entourai de mes bras, mais elle détourna le regard.

« Aussi figés et muets qu'autrefois, haleta-t-elle. Ce n'est pas possible. Pas après tout ce temps !

– Oh, si. Mais toi, tu ne devrais pas t'en soucier. Tu n'as nul besoin de descendre au sanctuaire. La charge m'en revient. Ne détourne pas les yeux, Pandora.

– Ne me fais pas de mal, prévint-elle. Tu te montres aussi brusque avec moi que si j'étais une courtisane. Sois plus doux. » Ses lèvres tremblaient. « Miséricordieux. »

Je me mis à pleurer.

« Reste auprès de moi, suppliai-je. Viens à l'intérieur. Parle à Bianca. Aime-nous tous les deux. Que le temps reparte de zéro à présent.

– Non. Éloigne-moi de cet affreux bruit. Raccompagne-moi en ville. Raccompagne-moi, ou je rentre à pied. Je ne puis supporter cette horreur. »

Je lui obéis. Nous demeurâmes silencieux en gagnant une belle et vaste maison de Dresde aux nombreuses fenêtres obscures. Arrivé là, je la pris dans mes bras et me mis à l'embrasser, me refusant à la lâcher.

Enfin, je tirai mon mouchoir pour m'essuyer le visage, inspirai à fond et m'efforçai de m'exprimer avec calme.

« Tu as peur. Il faut que je le comprenne et que je sois patient. »

Ses yeux avaient une expression lointaine et égarée que jamais je ne leur avais vue dans ses premières années et qui me faisait à présent horreur.

« Nous nous reverrons demain soir, ajoutai-je. Peut-être ici, chez toi, à l'abri du pouls de nos souverains. Où tu voudras, pourvu que cela te permette de t'habituer à moi. »

Elle hocha la tête et leva la main pour me caresser la joue.

« Tu donnes tellement bien le change, murmura-t-elle. Tu es tellement beau – tu l'as toujours été. Quand je pense que ces démons romains croyaient être venus à bout de ta brillante lumière... J'aurais dû leur rire au nez.

– Une lumière qui ne brille que pour toi, Pandora. C'est de toi que j'ai rêvé quand le feu de ce maudit Santino m'a réduit à l'état de charbon, quand j'ai bu aux veines de la Mère pour retrouver mes forces, quand j'ai parcouru l'Europe à ta recherche.

– Ah, mon amour, mon grand amour, chuchota-t-elle. Si seulement je pouvais redevenir la créature courageuse dont tu as gardé le souvenir.

– Tu le redeviendras. Tu l'es. Je veillerai sur toi, oui, puisque tu le désires. Toi, Bianca et moi, nous nous aimerons les uns les autres. Nous en reparlerons demain soir. Nous ferons des projets. Nous évoquerons les grandes cathédrales à voir, les vitraux colorés, les peintres dont nous n'avons pas encore étudié les œuvres. Le Nouveau Monde, ses fleuves et ses forêts. Nous parlerons de tout et n'importe quoi, Pandora.

« Tu ne tarderas pas à aimer Bianca, tu verras. À la chérir. Je connais son cœur et son âme aussi bien que je connaissais les tiens, je te le jure. Nous vivrons ensemble dans la sérénité. Tu n'as pas idée du bonheur qui t'attend.

– Le bonheur ? répéta-t-elle, me regardant comme si elle comprenait mal – avant d'ajouter : Je quitte Dresde cette nuit, mon ami. Rien ne saurait me retenir.

– Non, ne me dis pas une chose pareille ! protestai-je en la reprenant par les bras.

– Ne me fais pas de mal, Marius. Je quitte Dresde cette nuit, te dis-je. Tu as attendu cent ans pour être sûr d'une chose et d'une seule : que j'étais en vie. À présent, laisse-moi à l'existence que je me suis choisie.

– Non. Je ne veux pas.

– Il le faut pourtant, murmura-t-elle. Ne comprends-tu donc pas ce que j'essaie de te dire ? Je n'ai pas le courage de quitter Arjun, de voir le Père et la Mère ou de recommencer à t'aimer. Ta voix rageuse suffit à m'effrayer. Je n'ai pas le courage de faire la connaissance de Bianca. La pensée que tu l'aimes peut-être plus que moi me terrifie. Un rien me fait peur, ne le vois-tu donc pas ? En cet instant même, j'ai désespérément envie qu'Arjun m'emmène au loin. Tout est si simple avec lui ! Je t'en prie, Marius, laisse-moi partir et pardonne-moi.

– Je ne te crois pas. Je t'ai déjà dit que j'abandonnerais Bianca pour toi. Dieux du ciel, que puis-je faire de plus, Pandora ? Tu ne peux me quitter. »

Je lui tournai le dos : son expression étrange m'était insupportable.

Assis là, dans l'obscurité, j'entendis s'ouvrir la portière du carrosse, des pas rapides décroître à l'extérieur. Ma passagère était partie.

Pandora était partie.

Je ne sais combien de temps j'attendis. Moins d'une heure.

J'étais trop bouleversé, trop malheureux pour supporter la vue de son compagnon. Et puis l'idée d'aller tambouriner à la porte de sa demeure me semblait trop humiliante.

La vérité, la vérité brute, c'était qu'elle m'avait convaincu. Elle ne resterait pas auprès de moi.

J'allais ordonner à mon cocher de repartir pour le château lorsque des bruits me parvinrent de la maison. Pandora gémissait et pleurait ; des objets se brisaient.

Il ne m'en fallut pas davantage. Quittant le carrosse, je me précipitai jusqu'à la porte de la demeure, jetai aux serviteurs mortels qui attendaient là un regard mauvais afin de les réduire à l'impuissance puis ouvris moi-même en grand les imposants battants.

À l'intérieur, je grimpai en courant un escalier de marbre. Pandora errait comme une folle le long des murs, martelant les miroirs de ses poings, versant des larmes de sang, tremblant de tous ses membres, entourée de verre brisé.

Je la pris par les poignets. Tendrement.

« Reste auprès de moi, je t'en prie ! » implorai-je.

Soudain, je pris conscience de la présence d'Arjun, non loin de là. Son pas tranquille me parvint, puis il entra dans la pièce.

Pandora s'était effondrée contre ma poitrine, tremblante.

« Ne vous inquiétez pas, me dit son compagnon du ton patient qu'il avait déjà employé avec moi au palais ducal. Rien ne nous interdit de discuter en toute courtoisie. Je ne suis pas un sauvage sujet aux crises destructrices. »

C'était l'image même du parfait gentilhomme avec son mouchoir en dentelle et ses chaussures à hauts talons. Il regarda autour de lui les éclats de miroirs brisés répandus sur le beau tapis et secoua la tête.

« Alors laissez-nous seuls tous les deux, demandai-je.

— Est-ce là ce que tu désires, Pandora ? s'enquit-il.

— Juste un moment, très cher », acquiesça-t-elle.

À peine avait-il quitté la pièce, refermant derrière lui les grandes doubles portes, que je caressais les cheveux de ma compagne et me mettais à l'embrasser.

« Je ne peux pas le quitter, m'avoua-t-elle.

— Pourquoi donc ?

— Parce que je l'ai créé. C'est mon fils, mon époux et mon protecteur. »

Je demeurai stupéfait.

Jamais je n'avais imaginé une chose pareille !

Tant d'années durant, je l'avais considéré, lui, comme une créature dominatrice qui la gardait, elle, en son pouvoir.

« Je l'ai transformé pour qu'il s'occupe de moi, poursuivit-elle. Je l'ai emmené d'Inde, où les rares mortels à avoir posé les yeux sur moi m'adoraient telle une véritable déesse. Je lui ai enseigné les us et coutumes européens. Je me suis remise entre ses mains afin qu'il me contrôle dans ma faiblesse et mon désespoir. C'est son amour de la vie qui nous soutient tous deux. Sans lui, j'aurais peut-être passé des siècles à languir dans un tombeau.

— Très bien, c'est ton enfant, je le comprends, mais tu n'en es pas moins mienne, Pandora ! Qu'en dis-tu ? Tu es mienne, et te revoilà en ma possession ! Ah, pardonne-moi de parler aussi rudement, d'employer des mots pareils. Ce que je veux dire... ce que je veux dire, c'est que je ne puis te perdre à nouveau !

— Je sais ce que tu veux dire, seulement vois-tu, je ne puis le chasser. Il n'a que trop bien rempli son office, et il m'aime. Malheureusement, il ne peut habiter sous ton toit, je te connais assez pour en être convaincue. Où Marius vit, Marius règne. Jamais tu n'accepteras de partager ta demeure avec un véritable mâle, ni pour moi ni pour personne d'autre. »

J'étais si profondément blessé qu'un instant je ne pus répondre. Je secouai la tête comme pour protester, mais à vrai dire, je n'étais pas certain que Pandora eût tort. Je n'avais jamais, jamais envisagé une autre solution que la destruction d'Arjun.

« Tu sais que j'ai raison, ajouta-t-elle avec douceur. Arjun est trop fort, trop volontaire. Il est son propre maître depuis trop longtemps.

– Il doit bien y avoir une solution, suppliai-je.

– Sans doute arrivera-t-il une nuit où il sera temps de nous séparer, lui et moi. Il en ira également ainsi de Bianca et toi. Mais l'heure n'est pas venue. Voilà pourquoi je t'en supplie, Marius, dis-moi adieu, promets-moi de persévérer éternellement, et je ferai de même.

– C'est là ta vengeance, n'est-ce pas ? demandai-je calmement. Tu as été mon enfant, mais je t'ai quittée moins de deux cents ans plus tard. À présent, tu refuses de m'imiter...

– Non, je ne cherche pas à me venger, je me contente de dire la vérité. Maintenant, laisse-moi. » Elle eut un sourire amer. « C'est un beau cadeau que cette nuit où je t'ai vu vivant, où j'ai découvert que Santino se trompait. Elle me soutiendra des siècles durant.

– Elle te soutiendra dans ton exil loin de moi. »

À ma grande surprise, ce fut elle qui m'embrassa passionnément, avant de me percer la gorge de ses petites dents aiguës.

Figé, les yeux clos, je la laissai boire, conscient de l'inévitable traction exercée sur mon cœur, la tête soudain emplie de visions de la forêt obscure à travers laquelle elle chevauchait souvent – des visions dont j'ignorais si elles étaient siennes ou miennes.

Pandora buvait toujours, comme affamée. Alors je créai délibérément pour elle le jardin luxuriant de mes rêves les plus précieux, où je nous imaginai ensemble. Mon corps n'était que désir. Le moindre de mes nerfs percevait la traction qu'elle exerçait en aspirant mon sang, mais je ne lui opposais aucune résistance. J'étais sa victime. Je ne me gardais en rien.

Apparemment, je ne me tenais plus debout. Sans doute étais-je tombé. Peu m'importait. Des mains se posèrent sur mes bras, et je compris que je me trouvais sur mes deux pieds.

Pandora s'écarta. Ma vision, quoique floue, m'apprit qu'elle me regardait. Ses cheveux flottaient sans entrave sur ses épaules.

« Un si puissant nectar, murmura-t-elle. Mon enfant des millénaires. »

C'était la première fois que j'entendais donner ce nom à ceux d'entre nous qui avaient vécu aussi longtemps ; il me plut.

La force dont elle avait fait preuve me laissait à demi assommé, mais quelle importance ? Je lui eusse donné n'importe quoi. Reprenant mon équilibre, je cherchai à m'éclaircir la vue.

Mon interlocutrice se trouvait maintenant de l'autre côté de la pièce.

« Qu'as-tu vu dans le sang ? murmurai-je.

– Ton pur amour.

– En doutais-tu ? »

Chaque seconde me rendait un peu de mes forces. Le visage de Pandora rayonnait sous l'afflux de sang, ses yeux étincelaient, comme lorsque nous nous querellions autrefois.

« Non, je n'en doutais pas. Mais il faut que tu partes, à présent. » Je ne répondis pas. « Va, Marius. Si tu t'obstines, je ne le supporterai pas. »

Je la regardai ainsi que j'eusse regardé une bête sauvage, dans les bois, car c'était ce qu'elle m'évoquait, elle que j'avais aimée avec passion.

Tout était fini, une fois de plus.

Je quittai la pièce.

Dans le vestibule, je m'immobilisai, assommé. Arjun m'attendait.

« Je suis désolé, Marius », me dit-il, apparemment sincère.

Me serait-il possible de me mettre assez en colère pour le détruire, obligeant ainsi sa créatrice à rester auprès de moi ? Oh oui, la pensée flamba dans mon esprit. Toutefois, je savais que ce meurtre m'attirerait la haine de Pandora, en sus de la mienne. Car quels griefs possédais-je contre cette créature qui n'était pas son maître détesté, comme je l'avais toujours pensé, mais son enfant ? Un novice de cinq cents ans voire moins, jeune dans le Sang, empli d'amour pour sa maîtresse.

J'avais été loin, très loin d'imaginer une chose pareille. Et puis c'était un être sublime, car il lisait sans doute mes pensées dans mon esprit désespéré, dénudé, mais il n'en restait pas moins sur ses positions avec un calme parfait, se contentant de me regarder.

« Pourquoi faut-il nous séparer ? » murmurai-je.

Il haussa les épaules puis eut un geste éloquent des deux mains.

« Je ne sais pas, mais elle veut qu'il en soit ainsi. C'est elle qui insiste pour voyager en permanence ; qui choisit nos trajets sur les cartes ; qui trace les cercles que nous suivons, faisant souvent de Dresde le centre de nos errances, préférant parfois une autre cité – Paris ou Rome. C'est elle qui affirme qu'il faut bouger, toujours bouger. Elle. Et que puis-je dire, Marius, sinon que j'en suis ravi ? »

Je m'approchai de lui. Il crut un instant que j'allais le frapper et se raidit.

Avant qu'il pût bouger, je le pris par le poignet, l'examinai – noble créature dont la haute perruque blanche présentait un contraste frappant avec sa peau brune lustrée. Une franchise, une sympathie admirables brillaient dans ses yeux noirs, fixés sur moi.

« Restez ici auprès de moi tous les deux, chuchotai-je. Ne partez pas. Ne nous quittez pas, ma compagne et moi. »

Il secoua la tête, souriant. Nul mépris dans son regard, cependant. Nous parlions entre mâles, entre égaux. Simplement, il me disait non.

« Elle ne voudra pas, affirma-t-il d'un ton apaisant. Je la connais. Je connais ses habitudes. Elle m'a amené à elle parce que je l'adorais telle une déesse. Après avoir reçu son sang, jamais je n'ai cessé de la révérer. »

Je restai là, le tenant toujours par le poignet, regardant autour de moi, prêt à en appeler aux dieux. Il me semblait que mon cri détruirait les murs mêmes de la maison si je le laissais échapper.

« Comment est-ce possible ! murmurai-je. Je ne l'ai retrouvée que pour une nuit, une seule précieuse nuit de querelle.

– Vous êtes égaux, tous les deux. Moi, je ne suis qu'un outil. »

Je fermai les yeux.

Soudain, des sanglots me parvinrent. Arjun se libéra doucement de mon étreinte en m'expliquant de sa voix mélodieuse qu'il devait rejoindre Pandora.

Je parcourus d'un pas lent le vestibule, le perron de marbre, puis m'enfonçai dans la nuit sans prendre garde à mon carrosse.

Ainsi regagnai-je le château, à travers la forêt.

En arrivant chez moi, je me rendis dans la bibliothèque, ôtai ma perruque, la jetai au loin puis m'assis dans mon fauteuil, à mon bureau.

Posant ma tête sur mes bras repliés, je pleurai en silence comme cela ne m'était plus arrivé depuis la mort d'Eudoxie. Je sanglotais. Les heures passaient. Enfin, je m'aperçus que Bianca se tenait près de moi.

Elle me caressait les cheveux.

« Il est temps de descendre à notre froid tombeau, Marius, murmura-t-elle. Tu n'as pas encore sommeil, mais moi, je dois y aller, et je ne puis t'abandonner dans cet état. »

Je me levai. Je la pris dans mes bras et versai les larmes les plus terribles tandis qu'elle m'étreignait en silence, chaleureuse.

Ensemble, nous gagnâmes nos cercueils.

Le lendemain soir, à peine levé, je me rendis chez Pandora.

La maison était déserte. Je fouillai toute la ville ainsi que les nombreux *schloss* alentour.

Pandora et Arjun étaient partis, cela ne faisait aucun doute. Au palais ducal, où se déroulait un petit concert, je ne tardai pas à apprendre les nouvelles « officielles » : le beau carrosse noir du marquis de Malvrier s'était ébranlé avant l'aube en direction de la Russie.

La Russie.

N'étant pas d'humeur à écouter la musique, je présentai mes excuses aux nobles rassemblés dans le salon puis rentrai chez moi, plus malheureux qu'à n'importe quel autre moment de mon existence, le cœur brisé.

Assis à mon bureau, je contemplai le fleuve, j'en goûtai la tiède brise printanière.

Nous avions tellement de choses à nous dire, elle et moi, j'avais tellement d'arguments pour la convaincre avec calme. Du moins n'était-elle pas hors d'atteinte. Elle savait où me trouver, où m'écrire. Voilà ce que je me répétais pour ne pas perdre l'esprit.

Je n'entendis pas Bianca pénétrer dans la pièce. Je ne l'entendis pas s'installer tout près de moi dans un grand fauteuil.

Lorsque je relevai la tête, elle m'apparut telle une vision – tout jeune homme parfait, aux joues de porcelaine, à la chevelure blonde rassemblée sur la nuque par un ruban noir, à la redingote brodée d'or, aux belles jambes moulées dans des bas blancs immaculés, aux pieds protégés par des chaussures à boucles de rubis.

Quel déguisement divin – Bianca en jeune noble, connue des quelques mortels importants de la région comme son propre frère. Ses incomparables yeux bleus me contemplaient avec une tristesse immense.

« Je suis désolée pour toi, dit-elle doucement.

– Vraiment ? répondit mon cœur brisé. Je l'espère, ma chérie, car je t'aime, je t'aime plus que je ne t'ai jamais aimée, et j'ai besoin de toi.

– Justement. » Sa voix basse vibrait de compassion. « J'ai entendu ce que tu lui as dit, Marius. Je te quitte. »

XXXIII

Trois longues nuits durant, tandis qu'elle faisait ses préparatifs, je la suppliai de rester. Je me mis à genoux ; je jurai que mes paroles, mensongères, avaient juste eu pour but de m'attacher Pandora.

À Bianca, je dis de toutes les manières possibles et imaginables que je l'aimais, que jamais je ne l'aurais abandonnée.

Que jamais elle ne survivrait seule et que je m'inquiétais pour elle.

Rien n'y fit.

Au début de la troisième nuit, je finis par comprendre qu'elle allait bel et bien partir. Jusque-là, cela m'avait semblé absolument inconcevable. Je ne pouvais la perdre. Ce n'était tout simplement pas possible.

Enfin, je l'implorai de s'asseoir près de moi et de m'écouter lui ouvrir mon cœur en toute honnêteté ; je confessai mon plus petit désaveu, le moindre reniement mesquin tombé de mes lèvres, la plus infime sottise désespérée.

« Mais maintenant, j'aimerais parler de nous deux, ajoutai-je. De ce qui a toujours existé entre toi et moi.

– Si tu veux, répondit-elle. Si cela adoucit ton chagrin. Mais je m'en vais, Marius.

– Tu sais ce que j'ai vécu avec Amadeo, repris-je. Je l'ai recueilli alors qu'il était très jeune, puis je lui ai donné le Sang parce que la mort ne lui aurait pas fait de quartier. Nous avons toujours été maître et élève ; entre nous a toujours subsisté un gouffre obscur. Il t'était peut-être invisible, mais cela ne l'empêchait pas d'exister, crois-moi.

– J'en étais consciente, mais je savais que l'amour qui vous unissait était plus grand.

– C'est vrai. Il n'empêche qu'Amadeo était mon enfant. Mon cœur d'homme me soufflait que je pouvais connaître sentiment plus noble, plus puissant. J'avais beau aimer ce garçon, sa seule vue avait beau m'enchanter, il m'était impossible de lui confier mes pires peurs ou mes plus grandes souffrances. De lui raconter ma vie. C'en eût été trop pour lui.

– Je comprends, Marius, assura gentiment Bianca. J'ai toujours compris.

– Quant à Pandora... Tu as vu de tes yeux ce qu'il en était. L'amère querelle, si semblable à celle des siècles passés ; la bataille dont ne triomphe nulle vérité.

– J'ai vu, acquiesça-t-elle avec son calme habituel. Je sais de quoi tu veux parler.

– Tu as constaté sa peur des Parents. Tu l'as entendue déclarer qu'elle ne pouvait entrer ici, qu'elle vivait dans la terreur.

– Oui.

– Qu'a été pour moi cette unique nuit avec Pandora si ce n'est une longue souffrance, une longue incompréhension, de même qu'autrefois ?

– Je sais, Marius.

– Qu'a été notre vie commune, à toi et moi, si ce n'est une parfaite harmonie ? Pense aux années où nous avons habité le sanctuaire, volant sur les ailes de la nuit grâce à mes pouvoirs. Pense à notre sérénité, aux conversations durant lesquelles j'ai évoqué tant de choses. Est-il possible à deux êtres d'être plus proches que nous ne l'avons été ? »

Elle baissa la tête sans répondre.

« Pense aussi à tous les plaisirs que nous avons partagés depuis notre déménagement, poursuivis-je, implorant, à nos chasses secrètes en forêt, aux fêtes campagnardes où nous nous sommes rendus, aux grandes cathédrales emplies du chant des chœurs et de la lumière des bougies, aux bals de la cour. Pense à tout cela, Bianca.

– Tu m'as menti, Marius. Tu ne m'as pas dit pourquoi nous nous installions à Dresde.

– C'est vrai, je l'avoue. Que puis-je faire pour que tu me pardonnes ?

– Rien. Je m'en vais.

– Mais comment te débrouilleras-tu ? Tu ne peux vivre sans moi. C'est de la folie.

– J'y arriverai très bien. Maintenant, il faut que je te laisse. J'ai des kilomètres à parcourir avant l'aube.

– Où vas-tu dormir, ensuite ?

– C'est mon problème, à présent. »

J'étais quasi frénétique.

« Inutile de me suivre, ajouta-t-elle comme si elle lisait dans mon esprit, ce qui lui était impossible.

– Je ne puis accepter que tu t'en ailles. »

Le silence s'installa. Bianca me fixait et je lui rendais son regard, incapable de dissimuler un iota de mon désespoir.

« Ne pars pas, je t'en prie, suppliai-je.

– Devant la passion qu'elle t'inspirait, j'ai compris que tu me rejetterais sans hésiter, murmura ma novice. N'essaie pas de le nier, je l'ai vu, et cette vision a brisé quelque chose en moi. Quelque chose que je n'ai pas su protéger, dont je n'ai pas su éviter la destruction. Nous étions trop proches l'un de l'autre, toi et moi. Je t'aimais de toute mon âme, je croyais te connaître à fond, mais je ne connaissais pas celui que tu étais avec elle. Celui que j'ai vu dans ses yeux. » Se levant de son fauteuil, elle s'éloigna de moi pour aller regarder par la fenêtre.

« Je regrette d'avoir entendu ce que j'ai entendu, mais les buveurs de sang ont ce genre de don. Du reste, je sais très bien que jamais tu n'aurais fait de moi ton enfant si tu n'y avais pas été contraint. Jamais tu ne m'aurais donné le Sang si tu n'avais pas été brûlé, quasi détruit.

– Me croiras-tu si je t'assure qu'il n'en est rien ? Je t'ai aimée dès l'instant où je t'ai vue. C'est par respect pour ta vie de mortelle que je n'ai pas partagé avec toi mes pouvoirs maudits ! Mes yeux et mon cœur étaient tout emplis de toi avant que je ne découvre Amadeo, je te le jure. Ne te rappelles-tu pas les portraits que j'ai peints ? Les heures que j'ai passées dans tes salons ? Songe à tout ce que nous nous sommes donné l'un à l'autre.

– Tu m'as trompée.

– C'est vrai. Je le reconnais, et je jure de ne jamais recommencer. Ni pour Pandora ni pour personne d'autre. »

Mes supplices ne s'arrêtèrent pas là.

« Il m'est impossible de continuer à vivre avec toi, dit-elle enfin. Je pars. »

Elle pivota vers moi. Très calme et très décidée, semblait-il.

« Je t'en prie, répétai-je une fois de plus. Sans fierté, sans réserve, je t'en prie, ne me quitte pas.

– Il le faut. À présent, j'aimerais que tu me laisses faire mes adieux aux Parents. Seule, de préférence. »

Je hochai la tête.

Bianca passa un long moment dans le sanctuaire. En remontant, elle m'avertit avec calme qu'elle partirait le lendemain, au coucher du soleil.

Ce qu'elle fit, en effet, dans un carrosse tiré par quatre chevaux.

Debout sur le perron, je la regardai s'éloigner, j'écoutai le bruit de l'attelage décroître dans la forêt ; incrédule, incapable d'accepter qu'elle me quittât.

Comment pareil désastre avait-il pu se produire ? Comment avais-je pu perdre à la fois Pandora et Bianca ? Je me retrouvais abandonné à une irrémédiable solitude.

Plusieurs mois s'écoulèrent durant lesquels j'eus peine à croire ce qui m'était arrivé.

Je me disais que Pandora m'écrirait bientôt ou regagnerait Dresde en compagnie d'Arjun. Tel serait son choix.

Bianca, se découvrant incapable de vivre sans moi, reviendrait au bercail prête à me pardonner ou m'enverrait une lettre hâtive pour me demander de la rejoindre.

Rien de tel ne se produisit.

Une année s'écoula.

Puis une autre ; puis cinquante. Toujours rien.

Pendant ce temps, j'avais acheté un autre château, plus fortifié que le premier, plus isolé, dans les bois entourant Dresde. Toutefois, je ne m'éloignais pas de la ville, où j'espérais toujours que l'une ou l'autre de mes aimées, voire les deux, me reviendraient.

Un demi-siècle durant, j'attendis, écrasé par un fardeau de chagrin impossible à partager.

Autant qu'il m'en souvienne, je ne priais plus dans le sanctuaire, que j'entretenais cependant avec soin. J'avais pris l'habitude de parler à Akasha comme à une confidente, de lui raconter mes peines avec moins de formalisme qu'auparavant ; je lui expliquais que mes amours étaient vouées à l'échec.

« Mais il en ira différemment avec toi, ma reine », ajoutais-je souvent.

Enfin, au début des années 1700, j'organisai un audacieux déménagement pour aller m'installer sur une île de la mer Égée. Là, je régnerais en seigneur sur des mortels qui accepteraient sans problème mon autorité, dans une demeure préparée à mon intention par une nuée de serviteurs humains.

Les lecteurs de *Lestat, le vampire* connaissent bien cet immense palais car il l'a décrit en détail. C'était un lieu d'une splendeur étrange qui surpassait tous ceux où j'avais jamais vécu jusqu'alors, sis en une contrée tellement reculée qu'il représentait un défi à mon ingéniosité.

J'étais à présent parfaitement seul, comme je l'avais été avant l'amour d'Amadeo et de Bianca. Je n'espérais plus de compagnon immortel. Peut-être en fait n'en désirais-je plus.

Aucune nouvelle de Mael ne m'étais parvenue depuis des siècles. Pas un mot sur Avicus ou Zénobie, non plus que sur un autre enfant des millénaires.

Tout ce que je voulais, c'était un sanctuaire magnifique pour le Père et la Mère. Quant au reste, comme je l'ai dit, je parlais sans arrêt à Akasha.

Avant de poursuivre la description de mon dernier refuge européen, celui qui a le plus compté, il me faut cependant inclure à l'histoire de mes amours perdues un dernier détail tragique.

Lorsque mes nombreux trésors furent emportés jusqu'à mon palais égéen, lorsque mes livres, mes sculptures, mes beaux tapis et tapisseries furent embarqués puis déballés par des mortels sans méfiance, apparut en pleine lumière la dernière pièce du puzzle relatif à ma bien-aimée Pandora.

Au fond d'une caisse, un serviteur découvrit une lettre écrite sur parchemin, pliée en deux et adressée à Marius, tout simplement.

On m'apporta la missive sur la terrasse de ma nouvelle demeure, d'où je contemplais la mer et les innombrables petites îles alentour.

La feuille était couverte de poussière. En la dépliant, j'y lus aussitôt une date à l'encre pâlie révélant que le message m'avait été envoyé la nuit même de ma séparation avec Pandora.

Les cinquante ans qui me séparaient de cette souffrance n'existaient plus.

Mon bien-aimé Marius,
L'aube approche; il ne me reste qu'un instant pour t'écrire. Comme nous te l'avons dit, notre carrosse part dans l'heure, nous emportant au loin vers notre destination finale, Moscou. Mon plus cher désir à cette heure est de venir à toi, mais je ne le puis. Il m'est impossible de chercher un abri sous le toit qui abrite les Parents.
Aussi je t'en prie, mon amour, viens à Moscou. Aide-moi à me libérer d'Arjun. Plus tard, tu auras tout loisir de me juger et de me condamner.
J'ai besoin de toi, Marius. Je rôderai aux alentours du palais du tsar et de la grande cathédrale jusqu'à ton arrivée.

Je sais que je te demande un long voyage, mais je te supplie de me rejoindre.

Quoi que j'aie dit de mon amour pour Arjun, je suis à présent trop totalement son esclave, et je voudrais redevenir tienne.

Pandora.

Je restai des heures assis, la lettre à la main, puis je me levai lentement pour aller demander à mes serviteurs où ils l'avaient trouvée.

Dans une caisse de livres de mon ancienne bibliothèque.

Comment se faisait-il que je ne l'eusse pas lue ? Bianca me l'avait-elle cachée ? Je ne pouvais le croire. Sans doute une cruauté plus fortuite était-elle entrée en jeu – un domestique avait peut-être posé la missive sur mon bureau, très tôt, et je l'avais moi-même écartée, la dissimulant sans la voir sous une pile de livres.

Qu'importait ?

La terrible catastrophe s'était produite.

Pandora m'avait écrit sans que je l'apprisse. Elle m'avait imploré de me rendre à Moscou, et moi, dans mon ignorance, je n'en avais rien fait. À présent, je ne savais où la trouver. L'aveu de son amour était là, trop tard.

Je passai les mois suivants à parcourir la capitale russe dans l'espoir que les fugitifs de Dresde s'y fussent installés.

Je ne trouvai pas trace d'eux. Le vaste monde avait englouti Pandora de même que Bianca.

Comment décrire l'angoisse que m'ont causée ces deux pertes – celle de Pandora, que j'avais si longtemps cherchée, et celle de ma douce, mon adorable Bianca ?

Mon histoire s'achève sur ces échecs.

Ou peut-être devrais-je plutôt dire que le cercle se referme.

Revenons donc à la reine des damnés et à Lestat le vampire, qui la réveilla. Je serai bref, car il me semble comprendre clairement comment guérir mon âme souffrante. Avant d'en arriver là, cependant, je dois résumer les bouffonneries de Lestat et la manière dont je perdis mon dernier amour, Akasha.

XXXIV

Les fidèles de nos chroniques savent déjà que je régnais sur une île de la mer Égée peuplée de paisibles mortels quand Lestat, jeune vampire ne vivant dans le Sang que depuis une dizaine d'années, se mit à m'appeler à grands cris.

J'étais devenu extrêmement agressif dans mon isolement. Même la récente renaissance d'Amadeo, sorti des catacombes parisiennes pour devenir le maître du curieux théâtre des Vampires, ne m'avait pas arraché à ma solitude.

J'avais beau l'espionner de temps à autre, je ne voyais en lui que la tristesse bouleversante dont il avait souffert autrefois, à Venise. Si seul que je fusse, il me semblait préférable d'éviter sa compagnie.

Lorsque l'appel de Lestat me parvint, cependant, je sentis chez ce nouveau-né une intelligence puissante, sans entrave. J'allai aussitôt le trouver, le tirant de sa première véritable retraite en tant que buveur de sang, puis je l'invitai chez moi, ce qui lui apprit où je vivais.

Un grand élan d'amour me poussait vers lui et, impétueusement peut-être, je l'emmenai aussitôt au sanctuaire. Je le regardai, fasciné, s'approcher d'Akasha puis, à mon grand étonnement, l'embrasser.

Je ne sais ce qui, de son audace ou de l'immobilité de la reine, m'hypnotisa ainsi. Sache toutefois que j'étais prêt à intervenir au cas où Enkil tenterait de le frapper.

Lorsque Lestat s'écarta du trône, lorsqu'il me confia que la Mère lui avait dit son nom, je fus pris par surprise ; une vague de terrible jalousie m'engloutit.

Je parvins cependant à la repousser. Trop amoureux du visiteur, je cherchai à me persuader que pareil miracle était forcément de bon présage – que le jeune vampire parviendrait peut-être à faire jaillir l'étincelle de la vie dans les divins Parents.

Aussi l'entraînai-je jusqu'à mon salon, comme je l'ai raconté – et comme lui-même l'a raconté – où je lui relatai la longue histoire de mes débuts. Je lui livrai aussi celle du Père et de la Mère, de leur éternelle immobilité.

Il me sembla un élève splendide durant les longues heures où nous bavardâmes. À vrai dire, je ne pense pas m'être jamais senti plus proche de quiconque, y compris Bianca. Lestat avait parcouru le monde entier durant ses dix ans dans le Sang ; il avait dévoré les plus grands auteurs de plusieurs nations ; il apportait dans nos conversations une énergie que je n'avais trouvée chez aucun de mes amours d'autrefois, pas même Pandora.

La nuit suivante, tandis que je vaquais sur l'île à mes affaires avec mes sujets mortels, fort nombreux, Lestat descendit au sanctuaire, emportant un violon qui avait appartenu à son ami et compagnon vampire, Nicolas.

Imitant le musicien disparu, il joua passionnément, merveilleusement pour les Parents sacrés.

Les quelques kilomètres qui nous séparaient ne m'empêchèrent pas de l'entendre. À un moment, une voix poussa une note trop aiguë pour émaner d'une gorge de mortel. On eût dit le chant des sirènes de la mythologie grecque. Je me demandais de quoi il pouvait bien s'agir quand elle s'éteignit dans le silence.

Alors que je m'efforçais d'abolir la distance me séparant de ma demeure, l'esprit totalement ouvert de Lestat me révéla quelque chose d'incroyable.

Akasha s'était levée de son trône pour l'enlacer ; il buvait à ses veines et elle aux siennes.

Faisant aussitôt demi-tour, je m'élançai vers ma maison, vers le sanctuaire. La scène évolua alors de manière terrible.

Enkil se dressa, arracha Lestat aux bras d'Akasha, qui se mit à réclamer le visiteur avec des cris capables d'assourdir n'importe quel mortel.

Je me précipitai dans l'escalier mais trouvai fermées les portes de la chapelle, que je commençai à marteler de toutes mes forces. Je ne perdais cependant pas une miette de ce qui se déroulait de l'autre côté, car je voyais par les yeux de Lestat. Enkil l'avait jeté à terre, où il avait bien l'intention de l'écraser, malgré les hurlements d'Akasha.

Quels cris plaintifs en dépit de leur volume !

Désespéré, je m'adressai à mon souverain :

« Enkil ! Si tu fais du mal à Lestat, si tu le tues, je te prendrai ton épouse à jamais. Elle m'y aidera, ô mon roi, car j'exaucerai ainsi ses propres vœux ! »

Il me semblait incroyable que pareille tirade m'eût échappé, mais les mots m'étaient spontanément venus à l'esprit, et je n'avais pas eu le temps d'y réfléchir.

Les portes du sanctuaire s'ouvrirent aussitôt. Une vision inouïe, terrifiante m'apparut : les deux blanches créatures se tenaient devant moi dans leur tenue égyptienne, elle, la bouche dégouttante de sang, lui, l'air profondément endormi.

Horrifié, je constatai que son pied reposait sur la poitrine de Lestat, mais ce dernier vivait encore ; il n'était pas seulement blessé. Le violon avait été réduit en pièces. Akasha regardait droit devant elle sans me voir, comme si jamais elle ne s'était éveillée.

J'allai vivement poser les mains sur les épaules d'Enkil.

« Recule, mon roi, l'implorai-je. Tu as atteint ton but. Fais ce que je te demande, je t'en prie. Tu sais combien je respecte ta puissance. »

Lentement, il retira le pied du torse de Lestat. Son visage était aussi inexpressif, ses mouvements aussi paresseux qu'à l'ordinaire. Je le reconduisis pas à pas jusqu'à l'escalier de l'estrade. Là, il pivota avec lenteur pour grimper les deux marches, puis avec la même lenteur, il se rassit sur le trône. Je m'empressai d'arranger ses vêtements.

« Sauve-toi, Lestat, lançai-je d'un ton ferme. N'hésite pas une seconde. Va-t'en. »

Il fit ce que je lui disais, et je me tournai vers Akasha.

Elle demeurait figée, perdue dans un rêve, semblait-il. Je lui posai avec les plus grandes précautions les mains sur le bras.

« Ma très belle, murmurai-je, ma souveraine, laisse-moi te reconduire à ton trône. »

Elle m'obéit, comme elle l'avait toujours fait par le passé.

Un instant plus tard, le couple royal avait repris son aspect habituel. La visite de Lestat semblait simple illusion, de même que la musique qui avait tiré la reine du sommeil.

Il n'en était rien, pourtant. Tandis que je contemplais Akasha, tandis que je lui parlais ainsi qu'à une intime, une peur nouvelle m'emplissait dont je ne disais mot.

« Tu es belle ; tu es immuable. Le monde est indigne de toi et de ta puissance. Tant de prières te parviennent, n'est-ce pas ? La musique aussi est venue jusqu'à toi, et tu l'as aimée. Peut-être me sera-t-il possible de t'en amener... de t'amener des musiciens qui vous prendront pour des statues, Enkil et toi... »

Je m'interrompis dans ma folle tirade. Qu'espérais-je obtenir ?

À vrai dire, j'étais terrifié. Lestat avait suscité un chaos que jamais je n'avais imaginé, et je me demandais ce qu'il adviendrait si cela se reproduisait !

Pourtant, le plus important, ce à quoi je me raccrochais dans ma colère, c'était que j'avais restauré l'ordre. En menaçant mon roi, je lui avais fait regagner son trône, et ma reine bien-aimée l'avait suivi.

Lestat avait accompli l'impensable, mais Marius y avait remédié.

Enfin, ma peur et ma rage calmées, je me rendis sur les rochers du bord de mer où m'attendait mon invité, bien décidé à le punir, plus incapable de me contrôler que je ne l'eusse cru.

Qui, hormis Marius, savait depuis combien de temps les Parents demeuraient assis, muets et figés ? Or voilà que ce jeune vampire avait provoqué chez eux un mouvement qui n'avait fait qu'augmenter sa hardiesse. Dire que j'avais rêvé de l'aimer, de l'instruire, de le garder auprès de moi.

Il voulait libérer la reine et emprisonner Enkil. Je crois que je me mis à rire. Sans doute me fut-il impossible d'exprimer à quel point nos souverains me faisaient peur, tous les deux.

Plus tard, cette nuit-là, pendant que Lestat chassait sur les îles voisines, des bruits étranges s'élevèrent du sanctuaire.

Je m'y rendis pour découvrir divers ornements brisés – vases et lampes cassés ou renversés, bougies éparpillées de-ci, de-là. Lequel des Parents avait saccagé la chapelle ? Ils ne bougeaient ni l'un ni l'autre. Je ne pouvais être sûr de rien, et une fois de plus, la peur m'envahit.

Un instant d'égoïste désespoir, je regardai Akasha. *Je veux bien te confier à Lestat, si tel est ton bon plaisir !* pensai-je. *Dis-moi juste comment faire. Dresse-toi contre Enkil avec moi !* Mais les mots ne se formèrent pas dans mon esprit.

Une jalousie glacée m'emplissait l'âme, un chagrin de plomb.

Pourtant, la magie du violon n'avait-elle pas opéré ? Un tel instrument avait-il jamais été entendu dans les temps anciens ? De plus, c'était un buveur de sang qui en avait joué, déformant sans le moindre doute follement la musique.

Cette pensée même ne m'apportait aucune consolation. Ma reine s'était éveillée pour Lestat !

Alors que je me tenais dans le sanctuaire silencieux, contemplant le chaos qui m'entourait, une pensée me vint à l'esprit comme si on l'y avait introduite.

Je l'aime autant que tu l'aimes, je voudrais autant que toi le garder ici, mais c'est impossible.

Je demeurai figé.

Enfin, je m'approchai d'elle ainsi que je l'avais fait des centaines de fois, lentement, pour qu'elle pût me refuser si elle le désirait, qu'Enkil pût me repousser par la plus petite démonstration de pouvoir. Puis je bus à la gorge immaculée de la grande Mère, à la même veine peut-être que Lestat, avant de reculer sans quitter le Père du regard.

Ses traits froids étaient totalement inexpressifs.

En m'éveillant le lendemain soir, j'entendis du bruit dans le sanctuaire. D'autres objets avaient été brisés.

Je n'avais pas le choix : il me fallait renvoyer Lestat. Il n'existait pas d'autre remède.

Encore une séparation terrible – aussi douloureuse que celle avec Pandora ou Bianca.

Jamais je n'oublierai la beauté de Lestat, sa célèbre chevelure dorée et ses yeux bleus sans fond. Il paraissait jeune pour l'éternité, empli d'espoirs frénétiques et de rêves merveilleux, bouleversé d'être chassé. Je souffrais du fond du cœur de le renvoyer, car je n'avais qu'une envie : le garder auprès de moi – élève, amant, rebelle. J'avais tellement aimé ses discours chantants, ses franches questions, la témérité avec laquelle il réclamait l'amour et la liberté d'Akasha. N'était-il pas possible de la protéger d'Enkil ? De lui rendre la vie ? Mais le seul fait d'évoquer pareils sujets représentait un danger que Lestat ne parvenait pas à concevoir.

Ainsi donc je dus renoncer au jeune vampire que j'avais tant aimé, le cœur brisé, l'âme désespérément solitaire, l'esprit meurtri.

J'avais à présent réellement peur de ce que pourraient faire Akasha et Enkil s'ils s'éveillaient encore, une peur impossible à partager avec Lestat. Cela l'eût effrayé ou au contraire poussé à insister davantage.

Il était tellement agité, même à cette époque, malheureux dans le Sang, avide de se trouver un but parmi les mortels et conscient de n'en pas avoir.

Quant à moi, seul dans mon paradis égéen après son départ, je me demandai vraiment s'il ne valait pas mieux détruire le Père et la Mère.

Les lecteurs de nos chroniques savent que ces événements se produisirent en l'an de grâce 1794, alors que le monde regorgeait de merveilles.

Comment pouvais-je protéger des êtres qui représentaient peut-être une menace pour la Terre entière ? Mais je ne voulais pas mourir. Non, jamais je ne l'ai vraiment voulu. Voilà pourquoi je ne détruisis pas nos Parents. Au contraire, je continuai à m'occuper d'eux, à les couvrir des symboles de l'adoration.

Tandis que naissaient les miracles du monde moderne, j'avais plus que jamais peur de mourir.

XXXV

Ascension et chute d'Akasha

Il y a une vingtaine d'années de cela, je fis traverser l'océan aux divins Parents pour les emmener en Amérique, dans les froides étendues du Grand Nord où je construisis sous la glace ma demeure, une splendeur technologique décrite par Lestat dans *La Reine des damnés*. Ce fut là qu'Akasha se réveilla.

Permets-moi de résumer rapidement ce que Lestat a déjà raconté – j'aménageai pour nos souverains un sanctuaire moderne, où trônait une télévision à grand écran capable de leur apporter de toute la planète musique, distractions et « informations ».

Quant à moi, je vivais seul dans une enfilade de bibliothèques et autres pièces bien chauffées, me livrant à mes sempiternels lectures et travaux d'écriture ou regardant films et documentaires, qui m'intriguaient énormément.

À une ou deux reprises, je m'étais infiltré dans le monde des mortels en tant que réalisateur, mais j'avais mené pour l'essentiel une vie solitaire. Je ne savais rien ou presque des autres enfants des millénaires.

Du moment que ni Bianca ni Pandora ne voulaient à nouveau se joindre à moi, que m'importaient ces vampires ? Quant à Lestat, la percée de son rock and roll énergique me parut d'un comique hystérique. Existait-il meilleur déguisement pour un buveur de sang que celui de musicien de rock ?

Toutefois, je m'aperçus au fil de ses clips qu'il racontait l'histoire de notre race. Il m'apparut aussi que nos frères du monde entier tournaient vers lui leurs batteries.

C'étaient des êtres fort jeunes, que je n'avais jamais remarqués. Les entendre grâce au don de l'esprit s'appeler les uns les autres me surprit énormément.

Quoi qu'il en fût, peu m'importait. Il me semblait peu probable que la musique de Lestat affectât le monde – celui des mortels ou le nôtre...

Oui, cela me semblait peu probable, jusqu'à la nuit où je gagnai le sanctuaire souterrain pour découvrir mon roi sans vie, simple coquille creuse vidée de son sang. Sa position sur le trône était si périlleuse qu'il me suffit de le toucher du doigt pour le faire tomber au sol, où ses cheveux noirs nattés se brisèrent en minuscules échardes.

Incrédule, je contemplai le spectacle ! Qui pouvait bien être responsable de l'événement ? Qui pouvait avoir détruit Enkil en lui prenant jusqu'à la dernière goutte de sang ?

Et où se trouvait ma reine ? Avait-elle subi le même sort ? La légende de Ceux Qu'il Faut Garder n'avait-elle été dès le départ que mensonge ?

Je savais que tel n'était pas le cas. Un seul être au monde pouvait avoir infligé pareil sort au Père – le seul à posséder la ruse, le savoir, la puissance et l'intimité avec sa victime nécessaires.

Un instant plus tard, me détournant de la coquille vide, je le découvrais à quelques centimètres de moi. Ses yeux noirs plissés étincelaient de vie ; sa tenue royale était celle-là même dont je l'avais revêtu ; ses lèvres rouges s'écartaient en un sourire moqueur. Un rire méchant s'en échappa brusquement.

Je détestai Akasha pour ce rire.

La manière dont elle se moquait de moi me souleva de crainte et de haine.

Mon instinct de propriété se réveilla : elle était mienne, et voilà qu'elle osait se retourner contre moi.

Où était la douceur dont j'avais rêvé ? Je me trouvais en plein cauchemar.

« Tu es mon serviteur, dit-elle. Jamais tu n'as eu le pouvoir de m'arrêter ! »

C'était tout bonnement impensable : la créature que j'avais protégée au fil des âges ne pouvait à présent s'en prendre à moi. Celle que j'adorais si totalement ne pouvait se moquer de moi.

Une réplique hâtive, pathétique me monta aux lèvres, tandis que je tentais de comprendre ce qui se passait.

« Mais que veux-tu ? Que vas-tu faire ? »

Je fus surpris qu'elle me répondît, fût-ce avec ironie.

La réplique se perdit dans l'explosion de la télévision, le vacarme du métal déchiré et d'une avalanche de glace.

Avec une force inouïe, Akasha s'élevait des profondeurs de la maison, faisant crouler sur moi ses murs, ses plafonds et la glace environnante.

Enseveli, je ne pus qu'appeler à l'aide.

Le règne de la reine des damnés commençait, quoiqu'elle ne se fût jamais elle-même baptisée ainsi.

Tu l'as vue parcourir le monde. Tuer les buveurs de sang qui l'entouraient, ceux qui refusaient de servir ses buts.

L'as-tu vue prendre Lestat pour amant ? S'efforcer de terroriser les mortels par le vain étalage de pouvoirs démodés ?

Pendant ce temps, je gisais sous la glace – épargné, j'ignorais pourquoi –, prévenant par l'esprit Lestat qu'il était en danger, prévenant tous les autres qu'ils étaient en danger. Suppliant aussi le moindre enfant des millénaires capable de venir à mon aide de me tirer de la crevasse où j'avais été enseveli.

Alors même que j'appelais les miens à la rescousse, je guérissais. Bientôt, je me mis à déplacer les blocs vitreux qui m'entouraient.

Enfin, deux vampires s'approchèrent des ruines. L'esprit de l'un me montra l'image de l'autre. Tout impossible que cela me paraissait, la créature que je découvris ainsi, radieuse, par des yeux inconnus n'était autre que Pandora.

Grâce aux arrivants, j'échappai à la glace qui m'emprisonnait. Je m'élevai, libre, dans le ciel arctique, prenant la main de Pandora puis la serrant dans mes bras, refusant de penser à rien, fût-ce la reine déchaînée et ses ravages meurtriers.

Nous n'échangeâmes pas un mot, ni promesse ni protestation. J'aimais Pandora, elle le savait. Lorsque enfin je chassai les nuages de peur, de douleur et d'amour qui obscurcissaient ma vision, je m'aperçus que son compagnon, le deuxième vampire à avoir répondu à mon appel, n'était autre que Santino.

Une telle haine m'envahit que je me préparai à le détruire.

« Non, intervint Pandora. Il ne faut pas, Marius. Le moindre d'entre nous est précieux, à présent. D'ailleurs, pourquoi crois-tu qu'il soit venu, sinon pour payer sa dette ? »

Il se tenait là dans la neige, en beaux vêtements noirs, les cheveux agités par le vent, de toute évidence terrorisé mais refusant de l'avouer.

« Ton aide aujourd'hui ne compense en rien ce que tu m'as fait autrefois, mais Pandora a raison, dis-je à Santino : le moindre d'entre nous a de la valeur. Voilà pourquoi je t'épargne. » Je me tournai vers ma bien-aimée. « Un conseil se prépare à l'instant

même, dans une vaste maison toute de verre sur la côte. Allons-y
ensemble. »

Tu sais ce qui se passa là-bas. Nous nous réunîmes à notre grande
table entourée de séquoias – tels d'ardents fidèles de la forêt – et
lorsque notre souveraine vint nous exposer ses projets pour soumettre le monde, nous nous efforçâmes de la raisonner.

Elle rêvait de devenir pour l'humanité la reine céleste, de tuer
par milliards les enfants mâles afin de transformer la planète en un
« jardin » de femmes au cœur tendre. Fantasme horrible, irréali-
sable.

Nul ne chercha plus diligemment que Maharet, ta rousse créatrice, à la détourner de ses buts ; nul ne condamna davantage sa
volonté de changer le cours de l'histoire humaine.

Moi-même, empli d'amertume à la pensée des beaux jardins dont
son sang m'avait donné la vision, je m'exposai encore et encore à ses
pouvoirs meurtriers en la suppliant de laisser au monde le temps de
connaître son propre destin.

Voir cette statue animée me parler avec une telle froideur mais
aussi une telle autorité, un emportement si méprisant, avait quelque
chose de terrifiant. Ses projets étaient aussi grandioses que maléfiques – tuer les enfants mâles, faire des femmes ses adoratrices
superstitieuses.

Où trouvâmes-nous le courage de lutter ? Je l'ignore, mais nous
savions qu'il le fallait. Pendant ce temps, pendant qu'elle nous
menaçait de mort, je me disais que j'eusse pu éviter pareille chose :
il m'eût suffi de mettre fin aux nuits d'Akasha, mettant fin du même
coup à celles du moindre d'entre nous.

Les choses étant ce qu'elles étaient, notre Mère allait nous
détruire et continuer à vivre ; qui donc l'en empêcherait ?

À un moment, elle me projeta au sol d'un simple geste de la main
tant je l'exaspérais. Santino vint à mon aide, ce qui ne fit qu'attiser
ma haine, mais le temps manquait pour détester quiconque.

Enfin, la condamnation tomba. Puisque nous refusions de l'aider,
elle nous éliminerait tous, l'un après l'autre, en commençant par
Lestat qui, estimait-elle, l'avait le plus gravement outragée. Il lui
avait résisté. Il s'était rangé de notre côté, la suppliant avec courage
de se montrer raisonnable.

À cet instant terrible, les anciens se levèrent, ceux du Premier
Sang métamorphosés de son vivant ainsi que les enfants des millénaires tels que Pandora et moi, Mael et d'autres encore.

Avant que ne pût commencer une lutte à mort, cependant, des
pas résonnèrent dans l'escalier de fer menant à la propriété fores-

tière. Sur le seuil apparut la jumelle de Maharet, la muette à qui Akasha avait arraché la langue, Mekare.

Ce fut elle qui, attrapant la reine par ses longs cheveux noirs, lui fracassa la tête contre le mur en verre puis la lui arracha; elle qui, aidée de sa sœur, tomba à genoux afin de prendre à notre Mère décapitée le Noyau sacré des vampires.

J'ignore si elle avala cette racine mortelle en même temps que le cœur ou le cerveau, mais je sais que Mekare la muette en devint le nouveau tabernacle.

Après quelques instants d'obscurité crépitante durant lesquels nous nous demandâmes tous si la mort allait nous prendre, nous recouvrâmes nos forces pour découvrir les jumelles debout devant nous.

Maharet tenait par la taille Mekare, laquelle, tirée d'une solitude totale affrontée je ne sais où, regardait droit devant elle, comme perdue dans une paix intérieure parfaite. Elle demeurait figée.

« Voyez, laissèrent tomber les lèvres de Maharet. La reine des damnés. »

C'en était terminé.

Le règne de ma bien-aimée Akasha s'achevait abruptement, avec ses espoirs et ses rêves.

Je n'avais plus à porter le fardeau de Ceux Qu'il Faut Garder.

Fin du récit de Marius

L'AUDITEUR

XXXVI

Marius se tenait à la fenêtre, contemplant la neige.

Thorne, assis près de la cheminée, contemplait Marius.

« Tu as tissé pour moi une bien belle histoire, dit le visiteur. J'y ai été merveilleusement pris.

— Vraiment ? demanda doucement son hôte. Quant à moi, peut-être suis-je maintenant pris dans ma haine pour Santino.

— Mais Pandora t'avait rejoint. Vous étiez à nouveau réunis. Pourquoi n'est-elle pas ici ? Que s'est-il passé ?

— Nous avons en effet été réunis, Pandora, Amadeo et moi. Pendant les nuits de la reine des damnés. Depuis, nous nous sommes revus plus d'une fois, mais je suis un être blessé. C'est moi qui les ai quittés. Je pourrais aussi rejoindre Lestat et ses compagnons, mais je n'en ai pas envie.

« Mon âme pleure toujours ce qu'elle a perdu. Je ne sais ce dont je souffre le plus – la mort de ma reine ou ma haine pour Santino. Akasha a disparu à jamais, mais lui vit toujours.

— Pourquoi ne pas t'en débarrasser ? demanda Thorne. Je t'aiderai à le retrouver.

— Je suis parfaitement capable de le retrouver seul, mais il me faudrait pour cela sa permission à elle.

— Maharet ? Pourquoi ?

— Parce que c'est maintenant la plus âgée d'entre nous, avec sa sœur muette, et que nous avons besoin d'un chef. Mekare ne peut parler. D'ailleurs, si elle le pouvait, peut-être n'aurait-elle pas l'intelligence nécessaire pour régner. Maharet est donc notre dirigeante. Elle refuse certes de donner des permissions ou de porter des jugements, mais je n'en dois pas moins lui poser la question.

– Je comprends. À mon époque, nous réglions ce genre de problèmes lors de grandes réunions. N'importe quel homme pouvait alors tirer vengeance de ceux qui lui avaient nui, ou du moins essayer. »

Marius hocha la tête.

« Je crois que je devrais essayer de tuer Santino, murmura-t-il. Je suis en paix avec tous les autres, mais à lui j'ai envie de faire violence.

– Tu en as parfaitement le droit, d'après ce que tu m'as raconté.

– J'ai appelé Maharet. Je l'ai informée de ta présence et du fait que tu es à sa recherche. Du fait aussi que je veux l'interroger au sujet de Santino. La sagesse dont elle fait preuve me manque. En fait, peut-être ai-je seulement envie de voir ses yeux las de mortelle me fixer avec compassion.

« Je me rappelle la brillante résistance qu'elle a opposée à la reine. Je me rappelle sa force, dont je crains fort à présent d'avoir besoin... Il se peut qu'elle ait trouvé des yeux de vampire et n'ait plus à souffrir par ceux de ses victimes humaines. »

Thorne resta un long moment silencieux à réfléchir. Enfin, se levant du canapé, il se rapprocha de la fenêtre par laquelle regardait Marius.

« Sa réponse te parviendra-t-elle ? demanda le visiteur, incapable de dissimuler son émotion. Je veux la voir. Il le faut.

– Ne t'ai-je donc rien appris ? » Marius se tourna vers lui. « Ne t'ai-je pas rappelé que nous aimons des créatures tendres et complexes ? Peut-être pas, en effet. Je pensais que telle était la morale de mon histoire.

– Oh, j'ai bien compris, et je l'aime en effet dans le mesure où elle est tendre et complexe, comme tu l'as si bien dit, mais je suis un guerrier, vois-tu. L'éternité n'était pas pour moi. La haine que tu voues à Santino est semblable à la passion que je lui voue, à elle, car la passion existe pour le pire et pour le meilleur. Je n'y peux rien changer. »

Marius secoua la tête.

« Si elle nous appelle, je te perdrai toi aussi, voilà tout. Tu ne peux lui faire aucun mal, je te l'ai déjà dit.

– Que tu aies raison ou pas, peu importe : il faut que je la voie. Elle sait pourquoi je suis là, de toute manière. Elle fera ce qu'elle voudra.

– Viens, maintenant. Il est temps pour nous d'aller dormir. J'entends des voix étranges dans l'aube naissante, et j'ai désespérément besoin de repos.

Thorne se réveilla dans un cercueil au bois poli.

Sans la moindre crainte, il en souleva le couvercle puis en ouvrit un côté, avant de s'asseoir pour examiner ce qui l'entourait.

Il se trouvait dans une sorte de caverne, par-delà laquelle s'élevait le chœur puissant de la forêt tropicale.

Les mille fragrances de la jungle assaillaient son odorat. Des odeurs étranges, délicieuses qui ne pouvaient signifier qu'une chose : Maharet l'avait amené chez elle.

Sortant du cercueil le plus gracieusement possible, il se mit sur ses pieds dans la salle immense, meublée de quelques bancs en pierre. Une forêt touffue l'entourait sur trois côtés, s'écrasant contre une fine toile métallique ; à travers celle tendue au-dessus de lui tombait une pluie fine, rafraîchissante.

À droite et à gauche de Thorne se découpaient des issues donnant sur d'autres pièces ouvertes. Guidé comme n'importe quel buveur de sang par les sons et les odeurs, il gagna une vaste salle où était assise sa créatrice, ainsi qu'il l'avait vue au tout début de sa longue vie : vêtue d'une belle robe de laine pourpre, s'arrachant des cheveux roux qu'elle filait ensuite sur son fuseau et sa quenouille.

Un très long moment, il se contenta de la regarder, comme s'il ne pouvait en croire ses yeux.

Sans doute consciente de sa présence, elle continuait sa tâche sans mot dire, lui présentant son profil.

De l'autre côté de la pièce, Marius était assis sur un banc à côté d'une femme d'allure royale – Pandora, sans doute. Thorne la reconnaissait à sa chevelure brune. Près de Marius se trouvait aussi le jeune homme aux cheveux auburn, Amadeo.

La salle abritait un dernier vampire, très brun – Santino, fort probablement. Installé non loin de Maharet, il parut se recroqueviller à l'entrée de Thorne, puis il jeta un coup d'œil à Marius et se redressa avant de se tourner vers la fileuse, l'air désespéré.

Lâche, pensa l'arrivant, sans mot dire.

Lentement, Maharet pivota vers lui. Lorsqu'elle le vit, il vit quant à lui ses yeux – des yeux humains, tristes et sanglants, comme toujours.

« Que puis-je t'offrir pour te rendre la paix de l'âme, Thorne ? » demanda-t-elle.

Il secoua la tête et lui fit signe de se taire, implorant plus que menaçant.

Marius, lui, se leva, ses deux novices se dressant aussitôt à ses côtés.

« J'ai beaucoup réfléchi, déclara-t-il, le regard fixé sur Santino. Je ne le détruirai pas si tu me l'interdis, Maharet. Je ne briserai pas la paix par un tel acte. Il nous faut obéir à certaines lois ou périr, tous tant que nous sommes, j'en suis persuadé.

– Alors n'y pense plus, dit Maharet, sa voix familière donnant le frisson à Thorne, car jamais je ne te permettrai d'éliminer Santino. Il t'a fait du mal, certes, un mal terrible. Je t'ai entendu cette nuit décrire tes souffrances à Thorne. J'en ai été bouleversée. Mais il est hors de question que tu le détruises maintenant. Je te l'interdis. Si tu passes outre, cela signifiera que personne n'a la moindre autorité.

– Ce n'est pas possible », dit Marius d'un air sombre, malheureux, fixant Santino d'un regard menaçant. « Il nous faut un chef pour nous contenir. Mais je ne supporte pas l'idée qu'il vive après ce qu'il m'a fait. »

À la grande surprise de Thorne, le jeune visage d'Amadeo ne trahissait que stupeur.

Quant à Pandora, elle semblait triste, anxieuse, comme si elle redoutait que Marius ne tînt pas parole.

Thorne, lui, savait qu'il le ferait.

Alors qu'il jaugeait Santino, ce dernier se leva de son banc et s'éloigna de lui à reculons, le montrant du doigt, terrorisé.

Il ne fut pas assez rapide.

L'arrivant lança toute sa force contre lui, et l'ancien sataniste tomba à genoux en criant « Thorne ! » encore et encore, tandis que son corps explosait, que le sang jaillissait de son moindre orifice, que le feu, enfin, explosait dans sa tête et sa poitrine. Il se contorsionna un instant avant de s'effondrer sur le sol, où les flammes achevèrent de le consumer.

Maharet avait laissé échapper un terrible gémissement et Mekare était arrivée, cherchant de ses yeux bleus les causes du chagrin de sa sœur.

Maharet se dressa, sans quitter du regard les cendres grasses répandues devant elle.

Thorne, lui, regardait Marius. Ce dernier, un petit sourire amer aux lèvres, leva les yeux et lui adressa un hochement de tête.

« Je n'ai nul besoin de remerciements », déclara le Viking. Il se tourna vers la fileuse, qui pleurait à présent dans les bras de sa sœur, laquelle la suppliait en silence de s'expliquer. « Wergeld, ma créatrice. Comme c'était l'usage à mon époque, j'exige le Wergeld ou paiement pour ma propre vie, que tu as prise en faisant de moi un buveur de sang. Je me l'approprie à travers la vie de Santino, que je prends à mon tour sous ton toit.

— Et contre mon gré ! s'écria Maharet. Quelle horreur ! Ton ami Marius t'avait pourtant dit que c'était à moi de décider.

— Si tu veux commander, fais-le par toi-même. Ne compte pas sur Marius pour t'assister. Ah, regarde donc ta quenouille et ton fuseau. Seras-tu capable de protéger le Noyau sacré, si tu n'as pas la force de combattre ceux qui se dressent contre toi ? »

Elle ne pouvait répondre. Marius était furieux, tandis que Mekare fixait Thorne d'un air menaçant.

Le regard étincelant, ce dernier s'approcha de Maharet, dont le visage lisse n'arborait plus la moindre trace de vie humaine. Ses yeux humains flamboyants paraissaient incrustés dans une sculpture.

« Si seulement j'avais un couteau ; si seulement j'avais une épée ou n'importe quelle autre arme à utiliser contre toi », reprit-il.

Puis il fit la seule chose qu'il pouvait faire : refermer les deux mains sur la gorge de sa créatrice et tenter de la renverser.

Il lui sembla étreindre du marbre.

Maharet poussa un cri frénétique, dont Thorne ne comprit pas la signification. Toutefois, lorsque Mekare le tira gentiment en arrière, il devina que sa bien-aimée avait demandé qu'on ne lui fît pas de mal, à lui. Il n'en demeura pas moins les mains tendues, luttant pour se libérer, en vain.

Les jumelles étaient invincibles, ensemble ou séparées, peu importait.

« Il suffit, Thorne ! s'exclama Marius. Arrête. Elle sait ce que tu ressens, tu ne peux rien demander de plus. »

Maharet s'effondra sur son banc, sanglotante. Sa sœur s'installa près d'elle, regardant Thorne avec méfiance.

Les autres avaient tous peur de Mekare, il le voyait bien, mais pas lui. En repensant à Santino, en regardant la tache noire qui maculait la pierre, il n'éprouvait qu'une profonde satisfaction.

Il s'approcha vivement de la muette pour lui chuchoter à l'oreille quelques mots qu'elle seule entendit — mais les comprendrait-elle ?

Une seconde plus tard, il savait que oui. Sous le regard stupéfait de Maharet, elle le fit mettre à genoux, lui attrapa et lui leva la tête. Puis elle lui plongea les doigts dans les orbites afin de lui arracher les yeux.

« Ah, l'obscurité bienfaisante, soupira-t-il. Les cordes, aussi, je t'en supplie, les cordes. Ou alors, tue-moi. »

L'esprit de Marius lui montrait sa propre image. Il tâtonnait en aveugle, le visage ruisselant de sang. Mekare plaçait ses yeux dans

les orbites de Maharet : deux femmes de haute taille quoique délicates, les bras emmêlés, l'une se débattant, pas assez cependant,
l'autre s'obstinant à accomplir sa tâche.

On se rassemblait autour de lui, il le sentait. Il sentait les vêtements qui le frôlaient, de douces mains secourables.

Maharet pleurait, très loin semblait-il.

On entravait Thorne. Des liens épais le ligotaient, dont il ne
pourrait se libérer. Il ne dit pas un mot pendant qu'on l'entraînait.

Le sang coulait de ses orbites. Il se trouvait à présent en quelque
endroit calme et désert, exactement comme il l'avait rêvé. Seulement sa créatrice n'était pas là. Non. Les bruits de la jungle parvenaient au prisonnier. Le froid de l'hiver lui manquait ; il faisait trop
chaud en ces lieux, le parfum des fleurs était trop entêtant.

Il s'habituerait pourtant à la chaleur ; aux riches fragrances.

« Maharet », murmura-t-il.

À nouveau, il vit ce que voyaient les autres. Réunis dans une salle,
non loin de là, ils s'entre-regardaient en discutant à voix basse de ce
qui venait d'arriver. Aucun d'eux ne le comprenait vraiment.
Marius intercédait en faveur de Thorne ; Maharet, qu'il voyait tellement bien par leurs yeux, était aussi belle que lorsqu'elle l'avait
créé.

Soudain, elle disparut. Ils continuèrent à bavarder dans l'ombre,
sans elle.

Une main se posa sur la joue de Thorne. Une main connue, de
même que la laine douce de la robe qui le frôlait, les lèvres qui
l'embrassaient.

« Tu as mes yeux, dit-il.

— Oh oui, acquiesça-t-elle. J'y vois merveilleusement bien.

— Et mes liens... sont-ils faits de tes cheveux ?

— Oui. Des cheveux aux fils, des fils aux cordes, des cordes aux
liens, je les ai filés.

— Ma fileuse. » Il souriait. « Me garderas-tu auprès de toi, maintenant ?

— Oui. A jamais. »

21 h 20
19 mars 2000